上册

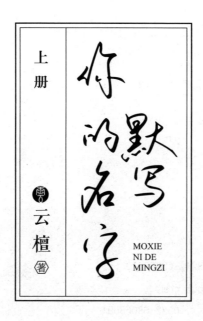

你默写的名字

MOXIE
NI DE
MINGZI

云檀 著

青岛出版社
QINGDAO PUBLISHING HOUSE

图书在版编目（ＣＩＰ）数据

默写你的名字 / 云檀著. —青岛：青岛出版社，
2020.10

　　ISBN 978-7-5552-9331-6

　　Ⅰ．①默… Ⅱ．①云… Ⅲ．①长篇小说－中国－当代
Ⅳ.①I247.5

　　中国版本图书馆CIP数据核字（2020）第157058号

书　　名	默写你的名字
著　　者	云　檀
出版发行	青岛出版社
社　　址	青岛市海尔路182号（266061）
本社网址	http://www.qdpub.com
邮购电话	18613853563　　0532-68068091
责任编辑	李文峰
特约编辑	孙小淋
校　　对	张会卜
装帧设计	千　千
照　　排	梁　霞
印　　刷	三河市良远印务有限公司
出版日期	2020年10月第1版　　2021年3月第2次印刷
开　　本	16开（710mm×980mm）
印　　张	38.5
字　　数	510千
书　　号	ISBN 978-7-5552-9331-6
定　　价	65.00元（全二册）

编校印装质量、盗版监督服务电话　4006532017　　0532-68068638

建议陈列类别：畅销·青春文学

[上册] **目 录**

1

目 录 [下册]

他从未对齐默说过"我爱你"，反而说过一次"我爱您"。

您——

"你"的敬称。

亦可作为暗语：心上有你。

他对齐默的感情，不仅有爱，还有尊重。

Chapter 01
他和她，来自高校名人榜

那天是9月6日，国大研究生新生入学报到，齐默尚未现身，就因自身名气早已在国大校园轰动一时。

齐默出名，主要有以下几个原因。

一、读写障碍生齐默参加高考，成绩超出文科重本线82分

齐默自出生起就患有严重的阅读书写障碍症，因此她的阅读能力十分低下，不仅没有办法正常阅读文字，甚至无法正常书写。

齐默18岁参加高考，市教育局开启绿色通道，在十九中考点设立特殊考场，请调本市以及其他省市监考老师为齐默提供报读服务和誊写答题卡服务。

那一年高考，齐默的语文成绩高达142分，这是当年高考语文的全国最高分，由她口述的高考满分作文更是风靡网络，引来主流媒体争相报道。

据悉，国大（综合类、双一流）和华大（理工类、双一流）先后向齐默抛出橄榄枝，齐默权衡再三，最终放弃国大，选择了华大经济学院。

二、齐默的备考过程极为残酷，"虎爷"式高压教育震惊大众

齐默报考华大经济学院不久，她的家庭背景和求学过程就被媒体翻了个底朝天，其中爷爷齐凯瑞的教育模式更是一石激起千层浪。

齐凯瑞，经济学博士、教授、著名经济学家，曾经在国内多所高校任教，桃李满天下，著述甚丰，并在宏观经济学领域成就斐然，学术影响力极高。

据知情人透露：齐默上完小学以后，就再也没有去过学校，而是一直在家里学习。齐凯瑞为了顺利开展教学计划，强势驱逐齐默的父母搬离齐家老宅，并严令禁止齐默的父母未经他的同意与齐默见面。

整整六年里，齐凯瑞全方位掌控着齐默的人生，谩骂、斥责、逼迫、利诱，几乎每天都在无情上演。

齐默俨如一台不知疲倦的学习机器，每天清晨跑步两千米；每天背诵千字英文名著；每天构思两篇高质量作文；每天投入大量的时间训练逻辑思维能力和运算能力；每天在一波接一波的题海战术里挣扎、沉浮；平均每天的睡眠时间不超过五个小时，几乎把所有的时间和精力交付给了高考。

事实证明，齐凯瑞成功了，齐默也成功了，但齐凯瑞的"虎爷"式高压教育在社交网络上引起了广泛热议，舆论呈现出两极分化趋势。

三、齐默主演华大招生宣传片，励志人设火爆各大高校

三年前，华大招生办公室为了和其他高校抢夺优质生源，脱离传统套路，不仅放弃了高规格航拍技术，也放弃了秀"内核"、逐一细数科研成果，而是以在校大学生齐默的成长史为招生亮点进行全方位拍摄。

华大招生宣传片的名字叫"默听梦想"，讲述齐默在患有阅读书写障碍症的情况下，经历了很多不为人知的痛苦和心酸，但她从未放弃过自己，反而克服困难，经过不懈的努力，最终考上华大的励志故事。

故事内容真实还原齐默的过往，摄制组不仅找来了小演员扮演童年时期的齐默，还邀请齐默的爷爷齐凯瑞等人相继入镜。

那年暑假，华大的招生宣传片《默听梦想》经过互联网传播，短短几天内，迅速引爆国内各大社交网络。

据说很多人看完之后大为感动，齐默的故事不仅成功激励了很大一批学子，也为华大暑期招生带来了很高的关注度。

自此，齐默跻身高校风云人物热搜榜，分别获得国家奖学金、华大一等奖学金和华大本科特等奖学金等荣誉，总学分绩点综合排名年级第四，陆续收到多所重点大学推免邀请。

齐默读研计划研究应用经济学，华大在这方面的优势学科不如国大成果突出，齐默经过慎重考虑，做出了与四年前截然相反的决定，以优异的成绩进入国大经济学院继续深造。

对同届国大学子来说，鲜有学生像齐默这般拥有那么高的知名度，虽未现身，但已闻名全校。

9月6日，国大校园里挂满了宣传横幅，各学院的志愿者分工明确，或接车，或引导新生办理注册手续，或带领新生的家长参观学校和新生宿舍，场面喧嚣杂乱，闹哄哄地持续了一上午。

齐默为了不引人注目，特意避开上午的报到高峰期，在家里吃完午饭，方才拿着入学档案袋乘车抵达学校。

午后烈日炎炎，整个城市犹如高效运作的巨大蒸笼，地表温度达39℃以上，沿途的花草树木病恹恹地垂着头，偶尔有风吹来，也是热浪翻滚，迫得人无处藏身。

国大研究生的入学手续统一安排在体育馆办理。齐默入校后没有直奔体育馆，而是顶着大太阳去见她的研究生导师周安国。

来国大之前，周安国曾给齐默打过电话，通话简短，仅是提醒齐默下午抵达经济学院以后，直接去办公室找他。

正值午休时间，经济学院几乎没有什么学生来回走动，反倒是绿树成荫的主干道路两旁，分别放置着两个人形立牌。

一男一女，均是高颜值。

男主角目测身高一米八几，身材修长，气质突出，帅气的长相看上去很高冷，给人一种强烈的疏离感。

女主角肤白身长，留着披肩黑发，五官精致，属于典型的美人坯子，甜美的笑容极富感染力。

国大经济学院推出的迎新学霸，无论是相貌，还是才华，都高人一等。

男主角萧文缜，省级优秀学生，全国数学竞赛第一名获得者，四年前免于高考，直接进入国大经济学院学习。萧文缜在读本科期间先后担任国大经济学院第二十六届学生会主席和国大本科生课程咨询会主席，综合测评专业第一，并以第一作者的身份发表学术论文共计五篇、高质量SCI论文共计四篇，国大推荐免试直硕。他曾获国家奖学金、国大本科特等奖学金、国际大学生辩论大赛一等奖、国大综合优秀奖学金等荣誉。

女主角乔思佳，本科毕业于国大经济学院，国大学生会文化交流部副部长。大学四年，她独立发表多篇论文，并为国大经济报撰写稿件，大四时保送国大读研。本科期间，她分别获得国家奖学金、国大一等奖学金、国大社会公益奖学金等荣誉。

齐默对男女主角并不陌生。数月前，齐默被国大研究生院录取，选择研究生导师的时候，颇为心仪周安国，后来获知周安国有意招收萧文缜和乔思佳为弟子，齐默出于好奇，特意调查过萧、乔二人，所以对他们知之甚深。

尤其男主角。说起来，齐默与他缘分不浅，今后不仅在国大师出同门，还是同班同学，可谓冤家路窄。

9月，正是秋老虎耀武扬威的时节，道路两旁蝉声聒噪，齐默从男主角的人形立牌前走过，适逢一阵强而有力的风把人形立牌刮翻在地，齐默瞥视一眼，没有理会。

热浪持续翻滚，齐默继续往前走了几步，许是觉得不太合适，终究还是止步回头，原路返回，弯下腰扶正了男主角的人形立牌。

树荫下，男主角的容貌完美得挑不出毛病，眼里仿佛写满了故事。

略显突兀的，是男主角过分艳丽的唇色。

凑近细看，萧大帅哥的嘴唇上布满了大大小小的口红印，交错重叠，口红色号竟多达七八种。

　　现在的小迷妹，真是色胆包天。

　　齐默松开人形立牌，转过身的时候，发现几个女孩子正站在附近诧异地看着她。

　　齐默没往心里去，环顾左右，对着几个女孩子扯出一抹微笑："请问，周安国教授的办公室怎么走？"

　　国大经济学院的办公区域比较偏僻，设立在经济研究所附近。

　　一栋五层高的老楼，触目皆是绿色，满墙的爬山虎一路攀爬到房顶，数不清的藤蔓和枝叶争先恐后地从房顶垂落到外墙上。炎炎九月，绿波起伏，毫无生命的办公楼似乎也变得生机盎然。

　　周安国的办公室在二楼，齐默盯着门牌号，稍作犹豫，尝试着抬手敲门，结果咚的一声尚未落地，就听房门吱扭一声开了一道小缝。

　　门没关。

　　办公室里开着空调，装修风格古朴厚重，除了一张深色的实木办公桌、几把椅子和一组木质沙发，剩下的全是书架和书籍，文化气息很浓郁。

　　周安国不在。

　　齐默推门进来的时候，一位年轻的男子正坐在办公桌对面的椅子上看书，听到开门声，转头回眸，相貌十分英俊，审视的眼神里夹杂着绵软的杀伤力。

　　四目相对，好像有什么东西从男子的眼神里稍纵即逝，齐默也紧跟着一愣，人形立牌萧文缜真人版？

　　出于礼貌，齐默想跟萧文缜打声招呼，但萧文缜一脸冷漠，收回视线后，就低着头继续看书，完全视她如无物。

　　觍着脸打招呼这种事，齐默做不来，也不愿意做，她走到沙发前坐下，耐着性子等周安国。

　　这一等，她就等了很久。

　　爬山虎包裹着窗户，一缕缕阳光强硬地穿过一片绿色投射入室，汇成耀眼夺目的浅黄色的光晕，铺在办公室的每个角落里。室内很亮，明亮到她能看见细小的尘埃在空气中飘浮；室内很静，安静到她能听见年轻男子翻动书页时发出来的脆响声。

　　男子看书的节奏不紧不慢，好像不管发生什么事，他都可以清风明月，冷眼相待，隐隐无情无欲……

　　某些人自出生起就什么都有，自然可以率性而活，做到无欲。而有些人，因为生来彷徨，所以奋斗不休，束缚不止。

　　齐默忍不住笑了。

她和萧文缜无仇，有仇的是她的爷爷齐凯瑞和萧文缜。

8月中旬，经济学泰斗齐凯瑞和国大经济学院应届本科毕业生萧文缜，在未来中国经济增长引擎问题上发生分歧，并通过《经济期刊》展开了一场激烈的学术大战。

此战双方实力悬殊，但较量长达半个月。值得一提的是，后起之秀萧文缜屡次迎战经济学大师齐凯瑞，不仅论证清晰，字里行间更是硝烟弥漫，烧得学术界狼烟四起。

8月底，齐凯瑞翻阅萧文缜所著文章，心脏病突发，被紧急送医救治。齐、萧二人的学术对决，伴随着齐凯瑞被推进手术室进行心脏搭桥手术戛然而止。

9月3日，萧文缜在国大经济学院研究生导师周安国的陪同下，前往医院探望齐凯瑞。彼时探访者络绎不绝，主治医生以齐老先生刚做完手术不宜见客为由，将访客悉数拒之门外，萧文缜遗憾而归。

9月6日，国大研究生新生入学报到，齐默作为齐凯瑞的孙女，正式走进国大经济学院攻读硕士研究生，并在周安国的办公室里初次邂逅萧文缜，双方默契地假装失忆，一派和谐假象，甚好。

室内温度舒适，齐默缺觉犯困，靠着沙发打起了瞌睡。

齐默于半睡半醒间，察觉好像有液体从鼻子里流出来，睁开眼，抬手蹭了一下，结果发现手背上都是血。

流鼻血不可怕，可怕的是大量的鼻血流出来，止都止不住。

齐默之前没有流过鼻血，完全没有这方面的经验，所以，她直接仰头止血，不料血液倒流进入口腔，瞬间嘴里也开始出血。

意识到止血方法有误，齐默虽然不再仰头，但也没有更有效的止血方法，只好起身找卫生纸。

鼻血量惊人。

齐默抬手擦拭，很快十根手指上几乎沾满了黏稠的血液……眼前一片黑影笼罩，某人抬脚勾来一把椅子按着她坐下，还没等她反应过来是怎么一回事，某人已单手托着她的后脑勺，用手捏住了她的鼻子。

齐默心里一咯噔。

是萧文缜。

办公室里，空气转瞬凝固。

齐默被萧文缜捏住鼻子没办法呼吸，头忍不住向后仰，却在某人的手掌重力下动弹不得。

萧文缜说："放松，用嘴巴呼吸。"

齐默张着嘴，急促地喘了几口气，瓮声瓮气地说："谢谢。"

萧文缜不接话，只是很绅士地捏着她的鼻子，过了一会儿，解释道："我身上没带纸巾，只能用手捏住你的鼻子止血，见谅。"

此人说话倒也客气。

齐默坐在椅子上动弹不得，视野范围有限，她看不到萧文缜的脸和表情，只能被迫盯着萧文缜紧致有型的臀部线条看。那线条性感又撩人，也不知道他的翘臀是天生的，还是后天锻炼的？

齐默嗓子发干，很淑女地移开目光。

其实捏鼻子止血，齐默自己也可以做，原本不用麻烦萧文缜一直帮她捏着，但她的双手沾满血污，不仅脏，血腥味也不好闻，所以想想还是算了。

气氛很尴尬。

在长达五分钟的时间里，萧文缜就那么捏着齐默的鼻子一动也不动，以至于齐默用嘴巴呼吸时都不好意思太用力。

她能明显察觉，从她嘴里呼出来的热气，先喷在萧文缜的掌心里，再反弹回来，不仅蒸干了空气，也蒸红了她的脸颊。

万幸的是，周安国回来了。

周安国哼着民歌走进办公室，发现萧文缜和齐默一站一坐很暧昧地"贴"在一起，瞬间歌喉一紧，哆哆嗦嗦地走过去，没敢正眼打量，而是眯着眼睛飞快地瞟了一眼两人，目睹两人姿势安全，再见齐默一脸狼狈相，周安国面上一喜，大大方方地松了一口气。

"流鼻血了？"

慰问太过喜庆，周安国及时捡起师德，敛去话语间的笑意，轻声安抚齐默："天热容易上火，流鼻血很正常，不是什么大问题。"

齐默带着鼻音嗯了一声。萧文缜的手指终于离开了她的鼻子，他居高临下地看着她："试试看是否还流鼻血。"

齐默捏了下鼻子，等了片刻才说："止住了。"她的目光落在萧文缜的手指上，他的手指修长有力，骨节分明，十分养眼，却因为手指上沾了不少她的鼻血，所以大大地影响了观赏性。

"不好意思。"

齐默仰着脸道歉，浑然不知自己微微仰起的大花脸上，鼻梁、脸颊、嘴巴周围全被鼻血覆盖了，一眼看过去，不知情的人还以为她戴着一副红口罩。

萧文缜别开脸，与齐默拉开距离，偏冷的眼神里划过一丝笑意。

周安国没忍住，背对着齐默，站在书架前佯装翻找书籍，眼睛在镜片后都快眯成一条缝了，颤抖着身体，话都说不利索了："文缜，外面……外面有洗手间，你快……你快带你师妹去洗洗。"

萧文缜是天之骄子，拥有常人难以企及的耀眼光环。

他和齐默同岁，只比齐默大两个月，出身高级知识分子家庭，爷爷、奶奶，外公、外婆，包括他的父母，都毕业于世界名校和国内"985"名校。

他的爷爷是科学家；奶奶是教育家；外公是建筑学家；外婆是音乐家；父亲萧博彦是著名导演、编剧、制片人，执导的优秀影片数不胜数，观众覆盖面极广，在国内具有强大的收视号召力；母亲沈乐安是国内知名作家、编剧，作品几乎都是大火题材，并且屡创收视神话，捧红过不少明星。

汲取文化养分出生的萧文缜，大概遗传了父母的好基因，曾在大二下学期出于玩票性质，联合自己的发小儿、国大广播电视专业大二本科生沈燮，以及国大经济学院同班同学乔思佳，在国大校园网APP（手机软件）上制作了一档大学生访谈类节目《追梦者》，受众是国大在校的广大师生，上线七天播放量高达1000万，随着每星期定时发布新视频，最高一期播放量在没有任何宣传的基础上高达4000万，引得不少版权商蠢蠢欲动。随着高价诱饵的不断抛出，青锋网最终占领先机，与萧文缜团队成功签订《追梦者》版权再生开发协议，萧文缜团队提供构思创意和视频制作，青锋网提供资金支持和平台推广。双方通过合作，瞄准品牌效益收获成就的同时，深入挖掘《追梦者》真正的版权价值，力求将《追梦者》打造成国内首屈一指的大学生就业创业专题类节目品牌。

别人追逐的功名利禄，萧文缜唾手可得。

齐默最初知道萧文缜，是在两年前。她的幼时玩伴江夷中，当时作为国大中文系大二本科生，因为和沈燮关系较好，成为《追梦者》栏目的撰稿人。闲暇时，江夷中找齐默聊天，偶尔会说萧文缜，齐默一心扎在学业上，所以对萧文缜也称不上有什么印象。

再后来，她知道萧文缜，是因为他是周安国招收的研究生之一。

齐默以为，她和萧文缜之间，充其量只是同门师兄妹关系，没想到8月份的一场经济学术对决，率先为这段同门之谊打下了"良好"的基础。

"齐老术后恢复得怎么样？"

二楼的洗手间里，哗啦啦的水流声有着独属于它自己的小时光，连带萧文缜的声音也带着几分缱绻。

齐默一怔，转眸瞥视一眼萧文缜。

男子睫毛低垂，侧脸轮廓棱角分明，既平静又漠然，仿佛只是洗手时无聊，随口那么一问。

齐默掬起一捧水洗脸，反复搓洗脸上已经凝固的血迹，不答反问："师兄，你觉得我爷爷生病住院是你害的吗？"

萧文缜关掉水龙头，目光落在齐默的脸上，不知是为了那声突如其来的"师兄"，还是讶异于她的直白，总之并未接话。

齐默不以为意地笑了笑："在未来中国增长引擎的问题上，师兄主张互联网等新经济，而我爷爷主张居民消费升级，虽然你和我爷爷在科学判断和价值观方面存有分歧，却一致反对未来中国经济增长引擎是房地产。对于我而言，经济学没有固定答案，求大同存小异在所难免，能够拥有一致的看法方才显得尤为可贵。"

她说这番话时，没有谩骂式的秋后算账，也没有激进式的针锋相对，而是淡淡地陈述个人观点，不偏不倚，很中立。

萧文缜略感意外，但这番话从齐默嘴里道出，又好像没有什么可意外的。

齐默洗净脸上的血污，抬起眸子直视镜子里的萧文缜："总而言之，我爷爷术后恢复得不错，至于他生病住院，不全是你的错。"

她，这是在开解他吗？

开解一个差点儿害她爷爷奔赴鬼门关的人？

萧文缜不动声色地盯着齐默，年轻女子五官清秀，虽然不是传统意义上的大美女，但贵在气质出众，安静地注视一个人的时候，一双黑眸熠熠生辉，眉眼间乍然流泻的光彩，不增不减，恰是九月好时光。

此番入学报到，齐默原本不想麻烦任何人。

爷爷齐凯瑞术后不良于行；父亲齐远彬作为市医院急诊科的主任，每天起早贪黑，忙碌起来分身乏术；母亲尉迟敏为了看护爷爷，每天家里医院两头跑，连独自经营的陶艺室都无暇顾及；好友江夷中虽然在国大中文系读研，但私底下为出版社供稿，由于新书交稿在即，为了挪出时间集中写稿，已提前两日办理了入学手续。

周安国大概想到了她今日入学无人陪伴，所以才会提前给她打电话，让她办理入学手续之前，先来一趟办公室。

办公室里，周安国打开齐默带来的入学档案袋，把相关材料仔细核查了一遍，随后把入学材料重新装进档案袋，越过齐默，递给了萧文缜："齐老先生因为你而生病住院，所以他孙女入学报到一事，你负责。"

周安国当着齐默的面，对萧文缜说话很不客气，难保不是故意演戏给她看。

齐默正要说些什么，萧文缜已经从周安国的手里抽走了档案袋，齐默没有退路，只好跟周安国打了一声招呼，和萧文缜一起离开了办公室。

国大综合体育馆位于经济学院加杨小径的尽头。下午两点半，烈日当空，数百棵加杨遮天蔽日，层层叠叠的绿色枝叶在阳光的照耀下碎光闪闪，小径两旁每隔五米就安置着一把长椅，环境格外幽静。

萧文缜迈着110厘米的大长腿走在前面，白衬衫在斑驳的阳光下一尘不染，散发着淡淡的光芒，仿佛能够点亮途中所有的颜色。

在齐默的记忆里，也曾有那么一个白衣少年，几乎点亮了她的整个青葱岁月，让她由懵懂无知逐渐走向世俗清醒。

貌美男子，最是凶险。

尽管如此，齐默还是小瞧了"星二代"萧文缜的影响力。这天下午，体育馆迎新现场再次进入人流量高峰期，萧文缜现身后，注册现场变得嘈杂无比，很多学生大概是头一次在生活中见到明星之子萧文缜，新奇之余，纷纷举起手机进行拍照。

新生入学手续颇为烦琐，需要审核一系列材料，缴完费，紧接着还要办理IC卡、学生证等证件。

拥挤的人群里，齐默不愿被人过度关注，刻意与萧文缜保持距离。萧文缜觉察她的小心思，倒也配合，除了证件照需要她上前露脸，其他相关手续全部由他代为出面办理。

齐默偶尔望着萧文缜的背影，年轻男孩自带发光体，不时有女孩从他身旁经过，却忘了把目光收回来。

目睹萧文缜拿着她的档案袋为她忙碌奔波，齐默心里怪怪的。

并非没有人帮她办理过入学手续，但那些人是父母，是爷爷，是家人，而萧文缜……他是陌生人。

尽管这个陌生人帮她，是出于对爷爷的愧疚和自责。

下午四点左右，萧文缜在体育馆办理完相关手续，带着齐默回到经济学院新生注册办事处。

负责新生注册的工作人员坐在办公桌后，翻开一本厚厚的报到登记簿，手指轻轻点了点某一页的空白处，温和地提醒齐默："同学，把你的名字签在这里。"

"可以找人代签吗？"齐默第一时间想到了萧文缜。

"不能，学校有规定，必须本人签字。"工作人员不认识齐默，所以不是很理解她的话，反倒认出了萧文缜，虽然疑惑两人之间的关系，但也没有表现得太明显，而是递了一支圆珠笔给齐默，无声催促她快一些，后面还有学生在排队。

齐默不再说话。

齐默常年疏于写字，握笔的姿势略显僵硬，手腕习惯性回勾，宛如刚练习写字的孩童，写字时不仅速度很慢，还透着生疏和笨拙。

萧文缜站在她的身后，看着她写字，仅是一个"齐"字，她就写了三十多秒钟，一笔一画、下笔极重，字体倾斜，大得惊人。

她写的字，真的很丑。

但她写得极为认真。

萧文缜目光上移，女孩弯着腰身，低头写字的时候，长睫半敛，仿佛藏匿着层层叠叠的春光。

"同学，你把名字写得太大了。"工作人员盯着那个歪歪扭扭的"齐"字，脸上表情微妙，皱着眉说："麻烦你写小一点儿，一会儿还有其他同学要在下面签字。"

萧文缜眸色变暗。

众所周知，经济学泰斗齐凯瑞有一个孙女，她智力正常，却患有阅读书写障碍症。有别于某些症状较轻的阅读书写障碍症患者，齐老孙女的症状极为严重，属于看到文字完全不会读、平时连自己的名字都无法书写正确的那一种。但就是这样一个输在起跑线上的人，凭着自己的努力，通过高考一战成名，不知道秒杀了多少同时参与高考的学子。

齐默的事迹，萧文缜四年前就已耳熟能详。

一个常年生活在别人异样眼光里的人，心性自然非一般人可比。齐默听出了工作人员话语间的不快，脸上却平静无波，握着圆珠笔正要签"默"字的时候，一具温暖的身体突然贴上她的后背，紧接着，修长的手指用力地包裹住她用来写字的右手。

齐默浑身一僵，靠在那个人的怀里微微侧眸，直接撞进一双清澈的眼眸。

下午四点零八分，国大经济学院新生注册办事处寂静异常，齐默卡在萧文缜的身和一张办公桌的中间，处境尴尬，整个人动弹不得，脑子里更是一片空白，以至于事后只能依稀记得几个小细节：

1. 工作人员惊讶得说不出话来。

2. 她被萧文缜圈在怀里，全身发热堪比火炉，不仅后背直冒虚汗，就连手心里也出了一层细汗。

3. 萧文缜握着她的右手，在报到登记表上认真地写下她的名字"齐默"。那些字体、笔画在她的视觉世界里分解、跳跃，所以……她无法分辨萧文缜是否拥有一手好字。

4. 现场几位排着队等待签字的新生认出了她和萧文缜，被眼前这一幕惊得瞠目结舌。

几分钟后，齐默头脑发热地离开新生注册办事处。萧文缜抬起腕表看了一眼时间："你去哪儿？我送你。"

齐默要回家，不好意思继续麻烦萧文缜，委婉拒绝："不用了，我打车回去。"

萧文缜说："今天市里好几所高校开学，出租车不好打。"

齐默哑口无言。

萧文缜说的是事实，齐默不方便再拒绝，改口道："那就有劳师兄了。"

前往停车场的路上，来往的学生逐渐多了起来，齐默走得越发缓慢，远远地跟在萧文缜的身后。本来她的受关注度就很高，萧文缜的知名度又远胜于她，彼此之间还是拉开一点儿距离比较好，否则被人戳脊梁骨是小事，被狗仔偷拍荣登娱乐新闻版面是大事。

齐默保持距离倒也无妨，但她拉开的距离貌似远得有点儿夸张，萧文缜察觉之后，干脆停下脚步，转过身望着齐默，示意她近前。

齐默见状，只好加快脚步追了上去。

"齐默。"他叫了一声她的名字。

"嗯？"

萧文缜定定地看着她，沉默片刻后，慢慢开口："以后你和我在一起，被人关注在所难免，不能每次我们在一起，你都躲得远远的，你要趁早适应才行。"

什么？

齐默以为自己出现了幻听，脑子又是一阵发热，被他那句"以后你和我在一起"雷得外焦里嫩。

不是萧文缜疯了，是她疯了吧？

"师兄，我们是同门师兄妹。"齐默认真重申，她承认萧文缜长相一流，智商一流，家世一流，但他追女孩的速度是不是也太急促了？

"我们当然是同门师兄妹。"萧文缜单手插在裤袋里，慢条斯理地说，"我们师出同门，以后在学业上势必要有很多交集，碰在一起，走在一起，不是很正常的吗？"

是很正常，齐默却觉得很尴尬。

原来，萧文缜说的跟她想的完全不是一码事。

阳光下，萧文缜逆光而立，将齐默的神情尽收眼底，一贯态度冷漠的他似乎被齐默无意中戳中了笑点，只见他极其细微地牵动嘴角，轻飘飘的语调甚是蛊惑人心。

他说："齐默，你在乱想什么？"

齐家位于老城区，坐落在一大片老式小洋楼里。隔绝闹市喧嚣，每一幢房子都像是一位阅尽芳华的沧桑老人，娓娓诉说着光阴的故事。

齐默踩着树影走路，想起不久前萧文缜开车送她回来，一路上萧文缜电话不断，而她在人前颜面尽失，眼巴巴地瞪着车窗玻璃郁闷了很久。

后来，汽车抵达小区门口，她更是直接开门下车，连声"谢谢"也不说就直接关上了车门。

这种冲动只持续了三秒钟，她自知行为不妥，有些小家子气，于是转身上前，敲了敲副驾驶的车窗。

车窗缓缓下降，她对上萧文缜的眼神，下意识地说出口的话并非"谢谢"，而是："师兄，我没有乱想。"

"我知道。"

萧文缜的目光在她的脸上游走了一遍，他回应得很有风度。

齐默不愿意自我伤害地再回忆下去，她从未在一个陌生男子面前这么丢人过，还是屡次丢人。

齐默想事情入了神，砰——脑袋撞上某个路人的胸口，路人适时地扶了她一把，方便她站稳。

"你是怎么走路的？"

熟悉的声音带着惯有的不悦在齐默头顶响起，虽不至于让她吓一跳，但惊讶还是有的，她一抬头，就看到了江棋来。

国大超高颜值男学霸一共有两位，一位是萧文缜，另一位是江棋来。如果说萧文缜的帅气带着冷淡风，他看起来有些不易亲近的话，那么江棋来的英俊绝对跟世俗有关，仅是一双好看的眼睛就仿佛盛有万千星辰。

两个人之间的距离有点儿近，齐默不动声色地退后一步，讲了一句废话："你回来了？"

"回来拿点儿东西。"江棋来的语气不冷不热，他转过身，慢吞吞地走在前面，齐默站在原地犹豫了一下，在保证距离的前提下，跟了上去。

江棋来，国大研究生会主席，国大自动控制理论及应用专业在读博士，青锋集团董事长江明雨的儿子，江夷中的哥哥。

四年前，江棋来本科毕业，联合青锋集团事业部推出青锋视频网站，四年下来覆盖数亿多屏终端，堪称青年才俊，一直是各大媒体关注的焦点。

江家老宅也在这个小区，江家和齐家毗邻而居。江家两兄妹在这里生活了十几年，起初是因为父母经商忙碌，回到家里只有保姆，江奶奶觉得两个孩子疏于亲情陪伴，于是把他们带在身边照顾。后来两兄妹日渐长大，不放心江奶奶一个人住在江家老宅，所以一住又是好几年。直到五年前，江奶奶去世，两兄妹才先后搬离江家老宅，两兄妹念旧，偶尔也会回来住上一晚。

两兄妹对齐默的感情深浅不一，妹妹江夷中时不时地就会约齐默见一面，哥哥江棋来对齐默向来是清淡如水，时常无视，偶尔简单聊聊。

"齐爷爷的身体怎么样？"江棋来打破沉默，回头看了齐默一眼。

"恢复得还不错。"毕竟是大手术，爷爷若想出院，可能还要等上一段时间。

江棋来嗯了一声，淡淡地说："我最近比较忙，等过几天，我抽个时间去医院看看他。"

"好。"

接下来，两人一路无话，走到齐家门口时，江棋来停住脚步。

"齐齐。"

齐默胸口一窒，慢慢抬头，漆黑的眼睛被下午五点钟的阳光一晃，仿佛进驻了水光，绮丽多彩，闪烁着明亮的光辉。

江棋来静静地看着她，过了好一会儿，才说："以后我们都在国大读书，如果需要我帮忙的话，记得来找我。"

一阵微风刮过，轻轻地掀开枝叶的隙缝，隐隐跳跃的碎光洒落在江棋来的眉眼间，许是错觉，齐默竟看到了罕见的温情。

齐默微笑着点头。

江棋来说的是场面话，她自然不会当真，至于他那声阔别多年的"齐齐"，更像是对于身为弱势群体一员的她，熟识者偶尔发起的感慨和怜悯。

她永远都忘不了，那个冬日四目相对，她从他那双仿佛会说话的眼睛里读出来的语言信息是——他瞧不起她。

这天下午，齐默回到家里，简单地洗了一把脸，拿起床头柜上的录音笔躺在了床上。

"今天的重点是，'一带一路'沿线国家投资将面临哪些税收问题；各国税务体系复杂，面对高税务风险的同时，如何才能避免风险，做到重点防控；我国'走出去'税收政策在遇到风险的时该如何应对……"

录音笔里面的内容，是齐凯瑞前些时候专门为齐默录制的，苍老的声音缓缓地从录音笔里流溢出来，诵读的内容枯燥无味，齐默躺在床上听了一个多小时，后来昏昏沉沉地睡着，做了好几个凌乱、破碎的梦。

那时候，她并不知道自己有病，她只是觉得自己很笨，笨到连自己的名字都写不对，以至于"齐默"两个字总是缺少笔画。为了掩饰自己很笨，贪玩、任性和没心没肺成了她的伪装。瞧，她不是笨，她只是被家人惯坏，不爱学习罢了。

正在读初中的江棋来对她很有意见，觉得她不学无术，担心她会带坏江夷中，所以每次见到她，几乎都没有什么好脸色。

他对她的厌恶，是从幼时就开始的。

她的童年记忆里，他对她一直是冷脸，她却爱围着他打转。

后来，她被检查出患有阅读书写障碍症，他对她的态度虽然有所缓和，但也没有亲近到哪里去。

他待她，总归是冷嘲热讽居多。

他说："天生残缺可以通过后期努力弥补，你知道世界上什么人最可恨吗？回去照照镜子，镜子里自暴自弃的你最可恨。"

他说："你知道'烂泥扶不上墙'是什么意思吗？尊严对你来说是个奢侈品，所以你活该被人取笑、被人骂。"

他说："你可以贪玩一辈子，也可以被你父母养活一辈子，你这辈子投胎做个人，却每天浑浑噩噩虚度光阴，不以为耻，反以为荣，难道你连人类最基本的羞耻心都没有吗？"

他说："考试前，你和夷中少来往，我听说'笨蛋'这个词会传染。"

他是她见过的最出色的男孩，虽然有点儿毒舌，但她依然喜欢听他说话。直到她在家里读完高二课程的那一年寒假，爷爷有事不在家，委托正在读大学的他给江夷中复习功课的同时，也顺便帮一帮她。

也就是那一年寒假，她犯糊涂做错了一件事，江棋来震惊之余，越发厌恶她。

几天后，面对她的服软求和，他说："齐默，你能不能离我远一点儿？"

齐默心里有点儿堵，从梦中转醒，卧室里光线昏暗，窗外夜幕已落，下午这一觉睡的时间比想象中要长。

齐默下楼做饭的时候，母亲从医院里给她打来了电话，询问她吃饭了没有。

"正在做。"齐默调小炉火，问母亲，"爷爷今天身体还好吗？"

母亲说："你爷爷今天下午血压有点儿高，心脏后负荷加重，说是胸闷，不过现在已经好多了。"

"你跟孩子说这些干什么？也不怕影响她学习。"

爷爷不悦的声音通过母亲的手机精准地传递到齐默的耳朵里，齐默放轻呼吸，耳边再次传来爷爷的声音："你告诉齐齐，她今天的学习任务还没有完成，晚上十点睡觉之前，我等她打电话过来。"

母亲在手机那头沉默了数秒钟，不是很情愿地复述道："齐齐，你爷爷让我转告你……"

"我听到了。"齐默打断母亲的话，语气平静温和地道，"最迟九点，我一定打电话给爷爷。"

厨房里的粥香味扑鼻，齐默挂断电话，望着炉火发呆，随后伸手关灭炉火。晚饭什么时候吃都可以，但爷爷动完手术没几天，睡眠很重要，她没有时间可以浪费。

窗外树影摇曳，齐默踩着台阶上楼，墙壁上一缕孤影与她默默相伴，齐默的嘴角露出一抹微笑，伸出手轻轻地拍了拍孤影的肩膀，似是一种无言的安慰。

翌日八点至十七点，国大研究生院组织新生体检，通知各学院的新生在校内集合，分批乘坐校园交通车前往校医院。

齐默不住校，没必要折腾自己白跑一趟，吃完早饭，带着一张近期一寸免冠照片，以及身份证和校园卡，乘坐出租车抵达校医院，那里已人山人海。

新生体检以前，需要去校医院一楼服务台领取体检表，齐默排队领到体检表后，又被服务台处的小护士叫了回去。

小护士盯着齐默看了又看，问道："你是齐默吗？"

"嗯。"齐默不认为她的知名度能够覆盖到校医院。

"你把你之前领的体检表给我。"小护士从抽屉里重新拿出一张体检表递给齐默，"这张是你的。"

体检表都是空白项，为什么还分哪一张是谁的？齐默接在手里，很是纳闷儿。

小护士隔着服务台朝她凑近几分，一脸八卦相，问她："差不多半个小时前，萧博彦和沈乐安的儿子来校医院领了两张体检表，其中一张填完后，给我看了一眼你在网络上的照片，并且委托我把填好的体检表转交给你。他对你那么好，你该不会是他的女朋友吧？"

齐默没接小护士的话，离开服务台的时候，垂眸扫视了一眼体检表，她虽然不知道上面写了什么，但需要填写个人信息的地方，的确有残碎笔画在纸页上寂静飘浮。

昨天下午，萧文缜帮她办理入学手续，对她的个人信息自然很清楚。今天上午，他帮她填写体检表，避免她领取体检表以后左右为难，实在是心细。

至于他委托护士转交给她，很有可能是为了成全她的"安全距离"，尊重她的不愿被过度关注。

那人虽然面冷，但作为同门师兄，无疑很合格。

眼下，齐默不用请人帮她填写体检表上的个人信息，但还需要往体检表上粘贴一张近期一寸免冠照片。

校医院为了方便学生现场填写体检表，专门在大厅里配置了长吧台和座椅。因为学生多，吧台位置有限，所以现场秩序很差。

齐默观摩片刻，放弃了挤进吧台粘贴照片的念头，拿着体检表在一楼大厅里转悠了大半圈，经过某个"面壁思过"的高个子男生时，齐默停下了脚步。

高个子男生长相英气、硬朗，很有男子气概，齐默隐约觉得有些眼熟，却又想不起来在哪儿见过他。

齐默看到他的时候，他正面向墙壁，左手将刚刚填好的体检表压在墙上，紧接着将嘴里正在咀嚼的口香糖利用舌尖推送到上下牙齿之间，并伸手拉断了一小块口香糖，粘在了体检表上的照片粘贴处。

高个子男生注意到身旁有人，并未细看，而是从牛仔裤后袋里摸出一张免冠照片，用力地按压在了口香糖上面。

大功告成。

高个子男生拿着体检表，嚼着口香糖正欲离开，面前却出现了一张体检表，冷静的女声随之响起："同学，借用一下你嘴里的口香糖。"

高个子男生愣了一下，转眸看向身侧，年轻女子穿着白T恤和九分毛边牛仔裤，脚踩一双小白鞋，穿衣打扮很有气质，另外……年轻女子戴着一顶黑色棒球帽，帽檐压得很低，虽然看不清楚她的眉眼，但她鼻梁纤细，嘴型非常好看。

"你确定？"用口香糖粘照片是下下策，他也是为了省事，但眼前这女孩真的不嫌脏？

"有劳了。"

齐默直接付诸行动，把一张免冠照片附在体检表上，再一次送到了他的面前。

高个子男生见她举止落落大方，心想自己也不能太小气，接过体检表和免冠照片，索性把嘴里的口香糖全部吐出来，粘在了照片粘贴处，然后拿着免冠照片，啪的一声压在了口香糖上。

一寸免冠照片上，年轻女子微微含笑，眼神清澈。这样的眼神，这样的容貌，分明是……

高个子男生惊讶之余，连忙看向体检表上的姓名栏——齐默。

真的是齐默。

高个子男生尚未平息惊讶，又因为体检表上异常熟悉的圆珠笔字迹陷入了凌乱。

只见体检表上，那些圆珠笔字迹笔锋苍劲，隐有清秀美态，自成一派，像极了某人的字。

高个子男生下意识地环顾左右，没有看到某人的身影，看来是他想多了。

齐默不知高个子男生心里的思绪起伏，从他手里抽走体检表，道了一声"多谢"就离开了。

一个小时后，齐默排着队走进专家门诊办公室，医生给她测量血压的时候，一个名字忽然跃入她的脑海，并与高个子男生快速地重叠在一起。

沈燮。

他是江夷中为数不多的男性朋友之一，同时也是《追梦者》的创始人之一，萧文缜的好兄弟。

难怪她觉得高个子男生有一种莫名的熟悉感，原来是江夷中的男闺密，疯狂追求江夷中四年有余的沈燮。江夷中和她聊起过沈燮，还给她看过沈燮的照片。

上午十一点左右，齐默像打仗一样做完体检项目，把体检表交到主检室，直接离开医院前往公交站。

国大校园交通车设有专门的行车路线，途经各大学院、宿舍以及教职工居民楼，每十五分钟发一次车，在校师生持校园卡乘车均可享受半价优惠。

国大事先发过通知，研究生院的新生如果在校医院体检完毕，可自行乘车回学校领取相关教材。这是齐默乘车回学校的真正原因。

校园交通车还没来，公交车站处聚集了不少学生。

火辣辣的太阳炙烤着大地，一股接一股的热气从地面上冒出来，直往人身上蹿。齐默站在公交站附近，白皙的脸庞被热气熏得微微泛红，她望向前方有廊檐遮挡的公交站，一不小心就在避暑的人群里看到了萧文缜和乔思佳。

萧文缜是天生的衣架子，白T恤搭配黑色长裤，装扮简约，没有任何修饰，只在右手手腕处戴了一块手表，帅气的长相在阳光下更添立体感。

大美女乔思佳穿着黑色polo裙，站在萧文缜的身旁，两人有一句没一句地说着话，瞬间就会让人联想到"俊男美女"这个词。

一个帅出了高度，一个美出了天际。

"乔思佳作为系花，在校人缘极好，就是心气儿比较高。我听沈燮说，她从本科起就立志成为周安国的学生，这次被你抢走研究生名额，只怕以后要恨死你了。"

江夷中对齐默说出这番话的时候，是今年二月。

今年初春，周安国对外限招两名硕士研究生，率先招收本校大四高才生萧文缜，同是本校大四高才生的乔思佳被列在另外一名门徒首选名单里。齐默拜师受阻，被周安国拒之门外。

几天后，齐默带着全套钓鱼设备，出现在垂钓圣地西斋一条沟，成为周安国的女钓友。

女钓友垂钓技术高超，深受钓友喜欢，却很不招周安国待见。

某日，周安国垂钓，河面上忽现黑漂，周安国凭手感兴奋起竿，岂料乐极生悲，只听扑通一声脆响，周安国整个人扑到河水里，溅起水花无数。

齐默上前拉他上岸，忍着笑询问："周教授，您还好吗？"

周安国浑身湿透，面子上多少有些挂不住，咬牙切齿地道了一声"我很好"，就想把手抽回来，却被齐默紧紧地拉住不放。

周安国紧锁眉头，瞪着齐默，一脸不悦。

齐默微微扬起嘴角，虽然话音带笑，表情却很真挚："周教授，美国女作家哈珀·李在《杀死一只知更鸟》里写过这样一句话：'勇敢是，当你还未开始就已知道自己会输，可你依然要去做，而且无论如何都要把它坚持到底。'在国大读研，对别人来说或许是喜事一件，但对我来说，是另一场炼狱的开始，好在我并不缺乏勇气。我在恶作剧一样的视觉环境里独自挣扎、沉浮，如果不想未来摔得更惨烈，就必须拿命去搏。所以，周教授，在我还没有放弃我自己之前，请您务必不要松开我的手。"

周安国手心滚烫，受她言语蛊惑，内心的坚持哗啦啦地碎了一地。

抢走乔思佳的研究生名额，齐默并不自责，也不后悔。

她的座右铭是极其冰冷的马太效应，即：强者愈强，弱者愈弱。在她的价值观里，优胜劣汰不仅是自然界的生存法则，也是人类社会的竞争法则。强弱之间没有黑白地带，强者需要不断力争上游，弱者不奋进就只能被淘汰。

她要争当的，是强者。

既然要拜师，就要拜国大最优秀之人为师。乔思佳落败于她，无关时运不济，而是技逊一筹。

哧——

闷热的空气里，传来交通车狭长、刺耳的气刹声，伴随着车门开启，候车的学生一窝蜂地往车上挤。

齐默大开眼界的同时，被拥挤的人群硬生生地挤到交通车的中后段。还没等她站稳，司机突然启动交通车，齐默脚下踉跄，连忙伸手按住某个入座男生的肩膀，一屁股坐在了他的腿上。

真是前世修来的缘分，那个男生是萧文缜。

事情发生得太突然，交通车里闹哄哄的，齐默和萧文缜之间的气氛有一点儿诡异。两个人镇定地对视了几秒，萧文缜没说话，齐默也没动，直到坐在萧文缜旁边的乔思佳看不下去，很夸张地咳了咳，萧文缜才有了反应，移开眸子不看齐默，却抬手拍了拍她的后背，示意她起身。

齐默坐在萧文缜的腿上一动也不动，双手搭着他的肩膀，漂亮的黑色长卷发覆盖住萧文缜的半边肩头，黑与白，很是亲密。

她是不会起身的。

萧文缜暗示她起身，并不意味着他会让座。眼下出糗已是板上钉钉，自己站起来只会更加尴尬，齐默只能寄希望于萧文缜再绅士一回，帮她化解难堪。

齐默并不像外表那般淡定从容，事实上她的呼吸仿佛夹杂着九月的高温，从萧文缜的耳边划过，萧文缜微微侧开，清澈的目光再次对上齐默的双眸，咫尺之距，齐默避之不得。

昨天下午，他握着她的手写字，也曾和她这般亲近，但她当时并未有机会认真地观察他的眼睛，不像现在。

萧文缜的眼睛很淡漠，宛如无波深海，却又锋芒尽显，潜藏着攻击力，如果注视时间过长，一不小心就会沉溺在他的眼神里。

彼时，交通车里坐满了学生，过道处更是人挤人，越来越多的人看到这一幕，纷纷朝萧文缜和齐默望过去。

分外喧哗。

齐默知道很多人在看她和萧文缜，也知道有些学生认出她就是齐默，就连坐在一旁的乔思佳也是好几次看向她和萧文缜，表情格外难看。

但萧文缜既没有做出让步，也没有强迫齐默起身，齐默就算硬着头皮也要继续坐。

除了爷爷和父亲，这是齐默成年后第一次坐在一个男人的腿上，若说她没有丝毫窘迫，那是骗人的。

萧文缜的腿部温度，似乎能够穿透他长裤的布料和齐默牛仔裤的布料，直接渗到齐默的皮肤里。

许是太过羞人，齐默红了脸。

萧文缜今日怎会这般难缠？还是说，他早就看穿了她的意图，不愿称她的心、如她的意？

交通车经过颠簸路段，齐默坐姿滑动，连忙搂着萧文缜的肩，屁股往他的腿上挪了挪，想要坐得更舒服一些。

"喀喀……喀喀……"

乔思佳咳得更凶了。

萧文缜面不改色，眸色却沉得仿佛能够滴出墨来，他终于做出让步，左手臂环住齐默的细腰，右手臂穿过她的腿弯，起身离座的同时，把齐默拦腰抱起放在了座位上。

车内好一阵骚动。

还是很有效果的，乔思佳不再受刺激，立马就停了咳嗽，换来齐默笑眼一瞥。

乔思佳接触到齐默的目光，漂亮的眼眸波光一闪，笑容转瞬间爬上眼角、眉梢，身体微侧，朝齐默伸出手："初次见面，我是乔思佳，以后在学业上还请多多指教。"

"幸会。"

齐默在萧文缜的眼皮子底下，完成了和乔大美女的初次握手。

萧文缜站在过道里，垂眸扫视齐默，齐默似有所察，仰着脸朝他感激地笑了笑。

自作聪明。

他一开始提醒她起身，就是为了让座的，反倒是她……以小人之心度君子之腹，小心眼儿也太多了。

窗外的街景逐渐后退，犹如时间退回到9月6日的午后，周安国给他打电话，通知他去办公室。在那间即将与齐默邂逅的办公室里，周安国特意叮嘱他："文缜，齐老的孙女一路走来十分不容易，如果你力所能及，不妨在学业上多帮帮她。"

临近中午，齐默回学校领完教材，乘坐出租车前往医院。途中，周安国打了一通电话给她，说后天国大要召开研究生开学典礼，院领导希望她能够作为新生代表上台演讲。

齐默想了想，问周安国："萧师兄比我学业优秀，新生代表为什么不是他？"

国大向来不缺少学霸，而萧文缜更是学霸中的学霸，院领导之所以选她当新生代表，无非是因为她的经历特殊，励志故事更具备渲染力。

她明知故问，不过是缘于心里的那一份抵触和抗拒。

"你同样很优秀，要不然我怎么会选你当我的研究生？"周安国打马虎眼儿，回答齐默的问题时更是避重就轻，"你提前准备一下后天的发言稿，有什么问题随时给我打电话。"

话已至此，齐默不再多言。

来国大读研之前，她在华大历经四年本科生涯，几乎每一年的大一新生开学典礼，她都会作为励志学姐上台发言，没有人问过她愿不愿意，就好像她理应站在高校的殿堂里尽情展示她的伤疤，并且不知疼痛。

爷爷曾经对她说："如果你的伤疤可以影响学生积极奋进地追逐自己的梦想，就算充当展示品又如何？你总归是在做一件有意义的事。"

什么叫有意义的事？

对爷爷来说，往后余生最有意义的事，就是倾尽所有，哪怕牺牲他的健康，也要培养她成材。

齐默抵达医院的时候，尉迟敏刚照顾齐凯瑞吃完午饭，正在整理碗筷，见齐默提着一摞经济学教材走进来，连忙上前接过，嘴里念叨着："吃午饭了吗？"

"我一会儿出去吃。"

病床上，齐凯瑞挣扎着坐起身，齐默把枕头垫在他的身后，寻了一把椅子坐了病床边。

齐凯瑞大病未愈，眉眼间透着疲态，面色不是很好，鬓旁的白发，包括额头和眼角处的皱纹，都在提醒齐默，这是一个已经步入暮年的老人。

这位老人不辞辛劳，成就了她的现在，有过严厉，也有过宽容，对她夜以继日的陪伴，逐渐拖垮了他的身体。主刀医生说："老人年纪大了，长期熬夜导致心脏负担加重，估计出事前心脏就亮了红灯，只是怕你们担心，没有告诉你们罢了。"

齐默满心自责，所以9月6日那天下午，她才会对萧文缤说，爷爷生病住院，不全是他的错。因为，真正的罪魁祸首是她。

齐凯瑞靠着床头，扫视一眼齐默带来的经济学教材，虽精神不济，但眉眼间散发出来的气场带着数十年磨炼而成的睿智和霸气，哪怕是在病痛中，依然锋芒毕露。

"国大研究生院什么时候举行开学典礼？"齐凯瑞哑着声音问。

"后天。"

齐凯瑞点点头："开学典礼结束，研究生院就会正式开学授课，我虽然一时半会儿出不了院，但你的学习进度，我会每天跟进。另外，计算机读屏软件读不了的书单，我会想办法提前录好音，逐字逐句地念给你听。"

"爸，您刚动完心脏手术，医生专门嘱咐过，让您今后一定要注意休息，避免熬夜受累。"尉迟敏走近床畔，轻声劝道，"如果您继续辅导齐齐读书的话，我担心您的身子骨受不了。"

"受不了也要受。"齐凯瑞带着情绪质问尉迟敏，"我生病不辅导，远彬工作忙不辅导，难道交给你辅导吗？"

尉迟敏当着女儿的面被公公怒怼，脸唰的一下变了色，眼眶里爬满了雾气，借着收拾碗筷低下了头。

齐默坐在椅子上低着头，克制地闭上了眼睛，片刻后睁开，再抬头时，脸上挂着笑容，问母亲："妈，我爸还没吃饭吧？"

尉迟敏仍旧没有抬头，尽可能地让语气变得轻松："你爸哪儿有时间吃饭啊？今天淮安路发生车祸，一家三口送医急救，你爸爸刚进手术室，最快也要下午才能出来。"

人命关天，尉迟敏在医院里被公公刁难的事，似乎一下子变得无足轻重起来。

尉迟敏收拾好碗筷，去洗手间洗碗去了，齐默陪齐凯瑞聊了一会儿天，见他有了睡意，扶着他躺下，这才去洗手间找尉迟敏。

尉迟敏眼睛发红，想必刚才躲在洗手间里哭过，见女儿进来，心中忽然一阵酸楚，刚止住的眼泪再一次夺眶而出。

尉迟敏强颜欢笑，怕惊醒齐凯瑞，压低声音说："齐齐，我比任何人都想辅导你学习，但我不能，妈妈没用，都是妈妈的错，妈妈害苦了你……"

齐默戳在门口，温柔地看着母亲，母亲的内疚和自责她都懂，正是因为懂，她才比任何人都心疼母亲。

齐默走上前抱住母亲，明亮的光线照在齐默素净的面容上，作为一个女儿的温软，全部被她放到了深情的语言里。

"妈，下辈子我还做你的女儿。"

9月8日上午，国大研究生院全体新生在岭南校区的大礼堂集合，参加研究生入学教育和心理健康讲座。

大礼堂人满为患，齐默出现的时候，吸引了很多人的目光，男生在看她，女生也在看她。三年前，她凭借一部华大招生宣传片在各大高校间声名大噪，与此同时，"阅读书写障碍症"的标签与她异常紧密地捆绑在一起，但凡她出现在学校里，必定会有很多双眼睛盯着她，如同此刻。

按理说，她已经习惯了别人的注视，但今天大家看她的眼神好像有一点儿不对劲儿。

这里的很多女生，貌似很爱笑。

女生看到她，要么捂着嘴偷笑，要么和身边的朋友窃窃私语。

她是穿衣打扮有问题，还是头上别了一朵大红花？要不然，她们一个个傻笑什么？

齐默正纳闷儿呢，察觉越来越多的人朝她这边看来，警觉感姗姗来迟，顺着她们的目光焦点，看一眼身旁……

呃？

萧文缜是什么时候坐在她身边的？

老师还没来，礼堂内到处都是说话声，乱糟糟的。

萧大帅哥置身于喧哗，垂眸看书时，文人气质浓郁，侧脸轮廓极为好看，难怪有那么多女生对着他散发出星星眼。

　　齐默见他看书认真，没有半分跟她说话的意思，自然没有上赶着说话的冲动，好在授课老师来了，没有人再盯着她的方向看，齐默委实松了一口气。

　　入学教育讲到一半，仅是国大发展历史就讲了半个多小时，听得学生们昏昏欲睡，齐默也困得不行，从单肩背包里掏出一瓶风油精，拧开盖子后，倒在指腹上，分别涂抹在两侧的太阳穴上。

　　涂抹分量偏重，不到一会儿工夫，齐默的两侧太阳穴就疼得厉害，她只好低着头擦掉太阳穴上面的风油精，试着缓解痛意。

　　不幸的是，邻座的女生从裤袋里掏出手机，不小心蹭到了齐默的手臂，齐默措手不及，沾了风油精的指腹从右眼皮上重重划过。

　　右眼皮火辣异常，齐默的眼睛又酸又涩，她勉强睁开眼睛，模模糊糊的视线里，依稀发现眼前出现了一包湿纸巾。

　　齐默转眸看向那位英雄，刚一对上萧大帅哥的眼睛，眼泪就吧嗒吧嗒地往下落。

　　好像她每次见到萧文缜都在闹笑话。

　　第一次见到萧文缜，她当着他的面流鼻血。

　　第二次见到萧文缜，她坐在了他的腿上。

　　第三次见到萧文缜，她对着他疯狂掉眼泪。

　　齐默无法控制自己的眼泪，"哭"得好不伤心。

　　见惯她出丑的萧文缜，不仅没有笑话她，还亲自撕开湿纸巾的包装袋，从里面取出一张湿纸巾递给她。

　　齐默含泪接过，隐约听见萧大帅哥对她说："中午一起吃饭，我有话对你说。"

　　"什么话？"齐默擦着眼泪问。

　　萧文缜没理她。

　　国大经济学院附近有一家粤菜馆，口碑一向很好，萧文缜带齐默过去的时候，遇到了不少熟人，几乎每个人跟萧文缜打完招呼，都顺带着看一眼齐默。

　　齐默上午流了太多眼泪，情绪低到了谷底，懒得理会别人的目光。她跟着萧文缜落座后，服务员秉持女士优先的社交礼仪，率先递给齐默一张菜单让她选菜。

　　齐默颇感为难。

　　下一秒，菜单被萧文缜从对面抽走，他看着菜单，问齐默："牛肉、羊肉、猪肉、鸡肉、鸭肉，你喜欢吃哪一种？"

　　齐默被他独特的点菜方式吓了一跳，战战兢兢地回："牛肉。"

　　"沙茶炒牛肉。"萧文缜交代完服务员，又问齐默："鱼、虾、贝、蟹，你喜欢哪一类？"

齐默连忙喝了一口水压惊，回："鱼类。"

"紫苏干焖鱼段。"萧文缜紧接着又问齐默，"香菇、金针菇、桦树菇、青头菌、牛肝菌，哪一种对你的口味？"

"青头菌。"

齐默暗自庆幸只有两个人用餐，萧文缜只点了两人用餐的量，否则照他这么点下去，只怕服务员会因为他太过简单粗暴的点菜方式而当场石化。

服务员离开以后，萧文缜拿起水壶往齐默的杯子里续水，有条不紊地开启话题："昨天深夜，有人在国大的贴吧里发了一篇文章，标题为'齐默偷亲萧文缜人形立牌，华大励志女竟然是个女色狼'，文章里还配有相关照片，照片上，你整张脸贴近我的人形立牌，而人形立牌的特写照片上，我的人形满嘴口红印，这些无不间接坐实了你的罪名。所谓好事不出门，坏事传千里，很多学生凑热闹跟帖留言，导致这篇文章高居贴吧首页第一位，各学院今天一大早传疯了。"

听了萧文缜的话，齐默很快就弄清楚了怎么一回事。

原来今天上午在礼堂里，女生之所以冲着她笑，是因为误信了那篇抹黑她的贴吧文章，觉得她愚蠢可笑。

仔细想想，9月6日那天午后，萧文缜的人形立牌被风刮翻在地，她出于"人道主义精神"扶起萧文缜的人形立牌以后，因为察觉"他"嘴唇的颜色有异而凑近细看，当时的确有几个女孩子目睹了这一幕。事后，她们可能将拍到的照片散发出去，被人发布在贴吧里，又或者贴吧文章是她们当中的某一人所为……这些都不重要，重要的是，发帖人抹黑她也就罢了，竟然还刻意带上"华大"，这就有点儿过分了。

齐默也不发怒，拿起玻璃水杯，慢吞吞地喝了几口白开水，问萧文缜："你相信是我干的？"

"你没那么无聊。"

萧文缜虽然语调冷漠，但齐默的心偷偷地暖了暖，念头一转，她想起关键物证，也不知道是否还在学校，于是说道："师兄，我可能要借用一下你的人形立牌。"

"今天一大早，我把人形立牌寄存在了学校的保卫科，你需要的话，可以随时去取。"

齐默知道萧文缜很聪明，但她没想到，萧文缜在遇到事情时，竟然能先人所想、先人所为。

萧文缜靠着椅背，注视着齐默，帅气的脸上看不出任何情绪波动，说道："齐默，我之所以告诉你这件事，是因为我觉得你作为当事人有知情权。如果你不方便出面，我可以代为解决。"

这话已经很暖了。

齐默隐有触动，这些年她在华大一直是孤军奋战，遇到质疑，只能自己平息，遇到困难，只能自己解决，没想到读研换了一所大学，当她再次遇到质疑和困难时，竟然有人可以供她倚仗。

她承认，因为学习压力很大，所以她平时很怕麻烦，但……

"师兄，我不主动惹事并不代表我怕事。这件事情是冲着我来的，不劳你费心，我自己解决。"饭菜上桌前，齐默听到自己是这么回复萧文缜的。

9月8日下午，国大研究生院安排新生参观校史馆，齐默中午和萧文缜在粤菜馆吃完午饭，就直接打车回家去了。

9月9日上午，国大研究生新生开学典礼在综合体育馆隆重举行，国大校长和各学院领导，以及全体师生齐聚一堂。

开学典礼上，国大校长彭睿安和教务长李秋明分别代表校领导和全体教师上台发表重要讲话。国大自动控制理论及应用专业在读博士江棋来和国大经济学院研究生齐默分别代表全体在校研究生和全体新生上台发言。

江夷中交完出版书稿，悄悄溜进综合体育馆的时候，她的哥哥江棋来正作为在校研究生代表上台发言。

演讲台上，江棋来惊才风逸，并在长达六分钟的演讲里全程脱稿，自始至终语速不疾不徐，语调抑扬顿挫，淡定之余，出口成章，才气逼人。

江棋来鼓励在场学生肩负国大使命，积极丰富校园生活："读研期间，大家不妨多结交一些外系人才，或是多去校友人际网串串门，不同专业和文化背景相碰撞，通常会开拓大家的价值观和格局观。毕竟，打破闭门造车的僵局，首先就是推开门集思广益。"

另外，江棋来鼓励校友读研期间"知行合一"，并以"如何高效学习"为题，对全体校友提出宝贵意见。

体育馆内掌声雷动。

但对那一届的国大研究生来说，9月9日上午在开学典礼上出尽风头的人，并不是国大研究生会主席、青锋网创始人江棋来，而是华大励志风云人物齐默。

当时综合体育馆内掌声暂歇，很多人还没从江棋来的演讲里回过神，然而齐默登台后的一场全英文演讲，瞬间让现场所有人清醒了过来。

事实上，齐默的演讲内容很简短，时长只有几分钟，但她英文流利，一口标准的伦敦腔惊艳四座，发言内容更是脱离常规，惊得众人目瞪口呆。

全英文演讲翻译如下：

　　大家好，我是齐默。演讲之前，我想借此机会谈一谈国大和国大的莘莘学子。

　　国大是国内一流名校，是万千学子梦寐以求的理想高校，而被国大录取的学生，不是天才，就是学霸，甚至是学霸中的学霸。

我作为一名外来客，选择在国大继续深造读研，除了看重它的名气之外，更让我心仪的，是它的学术氛围，是数以万计可以让我变得更加优秀的出色校友。

但，开学报到不过两日，我尚未完全领略国大的学术氛围，就因为一场闹剧莫名其妙地成了他人眼里的笑话。

作为国大研究生大军中的一员，我和国大贴吧里的一些校友相比，想象力势必稍逊一筹。

造谣无成本，跟风须谨慎。

据我所知，那篇帮我爆炒女流氓人设的帖文漏洞百出，某些校友"吃瓜"看戏，智商告急，睁着绿豆一样大的散光眼，愣是没有察觉。在他们嘲笑的焦点里，他们口中的"齐励志"唇形多变，唇纹变幻莫测，而且所用的口红的色号都快赶上三岁小娃娃都懒得吃的彩虹糖了。

当然，他们可以放下高智商嘲笑我，我却不能回过头嘲笑他们。毕竟，他们平时太注重提高想象力，反而忽略了对眼睛的保养，所以偶尔眼神不济，闹点儿笑话也是可以理解的。

在此，我温情提示以上校友，是时候配副眼镜了。

我记得，弗·桑德斯曾经说过这样一句话："品格能决定人生，它比天资更重要。"

国大素来重视品格培养，国大的莘莘学子最不缺乏的就是天资，而我天资匮乏，起跑线被在座各位狂甩在百米之外，好在人生不是百米短跑，而是一场看不到终点的马拉松，比的不是速度，而是突破自我极限，在一路前行的动力中实现人生价值，并与最美好的自己相遇。

我是齐默，我的学习态度是——

聆听，聆听，再聆听；

记忆，记忆，再记忆；

努力，努力，再努力。

你们口中的"齐励志"，她的人生字典里没有"认输"一词，只有永不放弃和奋起直追。在通往成功的道路上，她也从不惧怕跌倒，因为每一次跌倒，她都有爬起来的勇气。

9月9日上午，齐默用三个"聆听"、三个"记忆"和三个"努力"，完成了她最为简短的经验分享，耍起狠来，气场爆棚。

体育馆里鸦雀无声。

齐默哪里是在演讲，她分明是借着演讲大谈骂人之道。

短短几分钟的演讲，齐默当着校领导和全体师生的面，损人不带脏字，谈笑间幽默风趣，极尽文雅，看似轻描淡写，却有掀起惊涛骇浪般的讽刺之势，迫得人无力招架，某些学生心里暗暗发虚，更有甚者脸颊火辣辣地疼。

大屏幕里，齐默细长的眉眼带着东方女子极其少有的雅致和凛然，无声无息地抓住众人的目光，令人移不开视线。

"以上是我的全部演讲内容，谢谢大家。"

综合体育馆内，9月的阳光穿过顶部的弧形玻璃洒落一室，馆内无风，但齐默穿过光束走下演讲台的时候，走路自带秋风，一头海藻般的黑色长卷发仿佛被风轻轻吹起，她整个人散发着光和热，就连刺目的阳光也变成了她的陪衬品。

现场寂静一瞬。

后来，也不知道是谁率先鼓起掌来，紧接着越来越多的人加入鼓掌者阵营，片刻后，体育馆里爆发出雷鸣般的掌声，宛如山洪暴发一般，经久不息。

江夷中坐在体育馆后排，跟随众人一起鼓掌，感慨好友胆大包天的同时，眼睛望向最初那道掌声的来源处，当即心头一惊。

萧文缜？

Chapter 02
这个师兄有点儿暖

9月9日上午，国大研究生新生开学典礼在网络上同步现场直播，所有新生的亲友观看直播画面，实时评论区火爆异常。

市医院心血管外科住院部813号病房里，齐凯瑞坐在病床上通过手机观看齐默演讲，脸色如常，并未有任何不悦。

齐默是他的孙女，又是他亲自教养长大的，所以他比任何人都了解她的性子。她虽行事低调，但一旦被人触及底线，绝对不会善罢甘休。

人弱被人欺，齐齐初进国大，人前立威震慑一下好事之徒，倒也不是什么坏事。

与齐凯瑞态度不同的是，尉迟敏满脸笑意，虽然听不懂女儿在讲些什么，但目睹女儿站在演讲台上如此优秀，身为母亲，与有荣焉。

"在看什么，这么专注？"

急诊科难得有不忙的时候，穿着白大褂的齐远彬抽空来病房探望父亲，见父亲和妻子的注意力全在手机上，忍不住凑上前去。

目睹女儿正在发表英文演讲，齐远彬刚露出笑容，就被打回了原形。

女儿的演讲内容，分明是一篇檄文。

尉迟敏没有察觉齐远彬神色有异，伸手挽住他的手臂，同他一起看向手机。

齐远彬勉强挂着微笑，体贴地拍了拍妻子的手背。

女儿做事一向中规中矩，此次在开学典礼上连讽带刺，怕是在国大受了委屈，或是被人触碰了底线。

手机直播画面里，齐默扶正麦克风，从容地走下演讲台，齐远彬将支在移动餐桌上的手机交给妻子，收起移动餐桌后，走近齐凯瑞的床头，说道："爸，您手术后虽然需要静养，但不能一直躺在病床上，我扶您下床活动活动。"

齐凯瑞掀开薄被，伸出手不耐烦地推开齐远彬，脾气犟得很："我自己来。"

齐远彬没有过多坚持，跟在父亲身后，沿着住院部走廊活动了一圈，送他回病房以后，帮他测了测心率和血氧饱和度，见一切正常，又叮嘱了妻子几句，这才动身回急诊科。

路上，齐远彬打了一通电话给齐默，电话通了，但无人接听。

齐默的手机一直处于无人接听状态。

开学典礼结束后，周安国见校长的脸色堪比包公脸，再加上一时之间找不到齐默，接连给她打电话也是只响不接，可谓又急又气。

怎么，她知道自己闯祸，逃之夭夭了？

周安国平复了一下情绪，给萧文缜打电话，让萧文缜在学校里帮忙找找看，如果找到齐默，就让她立刻去见他。

接到周安国电话的时候，萧文缜尚未完全走出综合体育馆，周边来往的人都是学生。结束通话以后，萧文缜握着手机短暂沉默，似是想到了什么，迈着大步下了台阶。

乔思佳在台阶下看到他，张嘴想要打招呼，却被他匆匆离去的背影绊住了所有言语，心里禁不住一阵好奇：他这是要去哪儿？

萧文缜决定去保卫科碰碰运气，昨天中午他和齐默一起吃饭，齐默既然问起他的人形立牌，就必定另有所用。

综合体育馆距离保卫科有点儿远，萧文缜经过一处小公园的时候，听到一阵若有似无的猫叫声，起初他并未放在心上，但不知为何，走了没几步，他又折返，走进了小公园。

小公园里静悄悄的，萧文缜循着猫叫声一路找过去，竟然在小公园的西南角发现了齐默。

一棵高大的梧桐树下面铺着好几张大纸板，一只大黑猫虚弱无力地卧在纸板上低声呜咽，齐默背对着他，正半跪在草地上协助大黑猫生小猫崽。

萧文缜没有上前。

国大校园前些年溜进来几只流浪猫，校领导没有加以驱赶，导致流浪猫光明正大地在此安家，各学院的女学生热心肠，经常会抽时间给它们喂食。许是生存环境太过优越，流浪猫在此繁衍的速度很快，大腹便便的流浪猫和成群结队的小猫崽在学校里随处可见。

眼前这只大黑猫正在经历难产。

齐默身旁平铺着两张大纸板，纸板上并排放着两只黏糊糊的、蜷缩成一团的死猫崽，第三只小猫崽正在重复先前两只小猫崽的命运，后腿率先从大黑猫的体内滑出，大黑猫却已精疲力尽，生不出来，小猫崽凶多吉少。

暑热和蝉鸣宛如双生子，形影不离，暖风慵懒地扑打着梧桐枝叶，草地上树影摇曳，一人一猫很是扎眼。

齐默将露出后肢的小猫崽轻轻地推送至黑猫体内，并在黑猫宫缩加剧、用力往外排小猫崽时，配合黑猫的生产频率不慌不忙地将小猫崽往外拉，动作干脆利落，坚定而又果决。

第三只小猫崽平安诞生。

确定大黑猫的肚子里没有小猫崽以后，齐默终于松了一口气，活动手臂时不经意间回眸，竟一不小心撞进了满眼秋色。

天蓝，草青，某人穿着白衬衫站在天地间，身姿挺拔，道不尽的清隽雅致，只需一张纸和一支笔，便随时可入画。

"师兄，你怎么会在这里？"其实也无须问，萧文缜过来找她，十有八九跟周安国有关。

果不其然。

"周教授给你打电话，你怎么不接？"萧文缜见她的白色衬衫上沾了不少猫血，就连双手也是……

"我的手上都是血，没办法接电话。"说话间，齐默将沾满血污的双手随便往纸板上蹭了蹭。

萧文缜忍着皱眉的冲动，问齐默："哪儿来的纸板？"

"垃圾桶里捡的。"

萧文缜的嘴角抽动了一下，脑子里刚浮现出"邋遢"两个字，他就见邋遢的齐默收拾好纸板，将两只死猫崽放在大黑猫的身旁，紧接着伸出双手把存活下来的小猫崽从纸板上托了起来。

萧文缜终于还是忍不住皱了眉："去哪儿？"

齐默一边走，一边说："我带小猫崽去附近的公厕，帮它清理一下口鼻处的胎膜。"

公厕就在小公园里，倒也不远，齐默站在公共洗手池边，刚把水龙头打开，手里的小猫崽就被一只好看的手接在了掌心里。齐默眼睛往上移，觉得自己可能是眼花了，她不信邪地再往上面移了移，顿时呼吸一室，连忙往旁边避了避。

齐默承认萧文缜长得很帅，但长得再怎么帅，也不能大白天耍流氓啊。

公共洗手池边，萧文缜不知何时脱掉了他的白衬衫，并把白衬衫搭在了他的右肩上，雅痞感十足，仗着颜值高、身材好，所以哪怕上身只穿着一件白色的背心，依然被他穿出了满满的运动男神范儿。

齐默移开眸子，打开另一个水龙头洗起手来，心里念叨着非礼勿视，待洗掉手上的血水，用力地甩了甩手，便听见萧文缜对她说："我的白衬衫借给你穿，你去女厕所把你身上的脏衣服换下来。"

齐默没反应过来，愣愣地看着他。

水流声哗啦啦作响，萧文缜眉眼低垂，认真地为小猫崽清理口鼻处的胎膜，明明只是一件再寻常不过的小事，却被他演绎得赏心悦目。

"怎么了？"萧文缜见齐默站着不动，挑着眉质问她，"难道你打算穿着一身血衣，在学校里来回晃悠吗？"

齐默站在原地犹豫不决，虽然觉得穿萧文缜的衣服有点儿不合适，但又架不住萧文缜的好意，只好从他的肩膀上抽走白衬衫，向右转弯进了女厕所。

今日国大召开研究生新生开学典礼，全体新生统一着装，所有人穿着白衬衫和黑色西装裤。齐默身上的白衬衫沾了不少猫血和羊水，不仅脏，还很难闻，想必萧文缜看不下去，所以才会借衣服给她。

齐默脱掉自己的衣服，将萧文缜的白衬衫穿在身上，整个人别扭极了，一想到这件白衬衫不久前还被萧文缜贴身穿着，她就没办法心平气和，脸颊也跟着隐隐发烫。

男式白衬衫对她来说偏大，好在宽松之余，穿在身上别有一番中性风味，倒也简约帅气。

齐默穿好衣服从女厕所里走出来，萧文缜已经简单清理好了小猫崽。他那审视的目光落在齐默的身上，齐默又浑身不自在起来，她避开萧文缜的目光，努力把注意力集中在小猫崽身上。

"谢谢师兄。"齐默垂着眼眸不看他。

安静了几秒，萧文缜暗哑的声音在她的头顶响起："大黑猫和小猫崽交我处理。你该干什么就去干什么，不要戳在这儿。"

经萧文缜一提醒，齐默这才想起自己还有正事没干，本来她是要去保卫科拿人形立牌的。

"有劳师兄费心了。"

处理大黑猫母子并不容易，萧文缜原本可以不帮忙的，齐默见他稍显抗拒地拿着小猫崽，想必也是迫于形势无可奈何。

齐默心里充满了歉意，正欲转身离开，却被萧文缜忽然叫住："等等……"

"把你的脏衣服给我。"萧文缜盯着齐默手里换下来的女式白衬衫若有所思，淡淡地补充了一句，"我思来想去，觉得我们还是交换一下衣服比较好，等你什么时候把我的衣服还给我，我就什么时候把你的脏衣服还给你。"

齐默无言以对。

萧文缜的画外音她听明白了，他是担心她借衣服不还，所以才会一物抵一物。

有生以来，第一次，齐默被人当面质疑信用度，以至于转身离开时，内心惶惶，感慨颇多。

这天上午，国大研究生会办公室的氛围有点儿不寻常。

齐默出现以前，办公室里的人格外忙碌，主席团成员各司其职，或处理日常事务，或草拟规章制度，或收发文件，或在线更新官网素材……

齐默出现以后，办公室里格外寂静，主席团成员纷纷放下手头的工作，或站或坐，先是诧异地看一眼齐默，稍后再看一眼被她摆放在办公室扎眼位置的人形立牌，一个个不解其意，盯着她集体保持缄默。

江棋来最近一段时间很忙，若非今天开学典礼需要他上台演讲，只怕他还不会来学校。关于齐默的在校绯闻，他事先并不知情。

先前他在综合体育馆里听到齐默的演讲内容，散场后开机查询，方才弄清楚是怎么一回事。现下她拿着所谓的物证过来找他，其中的深意不言而喻。

研究生会办公室里，江棋来穿着白衬衫和黑西裤，胸前佩戴着尚未取下的国大校徽，他的外在条件堪称得天独厚，明明是再简单不过的衣服，却被他穿出了商务精英范儿。

齐默平静地看着他，没有说话。

江棋来将手里的文件夹丢在一张桌子上，吩咐相关成员及时存档，待转过身后，询问齐默："你想让我怎么做？"

齐默说："你是研究生会主席，你有义务代我出面解决这件事。我没做过的事情，谁也别想往我身上泼脏水。"

这次轮到江棋来看着她不说话了。

研究生会的一位成员打破沉默，笑着充当和事佬："齐默同学，你的事情我听说了，想必那位在贴吧里发文的校友现在后悔得很，我刚刚浏览了一下贴吧，那篇帖子已经不存在了。"

"帖子不在，影响还在。"齐默没有看向说话者，目光一直凝定在江棋来的身上，对于这起造谣事件，齐默的处理态度不见丝毫松动，"我的个人诉求很简单，要么学校对涉事学生进行警告处分，要么涉事学生公开向我道歉，二选一，对方定。"

"这处罚会不会有点儿严厉？"有人提出异议，"依我看，批评教育一下，这事也就过去了。"

齐默不作声。

"成年人做错了事，受点儿惩罚也是应该的。"江棋来走到萧文缜的人形立牌前，盯着"他"的嘴唇的颜色看了几秒，难得看到萧文缜也有被人肆意轻薄的时候，江棋来隐去嘴角的笑意，对齐默允诺道，"你先去忙吧，这件事最晚明天出结果。"

"谢谢。"

齐默得到了自己想要的答案，转身就走，惹得办公室里的某位成员撇着嘴评价："这姑娘的脾气可真大。"

她的脾气是很大。

江棋来在心里叹了一口气。五年前，他心烦意乱之下，一时冲动，让她以后离他远一点儿，说者无心，听者有意，从此以后，被她铭记多年，大概也记恨了多年。

他虽有心弥补，但她不见得愿意接受。

临近中午，江棋来处理完研究生会的日常事务，吩咐办公室里的一位陈姓学弟拿着人形立牌，跟他一起前往教务处。

二人路过停车场的时候，看到萧文缜正开车出来，江棋来朝汽车的方向抬了抬下巴，陈姓学弟反应灵敏，立刻提着人形立牌挡住了萧文缜的去路。

萧文缜把车停了下来，坐在车里不动，没有下车的打算。

江棋来比萧文缜年长几岁，两人除了是国大的校友，还是《追梦者》品牌栏目的合作伙伴，私底下相交甚厚，闲暇时约着一起打球是常有的事。

萧文缜透过挡风玻璃，注意到陈姓学长手里的人形立牌，不用想也知道是谁的杰作，并没有觉得很意外。

研究生在校遇到困难，直接找研究生会的人出面解决，不用自己出头，齐默借助他人力量达成所愿，倒也高明。

不远处，江棋来迈步走向萧文缜的座驾，萧文缜按下驾驶座的车窗，靠着椅背冷眼打量对方，江棋来是商业奇才，但他腹黑、爱使坏也是事实。

"好巧。"

江棋来单手扶着车顶，半弯着腰看着萧文缜，萧文缜坐在车里朝他微一颔首，毕竟制造出来的"好巧"也是巧。

"穿得这么清凉？"江棋来见萧文缜的上身只穿了一件白色的背心，假意提醒他，"还是小心一点儿比较好，毕竟真人比人形立牌有魅力多了。"

萧文缜佯装听不懂他的揶揄，说道："天热减衣去暑，你也可以试试。"

江棋来抿唇微笑不说话，萧文缜隐约猜到他有话说，见状也不着急，索性将车子熄火，等着他慢慢说。

"国大贴吧先前置顶的那篇帖子，虽说齐默是受害者，但她在开学典礼直播中公然提及，势必会让事情被放大。目前已经有几家媒体以你的人形立牌被偷亲为题，在网上发了通稿，而你身为萧博彦和沈乐安的儿子，被当作谈资在所难免。"说到这里，江棋来完全一副看笑话的模样，好整以暇地看着萧文缜，继续说，"我很好奇，你对齐默在开学典礼上的发言怎么看。"

萧文缜平时很少微笑，日常待人接物时较为冷漠，所以他一旦微笑，嘴角线条的变化层次会格外明显。

江棋来说完上面一番话，萧文缜的笑容以极慢的速度舒展开来，虽然好看，但是有毒。

萧文缜心里跟明镜似的，江棋来和齐默从小一起长大，纵使没有玩伴之情，也绝对不会在这个节骨眼儿上挑拨离间。

想来，江棋来担心他私底下为难齐默，所以看笑话是假，借此试探他的态度才是真。

"我可以不回答吗？"萧文缜并不配合江棋来。

"可以。"江棋来看似很好说话，沉吟了一下，说，"我换个问题，你和齐默以后都是周安国教授的学生，齐默作为你的师妹，你觉得她怎么样？"

"就那样。"

"具体哪样？"

"就我说的那样。"

萧文缜素日里说话机警犀利，尤其擅长诡辩之术，江棋来与他相识三年，心知他不愿意回答的问题，就算绞尽脑汁地变着法子追问他，也依然不会有任何结果。

事已至此，双方已经没有再交谈的必要。

江棋来转身离开前，面无表情地拍了一下车门，似是告别，又似是发泄郁闷情绪。

萧文缜笑容不变，发动引擎驱车离开。

后视镜里，江棋来的身影逐渐变小，直至远去。适才江棋来话里有话，先是提醒他和齐默师出同门，又间接道出齐默年龄比他小，跟直接提醒他不要以大欺小没什么区别。

幼时玩伴，邻里亲情吗？

"喵——"

后备厢里，黑色的流浪猫发出微弱的呻吟声，萧文缜轻蹙眉头，伸手在汽车导航上寻找最近一家宠物医院的位置，页面上弹出一家"我爱我猫宠物店"。

我爱我猫，我爱我猫……

萧文缜这辈子，最不喜欢的宠物就是猫。

"阿嚏——"

导师办公室里，齐默禁不住打了一个喷嚏，周安国板着脸不受影响，继续教训齐默做事不考虑后果，敲着桌子批评她："研究生新生开学典礼是什么场合，是任由你胡来的场合吗？简直太放肆了！"

齐默揉揉鼻子不吭声，事实上她已经被周安国训斥了半个小时。

半个小时前，周安国质问她开学典礼结束以后去了哪里，怎么不接电话。

她的回复是："教授，我离开综合体育馆以后，发现学校小公园里有位孕妇临盆难产，所以就帮了一点儿忙，没时间接电话。"

齐默说的是事实，奈何周安国不相信她的话，对着她冷嘲热讽："哟，你还能帮人接生啊，真是了不起，了不起啊。"

齐默知道周安国心里有气，所以不解释，也不辩驳。

开学典礼的确不是她可以肆意妄为的场合，她明知道媒体会关注、直播，明知道萧文缜会因此被媒体消遣，还会上新闻，但她还是这样做了。

孔子曰："以直报怨，以德报德。"

想要遏制流言泛滥成灾，就必须杀伐果断。她能走到今天，离不开她对自己的一股子狠劲儿，宁愿杀敌一千，自损八百，也绝不忍气吞声，任由他人奚落、嘲笑。

许是齐默认错态度良好，周安国的每一拳好像打在了棉花上，以至于越训越累，到了中午时分，终于有气无力地摆摆手，示意齐默离开办公室，也好让他清净清净。

齐默走出经济学院的办公楼，一眼就看到了江夷中。

江夷中正坐在台阶上翻看手机，见齐默出来，连忙站起身走向齐默，问道："怎么样？周教授有没有为难你？"

齐默没有接话，边下台阶边问江夷中："你出版稿交了吗？"

"交了。"江夷中看一眼齐默的脸色，见她情绪一般，有心开导好友，于是伸出手臂搂住她的肩膀，"走，我请你吃饭去。"

吃饭时，江夷中提起贴吧里的文章，接连吐槽校友一个个瞎了眼，后悔自己今天才知道这件事，如果早知道有人恶意中伤齐默，她一定亲自上线开撕，好好跟那群人说个清楚。

说到这里，江夷中百思不得其解："我就纳了闷了，萧公子嘴上的那些口红印有大有小，再加上口红色号不一致，傻子也能看出来，偷亲萧公子的女生有好几个。你说，学校里的那群人究竟是怎么想的？他们怎么就看不出来呢？"

齐默专注吃菜，微笑不语。

马克·吐温曾经说过："当真相还在穿鞋的时候，谣言已经跑遍了半个地球。"

很多时候，不是他们看不到真相，而是从众心理作祟，间接蒙蔽了他们的双眼。

"算了，不说他们了，添堵。"江夷中拿起筷子吃菜，似是忽然想起了什么，左胳膊肘放在餐桌上，似笑非笑地道，"好在萧公子是个明白人，知道这件事情与你无关，甚至在你演讲结束以后，第一个为你鼓掌解围，真是难得。"

齐默夹菜的动作一顿，在她做出那样的发言以后，她很清楚掌声对她来说意味着什么，尤其在鸦雀无声的体育馆里，第一道掌声对她来说尤为重要。

那道掌声她听见了，却不知那道掌声的主人是萧文缜。

为达目的，她用一场公开演讲拖着萧文缜走进媒体旋涡，而他非但不记仇，甚至用掌声帮她稳固演讲局势。

想到这里，齐默忽然间没有了食欲。

江夷中不察齐默的思绪，单手托着脸颊，问："入学报到以后，你和萧公子有没有因为齐爷爷而吵起来？"

"没有。"齐默知道江夷中在担心什么，刻意补上一句，"萧文缜出于对爷爷的愧疚，入校后没少帮我。"

"那就好。"

江夷中放下心来，吃菜的间隙，扫视一眼齐默身上的白衬衫，含笑吐槽："你身上这件白衬衫貌似大了点儿。"

齐默微愣，她身上这件白衬衫是萧大帅哥的。

想起萧文缜，齐默安静了几秒钟，漫不经心地开启话题："夷中，你为《追梦者》栏目撰稿已经两年有余，私底下没少和萧文缜接触，你觉得他是怎么样的一个人？"

"极度聪明，并且极度冷漠。"江夷中对萧文缜的评价张嘴即来，她往嘴里塞了一口米饭，口齿不清地说，"萧文缜，人送绰号'萧公子'，人生就像是开了挂一样，别人拼尽所有也无法企及的成功，对于他来说只是唾手可得。数年前，国大某位计量经济学教授在学校的经济论坛上发布了一道很难的证明题，很多高年级的学生一筹莫展，但萧公子仅仅花了半天时间就利用数学推导公式证明了那道难题，足见他有多聪明。但他聪明归聪明，可能因为从小被媒体关注着长大，所以看透世情，不管与谁接触都是不冷不热的，总之很有距离感，从内到外没有一点儿人情味。"

不冷不热……没有人情味……

萧文缜待人不冷不热，这一点齐默已经见识过了，至于他没有人情味……萧文缜抗拒流浪猫的同时，还能对流浪猫施以援手，怎么可能没有人情味？

齐默心里是这样想的，但她什么也没说。

9月9日下午，国大经济学院没有课程安排，江夷中为了帮助齐默快速融入学习环境，几乎经济学院的每个教室都带齐默走了一遍，方便她今后上课时不走冤枉路。

如此一来，下午的时间已游走大半，以至于沈燮打电话找江夷中看电影，她都直呼没时间："要不你来经济学院吧？我正好介绍齐齐和你认识。"

齐默没有告诉江夷中她和沈燮体检时见过，毕竟"口香糖事件"有损沈燮的形象，除非对方先开口，否则她绝对不会吐露半个字。

事实证明，沈燮见到她以后，求生欲不是一般的旺盛。

"初次见面，我是夷中的'蓝颜'知己兼头号铁杆书迷，沈燮。"沈燮客套话说得很溜，仿佛第一次见到齐默，笑眯眯地朝她伸出了右手。

齐默配合沈燮失忆，伸手回握："齐默。"

沈燮貌似松了一口气，开始吹彩虹屁："开学典礼上，你的演讲很精彩。"

"谢谢。"

对齐默来说，沈燮无疑各方面都很优秀，父母均在银行担任高管，本人长相又很帅气，四年前国大广播电视学院和文学院组织大一新生篮球对抗赛时，沈燮作为主力队员赶往球场，路过一个十字路口的时候，被骑着校园单车忽然出现在路口的江夷中撞倒在地，导致膝盖严重磕伤，虽然遗憾地缺席了那场篮球对抗赛，但因此结识了江夷中，并对她一见钟情，坚持追求江夷中四年之久。

江夷中从一开始拒绝沈燮，到慢慢习惯沈燮的存在，并与之发展成闺密，关系一直处于友情以上、恋爱未满的状态。虽说她有把沈燮视为备胎之嫌，暧昧态度不可取，但男未婚女未嫁，两人又乐意如此，想必旁人也不便多说什么。

齐默不想充当电灯泡。

江夷中前一阵子闭关赶稿，沈燮与她多日未见，自然想找机会和她单独相处，齐默寻了个借口打发走江夷中和沈燮，随后去了一趟小公园。

梧桐树下空空如也，偶尔有暖风袭来，貌似还能闻到一股淡淡的血腥味。齐默在小公园里找了一圈，没有看到大黑猫和小猫崽的身影，猜想它们可能被萧文缜安置在了其他地方，也就没有再找。

齐默原路返回经济学院，适逢各个班级的临时负责人正在现场动员新生踊跃报名参加研究生新生干部竞选。

彼时，热气被秋风消融，主教学楼外面摆了几张桌子和十几把椅子，以供新生填写竞选表格。

此次新生干部竞选，国大从9月6日开学那天起就鼓励新生踊跃报名参与，齐默对竞选活动不感兴趣，掉转方向准备远离，却被一道清亮的女声唤停了脚步："齐默——"

齐默转身回望。

乔思佳作为班级的临时班长，手里拿着几张表格，嘴角噙着一抹微笑朝她走来："齐默，班级工作需要你的支持，我们班的竞选名单男女比例不协调，你要不要也报个名参与一下？"

周围的学生纷纷看向齐默。

齐默问乔思佳："你觉得我可以竞选什么职位？"

"我看看。"乔思佳低头查看了一眼竞选名单，目光从班长、生活委员、党支部书记、宣传委员以及组织委员上面逐一跳过，最后落在学习委员上。

"学习委员怎么样？"乔思佳合上竞选名单，"目前我们班的学习委员还没有人竞选，我觉得很适合你。"

齐默没有接话，而是抬起眼睛看着乔思佳，眼神清透、明亮，仿佛一眼就能洞察她的心思。

"不好意思，比起班干部，我更适合做一名普通学生。"

齐默撂下这句话以后，径自离开了主教学楼，一点儿面子也不给乔思佳留，导致周围的学生看着乔思佳都颇为同情。

乔思佳素养极高，嘴角始终保持着微笑。她转过身，呼吸明显一顿，没想到下午一直没有露面的萧文缜黄昏时分竟然会来学校，他站在不远处的树荫下，貌似已经盯着她看了好一会儿。

"你真的觉得齐默适合竞选学习委员？"萧文缜语气如常，仿佛只是好奇心作祟。

乔思佳愣了一下，不明就里地点点头："齐默在华大读本科期间成绩优异，经历又很励志，由她担任学习委员，我觉得很合适……"

"你确定？"萧文缜打断乔思佳的话，轮廓分明的下颌线条使他看起来很是冷漠，"学习委员不用配合老师开展教学工作，打印学习资料、收发作业吗？不用协助班级里的同学做好成绩校对工作吗？仅是以上两点，你觉得哪一项齐默可以胜任？"

乔思佳一时语塞，咬着下嘴唇不出声，似是不知道该说些什么来为自己辩驳，过了好半天，终于道了一声："文缜，我……"她却在触及萧文缜犀利的目光时，将未出口的话语悉数咽了回去，心里也有了几分委屈。

萧文缜短暂沉默后，似笑非笑地看着她："思佳，如果你连这点儿识人能力都没有，依我看，还是不要竞选班级职务，或是校研究生会的职务了，否则误人误己，倒不如专心打理栏目，你说呢？"

短短一句话，犹如海鸟掠湖疾飞而过，平静的湖面瞬间被激起层层涟漪。

乔思佳表面镇定，心情却跌到了谷底。

同样是这天黄昏，齐默乘车回到家里，把萧文缜的白衬衫清洗干净，搭在院子里晾晒的时候，接到了父亲的电话。

电话里，父亲只字不提开学典礼，唯有一句话让她记忆深刻。

父亲说："齐家小女博学多闻，心思通透，虽被命运捉弄，但从不随波逐流，逢遇挫折，往往能够逆水行舟，迎难而上。"

此话简短，却很暖心。

院子里，虫鸣声此起彼伏，齐默将这句话放在心里，忍不住笑了。

9月10日上午，校研究生会主席江棋来兑现承诺，将在贴吧造谣者亲手写的公开道歉信张贴在国大经济学院的公示栏里，吸引了经济学院的很多学生上前围观。

围观学生里，有人提出质疑："这封道歉信写得倒是很诚恳，但问题的关键是，齐默本人看得懂吗？"

"没关系，你们看得懂就行。"

齐默站在人群外围，清冷的声音出口，瞬间震慑全场，围观的学生齐刷刷地扭过头看她，却只来得及目睹她潇洒离去的背影。

上午9点，国大经济学院一楼报告厅里，国大经济学院的院长向思铭教授以"开学第一课"为题，向全体新生分享自己年轻时的学习经历，并针对自身研究方向，对在座的学生提出宝贵的建议。

到了现场问答环节，向思铭教授提议全体新生畅想一下未来，并为自己设定一个梦想。

面对未来的梦想，学生们热情高涨，答案也是五花八门。有人主攻国民经济学，未来想在政府管理部门工作；有人主攻政治经济学，未来想在国家政策研究部门，或是重点科研院所工作；有人主攻国际贸易学，未来想在银行或是证券公司工作；乔思佳计划考取CFA（特许金融分析师），有意从事企业经济管理以及预测与规划等相关工作……

向思铭教授走到齐默身边，询问她的梦想是什么，齐默竟一时说不出话来，仿佛身陷泥沼，动弹不得，也呼吸不得。

齐默没有梦想，如果一定要说一个梦想的话……

"我的梦想是，硕士研究生能够顺利毕业。"仅是这样的梦想，对齐默来说，也已是难如登天。

向思铭教授笑着摇头，用鼓励的眼神看着齐默，问道："齐同学，你的目标可以再长远一点儿吗？比如说，你毕业后想做什么工作？"

齐默眸色如常，却握紧了手指，她静静地看着向思铭教授，澄澈的眼神宛如一池泉水，又仿佛藏匿着细细密密的心事，无端地牵人心肠。

众目睽睽之下，齐默笑着说："教授，这个世界上有什么体面的工作可以跟读和写无关吗？"

这是属于齐默的灵魂一问，出口的一瞬间，满室哗然。

世界上所有体面的工作，貌似没有一项是与读、写无关的。

向思铭教授教书育人几十载，第一次在一个学生面前丧失了所有言语。

就在向思铭教授思索自己是否伤害到齐默的时候，齐默眼神里的光却并非绝望，而是无畏和坚定。

她的笑容就像是开在黑暗角落里的一朵花，寂静盛放，美得让人舍不得将目光从她的笑容里移开。

她说："教授，贴近现实的梦想远比虚幻的梦想更有意义，您问我的梦想是什么，我只能告诉您，我现在的梦想就是研究生能够顺利毕业，太长远的事情，不适合我想。"

向思铭教授再一次哑口无言。

国大经济学院的开学第一课，在齐默的梦想面前仓促结束。待人潮散尽，齐默走出一楼报告厅时，就看到萧文缜等在走廊里。

今天上午，齐默带着萧文缜的衣服来学校，原本想第一时间给他，但报告厅里学生太多，一直没找到合适的机会。

她在报告厅里几次看向他，他大概留意到了她的目光，所以才会在走廊里等她。

齐默走过去，把手里的纸袋子递给他。见他接过纸袋转身就走，齐默连忙跟上去，轻声提醒他："师兄，你的衣服我已经还给你了，我的衣服呢，你什么时候给我？"

萧文缜脚步未停："你的衣服上沾了不少猫血，不好打理，我昨天已经送去干洗，过两天再还你。"

齐默没指望萧文缜帮她清洗脏衣服，听他这么一说，也不好意思再催着要衣服，过两天就过两天吧。

走出经济学院主教学楼时，阳光洒落一地，刺得人睁不开眼睛，齐默置身于阳光中，步伐渐缓，忽然不知道该往哪里去。

"齐默。"

宛如一盆凉水当头浇下，齐默恢复清醒，抬眸看着萧文缜。

萧文缜逆光而立，修长的身体恰好遮住九月的烈阳，巨大的阴影笼罩在齐默的身上，齐默看不清楚他是什么表情，只知道他的声音飘散在空气里，很霸道，也很温暖。

他说："达·芬奇、毕加索、爱因斯坦……他们都是阅读书写障碍症患者，但并不妨碍他们走向成功。"

他说："你的人生价值，别人说了不算，由你自己定。"

他说："齐默，你可以迷茫，但不许害怕。"

齐默备战高考历时六年，考进华大读本科，继而推免进入国大读研究生，其间不知克服了多少困难，才能一步步地走到现在。

整整十年的时间里，从来没有人关心过她的恐惧，认识她的人都以为她百炼成钢，学习意志坚如磐石，无人能撼动。又有谁真真切切地体验过她的绝望？她在乱码一样的文字世界里，无时无刻不被冰冷的现实撞得头破血流，但她没有哭泣的本钱，甚至连挫败感都不能有，否则她的自尊心随时会面临崩盘的危机，而她一直以来追逐的目标，也将丧失所有的意义。

四年前，她因高考一战成名，却也因为这场高考，成为他人眼里、心里的学习机器。可她毕竟是个人，迷茫时会不安，不安时会害怕。她以为自己伪装得很好，但萧文缜轻易地看穿了她的恐惧，她以为自己会恼羞成怒，但萧文缜用寥寥几句话带她走出泥沼，并让她无比坚信，她所迈出的每一步都有其存在的价值，而她所付出的辛苦和努力，终将会以另一种方式与未来亲密交织。

虽说做好当下比憧憬未来更重要，但想要走好当下的每一步，又岂是易事？

国大经济学院举行开学第一课的当天下午，周安国在他的办公室里直接给齐默和萧文缜来了一个下马威。

"研一上学期，你们所有学科的平均分必须保持在80分以上，一旦有学科低于80分，要么下学期留校察看，把落下的学分追上来；要么持续游走在80分以下，直接劝退。"周安国一改往日的温和，在学术方面很是严厉，但凡由他定下的规矩，多是一言而决，不容他人辩驳。

所以，他若说劝退，那就一定会劝退。

萧、齐二人听罢，均是面色无波。

齐默低着头坐在椅子上，宛如老僧入定。

萧文缜坐在齐默旁边的椅子上，望着窗外绿油油的爬山虎，表情松懈、散漫，当着周安国的面悄无声息地上演了一出侧颜杀。

大概周安国见他的震慑力没有收到预期效果，尴尬地扶了扶黑框眼镜，转而将目光投向齐默："前些时候，我跟你在华大的本科生导师交流了一下你的情况，你的本科生导师告诉我，你对数据很敏感，并且运算能力和推理能力高于一般人，但经济学这些年已经走进了大数据时代，所以你在数学和计算机方面还有待加强。"

"嗯。"

周安国说得没错，她的大脑运算能力远远比不上计算机。另外，不管她愿不愿意承认，都无法回避一个事实，那就是计算机的相关操作一直是她的盲区。

周安国打开抽屉，从里面抽出两份书单，分别递给萧文缜和齐默："我对你们的要求很简单，每个星期必须读完一本书，并且每读完一本书，都要写一篇阅读笔记给我。另外，每个星期五你们的师兄和师姐都要来办公室向我做开题报告，或是汇报课题进展，到时候你们也要在场旁听。"

齐默沉下气息，勉强觉得自己还坐得住，大脑却在飞快运转，计算她每天究竟还能为自己留下多少睡眠时间。

周安国列出来的书单，占据了整整一张A4纸，那些书籍的名称在她的视线里变换着各种形态，跟她玩耍、嬉戏，如一堆杂乱无章的奇怪字符正在向她耀武扬威。

齐默把书单折叠整齐，放进双肩背包，不愿意再凌虐自己的双眼。

周安国喝了大半杯茶，起身离开办公桌，走到饮水机旁接水，背对着萧、齐二人道："说起你们的师兄和师姐，你们入校后还没见过他们。这样吧，今天晚上我组织一场师门聚会，你们彼此之间也好认识认识。"

萧、齐二人没有吭声。

萧文缜不说话是性子使然；齐默不说话纯粹是不喜社交。

周安国接完水，端着茶杯回到办公桌后，看着齐默，温和地道："齐老生病住院，估计短时间内顾不上你的学业，如果你在学业上遇到困难，或是需要我和学校为你做些什么，你直接告诉我，我们一起想办法。"

齐默点头。

其实，不管是周安国，还是学校，都无法帮她解决真正的困难。她需要的是一双眼睛和一双手——

这双眼睛的主人要带着她一起完成庞大的阅读任务，课后、睡前、休息日，包括节假日，都要做到随时陪伴，并且毫无怨言。

这双手的主人要把她的口头陈述全部转换成文字和模型，不仅要帮她完成课后作业和读书笔记，还要不厌其烦地陪着她一遍遍进行论文修正。

这双眼睛和这双手的主人，以前一直是齐凯瑞，而齐凯瑞积劳成疾，目前正在住院……

再来说说周安国。

周安国既然提起齐凯瑞住院，自然要当着齐默的面，再一次数落"始作俑者"萧文缜："文缜，你也要负起责任来，如果你师妹跟不上学业进度，我第一个找你问责，你听到没有？听到没有啊？"

"……"萧文缜无语。

"……"齐默亦然。

这老头儿，戏瘾可真大。

晚上七点，齐默在兰桂坊一楼的大包间里，迎来了第一次研究生师门聚会。

周安国作为研究生导师，本着对学生负责的良好心态，硕士研究生每届只带两个人，三届就是六个人，另外还有两个博士生，所以算下来一共带了八个人。

五男三女，阳盛阴衰。

"五男"分别是：萧文缜（研一）、陆宸（研二）、许霈知（研二）、卫子博（研三）、付伟（博三）。

"三女"分别是：齐默（研一）、周舟（研三）、金戈（博二）。

周安国的眼界向来很高，所以他选中的研究生，随便一个站出来都是经济学院里牛气冲天的人物。

齐默第一次参加师门聚会，来之前还担心大家会因为彼此不熟而心生尴尬，没想到六位师兄和师姐都很容易相处，一见面就跟商量好了似的，默契地称呼她为"小师妹"，称呼萧文缜为"小师弟"。齐默见他们没有一点儿架子，这才抛下顾虑，完全放松下来。

周安国选的包间很大，不仅有独立卫生间，还放着一张台球桌。趁着饭菜还没上桌，周安国带着几位男生轮流打起了台球。

齐默被两位师姐拉到餐桌前坐下，还没缓口气，手里就被周舟塞了一把瓜子。放回去不合适，齐默只好往牛仔裤袋里塞了一些，另外还剩一些放在手心里，不紧不慢地嗑着。

几秒钟以后，齐默再次印证了一个真理，那就是女人都爱看帅哥，并且无关年龄和学历。

周舟说："你说萧文缜上辈子是不是拯救了银河系，要不然怎么会长得那么帅？只能看不能吃，挠得我心痒痒。"

金戈说："这年头很流行姐弟恋，学妹你努力一把，还是很有希望的。"

周舟说："师姐莫要取笑小妹，萧文缜的爸妈可都是大名人，女孩子没点儿姿色、学识、家世，谁敢肖想他？反正我是不敢。先不说萧文缜是否接受姐弟恋，就他爸妈那么强大的气场，试问有几个女孩子抵得住？"

周舟说着，夸张地缩了缩脖子，表示自己心里怕怕的。

室内一角，周安国和付伟师兄拿着球杆厮杀正酣，旁边站着几位师兄弟。萧文缜安静伫立，五官帅气，身材高挑、挺拔，锐利的目光随着台球缓缓移动时，足以让目击者心底泛起涟漪。周舟搂着金戈扭着头想要看他，偏偏又不好意思盯着他多看，生怕失了矜持。

齐默边嗑瓜子边看二女，新奇之余，忍不住笑了。

她这么一笑，瞬间让周舟和金戈后知后觉地意识到，她们刚才的窃窃私语声貌似有点儿大，好在两人都有些粗线条，倒也不觉得尴尬，甚至心照不宣地笑了起来。

周舟说："嘿嘿，突然见到美男没把持住。"

金戈说："你周师姐犯花痴，让小师妹见笑了。"

齐默说："我听力不好，两位师姐刚才有说话吗？"

周舟和金戈对视一眼，一致点头认定：她们这位小师妹虽然面相清冷，但性子是真讨人喜欢。

十几分钟后，冷菜、热菜陆续上桌，周安国让八位学生集中做了一次自我介绍，并让他们以后好好相处。

齐默对酒桌文化一窍不通，见师兄和师姐一个个拿着酒杯向周安国敬酒，只当自己是个小透明，总之不跟着众人瞎起哄，专注吃菜就对了。

萧文缜没她胃口好，主要是手机铃声不断，开席没多久，他就拿着手机出门接电话去了。

只能说，齐默的想法很天真，她第一次参加师门聚会，这群师兄和师姐怎么可能放过她？萧文缜不在，可怜她单枪匹马入虎口，瞬间成了众人的敬酒对象。

六位师兄和师姐，一人一杯啤酒，齐默仅是想想就觉得头痛，但又盛情难却，只好闷着头一杯接一杯地往嘴里灌。

喝到第三杯的时候，齐默听到有人朝门口大声起哄："小师弟，就等你了，快过来自罚一杯。"

啤酒入肚，味道泛苦。

齐默正仰着脖子喝酒，仅剩一半的酒杯忽然被人抽走，齐默扭头看向身旁。萧文缜把她的酒杯放在桌上，无视周围人的起哄，从裤袋里掏出钱夹递给齐默："我有点儿感冒，你去马路对面的药店帮我买一盒头孢回来。"

齐默愣愣地看着萧文缜递过来的黑色钱夹，又愣愣地接过钱夹飘出门，空留几位师兄和师姐怨声载道，站在原地气得直跺脚。

博三师兄付伟道："小师弟，你这感冒来得可真是时候，该不会是不想喝酒，专门找的借口吧？"

萧文缜道："病来如山倒，我也很无奈。"

研二师兄陆宸道："头孢不能配酒喝，否则容易出事。这样吧，小师弟，我们先喝酒，至于头孢就不要再吃了，或是换其他感冒药也行。"

萧文缜道："我只信任头孢。"

众人气结。

坐在饭桌上席一直静观事态发展的周安国，饶有兴致地质问萧文缜："你自己不喝酒也就算了，怎么还把齐默支走了？"

闻言，几位师兄和师姐暧昧地看着萧文缜，等着要答案。

萧文缜不答反问："在座各位，只有齐默年龄比我小，我不使唤她，难道还能使唤你们？"

众人无法反驳，集体惨败。

晚上八点半，齐默走出兰桂坊，街头微风轻拂，空气里弥漫着浓浓的桂花香，沁人心脾，颇有提神功效。

酒后吹风，啤酒的后劲儿直往齐默的喉咙里蹿，被她强行压了下来。

街道两旁霓虹闪烁，车水马龙，兰桂坊对面确实有一家中型药店，齐默的手里攥着黑色钱夹，她稍一犹豫，避开来往车辆，穿过马路以后，径直走向药店。

其实，感冒也好，买头孢也罢，不过是萧文缜帮她合理解围的托词。但她既已配合演出，就应该遵循游戏规则，亲自完善谎言。她没忘记她避酒出门的原因：不就是帮萧文缜买头孢吗？

结账的时候，齐默垂眸扫视了一眼黑色短款钱夹：真皮质感，设计简约大气，很符合那个人的风格。

主人不在，齐默最终放弃用黑色钱夹里的钱付款，而是从裤袋里取出一张现金递了过去——这钱本就应该她出。

买完药，齐默为了避免回去后被劝酒，干脆提着药袋站在了兰桂坊门前的马路牙子上。还好，先前她往裤袋里塞了不少瓜子，现下闲着无聊，垃圾桶就在旁边，正适合伴着晚风嗑瓜子……

十几分钟以后，萧文缜拿着齐默的双肩包离开兰桂坊，隔着不远的距离，一眼就看到了站在桂花树下努力嗑瓜子的她。

43

兰桂坊坐落在月桂长街上，每年9月桂花争相绽放于枝头，米粒般大的花朵紧密簇拥，散发出浓浓的香气，闻者无不觉得神清气爽。

街头路灯昏黄，夜风轻卷桂花枝头，细小的花蕾纷纷飘落，正嗑瓜子的齐默受惊，仰脸望着花枝，如坠漫天花海。

察觉身后有人走近，齐默回眸望去，笑容已率先爬上眼角、眉梢："师兄，你怎么出来了？"

桂花树下，女子唇形姣好，饱满水润，在光线下泛着淡淡的暖光。

萧文缜的目光落在她的唇上，喉咙一紧，又不动声色地移开，他声音低沉地道："兰桂坊这场聚会一时半会儿散不了场，我先送你回去。"

齐默早就想离开了，但就这样离开不好吧？她拐着弯儿地问萧文缜："我需要进去跟周教授说一声吗？"

"他知道。"萧文缜把齐默的双肩背包递给她，转身朝停车场走去，"站在这里等我，我去把车开过来。"

齐默无法拒绝萧文缜，只是……她和萧文缜双双离开兰桂坊，药袋里的头孢再无任何利用价值。齐默索性把药袋装进背包，刚拉上背包的拉链，就听见嘀的一道汽笛声响，萧文缜已经把车停在了路边。

齐默打开副驾驶车门，上车后系上安全带，把黑色钱夹放在控制台上，收手的时候，萧文缜刚好伸手握住换挡杆，齐默一时不察，左手掌心不小心覆盖在了萧文缜的右手手背上，触及一片温热。许是酒后大脑接受信息略有延迟，齐默僵滞了几秒钟，待完全反应过来，连忙把手缩了回去。

萧文缜面不改色，启动车子离开以后，斜睨一眼黑色钱夹，问齐默："头孢呢？"

"我没买。"齐默撒谎，怀疑萧文缜演戏上瘾，还没出戏。

"为什么不买？"

齐默脱口而出："你又没感冒。"

此话一出，车内忽然寂静下来，齐默为了掩饰窘态，刻意调整了一下坐姿，很镇定，也很自然。

过了一会儿，萧文缜终于再度开口，漫不经心地问："你怎么知道我没有感冒？"

齐默有点儿蒙。

难道萧文缜没有说谎，让她出去买头孢不是为了帮她解围，而是真的感冒了？

想到这里，齐默侧身面对萧文缜，晕晕乎乎地伸出手摸向他的额头，脑子不甚灵光地问："你真感冒了？"

萧文缜没想到齐默会有这样的举动，当即愣了一下……两杯半啤酒，就足以让她这般孩子气吗？

"没发烧啊。"萧文缜额头处的温度正常，丝毫没有发烫的迹象，齐默抽回手，忍不住小声嘟囔，"我就知道你在骗我。"

萧文缜嘴角上扬，他骗她不假，但她喝酒后反应迟钝，思考能力是不是也太差了？

深夜车辆拥堵，齐默平日里不喝酒，两杯半啤酒虽然不至于让她酩酊大醉，头脑发晕想睡觉却是真的。

萧文缜专注开车，连续过了两个红绿灯路口，许是觉得身边太过安静，斜睨一眼齐默，窗外的霓虹灯笼罩在她的身上，仿佛专门为她定做了一款五彩薄纱，靠着椅背闭目养神的她似是已经入眠。

萧文缜放慢车速，调高空调的温度，没有吵醒她。

齐默是被一通电话吵醒的，彼时还没到家，手机在背包里嗡嗡作响，齐默打开背包取出手机，刚一接通，就听到爷爷压着火气质问她："家里的座机没人接听，这都晚上九点了，你不回家学习，在外面瞎晃悠什么？"

齐默答："今天晚上师门聚会，我正在回家的路上。"

齐凯瑞气愤地道："一群人胡闹，浪费时间。"

齐默无语。

齐凯瑞继续问："研究生的学习任务比本科时的学习任务还要重，你不趁早学习的话，等以后正式开课了，怎么跟得上？"

齐默的声音几不可闻："爷爷，您不要生气，我这就回去学习。"

齐凯瑞怒气未消，直接挂了电话，而齐默也因为这通盯梢电话困意顿消，转过脸望着窗外，心事不明。

适才齐默通电话，齐凯瑞说的话毫无隐私性，萧文缜听得一清二楚，全程抿着唇一言不发。

路过某条街角的时候，萧文缜忽然把车停了下来，解开安全带下车，丢下一句硬邦邦的话给齐默："你坐在车里不要动，我去买杯饮料给你。"

"不用……"

齐默的声音被关门声甩在了车里，窗外，萧文缜走向一家饮品店，等待饮品打包的时候，似是目光向她投递过来。

齐默避开他的眼睛，尽管知道他不一定能看见她。

几分钟后，萧文缜打开车门坐进来，把两杯打包好的饮料递给齐默，一边系安全带开车，一边提醒她："蜂蜜水和西红柿汁不仅能解酒，还能缓解头痛。另外，晚上回去熬夜时，记得多喝水。"

齐默将饮料捧在手里，饮料没有加冰，是常温的。

隔天中午，齐默去医院看望齐凯瑞，一是为昨天的晚归向齐凯瑞道歉，二是齐凯瑞术后不宜动怒，齐默担心他还没有消气，跟自己的身子过不去。

齐凯瑞一开始的确还有些气恼，但齐默一进病房就主动认错，齐凯瑞见状，态度总算缓和了。

齐默是在医院附近吃的午饭，尉迟敏照顾齐凯瑞吃完饭，不放心他一个人在医院，没敢跑得太远。

吃饭的时候，尉迟敏告诉齐默："今天上午，棋来带着一堆补品来医院看望你爷爷，其中有一支野山参，不管是品相，还是等级，都是人参中的极品。我和你爷爷发现得比较晚，但都觉得那支野山参的价格过于昂贵，还是找时间退给棋来比较好。"

齐默点头，是应该退回去。

虽说江、齐两家交好，爷爷又是看着江棋来长大的，但他此番送的礼物如此贵重，远超正常探望礼节，一支极品野山参对齐家来说，不是馈赠，而是负担。

国大经济学院下午没有课，齐默决定带着野山参去一趟江家。去之前，齐默避开江棋来，直接打了一通电话给江夷中，询问她是否在家。

日前，江夷中交完稿件，编辑让她再准备一个几万字的小番外。齐默给她打电话的时候，她正在房间里绞尽脑汁地想情节，有气无力地说："你直接过来吧，我在家里等你。"

齐默问："你哥在家吗？"

"我没卜楼，不过他最近很忙，应该没在家里。"江夷中后知后觉地问齐默，"怎么，你找我哥有事？"

"没事。"退还野山参只是小事，给江棋来或给江夷中，没什么区别。

半个小时后，齐默乘车抵达江家，按响门铃后，江家的保姆陈阿姨过来开门。见到齐默，陈阿姨很是惊喜，笑眯眯地打开了话匣子："齐齐，你有很长时间没过来了。"

"前段时间学习任务重，一直没办法抽时间过来。"

齐默说的是客套话，好在陈阿姨天生热情，在前面带路时，拿江夷中举例，念叨现在的年轻人事业心很重，熬夜工作不要命。

陈阿姨说起话来很押韵，齐默忍不住笑着问："江伯伯和付姨在家吗？"

"哪儿可能在家啊？仅是昨天，夫妻俩合起来就飞了五座城市，忙碌起来连回家喝口水的时间都没有。"陈阿姨说着，扭过头看着齐默，话锋也紧跟着一转，"不过，棋来和夷中两兄妹难得今天都在家里待着，正好你又过来了，你说巧不巧？"

江棋来也在家？

齐默下意识地皱起眉头，前方的陈阿姨已经朝客厅方向亮起了大嗓门儿："棋来，你快看看谁来了？"

齐默忽然很想叹气。

陈阿姨一定以为，发小儿的关系都是极好的。

齐默酝酿了一下情绪，带着微笑走进客厅，一进去，脚步明显一滞。

客厅里除了江棋来，还有一名客人。

是位女客。

该女客容貌惊艳，气质非常出众，嘴角的笑容清雅自然，令人如沐春风。

齐默与她是初见，却早已知道她的名字——炫语璨。

齐默对炫语璨的所有认知，基本上来源于一个个"据说"。

据说，炫语璨不仅名字美，人更美，是一位典型的"白富美"，精通四国语言，因长相出众，还曾为奢侈品代言，事业远胜同龄人。

据说，江棋来读研期间和炫语璨交往甚密，外界一致认为两人是恋人关系。对此，江棋来并未澄清、辩驳。

据说，炫语璨从国外知名学府硕士毕业以后，没有继续读博，而是加盟青锋网，担任副总裁一职，主要负责影视项目创投，身家、地位直逼江棋来。

来之前，齐默没想到江棋来竟然在家，更没想到会在这里见到炫语璨。另外，陈阿姨熟稔地称呼炫语璨为"小璨"，可见炫语璨平时没少来江家做客。

齐默走进江家客厅的时候，江棋来正坐在沙发上削苹果，虽然对齐默的突然造访略感意外，但还是有些高兴的。

这些年，她很少来江家做客，偶尔年后拜访，也是行色匆匆，从不多加逗留。虽然忙碌是主因，但又何尝没有他的原因在？

江棋来正欲起身，却看到了齐默手里异常熟悉的山参礼盒，他面色一沉，直接坐回了沙发上。

这就是她来江家的目的？

"小璨，我帮你介绍一下，她叫齐默，我们私底下都叫她'齐齐'，她和棋来、夷中从小一起长大，三个人关系好得就跟亲兄妹一样。"

陈阿姨热心地介绍齐默的时候，炫语璨很有礼貌地站起身，微笑着打了一声招呼："你好，我叫炫语璨，是棋来的好朋友，如果你不介意的话，可以叫我'璨璨姐'。"

齐默微笑着点头。

此时，江棋来削好苹果，站起身把苹果递给了炫语璨。

"还是给齐齐吃吧。"炫语璨礼貌地推让，紧接着打趣江棋来，"江少爷难得削一回苹果，我如果不趁机让你多削几只的话，不仅对不起我自己，也对不起你这双金手。"

炫语璨的眼神和语气无不宣示着她和江棋来之间的亲密度，而齐默这个正儿八经的发小儿，反倒像是一个外来客。

齐默失笑，笑话她竟然会联想到"宣示"这个词，她和江棋来从未亲近过，又何须炫语璨宣示？

是她糊涂了。

江棋来把苹果转送给齐默，齐默伸手去接的时候，辨析距离有误，苹果啪的一声掉在了地上，声音不大，却重重地砸在了齐默的心里。

江棋来也吓了一跳，眉头微蹙，眼神复杂地注视着齐默，为自己的考虑不周而生出了几分懊恼。

齐默平静地看着他，心里的某个角落悄悄地裂开了一条缝。

从小到大，爷爷和父母花费了很多方法和精力对她的阅读书写障碍症进行矫正治疗，无奈收效甚微。而她，强迫自己强大、自信，何尝不是源于骨子里的自卑？为了化解这种自卑心理，这些年她一直跟自己较劲儿，不断地挑战自我极限，鲜少有被外界击垮的时候。但如今，一只苹果砸疼了她心里不敢轻易示人的伤疤，那道伤疤积攒着她长年累月的惶恐和气馁，稍不注意，就会牵动心脏脉络，痛遍全身。

与伤疤朝夕相处的人没有伤心的资本，这些年她练就了一身掌控情绪的本领。她弯腰捡起苹果，唇角流露出无所谓的笑容："没事，洗洗还能吃。"

"我再给你换一只。"炫语璨说着，从水果盘里重新拿了一只青苹果。

"不用了。"齐默委婉地拒绝炫语璨，把手里的山参礼盒递给江棋来，"大哥，我爷爷说野山参太贵重，你的心意他领了，但礼不能收。"

江棋来盯着齐默，眸色发暗，无视山参礼盒，坐回了沙发上。

炫语璨看了看齐默，又转眸看向江棋来，许是她出现了错觉，竟觉得江棋来下颌线条紧绷，怎么看都像是在生闷气。

齐默见江棋来不接，倒也不觉得为难，上前几步，直接把山参礼盒放在茶几上，然后对陈阿姨说："阿姨，麻烦您晚一会儿上楼告诉夷中，就说我先回去了，等她写完稿子我们再约。"

陈阿姨客气地挽留："齐齐，你刚来，没必要这么着急回去，要不晚上留在这里吃饭吧？"

大概炫语璨也觉得齐默这么离开不合适，隔着茶几轻轻地叫了一声"棋来"，并在江棋来抬眸看她时，眨着眼睛暗示他留客。

江棋来没出声。

齐默无意再逗留，扬了扬手中的苹果，很潇洒地朝门口走去："你们聊，我先回去了。"

出了江家客厅，院子里蝉声轻吟，院墙外狗吠声和孩童的嬉闹声隐隐传来，齐默快步走出江家大门时，情绪已恢复如常。愈合能力这么快，她都有点儿心疼自己了。

齐默并不知道，她前脚离开江家大门，江棋来后脚就拿着山参礼盒追了出来，却正好目睹了接下来发生的这一幕。

那只削了皮、落了地、沾了灰的青苹果，被齐默狠狠地砸进了江家门口的垃圾桶。

国大研究生院正式开课以后，齐凯瑞先前对齐默的鞭策一语成谶，研究生的学习任务远比齐默想象中的重。

虽然课程安排得并不紧密，但每位教授讲课的速度都跟百米赛跑一样，一个比一个快，通常齐默还没弄明白书里面的逻辑关系，新的知识点又紧跟着出现，齐默很难在课堂上消化太多内容，只能下课后反复播放课堂录音，或是进行推导理解，尽最大的努力去追赶各位教授的进度。

就连齐凯瑞也感觉到了齐默的吃力，接连三天把她叫到医院里，拖着病体帮助她快速理解书中的内容，一熬就是三五个小时。

主治医生见状，很有意见，却又拗不过老爷子，只好抓住齐远彬吐槽，让他好好劝一劝老爷子，说老爷子如果再这样劳累下去，先前那场手术就算白做了。

齐远彬无法劝动齐凯瑞，老爷子强势霸道惯了，什么时候听过别人的规劝？齐默也正是因为知道这一点，所以选择了沉默。

但沉默并不意味着她愿意麻木地接受她的学业正再一次逐步拖垮爷爷身体的事实。她比以往任何时候还要努力，以前她有爷爷帮助，而现在她不得不在命运面前孤军奋战。

开学不过五日，她拒绝了江夷中的吃饭邀请，尽可能地压榨休息时间来学习。睡觉对她来说变得极为奢侈，每天的睡眠时间绝不超过三个小时，为了提起精神，她将浓茶、咖啡当白开水喝，仅是风油精就用光了两瓶。

齐默的高强度学习很快在学院里形成了一股拼命式旋风，刮得到处都是。

甚至有人公开放出话来："想要邂逅齐默很容易，只要你中午去小公园里转悠一圈，就一定能见到齐默。"

有人不相信，跑过去一看，还真看到了齐默。

每天中午吃饭的时间，齐默都会按时出现在小公园里，学生们每次看到她的时候，她的状态几乎都是一样的。

小公园树荫下的草地上，齐默盘腿而坐，面前放着读屏平板电脑，耳朵里戴着入耳式耳机，一连五天的午餐都是一个汉堡外加一瓶矿泉水，吃得极其简单，她的食量小得惊人。

有人说："这么一点儿午餐还不够我塞牙缝，齐默只吃这么点儿，她就不饿吗？"

有人说："齐默的成功不是白来的。看看人家，吃饭的时候还不忘学习，我真是自惭形秽。"

有人说："我怎么觉得，这样的齐默有点儿心酸呢？"

…………

最近几天，萧文缤很忙，除了按时上课，还要接连录制两期《追梦者》，策划、开会、拟定嘉宾、录制、剪辑、制作等一系列流程做下来，不累瘫，也得丢掉半条命。

萧文缜听说这些事情的时候，已经是星期五了。他中午绕道去了一趟小公园，隔得很远就看到了齐默低着头吃汉堡，旁边放着半瓶矿泉水……她中午就吃这个？

她是最近如此，还是在华大读书时也是如此？

萧文缜并未上前，他在原地站了一会儿，转身离开了小公园。

下午去周安国的办公室旁听研二的两位师兄做开题报告时，齐默坐在他的身边，风油精味道刺鼻，比她惯常的涂抹量要重很多。

也是在这个时候，萧文缜后知后觉地意识到，齐默读研后努力刻苦并非习惯使然，而是离开齐凯瑞之后，她就像是脱离大树后无从攀附的藤蔓，如果不是学业跟不上，她又怎会对自己这般苛刻？

这天下午，陆宸和许需知两位徒弟做完开题报告以后，周安国查看了一眼桌子上的日历，询问萧文缜和齐默："我上次交代你们每星期都要读完一本书，你们读了吗？"

萧文缜点头。

齐默嗯了一声，发现陆宸和许需知两位师兄均是一副同病相怜的模样，忍不住在心里叹了一口气：都不容易啊。

周安国不知徒弟内心苦楚，见萧、齐二人行动力不错，满意地笑了笑，顺势提出要求："趁着明后天双休日，你们一人写一篇阅读笔记，周一交给我。"

齐默的头又开始疼了，她刚把手伸进裤袋，还没摸到风油精，就听周安国叮嘱萧文缜："文缜，你师妹打字不方便，阅读笔记的誊写你帮她完成。"

齐默知道萧文缜很忙，怎么好意思占用他的时间？她把手从裤袋里抽出来，看着萧文缜，正要说话，却不及萧文缜语速快："我明天给你打电话。"

齐默略感无奈："……"

周六的天气不太好，病恹恹的太阳躲在乌云后睡大觉，偶尔冒出头窥探一眼大街小巷，也是一副精神不济的模样。

上午八点左右，萧文缜打电话给齐默，让她准备好需要誊写的素材就直接出来。

齐默入读国大以后，从未和萧文缜交换过手机号码，但他曾帮她办理入学手续，又帮她填写过体检表，所以知道她的手机号码并不奇怪。

奇怪的是，萧文缜让她直接出门，却没说出门后去哪儿。

齐默心有所触，走到卧室窗边垂眸下望，一辆黑色座驾停放在齐家院墙外。几株颜色各异的紫薇花树攀附着内墙的墙壁，悄悄地向院子外探出头去，淡紫色、白色、深紫色的花瓣零零星星地飘落在黑色车的车身上，想必车已经在此停了好一会儿了。

那辆车很熟悉，齐默先前有幸乘坐过两次。

齐默没想到萧文缜会亲自过来接她，意外之余，简单地收拾了一下东西，下楼后去

50

玄关处换上外出时穿的鞋子，走出了家门。

再然后，齐默一路心不在焉，反复思索自己为什么会在前往萧家的路上。

她犹记得上车后，萧文缜问她去哪儿誊写阅读笔记。

她想了想，说："要不，去图书馆吧？"

萧文缜说："誊写阅读笔记，我需要跟你沟通、商量，去图书馆的话，会不会影响别人看书？"

萧文缜说得很有道理，她再次提出建议："要不，去咖啡馆，或是茶楼？"

萧文缜说："双休日人流量比较大，太吵的话，你的注意力能够集中吗？"

不能。

她沉默片刻，犹犹豫豫地说："要不，我们哪儿都不去了，直接在我家吧？"

萧文缜说："你爷爷如果知道我没经过他的同意就踏足齐家，只怕要在医院里气得直跺脚吧？"

"那你说去哪儿？"她无计可施，只好把难题丢给他。

萧文缜发动引擎，似是心中有了答案，语出惊人："去我家吧，距离你家不到八千米，方便接送。"

"……"她可以拒绝吗？

萧文缜大概以为她是顾及家里有长辈在，于是说道："我父母最近几个月常驻剧组，家里的阿姨今天休息，没人在家。"

"……"家里有人别扭，没人更别扭。

萧文缜再一次开口："顺便把你的衬衫带走，放在我家里占位置。"

"……"

齐默无话可说，尽管想不明白一件白衬衫究竟可以占萧家多大的位置。

萧家距离齐家只有7.6千米，路上不堵车的话，正常路况也才二十分钟左右，而齐默看到的萧家，不过是萧博彦与沈乐安在国内的数栋豪宅之一罢了。

萧家距离商业街不远，是一栋四层顶级别墅，总面积536㎡，市价高达上亿元。

阴沉的天幕下，萧文缜把车开到车库里，下车后走在前面带路，虽说帅气的人穿什么衣服都好看，但能把一件立领式深蓝色衬衫穿得如此沉稳内敛，生活中却是不多见。

齐默一直觉得萧文缜面孔惊艳，他的父母不把他带到电视屏幕里迷惑大众，实在是白瞎了他的盛世美颜。

萧家客厅的主色调是黑、白、灰三色，装修风格打破单一布局，整体设计极具文化氛围，显得很有品位。井然有序的布局和复古吊灯无一不彰显着高冷范儿，郁郁葱葱的绿植又在无形中为它增添了生机和活力，配上留白空间更显雅致，总之视觉冲击力很惊人。

齐默初次造访萧家，基于礼貌，不方便四处打量，乖巧地跟着萧文缜走进一楼的书房，里面竟然别有洞天，书房的玻璃后门直通萧家的花园，极具巧思。

萧文缜示意齐默落座，出门后再进来，手里已经多了两杯热茶。他把其中一杯热茶递给齐默以后，方才走到沙发的另一侧坐下，打开笔记本电脑，问齐默："你读的是哪本书？"

　　"道格拉斯·C.诺斯与罗伯斯·托马斯合著的《西方世界的兴起》。"齐默从背包里取出录音笔递给萧文缜。

　　这本书是新经济史学的代表作之一，也是经济学指定的必读书籍，萧文缜本科期间就读过此书。萧文缜与齐默沟通完这本书的逻辑架构以及核心观点，才打开录音笔，一边往电脑文档里打字，一边反馈自己的观点，以便齐默及时完善阅读感想。

　　萧文缜分析问题时一针见血，逻辑缜密，见解精妙，齐默认真聆听他的言论。虽然他和爷爷的陪读风格大不相同，但萧文缜说的每一句都值得用心品读，不愧是国大经济学院的头号学霸。

　　时针走向十一点一刻的时候，齐默的阅读笔记已进入收尾阶段，萧家客厅里的可视语音对讲门铃突然响了起来。如果是萧博彦或是沈乐安回来，他们会直接进屋，绝对不会按门铃，由此可见是有客来访。

　　齐默这么一想，淡定多了。

　　书房里，萧文缜的手指离开电脑键盘，他起身朝书房门口走去："你坐，我出去看看。"

　　萧文缜这一去，就去了十几分钟。

　　齐默傻坐在书房里有些无聊，干脆打开玻璃后门，有意去花园里随便转转。

　　萧家的花园没有太过艳丽的色彩，只有沁入心扉的诗意。长满青苔的陶罐倾斜在地，一朵朵淡雅的小花沿着罐口寂静无声地开在草坪上；休闲区绿植繁茂，生机勃勃；小池塘睡莲点缀，鱼群肆意嬉戏；花朵、藤蔓在拱门上方肆意蔓延，花香清冽，齐默从下方走过，心里想着，原来萧家人把理性藏在了室内，却把感性放在了花园里。

　　齐默闲着没事做，研究了一会儿在藤蔓上爬行的小蚂蚁，又观察了一会儿池塘里的小金鱼，后来站在内墙旁眼巴巴地瞅着几只小蜜蜂在蔷薇花朵上嗡嗡嗡地采蜂蜜，结果突然不知道从哪里蹿出一只大黑猫。齐默受到惊吓，火急火燎地想要避开，谁知避开的工夫，脚边竟然又出现了一只小黑猫，仓促之际，齐默的身体几乎失去平衡，她顾不上多想，连忙单手压着墙壁，这才稳住了身子。

　　小黑猫冲着齐默喵了一声，齐默看了一眼小黑猫，又看着朝她竖起猫尾巴的大黑猫。呵，这不是学校里那只难产的流浪猫吗？

　　所以，大黑猫给她的不是惊吓，而是惊喜？

　　她的手心忽然一痛。

　　齐默误以为自己被蔷薇花枝上的茎刺扎了，但手离开墙壁的时候，方才察觉一只蜜蜂脱离压扁的蔷薇花猝然间掉落在地。

齐默手心发痒，虽然没有明显的伤口，但毒针在皮肤里。她伤的是右手，只能用左手挤压右手的手心，折腾了至少有两分钟，终于满头大汗地将毒针取了出来。

按理说，齐默接下来应该清洗伤口，并用肥皂水等碱性溶液中和伤口处的毒性，再不济也该涂抹一些药物消肿，只是……也不知道萧家的客人走了没有？

草地上，小黑猫围着齐默转来转去，很是亲昵。大黑猫就比小黑猫通人性多了，大概意识到自己做错事了，垂头丧气地蹲在一旁不敢看齐默。

齐默攥紧手心，缓解被蜇位置传来的痒疼感，见小黑猫忽然跑到她身后喵喵直叫，显然是萧文缜来了。

"客人走了吗？"齐默笑着问。

"嗯。"

萧博彦所在的剧组要去海外取景，但他先前把护照遗落在了家里，助手过来取护照，萧文缜帮着找护照耽搁了一些时间。

小黑猫在萧文缜的鞋面上来回轻蹭，被他避开了。齐默注意到这一幕，越发觉得给萧文缜添了太多麻烦。他本不喜欢宠物，会管流浪猫的生死，不过是拜她所赐。

齐默抬眸看着萧文缜："这两只流浪猫恢复得不错，我以为你已经把它们送回学校了，它们怎么会出现在这里？"

"昨天晚上，我刚把它们从宠物店里接出来，双休日不去学校，就暂时搁在家里。"言外之意，周一去学校，他会把它们顺便捎回去。

齐默点了点头。

城市里向来不缺无家可归的流浪猫，它们无依无靠，被人忽视、嫌弃，宛如独行客一样游荡在街头，绝望又充满希望地活着。猫如此，人亦如此。人活一世，试问谁不是绝望又充满希望地活着？

相较于其他流浪猫，大黑猫母子已经很幸运了，至少它们还有存活的机会。

阅读笔记还没誊写完，萧文缜和齐默回到书房以后，萧文缜继续打字，齐默坐在一旁只觉得手心被蜇的位置犹如火烧，奇痒之余，还钻心地疼，如果放任不管，可能会继续肿下去。

洗手间里应该有肥皂，齐默站起身，说道："师兄，我去趟洗手间。"

"出门右拐第三个房间就是洗手间。"萧文缜从电脑屏幕上移开眸子，问齐默，"需要我带你过去吗？"

"不用，我自己过去。"

齐默离开书房以后，手心、手背又肿又胀，左手使劲抓了几下右手，舒服了没几秒钟，刺痛感再次袭来，齐默略显烦躁。这时，书房的门忽然由内开启，齐默连忙抬起左手盖住肿胀的右手，只可惜掩饰得太突然，也太明显，被萧文缜一眼就洞察出了不寻常。

"手怎么了？"萧文缜站在书房门口，难得地皱了眉。

齐默自知瞒不过萧文缜，难为情地低下头："在花园里被蜜蜂蜇了。"

话音还未落地，齐默只觉得右手臂一紧，红肿的右手一下子暴露在空气里，跟红猪蹄没什么区别。

齐默不忍心观摩，避开了眼睛。

萧文缜的眉皱得更紧了，他盯着齐默惨不忍睹的"红猪蹄"好半天没说话，若非他担心她找不到洗手间出来看看，她准备瞒他到什么时候？

萧文缜一出口就是责备："你被蜜蜂蜇了，怎么也不说一声？"

"嫌丢人。"她说的是实话。

萧文缜看了一眼她的"猪蹄子"，难道她以为她现在这样不丢人？但他并未把话说出口，只当积口德，他放下齐默的右手臂，问他："你平时对蜂毒有过敏反应吗？"

"我不知道，这是我第一次被蜜蜂蜇。"

萧文缜面无表情地看着齐默，一双眸子却出卖了他的情绪："阅读笔记誊写完了，你进去收拾一下，我们去诊所。"

齐默想说，被蜜蜂蜇是小事，忍一忍也就过去了，但见萧文缜脸色不太好，她只得把这话咽回去。想想也是，她在他家里被蜜蜂蜇伤，不管他愿不愿意，他都有责任带她外出就诊，就算她觉得没必要，却不能不顾及萧文缜的立场。

周六中午，萧文缜开车带着齐默抵达诊所，齐默的右手肿胀得厉害，连握拳都很费劲，还好没有过敏反应，萧文缜的脸色总算缓和了一些。

"一般人被蜜蜂蜇了以后，伤口周围刚开始会有些不舒服，但快则三天、慢则一个星期便能自愈。"医生为齐默开了一张药单，笑眯眯地盯着齐默的"红猪蹄"，轻声安慰道，"肿是肿了点儿，虽然有碍观瞻，但不是什么大问题。"

"嗯。"

齐默把有碍观瞻的"红猪蹄"藏到身后，跟着萧文缜去柜台抓药。小护士从萧文缜手里接过药单，忍不住多看了他两眼。

萧文缜不解风情地问道："我脸上有脏东西吗？"

"啊？"小护士一时没反应过来，待回过神，瞬间红了脸，低着头尴尬到了极点。

齐默觉得自己还是保持沉默比较好。

她知道萧文缜在生她的气，她去萧家不过几个小时，就在萧家摊上这么一出麻烦事，搁谁都觉得闹心。

但他生气归生气，上车后，并不急着离开，而是拧开一支消肿药膏，挤出膏体后，看着她说："把手伸出来。"

齐默也是要面子的，"红猪蹄"不宜见人，她朝萧文缜伸出左手指腹："师兄，你

54

把药膏挤到我的左手上，我自己涂。"

萧文缜很配合，因为他直接把一整支药膏塞到了齐默的左手里，让她自己慢慢涂。

中午在栎安路吃饭，萧文缜点的几道菜都很清淡，齐默好几次看向他，想要辨别他的情绪是否有所好转，无奈萧文缜长着一张高冷面瘫脸，若是嘴角不出现任何弧度，根本就没有人能觉察出他的心情好坏。

齐默自知理亏，尽量避免与萧文缜眼神接触，好不容易在缄默里等来了饭菜上桌，却迎来了另一波尴尬。

右手肿胀不堪，齐默只能用不太灵便的左手夹菜，只可惜状况百出，要么筷子合不拢，要么夹不住菜，急得她眉头轻蹙，满是挫败感。

萧文缜视若无睹，低着头吃菜，却适时地压下了眼里的笑意。

服务员陆陆续续把热菜端上来，齐默只能看不能吃，情绪难免有些不好。

齐默又一次夹菜失败，泄气地把筷子塞到右手里，结果右手肿得完全不听使唤。

算了，她不吃了。

齐默把筷子搁在餐盘上，懊恼间抬眸，就看到萧文缜半起身，非但没有取笑她的窘迫，甚至隔着餐桌把时令小菜夹到了她的盘子里。

齐默颇为感动。

虽然他用的是他的筷子，但她一点儿也不介意。

萧文缜帮齐默夹了几道菜方才作罢。齐默想了一个办法，左手拿着筷子把菜推到餐盘边，然后把头歪向一侧越垂越低，挨近餐盘的时候，嘴巴直接贴着餐盘外壁，左手的两支筷子微一使力，一块莲菜就被她推到了嘴里。

邻桌的好几位客人看到这一幕，虽然觉得很励志，也很想大笑出声，但又隐隐觉得在公开场合取笑别人不合适。

服务员看到这一幕，好笑之余，又有一些莫名的同情，同情该女顾客为了吃一口菜真是拼了老命，不容易啊。

顾客在餐厅吃饭，服务员有必要满足客人的潜在需求，正当服务员准备上前询问女顾客有什么需要帮助的时候，就听女顾客对面的椅子发出一道轻响，与她一起用餐的男顾客起身后，单手提着他的座椅，放在了女顾客的座椅旁。

众目睽睽之下，萧文缜坐到齐默的身边，抬脚勾动齐默的座椅慢慢地调整方向正对着他，然后左手拿着齐默的盘子，右手拿着齐默的筷子夹了一道菜，送到了齐默的嘴边。

服务员惊了。

邻桌的客人惊了。

齐默也惊了。

萧文缜却镇定地道："张嘴。"

Chapter 03
读研期间，你的学业我负责

被萧文缜喂饭是怎样的一种体验？

是手足无措、面红耳赤，还是忸怩不安、烟视媚行？

以上形容词都不足以描述齐默的心情，在这场喂饭与被喂饭的拉锯战里，男主角没有深情款款，女主角也没有含情脉脉，有的只是平静与佯装自己很平静。

对齐默来说，萧大帅哥雅人深致，喂饭之举更是暖心，自打她有记忆以来，从未体验过此等温情，以至于每一口菜都吃得思潮翻涌、食不知味。

咫尺之距，萧文缜面冷如霜，周身的气质虽然淡漠疏离，但每一次垂眸夹菜，总会让齐默联想到"沉静儒雅"一词。齐默不愿受他的魅力影响，几乎把所有的注意力放在了饭菜上。

每口菜她至少咀嚼二十次，细细品尝它的香气与口味，尽可能忽略周遭一切八卦的目光，脑子里除了咀嚼和吞咽，再无其他。

此次喂饭过程持续十几分钟，严格意义上来说惊多于喜，前半程食之无味，后半程味同嚼蜡。归根究底，喂饭之人太过于帅气，被喂之人很有压力。

基于这种压力，齐默一直晕晕乎乎不在状态，吃完午饭被萧文缜开车送回家，临下车的时候，萧文缜好像跟她说了一句什么话，她当时还沉浸在午饭里没有回过神，就稀里糊涂地应了一声，等她回到家里再想起萧文缜说的话，齐家门外早已没有萧文缜的踪迹。

萧文缜说："晚些时候，我过来给你送饭。"

齐默因为这句话一下午都心不在焉，学习效果大打折扣。萧文缜顾及她独自吃饭不便，晚上好意给她送饭，她本该心存感激，但中午用餐时已是酷刑，男女之间喂饭颇为暧昧，彼此之间又是相对无言，齐默吃的不是美味佳肴，也不是浪漫情怀，而是备受煎熬。

下午六点一刻，萧文缜打来电话："出来吧，我在车里等你。"

齐家的长辈不在家，萧文缜谨守礼节坚持不入内，齐默只好走出家门，心不甘情不愿地打开了后座的车门。

看来，晚饭要在车里解决了。

萧文缜带来的晚餐很清淡，一道养生汤、一盘炒肉和一碟青菜，还有一小碗米饭，营养健康，仅是看一眼就觉得很有食欲。

车内开着冷气，萧文缜打开饭盒后，舀了一勺汤送到齐默唇边，一扫午间的沉默，说道："手伸出来，我看看。"

齐默出于本能想要拒绝，但接触到萧文缜的目光，自知无法回避，只好在喝完汤后，把肿成小笼包的右手伸到了他的面前。

萧文缜大概被齐默胖乎乎的右手闪花了双眼，眸色变暗，说话的语气听不出任何情绪："吃过药没有？"

"吃了。"

话说到这里，车内又是好一阵寂静，齐默以为这顿晚饭必定会重蹈午饭覆辙，然而事实并非如此。

许是用餐环境有所改变，吃饭时没有旁观者虎视眈眈；又许是萧文缜喂饭时太过淡定、从容，不仅及时消解了齐默的尴尬，还有效缓解了齐默的不自在。

此时的齐默还不知道，这一年9月的某个黄昏，车窗外惨淡的夕阳，枝繁叶茂的大树，时而浅吟的秋蝉，包括齐家院头寂静绽放的紫薇花，还有坐在她身边美好得像是一幅画的萧文缜，不知不觉间汇成了一道永不磨灭的记忆，在她的心里悄悄驻扎了很多年。

后来，齐默的手机铃声打破了车内的沉寂，萧文缜暂停喂饭，隔着手机听见齐凯瑞催促齐默："周教授布置的阅读笔记，你抓紧时间录完音送到医院里，我赶在你上课之前帮你誊写出来。"

齐默背转身，压低声音道："爷爷，我的阅读笔记已经誊写完了。"

"谁帮你誊写的？"齐凯瑞有点儿意外。

"班里的一位同学。"齐默心里发虚，莫名觉得后背一阵阵发热，爷爷和萧文缜先前闹得很不愉快，她之所以这样说，是因为她不想找麻烦。

萧文缜倒也没有心生不快，事实上他鲜有情绪外露的时候，不过这日齐默挂完电话，他想了好一会儿，夹了一筷子米饭送到齐默嘴边，淡淡地开口："齐老住院有一段时间了，我打算明天去医院看看他。"

"喀——"

齐默差点儿被米饭呛死，萧文缜抽出几张纸巾递给她，沉默了一秒钟，问齐默："不合适吗？"

"合适，合适。"

齐默违心地应声，萧文缜去医院看望爷爷，除了会让813号病房里的气温直降至零下，没有什么不合适的。

齐默高估了自己的判断力。

翌日上午，813号病房里的气温并非直降至零下，而是冰冻三尺，仿佛随便呼出一口热气都能瞬间结成冰碴儿。

齐凯瑞是经济学泰斗，此番手术住院，晚辈带着水果前来探望，纵使心有不喜，但身份、地位架在那里，也不能把人强行赶出去，坏了大师风范。所以，齐凯瑞虽未驱赶萧文缜，但自打萧文缜出现以后，他的目光就如寒光凛凛的利刃，一刀接一刀地毁坏着萧文缜的心理底线。

齐默对这样的目光注视并不陌生。

威严、犀利，很多时候不需要任何言语，仅靠一个眼神就能秒杀所有，压迫感十足。

齐默对齐凯瑞敬畏有加，偶尔迎战此类目光注视，从未逾时五秒钟，萧文缜却刷新了她的纪录。

五秒。

十秒。

十五秒。

…………

萧文缜不愧是在闪光灯下长大的"星二代"，对上齐凯瑞尖锐的目光，竟然还能从容不迫地给自己找事做。比如说，他对花痴眼望着他的尉迟敏露出礼貌的微笑，并顺理成章地接手了她的工作："阿姨，我来。"

萧文缜进病房之前，尉迟敏正在给齐凯瑞削苹果，现下刚削了三分之一的红苹果到了萧文缜的手里。只见他拉了一把椅子坐在病床边，无视微微皱眉的齐凯瑞，有条不紊地削起苹果来，超强的气场与齐凯瑞有的一比。

齐默叹为观止。

虽说爷爷的眼神能杀人，但萧文缜此举能把爷爷气死，也难怪病房内的气氛会如此剑拔弩张了。

"剑拔弩张"是齐默的主观意识，萧文缜削水果的时候只感觉冰火两重天，齐老先生的虎视眈眈和尉迟敏的目光灼灼，在这间太过寂静的病房里形成了鲜明对比。万幸他心理素质不错，削水果之余，并未忽略齐老先生摊放在病床上的经济报——《福布斯》《第一财经周刊》《巴伦周刊》《华尔街日报》……

齐凯瑞对国内外的经济数据很敏感，但凡发现经济指数出现异常波动，都会使用圆珠笔圈出来，再细细地讲给齐默听，以便及时更新她大脑里存储的数据。

齐默就在病床的另一侧坐着，想必已经受教多时。

苹果皮猝然掉落在垃圾桶里。

萧文缜放下水果刀，把削完皮的苹果递给齐凯瑞，是和解，也是尊重。只可惜齐凯瑞视若无睹，使劲抖了抖手里的报纸，摆明了不吃萧文缜这一套。

示好被拒，萧文缜也不羞恼，转过头看着齐默，隔着一张病床，无声地把苹果递给了她。

齐凯瑞手持报纸，斜着眼打量萧文缜。

尉迟敏惊讶不过数秒，表情甚是微妙。

齐默还算淡定，萧文缜递苹果给她，她不能不接，她也有心帮他找台阶下，起身离座以后，伸出左手去接苹果。

谁承想，萧文缜收回苹果，跟着她起身离座，紧接着伸出右手握住她的左手，把苹果稳稳地放在了她的手心里。

他知道她辨析距离有困难？

齐默极其僵硬地坐回到椅子上，垂眸盯着那只削了皮的红苹果，不期然想起数日前被她丢弃在江家门口垃圾桶里的那只削了皮的青苹果，江棋来与她相识多年，却不如萧文缜与她相识十数日，究竟是粗心，还是大意？

是无心。

齐凯瑞将两位晚辈之间的互动看在眼里，虽未发表任何意见，但忍不住多看了萧文缜几眼。偏偏年轻男子直觉敏锐，直接撞上齐凯瑞的目光，齐凯瑞闪避不及，为了顾全面子，只好冷冷地开腔："齐齐，我住院有多长时间了？"

"啊？"忽然被点名，齐默一愣，随即计算了一下住院的天数，回齐凯瑞，"二十天。"

齐凯瑞戴着老花镜坐在病床上看报纸，慢条斯理地说："二十天，时间说长不长、说短不短，某个年轻人过了二十天才提着一篮子水果来医院探望我，你说，他的诚意能有几分？"

齐默无语："……"

谁都听得出来，爷爷借着和她说话，实则在讽刺萧文缜。然而，萧文缜9月初曾和周安国一起来医院探望过爷爷，只不过被主治医生拒之门外罢了。

萧文缜对之前探病被拒一事避而不谈，而是语气平和道："齐老，先前我与您经济观点不同，彼此闹得很僵，其间，您生病住院，我作为晚辈本该第一时间向您赔礼道歉，但心脏手术不同于一般手术，至少需要静养半个月，修复期间不宜受刺激。我担心您看到我情绪不佳，不利于养病，所以拖到今天才来医院。至于我探病的诚意有几分……对我来说，推迟二十天来医院探望您，纵使不如提前二十天来医院探望您显得有诚意，但也必定跟恶意无关。"

齐凯瑞哼笑一声，什么好听话都让萧文缜一个人说了，他还有什么可说的？他索性继续看报纸不理萧文缜。

齐默左手攥着苹果，替萧文缜说话："爷爷，师兄私底下多次向我打听您的术后情况，看得出来他很担心您。"

师兄？

齐凯瑞反应过来，萧文缜和齐齐都是周安国的学生，可不就是同门师兄妹吗？想到这里，他轻斥齐默："你和他才认识几天，怎么胳膊肘就往外拐了？"

齐默被噎住，低着头不说话。

萧文缜淡淡地扫视一眼齐默，见她安静地坐在椅子上，脸上有一抹不自然的绯红，在光线的映照之下，煞是温婉动人……

齐凯瑞见萧文缜盯着齐默看，冷着脸咳嗽一声，对萧文缜委婉地下逐客令："萧公子，我还有事情要忙，如果没有什么事，你就先回去吧。"他的眼睛望向尉迟敏："小敏，送一下客人。"

萧文缜礼貌地示意尉迟敏留步，依旧平静地道："齐老注意身体，我改天再来看您。"

齐凯瑞摘下老花镜，撩起上衣的下摆，慢吞吞地擦拭着镜片，撂了一句话给萧文缜："萧公子学业繁忙，改天就不必再来了。"

萧文缜漠然置之，朝尉迟敏颔首致意，转身离开了813号病房，徒留重新戴上老花镜的齐凯瑞气恼不已。

齐默难得见爷爷有被人压制的时候，觉得好笑，却没敢当着齐凯瑞的面笑出来。

不过，那天上午，也许连萧文缜本人也没想到，齐凯瑞见他离开以后，曾和齐默有过如下的简短对话。

齐凯瑞说："这小子本科毕业以后曾被全球一流的投资银行高薪聘为分析师，实习期间更是接连刷新投行工作纪录，天资聪慧，还肯努力、吃苦，以后前途不可限量。"

齐默说："我以为，您并不喜欢他。"

齐凯瑞说："他很聪明，8月份跟我学术对决，才华横溢，专业书籍的阅读量惊人，我没理由不喜欢他。但他一路走来，较之任何人都更容易成功，不能每个人都捧着他，偶尔出现一两个看似不喜欢他的人，于他是一种警醒，不是坏事。"

齐默这才意识到，自己先前的想法实在是太狭隘了。

齐凯瑞说："你有他这样的师兄，只会越发刺激你变得更加强大，坏就坏在这小子长相太帅，估计烂桃花一大堆，为了不影响学业，你还是离他远一些比较好。"

齐默点头，却忍不住笑了。

萧文缜有没有烂桃花她不知道，她只知道，她的右手还需几日才能彻底消肿，所以近几日想要在国大远离萧文缜，恐怕没有那么容易。

周一上午，齐默去周安国的办公室交作业，研三师姐周舟正站在办公桌前垂着头挨训。

周舟看到齐默进来，飞快地朝齐默做了一个苦瓜脸，齐默同情之余耸耸肩，表示自己爱莫能助。

周安国训得正起劲儿，齐默无意打扰导师的雅兴，站在周舟旁边不吭声。

周安国说："你说，你每天在朋友圈里发牢骚有意思吗？'上课累成狗，科研累成狗，工作累成狗，写论文累成狗。'我就想问问你，狗是你的吉祥物吗？要不然怎么张嘴闭嘴都往狗身上靠？你这么喜欢蹭狗的热度，狗它老人家知道吗？"

周舟的头往下垂了垂。

周安国继续训："有时间发朋友圈，我看你一点儿也不累。别把自己整得跟祥林嫂一样，逢人就诉说自己的不幸。谁读研不累？你说你的头发大把大把地往下掉，我作为你的导师，难道我没有压力，难道我不掉头发吗？"

周舟的头垂得更低了。

周安国还不放过她："出了我这间办公室，别想着朋友圈屏蔽我，我会随时关注你有没有继续传递负能量。我对你只有三个忠告：1. 读研期间掉光头发，以后可以戴假发；2. 吸收竞争对手的优点，转换成学习动力，快速消化负能量；3. 我虽看重学生的论文，但我要的不是数量，而是质量。另外，你是师姐，下面还有几个师弟和师妹，为师希望你能做好榜样，可否？"

周舟的头都快垂到胸口了，她有气无力地叹了一口气，从唇齿间蹦出一个字来："可。"

"出去吧。"

周舟早就想离开了，听到周安国下达驱逐令，立马精神抖擞地抬起头，临走的时候，悄悄碰了碰齐默的手臂，暗示自己先逃了。

齐默笑了笑，把事先打印好的阅读笔记递给周安国。周安国的气还没完全消下去，他原本抱着挑刺的心态在审阅齐默的阅读笔记，但看了两次，愣是没能挑出一点儿毛病，心情总算是阴转多云，再说话时较之先前温和了许多。

周安国问齐默："我让文缜帮你誊写阅读笔记，他有没有帮你？"

"帮了，这份阅读笔记就是师兄帮我誊抄的。"

周安国满意地点头，眼尖地注意到齐默的右手异于平常，好奇地问道："你的右手怎么了？"

"被蜜蜂蜇了。"

周安国盯着齐默的右手颇为感伤，齐默没想到恩师如此关心她，但周安国接下来的一番话成功逼退了齐默刚刚冒出头的感动。

周安国道："蜜蜂蜇人后，倒刺会留在人的皮肤里无法拔出来，蜜蜂稍加用力或是轻微挣扎，都会导致一部分内脏瞬间被带出来，所以蜜蜂蜇人后必死无疑。唉，蜜蜂寿命短，每只蜜蜂一生只能为我们提供三克左右的蜂蜜，就这么惨死在你的手里，真是可惜了。"

"……"齐默真是不知如何接话。

同样是周一上午，经济学院没有大课，只有两场小型经济研讨会，参加的学生不多。萧文缜和沈燮、乔思佳聚在一起商量新一期节目的策划案，过了饭点，沈燮提议边吃饭边谈工作，萧文缜这才想起齐默的午饭还没着落。

萧文缜出门给齐默打电话，齐默说她已经买好了午餐，右手也消肿了许多。言外之意，她不用他送饭，也不用他喂饭。

萧文缜挂断电话，交代沈燮和乔思佳先去外面点菜，他决定去一趟小公园，看看情况再说。

经济学院的小公园里，齐默戴着耳机啃汉堡，胖乎乎的右手还没触摸到矿泉水瓶，矿泉水瓶就被一只修长、好看的手从草地上拿了起来。

齐默的目光从下往上移动：白色帆布鞋、黑色九分西装裤、圆领白衬衫、英气十足的容貌、清澈的眼睛……

萧文缜居高临下地看着齐默，目光落在她手里的汉堡上。拧开矿泉水的瓶盖以后，他半蹲在她的面前，把矿泉水放到了她的右手边。

"你中午就吃这个？"这样的午餐配置跟自虐有什么区别？

"嗯。"

"是因为减肥，还是不愿意浪费学习时间？"

"都不是。"齐默摇摇头，"我平时睡眠不足，吃饱饭很容易犯困，为了保持大脑清醒，不影响接下来的学习计划，所以在校上课期间，我每天中午都会吃得很少。"

"不饿吗？"

"我习惯了。"齐默嘴角笑意微露，素净的脸庞上没有任何苦痛和委屈，只有平静和坦然。

萧文缜不再说话。

他知道齐默为了追赶学业很能吃苦，但没想到她竟然还可以如此自律，靠着强大的意志力独自支撑了四年本科生涯，不荒废一分一秒。

"我习惯了"四个字，若是出自别人之口，会让人心疼，但出自齐默之口，只会让人对她越发敬重。

中午在校外用餐时，沈燮和乔思佳核对完工作细节，接连吐槽边工作边读研真的很辛苦，萧文缜听了一会儿，若有所思地询问两人："抛开工作不谈，读研真的很累吗？"

"当然累，像你这种天才怎么可能理解我们的痛苦？"萧文缜的一句话瞬间引起公愤，沈燮激动地说，"自我读研以来，每天的事情多得要命，现在一想到还有三年要熬，我就怕得浑身直发抖。"

乔思佳也笑着附和："读研确实很累，就拿我来说吧，为了完成导师布置的任务，这几天我一直泡在图书馆里看文献，每次躺到床上时都是凌晨两点多，有时候累得连话也不想说。不过痛并快乐着，读研虽然累了点儿，但我每一天都过得很充实，只要能够合理安排时间，倒也没有那么难熬。"

萧文缜没有应声。

正常人读研尚且心力交瘁，更何况齐默？别的女孩子身上要么自带香水味，要么自带沐浴露或是洗发水的清香，唯有她，不管何时何地，身上都是一股飘之不散的刺鼻的风油精味。

想到这里，萧文缜忽然没了胃口，放下筷子不吃了。

9月下旬，天气时好时坏，温度最高的时候宛如三伏天，高温持续不断地挑战着市民的容忍度。

齐默与萧文缜、乔思佳虽然是同班同学，但除了上基础课时能遇到，上选修课时大多不会碰到。

齐默很忙，萧文缜比她更忙，忙完学业还要忙工作。有几次齐默在学校里远远地看到他，他不是和沈燮行色匆匆地走在一起，就是和乔思佳一起谈工作，她不方便打扰，也就没和他打招呼。

江夷中约她吃午饭的时候，偶然间谈起萧文缜忙碌一事，话语间也多是吐槽和发牢骚："萧公子最近就跟中了邪一样，突然加快进度，提前录制了好几期节目，整个栏目组的工作人员接连熬了两个通宵，一个个苦不堪言，却不敢多说一个字。最可气的是，我堂堂一个畅销书作家，屈尊为《追梦者》栏目写文案，却很难得到萧公子的一句认可，每次提交文案的时候，不是被他各种刁难，就是被他直接拒收，难伺候死了。"

齐默不懂《追梦者》的运行模式，不方便接话，但萧文缜做事严苛、专注，她是知道的。

据说，他在国大攻读本科期间，每天书不离身，仅仅四年留下来的阅读笔记就有一书柜之多，位列历届学子之最。

通常，对自己要求很高的人，对合作伙伴的要求也会很高，所以江夷中的"痛苦"，齐默是可以理解的。

但理解归理解，不管是萧文缜的忙碌，还是江夷中的抱怨，都没有在齐默的心头占据太大的位置，因为她有更重要的事情要做。

日前，计量经济学的教授理论与实践相结合，临下课时布置了一道假想作业："各位，我计划开一家冷饮店，劳烦大家帮我建立一套经营模型，此次作业计入学期总成绩，还请各位配合。"

齐默除了要完成每周一篇的阅读笔记，还要制作经济学模型，忙碌起来连医院都没时间去。

周五，齐默跟周安国告假，外出实地调研，辗转跑了好几家冷饮店，设定理论模型以后，根据选址、装修、原料和机械配置、饮品创新样式和价格，以及服务人员等相关问题做了详细的调查。做完这一切，天色已近黄昏，暗沉的天幕突然下起了蒙蒙细雨，齐默出门时没有带伞，跑到路边拦车的时候，听见身后有人喊她的名字。

"齐齐——"

男子的声音格外熟悉。

雨水打在齐默的睫毛上，她轻轻地眨了一下眼睛，回眸看向那人，淡淡地称呼对方："大哥。"

黄昏时分，水雾袅袅，齐默站在路边漠然回眸，配上七彩霓虹，一派孤冷气息迎面袭来，拒人千里的姿态仿佛融进了骨子。

江棋来迎着雨水，眸色慢慢变得暗了起来："我正好开车回老宅，顺便送你一程。"

车里车外，犹如两个世界。

车外闷热不堪，车内温度宜人。

齐默坐上车以后，身体前倾，整张脸凑到空调口附近，深深地吸了一口凉爽的空气，被热傻的脑袋这才开始正常运转。

路上，雨越下越大，江棋来放慢行车的速度，问齐默："你没事来商业区干什么？"

"计量经济学的教授给我们布置作业，让我们下周上交一套应用模型，我来商业区搜集一下相关资料。"

江棋来沉默了一会儿，追问齐默："你爷爷生病住院，谁帮你在电脑上建立模型？"

没人。

齐默不吭声。

汽车停在红灯路口，江棋来切换高速雨刮模式，靠着椅背凝视着齐默。

他在看什么？他审视她的时候又怀揣着怎样的心思？

齐默选择无视，她在一种难以启齿的难堪里，仿佛又回到了五年前，被人嫌弃、厌恶、瞧不起。

"我帮你。"

适逢一道闷雷突然炸响天际，齐默的心脏狠狠一缩，她转眸望向江棋来，他已踩动油门驶过红绿灯路口，半开玩笑半认真地说道："我对计算机软件还算熟悉，帮你建模应该不难。"

江棋来是一位计算机编程高手，天天与计算机打交道，几乎没有软件能够难倒他。

至于齐默——

青锋网CEO纡尊降贵帮她制作经济模型，她若拒绝恐有损邻里情谊，上次归还野山参已让他心生气恼，所以这次……齐默不便说些什么。

齐家书房里，齐默烧了一壶热茶放在书桌上，随后搬了一把椅子坐在江棋来的身边，不时提供模型参数给他。

起初模型建立得并不顺利，模型拟合优度太低，齐默提出解决方案，江棋来试验多次，均以失败告终。

齐默不好意思占用他太多时间，想说实在不行就算了，谁料江棋来盯着模型参数吩咐她："我还没吃饭，你去做碗面端进来，我再想想办法。"

齐默尴尬地离开。

她一回来就和江棋来待在书房里建立经济模型，忙碌起来竟然忘了时间，晚上九点多，早已过了晚上吃饭的时间。

齐默离开以后，江棋来给萧文缜打了一通电话，电话那端雨声很大，想必萧文缜出行在外，还没回家。

江棋来唤了一声"萧公子"，开门见山地道："计量经济学建模，如果拟合优度和相关系数过低，重新设定模型改进还是不管用，你觉得会是什么问题？"

似是下雨天信号不好，萧文缜的回复慢了好几秒钟："如果不是多重共线问题，可以试着修正一下异方差。"

江棋来放下手机，按照萧文缜说的方法试了试，检验模型显示有效，总算是松了一口气。

他忽然发现，帮助齐默解决作业难题，远比他完成一个大项目还有成就感。

萧文缜平静地问道："我记得你是自动控制理论及应用专业的在读博士，什么时候跨专业学起了计量经济学建模？"

江棋来专注在应用模型上，若非萧文缜开口说话，他都忘了电话尚未挂断。

另外，萧文缜何其聪明，怎会猜不出他深夜开口求助经济学作业是为了谁？

江棋来没有理会萧文缜的揶揄，懒懒地道："你师妹没办法自己建立模型，我不帮她，难道指望你帮她？"

"怎么不能指望我？她是我师妹，我帮她理所当然。"

萧文缜回怼得如此爽快，反倒让江棋来小小地惊讶了一下。他正想说话，齐默已经端着餐盘走了进来："大哥，面做好了，还是先吃饭吧。"

手机里一片静音模式。

江棋来本打算结束通话，结果还没等他张嘴，手机那头就传来了嘟嘟的声音，不知是对方的手机突然没电，还是信号太差所致。

江棋来不以为意，把手机搁在了书桌上。

齐默把两碗家常面放在茶几上，江棋来走过去坐下，拿起一双筷子递给齐默，明知齐默已然接住筷子，却没有松手。

齐默抬眸看着他。

刺目的灯光投落在江棋来英俊的眉眼间，宛如破冰后逐渐消融的湖水，就连声音似乎也沾染了几分温度。

他松开筷子，欲言又止："齐齐，你有没有说错话、做错事的时候？"

齐默的脑子嗡嗡作响，她一下子就想到了五年前，虽然不知道他问出这番话是什么意思，一颗心却冷了下来。她低着头搅拌家常面，语气平静地道："大哥，世界上没有十全十美的人，几乎每个人都会说错话、做错事，我也不例外。好在知错能改，善莫大焉，同样的错误，我绝不允许自己犯第二次。"

江棋来听了她的话，紧绷的心终于松懈下来。

是啊，知错改错，同样的错误只要避免再犯，一切就还有补救的机会。

他和她虽然回不到五年前，但至少还可以期许现在。

大雨过后，天气放晴，温度却降了下来，齐默五点半起床外出慢跑，不时能感受到一丝丝的凉意。

昨天江棋来帮她完善模型，忙到深夜十二点才离开。他离开时叮嘱她，以后在阅读或书写方面遇到困难，可以随时给他打电话。

齐默以为他只是随口说说，并未当真。

慢跑回来，齐默意外地发现齐家门口停着一辆黑色座驾，萧文缜穿着一件灰色毛衫，搭配着一条黑色长裤，半靠半坐在车头，大长腿格外吸睛。

"师兄？"

一大早看到萧文缜，齐默承认自己很惊讶。

萧文缜从手机上移开眸子，抬头望向齐默，清晨的阳光温柔地笼罩在他的身上，使他整个人看起来如梦似幻。

他离开车头，单手插在裤袋里，问齐默："吃早餐了吗？"

"还没有。"她没有在晨跑前吃饭的习惯。

萧文缜垂眸扫视一眼她已经消肿的右手，突然开口道："我饿了。"

齐默意外他的直白，低低地哦了一声，心里却在想，萧文缜跑到她家门口说他饿了，难不成是话里有话，想让她请客吃饭？

"听说，你们小区附近有几家早餐店味道不错，要不你陪我过去尝尝？"

齐默家小区附近的确有几家口碑极好的早餐店，每天一大早都会有很多市民开着私家车跑过来吃饭，所以萧文缜是专门开车过来品尝美食的？

彼时，萧文缜已经转身走在前面，齐默眼睁睁着请客吃饭跑不掉，又没时间回家拿钱，只好慢吞吞地跟在萧文缜的身后。她下意识地摸了摸运动裤的口袋，也不知道身上带的这点儿零花钱够不够萧公子和她的早餐费。

萧文缜走在前面，偶然间回眸，原本想让齐默走快一些，却目睹她将一张张小额现金展开后整理在一起，并悄悄地计算着金额……

意识到她的数钱动机，萧文缜忍不住笑了。

小气。

非常小气的齐默这天早晨表现得很大方，仅给自己点了一碗豆浆和一张鸡蛋饼，剩下的钱全花在了萧公子身上。

齐默先是点了一碗营养粥和一笼蟹黄灌汤包，大概担心萧公子吃不饱，又算了算手头的余额，另外点了一份煎饺。

谁料早餐全部上桌以后，萧公子说他只对豆浆和鸡蛋饼感兴趣，直接把他的那份"丰盛"的早餐推给了齐默。

齐默很纠结地道："我吃不完。"

然而，几分钟后，一盘煎饺进入齐默的肚子里后，她看着尚且冒着热气的蟹黄灌汤包，犹豫着是否要继续下筷。

见状，萧文缜拿起筷子夹了一只小笼包放在她面前的碟子里，问她："你的阅读笔记和经济模型做了没有？"

"阅读笔记还没誊写，不过经济模型已经做好了。"齐默低头吃着小笼包，渐渐意识到萧文缜一大早过来，很有可能是为了她的作业。

萧文缜明知故问："齐老先生帮你做的经济模型？"

"不是。"齐默没有隐瞒萧文缜，老实说道，"是江家大哥帮的忙。"

你和他关系很好吗？

这话，萧文缜没有问出口。他沉思了几秒钟，冷静地分析现状："计量作业很耗时间和精力，伴随着课题内容的延伸，以后的作业只会越来越多。可是，隔行如隔山，江棋来或许能帮你一次，但并不代表以后每次他都可以帮你。"

"我明白。"齐默认为萧文缜说的是事实。

"江棋来不能帮你，齐老先生就更不能帮你了。"萧文缜靠着椅背，双臂环胸看着齐默，"你爷爷毕竟是动过心脏手术的人，平时除了要注意休息，还要避免熬夜、受累，他已经不适合再陪着你读书。"

"嗯。"

事实过于扎心，齐默放下筷子不再进食。

其实，她比任何人都要担心爷爷的身体状况，纵使爷爷以后恢复如初，她也不可能再让爷爷为她劳心劳力，但……

"爷爷住院以后，我曾动过心思，招聘一位誊写员或是能帮我阅读文字、代写作业的人，但就像你说的那样，隔行如隔山，如果聘请的人不懂经济学，于我来说只会是困扰，而不是助益。此外，爷爷性子要强，并不赞成我聘请誊写员，他一直觉得自己出院后再陪我读几年书不成问题，我不愿惹他生气，所以这事就一直搁置着，没有再提。"

这些话等同于心事，齐默从未说给别人听，包括江夷中。但今天的清晨，有一股冲动袭上心头，她想要把内心的焦灼讲给对面的男子听，也许是因为对方给了她太多从未企及的温暖，也许是因为对方是萧文缜，足以信任。

早餐店里，萧文缜坐在椅子上半敛双眸，鼻梁高而挺拔，完美的容貌具有强大的杀伤力，来往女食客被男色迷惑，一步一回头、三步一回头者大有人在。

像这样一个清晨，如果说萧文缜装饰了别人的眼睛，那么齐默缓缓叙述的语气、清亮倔强的眼神，自然也成了萧文缜眼里的初秋一色。

"齐默。"

"嗯？"

萧文缜表情平静，说道："齐老先生手术住院，尽管你说不全是我的错，但他老人家刚好在我们闹不愉快的时候送医抢救，我不可能置身事外，更不可能没有一丝一毫的内疚和自责。"

齐默不吭声，隐约觉得他有话要对她说。

果然。

萧文缜短暂沉默之后，似是斟酌了一下语气，方才盯着她的眼睛，极为认真地对她说："我有责任接替齐老先生的工作。所以，我打算，读研期间，你的学业我负责。"

齐默直接傻眼。

"负责"两个字说出口很容易，做起来却很难，萧文缜究竟知不知道负责她的学业意味着什么？

他一定不知道，否则怎么可能把决定下得如此轻松？

齐默有自己的坚持，轻声表态："师兄，你打算做的事情要远比你想象中的困难很多倍，我不能拖累你。"

萧文缜何许人也？

他一旦定下目标，就会坚韧不拔，并且执行力极高。

齐默委婉地拒绝萧文缜以后，他似是接受了她的态度，并未在这件事情上过多打转。吃完早饭，萧文缜送齐默回到家里，顺便取走齐默事先录好的阅读笔记，推托自己还有事情要忙，如果誊写阅读笔记的过程中遇到了什么问题，会跟她打电话联系。

萧文缜开车离去的当天下午，齐默突然接到了母亲打来的电话。

"齐齐，你快来医院一趟，萧家公子刚才来医院看望你爷爷，你爷爷一直没给对方好脸色，我在一旁看着干着急，真怕他们两个人话不投机打起来。"

如果是以前，齐默或许还会担心爷爷不待见萧文缜，见到他以后会直接心脏病发，但自从上次萧文缜拜访爷爷离开以后，听了爷爷对萧文缜的评价，她知道母亲的担心都是多余的。

然而，齐默接到母亲电话之后，还是急匆匆地赶到了医院。

"我有责任接替齐老先生的工作。所以，我打算，读研期间，你的学业我负责。"萧文缜早晨说的话言犹在耳，齐默以为他已经打消了念头，没想到他只是改变策略，说服不了她，就去说服齐家最有话语权的老爷子。

齐默赶到心血管外科住院部813号病房门口时，还没来得及喘一口气，隔着门就听见了爷爷暴跳如雷地指责萧文缜的声音："臭小子，你竟敢当着我的面说出这种话，女孩子的清白最要紧，你这么做跟败坏齐齐的名誉有什么区别？"

"爸，您快消消气，萧家公子可能只是随便说说，您别当真。"

病房里，尉迟敏连忙安抚齐凯瑞，却被萧文缜毫不留情地出声打断："我是认真的。"

齐凯瑞暴怒："认真你个大头鬼。"

话音未落，又是砰的一声脆响，貌似有东西砸在了房门上，惊得齐默心头一颤，顾不上其他，连忙推门冲到了病房里。

萧文缜坐在病房配套的沙发上，抿着唇一声不吭，看到齐默突然进来，眸色变暗，随后别开眼，依旧没有说话。

齐凯瑞气得脸色发红，也难怪尉迟敏会焦急地安抚他切勿动怒，齐默看得胆战心惊，也不知道萧文缜都跟爷爷说了些什么话，竟然让爷爷如此动怒。

他明知道爷爷动完心脏手术，不宜言语冲突，更不能受刺激，他还……

想到这里，齐默虽然有些恼萧文缜，但又忍不住靠近床头替他说起话来："爷爷，师兄说话没有恶意，您别往心里去。"

齐默不说话还好，她这么一说话，齐凯瑞瞬间转移怒火，皱着眉批评齐默："没有恶意？你连他跟我说过什么都不知道，就一心帮着他说话？"

齐默语塞，她是才到，怎么可能知道萧文缜和爷爷的谈话内容？

齐凯瑞怒火未消："这个臭小子竟然当着我的面，信誓旦旦地说要和你在校外同居，负责你今后的全部学业。在校外同居这种话他都说得出来，我就想问问他，究竟是谁借给他这么大的胆子，竟敢当着我的面口出狂言？"

齐默被"同居"两个字惊呆了，猝然望向萧文缜，适逢萧文缜也朝她看过来，四目相对，齐默的脑子里一片空白，依稀看到萧文缜离开沙发站起身，温柔地对着尉迟敏说道："阿姨，麻烦您带齐默出去，我有话想单独说给齐老先生听。"

齐默浑身僵硬，也不知道是怎么被母亲搂着走出门的，只知道母亲关上病房门之后，她坐在走廊椅子上，依然被"同居"两个字搅得心神不宁，茫茫不知神志归处。

同居……同居……

她怎么就忘了呢?

接替爷爷的陪读工作,负责她的全部学业,意味着他的时间将要与她共享,而他为了帮她完成庞大的阅读量和数不尽的作业难题,抑或是修正棘手的论文,势必不能距离她太远,如同她与爷爷一般,想要做到随叫随到,住在一起是必然。

医院的走廊里,尉迟敏不放心屋里的状况,凑到门口想要探听声音,奈何刚才出来时把门关得太紧,以至于什么也听不到。

唯一可以肯定的是,齐凯瑞没有再发火,要不然一道门板怎么挡得住他的勃然大怒?

尉迟敏走到齐默身旁坐下,握住她的手,问:"你和萧家公子很熟吗?"

"我们是同门师兄妹,他平时很照顾我。"齐默承认自己有点儿避重就轻,她和萧文缜不是很熟悉,但也不是很陌生,所以关系好坏还真是不好说。

尉迟敏接着问:"那你觉得萧公子怎么样?"

齐默的脑海中勾勒出那个人的身影,她客观地评价道:"公子世无双。"

公子世无双吗?

这已经是很高的评价了。

尉迟敏笑了,女儿从小在齐家老宅长大,接触最多的男人就是她的爷爷齐凯瑞,即便后来前往华大读书,也是每天扎在学业里,从未见她关注过任何异性,更不曾在生活中与异性同学有任何交集。

萧家公子是个例外。

正是因为这个例外,导致尉迟敏上次见过萧文缜之后,私底下还专门上网搜过他,发现他不但家世显赫,就连个人能力也很出众,创建爆红节目《追梦者》,入驻青锋视频网站,并与网站自制节目抢夺资源和市场,直到彻底拿下网站"王牌访谈节目"宝座……棋来那孩子整天绞尽脑汁地想着怎么赚别人的钱,萧家公子却一心想着怎么从棋来那里分到钱。

每个人的成功都不是偶然的,棋来也好,萧家公子也罢,他们都是"富二代",却从不安于现状,而是利用各方资源,大胆组建团队,在自己感兴趣的领域开疆辟土。如此胆识过人,又如此努力上进,尉迟敏很难不对他们心存好感。

但心存好感是一回事,放任女儿和对方同居……她怎么想都觉得不合适。

尉迟敏问齐默:"萧公子想要和你住在一起辅导你的学业,他有事先跟你商量过这件事情吗?"

"没有。"如果萧文缜事先跟她商量过,她何至于如此惊讶?

尉迟敏沉默了足足一分钟,语重心长地道:"你爷爷动完手术以后,精力大不如前,特别是修复期间,一旦心脏再出现问题,只怕后果不堪设想。但你读研期间不能没有人帮你,我虽然抗拒你和萧家公子住在一起,但又不得不承认,萧家公子是最合适的人选，你们既是同学，又是同门师兄妹，平时学业进度一致，有他在旁帮助你、辅导你，想必你爷爷养病期间也会安心许多。只不过……"

说到这里，尉迟敏松开齐默的手，想到丈夫齐远彬，心事重重地叹了一口气："你爸爸如果知道这件事，绝对会持反对意见。"

齐默的太阳穴隐隐作痛，她靠着椅背闭目养神，不知过了多久，耳畔忽然传来房门开启的声音，与此同时，母亲拍了拍她的手臂，提醒她起身。

齐默睁开眼睛。

萧文缜关上病房的门以后，朝她走近几分，冷峻依旧，沉稳依旧，就连声音也没有丝毫起伏："你今天晚上收拾一下东西，我明天上午开车去你家接你。"

齐默以为自己出现了幻听，下一秒，行动大于思考，她直接推开病房的门想要找爷爷问个清楚，可是如果爷爷不松口，萧文缜怎么可能说出这种话？

"爷爷——"

病房里，齐默又惊又疑地看着齐凯瑞，萧文缜究竟有何魔力，能随意掌控爷爷的情绪不说，竟然还能轻易改变爷爷的想法和决定，他究竟对爷爷说了些什么？

齐凯瑞从置物台上拿起水杯，送到嘴边抿了两口，对齐默说："我的情况你很清楚，最近辅导你学习力不从心，但又不放心你的学业，所以你去萧文缜那里住一段时间也好，如果不适应，或是学业没有长进，我再接你回来。"

齐默倔劲上来，皱着眉讲理："爷爷，您也是过来人，读研有多辛苦您不是不知道。很多研究生仅是完成自己的学习任务就要忙到凌晨两三点，萧文缜虽然很聪明，但他毕竟不是铁人，他现在已经很忙了，不仅要读研，还要制作节目，这时候再加上一个我，他的身体怎么吃得消？"

"你以为我没有想过这个问题吗？"齐凯瑞把水杯重重地放在置物台上，沉着声音说，"你知道萧文缜是怎么说服我的吗？他拿我生病这件事刺痛我，让我被迫接受辅导你学习很吃力的事实；他用他的天赋和读研优势，让我不得不承认他比我更适合做你的陪读对象；他说他最近提前录制了好几期节目，并且有意把录节目的重担移交给其他两位节目合伙人，仅是为了腾出时间陪你读书；他说他做出这个决定不是一时冲动，而是经过慎重考虑和前期准备的。所有我能想到或是没有想到的，他都提前做得面面俱到，我在他的用心和坚持面前哑口无言，还怎么好意思找理由拒绝他？"

齐默无言以对。

她知道萧文缜最近很忙，也知道他接连熬夜提前录制了好几期节目，江夷中吐槽他中了邪，栏目组的工作人员一个个怨声载道，却都不知何故。直到今天她才知道，他那么忙碌，竟然是因为她。

如果他仅仅是因为对爷爷的愧疚和自责，就要对她今后三年的学业负责，这个代价

71

是不是也太大了？

这天下午，萧文缜开着黑色座驾，一驶出市医院停车场的出口，就被守候已久的齐默拦住了去路。

萧文缜把车停在路边，坐在驾驶座位置上并未下车。待他按下车窗玻璃后，齐默弯着腰问他："师兄，你要不要再考虑一下？"

"不考虑。"

他心志坚定，瞬间堵住了齐默要劝说的话。

萧文缜见她走到一旁的马路牙子上低着头不吭声，知道她正在闹别扭，原本打算无视，直接开车离去，但总归有些不忍心。他把车熄火后，解开安全带开门下车。

男女身高悬殊，萧文缜站在齐默的面前，阴影几乎笼罩了她一身，压迫感十足，齐默下意识地往后退了一步，萧文缜注意到她的举动，并未逼近，而是心平气和地向齐默提出灵魂三连问。

萧文缜问："如果你一直找不到陪读对象和誊写员的话，你觉得凡事只依靠你自己，你还能撑多久？"

"……"可能一个月都撑不了。

萧文缜又问："截至目前，抛开齐老先生不谈，除了我，你还有更好的陪读对象吗？"

"……"没有。

萧文缜再问："如果研一上学期你的平均学分不能保持在八十分以上，很有可能面临被劝退的风险，难道你想被周教授劝退吗？"

"……"她不想。

萧文缜看她脸色不太好，换了一套说辞安慰她："周教授之前告诫我的话，你忘了吗？如果你跟不上学业进度，他会直接找我问责，与其说我是在帮你，还不如说我是在帮我自己。"

这话周安国的确说过，可是齐默有她自己的顾虑："我不想让你成为第二个齐凯瑞。"

萧文缜这才意识到，此次齐凯瑞手术住院，导致齐默陷入深深的自责。所以，她是担心他会重蹈齐凯瑞的覆辙？

萧文缜对上齐默的目光，语气轻柔、温和地道："我比你爷爷年轻至少五十岁，无论是体力还是精力，我都远胜于他，更何况你同步学习，绝对会节省大量的时间，我不可能成为第二个齐凯瑞，也绝对不可能被你拖垮身体。"

齐默无话可说。

她终于体会到了爷爷在萧文缜面前的挫败感，面对萧文缜如此强的说服能力，她如果继续拒绝的话，只会越发显得自己矫情，不知好歹。

齐默在心里叹了一口气，终于松口问萧文缜："你父母知道这件事情吗？"

萧文缜淡淡地说："他们不需要知道。"

不需要知道？

如果她真的住进萧家，萧文缜的父母事先不知情，突然回到家里看到她，只怕会把她当小偷抓起来吧？

萧文缜究竟是心大，还是没想到这一点？

齐默正想着心事，前方的马路上突然传来一首《兰花草》的音乐旋律，萧文缜听到歌曲后，拉着齐默离开马路牙子避让。

洒水车驶过来的时候，高压水枪冲击路面，溅射起来的水雾很大，虽然两人提前躲避，但萧文缜因把齐默护在怀里，水雾还是喷在了他的背上。

《兰花草》的音乐旋律越来越远，齐默屏住呼吸，被迫贴在萧文缜的胸前一动也不敢动，也许是太过亲近，所以听到了他格外响亮、沉稳的心跳声。

下午五点，天空很蓝，云朵很白，他的怀抱很滚烫，而他说出口的话跟哄骗纯情少女没什么区别。

他说："我的人品还不错，你跟我住在一起很安全。"

齐默忽然想到了大灰狼。

他说："我不会对你乱来的。"

齐默在他怀里疯狂点头，她相信他的话，只是……洒水车已经远去，马路又这么宽，他什么时候才能放开她？

周六下午，齐默回到家里简单收拾了两箱行李，夜里躺在床上失眠了大半宿，一直到凌晨才睡着。

她觉得入住萧家不合适，又觉得既然答应了萧文缜，如果临时反悔恐怕不妥。

她真是为难极了。

好不容易熬到周日上午，萧文缜开车过来接她。他帮她把两箱行李放进后备厢，随后打开了副驾驶的车门。

齐默上车的时候，抬眸望了望江家二楼的某一扇窗户，目光停留了不到两秒钟就移开了，萧文缜未曾察觉。

那里曾经是江棋来的卧室，幼年时期她曾无数次举目望向那扇窗，希冀房间里的少年能够出现在窗口，哪怕只是让她看一眼也行，后来……少年长大了，江家老宅人去楼空，偶尔她还会习惯性地望向那扇窗，褪掉幼年时的小小希冀和激动，有的只是平静和淡然。

原来，很多东西是会变的。

等车上了路，齐默逐渐发现萧文缜的行车路线不太对，萧家好像不是这个方向，他是要绕弯路吗？

"师兄，我们这是要去哪儿？"齐默终于问了出来。

"我家。"

一年前，萧文缜从他赚取的第一桶金里抽出一小部分，在国大附近购买了一套138㎡的单身住宅，单层单户，三室两厅两卫，装修好之后，成了他的临时住所，若是碰上考试周，一大半的时间他会直接住在这里。

齐默走进这套房子的时候，方才尴尬地意识到，她之前太庸人自扰，这套位于华清园的高级住宅是萧文缜的个人财产，萧文缜带她来自己家里住，自然没必要事先知会父母……齐默的彻夜未眠突然丧失了所有的意义。

房子不大，但也不小，两个人居住绰绰有余。

萧文缜的房子就跟萧文缜的性格一模一样，装修风格走的是冷淡工业风，以黑、白、灰三色为主，简约知性，几株造型各异的绿色盆栽缓解了室内的硬度，显得清新而又雅致。

开放式餐厅和客厅融为一体，空间感极强。齐默跟着萧文缜走进其中一间卧室，不管是窗帘还是床上用品，都是适用于女性的经典色调，温暖、柔和，很适合睡眠。

这是一间主卧，配备衣帽间和独立洗手间，齐默发现萧文缜把主卧室留给她，心里很过意不去。

"这套房子一共有三间卧室，你睡主卧，我平时睡在次卧，就在你对面，另外还有一间卧室改造成了书房，以后我们共用。"萧文缜简单介绍了一下三间卧室的分布情况，随后把行李箱交给齐默，让她把衣服放到衣帽间里。

齐默的衣服都放在其中一个银色的行李箱里了，放眼望去，她的衣服的风格竟和这套房子的主色调完全一致，箱子里除了黑、白、灰三色的衣服，再无其他，日常搭配不费时间和心力，简约到了极致。

衣帽间采用智能感应设备，萧文缜点了一下玻璃柜门，柜门自动滑开，他示意齐默把衣服递给他，结果齐默从箱子里抱出一堆衣服递给他的时候，不小心把一瓶东西带了出来，啪的一声掉在了地上。

那瓶东西一滚再滚，直接滚到了萧文缜的脚边。

萧公子垂眸一看，呵，防狼喷雾剂。

齐默面上一红。昨天下午萧文缜离开医院以后，母亲陪她回去收拾东西，在路上专门买了一瓶防狼喷雾剂，并一再叮嘱她，女孩子寄宿在外，多对男方留个心眼儿总没错。虽然她觉得母亲此举不妥，但又架不住母亲的好意，只好任由母亲把防狼喷雾剂塞到了行李箱里。

刚才抱衣服出来的时候，她显然已经忘了此事，结果就出了这样的幺蛾子。

萧文缜弯腰捡起那瓶防狼喷雾剂，问道："这瓶防狼喷雾剂，是专门为我准备的？"

齐默觉得丢人，把脸埋在衣服堆里，求生欲很强，闷闷地推卸责任："这是我妈准备的，跟我没关系。"

"理解，理解。"

萧文缜接连说了两声"理解"，可见理解得很透彻，他把防狼喷雾剂重新放到行李箱内部的网兜里，伸长手臂取走齐默手里的衣服，不冷不热地提醒她："防狼喷雾剂一定要收好，如果以后要喷我，烦请提前说一声，我也好有个心理准备。"

齐默忽然没了衣服做遮挡，脸庞都快红成了火烧云。

此次来华清园，齐默所带的衣物不多，虽然只有两箱，但全部收拾完毕，也费了不少时间。

临近中午，齐默因为防狼喷雾剂的事有心向萧文缜赔罪，想亲自下厨做午饭，然而冰箱里空空如也。为了填饱肚子和补充生活所需，她只好喊萧文缜带她出门去超市里购买食材，顺便熟悉一下周围的环境。

华清园距离超市不远，走路几分钟就能抵达，萧文缜并未开车。

两人一前一后出门，一前一后漫步而行。

五年前，江棋来随口一句"齐默，你能不能离我远一点儿"，导致她心中蒙上阴影，以至于长达五年的时间里习惯性地与男生保持距离，却从未有人停下脚步，不言语，不催促，只是静静地等待她自己走上前去。

于是，齐默快步上前与萧文缜并肩而行，但没走几步又因为习惯使然，落于人后，然后萧文缜继续等待，她继续追赶。

有些习惯是需要慢慢改变的。

华清园附近的超市很大，萧文缜拉出一辆购物车转交给齐默，指着某一个方向交代她："那边就是食材区，你先过去选食材，我一会儿过去找你。"

"嗯。"

萧文缜和齐默分开以后，直接前往生活区添置家居用品，家里没有女式拖鞋和梳子，需要另行采办。

这一日，超市里格外热闹，萧文缜挑选梳子的时候，有一对老夫妻从他身后经过，他们的谈话传到了他的耳中。

老爷子搞不清楚状况，皱着眉发牢骚："今天超市里怎么来了这么多人？食材区被年轻人围得里三层外三层，我想买把青菜都挤不进去。"

"好像是一位女明星来超市买东西了，所以，食材区挤满了她的粉丝。"老太太安慰老伴儿，"买不买青菜无所谓，家里还有一些豆角，要不我回去给你做碗豆角焖面？"

老爷子叹声道："只能这样了。"

两分钟后，萧文缜选好东西去找齐默，发现食材区和水果区俨然变成了某位女明星的粉丝见面会。那位被人围观的女明星萧文缜认识，她去年主演他父亲萧博彦执导的电影，年初的时候据说因为该片斩获了好几项大奖，奖项加持，女明星一夜爆红，身价瞬间水涨船高，直逼一线大腕，可见人气和影响力有多高。

超市里，女明星独自推着购物车，停留在水果区挑选橙子，她衣着时尚，素颜美丽，没有戴帽子和墨镜，出众的容貌在人群里很显眼。

现场的粉丝纷纷举起手机对着女明星拍照，女明星始终报以微笑，毫无名人架子，看上去很亲民。

食材区就在水果区的隔壁，萧文缜想要找到齐默并不难，因为所有人在看女明星，只有她推着购物车尝试避开几位挡道的女粉丝，把食材拿到手。

萧文缜迈步走向齐默。

彼时，女明星选好橙子抬起头来，忽然在超市里看到萧文缜，先是一惊，随即嘴角挂上微笑，推着购物车快步走向萧文缜，所到之处粉丝无不让道，除了一位挤在人群里专注地观察着鸡脯肉质的女子……

食材区甬道狭窄，女明星推着购物车穿过甬道的时候，为了方便通过，伸手推了一下齐默的购物车，购物车的车头突然偏离方向滑行，正在看食材的齐默措手不及，脚步跟跄了一下，险些趴在购物车上。

萧文缜目睹这一幕，猝然止步，面上已有几分寒意。

此时，女明星距离萧文缜只有1.5米，粉丝们也跟过来拍照，萧文缜背转身盯着作料区的货架，似是把所有的注意力放在了作料上，并不曾注意到女明星的存在。

"文缜吗？"

女明星走近萧文缜，轻声试探，见他从作料上移开眸子看向她，顿时面上一喜，笑眯眯地套近乎："今年春末，我和你曾在萧导新电影的试映会现场见过面，我当时还跟你打过招呼、说过话，没想到竟然在这里看到你，真是有缘。"

是很有缘。

萧文缜目露困惑，认真想了想，尴尬又不失礼貌地回复女明星："不好意思，请问您是哪位？"

闻言，周围的粉丝倒抽一口凉气，女明星脸色突变，瞬间没了笑容。

齐默打算中午做一道醉虾，流连海鲜区挑选鲜虾的时候，后知后觉地意识到食材区好像一下子消了音，纳闷儿地抬头扫视一眼四周，竟看到萧文缜和女明星一起站在作料区，萧文缜一脸冷漠，而女明星的脸色就跟各色颜料被打翻后融合在了一起，特别难看。

齐默看得一头雾水。

她是不是错过了什么事情？

娱乐圈竞争激烈，美女云集，女明星成名之前空有一副好容貌，却无任何资源、背景，混迹演艺圈多年，事业毫无起色不说，就连能否接戏混口饭吃都是问题。

幸而她主演了萧博彦执导的电影，这才一炮而红，对此心存感恩，在超市里偶遇萧博彦之子，主动上前打声招呼也在情理之中。

萧文缜深知各行各业不易，也深知传媒产业资源、人脉错综复杂，本想寒暄数句给彼此一个台阶下，奈何女明星不经意间的一个小动作，入了他的心，冷了他的眼，所以他才有了刚才的话语。

女明星的这一趟超市之行，前半段她笑容满面，后半段笑容勉强，以至于仓促离开，连跟粉丝亲切互动的心情都没有。

齐默眼睁睁地看着粉丝蜂拥而至，又眼睁睁地看着粉丝一哄而散，完全搞不清楚状况。

萧文缜走到齐默身边，接过她手里的购物车，随后把装有生活用品的袋子放进购物车，叮嘱她："超市人多，食材区和水产区地面湿滑，你走路的时候多注意脚下。"

"好。"

明明只是一句再简单不过的日常关心，由萧文缜亲口道出，实属难得。

结账时，齐默付钱的速度远不及萧文缜，被他抢先一步刷了卡，齐默在超市里不便与他计较太多，心里却有了打算：他们以后住在一起，她不能一直吃萧文缜的、用萧文缜的，所以，在吃穿用度方面还是找机会谈清楚比较好。

回到华清园，时间刚过十二点，齐默提着食材走进开放式厨房，动手清理鲜虾，尚且不知萧文缜在超市里和女明星的"尴尬不相识"，被粉丝拍完照后实时上传至网络，不到十分钟，就被"吃瓜观众"刷到了热搜榜第一位。

一个是萧博彦之子，一个是星途璀璨的萧女郎，话题性可想而知。

更令他们没有想到的是，此时此刻正有两位熟人悄然而至。

一年前，萧文缜在华清园购房不久，他的好兄弟沈燮也紧跟着在华清园预订了一套同面积的住宅，两栋楼之间的距离不远也不近，除非事先约好，否则很难碰在一起。

遇上双休日或是节假日，江夷中偶尔会去沈燮家中小坐。这日，两人窝在沙发上看碟片、玩手机，正发愁午饭吃什么，正好刷到了热搜上的新闻，沈燮认出照片上的那家超市就在华清园附近，知道萧文缜今日也在华清园，经不住江夷中在一旁怂恿，换好衣服出门，决定去萧文缜那里蹭饭吃。

这两个人很鸡贼，为了防止萧文缜临时找借口推拒，直接乘电梯到了萧文缜的家门口才给萧文缜打电话："兄弟，我和夷中在楼下看到你的车了，别以为不出声我就不知道你在家，快快出门迎客。"

话音还未落地，门铃声就响了起来，一声比一声急，就跟催命似的。

萧文缜把手机放到客厅的茶几上，迎上齐默探究的目光，淡淡地解释："我朋友沈燮，带着他的女性朋友，也就是你的闺中密友江夷中，说要过来蹭饭吃，现在已经到了门口。"

齐默忍不住皱眉。

她这次入住华清园事出突然，为了不影响周一上课，所以搬家速度很快，还没来得及告诉夷中。

当然，她和夷中从小一起长大，关系亲密，有关于她搬来和萧文缜同住学习一事，她并不打算隐瞒江夷中。

若非夷中突然登门造访，她原本就计划着近几天告诉夷中，谁知……

此时见面不妥，闺密之间可以因为一件小事交好，同样也可以因为一件小事交恶，齐默为了避免江夷中与她心生嫌隙，有心回避，当着萧文缜的面又不知道该如何开口。

万幸，萧文缜似是看穿了她的踌躇和为难，主动帮她化解僵局："不知道该怎么面对的话，就先回卧室避一避，等他们走了，你再出来。"

齐默差点儿感动落泪。

萧公子善于揣摩人心，如果双休日在小公园的外墙根摆个摊帮人算命的话，生意一定火爆全城。

萧文缜和沈燮认识的时间在十年以上，严格意义上来说熟稔度堪比亲兄弟，彼此感情不比齐默和江夷中之间的感情差。

沈燮带着江夷中来到萧文缜的家里，就跟在自己家一样，一进门就坐在玄关处的沙发上，手伸向鞋柜准备换拖鞋。

萧文缜出声制止："穿着鞋进来吧，不碍事。"

鞋柜里放着几双齐默带过来的外出鞋，沈燮一开柜门必露馅儿。

沈燮听了萧文缜的话，也没多想，自然没有执意换穿拖鞋的意思，起身后拉着江夷中就往客厅的方向走，萧文缜打算把两位不速之客拐到外面去："正好中午都还没有吃饭，去外面找个餐馆吧，我请客。"

"你买了这么多菜，去外面吃多浪费？"沈燮眼尖，直接走到开放式厨房里，盯着一台面的食材说，"今天中午我下厨，你和夷中帮我打下手，最多一个小时就能开饭。"

萧文缜虽然不知道沈燮哪儿来的自信，但见他已经翻找出围裙系在身上，懒得多言，接了一壶水烧上，江夷中盯着水池里清洗到一半的鲜虾，对沈燮说："做一道油焖大虾吧，萧公子应该喜欢吃。"

萧文缜没接话。

水煮沸以后，萧文缜倒了一杯水走向主卧室，沈燮站在吧台前切菜，盯着他的背影问："文缜，你去卧室干吗？我需要你帮忙。"

萧文缜没理他，走进主卧室把水递给某人，片刻后关门出来，正在厨房里忙碌的沈、江二人都没注意到他的手里空空如也。

沈燮俨然把自己当成了大厨，只有江夷中一个帮厨显然还不够，萧文缜见他配菜匆忙，炒菜的时候手忙脚乱，冷眼旁观了一会儿，实在是看不下去，这才走进厨房，接手了他的炒菜工作："你去帮夷中洗菜、备菜，我来炒菜。"

萧文缜接手炒菜工作以后，出菜的速度明显快了许多，这要归功于他常年奔走剧组的名人父母，作为放养长大的孩子，他的生活自理能力一向不差。

菜炒到一半需要续水，萧文缜一边炒菜，一边伸手去拿盛水的碗，适逢江夷中也在取碗，两人的手指碰在一起，江夷中僵着手指没有移开，萧文缜无动于衷地缩回手，江夷中咬着下唇把碗递了过去。

沈燮没有注意到这一幕，过后看到江夷中脸色发红，还以为是被厨房里的热气熏的。

午后一点开饭，针对萧文缜和女明星的热搜新闻，出现了两种截然不同的观点，一拨人取笑女明星讨好不成反出洋相，还有一拨人是女明星的粉丝，直接讨伐萧文缜，斥责他性子清高，竟然佯装不识女明星是谁。

沈燮吃着午饭，手也没闲着，匿名反问骂人者："中国人口十几亿，难道每个中国人都要认识你家女神？"

女星粉丝1号："那倒不是，但我家女神最近这么火，怎么可能有人不知道她的名字呢？"

女星粉丝2号："反正我就是觉得萧文缜是故意的，好像认识我家女神有多掉身价似的。他老爹的电影当初要是没有我家女神主演，说不定还没这么火呢！所以说，究竟是谁成就谁很难讲。"

江夷中也匿名参加了战局："孩子，你竟然能说出以上这番话，姐姐真是大感意外。你出生的时候，脑袋一定被上帝亲吻过，要不然脑回路怎会这般清奇？"

女星粉丝3号："一看就是萧文缜花钱请的水军，鄙视。"

女星粉丝2号："我脑袋的确被上帝亲吻过，不像你的脑袋，一看就是被驴踢过，哈哈哈哈哈哈……气死你。"

江夷中顿时来了气，丢下手机不跟他们一般见识。

沈燮替江夷中出气，拿着手机继续战斗："请问楼上那位脑袋被上帝亲吻过的美女，发明手机的人是谁？"

女星粉丝2号："我就不查百度，我就孤陋寡闻怎么了？我不知道发明手机的人是谁，我还不是照样玩手机？气死你，气死你。"

女星粉丝4号："弱弱地问一句，是谁？"

女星粉丝5号："我刚查了一下，是马丁·库帕。"

女星粉丝2号："管他是谁，跟我又没半毛钱关系。"

沈燮："马丁·库帕发明了手机，难道还不如你家女神名气大、贡献大？但全球知道他的人又有几个？奉劝楼上那位别再开口说话为你家女神招黑了。粉丝犯错，偶像买单，你的素质如此低下，只会越发让人反感你家偶像。由此可以鉴定，楼上那位十有八九不是忠实粉丝，而是无下限为博关注的高级黑。"

沈燮怼完，心里舒服了很多，拿起筷子吃了两口菜，却发现对面空空如也，终于后知后觉地问江夷中："文缜去哪儿了？"

江夷中指了指萧文缜的房间，脸色不是很好，说道："我们跟网上那拨人对骂的时候，萧公子盛了一碗米饭，又夹了一碗菜去了主卧室。回来坐下没多久，又夹了半碗菜端到了主卧室里，所以我猜测应该有人在他的房间里。"

话刚说完，萧文缜开门走了出来，沈燮听了江夷中的话，又见萧文缜没有把碗筷带出来，难以置信地道："文缜，你金屋藏娇？"

闻言，江夷中眼巴巴地看着萧文缜。

萧文缜一如既往地淡定，走到餐桌前坐下，很平静地点点头："你要这么说，其实也没错。"

"真的？"

沈燮反应很大，噌一下离开椅子，直接冲向主卧室，想要一探屋内的娇人究竟是何方神圣，竟然能把萧文缜这个大冰块收了。

江夷中坐在椅子上浑身僵硬，死死地盯着萧文缜。

萧文缜没有理会她，而是盛了一碗汤站起身。此时，沈燮已经走到卧室门前，手也放到了门把手上，正欲开门，却听见萧文缜冷冷地问道："你确定要进去吗？"

"确定。"

沈燮扭转门把手，卧室的房门吱扭一声开启，开了一条小缝，正坐在卧室的梳妆台前吃饭的齐默明显一愣。

房门越开越大，齐默的心脏也跳动得越来越剧烈，眼看沈燮的影子在门口被光线越拉越长，萧文缜清洌的声音终于响了起来："进去也好，正好沈乐安女士被你吵得睡不着，借此机会把起床气发出来也不错。"

"你妈？"沈燮大惊，开门的动作一僵。

"不是我妈，难道还是你妈吗？"萧文缜端着碗走到门口，用眼神邀请沈燮率先入内，沈燮却跟老鼠见到猫一样，手指蓦然撤离门把手，闪身避到了一旁，对着萧文缜连连摇头求饶，说什么也不敢进去见萧家那个女魔头。

萧文缜气定神闲地问道："你要是不进去的话，那我端汤进去了？"

沈燮连忙九十度鞠躬，左右手齐开弓，连连伸向门口，催促萧文缜快进去。

他要是知道女魔头在这里，说什么也不敢过来蹭饭吃，不过沈燮心里毕竟存了疑，萧文缜一向奸诈，万一故意诓他……

　　沈燮退到门侧，目睹萧文缜端着汤走进主卧室，并不远离，而是悄悄探听卧室里的动静。

　　主卧室里，萧文缜端着汤走近齐默，对好友的行径了如指掌，把汤碗放在梳妆台上面的时候，抬手暗示齐默站起身。

　　齐默不明状况，配合地起身以后，萧文缜朝她走近几分，她下意识地往后退了几分。

　　砰——

　　她的后背撞上梳妆台，不疼，只是有点儿麻，但萧文缜接下来的举动，让她明白真正的发麻原来是来自心间，来自心灵深处的愉悦，而不仅仅是身体。

　　萧文缜抬起双手捂住她的耳朵，四目相对，齐默见他微微开启薄唇，依稀听见他说："妈，喝汤。"

　　齐默没忍住，抿着嘴笑了起来。

　　门外，沈燮反身冲回客厅，拉着暗自发呆的江夷中就往玄关处走，江夷中半信半疑地问道："屋里那人真是沈乐安女士？"

　　"那还有假？我都听见文缜喊'妈'了。"

　　沈燮打开客厅的门，江夷中觉得沈燮反应过激，纳闷儿地道："沈乐安女士又不是洪水猛兽，你怎么怕成这样？"

　　"他妈是跆拳道黑带六段高手，之前在跆拳道馆没少修理我，导致我现在一听见她的名字，就浑身肌肉疼……"沈燮的满腔悲愤和控诉伴随着客厅房门的关闭而戛然而止。

　　萧文缜的双手从齐默的耳朵上撤离，然而齐默的笑意并未停止，她眉眼弯弯，宛如阳光遍洒大地，很生动。

　　萧文缜心里很清楚，他的那句"妈，喝汤"彻底打开了齐默的笑点，要不然她也不会笑得如此放肆。

　　"不许笑。"他轻声发出警告。

　　齐默没理。

　　她这么一笑，不仅全无淑女形象，甚至笑得眼眶泛潮，从她记事以来，像这样的肆无忌惮地大笑，好像从未有过，这是第一次，弥足珍贵的第一次。

　　据说笑容会传染。

　　面对如此明媚的笑容，就连不苟言笑的萧文缜也被打动了，竟不由自主地跟着她笑了起来。

　　午后烈日高悬，炙热的阳光穿过玻璃，寂静地游走在主卧室里，与室内的冷气狭路相逢，仿佛人和事都能被温暖以待，包括静默地伫立着的笑得像个孩子的她和笑得无奈、包容的他。

Chapter 04
因为她是齐默

萧文缜第一次知道"齐默"这个名字是在四年前高考放榜日。

那天早上，读写障碍生齐默的名字几乎刷爆了朋友圈和各大微信公众号，相较于她逆袭般的高考成绩，更让他感兴趣的，是她的那篇高考满分作文。

作文通篇852个字，字字珠玑，文笔老到，引经据典，见解犀利，文学功底十分深厚，阅者无不心潮澎湃。

那一年，她只有18岁。

他自幼跟随父母出入剧组，各种颁奖典礼和时尚晚宴更是没少参加，见惯了娱乐圈形形色色的美女，自然不觉得她的相貌有多出众，却因为一篇才华横溢的文章，从此以后深深地记住了她的眉眼。

她眉眼寡淡，隐隐平和，隐隐凛然。

他再次听说"齐默"这个名字，是在三年前的大一暑假。

华大招生办公室以她的故事为原型，拍摄励志招生宣传片《默听梦想》，由她主演。片子播出以后，不仅让她在各大高校名声大噪，就连娱乐圈有些导演和制片人也开始打起了她的主意。

幼年被同龄人排挤羞辱，童年与父母分离，少时不分昼夜拼命学习，却始终隐忍微笑……命运没有击垮她，反而造就出她钢铁一般的意志。

沈燮说："如果换作是我，我早就精神崩溃离家出走了。"

但她没有。

华大录取通知书邮寄到家的时候，镜头里的她没有大喜大悲的情绪，有的只是浅浅一笑，波澜不惊。

他很清楚：华大招生宣传片的拍摄，即便真实还原她的过往，又怎会没有演出痕迹在？但她的那一抹笑容感染了他。

那一年，她刚满20岁。

她的五官轮廓渐渐在他的脑海中成了形，容貌清晰，辨识有度，一股子倔强劲儿仿佛刻进了骨子。

三年后，她在华清园，就坐在他的对面，除了容貌比镜头里更加精致以外，融进骨子的倔强始终未减分毫。

她说以后两人生活在一起，生活费还是平摊比较好。他听了之后，并未即时给出回复，而是起身倒了一杯水给她，见她低头抿了一小口水，这才不紧不慢地开了口："是否平摊生活费暂且搁置一边，正好我手头有一笔糊涂账需要找齐老先生算清楚，既然他在医院里，那么眼下找你谈也是一样的。"

齐默疑惑抬眸。什么糊涂账？

萧文缜说："8月底，我在《经济期刊》上发表了一篇火药味极浓的讨伐文章，讨伐对象恰恰是齐老先生。据悉，齐老先生翻阅该文章时心脏病突发住院，并随之动了心脏搭桥手术。齐老年迈，病情较之一般人严重，遵医嘱术后住院治疗截至目前已经27天，预计医疗费用高达20万元。这种事如果请律师居中协调的话，我作为当事人之一，理应做出相关赔偿，除了要赔偿齐老先生的医疗费、护理费、精神损害抚慰金，还要赔偿齐老先生的住院伙食补助费和营养费，以及你母亲的误工费和交通费等各项损失，赔偿金额粗略估算一下，至少也有30万元，可以说不是一笔小数目。"

萧文缜慢条斯理的一席话彻底把齐默镇住了，她很清楚萧文缜的目的不过是让她打消平摊生活费的念头，但面对他合情合理的说辞，她竟愣愣地望着他，失了言语。

他真诚又狡猾，真是可气。

齐默强颜欢笑："师兄言重了，你与我爷爷学术对峙只是偶发病因，主要病因与你无关。"查十八轮也轮不到他。

"嗯，你说得也有道理。"萧文缜似是听进了她的话，冷静分析道，"齐老先生受我刺激致病住院，我虽有责任，但他自身也存在病因，所以双方根据过错程度酌定，按4∶6赔偿比例来算的话，截至目前，我至少需要赔偿12万元。"

此话无懈可击，齐默毫无反驳余地。

萧文缜说："另外，齐老先生毕竟是动过心脏手术的人，后期要一直进行药物治疗，还要定期去医院复查，所以，相关赔偿费用还需重新合计，可以说这是一个无底洞，具体该赔偿多少，目前还真是不好说。"

齐默无言以对。

萧文缜继续说："齐老前辈是经济学大师，自然不会跟小辈一般见识，这笔赔偿金他是断然不会接受的，但我良心又过不去，要不你帮我支支招，觉得怎么折中处理才能称得上两全其美？"

舌灿莲花啊，真是舌灿莲花。

齐默自愧不如。

他都拐着弯儿说了"折中处理"和"两全其美"这种话，其中深意还不明显吗？只差没有当着她的面让她以后白吃他的、白喝他的。

"师兄，为了让你的良心过得去，平摊生活费这种话我再也不提了。"齐默心力交瘁地把水杯推送到他的面前，贴心慰问，"师兄口渴了吧？快喝口水润润喉。"

明则关心，实则暗讽。

萧文缜拿起水杯，手指修长好看，杯子里轻轻摆动的水波与他眸子里的浮光暗影交相辉映，随之荡漾开来……从齐默这个角度望过去，触目一片潋滟秋色，格外勾人心魄。

齐默的呼吸瞬间被夺走一半，至于另外一半，全被他出口的话语吸收殆尽。

"这杯水你刚才好像喝过吧？"他的声音轻淡，似是好心提醒。

齐默大惊，快速起身半趴在桌子上，想要从他手中夺走那只被她嘴唇触碰过的水杯，却不及他速度快。她眼睁睁地看着他唇角噙着一抹浅笑喝下水，伴随着他的喉结滚动，仿佛连咽水声都特别撩人。

齐默目睹他的喝水动作，下意识地跟着他咽了一口口水，见他眼中笑意更盛，齐默羞于见人，干脆维持半趴姿势不动，深深地把脸埋在了桌子上。

更可气的是，萧文缜喝完水，竟然还像哄小狗一样，摸了摸她的头："你我同门师兄妹，亲如一家人，我不嫌弃，所以，你也不必介意。"

齐默懊恼地抡起拳头砸桌子。

所谓强中自有强中手，一山更比一山高。萧公子能言善辩，而她常年疏于耍嘴皮子，又岂是他的对手？

国大竞争激烈，学生有压力，各学院教授在教学前线和科研领域冲锋陷阵更有压力。

周安国曾对齐默等人说过："作为我的学生，你们总有一天会知道，你们和同班同学包括同龄人的差距在哪里。"

小老头儿说出这番话很欠揍，但他的确有自傲的本钱。他平时很注重培养学生的国际视野，授课内容也跟当今经济发展变化挂钩。除此之外，他还鼓励学生在学习专业学科的基础上，尽最大的努力扩大知识面。

于是，数不尽的阅读量宛如潮水一般席卷而来，不仅压得人喘不过气，还要压榨宝贵的睡眠时间。

国大教学机制与华大不同，学生上某节课之前，必须提前完成相关阅读任务，熟悉大量数据和案例，若是没有做好阅读准备，那么这节课无疑就跟听天书一样，不仅没办法快速跟上授课节奏，课后还要花费更多的时间来追赶进度。

萧文缜在国大教学机制里游走四年，对于如何在有限的时间里梳理知识点早已驾轻就熟，但这种驾轻就熟仅限于他一人，碰上陪读辅导对象齐默，他终于理解了她之前委婉拒绝他的那番话："师兄，你打算做的事情要远比你想象中的困难很多倍，我不能拖累你。"

齐默的脑袋毕竟不是计算机，她也不是听一遍就能记住所有要点的天才，所以，他读过的经济学材料，回过头重读两三遍是常有的事。

尤其是微积分、概率论、线性代数和数理统计，萧文缜表现出了前所未有的耐心和包容度。都说齐默毅力惊人、自律强大，其实拥有超强毅力和自律的人，应该是数十年如一日不敢有丝毫松懈的齐凯瑞。

不管是辅导还是陪读，都需要一个前期磨合过程。齐默猜想，萧文缜刚开始辅导她，可能会很累，或是有一些不适应，没想到面对她的各种"刁难"要求，他都不曾动怒、皱眉，低眉浅谈之间，家教涵养好到了极致。

在这一点上，爷爷总归不如萧文缜，她若汲取知识过慢，爷爷多是严肃和不悦，而她势必会心生忧虑，唯恐下一秒他会出声斥责。

周一晚上，萧文缜陪读五个小时，读了三十几页经济学材料，喝了一壶水，清晨嗓子微哑，却并无疲惫之相。

周二晚上，萧文缜陪读四个小时以后，借口去卧室找材料离开书房，她心里过意不去，悄悄跟过去，透过虚掩着的房门，竟看到清俊风雅的萧公子挽起衬衫衣袖，正在使用手臂式家用血压计测量血压。

齐默心里很是愧疚。

那只家用血压计，是萧文缜周二黄昏在药店里面买的。买之前，他刚在手机上看到一篇新闻，说是一位年轻家长在辅导孩子写作业的过程中，因为太过恼怒，脑梗死中风，连夜被送往急诊室抢救，据悉前不久还有一位家长因孩子写作业太磨蹭而气得脑出血……

萧文缜想到家里某位等着他辅导的学生，觉得家用血压计必不可少，但凡辅导过程中气得头晕又不便发火的时候，也好及时测一测血压，以防不测。

周三晚上，萧文缜陪读三个小时。齐默运算完微积分，见萧公子双臂环胸靠在椅子上，正聚精会神地看着电脑屏幕。她好奇地问道："师兄，你在看什么？"

萧文缜道："众生皆烦恼，烦恼皆苦。烦恼皆不生不灭，不垢不净，不增不减。有形者，生于无形，无能生有，有归于无。静全由心生。"

"……"

"我在看《静心咒》。"

"……"

"统称佛经。"

"……"

这天晚上入睡前，齐默暗自腹诽了萧公子大半宿，结果翌日清晨起床，萧公子声音嘶哑，连说个话都很费劲。

85

齐默心虚不已，她真的不是故意的。

这是齐默入住华清园的第四天。

前三天出门上课，为了不引人注意，她都会特意和萧文缜错开时间去学校，萧文缜对此也没多说什么，但这天早晨不行，萧文缜嗓子嘶哑，虽说不是拜她诅咒所赐，但陪读劳累是不争的事实，她委实无法不管他。

基于愧疚心理，这天早晨齐默做的早餐很清淡。

与同龄异性住在一起的生活，齐默正在适应之中，萧文缜虽然不肯收她的生活费，却没有阻止她下厨做饭和打扫卫生。

齐默是一位家务能手，厨艺远高于萧文缜。

鲜少有人知道，齐默精通好几种菜系。10岁那一年，齐凯瑞为了让齐默多掌握一项生活技能，没少念食谱给她听，并让她独自摸索如何做菜。

从切菜到配菜，再到独立掌勺，齐默厨艺精湛，不管是宴席大菜，还是家常小炒，她都能做到色、香、味俱全，令人食欲大增。

她虽做菜厉害，但生活里很少下厨做上几盘精致大菜。为了节省时间学习，她一般只会随便炒两个家常小菜上桌。尽管如此，她做出来的仍然是美味。

齐默短短二十几年的人生，就像一本精彩纷呈的好书，随便翻开一页，似乎都能邂逅惊喜。除了不能阅读和写字，她的才华足以碾压万千同龄儿女。

另外，萧文缜放任她下厨和操持家务，还有一个原因：齐默独立惯了，他不肯收她的生活费已让她十分为难，如果连她下厨和做家务都要阻止，他担心会加剧她的不知所措。所以……由着她吧，她自在最重要。

当然，这都是前几天发生的事情了。

这天早晨，齐默把早餐摆上餐桌以后，萧文缜没有什么胃口，连带齐默也没了食欲。齐默收拾好碗筷跟着他出门，路过一家小型诊所的时候，让萧文缜靠边停车。

"师兄，今天上午只有一节讲座，距离上课时间还有大半个小时。"齐默征求他的意见，"要不我陪你去医院看看吧？"

萧文缜抬起手腕，查看了一眼腕表上的时间，大概觉得时间还算充裕，将车子熄火以后，解开安全带和齐默一前一后下了车。

这是一家私人诊所，清晨刚开门不久，除了一位中年坐诊男医生，就剩下两位在药房里忙碌的小姑娘，很是冷清。

医生对症治疗，开了几包消炎药，建议萧文缜配合雾化治疗，效果会更好。

递交医药单的时候，医生俨然把齐默当成了患者家属，直接把药单递给她，让她去药房找小姑娘开药做雾化。萧文缜站在不远处看着她，目光明明清冽淡漠，但落在她身上的时候，似燎原大火从旁炙烤，烤得她微微发烫，暗自灼心。

齐默只好把注意力放在药房里。

配药小姑娘手脚麻利，先是清洗双手消毒，随后按照医药单上龙凤飞舞的处方配制雾化溶剂，待混合均匀，走出药房询问齐默："请问病人是哪位？"

齐默指了指已经坐在椅子上歇息的萧文缜。小姑娘走过去连接好雾化装置管道，眼睛数次瞄向萧文缜，不经意间接触到齐默含笑的眼眸，小姑娘局促地摆正医护姿态，叮嘱齐默："美女，你朋友雾化吸入时间尽量不要超过20分钟，等时间到了，麻烦你叫我一声。"

"嗯。"

小姑娘拿着雾化面罩要帮萧文缜戴上，却遭萧文缜哑着声音拒绝："我自己来。"

萧文缜将吸药面罩覆盖住鼻腔和口腔部位，小姑娘开启雾化器以后，简单调整了一下仪器，待一切安排就绪，方才转身离开。

齐默想到萧文缜做完雾化治疗要漱口，打算离开诊所去小卖部买瓶矿泉水，手心忽然一紧，步伐也随之一顿，诧异地望向正在做雾化的某人，凑近解释："师兄，我去外面给你买瓶矿泉水。"

他靠着椅背，闭着眼睛并未言语，却收紧了手指力道，显然是不予放行。

齐默无奈，只好坐在他的身旁。

左手被他的右手牢牢地握在手心里动弹不得，齐默尽可能表现得镇定。她猜测萧公子可能排斥就医，或是在医院里没有安全感，所以，才会紧抓她的手不放。

可以理解。

齐默目光乱飘，偶尔将目光投落在他和她亲密交织的手指上，男女手指骨节有别，女子多纤细，男子多分明，萧文缜的手指很修长，360度完美无死角，手背上隐有青筋浮现……

齐默不自在地移开眸子，打量诊所的内部设施来转移注意力，一不小心竟目睹药房里的两位小姑娘正趴在取药小窗口处望着她和萧文缜窃窃私语。

三人目光无声交接，两位小姑娘收起八卦表情，纷纷朝她微笑点头，齐默不明所以，出于礼貌也对两位小姑娘微笑点头，搞得跟同志接头对暗号似的。

莫名其妙。

齐默收回目光，发现萧文缜已经睁开了眼睛。他松开右手的同时，对着她做了一个喝水姿势。齐默失去禁锢，顿时松了一口气，站起身道："我出去买水。"

出门前，她还不忘叮嘱配药小姑娘帮忙看着点儿雾化时间。

等齐默买了一瓶矿泉水回来，萧文缜的雾化治疗已经进入尾声，配药小姑娘关闭雾化器开关的时候，脸色迷之羞恼，搞得齐默疑窦丛生：发生了什么？

萧文缜把吸药面罩摘下来还给配药小姑娘，从齐默手里接过矿泉水，没有就近使用诊所里的卫生间，而是出门寻了一处垃圾桶漱口去了。

齐默借了一次性纸杯，接了一杯温开水，此时，配药小姑娘去别处清洗雾化装置，另外一位药房小姑娘招呼齐默到取药窗口拿药。小姑娘一边低着头算账，一边笑着感慨："你男朋友好酷啊，我同事刚才跟他说话，都不见他理人。"

难怪刚才配药小姑娘脸色奇差，原来是搭讪失败。

齐默原本还想解释萧文缜不是她男朋友，但接收到小姑娘话语间的不满，连带心里也有了不满情绪，索性站在窗口淡淡反击："不好意思，我男朋友酷是因为他生病心情不好，他不理人是因为他嗓子不舒服，病历单上写得清清楚楚，否则我们也不会来看病。"

小姑娘算账的动作一僵，她抬头看着齐默，不知为何，脸一下子比刚才那位配药小姑娘还要红。

"一共83块。"

小姑娘语气羞窘，并且是朝齐默身后说的。

齐默僵了几秒。也不知道萧文缜是什么时候进来的，她刚才直言他是她男朋友，他该不会误以为她是存心占他便宜吧？

一张百元大钞越过齐默的肩膀送至窗口，小姑娘接在手里，拉开抽屉去找零钱。

齐默强忍叹气冲动，把接满温开水的纸杯递给萧文缜，紧接着打开一包消炎药，抓起他的左手，把药全部倒进他的手心里，示意他先把药吃了。

萧文缜看着手心里的药，眼睛里似是有光，送进嘴里一口气吞服。适逢小姑娘找完零，朝他伸出手来："您好，找您17块。"

萧文缜瞥视一眼齐默，拿着空纸杯朝门口走去："给我女朋友吧。"

"……"

萧氏冷幽默吗？

因为她刚才占了他的便宜，所以，他口头上不甘示弱也要占回来？

国大经济学院有两大特色。

一是教授严苛，学生课业量惊人。

二是创业活动、学术会议、专业讲座和大小型研讨会数不胜数。

周四上午八点半，国大经济学院安排了一场讲座，受邀嘉宾是国内某经济研究中心领导，上课地点安排在第三教学楼3A05教室。

距离讲座开始还有十几分钟，齐默和萧文缜一起走到3A05教室的门口，正好遇见了乔思佳。

"早啊，文缜。"

乔思佳朝萧文缜微笑着打了一声招呼，又朝齐默问声早，亲疏度一目了然。齐默并未往心里去，礼貌回复："早。"

乔思佳转眸看着萧文缤，苦恼吐槽："昨天下午李教授讲的那节课太烧脑，课后我花了不少时间消化，到现在也没转过弯儿来，要不你抽时间帮我梳理一下思路？"

萧文缤抬手指了指嗓子，沙哑着声音，艰涩发声："我的课堂笔记在张岩那里，你直接找他要。"

张岩？

班里同学吗？

齐默汗颜，开学有一段时间了，但她能叫得出名字的同学的数量绝对不超过十根手指头。当然这不是重点，重点是乔思佳听到萧文缤嘶哑的声音，忍不住皱眉问："你嗓子怎么哑了？"

"上火。"

萧公子话语简洁，直接丢下两个字就进了教室，徒留齐默稳定心虚的情绪，站在门口和乔思佳大眼瞪小眼。

"周安国教授最近没少压榨你和文缤吧？"乔思佳误以为萧文缤嗓子沙哑是周安国所害。齐默不便解释，总不能告诉乔思佳，昨天下午李教授讲的课，她也没听懂，所以萧文缤昨天晚上重新给她讲了一遍，这才导致他嗓子嘶哑。

这么说不合适，齐默只好模棱两可地笑了笑，当然……是苦笑。

乔思佳一脸同情，随即掏出手机朝齐默扬了扬，笑着说："你先进去吧，我有个电话要打，一会儿见。"

乔思佳是赶着课点跑进教室的，彼时萧文缤和齐默一起坐在中排位置，萧文缤坐在里侧看书，齐默坐在外侧戴着耳机收听经济快讯，忽然看到乔思佳满头大汗地站在她的座位旁，并把一盒药递给了萧文缤。

齐默摘掉耳机，听见乔思佳喘着气说："文缤，我去医务室帮你拿了一盒甘桔冰梅片，你直接口服两片，对你嗓子好。"

齐默意识到乔思佳刚才打电话只是借口，跑去买药才是真。若非生病那人是萧文缤，想必放眼整个国大，绝对找不出第二个人能够驱使乔大美女如此不顾形象地在校园里奔跑。

目睹乔思佳脸颊发红，额头上还有细汗冒出，齐默心里竟有了几分感动。原以为萧文缤就算不顾及乔大美女买药辛苦，也会顾念同学兼同事之情收下那盒药，但萧公子不愧是萧公子，不近人情起来，连不近人情它爹妈都害怕。

萧公子说："不用，我已经吃了消炎药。"

乔大美女尴尬无比，很没面子地把药收了回去。

齐默低着头，不忍直视乔大美女涨成猪肝色的漂亮脸蛋，莫名觉得一阵难堪。当然，她是替乔大美女觉得难堪。

萧文缤应该感激他有一副英俊容貌，否则以他对众多女孩子的直白态度，只怕早就犯了众怒，哪里还能平安无事到现在？

　　邻桌几位男生护花心切，见女神一片好心送药却遭此冷遇，纷纷瞪着萧文缜予以谴责。

　　萧公子专注看书不受打扰，似乎并未意识到乔思佳还僵在一旁。齐默夹在中间心很累，将她的随身背包从右侧空座上拿起，抬头招呼乔思佳："你坐这里吧。"

　　乔思佳落座以后，对着齐默微笑道谢，只不过笑容勉强，目光越过齐默望向无动于衷的萧文缜，怨愤情绪油然而生。

　　齐默叹为观止。若说萧文缜和乔思佳只是本科同学四年，彼此关系冰冷疏离倒也不足为奇，但两人作为《追梦者》主创，共事那么久，怎会这般见外？

　　难道是因为萧公子性情冷漠，平时与人相处习惯保持距离？还是说，萧公子对乔思佳有什么成见？

　　闹哄哄的教室忽然安静下来，中年男讲师挂着微笑走上讲台。齐默收起思绪，按照以往上课的习惯，打开了录音笔。

　　中年男讲师姓吴，在经济学领域很有名气，出版过多部中英文经济专著，齐默不仅拜读过他的书籍，还曾听爷爷私下点评过他。

　　"此人经济观点颇有见地。"

　　吴教授的讲座内容贴近现实，他围绕经济学常见现象"羊群效应"展开多方位分析，指责盲目从众心理易导致泡沫经济，还极容易造成证券市场的不稳定性……

　　齐默认同吴教授的大部分观点，但私下觉得"羊群效应"并不见得只有负面影响。以前的"羊群效应"多是指一些毫无目的性的散乱组织里的跟风行为，看到一只羊突然奔跑，一群羊就不管不顾地盲目跟随。但随着社会的发展，市场经济也越来越规范，现在的市场经济讲究团体合作，奔跑在最前面的那只领头羊必定是模范表率，羊群里的每一只羊更是分工明确，清楚自己在团体队伍中的定位，并在领头羊的带领下朝着同一个目标奔跑前进。姑且不论成败，这种现象完全可以称为"积极的羊群效应"。

　　齐默出现这种想法的时候，乔思佳也没闲着，手持圆珠笔飞快地记录着讲座内容，接触到齐默的目光，不好意思地笑了笑，压低声音道："吴教授可以说是我的行业偶像，他的专著和文章我几乎都看过。"

　　这番话等于间接告诉齐默，她热衷于把吴教授说的每一句话都记录下来是有原因的，不过既然说起偶像，乔思佳难得对齐默有了一丝好奇："对了，你应该也有行业偶像吧？"

　　"有。"

　　"哦，你爷爷齐凯瑞教授。"

　　齐默摇头："不是我爷爷。"

　　"哦，是周安国教授。"

齐默再次摇头，指了指自己："是我。"

"什么？"乔思佳以为自己听错了。

齐默淡淡重申："我的偶像是我自己。"

"……"

正靠着椅背聆听讲座的萧文缜，嘴角忍不住微微上扬，眉间冷漠无形中驱除大半，谦谦君子温润如玉，有一种情绪宛如浮光掠过眼眸，于3A05教室惊鸿一现，分明是足以融化冬雪的暖暖笑意。

她说，她的行业偶像是她自己。

究竟是自恋，还是自信？

应该是自信吧。

齐默入住华清园以后，每天学业缠身，一连几天都没有去医院看望齐凯瑞，周四下午参加完一场小型研讨会，动身前往医院之前专门去了一趟图书馆。

下午阳光明媚，萧文缜穿着白衬衫坐在二楼窗前，齐默找到他的时候，他正飞快地往笔记本电脑上打字，神情专注，配上高颜值完美侧脸，足以迷倒周遭一切。

院系女生学习之余，偷偷举起手机拍下萧文缜学习照，不经意间看到齐默光顾图书馆，连忙放下手机，眼睛里流露出惊讶。

齐默上前轻敲桌面，叫了一声师兄，换来萧文缜侧眸一瞥。图书馆太过安静，齐默说话的时候，微弯腰凑近萧文缜："我一会儿要去医院看望爷爷，今天晚上不一定能赶回华清园吃晚饭。"

言下之意，萧文缜晚上吃饭时不用等她。

许是离得太近，齐默发烫的呼吸有一下没一下地撩拨着萧文缜。受她影响，萧文缜不易察觉地屏住了呼吸。

齐默见萧文缜看着她不言语，以为他没听清，准备再讲一遍时，萧文缜若无其事地移开眸子，伸手关闭笔记本电脑："我送你过去。"

"不用。"

齐默及时制止，怕他真要放下手头工作送她，又急又恼地鼓着腮帮子，后悔自己为什么要跑过来添麻烦，早知道打电话说一声就好了。

萧文缜扫视一眼她鼓起的腮帮子，克制住眼中的笑意，手指离开笔记本电脑，主动做出让步："路上注意安全。"

齐默的情绪明显好转，她点了点头，走了几步，似是想起什么事情忘了交代，又折返提醒萧文缜："师兄，你别忘了吃药，还有，记得多喝白开水。"

"嗯。"某人这次是真的笑了。

这天下午，齐默乘车抵达医院，没想到竟然在病房里看到了江棋来和炫语璨。

青锋网两位风华正茂的年轻总裁原本正坐在813号病房里和齐凯瑞聊天,忽然听到有人敲门进来,副总裁炫语璨微微歪头看向门口,优雅气息安静流露,眉眼之间顾盼生辉。

齐默随手关上病房门。

炫语璨站起身来,一身职场女强人穿搭,简洁干练,看上去很有气场,嘴角一抹笑容又不失女性的婉约魅力。

"你好,齐齐,我们之前在江家见过面。"炫语璨对齐默半开玩笑半认真地问道,"隔了这么久再见,你该不会已经忘记我是谁了吧?"

"怎么会?"齐默微笑回应,"璨璨姐。"

"璨璨姐"这个称呼,是当初炫语璨让齐默叫的,原以为她和炫语璨私底下没有任何交集,这声"璨璨姐"十有八九没有叫出口的机会,谁承想竟然在医院里有此偶遇。不过,若说偶遇倒也牵强,炫语璨和爷爷素无往来,如今出现在这里,多半与江棋来有关。

他和炫语璨的关系,已经亲密到可以带着女方拜访亲友了吗?

来者即是客。

齐默稳了稳情绪,提起茶壶给炫语璨和江棋来续水,却被江棋来中途拦截:"我来。"

齐默把茶壶交给江棋来,走到沙发前坐下,没有忽略江棋来和炫语璨之间的小互动。他给炫语璨续水时,与炫语璨目光交接,彼此相视一笑。

目睹此景,齐默也跟着他们笑了笑,却是在心里。

原来,再冷漠的男人,一旦遇见自己欣赏或是喜欢的女人,完全可以幻化成这世间最温柔的男子,就连江棋来也不例外。

茶水喝到一半,炫语璨的手机铃声大作,虽然她挂断了来电,但已有离开意向。她递了一个眼神给江棋来,江棋来端起杯子喝了一口水,随后把杯子放在桌上,站起身来:"齐爷爷,我和语璨还有公事要处理,就不打扰您休息了,等您出院那天,我再去齐家看您。"

"年轻人忙事业是好事,但也要注意身体。"齐凯瑞跟着站起身,拍了拍江棋来的肩,复又看向炫语璨,语气亲切,"小璨,你和棋来是多年知己好友,棋来又是我看着长大的,以后如果有时间,不妨跟棋来一起回老宅勤加走动,齐齐比你们小不了几岁,你们年轻人聚在一起,应该有很多话题可以聊。"

"好的,齐爷爷。"炫语璨转眸看向齐默,朝她微笑颔首,率先朝门口走去。

齐凯瑞示意齐默送客。齐默跟在江棋来身后,送他和炫语璨出门。江棋来放慢脚步,与她并肩而行,似是有话要说。

"最近学业吃紧吗?"江棋来问她。

"还好。"

大概她语气太过冷淡，江棋来瞅她一眼，随之沉默了几秒，方才继续问她："独自完成课后作业有难度吗？"

"还好。"有萧文缜在一旁帮忙，怎么可能有难度？

江棋来不知内情，以为齐默打肿脸充胖子，不好意思说实话，走出813号病房，他止步看着齐默，眼神里仿佛装着很多东西，沉甸甸的。

"我不是叮嘱过你吗？如果阅读、书写作业遇到困难，可以随时给我打电话，你怎么不打？"他话音越说越轻，到最后竟有了几分无奈和埋怨。

是啊，她怎么不给他打电话呢？

难道要她告诉他，因为他常年对她视而不见，所以突然关心起她的学业，反而让她觉得不可信，以为他只是随口说说，不可当真？

难道要她告诉他，因为她现在有萧文缜从旁辅导完成作业，所以不需要求助于他？

不，以上两个"难道"虽然都可成为她不打电话的理由，但还有一个最关键的理由："我没有你的手机号码。"

江棋来的眉心不自觉地抽搐了一下，随即他眉头紧锁。齐默不给他电话，他可以想象出若干种可能性，却唯独没有想过会听到这样一种答案。

他竟然没有给过她他的手机号码？

那，夷中呢？她父母呢？再不济还有齐爷爷，他们都有他的手机号码，她完全可以问他们要，她怎么……

他貌似又忘了，她是齐默，他若不给她手机号码，以她的性子，她宁肯永远不知道，也绝对不可能张嘴向别人要。

她真是倔强得像块石头。

江棋来心里窝着一把火，这把火与其说是烧向齐默，还不如说是烧向他自己。

他和她青梅竹马十几年，直到今天他才蓦然惊觉，从小到大他和她竟然不曾交换过手机号码，更不曾互通过电话，世上哪有他们这种青梅竹马？

江棋来满腔怒火无处发泄，片刻后悉数转化成经年愧疚和自责，他伸出手想要触摸齐默的发顶道歉，却又临时退缩，僵硬地收回动作。

走廊里，炫语璨走出一段距离，回头发现江棋来和齐默站在813号病房外，不知为何，江棋来的脸色看上去很难看，而齐默仍是一贯的平静温和，气氛怪怪的。

这两人……

多年阅人经验告诉炫语璨，江、齐二人之间的关系，绝非青梅竹马那么简单，上次在江家她就莫名觉得江、齐二人相处的气氛微妙，如今熟悉的感觉再次袭来，她隐隐不安起来。

她认识江棋来多年，这个堂堂金融界黑马新贵，做事雷厉风行，喜怒多是不形于色，何曾一再被同一个女子左右情绪？

总之，他们的关系很不寻常。

江棋来是寒着脸离开的，齐默站在门口目睹他和炫语璨消失在走廊转弯处，嘴角笑容渐渐变凉。

有或是没有江棋来的手机号码，真的有那么重要吗？

因为不管有没有他的手机号码，她都不会给他打电话。五年前，他刺向她的眼神犹如一把悬在自尊上空的利刃，无时无刻不在鞭策她重拾尊严，而自尊这种东西，被人歧视一次已是剜心之痛，她绝不允许自己的尊严被人践踏第二次。

813号病房里，齐凯瑞坐在沙发上收拾茶杯，齐默关上病房门，好奇地询问江棋来和炫语璨来医院做什么。

"棋来下午在医院附近办事，临时要来医院看我，正好他跟小璨在一起，就带着对方一起来了。"

齐凯瑞摘下老花镜，疲惫地揉了揉眉心，重新戴上以后，把面前的茶具递给齐默，打开了话匣子："小璨那孩子精明能干，和棋来在事业上相辅相成，两个孩子郎才女貌倒也般配，我看他们关系亲厚，说话、做事又很有默契，如果关系能够更进一步，以后说不定还真能成为一家人。"

齐默低着头收拾茶具，没有接齐凯瑞的话，除了心情略显沉重，倒也没有太多不适。她开口转移话题："我妈没在医院？"

"你妈午后回陶艺室处理工作，估计这会儿正在来医院的路上。"齐凯瑞惦记齐默的学业，浅浅交谈数句，临了问她，"这几天萧文缜辅导你学习，你和他都还适应吗？"

"他对我很有耐心。"

"比我还有耐心？"

齐凯瑞挑着眉，眼看有些不悦，齐默无意挑拨他和萧文缜不和，端着需要清洗的茶具直起身，笑着说："路遥知马力，日久见人心。萧师兄辅导我不过几日，不比爷爷长年累月劳苦功高，论耐心和韧劲，自是不比爷爷。"

此话颇为中听，齐凯瑞满意点头，殊不知国大经济学院图书馆里，正在翻阅英文专著的某人，右眼皮竟神经质地跳动了一下。

他查看一眼腕表时间，这个时候她应该正在医院里陪齐老先生或是她母亲说话吧。

他拿起手机，点开代号"M"的手机号码，手指悬在呼叫键上方好一会儿，终究还是叹了一口气，把手机重新放回到桌子上。

缓缓。

缓缓再打过去。

萧文缜打电话给齐默的时候，正值入夜时分。

彼时，齐默刚陪齐凯瑞和尉迟敏吃完饭，尉迟敏送她离开医院，路上聊起齐凯瑞出院一事，尉迟敏说："你爷爷住院期间，探访者络绎不绝，除了各大金融公司的老总和亲朋好友，还有不少你爷爷的学生。周六上午你爷爷出院，这些人免不了还要登门探望，到时候陆陆续续没完没了，所以，你爷爷为了出院以后能够清净一些，打算周日中午把探访者集中聚在一起吃顿饭，也好当面表达谢意。"

齐默点头："我周六上午来医院和您一起接爷爷回家。"

萧文缜的电话就是这个时候打过来的，齐默没有开启手机来电语音播报，接通电话："喂？"

"还在医院？"萧文缜似乎正在开车，低哑的声音与窗外的车流声交融在一起，若不细听，很难听清楚他在说些什么。

"嗯。"齐默对上母亲好奇的目光，无声吐露出萧文缜的名字，对着手机如实报告行程，"我刚吃完饭，正准备离开医院坐车回去。"

萧文缜说："我去医院接你。"

"不用。"

"我正在去医院的路上，你过五分钟再出来。"

齐默的拒绝被萧文缜的话语直接碾压成了碎渣，彼时她距离医院门口不到三米，如果再次返回住院部，只怕刚进813号病房，萧文缜就到了医院门口，届时母亲势必又要下楼送她。

9月底，夜风中带着凉气，齐默不忍心母亲陪着她站在医院门口等车，想了一下医院周围设施，和萧文缜敲定见面地点："市医院向东50米，有一家24小时便利店，我在便利店门口等你吧。"

挂断电话，发现母亲一脸笑意地盯着她看，齐默也跟着笑了笑："怎么？"

母亲意有所指："萧家公子似乎对你很好。"

"他对很多女孩子都很好。"

母亲撇嘴："我不信。"

齐默也不信。

萧文缜对待异性比较冷漠，就连《追梦者》合伙人之一乔思佳也未能幸免于难。齐默承认萧文缜对她是特别了一些，但无非是因为他把对爷爷的愧疚转移到了她的身上，无非是因为她是他的师妹，而他是她的师兄。

但，真的是这样吗？

齐默告别母亲，前往便利店的路上，不期然想起萧文缜每次注视她的眼神，仿佛冰山里迸发出的滚烫岩浆，新奇之余，散发出无穷的魅力，隐秘而又深远。

便利店门口，齐默在报刊架上看到一双与萧文缜类似的眼睛，眉眼气质更是与萧文缜极为相似。

娱乐报纸头版位置，著名中年男导演和当红女明星并肩走进某高档小区，其间男导演发现狗仔尾随拍照，表情严肃，冷漠的眼神里带着一丝不屑和傲慢，整个人霸气十足。画面失焦，可以想象狗仔拍照的时候必定惊慌失措到了极点。

齐默盯着报纸若有所思。

"萧博彦夜会徐嘉玥，疑似婚内出轨。"

低沉喑哑的男声突然在齐默身畔响起，听来异常熟悉，吓得她心头一跳。她神情复杂地看向萧文缜。他是什么时候来的，她竟没有丝毫察觉？

看到父亲萧博彦的花边新闻，难道他一点儿也不介意？

萧文缜不笑的时候，很难让人察觉出他的情绪变化。淡漠地念完新闻标题，他上前拿起报纸，宛如置身事外的陌生人，喑着声音慢慢念出新闻概要："昨天22:45，萧博彦低调现身湖滨华府，随后进入知名女演员徐嘉玥所住楼层，逗留女方香闺长达三小时，直到凌晨两点才离开，疑似婚内出轨徐嘉玥，与沈乐安婚姻告急。"

齐默略一沉吟，看着萧文缜，冷静分析："萧伯伯游走娱乐圈多年，如果真要出轨某人，怎么可能光明正大地出现在那人所住的小区里？另外，萧伯伯明知狗仔在偷拍，又怎么可能逗留女方香闺长达三个小时？"

萧文缜笑了笑，没说话。

齐默察言观色，从萧文缜手里抽走报纸，重新放到杂志架上，轻声宽慰萧文缜："公众人物向来重视名声，不管是萧伯伯，还是那位叫徐嘉玥的女明星，深夜聚在一起多半是为了工作，而双方为了避嫌，应该还有其他工作人员在场。只不过狗仔为了获取关注，断章取义误导大众，新闻报道明显失实，真是卑鄙。"

"是很卑鄙。"

萧文缜压下笑意，走到路边拉开副驾驶座车门，见她坐上车以后还在偷偷观察他的脸色，忍不住笑了。

他是真的没有多想，虽说娱乐圈有很多诱惑，父亲每隔一段时间就会有绯闻见报，但母亲自始至终都很信任父亲，而他作为儿子，深信父亲为人光明磊落，自然不会当真。

她是担心他会因为此事和父亲关系不睦吧？

齐默正想着该怎么转移萧文缜的注意力，忽然见他上半身探进车内，后背当即紧贴副驾驶车座，就连呼吸也放慢了好几个节拍。

萧文缜扯动安全带帮她系上，声音低不可闻："你觉得你父亲会爱上你母亲以外的女人吗？"

齐默愣了一下，脱口而出："当然不会。"

"我父亲也不会。"

萧文缜系好安全带以后，并没有马上退出副驾驶座，而是深沉地看着齐默。齐默一片思绪跌在他的眼神里出不来，心不在焉地张了张嘴："你就那么确定？"

"我很确定。"夜色中，萧文缜英俊的脸庞被车外一半阴影笼罩，心绪越发高深莫测，清冽的眼神压抑而又直接，再开口宛如耳畔盟誓，"萧家男人一生只有一个配偶，一旦认定谁是他的妻子，那就是一辈子。"

许是离得太近，又许是萧文缜说这话时太过认真，齐默恍惚间竟产生了一种错觉，莫名觉得萧文缜这番话是专门说给她听的，以至于耳朵发烫，心脏仿佛不受控制一般怦怦地跳个不停。

齐默避开萧文缜的视线，目光落在他宽厚的肩膀上，清了清嗓子打破车内旖旎："师兄，你吃晚饭没有？"

周五黄昏，齐默给江夷中打电话，简单提及有事要跟她说，并约她晚上一起吃饭。

前往目的地之前，齐默刚在周安国的办公室里参加完一场极其漫长的师门座谈会。

国庆假期在即，周安国9月底结束手头课题，10月初就要立马开始新的研究项目，付伟师兄和金戈师姐作为博士研究生，跟着周安国忙进忙出是常态。

师门之内无闲人。

几位硕士研究生也没好到哪里去，国庆期间均是作业缠身。

卫子博师兄国庆期间要随周安国参加一个大型学术会议，据说要当众做研究报告；周舟师姐要参加高校论文大赛，需要花费大量时间查阅相关材料；陆宸和许需知两位师兄今天晚上乘高铁去外地进行社会实践，假期结束以后还要上交实践报告给周安国；齐默和萧文缜要分别完成两篇高质量阅读笔记，哲学类书籍《实践理性批判》、心理学类书籍《自卑与超越》、管理学类书籍《从优秀到卓越》、文学类书籍《三国演义》，以上书籍任选其二，要求每篇阅读笔记不少于五千字。

几位同门师兄妹难得聚在一起，涉及话题范围很广，聊完导致睡眠不足的忙碌学习，开始聊股票指数和美元汇率，聊完股票指数和美元汇率，又开始聊实习经历。

齐默听得眼皮直打架，萧文缜居然还能独坐一隅认真看书，真是厉害。

后来也不知道是谁把话题带到了阅读笔记上，陆宸直言去年暑假他站在经济学的角度，重新拜读了一遍《三国演义》，并从中总结出很多经济学规律和职场道理，说里面随便拎出一个人物，貌似个人经历都能与当代市场经济挂钩。

付伟附和："确实，《三国演义》里面群雄割据，人才辈出，全书一共约一千两百个人物，暗藏不少经济学知识，仅是'桃园三结义'的刘、关、张三人的人生经历，我当年就提交了数万字阅读笔记。"

周舟加入聊天阵营："说起'桃园三结义'，我最佩服关羽。遥想名医华佗当年给关二爷刮骨疗毒，人家不用麻醉剂还能谈笑如常，大块吃肉，大口喝酒。瞧瞧人家关二爷的英雄气概，可比某些晕针晕血的男生爷们儿多了。"

周舟说出这番话，明显是挤对现场某人，具体针对谁，几位同门纷纷默契微笑——

除了文质彬彬的卫子博，别无他人。

这两个欢喜冤家，聚在一起就没有不拌嘴的时候。

卫子博心里很气，面上却还要保持微笑，提醒自己千万不能反驳周舟，否则岂不间接承认他一个大老爷们儿既晕针又晕血？

齐默坐在一旁欲言又止，最终还是没忍住，轻声提醒周舟："正史《三国志》里记载，为关羽刮骨疗毒的医生并非华佗。如果是华佗的话，他既然发明了麻沸散，就绝对不可能舍弃麻沸散不用，让关羽承受刮骨割肉之痛。"

此话一出，师门内部讨论骤停，就连坐在办公桌后整理项目资料的周安国也禁不住看向齐默……

周舟不以为意，笑道："《三国演义》是通俗小说，不比正史《三国志》叙述历史事件客观。罗贯中先生写《三国演义》的时候，特意把华佗和关羽放在刮骨疗毒事件中进行书写，可能是想凸显华佗的医术高明和关羽意志力坚强。长篇小说叙事，为了故事的精彩度和更好地展现人物的魅力，在写法上难免会和正史有所出入。"

齐默点点头，她认同周舟的话，但对刮骨疗毒显然还有话要说："根据《三国演义》记载：华佗把关羽皮肉割开至见骨，关羽吃喝如常；华佗持刀刮骨去除关羽骨头上的毒素，帐上帐下见者，皆掩面失色，关羽却饮酒食肉，谈笑弈棋，全无痛苦之色。书中对关羽刮骨疗毒的这段描写，与《三国志》一书中关羽刮骨疗毒的描写，除了医生并未言明是华佗，基本所述一致。如果两位作者对关羽在刮骨疗毒过程中的表现没有夸大其词的话，那么从医学角度分析，书中关羽的表现更像是一位无痛症患者。"

办公室里寂静无比，齐默在众位师兄和师姐的注视下，不自在地咳了咳，继续普及医学知识："那个，无痛症患者，简单概括来说，就是患者在任何情况下都感觉不到疼痛，所以我觉得关羽刮骨疗毒时的表现和无痛症患者很像。"

众位师兄和师姐心灵受到重创，集体哑然，就连周安国也不例外。

真是人才啊。

聊个天都能把天给聊死，关键还能堵住悠悠之口，分析问题另辟蹊径，让人无法辩驳，周安国不佩服都不行。

萧文缜低头看书，嘴角弧度微微上扬，取出手机在百度上搜索"无痛症患者"关键词，随后又搜索"刮骨疗毒"故事典故，两两对比，医学症状确实有些相似。

并不意外。

齐父作为市医院急诊科主任，私底下一定教会她不少医学常识。比如开学典礼那日，她为流浪猫接生手法精准；又比如她能对罕见疾病道出一二，都是日常文化积累所致。

这天晚上，齐默约江夷中在国大附近吃饭，坐在餐厅里点菜的时候，江夷中询问齐默："今年国庆放假九天，你准备怎么过？"

"读书，写作业。"

江夷中不满："我就知道你会这么说，真是没劲儿。"

是没劲儿。

齐默的高考成绩能够超出文科重本线82分，华大本科成绩能够全A，靠的绝非她的中庸资质，而是爷爷严厉的家庭教育和她的背后努力。

爷爷不许她有双休日和寒暑假，每半月一次的野外垂钓已是难得，而所谓的各种大小假期对她来说一直是奢侈品，别人休息放松的时候，她从来只有加倍努力和忘我赶超。

委屈吗？

习惯成自然，虽然过去十年时间里，她每一天都好像生活在炼狱里，但忍常人所不能忍，受常人所不能受，方能成常人所不能成。所以，苦也是别人眼里的苦，于她只是漫漫日常。

她倒了一杯水递给江夷中，反问对方："国庆长假，你有什么安排？"

"沈燮想约我去青岛两三天短途游，我不太想去。另外，出版编辑最近询问我有没有意向写剧本，我虽然有兴趣，却苦于没有前辈带我，所以挺发愁的。"江夷中拿起水杯，送到嘴边还没喝上一口，似是想起什么，将水杯重新放到桌子上，激动地开启话题，"萧公子的母亲你知道吗？沈乐安不仅是国内知名作家，还是编剧界大神，连拿好几个最佳编剧奖，几乎每一部作品都能掀起话题风暴，我们中文系很多学生都很崇拜她。我能走上写作这条道路，多少跟她有点儿关系，上个周末我和沈燮一起去萧公子家做客，当时沈乐安应该刚从剧组回来，我见她在萧公子卧室里休息，没好意思打扰她。现在想想真是后悔，沈大编剧近在眼前，我却没能跟她打声招呼，白白错失了一个天大的好机会。"

齐默借着喝水掩饰心虚，温声劝解江夷中："沈燮和萧文缜是好兄弟，你为《追梦者》栏目撰稿，又与沈燮关系交好，以后不愁没机会结识沈编剧，不必急于一时。"

江夷中长舒一口气，无奈地道："我也是这么安慰自己的。"见服务员端着一盘凉菜走过来，顺手整理起桌面，她提醒齐默，"菜来了。"

凉菜上桌没多久，热菜也紧跟着被逐一端上桌，江夷中一边吃菜，一边问齐默："齐爷爷什么时候出院？"

"明天上午。"齐默想起爷爷后天中午要在酒店里宴客，于是把这件事情告诉江夷中，向她发出邀请，"如果你后天中午有时间的话，不妨过来聚一聚。"

江夷中半开玩笑半认真地问道："可以带朋友过去吗？"

沈燮吗？

"当然可以。"沈燮对她有"口香糖之恩"，请他吃饭也是理所应当。

江夷中夹菜入口，含混不清地道了声"对了，齐齐"，抬眸看她："你在电话里不是说有事要跟我说吗，什么事？"

适逢服务员端着一盘红烧排骨走过来，齐默知道江夷中爱吃这道菜，特意把这盘菜摆到夷中面前。

"果然还是你最爱我。"江夷中眉开眼笑，拿着筷子夹排骨。

齐默淡淡地说："夷中，我现在和萧文缜住在一起。"

啪——

一块色泽金红的排骨突然掉落到餐桌上，江夷中拿着空空如也的筷子，笑容全无，失神地盯着齐默，也不言语。

太过震惊吗？

齐默从餐巾盒里抽出两张纸巾，包住桌上那块排骨，顺手丢进桌旁垃圾桶里，继续之前未完的言语："爷爷住院以后，我独自完成作业很吃力，萧文缜觉得爷爷住院他应该担负一半责任，所以日前接替爷爷工作，把我接到了华清园。我听说沈燮的房子也在那里，你偶尔过去找沈燮，难保不会在小区里碰见我。我们从小一起长大，于情于理我都应该告诉你一声。"

江夷中勉强微笑，心不在焉地哦了一声，握紧了手中的筷子，重新伸到排骨盘子里，似是好奇心作祟，故作轻松地问齐默："你去华清园，是萧公子……是萧文缜的意思，还是齐爷爷的意思？"

"虽是萧文缜主动提出，但也经过了爷爷的同意。"齐默见江夷中反复夹了好几次排骨，均以失败告终，干脆拿起自己的筷子，夹了一块排骨放到她面前的碟子里。

"挺好。"

江夷中低着头，拿着筷子拨弄着碟子里的排骨，过了几秒，抬起头笑着重申："是真的挺好，我本来还担心你读研没人帮忙会跟不上学业进度，如今萧文缜主动帮你，我也就放心了。"

齐默微笑点头。

沉默了几秒，江夷中再度开口："萧文缜为人清高孤傲，待人冷漠惯了，平时也习惯与人保持距离，所以，这次他主动提出帮你，还把你接到华清园和他住在一起，我挺意外的。"

齐默当初也挺意外的。她吃了一会儿菜，又夹了一块排骨放到江夷中的碟子里，见她之前夹给江夷中的排骨早已被江夷中用筷子分离出骨和肉，肉质酥烂，却没见江夷中吃上一口，齐默猜测："这里的菜不合口味吗？"

"不是。"江夷中放下筷子，面带微笑，"我吃饱了。"

晚上齐默回到华清园，没想到在楼下见到了萧文缜。

黄昏时分，她给江夷中打电话的时候他就在身旁，彼时师门座谈会刚刚结束，几位师兄正在和他说话，她通完电话离开办公室时，貌似他还看了她一眼。

路灯下，萧文缜身姿挺拔，侧转身看到齐默，虽未上前打招呼，却远远地望着她，等着她走近。

"刚散步回来吗？"齐默注意到他穿的是浅灰色家居服，并非白天的穿着，所以才会有此一问。

萧文缜言语直接："我在等你。"

齐默隐约猜到他在等她，但听他亲自说出口，还是愣了一下，不知道该说些什么，只好点点头："我和夷中刚在外面吃完饭，你吃饭了没有？"

"嗯。"

他转身走了几步，回头见她没跟上，又反身走到她的面前，伸出手，很自然地牵住了她的右手。

齐默被他带着走路，低着头偷瞄他和她交握的左右手，心里好像被猫爪轻轻挠过一样，又痒又麻。

她虽然没和同龄男生打过交道，也没和异性谈过恋爱，但有一句话是怎么说的来着？没吃过猪肉，总该见过猪跑吧，萧文缜握她的手不是第一次了，如果上次握她的手是惧医没有安全感，那这一次呢？

这一次该不会是夜晚风大，担心手指受凉，所以才会牵着她的手取暖吧？

走进楼下大厅，等电梯的时候，萧文缜轻声问她："晚上都吃了什么？"

"吃了一些菜。"

齐默据实以告，说完，见萧文缜嘴角上扬，知道自己又闹了笑话。

被他牵着走到电梯里，孤男寡女忽然置身在狭小密封的空间里，再加上手还握在一起，齐默嗓子直发干，想要把手抽出来，却被他收紧了力道："还没到家。"

齐默赧然。

她又不是小孩子，跟他在一起，手不握在一起，难道她还能走丢吗？

当然，这话齐默没说出口。

为了化解单方面的不自在，齐默主动找话说："那个，爷爷明天上午出院，我到时候要去医院接他，晚上可能会直接住在家里不回来，后天中午爷爷还要在酒店里……"

萧文缜打断她的话："明天上午我陪你一起去医院。"

呃？

齐默忽然觉得自己最近脑子有点儿不够用。

恍恍惚惚地跟着萧文缜走出电梯，一直到走进家门，她也没弄明白。她去医院接爷爷出院，是因为她是家属，可萧文缜呢，他又是以什么身份去接爷爷出院？

别说齐默没弄明白，就连齐凯瑞翌日上午见到萧文缜时，也是一脸惊讶："你怎么来了？"

"赎罪。"

多么任性的两个字，说出来不仅没有丝毫罪恶感，关键还没有丝毫诚意，齐默都不忍看爷爷的脸色。

周六上午齐远彬也在813号病房里，原本特意轮休接老爷子出院，但急诊科临时送来好几位病人，副主任急呼他回急诊室。齐远彬没办法，只好让妻子尉迟敏开车接老爷子回去，这边刚交代完，就看到女儿带着一个男孩子走进病房，因为之前没见过对方，所以齐远彬目睹老爷子和男孩子的互动，可谓是一头雾水。

齐远彬佯装收拾老爷子的衣物，转交给尉迟敏的时候递了一个眼神给尉迟敏，尉迟敏悄悄地摇摇头，表示自己不知情。

尉迟敏装傻是逼不得已，她从未和齐远彬提过萧文缜。齐远彬虽然知道齐默搬出去住，但被尉迟敏哄骗，一直以为齐默的合租人是学校特意安排的帮助她阅读的女同学。

尉迟敏清楚丈夫的品性，他骨子里传统至极，坚决反对男女未婚同居，更何况是自己的女儿，万一他知道女儿和眼前这个年轻人住在一起，只怕屋顶都能被他给掀了。

所以不可说，也不能说。

对萧文缜来说，这是他第一次见到齐远彬，从中年男医生的脸上依稀可以看到齐默的影子，眉眼温和平静，看上去很平易近人。

"您好，齐叔叔。"萧文缜态度谦逊，朝中年男医生伸出手，哑声介绍，"我是萧文缜，是齐齐的同班同学，也是她的同门师兄，您叫我'文缜'就好。"

齐默正帮母亲收拾东西，忽然从某人口中听到"齐齐"两个字，还没来得及有什么想法，就被母亲的唇语给逗笑了——都叫"齐齐"了？

齐默觉得很冤枉，她也是第一次听他叫她"齐齐"，亲密暧昧，偏又一脸正派。

这边，齐远彬已经伸手握住萧文缜的手，道了声"你好"，忍不住打量起眼前这个年轻人。

萧文缜是吧？

这个名字，齐远彬还算熟悉。听说他是著名导演萧博彦和著名编剧沈乐安的儿子，此次老爷子突然心绞痛病发，除了自身隐瞒病情之外，貌似还与这个叫萧文缜的男孩子有那么一点儿关系。

不过是因为某个经济预测不同，老少两代人公开探讨专业观点，适逢老爷子病发住院，一切只是凑巧罢了，无关对与错。

老爷子性格霸道强势，齐远彬原本以为敢与老爷子公开叫板之人，必定年轻气盛，周身充满戾气，但眼前这位年轻人，抛开帅气长相不谈，言谈举止沉稳大气，待人接物亦是有礼有节，总之很合眼缘。

萧文缜说："我刚才和齐齐来医院，听说急诊科送来好几位烧伤病患，齐叔叔应该无暇抽身接齐老先生出院。另外，我前段时间做事较真儿，和齐老先生之间闹了点儿不愉快，齐老住院以后，我心里一直很过意不去，如果齐叔叔信得过我的话，不如由我开车送齐老先生回家，也好为我的不懂事向齐老先生赔罪。"

"那怎么好意思？实在是太麻烦你了。"

齐远彬见年轻人如此贴心周到，心中好感倍增，站在病房里跟他简单聊了两句，发现他嗓子不舒服，还专门离开病房给他开了几包药，叮嘱他近几日注意饮食、多喝水。

齐默感慨万千。

是不是帅哥美女更容易招人喜欢？

这天上午，尉迟敏把堆积在813号病房里的探病礼品放到汽车里，先行开车回齐家老宅开窗通气，并为齐凯瑞收拾干净床铺。萧文缜紧随其后，开车送齐凯瑞和齐默回到齐家老宅。

尉迟敏从楼上跑下来搀扶齐凯瑞上楼，齐凯瑞走到楼梯拐角处的时候，似是想起了什么："哦，对了，"他止步回头看着萧文缜，别扭之余，亦有点儿不自然，"明天中午我在御膳酒店请客吃饭，到时候会有很多业内人士到场，你也来吧。"

老爷子虽然语气不耐烦，话里话外却有提携之意，萧文缜点头答应，老爷子见他如此傲娇，冷哼一声，回楼上去了。

"师兄，你先在客厅里坐一会儿，我去给你倒杯水。"

齐家多日没有住人，哪里有白开水待客？齐默去厨房烧水期间，萧文缜也没闲着，打量起老宅的客厅。

齐家老宅的客厅里有一面照片墙，墙壁上挂满了大大小小的相框，涉及齐家好几辈人，其中齐默的照片只有寥寥几张，而尉迟敏只在家庭合影中出现过一次。

在那张家庭合影里，齐凯瑞一脸严肃地坐在椅子上，幼小的齐默笑眯眯地站在他的身边，齐远彬搂着尉迟敏站在齐凯瑞的身后，夫妻两人面对镜头笑容温和，眉眼间隐有幸福流露。

齐家是传统的文化之家，也是高学历之家。

齐凯瑞是经济学博士，妻子是医学硕士，生完儿子齐远彬没几年就患病早逝，齐凯瑞从此单独抚养儿子长大，一生没有再娶。

齐远彬是在齐凯瑞的棍棒教育下一步步长大成才的，考入华大医学院读完本科，紧接着又在国外著名高校先后获取医学硕士和医学博士学位，并在国外大型医院工作两年后，被市医院高薪挖回国，从而结识了他的妻子尉迟敏。

尉迟敏学历不高，只有中专文凭，独自经营一家陶艺体验馆，因为手艺好，人美心善，所以慕名而来者络绎不绝。

那一年齐凯瑞生日，齐远彬想亲手制作一个礼物送给齐凯瑞，经医院同事介绍去了陶艺体验馆，自然而然地结识了尉迟敏。

　　齐远彬一向孝顺，深知齐凯瑞独自抚养他长大不容易，所以从小到大从未忤逆过齐凯瑞任何事，除了要和尉迟敏结婚。

　　他要和尉迟敏结婚，遭到齐凯瑞的强烈反对，而他在结婚这件事情上又是前所未有地固执，所以先斩后奏和尉迟敏偷偷地领了结婚证，齐凯瑞知道以后，一怒之下和他断绝了父子关系。

　　后来齐默出生，齐远彬有心修复父子关系，也希望父亲能够对妻子有所改观，所以一有时间就带着妻子和女儿回去看望齐凯瑞。

　　人心毕竟是肉长的，齐凯瑞纵使再不喜尉迟敏，但齐默是他的孙女，相处时间久了，再坚硬的心也有软化的时候，与儿子齐远彬的关系这才开始有所缓和。

　　齐家客厅的墙壁上，齐默仅有的几张照片，不仅涵盖了她的每个重要成长时期，还无声地见证着她的过去。

　　院子里，童年齐默坐在草地上，把凤仙花揉烂覆在双手指甲和双脚趾甲上，齐远彬父爱爆棚，蹲在她的面前，用野麻叶包裹住她的手指和脚趾，再用棉线扎紧，父女两人笑得很开心。

　　照片右下角备注：老宅庭院，齐齐6岁半，母尉迟敏摄。

　　齐默最幸福的童年时光是6岁半以前。

　　6岁半以前，她跟齐远彬和尉迟敏住在一起，甚少去幼儿园，齐远彬去医院上班，她多是被尉迟敏带去陶艺馆，或是全国各地旅游，以增长见闻。

　　6岁半那一年，齐默到了上小学的年龄。由于齐家老宅别墅区被划分为市重点小学学区房，齐远彬和尉迟敏为了女儿不输在起跑线上，征得齐凯瑞的同意后，一家三口自此搬进齐家老宅和齐凯瑞生活在一起。

　　医院病房里，童年齐默手臂骨折打着石膏，童年江夷中调皮地拿着黑色记号笔在石膏上画了一个爱心，齐默盘腿坐在床上开怀大笑。

　　照片右下角备注：市医院骨科病房，齐齐8岁，母尉迟敏摄。

　　齐默就读小学不久，齐远彬出国进修长达两年，齐凯瑞的工作行程也很满，时不时就被各大高校邀请授课，除了尉迟敏，无人跟进齐默的学业。

　　而齐默，明明跟得上学业进度，却不爱看课本，也不爱写作业，成绩奇差无比，连续两次年级考试倒数第一，老师误以为她上课不专心，没少批评她。

　　课间休息，同班小男生称呼她是白痴、笨蛋，她抢起课本直接砸在他们身上，愤怒的姿态像是一个混世小魔王："你们才是笨蛋，以后谁再敢叫我'笨蛋'，我听一次打一次。"

她惧怕读书和考试，文字对她来说完全是一堆支离破碎、肆意游走的奇怪图形，为了掩饰自己的与众不同和愚笨，贪玩任性成了她的保护色，她逐渐成为老师和家长眼中的坏孩子。

为了躲避期末考试，为了断绝别人叫她白痴、笨蛋的可能性，她不惜考试前夕对自己下狠手，偷偷浇冷水冻感冒，或是骑着自行车一遍遍摔倒，只为了手臂骨折无法写字。

人前笑得没心没肺，人后却躲在被窝里偷偷哭泣，她不知道自己是怎么了，为什么她会那么笨。

卧室里，童年齐默犯困，趴在书桌上睡着了，桌子上放着语音学习机，还有大半碗坨成一团的面条。

照片右下角备注：老宅卧室，齐齐9岁，父齐远彬摄。

齐默9岁那一年，被专业医生确诊，患有非常严重的阅读书写障碍症。

在此之前，齐凯瑞因为齐默学习成绩垫底，恨铁不成钢，训斥、打骂她几乎成为家常。直到齐远彬进修结束回国，渐渐察觉女儿学习状态不对，带她前往医院进行诊断，这才发现她的大脑神经功能对文字处理存有缺陷，其严重程度也高于同类型患者。

齐默从9岁开始接受特殊治疗，却不见一丝效果。另外，小学老师虽然减免了齐默的作业，但齐默的成绩在齐远彬和尉迟敏的悉心辅导下依然没有任何长进。

一直作壁上观的齐凯瑞，推掉各大高校讲座和商业活动，主动承担起齐默的学业辅导工作，自此严厉管教，学习任务安排紧密，齐默不完成就不允许吃饭、睡觉。

面对如此高压手段，齐远彬心疼女儿，多次与齐凯瑞发生争执，却又惧怕放任女儿不管，会导致她今后没有谋生手段，所以屈于这种矛盾心理，很多时候只能睁一只眼闭一只眼。

这种煎熬的生活，一直持续到齐默小学毕业，齐凯瑞申请在家教育齐默，为了避免齐远彬和尉迟敏私底下心软放纵，干脆把他们赶出老宅，不允许他们再插手齐默的学业。

齐家老宅的院子里，少女齐默披散着一头海藻般的黑色长发，穿着宽大的白衬衫和黑色长裤，赤着脚坐在台阶上晒太阳，对着镜头，嘴角的笑容温暖和煦。

照片右下角备注：齐家前院，齐齐17岁，友江夷中摄。

萧文缜站在齐家客厅里，盯着少女齐默的笑容看了一会儿，目光下移，落在齐默唯一的成年照片上。

杨柳湖畔，成年齐默持竿垂钓，穿着防晒服，坐在一把钓鱼椅上静待鱼儿上钩，大概意识到有人拍照，对着镜头微微一笑，阳光友善，仿佛能治愈世间的一切伤痛。

照片右下角备注：西斋一条沟，齐齐22岁，市钓鱼协会摄。

虽然只有寥寥几张照片，但每张照片里的齐默都在微笑。"虎爷"式教育，高压学习，没有自我的枯燥生活，于她来说似乎都能被笑容温暖化解。

她是真的乐在其中吧？

因为痛苦无法回避，所以只能开解自己尽情享受痛苦？

齐默烧完水，端着一杯白开水从厨房里走出来，见萧文缜站在照片墙那里，貌似正盯着她的照片看，佯装镇定地走上前，把白开水递给他："师兄喝水。"

刚煮好的白开水，没有100℃，也有90℃，杯壁滚烫，萧文缜垂眸看着杯口缭绕的热气，实在不敢下口，转身离开照片墙，把杯子放到茶几上："我一会儿喝。"

"哦。"

齐默见萧文缜坐在沙发上，眼神示意她也坐，心里又是好一阵凌乱。怎么感觉这里是萧家，而不是齐家？

萧文缜打破沉默："我从未问过你，经济学深奥枯燥，不仅需要阅读大量书籍，还需要复杂的计算能力。大学专业那么多，你为何偏偏选了经济学？"

齐默没想到萧文缜会这么问，沉默了两秒，说："因为我爷爷。"

萧文缜皱眉："专业是齐老先生帮你选的？"

齐默摇头。

"因为我爷爷是经济学教授，所以我才选择经济学作为我的大学专业。"齐默见萧文缜好像没明白她是什么意思，接着解释，"为了备战高考，爷爷陪我努力了六年。其实不仅仅只有六年，严格意义上来说，从我九岁被诊断出患有阅读书写障碍症的那一刻起，爷爷就开始了他的陪读生涯，每天坚持为我读书，誊写作业，仅是每次阅读试卷内容给我听，就要花费大量时间和精力。我很辛苦，也很累，却从未埋怨过爷爷，因为我知道他比我更辛苦、更不容易。我知道他所做的都是为了我好，所以我敬重他，也心疼他。陪读生活极度漫长煎熬，经济学是爷爷熟悉的领域，我报读经济学的话，爷爷辅导我熟门熟路，也不至于太辛苦。"

她想让爷爷为她感到骄傲，如果她未来能够依靠学到的经济学知识养活自己，也许对爷爷来说，这才是最值得他欣慰的回报。

齐默说得平静，萧文缜的一颗心却像被什么东西刺了一下，不疼，反倒有些酸、有些涩。

年轻男子心事渐沉，淡漠的眼眸不易察觉地沾染了几分墨色，他凝眸注视着齐默："除了齐老这层原因，你本人喜欢经济学吗？"

客厅里忽然静寂无声。

齐默抿了一下唇，缓缓张嘴："我不知道。"

那杯逐渐放温变凉的白开水，静静地搁置在齐家客厅的茶几上，萧文缜最终没能喝上一口就离开了。

他这日电话不断，似乎有很多人在找他，可见其忙碌程度。齐默见他挂断电话起身要走，不便挽留，跟着他起身，送他出门。

萧文缜发动引擎开车离去，透过后视镜见她跟着他的车往前走了几步，心里瞬间柔软一片，倒车退回去，顺便按下了车窗玻璃。

她疑惑地上前，误以为他有什么东西落在了齐家，正要开口问他，就见他左手臂探出车窗，朝她无声地伸过来，她不知其意，却下意识地伸出手握住了他的左手，换来他轻轻一笑，而她羞红了脸。

他握紧了她的手："明天中午在御膬酒店吃完饭，我们一起回华清园。"

"好。"

齐默站在原地，目送他开车离去，抬手摸向发烫的脸颊，想起自己刚才的下意识，真是……真是不害臊。

这边，萧文缜开车驶出老别墅区，方向盘上的左手余温犹在。经过十字路口，等红绿灯的时候，他不期然想起那日在813号病房里，他说服齐老先生同意他带齐默去华清园，齐老先生目光犀利地盯着他看了好一会儿，随后道出心中疑惑："你完全没必要给自己找麻烦，为什么一定要这么做？"

他给齐老先生的答案是："因为她是我师妹，我是她师兄。"

然而，答案真是如此吗？

红灯早已转换成一片绿色，车后接连响起两道汽笛声，车主焦躁地按着车喇叭，催促他快点儿开车过马路。

他笑了一下，换挡踩动油门，黑色座驾横穿马路，灼灼烈日穿过挡风玻璃照在他的脸上，刺眼无比，导致他微微眯起双眼。

答案不对。

真正的答案是萦绕心扉多年的那一份惊才绝艳，是无数次午夜梦回的那一抹怅然若失，是齐家客厅墙壁上的那一缕波澜不惊和盈盈浅笑。

那日813号病房里，他真正想说的答案是——

因为她是齐默。

Chapter 05
她是一个羞耻的偷窃犯

　　齐凯瑞宴请宾客的那天中午，御牍酒店上空一片大好阳光，蓝天白云色彩鲜明，仰望时间过久，仿佛一不小心就会晃花双眼。

　　齐默去得比较早，饶是如此，御牍酒店的宴会厅里也已来了十几位宾客，原本正三五成群地聚在一起聊天，众人看到齐凯瑞出现，纷纷迈步相迎。

　　为了这场酒宴，齐远彬特意腾出时间，从医院赶到御牍酒店，和妻子尉迟敏一起待在宴会厅里迎接宾客，而齐默也没闲着，在宴会厅里还没待上一盏茶的工夫，就被母亲使唤着去后厨确认备菜进度。

　　半个小时后，齐默回到宴会厅，宾客已由最初的十几人快速发展到上百人，国内外的企业高管、政商界精英、金融圈的富豪大佬，以及知名学者、专家齐聚一堂，相谈甚欢，现场气氛好不热闹。

　　齐默无意引人注意，选了一处角落的位置坐下，静静地注视着宴会厅，然后就看到了萧文缜。

　　他这日衣着正式，身材高挑挺拔，一身黑色西装修身有型，只需站在那里，仿佛就是人群的焦点。

　　爷爷应该很喜欢他吧？

　　受邀出席宴会之人绝大部分是业界名士，好比爷爷正为萧文缜引见的学者，不仅是世界顶尖的经济学家，还曾先后担任众多国际组织的经济顾问，平时与之见上一面已是难得，若是能够与之交谈一二，定会受益良多。

　　像这样的经济学大师，后辈学子得以邂逅无不战战兢兢，同时欣喜若狂。然而萧文缜和业界老前辈举杯交谈之时，一举一动格外儒雅大气，谈吐架势竟一点儿也不落于前辈之后。

　　萧文缜敏锐警觉，大概意识到有人在看他，忽然朝她这边望过来，吓得她连忙低头闪避，结果她还没松一口气，右侧肩头就被人从身后不轻不重地拍了一下：

"齐齐——"

声音熟悉。

叫她的人是江夷中。

齐默站起身看向来人，除了看到江夷中和沈燮，还看到了同样穿着一身黑色西装的江棋来和他身旁知性优雅的炫语璨。

老实说，齐默没想到会这么快再次见到江棋来，即便猜到爷爷和父母有可能邀请他过来，但他愿不愿意赴宴还真是不好说，毕竟上次在医院里他是寒着脸离开的。

至于这次……

齐默没有看他，谨守待客礼节，对着沈燮和炫语璨露出微笑："欢迎欢迎。"

"是真欢迎，还是假欢迎？"沈燮亦是一脸笑意，他和齐默也算是老相识了，再加上齐默是江夷中的闺密，所以开起玩笑来一点儿也不见外，"夷中带我过来蹭饭吃，来的时候，我还真怕你把他赶出去。"

江夷中朝沈燮撇撇嘴，上前搂住齐默的肩膀，言不由衷地吓唬沈燮："齐齐，为了满足他的愿望，要不，你还是把他赶出去吧？"

"不好意思，我没权限。"齐默不上当，见招拆招，"毕竟，我在齐家蹭了二十几年饭，如果齐老先生真要赶人的话，那也是先赶我，你的蓝颜知己兼头号铁杆书迷殿后。"

"谢天谢地。"沈燮很是得意。

江夷中朝沈燮美目一瞪，嗔道："瞧把你美成什么样了。"

眼前这对男女疑似在撒狗粮，齐默选择无视，眼睛望向炫语璨，礼貌地朝她点点头："璨璨姐。"

炫语璨站在江棋来的身边，较之往日更加端庄大气："我今天就这么冒冒失失地跟着棋来和夷中一起赴宴，会不会太叨扰了？"

"璨璨姐说笑了，那天你离开医院以后，爷爷没少当着我的面夸你，如果待会儿他看到你，一定很高兴。"

"是吗？"

炫语璨含笑看着江棋来，却发现他的目光落在宴会厅的某个方向，顺着他的视线望过去："咦，那不是文缜吗？"

"文缜？"沈燮一惊，目光快速地在宴会厅内搜寻起来，"他在哪儿？咦……他怎么和齐老先生在一起？先前他和齐老先生不是闹得满城风雨吗，怎么一眨眼的工夫就冰释前嫌了？"

没有人接沈燮的话。

金融圈与经济圈人际关系交织错杂，江棋来在宴会厅里见到几位合作伙伴，免不了要上前打招呼，炫语璨作为青锋网的副总裁，自然要陪同在侧。

江夷中端着一盘水果和齐默坐在角落里分食，聊了一会儿家常，颇为抱歉地看着齐默，说道："有件事，我有必要跟你解释一下。今天上午炫语璨来我家找我哥商谈公事，这不快到中午了吗，刚好赶上我们来御膝赴宴，我也就随口那么一说，邀请她一起过来，没想到她竟然当真了。就这么突然把她带过来，你不会介意吧？"

齐默宽慰江夷中："来者即是客，你邀请她过来，跟我邀请她过来没什么区别，我没什么可介意的。"

江夷中忽然有些感动，偏着头靠在齐默的肩上，幽幽地说："齐齐，你对我真好。"

那是因为她的交际圈一向很狭窄，不管是童年时期，还是少女时期，包括后来进入华大读书之后，她因为忙于学业，懒得花费时间经营新的友情，所以同性也好，异性也罢，她的好朋友从来都只有江夷中一人。

因为唯一，所以弥足珍贵。

这场午宴，与其说是齐凯瑞的出院答谢宴，还不如说是为齐默等几位晚辈悄悄编织的资源网。

座位编排另有门道，齐默并未与江夷中等人坐在一起吃饭，就连萧文缜也被安排到了学者专家那里。

宾客一个个来头不小，齐凯瑞把这些人聚在一起不容易，自然不可能让几个年轻人白白错失这么好的机会。

所谓等价资源交换，不管是齐默，还是萧文缜和江棋来，他们的人脉获取途径，都决定于自己在这个圈子里究竟有多少价值。

有价值者，快速融入圈子，无价值者，淘汰出局，这就是现实。

齐默所在的那一桌，清一色的职场女强人，几乎每个人都在国内外的大企业担任过经济顾问，齐默与众人礼貌寒暄的同时，脑子也没闲着：难道爷爷为她规划的未来职场路线，是往经济顾问上面靠拢？

是谁说女人聚在一起不是畅聊八卦绯闻，就是吐槽家长里短？

俗话说得好："与凤凰同行的必是俊鸟，与虎狼同行的必是猛兽。"

齐默和这群具有高学历以及高智商的职场女精英聚在一起聊天，亦是一个挖掘自我思想的过程，只要选对话题，就能瞬间带动聊天气氛。

齐默听她们谈论金融改革、基因工程、物联网、人工智能等相关热点话题，尽管偶尔意见相左，却也并非自说自话，反而对自己的观点都有精妙阐释，直抵问题根源。

谈资丰富多彩，菜色亦琳琅满目，等冷菜、热菜悉数上了桌，齐默吃了没几口就放下了筷子，掏出手机，寻了一个出门接电话的借口，暂时离开了包间。

她只是忽然想起萧文缜嗓子不舒服，酒席上的菜荤素搭配，虽然能够满足很多人的口味，但不一定适合他。

她给他打电话，响了好一阵都没人接。

齐默走到他所在的雅间的门外，房门微微敞开，里面不时地传出敬酒声，齐默透过门缝捕捉到他的身影时，正好看到有人跟他推杯换盏。

他不知道自己现在不能喝酒吗？

齐默没办法提醒他，站在门口叫他又太引人注意，实在是为难。

适逢一位年轻的女服务员推着送餐车走过来，齐默及时叫住对方："你好，门口斜对面坐着一位叫萧文缜的年轻男士，那里面的人数他最年轻，穿着一身黑色西装，很好辨认，麻烦你帮我捎句话给他。"

这大概是齐默说过的最后悔的一句话，因为她怎么也想不到，那位女服务员端菜上桌的时候，会扯着大嗓门儿热心地询问雅间里的宾客："请问，谁是萧文缜？"

闹哄哄的雅间里忽然静了静。

齐默贴着门口的墙壁，很无奈地叹了一口气，她真会找人啊。

"我是。"

低哑的声音随之响起，齐默悄悄地背转身，计划随时开溜。

女服务员笑容满面地道："是这样的，有一位女客人委托我捎句话给你，她说你的嗓子还没好，吃菜宜清淡，最好一滴酒都不要喝。"

此话一出，雅间里的宾客都心领神会地笑了起来。

"文缜，该不会是你女朋友吧？"

"你女朋友是哪家的千金？如果是同行的话，兴许我还认识。"

"文缜，你女朋友正在读书，还是已经参加工作了？"

…………

齐默越听腿越软，摸着墙壁颤颤巍巍地往回走。

这都是幻觉，她根本就没有来过这里，更不曾听过这些话。

雅间里，一位业界老前辈打趣萧文缜："文缜啊，你女朋友今天也在宴会现场吗？怎么也不见你带她过来给我们介绍一下？"

萧文缜笑而不语，若有所思地看向女服务员："请问，委托你传话的人在哪里？"

"就在门口啊。"

萧文缜起身离座，打开房门，走廊里除了几位在各大雅间里进进出出的男女服务员，再无旁人。

回到座位前，萧文缜从桌子上拿起手机，一点开屏幕，就看到了好几通未接电话，其中一通电话就是在几分钟以前打的，打电话的人代号M。

此时，老前辈见萧文缜一个人回到雅间，好奇地看向门口："文缜，你女朋友呢？

不是说在门口吗？"

萧文缜淡淡地解释："她容易害羞，应该是回自己的包间了。"说着，他对在座所有人抱歉地一笑，"我出去打个电话。"

不同于齐默离开包间是假意接电话，萧文缜却是真的在打电话。

等待对方接通电话的空当儿，他踱步走到窗前。御腆酒店正门口的雕塑喷泉，寂静无声地伫立在正午的阳光下，喷射而出的泉水散发出耀眼的光芒，与周遭的景致相得益彰，具有强烈的视觉冲击力。

"喂？"

略显倦怠的女声从手机那端传过来，萧文缜想问她昨晚是不是没睡好，但仔细想想：她又何曾睡过一次好觉？

他临时改口："怎么溜了？"

"你怎么知道是我？"她的声音又小又轻，语气很是懊恼。

他慢慢启唇，说了一句模棱两可的话："我在外面没有其他风流债。"

她陷入沉默。

吓着了？

他在心里叹了一口气，岔开话题："跟女宾客谈得来吗？"

她忽然来了精神，就连语气也轻松了不少："她们正在探讨绿色经济，我偶尔还能插上一两句话，但还是以聆听为主，不宜班门弄斧。"

萧文缜微笑，转过身背对着窗口，不远处，他的沈姓好兄弟正在一路查找雅间的门牌号，如果他没猜错的话，沈燮应该是为他而来。

"你跟人探讨绿色经济吧，顺便多吃一些绿色蔬菜，不要喝酒。"萧文缜说话间，沈燮已发现他，朝他咧嘴大笑，走了过来。

萧文缜这番话与她之前托服务员转告他的话极为相似，多多少少引起了她的不满："最不应该喝酒的人是你。"

萧文缜心弦一动，盯着正前方朝他慢慢逼近的沈燮，对手机那端的人放轻了声音说道："好，我们都不喝。"

沈燮至，通话断，萧文缜眉眼间的温柔却未减分毫。

沈燮抓个正着，疑心顿生，手指搓着下巴反复打量萧文缜，直呼不对劲儿，说着就要抢萧文缜的手机："不行，我要看看你刚才是在跟谁通电话。"

萧文缜把手机放进裤袋，直接断了沈燮的念想："你找我有什么事？"

中午开宴进入各大雅间的时候，他曾分别见过沈燮和江棋来，所谈话语还没超过几句，就被其他人和事绊住了脚步。沈燮好奇他怎么和齐老爷子丢盔卸甲发展出了革命友谊，他仅是说齐老爷子是经济学前辈，心胸气度自然非一般人可比，唯独没有谈及齐默入住华清园一事。

萧文缜心里想的是，来日方长，沈燮和他们同住一个小区，遇见是早晚的事，他又何必在此生事？

这天中午，沈燮过来找萧文缜的确有事，若不是萧公子的手机无人接听，担心萧公子提前退席离开，他又怎会过来找萧公子？若不过来找萧公子，他又怎会知道萧公子打电话的时候竟还有如此温柔的一面？

该不会是给沈乐安打电话吧？

沈燮想到沈乐安，嘴角刚抽搐了一下，就被萧文缜抬脚踢了一下小腿肚子。施暴者耐着性子追问："你找我有什么事？"

沈燮疼得龇牙咧嘴，捂着小腿肚子恶狠狠地说："一会儿午宴结束，夷中和我，还有她闺密、她哥、炫总，打算去江家老宅坐一坐，夷中让我过来问问你，到时候是否有时间，有时间的话，正好一起过去聚一聚。"

"没时间。"午宴结束后，他要和齐默回华清园，所以不去。

"不去拉倒。"沈燮掉头就走。

"等等……"

沈燮被萧文缜猝然叫住，一脸不悦地看着他："又怎么了？"

"你刚才说，都有谁去江家老宅？"他好像漏听了什么人。

沈燮复述："夷中、我、她闺密、她哥、炫总。"

她闺密？

齐默？！

"盛情难却，我还是去一趟江家老宅吧。"萧文缜咬着牙微笑。

沈燮无语片刻，拿他之前说的话问他："你不是没时间吗？"

萧文缜说："过去喝杯茶的时间还是有的。"

"……"

沈燮忽然很想抬脚也踢一下萧文缜的小腿肚子，但他盯着萧文缜的大长腿看了好几秒钟，实在是下不了脚。

怪只怪他不及某人心狠"脚"辣。

他虽有贼心，但没贼胆。

待御牍酒店的午宴结束，送走所有宾客时，已是下午三点半。

彼时，齐远彬早已开车回到医院，江夷中开着江棋来的座驾，带着沈燮和炫语璨先行回到了江家老宅，放眼整个御牍酒店门口，只有江棋来、萧文缜和齐默三人。

齐家人员凋零，无论是迎客，还是送客，按理说都应该是齐远彬的工作，只不过齐远彬医务缠身，提前离席撂摊子走人也是无奈之举。

另外，齐凯瑞刚出院，家里虽请了有医学护理经验的保姆时刻看护，但尉迟敏担心保姆新上岗，说话、做事不如齐凯瑞的意，所以打算亲自带上几天。如此一来，就只能齐默孤身一人站在门口送客了。

江棋来留下来帮忙，是因为邻里亲情，可以理解。

萧文缜留下来帮忙，是因为心里有愧，可以理解。

沈燮乘车离开的时候，还颇为同情地拍了拍萧文缜的肩膀，暗自感叹自家兄弟不容易，赔罪都快把自己赔成当代杨白劳了，照他这样赔下去，跟当齐家的免费劳力也没什么区别，保不齐还会被人误以为他是齐家选定的乘龙快婿。

沈燮很替萧文缜头痛。

站在御膳酒店门口的江棋来也很头疼，他中午在酒席上喝了不少酒，再加上来回在太阳底下送客，有客时还能勉力支撑，当客人全部离开，猛一松懈，整个人忽然头重脚轻起来，难免有一些不舒服。

台阶踩空，江棋来身体失重，眼看就要跌倒，幸好被萧文缜快步走过来接住。江棋来借助萧文缜的力道勉强站起身，奈何头晕得难受，一时间额头抵着萧文缜的肩膀，察觉萧文缜对他松开双臂，虚弱地道了声："文缜？"他的意识还算清楚，"你撑着我点儿，我缓一会儿就好。"

萧文缜犹豫了一下，伸出手臂抱住江棋来的同时，把脸别到了一旁。

结果，他看到了齐默。

齐默坐在门口的台阶上摸索着系鞋带，为什么是摸索着系鞋带呢？因为她系鞋带的时候，眼睛一直盯着他和江棋来，嘴角的笑容藏都藏不住。

许是笑容太刺眼，萧文缜眼不见为净，干脆把脸别到了另外一旁。

好吧。

猜猜他都看到了什么？

几位御膳酒店的服务员正一脸震惊地注视着他和江棋来，接触到他的眼神，方才急忙避开，走的时候还不忘窃窃私语，分析他和江棋来的性取向。

别问他为什么知道她们"窃窃私语"的内容，因为她们窃窃私语的音量足以让门口的所有人听见。

也难怪某人笑出声了。

没关系……

萧文缜尝试催眠自己没关系，行动却高于大脑思考力，他双臂力道骤松，明显感觉江棋来脚下一阵虚软，他催眠自己无视，谁料江棋来为了避免继续下坠跌坐在地，竟然出于本能地搂住了他的脖子。

萧文缜被一股力道坠着往前栽去，连忙稳住步伐，及时伸出手臂再一次抱住了江棋来。

某人的笑声更大了。

萧文缜深深地吸了一口气，嫌弃地瞥视一眼江棋来，从唇齿间挤出几个字："你还要多久？"

"再等等，你怎么一点儿耐心也没有？"江棋来比他还不耐烦。

萧文缜第一次被人怼得无话可说。

这一年9月底，尉迟敏走出酒店的大厅时，看到的就是这样一幕——

萧家公子穿着白衬衫和黑色长裤，高冷、淡漠地拥抱着江棋来；而江棋来微醺，与萧公子穿着打扮一致，就连身高也是不相上下，半搂着萧公子的脖子，把脸埋在了萧公子的颈项里。

光天化日之下，男男亲密拥抱，暧昧起来让人不忍直视，偏偏她的女儿齐默穿着白衬衫和黑色长裤坐在台阶上，盯着两位出类拔萃的男子笑成了一朵花。

此次设宴，尉迟敏和萧文缜中午都没有饮酒，经过简单商议，由两人开车把人送回去。

尉迟敏负责开车送齐凯瑞和保姆回去；萧文缜负责开车送江棋来和齐默回齐家老宅，或是江家老宅。

齐凯瑞上车离开前，轻声训斥江棋来："你这孩子，饮酒不宜过量，否则容易伤身，下次可不许喝这么多了。"

适才江棋来坐在酒店里喝了半个小时白开水，酒已醒了一半，听到齐凯瑞的训斥，感受到浓浓的亲情，当下笑着点头："齐爷爷教训得是，我以后一定注意。"

"一会儿到家，我让你尉迟阿姨给你榨杯番茄汁送过去。"齐凯瑞拍了拍江棋来的肩，上车的时候，见萧文缜已提前帮他打开了后车门，凝眸多看了萧文缜一眼，弯腰坐到车里以后，语气仍旧是不冷不热，说道："辛苦了。"

"不辛苦。"

萧文缜重礼节，举止可见礼貌，言语可见修养，齐凯瑞却习惯与他拌嘴，冷哼一声："虚伪。"

萧文缜原本是要帮齐凯瑞关车门的，听了他的评价，索性转身离开了，气得齐凯瑞朝着萧文缜的背影喊："你给我回来。"

萧文缜倒也配合，止步回头看着齐凯瑞，却站在原地没有上前。

"你的礼貌和修养跑哪儿去了？过来把车门关了。"齐凯瑞当着萧文缜的面极力保持威严。

萧文缜不过去，从容不迫地提出疑惑："齐老先生不喜欢我虚伪的一面，总不至于连我最真实的一面也看不惯吧？"

齐凯瑞提了提憋在胸腔里的一口气，问道："比如你不帮我关车门？"

萧文缜摇头，似笑不笑地说："我可以帮您关车门，但前提是，您是否愿意接受我

115

的虚伪？"

车门是齐凯瑞自己关的，砰的一声巨响，吓得齐默心头一颤。老实说，她打从心眼儿里佩服萧文缜敢这么跟爷爷对着干，但她作为旁观者，真是看得心惊肉跳。这两人一见面就针锋相对，如果不是上辈子有仇，就一定是八字不合。

当然，有关于"针锋相对"和"八字不合"的话题，并未随着齐凯瑞乘车离开而终结，反而在萧文缜和江棋来接下来的互动中愈演愈烈。

争执起源于齐默乘车究竟要坐哪儿。

萧文缜拉开副驾车门以后，侧转身看着齐默。

江棋来拉开后座车门以后，眼神示意齐默和他坐在一起。

齐默站在车身旁，手里抱着萧、江二人的西装外套，表情平静，心里却后悔死了，她为什么要跟他们一起回去？早知道刚才坐母亲的车……

"齐齐——"

"师妹——"

两道声音，两个称呼，几乎同时响起，前者来自江棋来，后者来自萧文缜，喊完齐默，谁都没有再说话，目光却不约而同地看向齐默，隐含催促。

齐默觉得这两人可真有趣，抱着衣服走向后车门的时候，明显感觉到萧文缜目光一凛。

江棋来看向萧文缜，还没流露出胜利的微笑，就听齐默对他说："大哥，我一个人坐后面，你坐前面，正好可以跟师兄说说话。"

言罢，齐默无视江棋来不悦的脸色，关门上车，暗自佩服自己解决了一场公关危机。

原以为接下来的一路会很顺畅，但她忽略了江棋来和萧文缜的战斗力。

江棋来上车以后，低着头在手机上回复了几封电子邮件，随后收起手机，目光不经意间定在后视镜上。

镜子里，齐默靠着后座，安静地注视着窗外，眼神静谧平和，宛如少女时的模样。

少女齐默吗？

时隔多年，他竟然还能清楚地记得少女齐默的相貌，甚至还能清楚地描述他与齐默共处的每一个生活片段，反而对自己的胞妹江夷中没有太多的记忆，实在是不可思议。

嘀——

一道突如其来的汽车喇叭声，惊扰了江棋来的思绪，他从后视镜里拉回视线，扫视一眼前方的路况，呵，没人，也没车。

江棋来质问某人："你没事按喇叭做什么？"

"提神。"萧文缜冷冷地说道。

的确很提神，江棋来被这声喇叭响刺激得睡意全无，干脆靠着椅背双臂环胸，俨然一副齐家成员的语气，说道："萧公子今天为齐家忙进忙出，受累了。"

萧文缜单手打着方向盘，慢条斯理地说："没有江总受累，喝醉酒还坚持送客，不容易。"

江棋来继续开怼："萧公子平时待人冷漠，待齐家人却毫无距离感，只是因为对齐爷爷于心有愧？"

"我心不安。"

江棋来假意安慰："齐爷爷今天中午专门邀请你过来赴宴，还不足以说明一切吗？你的不安可以收起来了。"

萧文缜嗤笑道："你收一下我看看。"

江棋来呵呵笑了两声，话锋一转，讽刺道："萧公子很闲啊，《追梦者》上一期的播放量明显下滑，你和你的团队不需要反省一下吗？"

萧文缜慢慢点头："多谢江总提醒，《追梦者》的上一期节目在播放量略显下滑的情况下，相关热度竟然还能独占鳌头，就连豆瓣评分也是居高不下，我确实需要和我的团队好好反省一下。"

…………

前座两位帅哥口才一流，齐默听他们斗嘴，听得那叫一个累啊。这两人是本来就很不合吗？还是彼此之间有什么成见？与其耗损脑细胞话里藏刀，还不如打一架酣畅淋漓。

齐默偶然想到"打架"一词，越发佩服起自己的想象力，江棋来和萧文缜家教极好，两人做事又素来稳重、冷静，所以，任何人都有可能打架，他们两人不会。

几十分钟以后，齐默意识到，世界上的万事万物皆无规律可循。

比如说，话不能说得太满，否则很容易啪啪打脸。

又比如说，越是不可能发生的事，越会在某一个时机里宛如导火线，瞬间燃烧，引起爆炸。

这一年的这一天，如果她午间没有接受江夷中的邀约，同意下午去江家老宅坐一坐的话，也许某些石沉大海的过往，依然可以被她自欺欺人地镇压在海底，而不是仓促间被迫浮出水面，重见天日。

她曾无比排斥这一天的存在，但后来的某一天，她于深山垂钓，忽然想起这些往事的时候，内心反而不起丝毫波澜，甚至还能对着青山绿水自嘲："齐默，你生来就是渡劫的。"

那天下午，抵达齐家老宅后，齐默等人先上齐家二楼看望过齐凯瑞，随后才一起下楼前往江家老宅。

尉迟敏在楼下叫住江棋来，把早已榨好的番茄汁递给他，因为知道他从小就不爱吃

117

番茄，所以非要盯着他喝完才肯放他离开。

江棋来不忍辜负尉迟敏的美意，只好让齐默和萧文缜先去江家，说他喝完番茄汁就过去。

结果齐默和萧文缜刚走出齐家大门，萧文缜的手机就响了起来，是栏目组的工作人员打来的，萧文缜接通以后，把齐默送到江家门口，示意她先进去。

齐默走进江家庭院，发现客厅的门敞开着，想必是江夷中特意为他们留的门。

一楼客厅里没人，齐默踩着台阶上了二楼。

江家楼梯的拐角处悬挂着几个木质相框，有江奶奶和江爷爷的合影，也有江明雨一家四口的合影。

江明雨携妻子、儿女拍摄的照片很有年代感，古色古香的房间里，一家四口穿着民国时期的衣服各自坐在木椅上，家庭氛围浓郁。

男主人江明雨穿着长袍喝茶，作为商界的风云人物，纵使锋芒暗敛，举手投足间依旧霸气外露，不容小觑；女主人付晓茹穿着传统旗袍看书，嘴角带着微笑，优雅而又不失大气；江棋来穿着黑色的中山装练习毛笔字，容貌英俊，东方男子特有的气质在他身上展现得淋漓尽致；江夷中穿着民国时期的学生装拿着水壶浇花，编着两条麻花辫，笑容甜美，十分好看。

齐默收回目光，笑了笑。

夷中容貌美、气质佳，她的书迷称她为"美女作家"，倒也名副其实，没有丝毫吹嘘之意。

二楼的书房没有关门，谈话声清晰可辨。

江夷中笑着问："璨璨姐，我上次把我的书稿文档发到你助理的电子邮箱里，这都半个多月了，内部审核进度怎么样，有没有希望作为影视项目被你们签下来？"

江夷中在谈书稿版权，齐默不方便在这个节骨眼儿上出现打断她和炫语璨，只好暂时止步在走廊里。

炫语璨说："你是青锋集团董事长的千金，又是我上司的胞妹，只要你一句话，谁敢不买你的版权？你的书如果想签影视剧，可以直接来找我，何必发邮件给我的助理，这不是多此一举吗？"

江夷中说："青锋集团是我爸妈的，青锋网是我哥的，跟我没有关系。炫总，请你不要转移话题，我的书稿你们是不是看过了？如果你们已经看过的话，麻烦给我一个客观的评价，谢谢。"

炫语璨说："你真要听？"

江夷中说："废话。"

炫语璨说："你想听我也不说，怕得罪你。"

江夷中说："你可以尽情地得罪我，只要是为作品好，任何意见和批评我都虚心接受。之前有读者跟我反映，说男女主角互动太过频繁，动不动就壁咚、接吻，有点儿腻歪。你们否决我的稿件，该不会也有这方面的原因吧？"

炫语璨说："有点儿。"

江夷中很不满："我写的不是腻歪，是高甜。说我情节腻歪，那是你没谈过恋爱，等你有朝一日和我哥谈恋爱，估计一天吻八遍你都嫌少。"

炫语璨笑着说："一天吻八遍算什么？就算我一天吻你哥八十遍，也不能把你哥的初吻从齐默那里偷回来。"

齐默浑身一僵。

大概有几秒钟的时间，她周身血液凝固，脑子里有根紧绷多年、羞于见人的弦忽然微微震颤起来，她被炫语璨轻描淡写的一个"偷"字狠狠地钉在了耻辱柱上，以至于大脑空白一片，完全丧失了应变能力。

江夷中大惊："你瞎说什么？"

"不会吧，你是说江学长和齐默……"先前一直没有说话的沈燮，忍不住加入谈话阵营，难以置信地道，"怎么可能？"

炫语璨哼笑一声："怎么不可能？齐默暗恋棋来多年，却一直不被棋来待见。五年前，她趁棋来午休，一时鬼迷心窍爬到棋来的床上，不信你问……"

"问什么？"江夷中打断炫语璨的话，不悦地道，"齐齐和我哥只是单纯的发小儿关系，你说的这事如果是真的，我怎么可能不知道？你是从哪儿听说的？"

许是江夷中的言语太过咄咄逼人，不仅震慑了炫语璨，也让沈燮惊住了，竟导致书房内忽然间没有了声音。

同书房里的静止一样，齐默脚步生根，定在原地没有一分钟，也有几十秒钟。在这段时间里，她在想些什么呢？

她什么都不愿意想。

发抖的双手，微微眯起的双眼，憋得通红的脸颊，她的理智和思绪被疯狂叫嚣的愤怒紧密包裹着。

当这种愤怒情绪蹿升到极致，即将啃噬掉她辛苦保留的理智时，她不再有丝毫犹豫，蓦然转身下楼，却在转过身的一瞬间，心脏猛地一缩，疼得她呼吸骤停，仿佛有飞鸟从她心头振翅飞起，如匕首般锋利的爪子不小心触及她的心脏，带来撕心裂肺般的疼痛。

她看到了萧文缜。

齐默从未想过，她人生中唯一羞于向人提及的隐私，竟然会以如此不堪的方式曝光于人前，还是曝光在萧文缜的面前。

她与他近在咫尺，却又仿佛隔着万水千山。

年轻男子的脸色一如既往地冷漠，嘴角的弧度没有任何异常，窥探不出喜怒，唯有极具穿透力的目光重重地落在她的脸上，虽无言语，但如泰山压顶。

她顿觉羞惭，忽然丧失了和他对视的勇气。她避开他的目光，从他身边经过的时候，他站在原地不动，直到她下了两级台阶，他才迈步朝书房走去。

片刻后，他的声音在书房里响起："炫总，别忘了你的身份，更别忘了你的家教和修养，背后道人是非，自损格调，请你慎言。"

最后四个字被他咬得很重，齐默在台阶上听到，镇定地低着头继续下楼，身体里凝固的血液却有了回暖的迹象，并开始缓慢地流动起来。

萧文缜……萧文缜……

她反复呢喃着他的名字，为什么她一点儿也不意外他会像夷中一样出面维护她？

不知从何时起，"萧文缜"三个字之于她，不再是简单的异性的名字，而是一道温暖的光。他是萧文缜，也是她的师兄，更是相识以来一直默默帮她支撑负重人生、给她力量的人。

走到楼梯的拐角处，她再一次停在了江明雨一家四口的木质相框前，她看着相框里的江棋来，仿佛正在通过他几年前被定格的容貌，去追悼一场凌乱纷杂的少女过往。

那年冬日，一场突如其来的暴风雪，导致整个城市的交通处于瘫痪状态。

大雪接连下了三天，路面被积雪覆盖，湿滑难行，多条高速路段被迫实施交通管制，外出访友的爷爷滞留在异地的酒店客房里。由于不放心齐默的学业，他特意委托正在读大学的江棋来帮助江夷中辅导高中课程的同时，顺便帮齐默辅导一下功课。

齐默犹记得翌日午后，漫天飞雪，阴沉沉的天幕宛如一幅重色调泼墨山水画，她拿着试卷、习题，踩着厚厚的冬雪去找江家兄妹。

江夷中不在家。

江奶奶在楼下的客厅里告诉她，夷中的朋友过生日，夷中一大早就出门去了，直到现在还没回来，让她自己上楼找江棋来。

江棋来那时在卧室里睡觉，房门敞开着，她站在门口并未进去，见他躺在床上睡得很香，无论如何也不忍心叫醒他。

原本，她打算去一楼客厅等他午休起床，手已经放到了门把手上，想要帮他把门关上，结果看到他翻身侧卧，将大半床被子压到了身下。

那时候的她，怀揣着满满的少女心事，担心他午后起床着凉，一心想着帮他盖好被子，却忽略了他对她的影响力。

他是她喜欢的男子，她看到他会欣喜，被他注视一眼会害羞。她在那间暖意融融的卧室里，在他的床畔，俯首凝视着他毫无防备的睡颜，竟觉得她与他是如此贴近，她慢慢俯向他，放肆的目光逐一滑过他的眉眼和鼻梁，最后落在了他的唇上。

她要亲他。

这种念头来得很猛，挤压走她所有的理智，以至于她的眼里和心里只有他的唇。

她如愿以偿。

那一刻，她与他唇瓣相贴，涌现在心头的却不是激动和兴奋，而是无与伦比的寂寥和难过，如同窗外扑簌簌飞落的雪花一般，被冷风一卷再卷，迷迷惘惘，不知归处。

失神之下，他已缓缓睁开眼睛，迷惑、震惊、愤怒……嫌弃。

当他的眼神带着鄙视和厌恶宛如一把利剑刺向她的时候，就好比一盆冷水当头浇下，她猝然站起，惊慌失措地往后退了好几步。

她终于意识到适才双唇相贴时，萦绕在她心头的寂寥和难过究竟是因何而来，归根结底不过是因为这个亲吻是她用极为不光彩的手段偷来的。

她是一个羞耻的偷窃犯。

五年后，齐默在江家老宅透过相框，打量江棋来当年被定格的容貌，相框镜面上映照出她历经五年时光浸染而逐渐世俗的容貌和清醒的目光。

踩着台阶下楼，她还是五年前的齐默，依然是那个卑鄙无耻的偷窃犯。但五年的心路沉浮，长达二十几年的酸辣人生，早已让她对痛苦、不公、怨愤有了自我开解和消化的能力，所以，当她在一楼的楼梯口遇到江棋来的时候，她甚至能微笑着跟他打招呼："大哥。"

"怎么下楼了？他们不在楼上吗？"他并不知道，在他回家之前，她究竟有过怎样的心路历程，更不知道眼前这位被他无视长大的女孩子，究竟需要调动多大的自控能力，才能保持现如今的平静无波。

他看到的，是齐默浅笑着的眉眼，他听到的，是齐默柔和的话语，从来不是她寒光凛凛的内心。

"他们在楼上，你上去吧。"齐默步伐未停，与他擦肩而过。

江棋来站在楼梯口，皱着眉问她："你去哪儿？"

齐默好像没有听见他的声音。走到江家大厅的时候，她脚步暂缓，夹杂着心事又行了几步，方才彻底停下步子。

"大哥。"她背对着他，没有回头。

"嗯？"

江棋来的眉头渐渐舒展开来，呼吸却越发轻了。他在待人接物方面素来警惕、机敏，或许刚才和齐默在楼梯口碰面并未觉察出异常，但此刻他几乎可以确定，在他回家之前，这里一定发生了什么事。

是……夷中和她闹别扭了？

不是。

因为齐默接下来说的话不仅否定了他的猜测，还让他好不容易舒展开的眉再一次紧紧地皱了起来。

齐默说："五年了，我一直羞于那日午后自己的所作所为，对不起啊。"

余音婉转，道不尽的沧海桑田和感慨万千，偏偏她的语气平静无比，甚至说完这句话她转过身望着他，嘴角的笑容一如往昔："大哥，我这么愚笨，怎配喜欢你？又怎配恬不知耻地趴在床头偷亲你？我真是不自量力啊。"

江棋来此时酒醒了一半，虽然反应迟钝，但齐默这样一番话说出口伤人又伤己，而他不明前因后果，心里难免生出躁意，更有火苗嗞嗞冒起，硬是被他强行压了下去。

五年前那件事，他自知伤她至深，这些年来他拉不下脸跟她道歉，更怕撕开她已经结痂的伤口，所以一再规避。对此，她也默契地不提半个字，怎么今日……

今日她自揭伤疤，化身语言刽子手，任何一个敏感字词从她嘴里道出，都足以让他怒火中烧，可他又不能当着她的面发作出来。

"好端端的，你说这个做什么？是不是楼上有人给你添堵了？"江棋来面色凝重，她从楼上下来，如果不是楼上有人给她不快，她又何至于此？

想到这里，江棋来迈着大步朝她走近，她却倔强地退后一大步，再一次与他拉开了距离。

江棋来没有再逼近，他直视齐默，他的目光像是利刃，与其说他被齐默的言语和举动激怒，还不如说他是被她眼神里的漠然牵引出了前所未有的坏情绪。

这一刻，她看着他的眼神，还不如看着一个陌生人。

齐默没有回避他的视线，而是陷入思绪里，淡淡地开口："大哥，那一年冬日，我第一次当小偷，我惴惴不安地偷了你一个吻，事后又惴惴不安地追着你跟你道歉。你从小就不喜欢我，这我知道，但我真的不知道你竟然还嫌弃我、厌恶我。你相信我，如果我知道你的全部念头，我绝对不会缠着你，我是真的知道错了，你让我离你远一点儿，从此以后，我再也不敢与你并肩而行，甚至与所有男生保持距离，唯恐脏了你的眼，也脏了其他男生的眼，但是大哥……"

齐默手脚发颤，强迫自己深吸一口气，方能继续未说完的话："我能做的，我该做的，我都已经做了，你为什么还要这么作践我？我只是单纯地喜欢你，即便你再如何讨厌我，看在我们一起长大的分儿上，又怎么忍心把我的喜欢当作茶余饭后的笑料讲给你的红颜知己听？难道我齐默在你江棋来的眼里，就是一个天大的笑话吗？"

她是齐默，自卑、敏感，偏又自尊心极强，素日里平静温和，骨子里却是一个偏

122

激、执拗的人，因为与生俱来就怀有委屈，所以，哪怕撕破脸皮，相互伤害，也绝不允许别人施加委屈给她受。

今日，她如同小丑一般被炫语璨当众取笑、奚落，内心爆发出的怨愤，宛如困守多年突然觉醒的猛兽，疯狂叫嚣着，几欲出笼，而她对江棋来的失望，在见到他的那一刻终于演变成了现如今的言语相搏。

如果说江棋来先前还搞不清楚状况的话，那么此刻听完齐默的发泄，他终于梳理出了前因后果。

红颜知己？

炫语璨吗？

他什么时候跟炫语璨讲过这件事？

"炫语璨都跟你说了什么？"他顾不上齐默的抗拒和疏离，几个大步上前，扣住她的双肩，寒着脸严肃地申辩，"我没有。"

没有吗？

齐默冷笑。五年前，她在他的卧室里偷亲他被拒，江奶奶在楼下休息，江夷中外出参加生日宴未归，当时整个二楼只有他和她，除了他，她想不到第二个人。

她不信他？！

江棋来知道现在不是生气的时候，手指从她的肩头滑下，拉着她的手就要往楼上走："走，我们上楼找炫语璨问清楚。"

齐默被他拽着走了两步，心中顿生戾气，使劲甩开他的手，掉头就往客厅外面走。

"齐齐——"

江棋来追着喊她，她置之不理。走到院子里，她再一次被他擒住了手腕。

"事情弄清楚之前，你哪儿都不许去。"

她扭头看他，言语诛心："即便事情弄清楚了又能如何？你以为你是谁？你以为我少女时期对你的喜欢还处于保质期里吗？嫌弃我者，我必弃之。"

他手劲加重："你说什么？"

"你，江棋来，早已在五年前就被我淘汰出局了。"

她在愤怒之下说出这种话，全然没有考虑过后果。

她与江棋来从小一起长大，从未见他有如此阴沉的时候。

他死死地盯着她，眼睛发红，英俊的脸颊微微抽搐。眼前这位成年女子，长久以来莫名地霸占于他的心头，他一度因心乱而摒弃她，却在她逐渐远离时灵魂抽痛，但再怎么抽痛也不如此刻。

她把他淘汰出局，凭什么？就凭她砒霜一样的言辞，冰山一样的眼神？

做梦。

"我在你心里已经过期了？"他不怒反笑，忽然使劲把她扯到怀里，任她怎么挣扎都不放手，反而越抱越紧，追着她问，"连带五年前的那个吻也过期了？"

她看着他，闭嘴不言。

江家楼梯和客厅里陆续传来好几道脚步声，声音越来越近，他丝毫不理会，也许听到了也不在乎，又也许情绪处于爆发边缘早已听不见其他声音。

齐默被他禁锢在怀里，耳边有一道声音嗡嗡作响："齐齐，那个吻对你来说或许已经过期了，对我来说却在有效追诉期以内。在你把我淘汰出局以前，你偷了我的东西，我追讨回来不过分吧？"

齐默大惊失色。

"过分吗？"他加重声音逼问。

"大哥，你……"

齐默尝试拉回他的理智，然而，话还没有说完，就被他悉数封在唇齿间。他狠狠碾磨、啃咬，酒香气夹杂着番茄汁的味道猛然输进她的口中，导致她心头的寒意更盛。她被江棋来怒气冲冲的一吻搅乱了思绪，如坠深海一般看到了她和他在这段关系里的穷途末路。

"文缜……"

沈燮惊讶出声的瞬间，齐默只觉得眼前人影一闪，混乱的思绪还没完全归位，就有一股强大的力道硬生生地分开了她和江棋来。

这边，江棋来刚被人推开，红肿的薄唇就落入了某人眼中，导致某人的瞳孔骤然收缩，刹那间忌妒和占有欲有多强烈，某人的愤怒值就有多高。

以至于，江棋来还未来得及看清来人，英俊的脸上就被某人揍了一拳。

某人这一拳又狠又重，打得江棋来脚步踉跄，眼前更是一阵眩晕。江棋来好不容易站稳身体，认出萧文缜，却听"齐齐"和啪的一声同时响起，竟然是齐默挥动手臂狠狠地给了萧文缜一巴掌。

院中的温度乍然降至冰点。

那天是周日的下午，9月的最后一天，萧文缜在江棋来的脸上揍了一拳之后，掉头去追愤然离开的齐默，岂料刚擒住齐默的手臂，尚未完全唤出她的名字，齐默在误以为他是江棋来的情况下，猛地转过身，铆足力气给了他一巴掌。

突如其来的这一幕震惊了所有人，也包括江棋来。

打完人，齐默方才意识到自己打错了人，脸色异常难看，霎时悔恨交加。再看萧文缜，被她怒扇一巴掌之后，薄唇几乎抿成了一条线，心绪令人琢磨不透。

萧文缜并未动怒，至少没有向齐默展示出任何怒气，齐默却觉得无地自容，甚至不敢直视萧文缜，转身就往江家门口走去。

江夷中反应过来，一路小跑地追上她，忧心忡忡地问："齐齐，你还好吗？"

"好。"她脚步未停，"夷中，我现在没有跟人倾诉的欲望，请止步。"

她身旁的脚步声转瞬消失。

齐默走出江家老宅，坚定决绝的步伐裏挟着一段贯穿她整个少女时期的暗恋消亡史。从江棋来对她说"齐默，你能不能离我远一点儿"的那一刻起，她对江棋来的感情就已经走进了死胡同，至于那些年少岁月，早已伴随着五年前的那一场冬日大雪来去了无踪……

周日下午，齐默离开江家老宅以后，并未回齐家，手机一直处于关机状态，没有人知道她去了哪里。

也许，还是有人知道的。

她在市图书馆僻静的角落里看书。她盘腿坐在一排书架后，地板上凌乱地摆放着几本厚厚的书籍，她低着头翻开一本叫不出名字的中文书，一头海藻般的黑色长发垂落在她的臂弯和书页上，虽然成功遮挡住了她的表情，但遮挡不了她挫败的叹气声。

她在跟自己较劲儿，较劲儿的结果却是逼迫自己再一次面对残酷的现实。

她终究不是一个正常人。

有这种想法的时候，一双男式黑色皮鞋出现在她的面前，她虽未抬头，但呼吸一室。

那人半蹲在地，伸出修长、好看的手指，将她身侧散落的书籍逐一整理好放到一旁，随即伸着大长腿坐在了她的身边。

齐默身体僵硬，坐在那里一动也不动，哪怕手中的书籍被那人抽走，她也没有勇气看那人一眼。

那人看着封面上的文字，说道："心理学书籍，《人性能达到的境界》，作者是马斯洛。你感兴趣的话，我回家念给你听。"

齐默没有吭声。

那人朝她凑近，轻轻地蹭了一下她的肩膀，她的心也紧跟着瑟缩了一下，那人却笑着说道："事先声明，我可没欺负你啊，你总不至于连我也不理吧？"

齐默听了他的话，眼眶忽然红了起来。炫语璨奕落她的时候，她没想哭；和江棋来撕破脸的时候，她也没想哭。但此刻，她竟满心酸楚，她打了他一巴掌，他就不生气吗？

她低声问他："你怎么知道我在这里？"

"我一直跟在你身后，你只顾着伤心难过，一点儿也没察觉我的存在。"萧文缜的嗓子还没完全恢复，声音低沉、沙哑，尤其带着笑音说话时，格外性感撩人。

她反驳道："我没有伤心难过。"

萧文缜很惊讶："我莫名其妙地挨了你一巴掌，你就一点儿也不伤心难过？"

齐默听不得这件事，一听就心口疼，如今被他当面"谴责"，一股浓浓的内疚感再

125

一次袭来。

她垂着头不作声。

萧文缜也跟着她沉默了好一会儿，盯着她和江棋来同样红肿的唇，任由心中千军万马奔腾不休，脸上的神色却一如往昔，甚至语气有点儿温柔。

"你打我，是因为我多管闲事揍了江棋来？"他淡淡的语气，似乎还夹杂着一丝小心翼翼的试探。

还是说，她心疼江棋来？

这话，他问不出口，万一……

齐默摇头。

"我当时情绪不太好，你忽然抓住我的手臂，又叫我'齐齐'，我还以为你是……"那个人的名字，齐默不说萧文缜也知道，而她对萧文缜的歉意，最终促使她抬起头直视萧文缜的眼睛，"师兄，对不起啊。"

萧文缜为之愕然。

所以，她挥出那一巴掌，只是因为她误以为他是江棋来？

萧文缜忽然不知道，自己究竟是该苦笑，还是应该松一口气。虽然齐默真正要打的人是江棋来，足以让他心头疑虑尽除，甚至一扫之前的郁结情绪，但他莫名其妙地替江棋来挨了一巴掌，心情实在是微妙。

萧文缜说："你是应该跟我说'对不起'，我长这么大第一次挨耳光，没想到竟然是因为这，真是冤枉。"

齐默也觉得他很冤枉，虽然萧文缜的脸上看不出巴掌印，但她掌掴他是事实。想到这里，她越发内疚起来："师兄，要不你打我一巴掌吧，两清。"

"好。"

齐默没想到萧文缜竟然如此爽快利落，她倒不介意被萧文缜打一巴掌，可问题的关键是，他下得了手吗？

萧文缜当然下得了手，他看着齐默，伸手拂开她脸颊旁碍事的发丝，正待齐默要闭上眼睛时，他温暖的掌心已经轻柔无比地贴在了她的右脸颊上。见她一脸不解地看着他，他的唇角流露出一丝微笑："我们两清了。"

男子的掌心贴在她的脸颊上，齐默只觉得心口隐隐发烫，她后知后觉地意识到萧家公子洞察人心，因为知道她心怀愧疚，所以才会顺着她的意，"打"她一巴掌宽她的心。

他这哪里是打她一巴掌，分明是……

一阵脚步声传来，几位初高中生模样的小姑娘无意中走到书架后，却在目睹她和萧文缜的亲密之举时，一个个羞红了脸。

"对不起，大哥哥，大姐姐，你们继续。"

继续什么？

齐默故作镇定地偏过脸，岂料整张脸一下子埋到了萧文缜的手掌里。她这算是孙猴子主动送上门，被如来佛祖单手压在五行山下吗？

察觉某人在笑，齐默在那人的掌心里沉重地闭上双眼，恨不得徒手在地上挖个坑把自己给埋了。

净出洋相。

黄昏时分，那只手掌离开齐默的脸，帮她把散落在地板上的书籍逐一放回到书架上，转而牵起她的手离开了市图书馆。

齐默很乖顺。

萧文缜似乎很爱牵着她的手走路，而她貌似也在适应中。难道这就是传说中的一回生，二回熟，三回、四回成自然？

萧文缜的车应该不在市图书馆的停车场内，否则也不会牵着她的手弃车而行。况且他先前告诉她，他是跟着她过来的，所以他的车十有八九还在齐家门口停着。

萧文缜没有打车的意思。

市图书馆距离齐家老宅说近不近，说远不远，虽说只有两条街道，但步行过去，至少也要半个小时。

萧文缜牵着她的手走在马路边，夕阳穿过路旁梧桐树的枝叶投落在他和她的身上，光芒柔和明亮。

他和她的身影被夕阳拉长，交握的手指在地面上留下一道暗黑的阴影，仿佛融为一体。

齐默正低着头打量地上的阴影，低沉的声音忽然在她的耳边响起："为什么齐老先生他们都叫你'齐齐'，而不是'默默'呢？"

齐默愣了一下，温声告诉萧文缜："那是因为我奶奶。我奶奶的名字叫俞子默，不管是昵称，还是小名，都是'默默'。父亲为了纪念奶奶，取其'默'字给我，但又担心叫我'默默'的话，爷爷听了会伤心难过，所以从小到大都叫我'齐齐'，左邻右舍听了，自然而然也就没有人再叫我'默默'了。"

原来如此。

相识以来，他很少叫她的名字，昵称"齐齐"更是鲜有提及，也难怪她会在暴怒之下，乍然听到"齐齐"两个字，把他错认成了江棋来。

想到江棋来，萧文缜心事渐重，不易察觉地沉了脸色，殊不知齐默已经盯着他的侧脸看了多时，显然还没从巴掌事件里彻底走出来。

"师兄。"

"嗯？"

齐默问出心头的顾虑："你的耳朵疼不疼？"

"怎么？"他的眼睛里隐有笑意浮现。

"我之前打你耳光时太用力，我怕损伤你的面部神经，导致你面瘫，还怕你耳膜穿孔，间接导致你听力下降。"齐默想到严重者还会导致耳聋，心里越发不安，握着萧文缜的手摇了摇，"师兄，要不，我们还是去医院看看吧？"

她做出这样的小动作，既纯真又可爱，基本可以定义成无心之举，但萧文缜作为当事人，手臂随着她轻轻摆动，宛如清风拂过心头，瞬间柔软无比。

至于面瘫和耳膜穿孔，她确定不是在诅咒他吗？

萧文缜难得有心情跟她开起玩笑，假意皱眉："听你这么一说，好像还真的很严重。"

齐默难为情地说："主要是我第一次打人耳光，所以下手失了分寸，对不起啊。"

第一次吗？

萧文缜侧眸看着她，略作沉吟，意味深长地摇摇头："这可不是你第一次打人耳光。"

呃？

齐默傻眼，她以前还打过别人？

萧文缜收回视线，牵着她穿过人行道，隔了一会儿才说："今年初春，《追梦者》栏目进行全新改版，你作为华大的风云人物，又因自带话题流量，被栏目组列在了首发嘉宾邀请名单里。正式对你发出邀请之前，我曾去华大找过你。"

怎么可能？

"我没印象。"如果萧文缜真的找过她，她不可能没有一点儿印象。

萧文缜不紧不慢地说："你没印象就对了，因为那天你根本就没见到我，不，确切地说，我见到了你，但你并未见到我。"

"麻烦师兄再说得详细一些。"她是真的想不起来。

萧文缜看着她，好看的眉眼带着笑，出声提醒她："二月，华大经济学院风景湖畔。"

二月……华大经济学院风景湖畔……

齐默猝然止步，导致萧文缜也跟着她步伐一顿，年轻男子面带微笑地问道："想起来了？"

"嗯。"

萧文缜说得对，她确实不是第一次打人耳光，至少误打他耳光之前，她曾真真切切地打过别人。

今年二月，齐默正值大四，为了抢夺周安国名下的研究生名额，已在西斋

128

一条沟"陪"周安国一连垂钓了好几日，荒废了不少课程。

那天是星期五，她为了午后能够准时赶到西斋一条沟，整个上午在华大经济学院里加快学习进度，临近中午，方才收拾东西准备回家取渔具。

她路过风景湖畔的时候，一对情侣从她身边经过，男的说："刚才那姑娘神色不太对劲儿，该不会是想跳湖自杀吧？"

女的小声嘟囔："不会吧，我听说那姑娘挂科太多，学校只是让她留级而已，又不是直接劝退，有什么好想不开的？就算她再怎么想不开，也不至于在学校里跳湖自杀吧，这不是给咱们学校抹黑吗？"

话音刚落，不远处忽然传来扑通一声巨响。

男的惊呼："我的乖乖，还真跳湖了。"

说罢，他拉着女朋友就往出事地点跑去。

女的一边跑，一边尖声大叫："有人跳湖自杀了，快来人啊。"

齐默脚步未停，在心里盘算着接下来的行程安排：从经济学院乘车回家差不多需要半个小时，在家里吃饭又要大半个小时，然后还要坐一个多小时的公交车郊外线抵达西斋一条沟，时间不是一般地紧。

她的身后兵荒马乱。

华大经济学院的风景湖深不见底，又正值初春，湖水冰冷刺骨，投湖自杀需要勇气，跳湖救人更需要勇气，匆匆赶来的学生虽然惊叫声不断，但真正敢跳到湖里施救的人一个也没有。

寒风乍起，齐默略显烦躁地裹紧黑色风衣，狠狠地吸了一口冷空气，瞬间胸闷异常，呛得她直咳嗽。

齐默停下脚步。

她懊恼地叹了一口气，忽然拔腿朝事发地跑去。

她的身影实在是太快了，围观的学生只觉得眼前一道黑影快速飞过，还没来得及看清楚她的容貌，就见她随手扔掉黑色双肩包，毫不犹豫地跳进了风景湖。

寒风刺骨的天气里，湖水宛如冰窖，又宛如无数银针扎进齐默的四肢百骸，那一刻她被一股史无前例的痛苦窒息包裹，仿佛听到了水流波动声、她急促有力的心跳声、自杀的女孩微弱的呛水声……

齐默拼尽全力将女孩带出湖面，围观的学生连忙将她和女孩拽上岸。女孩双眼紧闭，齐默神态焦灼，跪在地上也不嫌脏，又是人工呼吸，又是按压女孩的胸部，为她进行心肺复苏。

女孩躺在地上，毫无反应。

齐默整个人像是一根紧绷的弦，咬着牙坚持了两分钟左右，女孩终于呛出一口污水，喷在了齐默的脸上。

围观的学生纷纷松了一口气，一致看向施救者。施救者脸色煞白，浑身湿淋淋的，发丝黏在脸颊和额头上，虽然看上去很狼狈，但不容错辨的容貌让围观的学生大吃一惊。

"天哪，是齐默。"

"齐默？真的是齐默。"

"哇，竟然是齐默学姐。"

…………

见女孩脱离危险，齐默终于放下心来。她扯了扯嘴角，想说话，手头的动作却快过言语。

啪——

喧哗声戛然而止，周遭一片寂静。

围观的学生蒙了，女孩摸着脸颊上红通通的巴掌印，也蒙了。

那一巴掌，几乎耗尽了齐默的力气，以至于打完人后，齐默的手指又冰又麻，完全丧失了痛觉。

女孩傻傻地看着齐默不说话。

齐默冻得瑟瑟发抖，明明唇齿直打战，连话也说不清，但她说的话仍然掷地有声。

"你记住，我叫齐默，文盲女一个，心比天高，命比纸薄，但我从不屈服于施加给我诸多不公的命运，直至今日我还在对抗命运，还在浴血战斗。负重前行如我，都没想过去死，你死什么？"

围观的学生鸦雀无声。

齐默慢吞吞地站起身，伸出僵硬的手指，从地上捡起双肩背包紧紧地抱在怀里。

离开前，她发现某位男生正举着手机录制视频，她面无表情地扫视一眼对方，出言讽刺："同学，如果现在躺在地上的女子是你姐、你妹、你女朋友，请问，你还有心情录制视频广而告之吗？"

那名男生涨红了脸，虽然恼羞成怒，但瞪着齐默的背影说不出一句话。

事后，女大学生自杀的新闻被华大压了下来，校方甚至另寻名目给了齐默一个特别嘉奖，当然这都不是重点，重点是——

那日，萧文缜去华大经济学院找齐默，看到齐默的时候，刚好目睹她纵身跃入湖中救人，刚开始还以为她想不开，直到听了岸边的喧哗，又见她拖着一个毫无知觉的女孩子往岸边游，才弄清楚是怎么一回事。

那日，她从水里出来，脸色发白，整个人冻得直发抖，模样要多狼狈就有多狼狈，但她执着救人的一举一动让他陡然心生敬意。

　　那日，她的一番疾言厉色，不仅扎在围观学生的心里，也悄然在他的心头扎了根，发了芽，并逐渐成长为一棵枝繁叶茂的大树。

　　那日，她抱着双肩背包离开风景湖畔，路上，湿衣服一直往下滴水，他竟像个新奇的大男孩，满心欢喜地一路踩着湖水的痕迹跟着她走出华大经济学院，他又站在不远处看着她乘车离去，俨然忘了自己此行的目的。

　　并非俨然。

　　隔日，他在栏目组例会上否决了齐默的首发嘉宾提案，沈燮和乔思佳等人均是一脸不解，好奇地询问他为什么。

　　"不为什么，我不喜欢她出现在节目里，可以成为一个理由吗？"

　　他第一次把理智抛诸脑后，公私不分，是因为她。

　　别人眼中的逆袭、励志，于她来说却是一辈子都难以磨灭的伤疤，而他……不愿意她撕开伤口，站在镜头前供人评头论足。

　　是不愿，亦是不忍，更是不舍。

　　今年二月，齐默跳湖救人，事出突然，现场掌掴那名女大学生更是心潮翻涌所致，因为是突发之举，所以也就没有放在心上。

　　令她没想到的是，萧文缜竟然一清二楚。

　　"师兄，你当时也在现场？"

　　这话问出口，无疑拉低了齐默的智商。

　　萧文缜既然能把她掌掴他人的时间和地点说得如此清楚，想必本人当时就置身围观学生之中，只是……

　　"你刚才说，你去华大找我，是为了找我洽谈《追梦者》首发嘉宾一事？"如果她刚才没有听错的话，他应该说过这种话吧？

　　"对。"

　　齐默不解："今年二月，我跳湖救人以后模样很狼狈，你若顾及我的脸面不方便与我碰面倒也可以理解，但事后你貌似再没找过我，这又是为什么？"

　　萧文缜牵着她继续走路，不答反问："你愿意对着一群陌生人讲述你的过去吗？"

　　"不愿意。"所以，他不再找她，是因为这个？

　　萧文缜点头，理所当然地说："你不愿意做的事情，我自然不会勉强你去做。"

　　齐默屏住呼吸。

　　从小到大，包括爷爷在内，没有人跟她说过这种话。几乎所有人认为，她作为励志女学霸，当众展示伤疤和过去、宣扬正能量是好事，没有人考虑过她愿不愿意。他是第一个把她的意愿凌驾在目的之上的人。

她因他的话而动容。

"我虽然不知道最后你们定下来的首发嘉宾是谁，但我想，不管是谁，都不及我有噱头和爆点，更不及我有话题性。"齐默感动的同时，站在栏目组的角度分析此事，难免感慨万千，"师兄，你作为《追梦者》的制片人，理智败于感性，白白错失了一个提升全民关注度的好机会，实在是可惜。"

可惜吗？

萧文缜不以为然，无所谓地笑了笑："孰轻孰重，我自己心里有数。"

齐默语塞。

孰轻孰重，他早已做出选择，答案不言而喻，对当时的他来说，她的重要性要高于他一手创建的节目。

这么说，他当时就对她……呃，一见钟情？

她不是傻子，对男女情爱也并非那般迟钝。入学以来，萧文缜一直与其他女孩子保持距离，唯独对她有所不同。起初她以为他对她好，不过是因为他对爷爷心存愧疚，直到他屡次对她关爱有加，又屡次牵她的手，说一些让人脸红心跳的话，她才厚着脸皮大胆猜测，他该不会……喜欢她吧？

为什么喜欢她？

他可是萧文缜啊！比她漂亮、聪明的女子数不胜数，他究竟是怎么想的，该不会觉得她与众不同，又或是她跳湖救人宛如出水芙蓉？

该念头颇有臭美之嫌，齐默暗自笑话自己的想象力貌似也太丰富了。

萧文缜察觉身边的人太过安静，望着前方逐渐变得昏黄的道路，微笑着询问："怎么不说话？"又被他的话吓住了？

齐默是被突然落实的念头吓住了，不说话是不知道该说些什么，总不至于当面询问萧文缜是否喜欢她吧？

这话有失矜持，齐默不说。

她说的是："好像每次，我都能被你目睹最狼狈的一面。"

"你今天是有点儿狼狈。"他并没有安慰她，而是斜睨她一眼，"我认识的齐默，旁人若是谤她、欺她、辱她、贱她，她必定不忍、不让、不避、不敬，怎么今日反而落荒而逃了？"

齐默当即反驳："我没逃。背后道人是非者，我不屑搭理。"

萧文缜嘴角含笑，对于她的反驳观点并未发表任何意见，而是扩展谈话内容："今天下午，我帮你简单分析了一下，你在情窦初开的年纪里，每日困守在齐家的一方天地之下，犹如井底之蛙观世界……"

他低哑的声音稍作停顿，是因为身边的人脸色微变，显然对他的话很是不满，否则也不会握着他的手摇了摇，暗示他不要再说了。

萧文缜的笑容逐渐加深，他问齐默："井底之蛙的故事你知道吧？困守在井底的青蛙，每天只能看到井口那么大的一方天，不知井外的天地有多大，所以，离开井底开拓眼界之前，青蛙痴迷井口大的蓝天也在情理之中……"

他低哑的声音再次停顿，还是因为身边的人。

齐默听出了他话间的隐喻和讽刺，使劲摇了摇他的手臂，只差没有嘟着嘴瞪着他了——他这是专门往她的伤口上撒盐啊。

老别墅区，乃至齐家，都是井；她是青蛙，而江棋来就是她看到的那一小片天空，所以他是井外的天地？

暗喻得真是好啊。

好到齐默一直摇晃他的手臂，就希望他能口下留情，不要太过分了。

"慢点儿摇，等我把话说完，你再用力摇。"萧文缜失笑，纵容地看着她，"明代许仲琳曾经在《封神演义》第二十五回写过这样一句话：'井底之蛙，所见不大；萤火之光，其亮不远。'你有没有从中悟出什么道理？"

齐默气结。

他都说得这么清楚了，她再悟不出来，岂不是白瞎了她的逻辑推理能力？

不过，她虽然悟出了他的话外音，但不愿意说给他听。她停止手头的动作，抿着唇不吭声。

"悟悟。"

他竟有样学样，照搬她适才的小动作，握着她的手轻轻摇晃。

齐默被他摇得哭笑不得，只好顺着他的意："少时的我，如青蛙坐井观天，因为周围的异性里江棋来最优秀，所以我才目光短浅地喜欢上了江棋来？"

萧文缜听到"喜欢"这个词，眼睛里划过一丝不悦："继续悟。"

"夜间的萤火虫，看似闪闪发光，却照不到远方，如同少时暗恋一个人，看似美好，实则所见有限，经不起仔细推敲？"

萧文缜觉得齐默悟得还不够，好心补充："小时不识月，呼作白玉盘。"

呵。

这不是李白的诗《古朗月行》中的句子吗？看来，光把明朝的许仲琳搬出来还不够，唐朝李白的诗才是重头戏啊。

"师兄的意思我明白了。少时的我懵懂无知，误把欣赏当成喜欢，应该自省。另外，我与异性交往，不应该只局限于自己的一方天地，而是应该把眼光放得长远一些。"最好放到他身上，对吧？

萧文缜非常满意，感慨道："你悟得比我深，比我透啊。"

"师兄擅长给人洗脑，非一般人能及，小妹佩服。"她不佩服不行啊，倘若将萧公子放到传销组织里，一定会遗患无穷，他的洗脑能力实在是太厉害了，齐默听他一席话，险些质疑自己的过往，比如她少女时期对江棋来的暗恋，难道真的只是懵懂无知？

萧文缜笑而不语，然而，心里始终有一根弦紧绷着，不敢松懈分毫。那是一种从下午就萦绕身心的危机感，始自御牒酒店门口送客过程中与江棋来的暗中较劲儿；潜伏于江家老宅突闻齐默少时情感，在惊愕不安之余，有生以来第一次品尝到何谓忌妒；爆发于江家庭院里江棋来的失态之举……没错，是失态之举，他不能使用"强吻"这个词，否则他会抓狂，会愤怒，甚至会失控。

他从未想过，他放在眼里、心里的女孩子，一心只有学业的女孩子，竟然会在少女时期被他人侵占万千心事，而且那人还是江棋来，一个优秀到极点、同样一心扑在事业上的金融界黑马。

他心存侥幸，却又惶恐不安。

心存侥幸——

江棋来五年前错失大好时机，而齐默的性格，他已摸至八分熟。俗话说"人争一口气，佛争一炉香"，齐默能够在逆境中走到今天，靠的无非是一口心气。弃她者，她必弃之，哪怕对方是香饽饽，她也绝对不会走回头路。

惶恐不安——

时隔五年，江棋来似乎已经洞察自己的感情，甚至已经开始有所行动，那么齐默呢？她在五年的时间里逐渐忘情江棋来的同时，是否还会被情感觉醒的江棋来所动摇？

仅是动摇，萧文缜都不允许它发生。

所以，与其说他是在给她洗脑，还不如说他是在给自己洗脑。

二人回到老别墅区时已是华灯初上，居民进进出出好不热闹，齐默怕被熟人看到，想把手抽出来，却被萧文缜握紧不放。

他宽慰她："天色暗，他们看不到。"

骗人。

齐默要是相信他的话，还不如相信她能看书和写字。

沿途路灯明亮，接连好几位相熟的邻居认出齐默，跟她打招呼的时候，都禁不住好奇，频频打量与她牵手走路的萧文缜，然后问一句："齐齐，你男朋友啊？"

齐默低着头，宛如做错了事被逮到的小学生，因为不知道该怎么回答，只好拉着萧文缜快步往齐家的方向走，全然不知萧文缜被她牵着走路时，望着她的眼神光华夺目。

这天晚上，齐默在齐家门口的路灯下见到了江棋来，他已完全酒醒，对于下午的失控之举后悔不已，打不通齐默的手机，只好在齐家门口等她回来。

看到齐默回来，江棋来明显松了一口气，却在目睹齐默与萧文缜亲密交握的手指时，猝然止步。他先是困惑地皱眉，然后阴郁地盯着两人的手指，难以置信，初见齐默的自责和欣喜瞬间被一股空前绝后的愤怒替代。

他们……他们是什么时候在一起的?

不可能。

只是握手而已,如果他们真的在一起,他怎么可能一点儿也没察觉?

齐默注意到江棋来的目光,不自在地挣了一下手指,谁承想萧文缜反应极大,骤然握紧她的手指,力道极重,仿佛要捏碎她的指骨一般。

齐默心头一颤,下意识地望向萧文缜。

他的脸上再无笑容,而是融进骨血的冷漠和警惕;江棋来也没好到哪里去,脸上全是愤怒的表情。两人隔着夜色对视,火药味极浓,压抑得让人喘不过来气。

“你进去跟齐老先生和尉迟阿姨知会一声,就说晚上要和我一起回华清园。”

这话是萧文缜压低声音对齐默说的,就在她的耳边说的,也不知道是不是江棋来瞪着她的缘故,导致她的耳朵滚烫异常,火辣异常。

这天晚上,江棋来和萧文缜并未在齐家门口大打出手,或是出言攻击对方,都是出乎意料地隐忍和克制。

江棋来离开前,与萧文缜并肩而立,与他面朝相反的方向,抬起手重重地拍了拍他的肩,冷冷地说道:“明天上午9点,富森羽毛球馆,不见不散。”

萧文缜扯了扯唇角,算是笑了。

这天晚上,齐默走进齐家大门以后,唯恐江棋来和萧文缜趁着她不在打起来,忐忑不安地跟母亲和爷爷告别了,又忐忑不安地跑出家门劝架。

结果,齐家门口只有萧文缜,不见江棋来。

齐默借着路灯偷瞄了萧文缜好几眼,他好像知她心事一般,笑着问:“怎么,我脸上有伤吗?”

没有。

齐默终于放下不安的情绪,想问江棋来去哪儿了,话到嘴边却又无力地咽了回去。她环顾左右,还以为自己的眼睛出了毛病,她刚才在齐家门口忽然看到江棋来,心里又乱又恼,反而忽略了周遭的一切,如今方才觉察出不对劲儿。

车呢?

萧文缜的汽车哪儿去了?

“一路步行回来,累不累?”萧文缜突然问她。

“还好。”齐默没把话说得太死,隐约感到一丝不妙,怕自己再次被他带到坑里。

“既然还好,那就是不累。”萧文缜很会偷换概念,重新牵起她的手,“走吧,我们再原路返回去,把车从市图书馆的地下停车场开出来。”

"……"

齐默不便生气，因为萧文缜离开市图书馆以后，从未明确地告诉她他的车仍然在齐家门口停着，是她自己误会了而已。

她又开始胡思乱想了，难道萧文缜不开车回齐家，或是不打车回齐家，只是为了与她手牵手散步？

她是不是也太爱往自己脸上贴金了？

这天晚上，萧文缜和齐默回到华清园，齐默下厨做饭，萧文缜在冰箱里打碎一些冰块，用一方毛巾包好，走进了开放式厨房。

他拉住正在洗菜的齐默："先别急着做饭。"

齐默看着他，不明所以。

"你的嘴唇肿了，我帮你冷敷一下。"他的语气很淡，脸色也一如往常，齐默却觉得尴尬。

萧文缜把冷毛巾贴在她的唇上时，察觉她因为突如其来的凉意抖了一下，眼里终于有了一丝笑意，既放肆又直接地盯着她看，眼神犹似火在烧。

齐默的嘴唇很冰，眼睛却很热，她不好意思与他目光对接，只好东瞅瞅，西瞄瞄，表面冷静，心里却如热锅上的蚂蚁，又急又慌。

唉。

他盯着她，究竟要看到什么时候啊？

Chapter 06
我男朋友叫王大刚

富森羽毛球馆是一家私人羽毛球俱乐部，也是萧文缜和江棋来私底下相约打球的健身场所。馆内光线明亮，内设二十二片场地，其中双打场地十二片，单打场地十片。

10月1日上午9点整，萧文缜穿着黑色运动服，带着装备，准时出现在富森羽毛球馆的一楼。

彼时，江棋来已提前抵达富森羽毛球馆，并在场馆内做完了热身运动，仿佛早已忘记昨日的不快，见萧文缜走过来，一脸平静地跟他打了声招呼："来了？"

"嗯。"萧文缜的表情亦很温和。

"你需要热身吗？我等你。"

"不用。"

萧文缜把球袋放在休息区的椅子上，脱掉外套以后，从球袋里取出羽毛球拍，朝斜眼注视他的江棋来说："开始吧。"

这场羽毛球单打比赛，早已摆脱常规娱乐和休闲，分明是一场看不见硝烟的对决。

江棋来的伪善注定要在发球的一瞬间分崩离析，他挥拍劈杀，力道极大，速度更是惊人，羽毛球直冲萧文缜而去。

奇怪的是，萧文缜并未接球，而是站在原地不动，任由羽毛球带着强劲的风从他的耳旁疾速掠过。

羽毛球出界。

江棋来这一球是故意的，更是明目张胆的下马威。

萧文缜弯腰捡起羽毛球，仿佛任何情况下都能冷静自持。他站在后场正手发出一个高远球，江棋来快步近网反手扑球，萧文缜寻找合适击球点，于中后场起跳杀球，江棋来接应不及，羽毛球贴线坠落。

球场上的火药味，终于在这一刻被彻底点燃。

此次羽毛球对决，完全可以称为高手对决。二人的实力旗鼓相当，击球落点精准，技术纯熟，又因彼此熟知打球套路，所以，都能在挥拍过程中反复压制对方，没有谁能真正稳控全场。

两人的球路变化莫测，再加上容貌出众，气质亦很突出，吸引了不少羽毛球爱好者的注目。

江棋来心里憋着一口气，每一次暴力打球都是冲着萧文缜而来。萧文缜毫不退让，屡次化被动为主动，双方挥拍击球，浑厚的砰砰声几乎响彻了一楼场馆大厅。

这场羽毛球，他们足足打了三个半小时，也许暗自较量的，早已不是体力和精力，而是耐力。

谁先服输，尤为重要。

时针走向中午12:30，周围的球友纷纷离场，而江棋来和萧文缜置身于体力大量流失的僵局，终于在对峙三个半小时以后，极为默契地偃旗息鼓，先后拿着球拍回到了休息区。

刹那间，偌大的一楼场馆内，除了江棋来和萧文缜粗重的喘息声，再无其他声音。

两个人低着头坐在椅子上，均是大汗淋漓，不仅运动服被汗浸湿了，额头上和脸上也是汗量惊人，汗珠一滴接一滴，吧嗒吧嗒地往下落……

江棋来喘着气打破沉默："我听夷中说，你和齐齐住在一起？"

萧文缜斜睨他一眼，没有吭声。他和齐默住在一起，对江夷中来说不是秘密，至于江夷中选择告诉谁，那是她的自由。

"听说你把齐齐接到华清园居住，美其名曰方便辅导她学习？"江棋来毫不掩饰话语里的讽刺，"我很好奇，你是怎么利用你的三寸不烂之舌说服齐爷爷的？快跟我说道说道，也好让我取取经。"

萧文缜平日里视异性如无物，除了工作需要，私底下几乎和同龄异性没有任何交集，如果只是为了弥补心里的那一丁点儿愧疚，他有的是法子，绝对不会因此而把一个姑娘往自己家里领。

昨天晚上回家后，江棋来偶然听夷中说起这事，既震惊又意外，辗转反侧了大半夜，恨不得立刻奔到华清园把齐默从萧文缜的家里带出来。

他想不明白，齐爷爷聪明了一辈子，怎么到头来竟被萧文缜的三言两语诓骗住了呢？正是因为想不明白，所以他才需要找萧文缜求取真经。

萧文缜从球袋里取出一瓶矿泉水，由衷地建议江棋来："你还是去《史记·平原君虞卿列传》里取经吧，'三寸之舌'出自此篇，它的下一句是'强于百万之师'。学长夸我有三寸不烂之舌，可想而知，连百万雄师都不是我的对手，说服齐老先生自然不在话下。"

好口才。

江棋来摇头轻笑："你以为你安排齐齐入住华清园，就可以近水楼台先得月？小心到头来猴子捞月，空欢喜一场。"

萧文缜拧开瓶盖，仰起脖子接连喝了好几口矿泉水："不用到头来，心动不如行动，我今天晚上就接一盆水放在阳台上，拉着齐齐一起捞月亮。"

呵，齐齐。

江棋来从一旁的球袋里抽出一条毛巾擦脸，汗湿的脸庞埋在毛巾里，声音含混不清，问道："'齐齐'是你叫的吗？"

"'齐齐'是你的专用昵称？还是你专门注册过专利？"萧文缜觉得可笑，反问江棋来，"凭什么你叫可以，我叫就不可以？"

江棋来将毛巾从脸上撤下来，似笑非笑地打击萧文缜："就凭昨天下午你揍我一拳，齐齐反过来打了你一巴掌，这还不足以说明一切吗？"

萧文缜反击："昨天下午，齐齐那一巴掌原本应该打在你的脸上。我如果告诉你，齐齐打我纯属误伤，你信吗？"

这是事实，然而江棋来不信。

"狡辩。"江棋来不怒反笑，"我和齐齐虽然有一些误会，也有一些不快，但她最在乎的人始终是我。至于你，听学长一声劝，还是趁早收心比较好，以免将来受伤。"

"处对象，哪儿有不受伤的？还好我抗伤能力不错，所以不怕。"萧文缜慢吞吞地喝着水，摆明了不听劝。

江棋来眯着眼打量萧文缜，压着声音强调："她喜欢的人是我。"

"那是以前。"萧文缜眼神发凉。某人有眼不识金镶玉，以为自己放弃的是棵草，到头来却发现竟然是块宝，现在幡然悔悟又有什么用？曾经毕竟是曾经，永远也不可能变成现在。

"一个人的心，怎么可能说变就变？"这话他是说给萧文缜听的，更是说给他自己听的，一个人的心真的有可能说变就变吗？毕竟五年前……

萧文缜给了他答案："一个人若是伤心失望到了极点，就没有什么东西是不能改变的。"

江棋来不甘示弱地道："我和齐齐从小一起长大，感情非一般人可比。"

萧文缜点头："时间是个好东西，它既可以让人生出情意，也可以让人生出厌弃。"

江棋来并不气馁，迅速掌握话语进攻权："齐齐常年只穿黑、白、灰三色的衣服，与其说她不愿意浪费时间在毫无意义的穿衣打扮上，还不如说她长情。长情之人动心不易，想要忘情更是难上加难。"

萧文缜再次点头："最长情的人，往往最绝情。"

江棋来气极却未恼："狐狸吃不到葡萄，也总爱说葡萄是酸的。对了，齐齐最大的乐趣是外出钓鱼，你和她一起钓过鱼吗？你见识过她的钓鱼技术吗？喝过她做的鱼汤吗？"

"以后月月钓，周周见识，日日吃，何必急于一时？"萧文缜的语气很淡。

江棋来继续刺激萧文缜："你喜欢户外运动，齐齐喜欢宅在家里；你喜欢喝柠檬水，齐齐对酸味非常敏感；你社交圈广泛，齐齐不爱与人打交道。兴趣爱好完全不一样的两个人，即使在一起，也注定不会长久。"

"我尊重齐齐与我的不一样，但你明显以偏概全，比如我和齐齐同专业，又都喜欢看书，所思所想几乎一致，能够坐在一起探讨的东西数不胜数。数不胜数，学长知道吧？我和齐齐之间的共同话题数也数不过来，远比学长想象中的还要多。"萧文缜的语气更淡了。

江棋来保持微笑，紧握毛巾的手背上青筋毕露，语气平静地说道："日本动画电影《秒速五厘米》中有这样一句话：'人一生会遇到约2920万人，两个人相爱的概率是0.000049。'人这一辈子，与人相爱的机缘不过那么几次，我已经错失过一次，无论如何也不会错失第二次。"

萧文缜咕嘟咕嘟地喝完矿泉水，随手捏扁瓶子，啪的一声扔进垃圾桶，淡淡地陈述："截至目前，全世界总人口七十五亿，中国总人口十四亿，所谓相爱的机缘或许在一个人的生命里会出现好几次，但我只看重一次，如果不是七十五亿分之一，就必须是十四亿分之一。错过的，将永远错过，而抓在手里的，将永不放手。"

聊天聊到这里，已是话不投机半句多，江棋来和萧文缜虽然全程没红过脸，甚至不曾口出恶言，但江棋来吐字极有力量，压迫感十足，萧文缜言语间亦是不肯相让分毫，言辞犀利而又咄咄逼人。

江棋来查看一眼腕表上的时间，说道："快一点了。"说罢，他抬眸直视萧文缜，"要不，中午一起吃个饭？"

"还是算了，容易消化不良。"

萧文缜把羽毛球拍装进球袋，拉上球袋的拉链以后，弯腰捡起运动服的外套，朝一楼的出口走去，身后响起江棋来的声音："文缜，我不可能放弃齐齐。"

萧文缜置若罔闻。

男未婚，女未嫁，任何一个单身异性都有权利追求齐默，包括江棋来。

只不过，江棋来注定不懂齐默。

齐默，一个在学业上拼尽所有的人，为了捍卫尊严和实现自身荣誉奋斗不休，犹如巨型岩石下顽强生长的一棵孱弱小草，历经风雨却意志坚定，从不因现实而忘却成长。

这样的齐默，自卑又自负，敏感又坚强，温和又乖戾，好比两种极端性格的人共生在她的灵魂世界里，而她所有的痛苦和矛盾，不过是源于她尚未实现自我留存于世的价值。

所以，在齐默还未找到可以救赎她精神世界的那个"齐默"时，男女情爱只会成为她餐桌上的前菜、开胃菜，乃至餐后甜点，唯独不会成为她的主菜。

更何况，她对自己狠，对伤害过她的人更狠。

对她来说，江棋来伤害过她，伤疤历经五年之久，若非江棋来与她从小一起长大，只怕她连表面平和都不愿伪装。

江棋来不肯放弃齐默，又能如何？

五年前，他或许是齐默餐桌上的前菜、开胃菜，或是饭后甜点。

五年后，他已失去上桌的资格。

这天上午，齐默一步也没有离开华清园，她在书房里待了两个多小时，通过读屏软件大致听完《实践理性批判》，并把相关重点记录在录音笔里。她梳理阅读笔记提纲概要的时候，有人按响了门铃。

是江夷中。

昨天下午，齐默带着怒火离开江家老宅，江夷中担心她心里不痛快，特意过来看看她。

"萧公子呢？"江夷中坐在客厅的沙发上，环顾左右，转头询问正在厨房里帮她沏茶的齐默。

"不在家。"

齐默端着两杯热茶走进客厅，一杯递给江夷中，一杯留给自己。萧公子上午和朋友有约，出门前曾向她透露过行踪，说去富森羽毛球馆打球，预计中午归家。

"哦。"江夷中垂下长睫，杯口冒着袅袅热气，她低着头喝茶，热气熏到眼睛里，眼里宛如裹了一层雾气，水汪汪的。

"你和萧公子……还好吧？"江夷中声音轻细，淡不可闻。

"嗯？"

"你为了维护我哥，不是打了萧公子一巴掌吗？当时我和沈燮都吓坏了，生怕他会当场发飙。"

齐默打了萧文缜一巴掌不假，但维护江棋来……

齐默严肃声明："首先，我没有维护你哥哥。其次，我打萧公子那一巴掌并非有意，纯属误扇，他知道。"

误扇？

江夷中抬起眸子看她，半信半疑，大概觉得齐默的语气不是很好，转移话题的同时，向齐默委婉地道歉："邀请炫语璨去江家，是我的意思，但我没想到她会说出那种话，让你受尽委屈，都是我的错。"

江夷中歉疚满满，齐默却专心喝茶。

"齐齐，我虽然不知道五年前你和我哥之间究竟发生过什么，但我看得出来，其实我哥还是很在乎你的。昨天下午你离开江家以后，我哥对着炫语璨发了好大一通火，我从未见他那么生气过。"江夷中赔着笑脸，为江棋来说好话。

齐默不为所动，目光迎上江夷中的目光，直勾勾地看着她，眼神里仿佛藏匿着很多不便明说的秘密。江夷中被这样的眼神看得心里直发毛，笑容逐渐凝固，正要说话，齐默已收回目光，望着窗外照射进来的阳光，冷冷地说道："夷中，我以前喜欢你哥是事实，但我现在不喜欢你哥也是事实，毕竟他曾经拒绝过我，人要脸，树要皮，没脸没皮还是人吗？"

"……"江夷中脸上的表情瞬息万变。

齐默斩断过往感情果断坚决，江夷中被她毫无转圜余地的态度呛得无言以对，僵坐在沙发上，良久没有再说话。

江夷中并未在华清园久坐，临近中午时她被几通电话叫走，齐默送她出门以后，独自在沙发上坐了好一会儿，盯着茶几上江夷中只喝了几口、早已变凉的茶水，思绪漫漫。

齐默做好午饭，萧文缜还没回来，她在是否给他打电话的问题上犹豫不决，想打电话询问他是在羽毛球馆，还是正在回家的路上，又怕一通电话打过去，会扰乱他的打球兴致，或是影响他开车，所以那通电话始终没有拨出去。

午后，齐默用完餐，回到书房里继续完善阅读笔记，忙到两点的时候，摘下耳机，隐约听见厨房里有动静。

他回来了？

齐默走出书房，一眼就看到了萧文缜。

开放式厨房里，萧文缜正拿着水果刀切柠檬片，他应该刚洗完澡，黑发未干，穿着一身黑色睡衣，清冷而又神秘，宛如蒲松龄《聊斋志异》一书中走出来的禁欲系书生，只消看上一眼，就能被他勾走半颗芳心。

齐默和他住在一起已有多日，萧公子绝对称得上正人君子，白天黑夜辅导她学习，从来都是衣冠楚楚……呃，这个词用在萧公子身上貌似不太合适，总之两人私下相处时，她从未见萧公子穿着睡衣。

这是第一次，撩人至极。齐默觉得鼻子发痒，抬起手背蹭了蹭鼻子，还好没流鼻血。

倒也不是她兽性大发，而是她的睡眠时间一直很紧迫，难保鼻血不会随时跑出来跟她打招呼。

齐默尽可能地表现得正常，问他："师兄，你什么时候回来的？"

"半个小时前。"萧文缜抬头看着齐默，嘴角隐有笑意流露，"我看书房紧闭，知道你在里面学习，所以没有打扰你。”

“你吃午饭没有？”齐默走到吧台前问他。

“没有。”

半个小时以前，萧文缜开车抵达华清园，回到家里洗完澡，紧接着进入开放式厨房，打开冰箱准备拿水喝，无意中看到一袋柠檬，联想起某人先前说他与齐默喜好不同，正想泡杯柠檬水去去火气，齐默就出来了。

时间紧凑，他还没有来得及吃午饭。

“我给你留了午饭，这会儿估计已经凉了，我给你热一下。”齐默走进厨房，端着汤碗放进微波炉，把盖子放在汤碗上。她在选择微波功率的时候，手上的动作略显迟疑，回头正想求助萧文缜，岂料萧文缜已从身后圈住了她的身体，瞬间暖意裹身，齐默僵了一秒钟，才肯放任自己在他的怀里放松身体。

萧文缜握住她的手指，在微波炉的按键上缓缓移动，告诉她哪个是“微波”按键，微波功率应该如何调试；告诉她哪个是烹调“分秒”键和“开始”键。齐默心不在焉之余，竟有一些想笑，他讲归讲，有必要把她圈在怀里讲解吗？

而且，他讲解完还不松手，竟然站在她的身后，双手撑着微波炉的两侧，把她困在中间动弹不得，逼得她只好眼巴巴地盯着微波炉。

萧公子身上的沐浴露清香搅得齐默脑子发晕，几欲缺氧。

“师兄，在微波炉的使用过程中，为了避免电磁辐射，最好不要待在微波炉旁边。”话外音，他们这样贴在微波炉前不太好。

该分开了。

“是吗？”

萧文缜眸中含笑，总而言之很配合齐默，向后退出一步。他刚把距离拉开，齐默就火急火燎地闪身躲到一旁，饶是如此，她的心脏还是怦怦地跳个不停。

“脸怎么红了？”他一脸关切地问道。

“今天有点儿热。”她说完，干笑两声。热，真是热啊。

“是有点儿热。”萧文缜笑得很矜持，也很斯文，“明天气温就降下来了。”

“哦。”

齐默感觉自己生病了，而且这种病只有在面对萧文缜时才会发作，他越是靠近她，她就越容易脸红心跳，实在是焦躁。

厨房里一时很安静，只有微波炉运行时发出的轻微响声。

萧文缜把切好的柠檬片放到杯子里，随后加入半勺蜂蜜，倒入温水搅拌均匀，方才递给齐默：“尝尝。”

齐默拗不过他，喝了一口柠檬水，酸酸甜甜的，倒也没有她想象中的那么难以忍受。

"酸吗？"他问。

"不酸。"这是大实话。

柠檬水里含有丰富的维生素，偶尔喝上一杯，不仅助消化，还能提高免疫力。她以前不喝柠檬水，主要是对酸味比较敏感，但伴随着年龄的增长，人会改变，饮食喜好也会发生改变。

她对柠檬水并不反感，否则也不会喝完一整杯。清洗水杯的时候，萧文缜走过来接替她的工作。

"阴天适合钓鱼吗？"萧文缜突然问了这么一句话。

齐默诧异地看着他，难道……萧公子想钓鱼？

齐默说："阴天光线比较弱，鱼儿的警惕性降低，中鱼率不比晴天时差。"

萧公子点点头，似是心血来潮，想到什么就要立刻付诸行动，与她商量："要不这样吧，今天下午我先陪你完成一篇阅读笔记，明天我们放假一天，去西斋一条沟钓鱼？"

"好。"

国庆假期有好几日，偶尔偷得一日清闲，倒也无妨。

更何况，自从爷爷生病住院以后，她已有月余不曾去西斋一条沟钓鱼，再加上最近一段时间，她一直处于高强度的学习状态之中，所以适当放松一下很有必要。

至于郊外垂钓，齐默问出心头的疑惑："师兄，你钓过鱼吗？"

"没有。"萧文缜把杯子清洗干净放到一旁，侧眸看着她，说道，"我虽然没有钓过鱼，但最近一段时间一直在钓人。"

钓人？

齐默的心跳再次加快，她暗自后悔自己问了他那样一个问题，真是搬起石头砸自己的脚，活受罪。

萧文缜似是不察她的心绪变化，甚至贴心地为她普及起"钓人"的精髓："你比方说啊，钓人不宜太着急，要等对方慢慢靠过来，只要有足够的耐心，对方总会上钩的。"说着，他用眼神丈量他和她之间的距离。

齐默接触到他的目光，悄悄地向后退了一步。

她退完以后，心里格外懊恼，她这不是此地无银三百两吗？

萧文缜假装没看见，轻声问："齐齐，钓鱼应该跟钓人是同一个操作流程吧？"

别人叫"齐齐"只是一个称谓罢了，萧文缜叫"齐齐"，却搅得齐默心猿意马……不，是心乱如麻。

齐默难得地有了几分娇态，轻轻跺脚以示抗议，不料萧文缜笑容加深，竟有样学样，一本正经地跟着她轻轻地跺了一下脚。

齐默见状，刹那间羞恼交加，唯恐血压飙升晕过去。或许她应该效仿萧文缜，也在卧室里放一个电子血压计，以备不时之需。

萧家公子虽然不苟言笑，但有逗人玩的恶趣味，是典型的表里不一之人，总之气人得很。

齐默这位资深女钓手的钓鱼技术完全承袭于齐凯瑞，从小钓到大，所用钓鱼装备不计其数，悉数安置在齐家老宅的渔具房内，装备的种类足以媲美一间小型渔具店。

翌日一大早，齐默事先准备好两人份的午餐，原本计划和萧文缜吃完早餐以后，先回齐家拿两套钓鱼设备，再去西斋一条沟。

齐默想的是，齐家有现成的渔具，能省则省，然而萧文缜告诉她："以后每半个月，我都会陪你去西斋一条沟钓鱼，这是你唯一感兴趣的休闲娱乐活动，齐老先生遵守规则多年，我自然也要遵守。所以，每月两次野外垂钓，我们自备钓鱼工具很有必要，不能每次都开车去齐家叨扰齐老先生。"

齐默无从反驳。

于是，前往西斋一条沟之前，萧文缜专门带她去了一趟渔具店，店老板大概见萧文缜气质不凡，再加上野外钓鱼者多是男性，所以一上来就围着萧文缜热情地推销鱼竿，从材质到重量，再到细节，讲得很到位。

萧文缜偏过头看向齐默，问道："你觉得呢？"

齐默笑笑，没说话。

渔具店的老板奔着利益介绍鱼竿，自然是鱼竿越贵就介绍得越起劲儿，全然不顾鱼竿的韧性和轻巧度，齐默顾念商家的颜面，不宜当面揭穿。

萧文缜毕竟是经济学学霸，岂会不知商家的想法？于是，他对齐默下达指令："你去挑吧，不必在意价格。"

齐默领旨挑选鱼竿。

店老板摸不清楚状况，萧文缜暗示店老板，真正挑选渔具的人是齐默，而他只管付钱，做不了主。

店老板茅塞顿开，立刻凑到齐默跟前，笑眯眯地说："原来是位女钓友啊，你现在看的几款鱼竿钓力值都不错，平时钓小体型的鱼类，或是十几斤的鱼类绰绰有余。"

齐默不接话，走到上百根高档竿面前，店老板的眼睛都快笑成一条缝了："小姑娘，你应该经常钓鱼吧，一看你就是位行家，这些鱼竿顶钓值非常好，长度很适合遛鱼，日常钓个几十斤的大鱼不在话下……"

店老板追着齐默喋喋不休，齐默非但没有不耐烦，反而还笑了笑，萧公子为了清闲一会儿，特意把热情过度的店老板推到她这边，此举真是绅士。

齐默先后取出几根鱼竿试了试手感，最后选了一根偏软的高档竿和几根中档竿留作备用。

钓鱼装备除了鱼竿，还有钓箱或钓椅，浮漂儿、鱼线、饵料和抄网等渔具。齐默挑选相关渔具时十分专业，专业到忙前忙后给她推销的店老板都觉得不好意思了，最后干脆闭上嘴巴，回到了男顾客的身边。

男顾客双臂环胸站在渔具店的一角，嘴角噙着一抹若有似无的微笑，注视着女顾客的一举一动，眼神热度惊人，分明是热恋中的情侣才会有的眼神。

店老板跟男顾客套近乎："你女朋友应该有好几年的钓龄吧？"

砰的一声响，女顾客不小心踢倒了一只钓鱼桶。

男顾客笑意抵达眼眸，回复店老板："十年以上。"

"难怪，难怪你女朋友这么专业。"

又是砰的一声响，女顾客不小心踢倒了一把折叠钓鱼椅。

"没关系，没关系。"店老板见女顾客红着脸，连忙笑着打圆场，回头看一眼男顾客……女顾客如此窘迫，男顾客却笑得格外欢畅，真是勇气可嘉，小心回去跪搓衣板。

这时，男顾客开口了："她踢倒的东西，我都买了。"

男顾客的声音之温，温如冬日暖阳；声音之软，软如春日棉絮。

店老板大喜。

店老板诚心期盼女顾客接下来能够多踢倒一些垂钓工具，要知道女顾客的脚不是普通的脚，是金脚，是银脚，脚脚都是钱，脚脚都是男顾客对女顾客的情意。

请让这些情意来得更凶猛一些，尽情地砸死他吧。

西斋一条沟位于郊外，水域辽阔，沟长13千米，潺潺流水常年不断，两岸绿树成荫，水中水草丰茂，导致大批鱼类在此繁殖，是垂钓的好去处。

国庆长假，河畔散落着上百位垂钓爱好者，有年轻人，也有中老年人，或默默垂钓，或轻声浅聊，或向附近的钓友抛烟打招呼，看上去好不热闹。

天色阴沉，不时有凉风拂面，齐默提着两根钓鱼竿在前面带路，萧文缜带着其他的钓鱼装备跟在她的身后。他们经过某一个老钓点的时候，竟然在河岸边看到了周安国。

周安国正坐在钓鱼椅上利用活饵钓浮，察觉有人走近，侧目望去，看到齐默原本就有一些意外，结果又看到了萧文缜。

"你们这是……"周安国欲言又止，齐默出现在这里不奇怪，但萧文缜怎么也过来了？

"钓鱼。"萧文缜言简意赅地道。

废话。

这两人带着全套的钓鱼装备出现在西斋一条沟，周安国就算出门不带脑子也知道他们是过来钓鱼的，周安国好奇的是："你们怎么会在一起？"

齐默看向萧文缜，这个问题貌似不太好回答，总不至于告诉周安国，他们之所以会在一起，是因为他们目前住在一起吧？

"我们正在培养感情。"萧文缜语出惊人。

齐默脸都绿了，他可真敢说啊。

周安国受了惊，黑框眼镜从鼻梁上滑下来，他连忙伸手将其扶回原位，眯着眼反复打量齐默和萧文缜，脑子里浮想联翩，无奈看不出个所以然来，只好睁着迷茫的小眼装糊涂："培养感情？培养什么感情？"

萧文缜提醒周安国："齐老先生住院期间，您曾让我负起责任，并一再告诫我，如果齐默师妹跟不上学习进度的话，您第一个找我问责，这话您还记得吧？"

"记得。"他是年纪大了一些，但还不至于患上健忘症，自己说过的话怎么可能不记得？

萧文缜再次提醒周安国："齐默师妹书写阅读笔记不方便，您让我帮她誊写阅读笔记，这话您还记得吧？"

"记得。"所以这俩孩子私底下才会走得这么近？

萧文缜继续说："我和齐默师妹好比一根绳上的蚂蚱，一荣俱荣，一损俱损。我和师妹的关系如此紧密，共同学习之余，很有必要利用闲暇时间好好地培养一下师门感情。"

"师门感情"四个字，是萧文缜看着齐默说的，齐默面对萧文缜有理有据的说辞，干脆把自己伪装成不谙世事的小师妹，只能微笑。

萧文缜能言善辩，语言组织能力十分强大，齐凯瑞博古通今，江棋来学识渊博，齐默才华横溢，悉数不是他的对手，如今周安国也一样。

"三年同门，余生亲人，你们是应该好好培养一下师门感情。"周安国暗自庆幸自己刚才没有说错话，瞧他刚才都想到哪里去了？竟然误以为俩孩子在谈恋爱，真是老糊涂了。

周安国说："阴天适合钓边或是钓浅水处，我身边这块水域不错，要不你们就在这里下饵吧，正好陪我说说话，解解闷。"

周安国垂钓经验丰富，根据鱼儿的活动特性，特意把钓点定在近岸水域。开钓不足一个小时，就已经钓了好几条鲤鱼和草鱼。齐默对附近的水域很熟悉，在这里钓鱼绝对是一个不错的选择，既然周安国发了话，自是没有拒绝的道理。

齐默定好两处钓点，周安国热情地招呼萧文缜坐到他身边："文缜，你离我近一些，我便教你一些阴天钓鱼的常识。"说着，他看一眼齐默，不期然想起初春落水事件，顿时没好气地撇撇嘴，"你就算了，你的钓鱼技术比我还厉害，还是自己到一边玩儿去吧。"

齐默好脾气地笑了笑，蹲在萧文缜的钓点，默默地在浅水处打窝，重味刺激鱼儿入窝，随后又帮他在鱼钩上挂好足够的鲜红虫饵，把鱼竿交给他之后，方才拿着自己的鱼竿去了下风口处。

"像这种天气，我们钓鱼一般讲究钓浅不钓深、钓近不钓远。另外，阴天鱼儿活跃度不高，所以在鱼饵和打窝方面就要多花费一些心思，否则就算钓上一整天，数量也会大打折扣。"

周安国为萧文缜讲解阴天垂钓的知识，仰起下巴示意萧文缜看向下风口处，实景教学："如何提高鱼儿的活跃度，提高中鱼率也是一门学问，比如你师妹刚才先打窝，再用活跃虫饵引诱鱼儿上钩，这是一种方法；再比如你师妹现在往鱼饵中添加溶氧量药物，也是一种方法。"

下风口处，齐默站在河岸边抛钩入水，手法娴熟，她漫步在河岸边逗鱼，一头海藻般的黑色长发随风飞扬，举手投足间耀眼夺目。

青山绿水如画，人融于画间，画归于自然，萧文缜想起"新月派"诗人卞之琳的代表作品《断章》："你站在桥上看风景，看风景的人在楼上看你。明月装饰了你的窗子，你装饰了别人的梦。"

萧文缜笑了。

他观的不是一色山水，也不是山水一色，而是一道美不胜收的风景线。

上午收获颇丰，齐默钓了一条十几斤重的草鱼和几条小鱼。她只把草鱼留了下来，那些小鱼被她放回了水中。

萧文缜学东西很快，接连钓了两条大鲤鱼，周安国大概觉得教有所成，盯着大鲤鱼看了好一会儿，竟比萧文缜还要高兴。

这天中午吃饭时，齐默遇到了为难之事，周安国钓鱼时通常一坐就是一整天，却没为自己准备吃的，齐默这次来西斋一条沟，没想到周安国也在这里，所以只带了两份午餐，一份留给自己吃，另一份是留给萧文缜的。

师徒三个人，午餐却只有两份，这就是齐默遇到的为难之事。

周安国并不觉得为难，见齐默从保温包里拿出两盒午餐走过来，率先夺走其中一盒，道了声"谢谢"，就不要脸地拿着筷子吃了起来。

不，周安国是她的教授，她不应该对教授使用"不要脸"这个词，但齐默是真的无语。虽说那盒午餐她原本就是打算送给周安国的，但她主动给和周安国伸手抢，完全是两个概念。

齐默把最后一只饭盒递给萧文缜："师兄，你吃吧，我不饿。"

不料，萧文缜接过饭盒，打开盖子以后，又把饭盒递到了她的面前："你先吃，吃不完再给我。"

齐默微微愣住了。

萧公子……不介意吃她的剩饭？

周安国听了萧公子的话，点头如捣蒜："对对对，你们不是正在培养师门感情吗？我看一人份的午餐满满的一大盒，你们两个人分吃一盒足够了。"

齐默和萧文缜一起看向周安国，只见周安国吃得满嘴油，大概是吃得太急噎住了，连忙将手握成拳，接连捶打了好几下胸口，总算把气缓了过来。

周安国接收到两位徒弟的眼神，语重心长地胡说八道："老师年纪大了，还有低血糖、高血压、冠心病，总之不经饿，一饿就头晕，你们以为我想和你们年轻人抢饭吃啊，这不是没办法吗？"

说着，他叹了一口气，不自觉地又往嘴里扒了一口饭，见两位门下高徒还在看他，当即挂着笑容瞪了回去："你们看着我干吗？快吃啊！再不吃，饭菜就要凉了。"

周安国说话的工夫，也没闲着他的嘴，含混不清地问齐默："齐默，这是你做的午餐吗？真好吃，没想到你还有这么好的手艺。"

"……"齐默无语。

萧文缜应该也是第一次目睹周安国厚颜无耻的模样，否则也不会无奈一笑，侧眸看向齐默，见她拿着饭盒迟迟不动筷，半开玩笑半认真地问道："要我喂你吃吗？"

这句话是玩笑，也是催促。

齐默并非矫情女子，在野外用餐，填饱肚子最重要，至于其他细节大可忽略不计。她坐在钓椅上吃饭，用餐速度较之往常快了许多，吃了不足三分之一的午饭，就把饭盒递给了萧文缜，一起递过去的，还有她的一双筷子。

"吃饱了？"

"嗯。"她低着头没看他，想到他要用她的筷子，还要吃她的剩饭，她就尴尬不已。亲近如爷爷，也不曾吃过她的剩饭和剩菜。

午餐还剩下一大半，其实萧文缜不用问也知道她没吃饱。

齐家小女性子乖戾，虽有戾气一面，但乖顺起来十分体贴，先顾亲者，再顾自己，从她对齐凯瑞的尊敬和爱护就可见一斑，对他……

他在她的心里，是否也如亲者一般？

萧文缜知道她的性子，饭盒既然递给了他，就没有收回的可能，而他感动于她的体贴，因此没有推拒。

正在大口吃饭的周安国，暗中瞟了两位高徒好几眼，这俩孩子不是正在培养师门感情吗？眼下同吃一盒饭，嘿嘿，亲兄妹也不过如此，关系够亲了吧？

午后气温陡然下降，周安国衣衫单薄，坐在钓椅上瑟瑟发抖。

迎着河畔的冷风，周安国吸了吸鼻子，先是瞟了一眼身侧：萧文缜坐在他旁边的钓椅上，正神情专注地望着河面的浮漂。然后他又回头看了一眼齐默：齐默置身于他和萧文缜的身后，正蹲在地上进行鱼线打结。还是年轻人好啊，年轻人火力旺，不怕冷。

149

周安国厚着脸皮发出求救信号："你俩谁把外套脱下来给我穿一下，真冷啊。"

"是有点儿冷。"

萧文缜经周安国这么一提醒，方才意识到起风了，终于有了反应，松开鱼竿，把外套脱了下来。

周安国大喜，伸出手去接，一声"谢谢"还没说出口，就被他黑着脸咽了回去。

萧文缜坐在钓椅上扭头，把外套递给齐默，虽然没有任何言语，但手头的动作说明了一切。齐默犹豫着没有接："还是给教授吧。"

周安国一听来了劲儿，也不推辞，立马伸出手想要夺走外套，却不及萧文缜动作快。

萧文缜起身离开钓椅，直接把外套披在齐默的肩上，话里有话地说道："什么叫师父？如师如父才叫师父。天这么冷，你父亲有多舍不得你受冻，咱们师父就有多舍不得你被冷风吹。"说着，他一脸笑容地看向周安国，问道，"师父，我说得对吗？"

"我好意思说不对吗？"周安国冷哼一声，他要是有萧文缜这样的撩妹技术，也不至于和前妻离婚多年，至今还单着。

事已至此，齐默不便再推辞。穿好外套以后，她低着头找拉链，却放慢了呼吸，萧文缜伸手帮她对齐两侧底端拉链，然后提着拉链头，一直拉到了她的领口处。

齐默紧张得手心直出汗。

周安国正扭着头生闷气，没有看到这一幕。

山林间空气湿冷，齐默穿着萧文缜的外套虽然抵御了不少风寒，但萧文缜只穿了一件薄薄的羊毛衫，齐默担心他受寒，原本打算收竿回去，岂料红黄两色的浮漂忽然轻轻地动了一下，随后又归于平静，齐默心里一咯噔，据她多年的钓鱼经验猜测，如果不是小鱼闹腾，就很有可能是钓到了大鱼。

果然。

短暂的停口后，浮漂陡然沉入水中，齐默连忙提竿，鱼竿瞬间被拉弯，绷紧的鱼线哗哗作响……

周安国注意到齐默这边的动静，一扫之前的不快，仿佛入了魔，丢下手头的鱼竿，快步朝齐默跑了过来："大鱼，这次一定是大鱼！"

萧文缜一听是大鱼，顿时也来了兴致，背着手上前观摩，想要好好地瞧一瞧齐默钓到的那条大鱼究竟有多大。

齐默与鱼竿僵持了几秒钟，鱼竿猛地一个风摆，只听鱼线划过气浪传来急促的呜呜声，水中的大鱼开始拼命挣扎，发疯似的想向更深的水域逃窜。

通过竿子传递到手中的力量异常猛烈，齐默意识到，她这次钓到的大鱼，远比她以前钓到的任何大鱼大。

周安国浑身紧绷，兴奋异常，追着齐默碎碎念："稳住，一定要稳住，千万不要跑鱼。"

齐默一边放线，一边将竿身挺起稍半，任凭大鱼在水中怎么冲撞，始终以守为攻，尽量不和它形成拔河状态，在杜绝它下潜的过程中，竿身撕裂空气，配上风吹鱼线的嗡鸣声，极其扣人心弦。

周安国紧紧地盯着河面，急得直搓手，别说周安国了，就连萧文缜也有了一丝紧张。

河岸边，齐默的遛鱼技术不仅高超，还极为帅气，吸引了周遭的好几位钓友近前观摩。虽说遛鱼是个技术活儿，但也很耗时间，齐默与大鱼周旋了半个多小时，奈何水中的大鱼不甘被捕，一个劲儿地向远处猛游，齐默生怕鱼竿和鱼线吃不消，若是到头来断竿断线，岂不是竹篮打水一场空？为保险起见，她只好陪着它遛圈子。

遛鱼一个小时后，齐默的额头上早已出了一层细汗，被冷风一吹，冰凉的汗水沿着额头无声滑落，鱼竿承受钓重过大，她毕竟是一个女孩子，长时间遛鱼已经让她有些难以支撑，两条胳膊更是乏力得很。

周安国见状，急切地道了声："我来遛。"他接过齐默手里的鱼竿，避免与水中的大鱼硬碰硬，斜向牵引，左右晃竿遛了大半个小时，大鱼终于在近两个小时的拉锯战后精疲力竭地浮出水面，周安国大声喊齐默做好抄网准备。

大鱼尚未近岸，齐默抄网，意味着她要下水。

齐默拿着抄网走向河边，被萧文缜中途拦截："我去。"

周安国钓鱼多年，从未有过如此激动人心的时刻，怎么可能放过大鱼落网的瞬间？而齐默颇有眼力见儿，上前接过鱼竿，给足了周安国面子："教授，大鱼在水中力量极为刚猛，师兄一个人抄网估计很费力，要不您下水帮帮他？"

"好好好。"周安国激动得语无伦次，朝萧文缜快步跑去，狂风吹乱了他的头发，哪儿还像个名校教授，分明像得了失心疯的流浪汉。

周安国下水抄网，一条巨大的青鱼落入网中，少说也有80斤重，就连萧文缜也觉得不可思议，怪不得那么难缠。

周安国高兴得像个孩子，拖着抄网上岸，在萧文缜的帮助下，终于将大青鱼带到了岸边的草地上。

齐默收好鱼竿，朝大青鱼走去，适逢周安国放声大笑，从裤袋里掏出手机递给萧文缜："来来来，文缜，快给我录一段视频，到时候发到朋友圈让那群钓友看看，谁说我钓不到大鱼，这不就钓到了吗？"

齐默再次无语："……"

这条大青鱼貌似是她钓的吧，怎么就成周安国钓的了？

萧文缜失笑，打开手机的录像功能。镜头里，周安国抱了好几次青鱼都没抱起来，索性不抱了，摊开手臂趴伏在鱼身上，脸庞朝上，咧着嘴哈哈大笑，模样滑稽得很。

齐默看不下去，真是辣眼睛。

萧文缜很淡定，保持微笑继续录像，然而——

啪的一声脆响，青鱼忽然甩动尾巴，结结实实地打在了周安国的侧脸上，周安国嘴角一哆嗦，半边凌乱不堪的头发几乎贴在了他的左脸上，架在鼻梁上的黑框眼镜更是被鱼尾巴扫落在草地上，被急于站稳、一时不察的他踩在上面，伴随着咔嚓一声，其中一块镜片被他踩得支离破碎。

齐默很不厚道地笑了，反观萧文缜就比她尊师重道多了，萧公子冒着得内伤的风险，生生地把笑容憋了回去。

浅水河畔，周安国疼得龇牙咧嘴，左脸微微抽搐，他伸手捂着脸，偷瞄一眼门下两位高徒的反应，他们若是敢笑，看他回头怎么收拾他们？

"教授，青鱼这一尾巴甩得不轻。要不，我们还是先去一趟医院吧？"

说话的人是萧文缜，他看着周安国，一脸担忧，修长的身体却把他的小师妹挡了个严严实实，严实到周安国完全看不到齐默的表情。

亲啊。

他俩可真亲啊。

齐默钓鱼，追求的是钓鱼的过程，而非钓鱼的结果，所以每次来西斋一条沟垂钓，她都会将三分之二的战利品放回水里。

关于放生鱼类，她有三个小原则。

一是珍稀鱼类放生。

二是小鱼放生。

三是20斤以上的大鱼放生。

那条大青鱼，重达80斤以上。为了遛它，先后耗费齐默和周安国近两个小时的时间；为了捕它上岸，先后弄湿了周安国和萧文缜的衣服；为了和它拍照留念，周安国不仅被它的尾巴狂扁，还间接踩坏了一副眼镜。

然而，齐默等人和它的相爱相杀，最终在放生的那一刻宣告和解。

周安国戴着被踩坏的黑框眼镜，眯着一只眼睛，目送大青鱼回到深水区域，心里颇为不舍，说道："也不知道这辈子还能不能再钓到它。"

河畔风大，周安国的感慨和怅然并未在坏天气面前维持太久，他有高度近视，戴着缺失一块镜片的眼镜很不方便，所以着急回市里重新配一副眼镜。

另外，周安国和萧文缜衣服半湿，齐默担心他们在河边待久了会着凉，早已整理好渔具，打算尽快离开西斋一条沟。

师徒三人抵达停车场以后，周安国与他们分道扬镳，前去寻找自己的座驾。

离开前，周安国终于有了导师的架势，嘱咐萧文缜一定要负起责任，必须把齐默送到家门口。

"您放心，我不仅把齐齐送到家门口，还会把她送进门。"他们还是一起进门。

周安国满意地离开，直到找到自己的座驾，上前打开后备厢的时候，方才迟钝地意识到：萧文缜刚才称呼齐默什么来着？

齐齐？

虽说两位年轻人正在培养师门感情，但"齐齐"两个字唤出口，是否也太亲昵了呢？

还真没看出来，萧公子万年铁树不开花，但对他的小师妹是真的好。

周安国有这种想法的时候，齐默刚协助萧文缜往后备厢里放完渔具，随后开门上车。齐默要把外套脱下来还给萧文缜，被他制止："你前不久遛鱼出了不少汗，再加上天气不好，频繁穿脱衣服，容易感冒。"

齐默无奈，只好断了心思。其实，他衣衫单薄，又先后两次下水，比她更容易感冒。

车内鱼腥味扑鼻，萧文缜打开车载空气净化器。经过西斋一条沟加油站，齐默谈起最近的国际油价貌似出现了小幅度波动，萧文缜对经济数据一向很敏感，开车途中和她深入探讨相关话题，解码经济指数，在某些前瞻性思考上，齐默和他的观点基本一致，即便偶尔出现分歧，各自阐述个人看法，亦是一种新奇的体验。

轻松、融洽的谈话氛围一直持续到齐默的手机铃声大作。

是尉迟敏打来的电话。

今日气温突然下降，尉迟敏担心齐默入住华清园没带厚衣服，下午时分特意回了一趟齐家老宅。

保姆告诉尉迟敏，齐老先生午休还未起床，尉迟敏没有打扰公公休息，直接去了齐默的房间。

尉迟敏打开女儿的衣柜，看到黑、白、灰三色的衣服，帮女儿整理衣服的时候，心里顿时一阵难过。

那些衣服，尉迟敏最终没有带走，又一件一件地放回到衣柜里，一时冲动开车去了商场。她去商场，原本是心疼女儿，想买一些颜色鲜艳、适合年轻人穿的衣服给女儿的，但逛完整个商场，她手里提着大大小小十几个袋子，袋子里装的依然是黑、白、灰三色的衣服。

她一下子醒过神，齐齐敏感、警惕，而她作为母亲忽然买一些颜色鲜艳的衣服给齐齐，行径反常，只怕会招来齐齐的担心。

尉迟敏前往华清园之前，给齐默打电话询问楼层和门牌号，彼时萧文缜刚把车开进市里，还未抵达华清园。

齐默把情况跟母亲说了，让母亲推迟半个小时再来华清园。

萧文缜说："没必要推迟半个小时，我们还有十几分钟就能抵达华清园，你母亲现在开车过去，时间正好。"

"十几分钟确实能够抵达华清园，但你回去以后很有必要冲个热水澡、换身衣服，让我母亲在商场里等等也无妨。"虽然齐默觉得对不起母亲，但萧文缜对待长辈有礼有节，倘若十几分钟后在小区里见到母亲，以他的性子，绝对不会丢下客人去冲澡、换衣服。

萧文缜没有接话。

他专心开车，表情平静，就连呼吸的节奏也很正常，唯有一双眼眸仿佛进驻了融融的暖意，柔柔的，很温存。

车内太过寂静，齐默大概察觉她先前的言辞有点儿见色忘亲，不自在地清了清嗓子，尴尬地补了句："我妈来华清园看我，不坐上个把小时是不会离开的。"

所以，萧文缜只能在她母亲来之前洗澡。她这也是没办法，而不是见色忘亲。

萧文缜嘴角含笑，继续沉默。

他怎么一直不说话啊？

他越是不说话，齐默就越局促不安，声音也越来越没底气："我只是想着……想着……"

想着，他不把湿衣服换下来，容易生病。

但就是这么简单的话，她忽然张不开嘴，一口气堵在心里，闷闷的。

萧文缜笑了笑，不忍再逗她，伸手握住她的手，然后又若无其事地放开，语气较之眼神更加温存："我明白。"

"你明白什么？"齐默屏住呼吸，问他。

红绿灯路口，萧文缜把车停下来，侧眸看着齐默，眼睛里铺满了耀眼的光华，手指朝她勾了勾，示意她靠近几分。

齐默受他眼神的蛊惑凑过去，结果刚靠近他，耳垂上就传来了一阵湿热的刺痛感，等她反应过来发生了什么事，薄薄的脸皮突然一下就红了。

他……他竟然咬她的耳垂。

"我明白，"他的声音带着别样的沙哑，滚烫的气息落在她的耳边，"你只是想着我。"

齐默的脸红似血，被他咬过的耳垂，火辣异常，一颗心早已方寸大乱。

黄昏时分，尉迟敏开车抵达华清园，萧文缜和齐默一起下楼迎她，两人穿着深色系的衣服，气质完美相融，"cp（情侣）"感十足。

萧文缜上前打招呼："尉迟阿姨，路上还算顺畅吗？"

"还好，没怎么堵车。"尉迟敏面带微笑，打开了后备厢。

萧文缜绕到车尾帮忙，齐默也凑了过去，见后备厢里摆满了衣服袋子，颇为无语。

母亲给她买东西时向来不知节制，照母亲这么夸张的买法，只怕过不了多久，她就可以开服装店了。

齐默上前拿衣服袋子，尉迟敏见她脸颊泛红，正想问她是不是不舒服，就被她岔开了话题："妈，您下次不用给我买这么多衣服，我的衣服够穿。"

"买不买在我，穿不穿由你。"尉迟敏把话撂给齐默，见萧文缜几乎包揽了所有的衣服袋子，连忙伸手跟他争抢，"文缜，分几个袋子给阿姨，你一个人拿这么多袋子可别累着了。"

齐默也觉得萧文缜拿的袋子太多了，不等他拒绝母亲，已抢先从他的手里夺走几个衣服袋子交给了母亲。

尉迟敏无语地接过，心里却有一些想笑，果然是她的亲女儿啊，不是一般地体贴入微，都知道心疼人了。

至于心疼谁……唉，还用说吗？

女大不中留啊。

这是尉迟敏第一次光顾华清园，进了屋，发现萧文缜把主卧室让给女儿住，虽然面上不说什么，但被萧文缜的细心和周到感动了。

萧文缜把衣服送进主卧室以后，径自去厨房烧水，并未打扰母女两人在卧室里聊天。

卧室里，尉迟敏坐在床上，问齐默："你和萧公子今天去钓鱼了？"

"嗯。"

齐默讲起钓鱼时的趣事，免不了要谈到那条80斤以上的大青鱼，眉眼间尽是喜色。

尉迟敏温柔地看着女儿，女儿的笑容一直都是淡淡的，温和安静，宛如早已伪装好的面具，很多时候无波无澜，感受不到一丝一毫的喜悦，但现在不一样，女儿是真的开心。

是因为萧文缜吗？

尉迟敏感到高兴的同时，又有一些担忧。

萧文缜对齐齐的感情，从未在她和老爷子面前有所遮掩，对此，老爷子心知肚明，她亦心中有数。

9月下旬的那天下午，萧文缜在813号病房里提出和齐齐同居学习的请求，并最终成功说服老爷子。齐齐质问老爷子未果，匆匆跑出医院去追萧文缜，而她站在病床前问出心头的疑惑，不解老爷子心里究竟是怎么想的。

那天，老爷子的情绪格外失落，他所说的话，她一辈子都忘不了。

"萧文缜说得对，我不可能一直陪着齐齐，我会逐渐老去，甚至有一天会突然告别人世。如果我走了，势必要有一个人接我的班，继续陪齐齐一路走下去。萧文缜说，他希望那个可以陪齐齐一路走下去的人是他。"

她竟被这样一席话戳痛了心窝，红着眼睛问老爷子："他还说了什么？"

"他说齐齐很可怜，他说我把齐齐培养成了一个学习机器和考试机器，导致她一直活在我的期待里，甚至连自己想要什么都不知道。虽然他也不知道，但他愿意与齐齐共同成长，陪齐齐逐渐认清她自己，陪齐齐找到她的未来。"

那天下午，她因为萧文缜的话，站在病房里泣不成声，各种情绪积压在心头，有心疼，有触动，有自责，有欢喜……总之，难以使用言语详细解说。

老爷子在萧文缜的眉眼里看到了坚定，在他的言语里感受到了真诚，权衡再三，最终放任齐齐跟他一起入住华清园。而她作为母亲，总归有一些担心，担心萧文缜对女儿只是一时的喜欢，担心萧家家世显赫，萧博彦和沈乐安……

主卧室门口，萧文缜礼貌地敲门，端着两杯刚沏好的茶进来，分别递给尉迟敏和齐默。

杯中有几片嫩绿的茶叶漂浮着，是上好的铁观音，尉迟敏送到鼻前闻了闻，清香扑鼻，笑道："真是好茶。"

齐默端着茶杯，杯壁略显烫手，萧文缜察觉了，从她手里接过杯子，放到了一旁的桌子上。

尉迟敏垂眸微笑，假装自己没看见。

晚上是在华清园附近吃的饭，萧文缜等尉迟敏和齐默都入座以后，方才坐下点菜，很是照顾尉迟敏和齐默的口味，家教、修养无可挑剔，尉迟敏宛如看女婿一般，越看越喜欢。

用餐途中，尉迟敏好几次偷偷打量萧文缜，每次都马上被齐默和萧文缜察觉。齐默都替母亲觉得不好意思，萧文缜却有一副好脾气，盛汤倒水，极为妥帖。

吃完饭，尉迟敏要结账，到了收银台才被告知，萧文缜已经把账结了。

"你这孩子，不是说好今天这顿晚饭我请吗？"尉迟敏埋怨萧文缜。

萧文缜微笑着回应："来日方长，还是等下一次吧。"

离开餐厅前，齐默去了一趟洗手间，片刻后出来，远远地就看到母亲和萧文缜正站在座驾旁说话。

他们背对着她，没有看到她出来。

"文缜，齐齐能够遇见你，真是她的幸运。"母亲的声音融进夜风，几不可闻。

"幸运的是我。"

"辅导齐齐学习是一项苦差事，老爷子虽然什么也没说，但心里对你十分感谢。文缜，你帮了齐家一个大忙。"

萧文缜沉默了几秒钟，迎着风缓缓开口："尉迟阿姨，我很敬重齐齐。"

"敬重？"母亲不解。

萧文缜说："您女儿很优秀，远比我还要优秀。从四年前知道她名字的那一刻起，我就无比坚信，萧文缜可以不成功，但齐默一定能成功。"

齐默停下脚步，愣愣地站在了原地。

母亲好像也被萧文缜的话冲击到了，待缓过神，轻轻地叹了一口气："齐齐想要成功，路途中必定荆棘丛生，这是一条极其漫长、痛苦，甚至看不到希望的路，这条路并不好走。"

萧文缜不假思索地道："没关系，我陪她走。"

"你可以陪她一直走下去吗？"

萧文缜没有直接回答母亲的问题，却间接给了母亲一个答案："佛教有云：佛不度人，人自度。既然佛不肯度化齐齐，而我又不忍齐齐自度苦难，所以，我甘愿身陷泥沼，陪她经历苦难，帮她度化成她未来想要的模样。如此一来，才不枉费齐齐多年在泥泞里挣扎，否则就算齐齐甘心，我也会替她不值。"

齐默僵着身体，坚硬的内心就那么毫不设防地被一个男人，被一个男人的一席话无声地撕裂，没有疼痛，只有震颤。

喧哗的街道，仿佛一下子被黑夜吞噬了所有的声音。

尉迟敏望着冷静、理性的萧文缜，怔怔地说不出话来，就在刚才，她听到了萧文缜不轻易示人的想法，也听到了一个超出她预期的回答。

这个回答，足以打消她先前的担忧，她知道萧文缜喜欢女儿，却不知道他对女儿的喜欢竟是如此厚重。

厚重到，尉迟敏自感汗颜。

女儿不能读写一直是她的痛之所在，更是她不敢正视的残缺，不承想这份残缺到了萧文缜的眼里，却成了他敬重女儿的所在。

老爷子放任齐齐入住华清园以后，一改之前的"虎爷"作风，不再干涉齐齐的学业。现在想来，并非因为齐齐自律性极高，而是因为老爷子阅人无数，他打从心眼儿里喜欢、信任萧文缜。

她怎会这般迟钝？9月下旬的那天下午，当萧文缜直言他希望那个可以陪齐齐一路走下去的人是他的时候，当老爷子把陪读重担交给萧文缜、同意萧文缜带走齐齐的时候，其实已经说明了一切。

老爷子认可萧文缜的感情，并为齐齐的未来添置了一个选项，希望她今后也能在感情世界里为自己谋划一条出路。

而齐齐，她可怜的女儿，早已在不知不觉间被老爷子"转交"给了萧文缜。

齐齐可知？

尉迟敏离开得很匆忙，跟齐默拥抱道别，甚至不敢拿正眼看齐默。她心虚地上车，又心虚地开车离去，看得齐默一头雾水。

齐默并未在意母亲的异常，事实上她这天晚上心事重重：震惊于萧文缜的感情，不齿于自己心里的那一点儿卑鄙。

餐厅距离华清园不远，先前来餐厅吃饭，萧文缜没开自己的车，开的是尉迟敏的车，好在步行回去不过几分钟，正好可以散散步、消消食。

路灯昏黄，夜风刮得沿途梧桐树的枝叶哗啦啦作响，光影投落在地上，仿佛齐默掉落一地的心事，隐晦不明，搅得她的一颗心七上八下，很是煎熬。

齐默太过安静，萧文缜看了她一眼，问道："怎么不说话？"

"我在想事情。"

"嗯。"

他很绅士，没有追着问她在想什么事情，要么是不感兴趣，要么是在等她主动告知。

齐默沉默了一路，直到走进华清园小区，才吐露心事："师兄，当初爷爷生病住院，我紧追学业，进度很吃力，急切需要一个陪读对象帮我分解压力，就在这个时候你出现了。你主动提出要帮我，我虽然不愿拉你下水，但又迫于形势，终究还是厚颜无耻地利用了你的主动。"

萧文缜表情不变，沉默地伸出手，握住齐默略显冰凉的右手，慢慢启唇："没关系。"

齐默眼眶酸涩，转过脸望向别处，过了好一会儿，才说："我为走进国大读研付出了很多，爷爷也付出了很多，我不能因为爷爷生病住院，以后无法长时间陪我读书就半途而废。你是我的师兄，是除了我爷爷之外，第二个说要负责我学业的人，但在我心里，你就是一个冤大头。"

"没关系。"他的声音越发温柔。

齐默停下脚步，路灯的光芒投落在她光洁的额头和微微皱起的眉头上，眼睛里似有水光游走："我利用你帮我分解压力、完成学业，我说你是'冤大头'，你觉得没关系？"

夜风呼啸，齐默的长发被狂风吹起，从萧文缜英俊的脸庞上轻拂而过。萧文缜站在阴影里，黑宝石般的眼睛注视着齐默的眼睛，用极轻的声音告诉她："没关系。"

几片落叶随风起舞，一片黄色的叶子缓缓地飘落在齐默的肩头，萧文缜垂眸捡起，拿在指间把玩，然后嘴角露出一抹微笑。

他说："因为你是齐默，所以齐默的成功可以凌驾在萧文缜的成功之上。"

齐默因他的话而窒息。

她和萧文缜相互凝视着，她的意识逐渐消散，整个人仿佛被一团烈焰吞噬，她能敏感地察觉某个东西正在她的体内疯狂生长，当饱满的情绪充满心脏，就只剩下混乱的痛觉。

夜色中，两位青年男子行色匆匆地朝小区门口走去，谈话声传到齐默和萧文缜的耳中——

"……好几车家具在小区门口停着，小区的保安拦着不让进，我们好说歹说都没用，只好请你们物业过去说一声。"

"搬家这件事，江总的秘书提前跟我们打过招呼，但我们今天事情比较多，所以一时就把这件事忘了，实在是不好意思。"

"我们倒是无所谓，在小区门口等多久都没关系，主要是江总的秘书，再三叮嘱我们今天晚上不管忙到多晚，都要把家具摆放到位，我们拿钱办事，也是没办法。"

"了解，了解。江总住在6号楼11层，一会儿你们开车跟着我，别跑错了……"

当天晚上，一场来势汹汹的重感冒突然袭向齐默，导致她头痛欲裂，全身酸疼乏力，躺在被窝里瑟瑟发抖。

就在下午，周安国和萧文缜双双下水抄网捕鱼，她还一直担心两个人会受凉感冒，却忽略了自己。

那条大青鱼，她遛的是前半段，周安国遛的是后半段，而前半段恰恰是最累的。当时大青鱼刚上钩，正是力气最凶猛、挣扎得最厉害的时候，她在遛鱼的过程中热得直出汗，后来把鱼竿转交给周安国，热汗又悉数转变成冷汗，成了诱发她感冒的主因。

至于次因，绝非楼下搬来了新住户，制造噪声直至后半夜，也绝非物业的工作人员屡次按门铃向萧文缜说明情况和表达歉意。

齐默很清楚，她是被萧文缜深沉的感情吓住了。面对那样深沉的感情，她惊慌失措，甚至惶恐不安，不知该如何接受，更不知该如何消化。

她在身心俱疲之下，病来如山倒，辗转失眠到凌晨，胃里开始翻江倒海，前后跑进洗手间好几次，半跪在马桶前吐得天昏地暗。

凌晨四点，同样被失眠困扰的萧文缜，打开次卧的房门去厨房倒水喝，见主卧室底端的门缝处有亮光透出，不禁眉头微蹙。

齐默是一个生活自律到极致的人，不管学习到深夜十二点，还是凌晨三四点上床睡觉，她都能做到每天五点半准时起床，眼下她的房间灯光大亮，她是还在学习，还是忘了关灯？

凌晨时分，万籁俱寂，但凡有点儿声音，都会在无形中被放大很多倍，包括从主卧室里传出来的呕吐声。

主卧室的洗手间里，齐默接连呕吐数次，胃里早已没有东西可吐，到最后只能靠干呕缓解胃部的不适。

她虽全身难受，烧得糊里糊涂，但有人打开主卧室的房门，来到她的身边，她还是知道的。

"怎么吐得这么厉害？"

她依稀听到萧文缜焦灼的声音，竟莫名觉得一阵心安，后来他又说了些什么，她意识涣散，几乎一句也没记住。

她依稀记得，他伸手摸了摸她的额头，扶她起身的时候，她浑身的骨头跟散了架一样，力气全无。

她依稀记得，他将她拦腰抱起，他的手臂结实有力，她在昏昏沉沉中感觉仿佛被一片温暖的海水包裹，水波融入她的血液，寂静地流淌在她的体内，很舒适，也很安宁。

她依稀记得，他为她套上厚大衣，抱着她走出家门，进入电梯，上车，开车，赶到医院里为她挂了急诊……

她睡着了。

梦里，她在一条大雾弥漫的道路上踽踽独行，能见度很低，她看不见前路，也看不见来时路，只能被迫往前走，一直往前走……

"齐齐。"

浓浓的雾气里，忽然传来一道低沉的男声，非常奇异地安抚了她的急躁和不安，她看不见他在哪儿，但他的声音一直徘徊在她的耳畔，宛如誓言一般，深刻入骨。

"别怕，我陪你走。"

"别怕，我陪你走。"

"别怕，我陪你走。"

齐默醒来时已是清晨，她躺在急诊室的输液床上，身上盖着被子，右手的手背刚输完液，贴着止血绷带。萧文缜握着她的右手，坐在床边的椅子上守着她，眼睛里带着一夜未眠遗留下的红血丝，一向遇事冷静的他，竟难得地深锁眉头，目光里满是焦虑和自责。

"我没事。"她安慰他，声音沙哑，鼻音很重。

怎么可能没事？她凌晨高烧至40℃，体温持续高热，经过反复的物理降温，这才稳定下来，他在一旁看得心急如焚。

萧文缜松开她的右手，从一旁的床头柜上拿起一支体温计甩了甩，朝她俯下英俊的脸庞，轻声道歉："我昨天不该带你去西斋一条沟钓鱼。"

如果他不被江棋来的话语影响，忌妒心不那么重，占有欲不那么强，如果他当初不提议去西斋一条沟，她生病这种事就完全可以避免，都是他的错。

"我昨天玩得很开心。"

齐默想要平静地道出这句话并不容易，因为萧文缜把手探进被窝以后，直到手指穿过她的睡衣，她才迟钝地发现，她的睡衣不知何时已被人解开了两颗纽扣。

她红着脸看他，他似是知道她的心思一般，嘴角微微上扬，稍稍拿开她的左手手臂，把体温计放到了她的腋窝下。

进出间，他动作熟练，想必她昏睡的这段时间里，他没少帮她测量体温。他的手指不可避免地滑过她睡衣下的肌肤，她的反应很丢人，因为她在被窝里瑟缩了一下，被他敏锐地察觉了。

"冷吗？"

齐默怀疑他是明知故问，却苦于没有证据，只好收起杂念，摇了摇头，告诫自己：此刻生了病，脑子不如往日灵光，万不可在萧文缜面前闹出笑话来。

"你躺一会儿，我去给你倒杯水。"萧文缜帮她盖好被子，掀开隔帘离开了。

齐默刚醒来，意识还比较混乱，所以没有及时察觉萧文缜的穿着，直到他起身离开，她才看清楚他的装扮。

黑色的睡衣、睡裤，外搭黑色的大衣，脚上穿着黑色的低帮帆布鞋，虽然一如既往地帅气，但他穿衣一向得体，若不是出门的时候太慌乱，若不是太焦急，何至于穿得这般不伦不类？

关心则乱，她只是发个烧、感个冒而已啊。

齐默躺在床上浑身难受，伸手按住床铺，还要避免体温计移位，好不容易坐起身来，只见隔帘被人从一旁掀起，一名实习女医生拿着病历表走了进来。

女医生见齐默醒来，朝她笑了笑，发现体温计不在盒子里，心下了然，问齐默："体温计放进去多久了？"

"不到两分钟。"

这是一家三甲医院，也是距离华清园最近的一家大型医院，齐默猜测急诊室这天清晨接待的病患不多，否则女医生哪儿有空闲站在病床边等着到点取体温计？

女医生伸手探向齐默的额头，笑着说："应该是退烧了，我一会儿再看看体温计。"

"谢谢。"

齐默和女医生大眼瞪小眼，彼此对视了一会儿，大概女医生也觉得有些不自在，主动开口化解医患之间的紧张气氛："今天凌晨，你男朋友抱着你冲进急诊室，当时你高烧不退，我们给你采取物理退烧措施的时候，你高烧反反复复，最高温才40℃，你男朋友帮你冷敷额头大半个小时，你是没看见，你是脸色发红，他是脸色发白，估计是被你吓着了。"

脸色发白？

那个人冷静如斯，原来也有被吓坏的时候。

齐默心里觉得温暖，跟女医生开起玩笑："我还在读书，他大概担心我高烧不退损伤脑细胞，到时候没办法毕业。"

"看得出来，他很在乎你。"

"……"

女医生有点儿好奇："你男朋友看起来很眼熟，跟萧博彦和沈乐安的儿子长得很像，我们好几位值班的同事看见他以后，都在猜他是不是萧文缜。"

齐默愣了一下，反应敏捷地予以否认："看来，说他像萧文缜的人，不是只有我一个。"

萧文缜是名人之子，一直在娱乐圈的边缘游走，如果她承认陪她来医院的人是萧文缜，就他俩这身睡衣装扮，再加上凌晨四点多她被萧文缜抱着进医院，傻子也看得出他们是同居关系，万一被医护人员发到网上去，想想就觉得头痛。

"但你男朋友长得和萧文缜几乎一模一样。"女医生疑心未除。

齐默撒谎都不眨眼，说道："我男朋友叫王大刚，怎么可能是萧文缜？你们认错人了。"

"王大刚？"女医生被这么土的名字雷住了，那么帅的人怎么会有一个这么接地气的名字，完全不搭啊。

齐默继续为女医生洗脑："你回头再仔细看看我男朋友，他的眼睛没有萧文缜的眼睛好看，他的鼻梁没有萧文缜的鼻梁高挺，他的唇型也没法跟萧文缜的相比，整张脸更不用说了，论帅气，还不及萧文缜的……十分之一。"

最后那个"十分之一"，齐默说得尤为小声，说完，深深地把头垂了下去，心虚地不敢看向某人。

女医生还没意识到某人正站在她的身后，对齐默说："你真幽默，你男朋友就算没有萧文缜英俊，但他也已经很帅了。"

齐默垂着头不吭声。

女医生笑眯眯地看了她好一会儿，终于察觉了一丝不对劲儿，求生欲很强地不往身后看，挪步走近床头，很刻意地干笑两声："体温应该量得差不多了，我看看。"

齐默伸手探进睡衣，取出体温计交给女医生。

"38℃，属于低热。"女医生收起体温计，方才转身看向"王大刚"，脸颊微微泛红，并非害羞，而是在背后议论正主，却不幸被正主逮了个正着，真是尴尬。

"王大刚"的脸上什么表情也没有，他走到床前，把一次性水杯放到齐默的手里。齐默抿了一口，是温水。

女医生目睹"王大刚"的体贴之举，心里对齐默羡慕得很，齐默刚才一直贬低"王大刚"不如萧文缜，想必被"王大刚"听得一清二楚，他就不生气吗？

果然，好男人都是别人家的。

"患者回去以后需要多休息、多喝水，注意观察是否有反复发烧的迹象，如果吃了药还不退烧，最好再来一趟医院。"女医生嘱咐好男人。

好男人略一颔首："谢谢。"

"不客气。"

女医生逃难似的离开了，齐默也想离开，无奈走不了，只好装作没事人一样，把杯子里的水喝了个精光。

他站在床前接过空纸杯，问她："还喝吗？"

她摇摇头，没脸喝了。

他把空纸杯放到床头柜上，弯腰拿起她的外套，说道："空腹吃药容易伤胃，我们先回去吃点儿早餐。"

"嗯。"

她掀开被子要下床，却赤着双脚，找不到她的鞋子，她……被他抱着来医院的时候，他没顾上给她穿鞋子吗？

没有鞋子，她怎么离开医院？

愕然间，萧文缜已帮她穿好了外套，左手手臂伸到她的肩胛骨下，右手手臂挽住她的腿弯，一用力，就将她拦腰抱了起来。

虽然萧文缜凌晨时就是这么抱着她冲进急诊室的，但那个时候她意识不清，不像现在，所到之处医护人员和患者全朝她投以关爱的目光，她很想保持镇定，但实在是……

她搂着他的脖子，把脸埋在他的颈窝处不愿示人，察觉他的脚步顿了一下，她轻轻地叫了一声："师兄。"

"我不是王大刚吗？怎么成你师兄了？"他的秋后算账来得还算平静。

齐默抿嘴微笑，不接话。

"王大刚哪儿都不如萧文缜，萧文缜就那么好吗？"他的声音格外低沉，却明显夹杂着笑意。

她还是笑，不说话。

"王大刚是谁？"他好奇地询问。

"我随口胡诌的。"她也不知道是谁，当时脑子里忽然闪过这个名字，就直接用了。

萧文缜觉得自己还是不说话比较好，但有一点他不能不承认，她能帮他起这样一个名字真是有才。

清晨，医院里人来人往，喧哗声此起彼伏，萧文缜抱着齐默大步前往停车场。沿途的患者不明状况，纷纷望向齐默的双腿，原本十分同情她的遭遇，但萧文缜嘴角的笑容如暖阳般耀眼，众人心生佩服：爱人都这样了，男子竟然还笑得出来，心态真是好啊。

露天停车场，萧文缜把齐默放到副驾驶座位上，帮她系安全带的时候，轻轻地捏了捏她的脸，温柔地道："下次不要再给我乱起名字，萧文缜在你心里那么好，远远超出我的预期，我能叫萧文缜很荣幸。"

"等你的名字上了八卦新闻，看你还怎么荣幸！"齐默小声嘀咕。

回去的路上大堵车，齐默强打起精神陪萧文缜说了一会儿话，后来困极了，靠着椅背又昏昏沉沉地睡了过去，连什么时候到家的都不知道，自然不可能知道她究竟错过了什么。

清晨八点左右，萧文缜把车开进地下车库，抱起齐默走进电梯，按下数字键"12"，电梯扶摇直上，却在11楼有过短暂的停留。

11楼的新住户要上楼，电梯门开启的一瞬间，11楼的新住户和电梯里的萧文缜就那么毫无征兆地打了一个照面。

空气瞬间冻结。

电梯里，萧文缜抱着齐默，齐默的长发散落在他的臂弯里，脸庞朝内，靠在他的怀里睡着了，两人俱是穿着一身睡衣和深色系的大衣，亲密暧昧，宛如痴心交往多年、缠绵缱绻的情侣。

电梯外，11楼的新住户江棋来面色阴沉，紧紧地盯着萧文缜，眼神锐利，宛如暴风雨欲来，压迫感直击人心。

萧文缜面色平静，眼神冷漠，与江棋来对视，不肯相让分毫。

两道充满戾气的眼神碰撞在一起，仿佛能抽干周遭的空气，没有人说话，只有齐默浅浅的呼吸声传来。

电梯门打开数秒钟后自动关闭，不管是电梯里的萧文缜，还是电梯外的江棋来，谁都没有延迟关闭电梯门。

电梯门缓缓朝中间聚拢。

江棋来眼神犀利，萧文缜眼神凌厉，隔着逐渐变窄的电梯门缝，犹如死神凝视。

叮。

电梯门闭合的一瞬间，萧文缜和江棋来似是因为短短几秒钟的目光对峙耗光了心神，不约而同地闭上了眼睛。

视野内一片黑暗。

Chapter 07
师兄，你绝对不是流氓

江棋来做过的最后悔的一件事，是他在21岁那一年伤了齐默的自尊，并且亲手把她的喜欢拒之门外。

他对齐默的感情变迁，完全可以在人生长河里划分成三个时间段，分别是他13岁以前、13岁至21岁，以及21岁以后。

13岁以前，江棋来不通男女情事，学习成绩高于一切，对不学无术的齐默只有数不尽的厌烦。

他的妹妹江夷中和齐默同岁，只比齐默早出生六天，与齐默同年级不同班，然而两人的学习成绩天差地别，如果江夷中是全年级第一名的话，那么齐默一定是全年级倒数第一名。

全年级倒数第一名意味着什么？

意味着齐默是同学眼里的"白痴"和"笨蛋"，同时也注定了她在班里被同学排挤、嘲笑的命运。

儿时的她，性子暴戾，能动手绝不动口，面对同学的言语侮辱，她从不委曲求全，而是直接动手解决问题。

有一次下午放学，她在教室门口和一个辱骂她是"智障"的女同学撕打在一起，由于不及女同学身高体胖，一度被女同学压在身下狂揍。

适逢江夷中走出隔壁教室，目睹她被女同学欺负，立马丢掉书包上前揪住女同学的头发，现场一片混乱。

事后，两个瘦瘦小小的女生虽然在撕打中完胜那名女同学，但也因此被点名批评，还差一点儿被记过。

那是江夷中第一次跟人打架，也是仅有的一次，脸上挂彩，皆是拜齐默所赐。

江棋来对齐默的不喜就是因这件事情而起的。而她学习成绩如此之差，不仅不努力为自己争口气，反而没有丝毫羞耻心，每天不是跟一群小孩子在老别墅区里瞎捣乱，就是怂恿江夷中一起玩游戏，以至于他每次上下学看见她，都气不打一处来，暗骂她活该像烂泥一样被人瞧不起。

他对她有所改观，是在他13岁那一年。

那一年，她9岁，专业医生诊断她患有严重的阅读书写障碍症。齐家人的脸上均是一片愁云惨雾，唯有她兴高采烈地追着他，跟他解释："大哥，医生说我智力正常，我只是生了一点儿小病而已，我不是笨蛋哦。"

她的那个尾音"哦"，带着小小的庆幸和得意。不管是她的神态，还是她的话语，都充斥着9岁小女孩应有的天真和无邪，他却因此而恼羞成怒，就好像……就好像他因为什么而讨厌某个人很久，忽然间被告知，那个理由事出有因，而他的讨厌不仅站不住脚，还带着一丝获知真相后迎面扑来的难堪和懊恼。

为了弄清楚阅读书写障碍症究竟是一种什么病，他专门上网搜索了很多相关网页，于是他读懂了她的"不努力"和"毫无羞耻心"。

举个最简单的例子，比如一本中文书放在齐默的面前让她阅读，就好比别人拿着一本他从未涉猎的俄文书、韩文书、日文书、德文书给他看。

不，她的情况更糟糕一些，因为她看到的文字是分崩离析的，是错乱重叠的，是足以击垮她精神世界的变形文字，是不管她付出多少努力都无法跨越的鸿沟和障碍。

齐爷爷无奈，只好为她申请在家教育，并亲自担负起她的学业重任。

霸道且风光一世的齐爷爷，或许可以容忍家里存在一个学历低的尉迟敏，但绝对不允许他的亲孙女将来是一个文盲。

齐爷爷的傲气和不认命，宣示着齐默童年的结束，也意味着步入少女时期的齐默炼狱生涯的开始。

齐爷爷将儿子和儿媳驱逐出齐家大门的那一刻，齐默就像是一只被强行带离舒适鸟窝的雏鸟，还是一只远远落于人后的笨鸟。从此以后，她只能困守在齐家这个牢笼里，在齐爷爷魔一般的鞭策下，没日没夜地围着囚笼飞，不敢有丝毫的懈怠和不满。

他同情齐默，深深地同情着齐默。

但他想不明白，齐默身处炼狱，每一分每一秒都是煎熬，为什么还笑得出来？为什么每次他放学回来，她都能站在齐家二楼卧室的窗前，带着朗朗笑声、元气十足地叫他一声"大哥"？

大哥……大哥……

她不累吗？她不痛苦吗？她没有学习阴影吗？

他开始关注她，开始在意她的存在，开始期待她唤出口的那一声声"大哥"。

在他通晓情爱的年纪里，他认为他对齐默态度的这种微妙转变是羞耻的，是他极力想要抗拒的，所以她跟他打招呼的时候，明明他对她并无恶意，明明他想要对她好一些，说出口的话却尽是难听的话。

13岁至21岁期间，甚至是他13岁以前，他对任何一个女孩子都能礼貌以待，唯独对齐默苛刻到了极致，仅是她身上的陋习，他就能挑出十几种来。

比如，她的衣服总是黑、白、灰三色，他觉得她的穿衣风格死气沉沉，看得他很不爽。

比如，她的笑容温煦、宁静，他觉得她是强颜欢笑，笑得太过虚假、不走心。

比如，她自律性极高，为了学习不惜挑战身体的承受极限，他觉得她做人做事都太绝，通常对自己下得了狠心的人，对别人也会狠心至极。

比如，她对认定的目标很坚定，有野心、有欲望，无时无刻不在学习，他觉得她活得太现实。

比如……

比如，她明明不完美，却忍着苦痛把自己禁锢在烈火中，强行把自己改造成一个发光、发热的焦点。

齐默是如此不好，他是如此看不惯她，又怎么可能喜欢她，对她心生好感呢？

基于这种矛盾心理，他每次见到齐默都没有什么好脸色，要么对她冷嘲热讽，要么对她态度冷淡，一直持续到5年前。

那一年，齐默17岁，他21岁。

来自冬日的一场大雪导致全城交通瘫痪，就在人们放慢脚步，停下都市快节奏生活，蜗居在家里享受烟火人生的时候，他却在自己的卧室里，于睡梦中醒来，猝不及防地迎来了一个蜻蜓点水般的亲吻，并在心烦意乱之下深深地伤害了齐默。

一切就是阴错阳差。

那天午后，许是床铺太安逸、被窝太温暖，他竟鬼使神差地做了一个关于齐默的梦，梦里他和她结婚生子多年，在不知岁月变迁的婚后生活里，他和她亲密依存，一家三口过得很幸福。

他从睡梦中苏醒，忽然看到近在咫尺的齐默，顿时一脸困惑，脑子也一时转不过弯来，是梦，是现实，还是……他做了一个梦中梦？

但很快，唇上的温软，彼此交织的炙热呼吸，都在无形中告诉他，不是梦。

她竟然偷亲他？

震惊之余，紧接着而来的是满腔的愤怒，愤怒的原因是他被一个他从小就不喜欢的女孩子轻而易地举攻占了双唇。

与此同时，他又无比嫌弃自己怎么会做那样一个有关她的梦，而他竟然在梦里幸福得不愿意过早醒来。

她为什么偷亲他？

是恶作剧，是不小心，还是……她喜欢他？

他心乱如麻，却不知突然涌上心头的那一股股莫名的情绪究竟是什么。对了，是厌恶，是瞧不起，是鄙夷。

当种种情绪化成最尖锐的刃，为了掩饰自己的不知所措，他毫不留情地将利刃刺向齐默，那一刻他分明看到了她受伤的眼神。

她落荒而逃。

而他在她离开以后，心口竟没来由地隐隐作痛，他以为是太生气所致，是齐默恶意破坏两人的关系所致。

几天后，她像是做错了事一般，尝试着跟他道歉，他却拉不下脸接受她的歉意。他猛然意识到他对她好像有不一样的感情，慌乱和排斥几乎占据了他的内心，所以，他说起话来伤人诛心："齐默，你能不能离我远一点儿？"

这样无情的一句话，跟拒绝她的心意和碾碎她的尊严没有什么区别，其实在他说出口的一瞬间，他就已经后悔了。

但话语落地，不可挽回。

齐默将他的话听了进去，终于不再靠近他。反倒是他，每次从国大回来，路过齐家门口的时候，都会忍不住朝齐家的二楼望去，那里却很少再出现她的身影。

学习的间隙，她偶尔外出碰见他，依然会微笑，依然会叫他"大哥"，但她的笑容不再热烈，不再发自内心，而是含蓄内敛到了极致。至于她的那一声"大哥"，好像只是出于礼貌给出的称呼而已，记忆里那一声声带着满满的笑意、元气十足的"大哥"，他再也不曾听她喊过。

他失落，他怅然，他郁郁寡欢，他情绪低落。

那一年的冬天特别冷，至少对他来说一度冷到了他的血液里，就在他尝试为自己混乱的感情理出一个头绪的时候，奶奶突然离世了。

奶奶的突然离世，对他和夷中打击深重。

当时夷中已经进入高考倒计时阶段，父母不放心夷中继续住在江家老宅，怕她睹物思人影响高考，只好先将她带回家照顾，而他还没从奶奶离世的伤痛中彻底走出来，所以一个人在江家老宅里住了两个多月。

在这两个多月的时间里，每天他从国大或是青锋集团实习回来，齐默都会在晚上七点准时敲响江家老宅的大门，用温温的语气邀请他去齐家吃晚饭。

"大哥，晚饭做好了，我和爷爷等你过来一起吃。"

他听着她的声音，从一开始的无动于衷，到最后的如沐春风，仿佛失去的亲情正在逐渐被她悄然填补。

在父母的多番劝说下，他最终同意回家居住。在离开江家老宅的前一天晚上，他终于在齐默两个多月的坚持里，走进了齐家大门。

那天晚上，齐默在厨房里做菜，齐爷爷告诉他："这两个多月以来，齐齐每天晚上都会为你留饭，她说万一你夜间饿了突然过来，不至于没饭吃。"

他的眼眶一下子就湿了。

万千思绪涌至心头，他在她的温柔体贴里，蓦然觉悟出他对她的情潮翻涌，却在过往他对她的恶言和恶行中，窥探到了他的狭隘和卑劣。

齐默高考在即，她在炼狱一样的学习氛围里苦苦挣扎多年，不过是为了迎战一场高考，证明她自己。只有考上名校，她的人生才会出现更多的选择机会，而不是绝望地等待被选择，所以在此之前，但凡有任何人、任何事影响她，都是不道德的，包括他以及他后知后觉的情感萌芽。

几个月后，高考成绩公布，父母难得地放下工作守在家里陪夷中查阅高考成绩，就连他也丢下创业团队坐在了电脑旁。

他关心夷中的高考成绩不假，但想通过夷中获知齐默的高考成绩也是真。

那一日零点刚过，经查阅，夷中的高考成绩比预期的还要好，父母高兴之余，当即送给夷中一辆价值上百万元的名车，以示嘉奖。

夷中是名副其实的学霸，从小学到高中都是，高考前半玩半读，就能轻轻松松地考进国内的一流名校，这就是夷中和齐默的差距，一种与生俱来、齐默终其一生也无法跨越的差距。

正是因为这种差距，他才会在高考放榜日格外焦虑，格外关心齐默的成绩。

好在不用他委婉地提醒夷中，夷中已按捺不住激动，率先往齐家老宅打了一通电话。

齐默没有手机，而凌晨时分，无论是齐爷爷的手机，还是齐家老宅里的座机电话，都一直处于忙音状态。

夷中无奈之余，带着困意上床睡觉去了，反倒是他好几次拿起手机却又不知道该说些什么。他焦虑、失眠到天亮，正想提醒夷中再打一通电话给齐默时，却惊喜地发现齐默的励志故事几乎点燃了全网。

她的高考成绩不仅比夷中的高考成绩高了46分，一篇惊才绝艳的高考满分作文更是将她推到了神坛之上。

父亲说："齐齐如果不是患有阅读书写障碍症，以她的聪明和悟性，前途不可限量。"

母亲说："事实证明，一棵树如果想要开花，哪怕置身在暗夜里，但只要这棵树有心，依然可以开出芬芳馥郁的花朵来。"

夷中说："齐齐考出这样的成绩，对别人来说，是意料之外；但对我来说，是意料之中的。"

他意识到了他的浅薄，齐默早已不是过去的齐默，现如今的她是学霸里的优胜者，她用自己非人的意志力跨越她与别人的鸿沟和差距。她早已不是被人俯视、嘲笑的弱者，而是一位向着目标大步前进的战士。

那一年，齐默18岁，他22岁。

齐默在华大诚意满满的邀约之下，选择了到华大的经济系就读本科，他虽然遗憾齐默没有选择国大，但从这件事情上看出了齐默心态上的转变。

她在"群魔乱舞"的文字世界里，自信心不可能不受挫。大学的专业那么多，她选哪一个专业不好，偏偏选了知识结构繁杂，不仅需要博览群书，还需要跟大量的数据打交道的经济系。越是不擅长什么，她就越是要做什么，不仅要做，还要做到最好。

高考翻篇，对她来说不是结束，而是另一场战争的开始。

现在是大学，以后是社会，在她拼尽全力获取成功之前，儿女私情只会给她造成不必要的困扰。

至于她在少女时期昙花一现的情窦初开，早已敌不过现实，被日渐理性的她丢弃在了学业之外。

而他，组建团队创立青锋视频平台，忙碌起来无暇顾及其他。在他急于扩大事业版图，摆脱青锋"太子爷"阴影，想要获取外界肯定的时候，却忽略了是否也有人如他一般对齐默心生好感这件事，甚至忽略了齐默的心境变迁。

她虽看重学业，并且在齐爷爷的严厉看管下甚少接触异性，但如果有一天她遇到一个出类拔萃、使尽手段想要走到她的心里的同龄异性，她是否会从繁忙的学业中移开目光看向那个人？她又是否会为那个人心动？

萧文缜对齐默毫不遮掩的喜欢，导致他压抑多年的情感刹那间变得岌岌可危，而齐默接受萧文缜的亲近，更是让他焦躁不安到了极点。

是他太过大意了。

但有错改错，他和齐默长达十几年的感情，又岂是萧文缜能轻易撼动的？

在这件事情上，他绝不认输。

绝不。

这里是华清园6号楼的12楼，上午9点左右，齐默坐在餐桌前，无精打采地搅动着碗里的白米粥。

她这日身体状况很差，精神状态也不好，除了鼻子堵塞以外，脑袋也昏昏沉沉的，无精打采到了极点。虽然没有什么胃口，但她还是低着头，强迫自己吃了好几口白米粥。

餐厅里气氛微妙。

她置身在这样的环境里，并且在两位大帅哥的热心陪伴下，还能泰然自若地吃上几口白米粥，已是耐力惊人。

几分钟以前，萧文缜把她从睡梦中叫起来吃早餐，她随他走出主卧室，没想到在餐厅里看到了江棋来。

阔别几日，再见江棋来，齐默表情木然，没有笑脸，甚至没有主动与他打招呼，而是径直走到餐桌前用餐，全程一言不发。

她不说话，江棋来和萧文缜竟也出奇地沉默，萧文缜坐在餐桌的一侧翻阅经济报，江棋来坐在她的对面静静地看着她吃粥。她倒是不介意被江棋来一直看下去，但问题的关键是，她在接连打了好几个喷嚏以后，鼻腔发痒，开始抑制不住地往外流清鼻涕……

江棋来见状，连忙从纸巾盒里抽出几张纸巾，隔着餐桌递给齐默，却在目睹萧文缜的举动时，捏着纸巾的手指不易察觉地蜷缩在了手心里。

就在刚才，萧文缜几乎和他同一时间目睹齐默流鼻涕，萧文缜的第一反应，不是递纸巾给齐默，而是放下报纸，抽出几张纸巾，起身走向齐默，细心地帮齐默擦掉流出来的清鼻涕。

江棋来收回纸巾，胸口好像被什么东西堵住了一样，闷闷的。

他知道萧文缜有洁癖，而能够让一个有洁癖的人帮一位与自己毫无血缘关系的同龄异性擦鼻涕，归根结底，不过是喜欢而已。

萧文缜喜欢齐默，喜欢得光明磊落，不屑于隐藏，更不介意被人知，而齐默呢？

齐默似是早已习惯萧文缜的亲近，所以当萧文缜帮她擦鼻涕的时候，她并未逃避，而是伸出手扯了一下萧文缜的棉麻衬衣，想要自己动手，见萧文缜好像没有察觉她的小动作，又悄悄地放弃了。

她就这样放弃了？

江棋来注视着齐默，眉头轻蹙，他和她从小一起长大，她都再三拒绝他的帮助，对萧文缜的帮助她却能做到轻易接受。难道在她的心里，他还不及萧文缜和她的关系亲吗？

江棋来不便生气，事实上他连生气的资格都没有。那天下午，他被齐默激得情绪失控，趁着酒劲儿强吻她，事后虽然觉得抱歉，但那声"抱歉"，就像他憋在心里长达五年的抱歉一样，因为是从伤害里衍生出来的，一旦说出口，原有的伤害势必加倍，所以只能保持沉默。

但他又不甘心一直沉默，至少不该眼睁睁地看着他的感情走向穷途末路。

171

于是，他踏出了第一步：把家搬到华清园。

华清园是精装修小区，家具、家电齐全，购房者可以随时拎包入住。6号楼11层的房主原本是一位商人，当初购买华清园的房子只为坐等升值，所以，购房后一直没有出租，也没有在此居住。日前，江棋来委托秘书从对方手里把房子买了下来，不满意原来的装修风格，干脆换了全新的家具和家电，不过是为了……

江棋来出声打破沉默："齐齐，要不你还是搬到楼下去住吧？"

餐厅里异常寂静。

江棋来似乎意识到有些不妥，缓和了语气，委婉地规劝齐默："楼下什么都不缺，你搬到楼下住，学业上有什么不明白的地方，可以随时上楼找文缜。毕竟孤男寡女同居一室，不是所有人知道你……们是为了学业，传扬出去，对你的名声不太好。"

江棋来说"你们"两个字的时候有所停顿，他相信齐默入住华清园是为了学业，但萧文缜……此人居心不良，不说也罢。

齐默不作声。

萧文缜帮她擦完鼻涕，把纸巾丢进垃圾桶，刚回到原位坐下，就听见江棋来对他说："文缜，麻烦你回避一下，我有话想跟齐齐单独谈谈。"

"不用回避，有什么话你就在这里直说吧。"

齐默终于淡漠发声，前半句是对萧文缜说的，后半句是对江棋来说的。她的声音疲乏，仿佛在砂纸上滚过一般，沙哑中透露着不适。萧文缜抖了抖手里的报纸，无奈地喷了一下唇，声音低微细小，并未被人觉察。

沉默蔓延。

齐默的态度冰冷疏离，她硬生生地阻断了江棋来的满腹心事。江棋来将目光落在齐默的身上，寒着脸不说话。

然而，江棋来不说话，齐默却有话要说。

齐默放下喝粥的勺子，迎上江棋来的目光以后，把碗推到一边，身体缓缓前倾，用极轻的语气质问江棋来："大哥，我只问你一次，五年前的那件事，是你当作笑话讲给炫语璨听的吗？"

她的声音张弛有度，面色看似无波无澜，但眼睛紧紧地盯着江棋来，宛如毒蝎子钩状尾刺，刺得江棋来的瞳孔疾速收缩，险些露出破绽来。

他是江棋来，驰骋商界多年，所遇的难缠客户不计其数，却从未在谈判桌上败过阵，如今面对齐默亦然。

江棋来神态坚定，拒不回应齐默的问话。

默认吗？

江棋来的回应在齐默的意料之中，但她宁愿江棋来一如最初那般予以否认，而不是现在的默认。

那天下午，她在盛怒之下失去理智，直接质问江棋来，笃定泄密者除了他，再无旁人。但事后她冷静下来，方才意识到她极有可能错怪了江棋来。

她与江棋来从小一起长大，对于他的为人了解颇深，就算他对她有成见，就算他厌恶她，也还不至于背后乱嚼舌根、自降格调。

这种事，江棋来不屑于做。

但不是江棋来，还能是谁呢？

炫语璨认识江棋来的时候，江奶奶早已去世，而夷中，江奶奶曾经说过，夷中参加同学的生日聚会还未归家。

如果夷中已经归家，江奶奶待在房间里没看见，不知情呢？

想到这种可能性，齐默回忆了一遍事情发生的经过，只觉得手脚发颤，寒彻心扉，但再怎么寒彻心扉，都不及此刻心中的想法被落实带来的打击大。

她相信江棋来事后必定质问过炫语璨，依炫语璨的精明，绝对不会道出真相而得罪夷中，但江棋来一旦回过神，稍加思考，又岂会不知内情？

江棋来想要保护夷中，维护她和夷中的友情，宁愿背黑锅，也不愿意解开误会，却不知沉默即是答案。

齐默的手指藏于桌下，十指发了狠地交握在一起，只为强压怒意。

她知道女孩子聚在一起时，有时候会说别人的闲话，或是道人是非，但她从未想过夷中会拿她的难堪事作为笑料，对此她无法做到心怀大度。前两日，夷中跟没事人一样造访华清园，她态度冷淡，不过是因为不愿过早地给夷中定罪，不过是因为心结难除。

她想起炫语璨口中的"偷"，想起炫语璨口中的"不被棋来待见"，想起炫语璨口中的"一时鬼迷心窍爬到棋来的床上"，心里似悲似哀，炫语璨的描述是来源于个人言语加工，还是来源于夷中？

齐默恼意顿生，双手啪的一声拍在餐桌上，惊得江棋来神色一变，萧文缜更是放下报纸朝她投来关怀的一瞥。

她却像个没事人一样，待呼吸稳定下来，目光掠过搁在一旁的粥碗，在江、萧二人的注视下，把粥碗移到面前，淡定地舀了一勺白米粥塞到嘴里。

她咀嚼数下，吞咽。

"大哥。"

她抬头注视江棋来，心头的火气无处宣泄，只能迁怒于江棋来："有一件事情我百思不得其解，你向来对我没什么好感，为什么还要搬到华清园居住，不怕给自己添堵吗？"

此话直白、犀利到了极点。

江棋来神色冷然，他被齐默那句"你向来对我没什么好感"生生地刺中了心窝，他本该驳斥她的误解，但话到嘴边，又临时改了话锋，他不答反问："你认为，我搬到华清园居住的原因是什么？"

他读博期间很少往来国大，反而出入公司较为频繁。华清园距离他的公司颇远，他的确没必要搬到华清园居住，更没必要住在这里，每日面对齐默的同居对象心中添堵。

但比起绕远路去公司，比起添堵，他更怕失去齐默。

江棋来看着齐默，他的眼神里不再有冷漠和嫌弃，而是进驻了丝丝缕缕的星光，耀眼夺目，炙热得令人不敢直视。齐默心头的火气骤然消散，随之而来的是迟疑和讶然，他这样的眼神，竟然像极了萧文缜私底下注视她的眼神。

深情、克制。

他此刻眼神里的热浪，足以焚烧人心。

齐默思绪翻涌，试图像个没事人一样继续吃粥，却手指发麻。她一时不察，勺子脱离指间，沉闷地掉到了粥碗里。

萧文缜抿着唇，已无心再看报。他把那几张报纸折叠整齐放到餐桌上，起身走进开放式厨房，面无表情地往杯子里倒了一杯温开水。

江棋来的声音就是在这个时候再次响起的，他看着齐默，诚恳而又真挚地说道："我喜欢的女孩子在这里居住，这就是我搬到华清园居住的原因。"

空气凝固。

齐默反应迟钝，以为自己出现了幻听。

沉默着喝水的萧文缜，拉着一张脸，啪的一声把杯子重重地放在了吧台上。

齐默并未被江棋来的表白冲昏头脑。

对于他突如其来的表白，齐默承认自己很意外。如果是五年前的她，或许会不问缘由，甚至兴高采烈地接受他的感情，但她早已不再感性。

江棋来的心路历程，以及他对她的情感变迁，她无心知晓，更无意猜测。她只知道五年前他看不上她，五年后他就必须承受她也看不上他的现实。

有这种想法的时候，她刚回主卧室吃完感冒药躺在床上，原本记挂学习进度，打算休息片刻就起床，没想到竟然一觉睡到了黄昏。

在她半睡半醒间，似有冷毛巾数次覆盖在她的额头，颈部两侧又似乎被某人反复用温水擦拭降温，她的心头不禁泛起丝丝暖意。

她于黄昏时分醒来，夕阳收敛光芒斜照入室，房间里传来一阵极其细微的键盘敲击声。萧文缜坐在一把椅子上，腿上放着一台笔记本电脑，齐默看向他的时候，他正目不转睛地看着电脑屏幕，手指飞快地游走在键盘上，虽然看上去不苟言笑，但认真工作时的状态为他平添了几分温润和柔和。

齐默生病初醒，无论是反应能力，还是思考能力，较之往日都大打折扣，所以，当她失神地凝望萧文缜，忘记收回目光时，很难不被担心她的身体状况的萧文缜逮个正着。

"醒了？"

萧文缜合上笔记本电脑，起身离开座椅，并随手将笔记本电脑搁在她的梳妆台上。

梳妆台的一角摆放着热水壶和水杯，萧文缜边倒水边说："你今天嗜睡了一些，医生给你开的感冒药里应该含有扑尔敏成分，镇静安眠，吃了以后很容易犯困，否则你也不至于睡到现在。"

难怪她会睡得这么沉。

齐默拥着被子坐起身。

服用感冒药嗜睡，虽说有利于休息和恢复体力，但不利于她集中精神学习，所以这药不吃也罢。

"你在生病，感冒药必须吃。"萧文缜好像知道她的想法一般，适时出声碾碎她的念头，迈步走到床前，把玻璃水杯递给她，"晚些时候，我请医生重新开几包非镇静性的感冒药给你。"

"嗯。"

"饿不饿？"

齐默摇头，重感冒导致她食欲不振，胃口全无，比起晚饭想吃什么，她更想躺回床上好好地睡一觉。

"没睡醒？"萧文缜垂眸看着她，见她没有喝水的冲动，也不勉强她，从她手中取走水杯放到床头柜上。

"是有点儿困，但现在睡着的话，后半夜就该失眠了。"齐默的鼻子堵塞严重，她不仅呼吸困难，就连说话也带着浓浓的鼻音。

她已经睡了整整八个小时，原定的学习计划被耽搁，心中很是懊恼，说什么也不允许自己继续睡。

"既然不想睡觉，那我们说说话？"萧文缜坐在床畔握住她的手。

说什么？

她隐约觉得他有正事要跟她说。

萧文缜略一沉吟，说话并不拐弯抹角，而是直击交谈重点："背后说你闲话的人，不是江棋来，而是江夷中吧？"

齐默没想到他要说的竟然是这个，眼睛里闪过一抹惊讶，萧公子心细，果然没有什么事情瞒得了他。

"并不难猜。"萧文缜仍是一贯的清淡语气，说道，"那天御牍酒店的午宴结束，江夷中邀请你前往江家老宅做客在先，知道你上楼，挖坑诱导炫语璨讽刺你在后……这么拙劣的编派，你事后只需动一下脑子，就会知道是江夷中所为。所以，你上午发火拍桌子，不是生江棋来的气，而是生江夷中的气？"

萧文缜聪明得让人觉得害怕。

175

认识萧文缜以前，齐默从未想过，这世上竟有人知晓她的想法，并且了解她至深。

"手疼吗？"他握紧了她的手，温柔地问道。

"不及心疼。"齐默没打算隐瞒自己的坏情绪，轻声吐露心中郁结，"那天下午发生的事情，我宁愿相信夷中是无心之过，宁愿相信她是在和炫语璨私底下聊天时不小心说漏嘴，也不愿意相信她是有心暴露我的隐私。我与夷中从小一起长大，感情深厚，在此之前并无任何不愉快发生，所以我至今想不明白她有什么理由伤害我。"

萧文缜没有立刻接话，而是目光幽深地看着她，过了好一会儿方才开口："还是有理由的，毕竟那天下午跟你前后脚上楼的还有我。"

齐默没反应过来："你？"

萧文缜点头："大一上学期，江夷中通过沈燮认识我，没过多久，沈燮邀请朋友一起外出过生日，散席后，我送江夷中和其他几个朋友回家，车里仅剩我和她的时候，她对我说她喜欢我，我当时拒绝了。"

齐默的心脏猛地一跳。

夷中喜欢萧文缜，并向他表白过？这事她从不知晓。

萧文缜心性沉稳，诉说旧事时可谓平静无波到了极点，齐默却听得眉头紧蹙，太阳穴突突直跳。

难怪那日她告诉夷中，她搬到华清园和萧文缜同住时，夷中的表情会那么微妙，甚至连最爱的红烧排骨都无心再吃。

难怪夷中邀请她和萧文缜同去江家老宅，继而挖坑诱导炫语璨暴露她的少女情事给萧文缜，其目的不过是敲山震虎，借此机会离间她和萧文缜。

难怪事发的第二天上午，夷中造访华清园时，会委婉地试探她和萧文缜之间的关系是否有所恶化。

难怪她说到"他曾经拒绝过我，人要脸，树要皮，没脸没皮还是人吗"时，夷中的脸色会青白交加，原来夷中曾经跟她有过相似的经历，瞬间触动伤心事，觉得影射自身罢了。

萧文缜继续道："这件事情涉及江夷中的隐私，我原本不应该告诉任何人，但她利用炫语璨当众给你难堪，试图挑拨你和我之间的关系，我担心你不知内情，所以才决定让你知道这件事情。另外，今天上午，江棋来自愿替他妹妹背黑锅，你既然没有打破砂锅问到底，就代表你有意息事宁人，不愿因为那天发生的事情而跟江夷中撕破脸，但你以后与她相处时，还需心里有数，凡事多提防总没错。"

齐默的心情复杂无比，她知道有很多女孩子喜欢萧文缜，却从未想过江夷中也是其中之一，更加没有想过有朝一日江夷中会因为萧文缜而对她心存嫉恨。

提防江夷中吗？

齐默想到"提防"两个字就身心俱疲。

她问："沈燮知道夷中喜欢你吗？"

"他没必要知道。"

这就说得通了，沈燮追求夷中多年，若是知道夷中喜欢萧文缜，断然不可能心无芥蒂，只怕和萧文缜之间的兄弟情也会因此而面临考验。

想到沈、萧二人的兄弟情，齐默的心事重了一些，她问："师兄，你拒绝夷中，是因为沈燮喜欢夷中吗？"

萧文缜失笑，她怎么会有这种想法？

"我如果喜欢一个女孩子，任何人都不会成为我喜欢她的阻碍，但如果我拒绝，那一定是因为不喜欢。"

为了杜绝齐默胡思乱想，他伸出另外一只手握住齐默的左手，虽然回应得委婉含蓄，但手头的动作让齐默深切地感受到了他尚未明说的情意。

齐默没有接话。

现下僵局难解，沈燮喜欢江夷中，江夷中喜欢萧文缜，萧文缜喜欢她，而她……不知从何时起，萧文缜之于她，早已是亲人、知己般的存在。

她自幼跟随爷爷在家学习，交友圈子除了江家兄妹，几乎为零，即便少时暗恋江棋来，也不曾和他有过多少私下相处，后来进入华大读书，虽然扩大了交友圈，但多年在家中学习养成的习惯，导致她每日上下学更喜欢独来独往，再加上学业压身，所以她和班里的大部分男生仅限于点头之交。毫不夸张地说，四年本科生涯结束，她连同班的某些男同学的名字都不知道。

但萧文缜不一样。

从未有同龄男子如他这般，主动走近她的身边，牵住她的手，不仅帮她抚平源于骨子里的自卑和挫败，还自愿担负她的学业重任，并且承诺不让她成为荆棘之路上的独行客。

他说："你的人生价值，别人说了不算，由你自己定。"

他说："齐默，你可以迷茫，但不许害怕。"

他说："尉迟阿姨，我很敬重齐齐。"

他说："您女儿很优秀，远比我还要优秀。从四年前知道她名字的那一刻起，我就无比坚信，萧文缜可以不成功，但齐默一定能成功。"

他说："佛教有云：佛不度人，人自度。既然佛不肯度化齐齐，而我又不忍齐齐自度苦难，所以，我甘愿身陷泥沼，陪她经历苦难，帮她度化成她未来想要的模样。如此一来，才不枉费齐齐多年在泥泞里挣扎，否则就算齐齐甘心，我也会替她不值。"

他说："因为你是齐默，所以齐默的成功可以凌驾在萧文缜的成功之上。"

…………

她以为自己对爱情所持有的那一份期待，早已在五年前就灰飞烟灭，没想到五年后死灰竟也有复燃的瞬间，甚至比之前烧得还要猛烈。

所以私底下面对他，她才会失去以往的从容，若非对他怀有不一样的情感，她又怎会动不动就脸红和不知所措？

才貌出色者，人皆爱之。

她理解江夷中爱而不得的落寞心情，却无法说服自己去理解江夷中为爱伤害她的行为。

齐默想事情入了神，直到耳边响起萧文缜的声音，她才意识到卧室里静悄悄的，而她已经沉默了很久。

萧文缜半开玩笑半认真地问道："如果你因为江夷中单方面喜欢我，就决定把我拱手让出去，那我岂不是太悲催了？"

他使用"悲催"这个词，很明显是为了哄她开心，刻意而为之。

齐默忍不住笑了，她既不是圣母玛利亚，又不是爱委曲求全之人，怎么会因为夷中单方面喜欢他，就把他拱手让出去？

感情讲究两情相悦，而非执拗强求。

窗外夕阳偏移，室内光线昏黄，年轻女子的长发散至落肩头，她靠着床头垂眸微笑，恬淡安静。

"齐齐。"他轻声唤她。

"嗯？"

"你的防狼喷雾剂在哪儿放着？"他的声音里带着笑意，低低的，柔柔的。

齐默愣了一下，迎上萧文缜过分灼热的眼神，隐约猜到了什么，心脏当即狂跳不止。她仓皇间移开眸子，却惊觉一双铁臂将她牢牢地禁锢在了怀里，她还未找回理智，萧文缜已猝不及防地吻上了她的唇。

齐默瞬间脸红到了脖子根。

唇与唇紧密贴合，空气里无声游走着暧昧的气息，萧文缜的唇辗转厮磨着齐默的唇，温柔缓慢，尽显克制。

失控源于齐默鼻塞，在他的热吻里，她无意识地张开了唇。

似是一种邀约。

萧文缜笑意流露，薄唇开启，将自己的气息毫无保留地输送给齐默，随之霸道地深入齐默口中，与她气息共享。

唇舌交缠，由浅至深，齐默在他强有力的攻势下指尖发颤，只能贴附在他滚烫的怀里，任由他予取予求。

都说深情是淬了毒的蜜饯，殊不知深情是足以让人进入半幻觉状态的亢奋剂。

齐默大脑缺氧，反而在萧文缜缠绵的亲吻里，对他的气息更加敏感。她能够清楚地描绘出自己的心跳究竟有多快，怦怦怦几欲从胸腔里跳出来一般，格外响亮。

生命正在向她敲响警钟。

齐默连忙伸出手挡在萧文缜的胸前，他意识到她气息用尽，方才放过她发麻的舌，稍稍退离她的唇。然而，她刚张开嘴吸了一口新鲜空气，就被他再次吻了上去，只不过这一次他没有探舌进去，而是轻柔地舔咬她的唇，那力道实在是轻得过分，以至于齐默不仅唇痒，一颗心也跟着他若有似无的亲吻一起发痒。

"师兄，我现在重感冒，容易传染给你。"齐默避开他的吻，想要劝他适可而止，却发现自己的声音沙哑得厉害。

"正合我意，我陪你难受。"他凝视着她，眼睛里光彩熠熠。

"……"

萧公子情深似海啊。

齐默的口才不如他，她干脆转过脸贴着他的胸膛，此举虽然有点儿孩子气，但防止他继续亲吻她应该不是问题。

他在笑。

下一秒，他的唇落在齐默白皙的脖颈上，启唇说话时，低哑的声音仿佛能够钻到齐默的心里去："感冒时接吻可能会让你觉得不舒服，我知道你没有吻尽兴，等下一次吧，等你感冒好了，我们再好好吻。"

"……"

颠倒黑白。

齐默心力交瘁，红润的唇上似乎还残留着他的气息。齐默强迫自己不要回想他热度惊人的眼神，以及他占有欲极强的亲吻，却无法阻止她逐渐平息的心跳声和他沉稳的心跳声融为一体。

彼时，隔着主卧室的房门，齐默隐约听见门铃在响。

"有人按门铃。"她见萧文缜没反应，出声提醒他。

"有吗？"他说，"我没听见。"

"你仔细听。"门铃还在响。

他很配合地听了听，回复不变："我没听见。"

齐默一时无语。

来访者好像跟屋里的人较上了劲儿，门铃声一声接一声地响起，萧公子若非耳朵聋了，就一定是故意的。

萧文缜的确是故意的，关于门外的访客，萧文缜不用开门也知道是谁。

今天上午，江棋来念及公司里还有会议要开，起身离开的时候，告诉萧文缜："你好好照顾齐齐，我晚些时候再过来。"

萧文缜当时没有理他，现在更没必要理他。

"师兄，你如果不开门，门铃就会一直响。"齐默自然也猜到了来访者是谁，她了解江棋来，知道他不达目的誓不罢休。

萧文缜朝怀里的齐默缓缓低下头，薄唇贴着她泛红的耳朵，笑着说："不重要，我准备了隔音耳塞，一会儿帮你戴上。"

"……"

道高一尺，魔高一丈啊。

关于男女情事，齐默近些年避之若浼，沾上萧文缜已是意外，偏偏楼下又住了一个江棋来，真是热闹极了。

所谓热闹，不外乎江棋来与萧文缜针锋相对了好几日，就连空气里也弥漫着一股火药味。

10月4日一大早，江棋来带着食盒再次造访，目睹萧文缜开门迎客，积攒一夜的怒火瞬间转化成讽刺："呵，我还以为今天早上又要被萧公子拒之门外，只差没有提前备好小板凳守在你家门口了。现在看来，是我以君子之心度小人之腹了。虽说小人心眼儿小，但也有好客的时候，是不？"

"我什么时候把江总拒之门外了？"萧文缜扮无辜，装傻功夫一流，"江总，你可不要冤枉好人。"

好人？

"呵呵。"

江棋来宛如回到自己家里一般，绕过萧某某，径直走到餐厅里，并随之打开了食盒。

二人份的早餐，一份给齐默，一份江棋来自留，完全没有萧文缜的份。

萧文缜不以为然，回到开放式厨房自己动手做早餐，边切水果边跟江棋来有一句没一句地聊着天。

萧文缜说："江总财大气粗，当初在6号楼买房，怎么不选13层，偏偏选了11层？屈居人下可不是你的行事风格。"

江棋来说："不屈居楼下，我怎么知道萧公子何时起夜走动？又怎么探听你的作息状况？"

萧文缜说："江总对我情意深厚啊。"

江棋来说："那是自然，至少比你想象中的深。"

…………

齐默觉得辣耳朵，悄悄地戴上了隔音耳塞。

华清园的房子注重隔音，齐默入住华清园以来，楼上从未传出什么动静，关于这一点，萧文缜心知肚明。但萧文缜深受江棋来话语的影响，饭后依然联系了家具城的负责人，交代工作人员过来铺地毯，以便加强隔音效果。

值得一提的是，工作人员过来铺地毯的时候，江棋来也没闲着，竟然撸起袖子帮助萧文缜忙碌了一上午。

齐默大开眼界的同时，感慨二人做事光明磊落，不背着对方搞小动作，情敌能做到这个份儿上，真是旷世奇观。

同样是这一天，江棋来离开的时候取过齐默的手机，将他的手机号码设置成齐默手机电话簿里的第一顺位联系人。

几分钟后，齐默的手机回到萧文缜的手里……第一顺位联系人最终难逃易主的命运。

10月5日，齐默抱病学习，在萧文缜的帮助下，利用一上午的时间完成阅读笔记，又趁下午萧文缜去《追梦者》栏目组处理工作的时间，独自在书房里完成了几篇课后预习案例。黄昏时分，萧文缜回到家里，进门不到十分钟，江棋来就按响了门铃。若非齐默知道两人不对盘，只怕会误以为他们是事先约好的。

晚上，萧文缜下厨，江棋来叫外卖，二人争相夹菜给齐默。齐默看着碗里堆成小山丘的青菜和荤菜，僵着手指，实在是无从下筷。

齐默自知夹在两人中间难以自处，饭后回到卧室，戴着耳机聆听《美国经济评论》，其间，手机振动数下，萧文缜打来了电话，提醒她把感冒药吃了。

这天晚上，江棋来吃完饭，移步至客厅看电视，萧文缜不方便赶人，两人分坐沙发两侧，耐着性子观看一档关于狮子的纪录片，从生活习性看到狮群捕猎，江、萧二人看得目不转睛，氛围还算融洽。

观看过半，萧文缜双臂环胸，窝在沙发里"好心告诫"江棋来："江总最近貌似很闲，小心安逸久了失去狼性，一旦运行管理系统出错，青锋网前景堪忧。"

江棋来同姿势回复："萧公子不也很闲吗？听说你最近很少去栏目组，逐渐放权给乔思佳和沈燮，导致各部门工作协调性下降，长此以往，《追梦者》难保不会变成《绝梦者》，前景同样很令人担忧啊。"

萧文缜说："一起忧吧，说不定有江总做伴，忧着忧着也就不忧了。"

江棋来说："谁说不是呢？"

电视里，一只处于发情期的雄狮正骑在一只雌狮的身上激烈交配，萧文缜淡定如初，江棋来镇定自若，二人的目光都凝定在电视屏幕上，彼此较劲儿，谁都没有率先移开视线的打算。

画面还在继续：雄狮和雌狮短暂交配完，雌狮猛一回身咬住雄狮的脖子，雄狮痛苦地嘶吼，雌狮拒不松口……

"雌狮子为什么回咬雄狮子？"

沙发后忽然传来齐默疑惑的话语，江、萧二人坐在沙发上愣了好几秒钟，待回过神，几乎同时离开沙发，虽未言语，但配合得极为默契，萧文缜快步绕到沙发后捂住齐默的眼睛，江棋来则快速翻找遥控器，把电视机关了。

尽管如此，齐默还是听到了旁白解说，比如猫科动物在交配时，雄性生殖器上的小刺容易刮伤雌性，雌狮子之所以回咬雄狮子，是因为雌狮子在交配的过程中感觉到了疼痛。

原来……是在交配。

原来……如此。

齐默清楚了，脸却丢尽了。

身后，萧文缜的一只手搭在她的肩上，另一只手捂住她的眼睛，低声斥责：“出来怎么也不吱一声？”

江棋来手握遥控器，回头目睹齐默和萧文缜的亲密之举，脸色难看到了极点，冷冷地道：“萧文缜，你的两只手是长在齐齐身上了吗？还不赶紧放下来？”

10月6日下午，齐默查阅文献，萧文缜陪读过半，拉着齐默坐在围棋桌前对弈放松。

齐默搬进华清园的时候，书房里就放置着一组围棋桌椅，齐默出于好奇，问萧文缜：“你一个人住，平时想下棋，谁与你对弈？”

“一个人也可以下围棋。”

这话，萧文缜说得平静自然，齐默却颇为感慨。萧文缜的父母要么常年通告不断，要么辗转在国内外的各大片场里，萧文缜作为他们的儿子，独立能力可想而知，虽说独自下棋也能收获乐趣，但齐默听了总归有些不舒服。

是她自己不舒服。

齐家老爷子也是一位围棋爱好者，但他比萧文缜有福，至少老爷子每次想要下棋的时候，都有齐默做伴。而齐默，自幼受围棋氛围熏陶，行棋过程中擅长挖坑诱敌，棋艺高超。

细细想来，这还是齐默和萧文缜第一次下棋，萧文缜不知齐默的棋艺水平，开局前特意跟她讲解了一下围棋的玩法，齐默也不挑明自己会下棋，默默地听着，只笑不语。

结果，萧文缜开局礼让齐默，谁知对弈没一会儿就节节败退，好在他及时调整策略迎战，这才转危为安。

双方势均力敌，齐默从小就开始训练逻辑推理能力，大局观上并不输萧文缜，所以厮杀交锋近两局，陷阱遍布，步步为营。萧文缜虽然每次都能扭转乾坤，全身而退，但赢得并不容易。

他赢棋不易，心却隐隐欢喜。

棋逢对手，偏偏这位对手还是他喜欢的女子，怎不喜之、幸之？

那棋，齐默只下了两局，却颇为费时，每落一子都要苦思良久，若非江棋来到访，

182

只怕她还困在萧文缜精妙的棋局里。

对弈的双方自此换人，江、萧二人高手对决，各执一色棋子交替争棋，黑白对立，互不相容。

齐默站在一旁观战，弈至56手，江棋来所执白棋被黑棋逼入绝境，虽成功突围，但从大局观推测，若不出意外，萧文缜的黑棋极有可能锁定胜局。

齐默的手机突然响了起来，语音播报父亲来电，江棋来和萧文缜均分神看了她一眼，她接听后，离开了书房。

"喂，爸爸。"她的鼻音很重。

齐远彬通过手机听出异常，关切地询问："感冒了？"

"嗯。"

"吃过药没有？"

"吃过了。"

齐远彬静默几了秒钟，问道："跟你合租的女同学在你身边吗？"

合租的女同学？

齐默恍了一下神，方才想起她离家搬进华清园，母亲曾哄骗传统观念极强的父亲，说她的合租人是班里某一位帮助她完成阅读作业的女同学，并不知道她的合租人是一名年轻男子，还是萧文缜。

齐远彬没有听见齐默回话，当即下了决定："这样吧，你把合租的地址发给我，我一会儿下班后过去看你，顺便请你那位女同学吃顿饭，也好当面谢谢她。"

"她回父母家了。"

"你同学不在合租房里，我才更应该过去看看你，我一听你的声音就知道你感冒不轻，留你一个人待在合租房里，我怎么放心？"

齐默欺骗父亲，心里原本就很虚，岂料事与愿违，反而坚定了父亲来看望她的决心，无奈之下，只好另寻借口："今天晚上不行，我和几位同学要把小组作业赶出来，所以不是很方便。"

"那明天……"

齐默立马斩断父亲的"明天"："爸爸，我现在吃的感冒药没什么效果，咽喉肿痛很难受，要不我明天去市医院，您帮我重新开几包感冒药吧？"

"唉，你说我都提醒你多少遍了，让你学习时不要那么拼命，多注意身体，你就是不听。"齐远彬念叨归念叨，终究还是松了口，"你明天上午直接去办公室找我，我给你开几包药。"

"好。"齐默暗自舒了一口气。

齐远彬叮嘱："不要熬夜，多注意休息。另外，多喝白开水。"

"好。"

183

"挂了？"

"嗯。"

齐默挂断电话，走到书房门口，听到江棋来和萧文缜正在说话，觉得还是回避一下比较好，索性拿着手机回到了客厅。

书房里，江棋来手执白棋落在交叉点上，试图对黑棋展开反追杀，许是心思都在棋盘上，所以越发显得他的问话有些心不在焉："齐叔叔知道你和齐齐住在一起吗？"

"不知道。"萧文缜并未隐瞒。

江棋来挑着眉，问道："你就一点儿也不担心我会告诉齐叔叔？"

"你随意。"

江棋来撇撇嘴，垂眸盯着棋局，不知道在想些什么，片刻后问道："夷中喜欢你吧？"

萧文缜抬眸看他一眼，落下黑棋化解危机，没有接话。

江棋来自顾自地说道："闺密之间反目成仇，要么是为了名利，要么是为了男人。前者不成立，毕竟夷中和齐齐目前没有任何名利冲突，那么只能是后者了。"

眼下白棋局势不妙，看样子只能背水一战了，江棋来稍作思量，又下一子，缓缓说道："想必夷中知道你和齐齐住在一起，一时之间受了刺激。"

"一句受刺激，就可以成为伤害齐齐的理由吗？"萧文缜冷冷地问道。

白棋于夹缝中求生，江棋来禁不住皱眉："我妹妹做错了事，我作为哥哥自会规劝，不劳萧公子费心批判。"

"有一必有二，只要她不死心，只要我和齐齐还住在一起，她内心不忿，就还会蠢蠢欲动，无休无止。"萧文缜再落一子，阻断白棋唯一的出路。

白棋无路可走，江棋来顿生恼意："你把夷中想得太坏了。"

"是你太小看你妹妹了。近几年，她视沈燮如备胎，利用沈燮窥探我的生活，甚至通过和沈燮亲近，想要引起我的不快和在意，一而再、再而三地试探我的容忍度。她做这些事情的时候，可有想过是否会伤害沈燮，是否对得起沈燮四年的痴心守护？喜欢一个人没错，但如果喜欢一个人就去伤害另外一个人，那就是她的不对了。"

话音落地，萧文缜手执黑棋落下最后一子，黑棋围捕成功，白棋惨败。也不知道江棋来是被棋局的走势破坏了心情，还是萧文缜的话惹恼了他，只见他的手背触及黑白棋子，朝萧文缜的方向淡淡扫视，棋局尽毁。

"不玩了。"

10月7日上午，萧文缜不放心齐默生着病一个人去市医院，开车送她过去。陪她进入医院大厅，萧文缜知道她不愿齐远彬看出她和他住在一起，并没有让她为难，而是停下脚步嘱咐她："我在大厅里等你。"

"好。"

齐默朝急诊科的方向走了几步，没想到在医院大厅里看到了乔思佳。

乔思佳的手腕间挂着药袋，齐默看到她的时候，她正搀扶一位中年女子迎面走来。那位中年女子衣着打扮时尚新潮，虽然右侧面部红肿，有明显的擦伤，但容貌依然精致、明艳，与乔思佳的脸形十分相像，母女关系一目了然，可见高颜值遗传基因的强大。

乔思佳也看到了齐默。

如果说乔思佳在医院大厅里看到齐默还算平静的话，那么越过齐默的肩头，看到她身后不远处的萧文缜，就可以称之为意外了。

乔思佳的瞳孔疾速收缩，随即恢复如初，这微妙的转变用时不到一秒钟，很难被人察觉。

此刻的她，心情复杂、沉重。但只有她本人清楚，这一抹突然涌上心头的复杂情绪，绝不仅仅是因为同时在医院大厅里看到萧文缜和齐默，还来源于内心深处一直不敢轻易示人的卑怯。

谁撞上她和母亲都可以，唯独萧文缜不可以。

"齐齐……"萧文缜站在齐默身后喊她，暗示她抓紧时间去急诊科。

齐默离开前出于礼貌，向乔思佳和乔母颔首打招呼，乔母没有见过齐默，用眼神询问乔思佳这姑娘是谁。

"我同学。"

回应简洁，乔思佳的一片心思沉浸在萧文缜刚才那声"齐齐"上。她还没收回思绪，乔母已将注意力转向萧文缜，表情甚是惊喜，抢先一步打开了话匣子："文缜？你就是文缜吧？思佳没少在我面前提你，我私底下也看过你不少的照片，所以才会一眼就认出你。我听思佳说，她这些年和你共事，你没少帮助她，阿姨心里……"

"妈——"

乔思佳一脸不耐烦地出声打断喋喋不休的乔母。乔母立马闭上嘴巴，尴尬地赔着笑脸不敢再说话。

乔思佳大概意识到了自己刚才语气太凶，先看一眼萧文缜，见他神色如常，这才对乔母缓和了语气："妈，你先去外面等我，我一会儿就出去。"

"好，好，你们聊，你们聊。"乔母很听女儿的话，离开医院大厅的时候，一步三回头，望着萧文缜的背影，脸上尽是微笑。

乔思佳只觉难堪，将药袋勾在手里，再抬头，尴尬的表情已被微笑取代："好巧，你今天怎么会来医院，是身体不舒服吗？"

萧文缜说："我陪齐齐过来看病。"

齐齐？又是齐齐。

乔思佳隐下心头的不悦，问道："齐默哪里不舒服？"

萧文缜说："感冒。"

乔思佳打趣："齐默能够做你的师妹真是有福气，生病的时候，还有你这位师兄陪着来医院。"

萧文缜没笑，有人给他发微信，他正在低头查看手机。

乔思佳习惯性地咬着下嘴唇，片刻后松开，主动解释："我妈昨晚起夜，脚滑不小心摔在了地上，擦伤了脸皮，我担心她伤到骨头，所以带她来医院检查一下。"

"嗯。"他的声音淡淡的。

乔思佳不确定他是否听进去，站在原地看着他。

萧文缜回完微信，抬眸对上乔思佳的目光，似是愣了一下，但很快就勾起唇角，温声回应："思佳，你没必要跟我说这些。"

乔思佳觉得，萧文缜是她认识的所有男生里最绝情的那一个。

他冷漠、冷血，拒人于千里之外，浑身上下乃至骨子里透着凉意。

媒体评价他没有"星二代"的架子，性格谦和，易相处。

简直是一派胡言。

乔思佳开车回去的路上，乔母在她耳边喋喋不休："萧文缜那孩子真是长了一副好相貌，家里的背景又那么好，还有他爸、他妈，那可是娱乐圈里的大咖，不仅家境优渥，人脉资源也很丰富，这么好的家庭真是没的说。"说到这里，她忍不住提醒女儿，"思佳，你可要好好加把劲儿，只要你以后能够嫁给萧文缜，这辈子都吃穿不愁，妈妈也能跟着你享享清福。"

乔思佳抿着唇开车，不接话。

"哎，我跟你说话呢，你听见没有？"乔母抬起手背碰了碰乔思佳的手臂。

乔思佳冷着脸说道："听见了！我只是在想，我凭什么嫁给萧文缜！"

乔母十分自豪："我闺女长得这么好看，专业能力和赚钱能力又是同辈中的佼佼者，你没资格嫁他，谁有资格？"

"我有资格嫁给萧文缜？"乔思佳嗤笑道，"这话亏你说得出来。家里有一个像你这样的赌鬼，别说萧家人看不上我，就连一般的人愿不愿意娶我都是一个问题。如果让人知道，我妈常年混迹麻将圈，仅是一年欠下的赌资就高达几十万元，试问有谁还敢靠近我？就算有人瞎了眼和我在一起，但那人和你无亲无故，人家凭什么每隔一段时间就大出血帮你还赌债？"

"我以后不赌了还不行吗？"乔母自知理亏，声音弱了下来。

乔思佳接连冷笑数声："这话我都听得耳朵起茧子了，你次次发誓，次次死不悔改，我不给你钱，你就借高利贷，要不然就偷我的银行卡还赌债，我就算手握金山、银山，也不够给你填窟窿。别人的母亲一心为女儿着想，你呢？你专门坑女儿。你但凡有点儿母性，也不至于一直把我往深渊里面带。"

此话可谓扎心，乔母有意讨好，再次示弱："我以后真的不赌了，我再沉迷麻将，你就把我关在屋子里，好不好？"

乔思佳置若罔闻，她的心里烧着一把火，一把压抑多年的怒火和愤恨之火。若非今天情绪糟糕到了极点，还不知道她要压着、忍着，要一个人痛苦煎熬多久。

她对着乔母咬牙切齿："你知道吗？刚才在医院里看到萧文缜，我除了觉得很丢脸，还觉得自己很可悲。我怕他看出你脸上的伤是躲避高利贷逃跑时摔倒擦伤的；我怕他知道我父母早已离异，我爸爸跟'小三'在一起生活没多久，就因为拖欠工程款而跑到了国外；我怕他知道我妈妈离异后沉迷麻将、赌博，偏又虚荣心作祟，禁不住赌友的恭维、怂恿，不仅输掉了家里的别墅和跑车，还把存款败完了；我怕他知道我早已不是什么'白富美'，而是一个每天辛苦工作，辛苦写论文，辛苦赚外快，不停给妈妈还赌债的灰姑娘，哦，不，我不是灰姑娘，我是一个赚钱机器，我是一个看不到未来的可怜虫。"

"对不起，真的对不起。"乔母忏悔、道歉，缩着脖子再一次发誓，"我不赌了，从此以后再也不赌了，你信我。"

乔思佳已经没有办法再相信母亲，这些年她在母亲的誓言里一次次充满希望，迎来的却是无边无际的失望。

可是又能如何呢？

在这世间，唯有母亲与她相依为命，就算母亲嗜赌成性，她恨得咬牙切齿，无数次想要和母亲断绝关系，但血缘亲情又岂是说断就能断的？更何况母亲年纪大了，她不管母亲，母亲的后半辈子就真的完了。

想到这里，乔思佳心中的怒火无处宣泄，她只能攥紧拳头，憋屈地砸了一下方向盘，吓得乔母一句话也不敢说。

乔思佳面无表情地缓缓说道："妈，你根本不知道萧文缜对我来说究竟意味着什么。他是我灰暗生活里的一道光，但因为你，我连靠近这道光的资格都没有。"

这天上午，齐默拿着感冒药离开父亲的办公室时，父亲执意要把她送到医院门口，齐默多次拒绝无果，只好心不甘情不愿地跟着父亲走进医院大厅。

大厅里人满为患，都是前来就诊的病人和他们的家属。

远远地看到萧文缜坐在大厅里等她，见她出现而站起身的他，在看到她身旁的长辈时，拧着眉坐了回去。

齐默满怀歉意。

出了医院大厅，齐默被父亲送到医院门口，在父亲的叮嘱声里好不容易劝说父亲返回急诊科，正想打一通电话给萧文缜，他就已经把车开了过来。

齐默上车以后，用余光偷瞄萧文缜，问道："师兄，你生气了？"

"没有。"他是真的没生气，只是有点儿无奈。

"我知道你生气了。"齐默不信他的话。

萧文缜失笑，侧着身子帮她系上安全带："我是觉得，我们住在一起又没干什么坏事，没必要瞒着齐叔叔。"

干坏事？

他所谓的"干坏事"，具体指什么？

齐默不可能追着萧文缜要答案。她看向萧文缜，他正留意汽车的后视镜，一只手熟练地打着方向盘，准备把车驶进车道。

齐默说："我爸爸传统观念极重，他一直觉得男女未婚同居，跟男方一心想要对女方要流氓没有什么区别。"

"……"

齐默继续说："师兄，你绝对不是流氓。"

萧文缜说："谢谢啊。"

离开市医院以后，二人原本是要回华清园的，但行车经过老城区时，齐默临时改了主意，让萧文缜陪她回一趟齐家老宅。

齐默说："爷爷为我陪读十余年，现在忽然闲下来，我担心他心里有落差，一个人待在家里受不了。"

她说这番话的时候，10月的暖阳高悬于空，满大街都是阳光的味道，连带她的语气也变得格外温软。

齐家老爷子虽是业界大佬，但不喜交际，更不喜圈里人贸然拜访。生病之前，他的生活重心是齐默；生病之后，他的生活重心一下子被掏空，齐默担心他也是人之常情。

二人抵达齐家老宅的时候，院子里铺满阳光，齐凯瑞正坐在摇椅里，戴着一副老花镜翻看经济报。看到齐默带着萧文缜一起回来，老爷子明明心里很高兴，偏偏嘴上不饶人："你俩的鼻子可真灵啊，小潘刚在厨房里炖上一锅老母鸡，这还没几分钟呢，你俩就闻着香味过来了。怎么回事，你俩在华清园里没肉吃吗？"

"有肉吃，有肉吃。"齐默无奈，感慨爷爷口是心非的毛病啥时候能改一改就好了。

齐默嗓音沙哑，鼻音很重，齐凯瑞听出异常，终于收起刻薄，苍老的声音里融入关心："感冒了？"

"嗯。"

齐凯瑞拿余光扫向萧文缜，兴师问罪："你是怎么照顾齐齐的？"

"我确实没有照顾好她。"

见萧文缜如此勇于承认错误，齐凯瑞反倒无法再借题发挥，重重地冷哼一声："你知道就好。"

"不怪师兄，是我自己身体不争气。"齐默替萧文缜说话，没有察觉她口中的师兄正目光灼灼地看着她。

"你倒知道护着他。"女大难留。

齐凯瑞将报纸归于一处，起身离开摇椅，背着手回到客厅里。片刻后，厨房里传来他和家里的保姆潘阿姨的对话内容。

齐凯瑞说："小潘，齐齐和她师兄一会儿留在家里吃午饭，你多烧几道菜。"

潘阿姨回："好的，齐教授。"

齐凯瑞说："齐齐感冒了，你烧菜的时候照顾一下她的口味。"

潘阿姨回："好的。"

潘阿姨一个人做菜忙不过来，齐默去厨房帮她，但又不放心爷爷和萧公子单独待在院子里，生怕他们一不小心就抬杠，所以择菜、洗菜、烧菜期间，每隔一会儿就要跑出去看看。

潘阿姨觉得好笑，去储藏室拿干货食材的时候，特意往院子里瞄了一眼，回到厨房里宽慰齐默："没事，齐教授和你师兄正坐在院子里晒太阳，我看两个人喝茶静坐，相处和谐，如果要抬杠，早就不欢而散了，哪儿会坐到现在还没动静？"

齐默可没潘阿姨这么乐观。

那两人坐在院子里光喝茶不说话，彼此相对无言，既非神交好友，又非陌生人，要多诡异就有多诡异。

"齐齐，如果齐教授真的和你师兄闹矛盾的话，你是帮齐教授，还是帮你师兄呀？"潘阿姨抓着一把干木耳放到冷水中泡发，八卦心起，笑眯眯地问齐默。

"我谁也不帮。"齐默两边不得罪。

"你说这话，其实就已经偏向你师兄了。"潘阿姨斜睨齐默一眼，细细的眼睛里尽是打趣。见齐默还没回过劲儿来，她先是朝厨房门口看了看是否有人走动，见没人，这才压低声音提醒齐默，"你自己好好想想，你和你爷爷相处了多少年，你和你师兄又相处了多长时间，按理说，你对你爷爷的感情应该远远超过对你师兄的，但在你心里，你师兄的重要性和你爷爷是一样的，这还不足以说明一切吗？"

齐默面上发热，清了清嗓子，明知故问："说明什么？"

"说明什么，我可不好说，反正你呀……"潘阿姨话音一顿，朝齐默暧昧地眨眨眼，轻声笑道，"你自己心里清楚就行。"

齐默窘。

"清楚什么？"厨房门口突然传来萧文缜的声音，音色低沉，很有质感。

"没什么，没什么，我和齐齐正在说笑呢。"潘阿姨朝门口望去，年轻男子身材修

189

长，脸形堪称完美，就连气质也很出众。他的手里端着一杯温开水，他迈着大长腿径直走向齐默的时候，潘阿姨的脑海里只剩下一个念头：这孩子长得真是帅气。

萧文缜把水杯递给齐默："你一上午都没怎么喝水，先把这杯水喝了。"

"哦。"

齐默接过水杯，余光瞥见潘阿姨边切菜边偷瞄她和萧文缜，笑得格外欢悦、慈爱。齐默越发觉得口干舌燥，萧公子送来的这杯温开水，缓和燥意刚刚好。

中午吃饭时，凉菜、热菜摆了一桌，荤素皆有，齐凯瑞入席后，生硬地打破了他和萧文缜之间的僵局："喝一杯？"

"开车。"

齐凯瑞没有勉强萧文缜，事实上他病后戒酒，就算萧文缜想喝，他也陪不了。

这日吃饭时，气氛远比齐默想象中的融洽。齐凯瑞谈及齐默和萧文缜的硕士论文选题，说年后就应该定下来，嘱咐两位晚辈完善自己的研究体系，抓紧时间阅读国内外的文献和相关领域的研究成果，尽快草拟出课题提纲。

从课业到选题，再从选题到研究方向，齐凯瑞给了很多建议。后来他谈及萧文缜的几篇高质量论文，说他都看过，虽然简单地提了一些意见，话里话外却不吝赞赏。

齐默难得见两人聊得如此投机，心里颇为欢喜。

饭后，齐默去厨房帮潘阿姨刷碗，萧文缜陪齐凯瑞到书房下围棋。老爷子虽然棋艺高超，但每次下棋都要考虑很久，方才落下一子。对此，萧文缜心性沉稳，老爷子思索棋局走势，他也不催，就那么不急不躁地等着。

齐家的书房里，仅是书架就覆盖了两面大墙，与经济学有关的书籍几乎占据了一大半的空间，密密麻麻，排列有序，专业划分一目了然。

萧文缜坐等无聊，起身查看书架，两分钟后，他的目光定格在书架的某一个长格里。

长格里，静静地摆放着十几本自制印刷书籍，书脊上分别印刷着：齐默作文（一）、齐默作文（二）、齐默作文（三）……齐默作文（十三）。

13本作文书？

萧文缜随便抽出一本作文书，书厚重无比，他心里当即一紧：一本作文书尚且如此，更何况13本，这究竟承载了齐默的多少日和月？

他翻开书页，阅读开篇数行，已可见文采斐然，辞藻瑰丽，<u>丝毫不亚于当年那篇惊才绝艳的高考满分作文</u>。

齐凯瑞执起一枚黑棋正要落子，后知后觉地发现萧文缜早已不在对面。他转脸看向萧文缜，见萧文缜正站在书架前认真地翻阅手中的书籍，齐凯瑞心有所触，定睛望向长格处，对于萧文缜所阅书籍瞬间了然。

齐凯瑞的声音随之响起："齐齐9岁那年，我让她每个星期写作2篇作文。一周2

190

篇，一个月就是8篇，一年就是96篇，截至她18岁高考前夕，整整9年时间里，她一共完成了864篇作文。当然，这只是保守数字。备战高考期间，她一周交3篇作文是常有的事，从普通作文到高质量作文，再到高考满分作文，她付出了常人难以想象的努力和辛苦。"

萧文缜眸色遽沉，他被"864篇"这样庞大的数字刺痛了，不忍猜想她是怎么一日日熬过来的，又是怀揣着怎样的希望，斩断过多少绝望，才铸成这扎人心窝的13本书。

齐凯瑞盯着棋盘，眉眼间隐有一丝悔意，沉声道："我对她严苛惯了，以前并不觉得每周让她提交2篇高质量作文有什么不对。直到她上华大读书以后，我整理之前帮她誊写的作文，准备把她之前的作文一个字一个字地敲打出来自制成书，放在家里收藏，这才惊觉竟然有13本。厚厚的13本作文书，我看一次，心里就难过一次，心里呀……真的很不是滋味。"

齐凯瑞的声音突然哽咽，他侧转身背对萧文缜，面对一侧墙壁，悄悄地抹了一把脸，随后将手中的黑棋丢进棋罐，朝沉默不语的萧文缜不耐烦地摆摆手："不下了，渴得要命，齐齐和小潘也不知道端杯水过来，真是不像话。"

午后，齐默帮潘阿姨忙完厨具清洁，趁着天气好，把齐凯瑞的床单和被罩拆下来换洗。待床单、被罩脱完水，齐默与潘阿姨合作将其晾晒到院子里，潘阿姨拎着洗衣盆走进客厅，正好遇到萧文缜独自从书房里走出来。

萧文缜道："潘阿姨，麻烦您给齐教授沏杯茶端进去。"

"好。"

齐默整理晾在衣架上的床单，听到客厅里传出的对话声，并未往心里去。然而10秒钟不到，齐默的腰间突然一紧，一具热度惊人的身体紧贴她的后背，气息流连颈侧，她被牢牢地禁锢在他的怀抱里。

齐默身体一僵。

在这世上，只有一个人会这么抱着她。齐默很想提醒身后那人，这里是齐家，他就这么抱着她，万一被爷爷看到……

"文缜，需要给你也沏杯茶吗？"潘阿姨的声音由远至近，然后呀的一声惊呼，仿佛误闯尴尬之地，慌不择路地离开了。

别说潘阿姨觉得尴尬，就连齐默本人也觉得不好意思，但腰间的双臂格外有力，那个人不愿放开她，她就只能任由他胡作非为。

可不是胡作非为吗？

这里是齐家，在别人家里还这么放肆，他真是胆大包天。

"师兄，如果被我爷爷看到，他一定会打断你的双腿。"齐默出声吓唬他。

他笑，挺拔的鼻梁蹭了蹭齐默的脖颈肌肤。痒意袭来，齐默缩了一下脖子，而他瞬间皱了眉：齐默的脖子里出了很多汗。

午后，齐默帮助潘阿姨做家务，身上出了不少热汗，待热汗冷却，暖阳偏移，竟悉数化为咳意。

齐默与萧文缜下午离开时，齐凯瑞送他们出门，听着齐默断断续续的咳嗽声，忧心忡忡地道："咳成这样，回华清园之前去一趟医院吧。"

齐默咳嗽了大半个月，虽然积极治疗，但依然不见好转。身体如此不适，偏偏学业繁重，齐默每一天都仿佛生活在水深火热之中。

她每日在校的学习安排：聆听必修课，聆听选修课，聆听国内外经济学家的讲座，聆听经济学领域的学术报告，读屏阅览国内外文献资料，等等。

她每晚回家后的学习安排：巩固当天的上课内容，预习下一节课的重点，查阅相关课堂材料，关注经济领域的研究成果，等等。

她每周在家的学习安排：完成研究作业，完成一篇阅读笔记，读屏《美国经济评论》等国际顶级期刊，查阅文献和论文资料等。

极度自律之人，绝不荒废时间，必定会把学习计划精确到每一分每一秒，哪怕患病在身，疲于学习，也能坚定地严格约束自我。

齐默学业至上，萧文缜是知道的。正是因为知道，所以他很清楚，作为萧博彦和沈乐安的儿子，顶着"星二代"光环长大的他，一旦公开恋情，势必被媒体关注，而齐默的阅读书写障碍症和求学经历无疑会成为众人关注的焦点，甚至会被"键盘侠"制造舆论和谣言恶意中伤。

萧文缜不愿齐默过早曝光在聚光灯之下，更不愿她在国大读书期间被人放大一举一动，所以在校期间从未和她有过亲密之举，唯一能够彰显亲近的，是他每天中午都会和她一起外出吃饭。

萧文缜选择和齐默一起吃午饭，是因为早晚用餐都在华清园，所以生怕她中午吃饭无人看顾又吃汉堡。对此，齐默心知肚明。

犹记得10月8日开学的那天中午，萧文缜带她外出吃饭，仍是他第一次带她用餐的那家粤菜馆，地处经济学院附近，名字叫粤食居。

他们是在包间里吃的饭，午餐以蛋白质和蔬菜为主，营养搭配均衡。齐默把几道菜分别尝了一遍，味道鲜美，配料、色彩恰到好处。

"喜欢这里的饭菜吗？"萧文缜为她盛了一碗银耳红枣汤。

"喜欢。"她觉得能吃饱就行，在外用餐不宜太挑剔。

"我把这个房间包了下来。"萧文缜见她诧异地抬眸，补了句，"长期的。"

齐默暂停吃菜，一脸不解。

萧文缜继续补充："周一至周五，每天十二点至十四点期间，202号房间除了接待你和我用餐，不会再接待其他食客。"

齐默没想到他之所以包下这个房间，是因为她。

"你最近生病，身体免疫力降低，每天在学校吃午饭，不能再像以前那样吃那么少，所以我才有了订餐打算。另外，你在粤食居的午餐菜单，我事先把关过，脂肪含量和碳水化合物含量都很低，不会影响你下午集中精力学习。"

萧文缜体贴周到，同时又很尊重她的饮食习惯，齐默颔首低眉，喝一口银耳红枣汤，似乎能甜腻到心窝里。

"你什么时候跟店老板商量好的？"她竟不知。

"国庆长假期间。"萧文缜夹了一筷子莴笋叶放到她的餐盘里，"据说多吃莴笋叶可以平咳。"

齐默的咳嗽症状越来越严重，尤其到了晚上，咳嗽声一阵接着一阵，异常频繁，她根本就无法入睡。

萧文缜每天晚上都要进出她的房间好几趟。听着她的咳嗽声，他庆幸她患的不是肺炎的同时，心却始终放不下来。他带她输液，盯着她吃消炎药和止咳药，催促她多喝白开水、多休息，甚至帮她分担作业，即便如此，该咳嗽的时候她照样撕心裂肺地咳，气人得很。

咳得最厉害的那一次，她胸闷疼痛，趴在马桶边反胃得直想吐。江棋来看到这一幕，执意要带她去医院。

她脾气倔，不肯起身。去医院又能如何？她已经接连跑了两三家医院，治疗咳嗽需要过程，哪儿能说见效就见效？

江棋来投给萧文缜一个眼神，暗示他也出声劝一劝齐默。

"她不愿意去医院，就不要勉强她。"萧文缜蹲在她身旁，递给她一条温毛巾擦嘴。

江棋来恼意顿生："你如果是真心为她好，就不该惯着她。"

萧文缜确实惯着齐默，不满她抱病学习，但基于理解，所以放纵。而放纵的结果，是她久咳未愈，萧文缜倍感自责。

真正让他感到痛心的，是齐默夜间"憋咳"。

她为了不让他担心，为了让他晚上能够睡个好觉，入夜以后，尽量憋着不咳嗽。某一次她蒙在被窝里憋得满脸通红被他撞见，他在刹那间百感交集，恼怒、生气、心疼……宛如猝不及防间吃了一颗尚未成熟的青柿子，又酸又涩，苦不能言。

憋着不咳嗽，只会让她咳嗽起来越发厉害。他扶她坐起身，放轻音量对她说："不要憋着，家里隔音，你尽管咳，没人听得见。"

他说这话，齐默是相信的。楼上的住户听不见她的咳嗽声，楼下的住户就更不可能听见了，只因楼下的住户不在家。

青锋网践行多领域跨界连接，江棋来已于数日前至异地出差，有关于他的新闻报道，网上随处可见。

江棋来忙，齐默忙，萧文缜又怎会不忙？

当整个10月从指缝间无声流逝，齐默的咳嗽逐渐痊愈。伴随着萧文缜每天早出晚归，甚至连和她中午一起吃饭的时间也没有，她这才意识到，在她生病期间，他为了照顾她，早已积压了太多工作。

据说，《追梦者》栏目组已经连续熬了半个多月，通宵是常有的事情，更有一部分员工以节目组办公室为家，吃住都在那里。这一切源于高强度录制工作，以及应青锋网和赞助商要求，对播出内容进行反复修改。

萧文缜是栏目组负责人，忙碌程度可想而知。与此同时，他还要兼顾研一学业，以及齐默的陪读和誊写任务。齐默仅是想想就觉得焦头烂额，但萧文缜在逐一解决以上问题的时候，从未流露出一丝哪怕半丝的急躁。也正因为如此，齐默在他身上看到了一个男人极为出色的品质——担当。

齐默知道他辛苦，尽可能地不给他添麻烦。周一至周五的学习，她自己通过读屏软件和一支录音笔，勉强能够解决。难就难在双休日大大小小的作业，有时候为了上交某一项研究作业，需要熟读上千页书籍，还要进行相关数据分析……齐默离不开萧文缜的帮助，而他每天深夜归家，帮她完成作业以后，还要完成自己的作业，往往熬到天色大亮，完全没有时间睡觉。

齐默觉得这样下去不是办法，萧文缜也在想解决方法，比如，在《追梦者》栏目组附近的茶楼里，双休日连包两天雅间供齐默学习，有需要他帮忙的地方，或是需要他誊写的内容，中午见面时放在一起解决。

齐默觉得此法倒也可行，只不过——

齐默翻起旧账："你之前好像对我说过，茶楼双休日人流量比较大，太过吵闹，不适合学习，也不适合阅读写作业。"

貌似，他当时还把她诓骗到萧家，间接导致她的右手被蜜蜂蜇得肿了好几日。

萧文缜强词夺理："栏目组附近的茶楼不一样。"

萧文缜没说错，栏目组附近的茶楼的确不一样，因为它贵得要死。

周六晚上，萧文缜忙完工作离开栏目组，来茶楼接齐默回华清园。回去的路上，齐默对萧文缜吐槽："雅间的费用也太高了吧？虽说我在里面坐了一整天，但我只顾着学习，一没时间品茶，二没心情消遣，不值当。"

"怎么不值当？"萧文缜与她意见不一致，"茶楼的雅间可以为你遮阳，可以为你挡风。另外，雅间环境清幽，很适合你学习，对我来说，这就是值当。"

齐默不接话。

败家子。

周日午后，萧文缜陪齐默在茶楼附近吃完午饭，陪她返回茶楼雅间，特地腾出两个小时陪她写作业，其间栏目组成员打来的催促电话不断，明摆着是有急事找他。

萧文缜恍若未闻，边听录音边噼里啪啦地敲打着键盘。齐默坐在对面看不过去，提醒他："手机响了。"

"嗯。"他回答得很敷衍。

齐默忍不住摇头，小声嘀咕："有你这样的负责人，栏目组要亡了。"

他竟然听见了。

萧文缜抬眸看她一眼，将录音里的内容继续转变成文字，顺便丢了一句话给她："我留在这里不走，也不知道是为了谁。"

我。

齐默笑而不语，往他杯子里蓄满热茶，算是赔罪。

几分钟以后，敲击键盘的速度逐渐慢下来，萧文缜敲完最后一个字，把文档存储好关闭，随即合上笔记本电脑，伸出手捏了捏她的脸颊，薄唇吐出三个字来："没良心。"

齐默的嘴角不自觉地上扬，她也觉得自己没良心极了。她打开背包的拉链，把笔记本电脑装进去，跟他说："你快去忙工作，我在这里等你。"

萧文缜拿起陶瓷骨玉茶杯，修长的指节贴附在杯壁上煞是好看，无须观全貌，只消看一眼他此刻喝茶的动作，就足以被撩倒。

他喉结滚动，那杯茶被他一饮而尽。

萧文缜把杯子放到茶桌上，起身的时候查看了一下腕表上的时间："再有两个小时，栏目组要录制节目，我不知道什么时候才能忙完，你一会儿先打车回华清园，我忙完工作就回去。"

"好。"

走之前，他又伸手捏了捏她的另一侧脸颊，见她不悦地瞪着他，笑着解释："你不懂，左右两侧脸颊要一起捏，否则受力不均匀，我担心你两边脸形不对称。"

"……"

满嘴的歪理邪说，明明是他的恶趣味跑出来作祟。

萧文缜离开茶楼以后，齐默又独自待在茶楼里听了一个多小时的文献资料，方才收拾东西离开。站在路边打车的时候，她看到路对面一位长发飘飘的美女从蛋糕房里走出来，左手抱着一束包装精美的鲜花，右手提着一只大蛋糕，穿着一身休闲风正装，脚上踩着一双高跟鞋，无论是衣品还是气质，都很出色。

《追梦者》栏目组就在附近，在这里撞见乔思佳，原本就没什么可意外的。但横穿马路走过来的乔思佳，忽然间看到齐默，就难免有些惊讶了。

"齐默——"乔思佳走到齐默面前，"你怎么会在这里？"

"喝茶。"

乔思佳看一眼齐默身后的茶楼，随口问："你一个人？"

"我和朋友。"乔思佳对萧公子有意思，齐默顾及自身安危，不想刺激她。

"你朋友呢？"乔思佳还是随口一问。

"走了。"

齐默单手提着双肩包，抬起另一只手继续打车，奈何路上来来去去都是私家车，好不容易开过来几辆出租车，却都拉着乘客，齐默只好缩回手，暂停打车。

"这里不好打车，前面路口处出租车比较多，你可以去那里试试。"蛋糕有点儿重，乔思佳舒展了一下右手手臂。

前面路口和《追梦者》栏目组在同一个方向，齐默和乔思佳并肩同行。路上，见乔思佳左手抱着大捧鲜花，右手提着大蛋糕，走起路来颇为吃力，齐默觉得很没必要："现在蛋糕店和鲜花店都有配送服务，你大可不必这么辛苦。"

乔思佳无奈："最近栏目组比较忙，我除了回国大上课，剩下的时间几乎都在演播厅里，文缜在那里坐镇，我也不好意思偷懒，所以就借着取鲜花和蛋糕的名义出来透透气。"

"今天是嘉宾的生日？"齐默转脸看向路边的车辆，泄气地收回目光，还是没车。

乔思佳摇头："节目播出那天才是。"

齐默见乔思佳再次舒展了一下右手手臂，本想不理，岂料乔思佳对上她的目光，娇俏地朝她眨眨眼："太重了。"

齐默无语数秒，终于有了几分眼力见儿，道："我帮你拿一会儿吧。"

"好啊，谢谢。"乔思佳回应得很爽快，直接把大蛋糕递给齐默。齐默没接，装作没看见，从乔思佳怀里取走那束鲜花，慢悠悠地继续往前走。

乔思佳踩着高跟鞋追上来："你一会儿要去哪儿？"

"回家。"乔思佳今天格外热络，齐默觉得不是什么好事情。

果然。

乔思佳提议："栏目组就在路口前面，你如果回家后没有什么事情的话，要不要先去录制现场逛一逛？"

"不合适吧？"录制现场又不是菜市场，难道她还能逛出几筐大白菜吗？

"有什么不合适的？文缜是你师兄，你和我又是同学，你想过去，随时都可以过去。"

齐默笑笑，关键是她不想过去啊。

路口近在眼前，齐默停下脚步，欲把鲜花还给乔思佳，却看到乔思佳双手抱着蛋糕，非常抱歉地对着她扯扯嘴角："这蛋糕实在是太重了。齐默，要不你帮忙把花送进去，正好还能见见文缤，你说呢？"

齐默想说"你做戏的痕迹有点儿重啊"，话到嘴边，缩减成再简洁不过的两个字："好吧。"

她知道，乔思佳"诱拐"她前去栏目组演播厅必有后招，而她生来不怕死，过去观摩观摩乔思佳的手段，长长见识也没什么损失。

去就去吧。

《追梦者》演播厅究竟有多大，齐默没有工夫拿眼神丈量，唯一知道的是足够大，工作人员也足够多，足够……忙碌。

大概是录制在即，摄制组成员、主持人、编导、剧务早已在演播厅里准备就绪，正在从指挥调试机位，进行画面测试，忙碌之下无闲人。

还是有闲人的，比如说齐默。

齐默和乔思佳一起把鲜花和蛋糕交给剧务。剧务看了一眼齐默，并没有太留意，栏目组内部人员带朋友或是家属来录制现场很正常。

乔思佳还有话叮嘱剧务，对齐默做了一个稍等的手势。齐默见每个人都很忙，不愿太引人关注，单肩背着双肩包，一个人站在了演播厅的角落里。

很少有人注意到齐默的存在。

齐默打量着演播厅，毫无意外地看到了江夷中。江夷中身处职场，和之前松散的态度区别甚大，她和主持人站在一起，应该是在沟通细节，仅从表情和态度上来看，专业而又严谨。

与演播厅相邻，有一间灯控室……应该是灯控室吧？沈燮进进出出，手里拿着几张单子，正在做最后的调试。

齐默环顾一眼整个演播厅，没有看到萧文缤。

原来这就是萧文缤的工作环境，不见硝烟，高效率的同时，亦是高压力。

"齐默，不好意思啊，等久了吧？"乔思佳来到齐默的面前，对着剧务的背影挫败地摇头，压低了声音，"剧务刚来实习没几天，有很多事情需要手把手现场教，万一弄出什么岔子，那还得了？"

"慢慢教，总能教会的。"乔思佳的后招这就来了吗？

"学校跟职场完全是两个概念，前者轻装上阵，有人帮扶，后者巨石压顶，孤军作战。这里的每一个人都有自己的工作要忙，一旦遇上高强度录制，谁还顾得上谁？如果她接下来半个月还无法适应自己的工作，只会成为剧务组其他同事的累赘。"有人经过角落，对着乔思佳额首点头，很有礼貌，乔思佳微笑点头，算是回应，很有负责人的架势。

齐默看一眼乔思佳，乔思佳这般指桑骂槐，是因为先前在市医院里看到萧文缤带着她去看病，乔思佳眼睛里长针眼了？还是因为萧文缤作为她的师兄，在学校里对她较之

197

同班同学亲近，乔思佳受刺激了？

情字害人啊。

齐默正面迎敌："思佳同学，你这话说得重了些，小姑娘识文断字，看起来又那么机灵，如果连她入职都被视为累赘的话，那我呢？"

"你？"乔思佳大概没想到齐默会主动对号入座，愣了一下，待反应过来，连忙解释，"哎呀，齐默，我说的是刚才那位剧务小姑娘，你好端端的提自己做什么？"

"我还不如那个小姑娘呢。"齐默双臂环胸看着乔思佳，笑着说，"我生来就是他人的累赘，那你说说看，我该怎么办呢？累赘之人不配活在这个世界上，要不我挖个坑把自己给埋了，免得浪费社会资源？"

乔思佳被齐默堵得哑口无言，红唇张了张，隔了几秒，吐出几个字来："齐默，你真是冤枉死我了。"

齐默很无奈。

好吧，她把乔思佳冤枉死了。

虽然没有看到萧文缜，有点儿遗憾，但她既然已经领教过乔思佳的后招，也该闪身走人了。另外，乔思佳先前凭什么说她回家后没事做，她需要做的事情多了去了，远比在这里领教后招有意思多了。

然而，就在齐默转身离开的时候，突然从演播厅上方砸下一束光线，笼罩在她的身上，现场寂静一秒之后，嘈杂声顿起。

"灯控室在搞什么？作死啊。"沈燮朝灯控室大喊，距离太远，他没有马上认出齐默。

齐默以为灯控室操作失误，一时间出了幺蛾子，没理会身上这道仙气飘飘的白光，继续往前走。她以为工作人员意识到打错光会马上撤走聚光灯，却被一个称呼绊住了脚步。

这个称呼，与师门关系有关。

"师妹……"

属于某个男子特有的清冽嗓音，几乎充斥着整个演播厅。齐默心跳失常，慢慢转过头去。演播厅里所有人的目光聚焦在她的身上，疑惑、不解、惊讶……

沈燮望着她，目瞪口呆，大概是没想到会在这里看到她。

江夷中也是一副怔怔的模样。

乔思佳紧皱眉头，或许就算她想破脑袋，也想不到会出现这一幕。

演播厅里没有萧文缜，而他的声音是通过现场信号装置传出来的，齐默顺着乔思佳的目光望向演播厅的一角。

那里是一处独立入口，与各部门相邻，齐默隐隐猜测，那里应该是导播室。

那里的确是导播室。几分钟以前，萧文缜和导演待在导播室里，望着几处图像监视器，协调现场微调摄像机位，切换画面的时候，他看到演播厅的某一角站着一位女子，他原本只是淡淡扫视一眼，但因那女子和某人的身影颇像，就又把画面切了回去。

萧文缜没想到会在演播厅的监视器里看到齐默，他以为她已经回华清园了，正疑惑她怎么会过来，却看到她望着演播厅里奔走忙碌的工作人员出神，也不知道在想些什么。

萧文缜忍不住皱了眉。

他不能不皱眉，她一个人安静地站在无人理睬的角落里，与周遭的忙碌格格不入，她的情绪是否很低落？她是否在质疑她的未来？她的自信心是否会受挫？

浮起这些念头的时候，他看到了乔思佳。于是，他瞬间了然，一股猝然蹿升的恼意刹那间碾压理智，等他情绪归于冷静时，已指示灯控室开启聚光灯，拿着传声器叫出了那声"师妹"。

是师妹，而不是齐默。

他在感性战胜理性的情况下，依然不愿看到"齐默"这个名字唤出口以后，对她的读书生涯造成任何困扰。

而"师妹"——

相识以来，他从未认真地喊她一声"师妹"，但此刻他想高声喊出这声"师妹"，也必须喊出这声"师妹"。

监视器里，她朝导播室的方向看过来，他明知道她看不见他，可还是认真地对上屏幕里她的眼睛，字字清晰有力，语调沉稳坚定。

他说："师妹，你是我见过最优秀的女孩子，坚强第一，勇敢第一，乐观第一，自律第一，执着第一，豁达第一……石渤海枯，九垓八埏，你都是第一。"

这天是11月下旬的某一个周日，萧文缜的声音充斥着整个演播厅，似乎所有人忘记还有十几分钟录制就要正式开始，他们的眼睛里只有那个被聚光灯笼罩的年轻女孩子，他们的耳朵里只有那道坚不可摧的敬佩之声。

这道声音的主人，是他们栏目的负责人，性子冷清，从不和异性过于亲近，更不曾说过如此炽烈的言语。

众人一致看向齐默。

齐默却盯着导播室，没有言语，没有下一步举动，只是平静地看着。但只有她自己清楚，她的耳朵在发烫，她的心脏在狂跳，她知道他为什么说出这样一番话，是担心，是安慰，更是认同。

聚光灯下，齐默忽然笑了，笑容灿烂夺目，竟生生盖过了周身的光芒。

导播室入口，萧文缜悄然伫立，从容不迫，姿态醒目卓绝，手里拿着对讲机，远远地望着聚光灯下的齐默，薄唇缓缓上扬。

是微笑。

更是秋冬季节交替时，迸发而出的一抹暖阳。

Chapter 08
你再也没有情敌了

世界广袤无垠，人生朝露溘至，想要遇到一个与你精神共鸣之人，成功的概率有多大？

答案是：微乎其微。

万幸的是，齐默遇到了萧文缜。

大庭广众之中的那一声"师妹"，与其说是一个称谓，不如说是萧文缜想通过这个称谓让齐默对自身价值获得更多的认同感。

试问，萧文缜若与优秀、出色挂钩，他的师妹又能差到哪里去？

于是，有了接下来那句："师妹，你是我见过最优秀的女孩子，坚强第一，勇敢第一，乐观第一，自律第一，执着第一，豁达第一……石渤海枯，九垓八埏，你都是第一。"

齐默笑了。

她不能不笑，因为在他的高度评价里，她突然顿悟何谓爱。

爱，不是甜言蜜语，不是浪漫依存，而是将所爱之人的残缺视为闪光点，无时无刻不给予对方自信，共享其喜，共解其忧。

当天下午，《追梦者》演播厅里，齐默和萧文缜隔着远远的距离相视一笑。齐默无意影响节目录制，转身离开，甚至没有跟目送她离开的萧文缜挥手打招呼。大步行走间，她长发飞扬，既帅气又洒脱，高达两米八的气场更是震得众人集体消音。

她离开，也是萧文缜的意思。

她和萧文缜虽只相识数月，没有漫长岁月做支撑，但有时候只需一个眼神就能洞悉对方心中所想。《追梦者》录制在即，他将无暇顾及她，自然不希望她在对未来还很迷茫的时候就过早地目睹让她心存畏怯的职场。

此行并非毫无收获，至少齐默在回去的路上，第一次设想起自己的未来，比如说研究生毕业以后，她想做些什么工作，而她力所能及之内又能做些什么工作。

虽然她出生的时候，老天爷给她发了一手烂牌，好在她不急于放弃，而是煞费苦心地慢慢打。所谓谋事在人，纵使前路不明，但照她这样继续打下去，总能在牌桌上打出一个柳暗花明。

萧文缜告诉她："有些事情急不得，需要慢慢来，也许你未来的命脉早已掌握在你的手里，只是你还未察觉罢了。"

他说这话的时候，神色温和，听起来似是话里有话，又似乎只是在安慰她。

齐默听了，并未放在心上，仅是坐在他的对面笑了笑。

彼时，他已于深夜归家，齐默见他回来，原本还因他下午对她的那番高评价觉得有些不好意思，但他好像看穿了她的心思，微笑着道了声："饿了。"

此话出口，不仅成功逼退了齐默的那一丁点儿扭捏，更让她在深夜十点洗手做羹汤，趁着他去洗澡，为他煮了一碗家常面。

等他洗完澡出来，齐默陪他坐在餐厅里用餐。闲聊之余，齐默的思绪回到《追梦者》栏目——他一手创立的事业上，齐默难掩好奇，询问他是否喜欢现在的工作。

如果不喜欢，何以如此热忱？

萧文缜暂停吃面，抬头看着她，没有直接回答她的问题，而是说："一个人是否喜欢他的工作，不应该只看现阶段，而是应该随着阅历的增长，不断思考。这条路永无止境。"

所以，他并不满足于现在的工作，因为他把更深的喜欢放到了未来。话语简短，却透着野心和抱负。

"师兄，你对未来有什么规划吗？"她好像从未问过他，他未来想要做些什么工作，又有哪些期许。

萧文缜眼中含笑，右手拿着筷子吃面，隔着餐桌向齐默伸出左手，手掌心朝上。无须言语，齐默已知晓他的意思，虽然心存疑惑，但还是把右手放进他的掌心，随即被他缓缓握紧。他望着她说话时，好看的眼睛里仿佛有星辰闪烁："未来恰如此刻，深夜归家，吃一碗齐默为我做的家常面，相陪浅聊日常，胜却人间无数。"

突然聆听萧式甜言蜜语，齐默淡定自若，她凝视萧文缜过于灼热的目光，一秒、两秒、三秒……齐默率先投降，趴在餐桌上直叹气，却又控制不住嘴角的弧度。他的未来里有她啊！可是，她真正想问的不是他和她的未来，他干吗故意曲解她的意思？

心好累呀。

"齐齐，我们不是正在用目光神交吗？"萧文缜眼中的笑意更盛，他明知故问，"你怎么趴桌上去了？"

这个人怎么能这么坏啊？

齐默脸色发烫，不跟他一般见识，朝他冷哼一声，以示泄愤，却不知哼声中夹杂着柔情，分明是撒娇。

萧文缜低笑出声，似是学她上瘾一般，竟模仿她的语气，也朝她轻轻地道了一声："哼。"

一股热气直冲脑门儿，齐默心里那个恼哇。她从他的掌心里抽出右手，没有理会他的笑容，直接去厨房刷锅去了。

　　生气了？

　　萧文缜吃完面，端着面碗回到厨房，刚准备哄哄她，就听门铃突然响了起来。萧文缜把面碗递给齐默，前去开门，以为来客是好些日子没见的江棋来，打开门才发现不是。

　　是沈燮。

　　沈燮最近忙完学业忙工作，整个人像是被掏空了一样，在栏目组倒还看不出什么，可一旦节目录制结束，精神松懈下来，他就浑身没力气，困得眼皮直打架。他晚上回到华清园，路过6号楼的时候，仰起脖子观望12层，发现灯火通明，想到下午演播厅里发生的小风波，直到现在还处于呆滞状态，心里有着太多的好奇和不明白，索性脚步一转，乘电梯上了楼。

　　沈燮见到萧文缜，还没进门就率先道出了内心疑云："兄弟，你老实跟我说，你和齐默究竟是怎么一回事？"

　　萧文缜挑眉："你大晚上跑过来，就为了问这个？"

　　"要不然呢？"这件事情很重要，不弄清楚的话，沈燮晚上铁定睡不着，"就刚才那个问题，我早就想问你了，如果不是节目录制期间我没工夫找你，节目录制结束以后你又开溜回家，我用得着跑上门问你吗？"

　　"你很闲吗？"看来，沈燮在栏目组里面的工作量还有待增加。

　　沈燮不满："你以为就我一个人有好奇心吗？栏目组的同事都快集体炸窝了，只是没有当着你的面表现出来而已。还有啊，我听说栏目组好几位女同事受不了打击，事后还躲在办公室里哭鼻子，你还真别不当一回事。"

　　萧文缜懒得听沈燮闲扯，准备关门送客，被沈燮及时出手挡住房门。沈燮摆出打破砂锅问到底的架势，催促萧文缜："快说，你跟齐默是怎么一回事？大伙儿私底下都在议论你是不是喜欢……"

　　沈燮的话锋随之一转，他皱着眉道："哥们儿，你该不会真的喜欢齐默吧？你可别吓唬我啊，虽说齐默那姑娘的求学经历真的很牛，但她一看就不是善茬儿。你想想她是怎么当着全校师生报复造谣者的？你再好好想想她为了江棋来是怎么扇你一巴掌的？她那一巴掌打在你的脸上，痛在兄弟心里呀，你什么时候受过这种窝囊气啊？"

　　萧文缜见沈燮说得如此义愤填膺，而且吐槽的不是别人，正是齐默。若是放到往常，他早已斥责沈燮胡言乱语，或是出声打断沈燮，但今日他想到沈燮的朗朗话语足以传到厨房里，嘴角渐生笑意。

　　另外，打断别人讲话，貌似有失修养。

　　萧文缜放弃关门，朝屋内走去。

　　沈燮见状，连忙闪身进屋，反手把门关上，以为适才那番话说到了萧文缜的心坎儿里，当下决定再接再厉："要我说，你犯不着因为对她爷爷愧疚，就把自己的后半生搭进去，不值得，不值得啊。"

沈燮痛心疾首，在客厅里追上萧文缜，伸手欲拍萧文缜的肩膀，以便加重规劝效果，却被萧文缜避开了。

沈燮不死心，追着萧文缜往厨房的方向走："兄弟，你说你怎么这么糊涂呢？人家齐默喜欢的是江棋来，你说你萧文缜要什么女人没有，干吗去招惹一个心里有别人的……"话未说完，沈燮忽然看到厨房里正在刷碗的齐默，因为没有任何心理准备，当即吓得浑身一颤，怪叫连连，"哎呀，妈呀，妈呀——"

开放式厨房里，齐默把刷好的碗筷放回原位，往手心里挤了洗手液，低着头不紧不慢地冲洗干净。

这孩子前一秒还在说她的坏话，后一秒就目睹她笑眯眯地站在厨房里，吓得不轻啊。

齐默看着沈燮，似笑不笑地说："你敢叫我'妈'，我却不敢叫你'儿子'，我怕辈分太高，折寿。"

沈燮没有接话。

此番照面，冲击力十足，沈燮整个人傻了，颤颤巍巍地抬起右手，食指弯曲指向齐默，讷讷地道："你……"然后，他将食指移向正在喝水的萧文缜，讷讷地道，"你们……"

男式睡衣，男式拖鞋，女式家居服，女式拖鞋，深更半夜，孤男寡女。

他们是什么时候住在一起的？毫无征兆，实在是太吓人了。

萧文缜把水杯放到吧台上，对着沈燮下逐客令："时候不早了，有什么话明天再说吧，我和齐齐要睡了。"

此话一出，沈燮倒抽一口凉气，难以置信地盯着萧文缜和齐默，脑补两人同床的画面，精神再次受创，呆若木鸡。

齐默的精神也受创了。

什么叫"我和齐齐要睡了"？

此话暧昧至极，很容易让人浮想联翩，别说沈燮会误会，就连她本人也被这句话搅得气血翻涌，恨不得扑在某人身上咬上几口出出气。

齐默沉浸在咬人的思绪里，没有察觉萧文缜是何时把沈燮推出去的，更不曾察觉萧文缜来到她的身边已有多时，正盯着她羞愤的脸庞失笑。

磨牙声极其轻微，她应该很想咬他一口吧。

他是不是应该先下嘴为强？

于是，等齐默后知后觉地察觉萧文缜的靠近，扭着脖子，抬头看向他，精致的红唇在灯光的照耀下明艳异常，宛如一朵等待被采撷的鲜花，萧文缜已经情难自抑，低着头吻了一下她的唇。

齐默还在想着怎么咬萧文缜，唇上就被萧文缜咬了一下，不，是亲了一下，霎时咬念全消，心跳隐隐乱了起来。

他怎么说亲就亲啊？

齐默强行镇定地清了清嗓子，见萧文缜眉眼间装满了笑意，她再次清了清嗓子，很煞风景地提醒萧文缜："师兄，明天周一，你的作业还没写完呢。"

当天深夜，沈燮饱受刺激地回到家里，发微信给江夷中，向她提及齐默和萧文缜同居一事，得知江夷中早已知晓，顿感受伤："为什么你们都知道，就我不知道？"

江夷中回："萧文缜对齐爷爷心存愧疚，和齐齐住在一起，是为了代替齐爷爷帮助齐齐阅读、写作业。就这么一点儿事，没必要弄得尽人皆知，你不知道很正常。"

沈燮说："我看不像，你是没看到文缜注视齐默时的眼神，就跟这辈子没见过女人一样，眼神火辣辣的，看得我都觉得不好意思。"

江夷中长达半小时不回微信，沈燮知道她有晚上熬夜写稿的习惯，发微信不见她回复，他索性打了一通电话过去。

她的手机已经关机。

隔日，江夷中买了一部新手机。

她的旧手机于昨天深夜被她"不小心"摔碎了，手机屏幕犹如错综复杂的蜘蛛网，黑屏过后，再也无法开机。

待情绪归于平静，江夷中使用数据线连接手机和电脑，复制手机里的内容，后来存储旧手机里的照片时，看到一张她和齐默少女时期的合影，默默发呆多时。

那一年她过生日，齐默亲手烘焙了一个大蛋糕送给她，并用彩色的奶油画了两个扎着麻花辫、咧着嘴巴大笑的小姑娘。

齐默说："我没学过画画，所以这俩小姑娘的五官画得很抽象。"

齐默说："好看的是你，难看的是我。"

一晃多年过去，江夷中虽然换过很多部手机，但手机相册里始终放着她和齐默一起坐在生日蛋糕前的合影。

她以为，她和齐默可以从幼时一直走向迟暮，没想到在花信年华因萧文缜而心生嫌隙。

是她心生嫌隙。

今天下午，萧文缜在演播厅里对齐默说的那些话，包括后来与齐默默契微笑，一言一行，一举一动，都在考验她的承受力，都昭示着齐默在萧文缜心里的与众不同。她认识萧文缜多年，自认了解他至深，到头来却发现，她从未了解过他。

原来，他并非不近女色，而是想要亲近他的女色，都不是齐默。

原来，他对女孩子也有温情脉脉的时候。

原来，他可以为了齐默，不惜当众表白。

他那样的言论，不是表白，又是什么？他连齐默当众打他一巴掌都可以原谅、纵容，这还不足以说明一切吗？

为什么是齐默？为什么他喜欢的人偏偏是齐默？

江夷中郁结难平。

江夷中操纵鼠标，点击合影，确认删除。然而，不过几秒钟，那张照片又被她从电脑右下角的废纸篓里复原回到相册，只因她忽然想起15岁那年夏天，她穿着高跟凉鞋和齐默外出购买习题集，回来的路上不小心崴到，伤了脚踝，齐默背着她前往附近的医院就诊。

那天的太阳仿佛是熊熊燃烧的大火球，地面上热气翻滚，烘烤在身上火辣辣地疼，齐默背着她行走在大街上，两人重叠的身影被头顶的烈日打落在地上，她看着齐默被汗水打湿的长发，忽然觉得幸福无比。

她在那一刻发誓：她要和齐默做一辈子的好姐妹。

周一下午，国大经济学院组织学术交流茶话会，参与人数众多，院系近三分之一的知名教授和近二分之一的研究生聚集在学术交流厅里，对相关学术研究进行研讨和交流，以便集思广益，在学术领域勇攀高峰。

齐默上完选修课，在学术交流厅里随便挑了一个位置。距离茶话会正式开始还有13分钟，各年级研究生已聚集大半，还有一些学生正陆陆续续地从各个地方赶来。

几分钟以后，乔思佳落座于齐默身旁，换来齐默的淡淡一瞥。

乔思佳从单肩包里掏出笔记本和圆珠笔，冲齐默打招呼："嗨。"

"嗨。"

齐默收回目光，国大的研究生几乎每个人都有自己的研究方向和职业规划，所以即便是同班同学，除了必修课能够碰在一起之外，在校期间若非事先约好，很少有什么交集，齐默和萧文缜如此，和乔思佳更是如此。

研一虽然以上课为主，到了研二才会跟着导师做项目，但在学习之余，多聆听一些研究报告，对于以后构建自己的研究体系很有帮助。

乔思佳旁听学术交流茶话会很正常，不正常的是，学术交流厅里空座那么多，乔思佳坐哪儿不好，偏偏坐在齐默身边……齐默在心里叹了一口气，所谓"无事不登三宝殿"，乔思佳这是要继续找碴儿呀。

"你今天气色不错。"乔思佳打量齐默一眼，客套地点评。

"可能是昨天下午被聚光灯照的。"齐默一本正经地胡说八道，"我听说，不管男女老少，只要站在聚光灯下面照一照，都能达到抗菌排毒、美容养颜的效果。回头你有时间的话，不妨也站在聚光灯下面试一试，收缩面部毛孔的同时，还能促进新陈代谢，比你使用任何高端护肤品都有效。"

乔思佳露出惊讶的表情："听你这么一说，聚光灯简直就是美容神器啊。"

"那是。"

齐默和乔思佳，一个敢说，一个敢听，前者信口雌黄，后者不予拆穿，倘若一直这么聊下去，倒也愉快。

只可惜，乔思佳携带怨气而来，哪儿有不发泄的道理？

她的发泄对象自然是齐默。

乔思佳说："说老实话，文缜会在演播厅里当众给予你那么高的评价，我还是挺意外的。"

齐默说："我也挺意外的。但有一句老话不是说得好吗？刺猬出门必夸自己孩子光，黄鼠狼出门必夸自己孩子香。动物尚且知道护短，更何况是人呢？由此可见，萧文缜作为师兄，逢人就夸自己的师妹优秀，也是可以理解的。"

乔思佳说："你没觉得受之有愧？"

齐默说："我相信师兄的眼光。"

乔思佳似是被齐默逗笑了，垂眸浅笑时五官柔美迷人，有男生路过，忍不住回头多看了她几眼。齐默若是异性，十有八九也会沦陷在乔思佳的美貌里走不出来。

美貌和心机，乔思佳两者皆占，齐默艳羡不已。

乔思佳继续说："我依稀记得，今年初春，《追梦者》栏目进行全新改版，首发嘉宾阵容里，你的名字排在第一位。然而，文缜在栏目组例会上当众否决了邀请你的提案，文缜说他不喜欢你出现在《追梦者》节目里，我当时还以为文缜对你有意见呢。"

齐默真是为难极了。

她该怎么回复乔思佳？难道告诉乔思佳，萧文缜不喜欢她出现在《追梦者》节目里，是不忍心看她当众揭开伤疤，讲述求学辛酸史？

齐默抱着多一事不如少一事的良好心态，没有反驳乔思佳，而是顺着她的意思感慨万千："我万万没想到，师兄以前竟然对我有那么大的意见，真是堵心。"

乔思佳故作诧异地说道："我说这些，可不是为了让你怨恨文缜。"

齐默觉得乔思佳多虑了，嘴角微露笑意："我虽然很想怨恨师兄，但心里就是怨恨不起来，毕竟师兄现在对我不错。"

"齐老先生因为文缜生病住院，文缜在学校里对你好一些，于情于理，都是应该的。"乔思佳话里带刺。

齐默点头附和："师兄心善，我心荡漾。"

此话一出，颇有气死乔思佳之嫌。

乔思佳皱眉。

206

"喀——"

过道旁，突然传来一道带着笑音的轻咳声，声音熟悉，辨识度极高。乔思佳做坏事被当事人抓到，面上虽无变化，但心里受了惊。

齐默心里也惊，没敢看向那人，"我心荡漾"四个字有失矜持，跟春心萌动没什么区别，偏偏被萧文缜听见，只能说她今天的运气真是好极了。

萧文缜除了一声轻咳，再无其他声音。他在经过乔思佳身边的时候，修长的手指轻轻敲击她的桌面，乔思佳转眸看他，他已离开她和齐默的座位区，在附近学生的注视下，坐在了学术厅最前排的位置。

齐默看一眼乔思佳，萧公子这是有话要对乔思佳说啊。

乔思佳又怎会不清楚？她坐在座位上稍作犹豫，随后把笔记本和圆珠笔装进单肩包，起身走向萧文缜。

齐默盯着乔思佳的背影若有所思，萧公子把乔思佳单独叫到一旁说话，该不会是想兴师问罪吧？

"兴师问罪"一词，在汉语里的解释是：发动军队，声讨对方罪过。也指大闹意见，集合一伙人去上门责问。

乔思佳虽有过错，但还称不上罪过，所以萧文缜找她谈话，与其说是声讨，不如说是提醒。

萧文缜打开笔记本电脑，瞧一眼坐在他身旁的乔思佳，问她："你对齐默有意见？"

"没有。"乔思佳斩钉截铁地说道。

萧文缜的注意力在电脑屏幕上，他打开《追梦者》最新一期节目的文件夹，收视曲线图赫然铺满了整个屏幕。萧文缜冷静地分析收视率，漫不经心地问乔思佳："周安国教授曾经为你预留过研究生名额，后来被齐默抢走了，你不生气？"

乔思佳自嘲一笑："周教授不选我，应该有他自己的考量，我就算生气，也是生自己的气，没道理迁怒于齐默，跟她过不去。"

萧文缜点头，似是相信了乔思佳的话，眼神示意她看向收视曲线图："上一期节目收视率下降，你觉得问题出在哪里？"

"可能出在选题内容上。"萧文缜对节目质量把控严格，所以乔思佳猜测收视率下降多半跟选题有关。

"嗯。"萧文缜移动鼠标，关闭文件夹，重新建立文档，构思选题策划案的时候平静讲述，"今年初春，周教授在选择你还是选择齐默的问题上纠结了好几天，为此专门询问过我的意见。"

乔思佳心绪一紧，脱口道："你怎么说？"

"我让周教授自己定，你和齐默最终谁能成为周教授的学生，各凭本事，我作为旁观者，不方便多说什么。"萧文缜看着电脑屏幕，骨节分明的手指仿佛自带记忆功能，不仅熟知所有键盘的位置，盲打文字更是又快又准，工作效率极高。

乔思佳垂下眼眸，盯着萧文缜好看的十指在黑色键盘上熟练游走，长而翘的睫毛完美地遮挡住她突然涌至心间的不快。

她自知，萧文缜适才说的那番话没毛病，但她毕竟和萧文缜本科同学四年，又共事那么久。反观齐默，他那个时候和齐默毫无交集……他虽是旁观者，但周安国教授向来器重他，他若是想为她说话，就不存在是否方便提意见一说。

萧文缜刚才那番话，仿佛只是随口一说，他并未留意乔思佳的神色变化，在打字间隙问她："后天，栏目组要召开编前会，关于下一期节目的选题内容，你有什么想法吗？"

乔思佳想了想，心不在焉地告诉萧文缜："之前，我们做过一期以情侣学霸为选题的访谈节目，收视率很好，或许下一期节目可以效仿此类选题，校园+爱情+励志+创业，四大元素汇集在一起，应该会很有看点。"话音落地，隔了几秒，乔思佳深受先前话题的困扰，唤了声"文缜"以后，半开玩笑半认真地说道，"如果你当初向周安国教授推荐我的话，说不定你现在的师妹是我，而不是齐默。"

是玩笑，也是埋怨。

萧文缜淡漠依旧，反问乔思佳："就算你成为我的师妹又能怎么样？不过是在同学与合伙人的标签之外，再加一个'师妹'的头衔罢了，但齐默仍然是齐默。"

"什么意思？"乔思佳心跳加速，突然不安起来。

敲击键盘声骤停，萧文缜缓缓靠向椅座，终于侧眸打量一眼乔思佳，薄唇微启，一字一顿，格外清晰有力地说道："我喜欢齐默。"

"……"

乔思佳大脑空白，内心思绪杂乱无章，为了掩饰悄然外露的情绪，她急促地笑了一下，殊不知正是因为她的僵硬一笑，刹那间将她的坏情绪暴露殆尽：尴尬、无措、恼怒、嫉恨……

凭什么？

齐默，凭什么能够得到萧文缜的青睐？

"思佳，不要招惹齐默，否则……"萧文缜语气柔和，但从他那好看的唇齿间吐露的每一个字都夹杂着不近人情，"否则，你招惹她就是在招惹我。"

这一刻到来之前，任凭乔思佳想破脑袋也绝对想不到，有朝一日萧文缜竟然会因为另外一个女生对她发出警告。

她不仅面上无光，更有一种羞愤的情绪萦绕心间。

也许过了一秒钟，也许过了一分钟，乔思佳坐在位置上缓了缓情绪，方才追问萧文缜："你喜欢她什么？"

"所有。"萧文缜继续起草选题内容。

"包括她的残缺？"乔思佳冷嘲热讽。

敲击键盘声再次骤停，萧文缜盯着电脑屏幕极力隐忍情绪，几秒后，锐利的眼神射向乔思佳，他声音泛冷："我说了，所有。"

乔思佳是红着眼睛离开学术交流厅的，当时被很多学生看个正着，事后传言满天飞，其中流传甚广的三个传言分别是：

1. 乔思佳暗恋萧文缜已久，终于鼓足勇气在学术交流厅里表白，却惨遭拒绝，乔思佳羞愤难当，啜泣而逃。

2. 乔思佳工作出错，萧文缜作为《追梦者》的制片人，当面斥责乔思佳，乔思佳自尊心受挫，一时间颜面尽失，几欲落泪。

3. 乔思佳与齐默不和，在学术交流厅里和齐默发生争执，被萧文缜撞见。萧文缜维护师妹齐默，训斥了乔思佳几句，乔思佳觉得受伤，委屈地离开。

以上传言，没有人在乎真假，他们在乎的只是一份八卦内容，似乎只要拥有天马行空的想象力，人人都能成为狗血人生大编剧。

其实，那天发生的故事还有后续。

那天黄昏，茶话会结束以后，齐默走出学术交流厅，行至公共教学楼的时候，肩上的背包被一股力道抽走，齐默勾唇笑笑，虽未看向来人，但她知道是萧文缜。

"回家？"萧文缜放慢脚步，与她并肩而行。

"要去材料室查阅一些文献资料。"

"你把目录给我，我去找。"

"好。"

又行几步，齐默没能忍住好奇，话里有话，是陈述，也是疑惑："师兄，乔思佳哭了。"

"嗯。"

"你都跟她说了些什么？"萧公子生性凉薄，若非说了重话或是狠话，乔思佳那么要强的人，何至于红着眼睛，当众情绪失控？

"我跟她说什么不重要，重要的是，我既然认定你是我的女朋友，我就应该给你安全感，主动和所有对我心存好感的女生保持距离，甚至斩断她们的想法，以免对你造成任何不必要的困扰。"

萧文缜坚定地道出这番话，自始至终没有看向齐默，语气平淡温和，不咬重任何一个字音，也不放慢任何一句的语速，话里话外尽是不轻易示人的柔情。

柔情化雨，无声滋润心田。

齐默的脚步慢了下来，她盯着他的背影看了又看，左右脸颊热度飙升，隐隐发烫。

女朋友吗？

他认定她是他的女朋友，却不曾问过她是否愿意当他的女朋友，他就那么笃定她此生非他不可？

这人真是……狂妄。

但就是这么狂妄的一个人，安闲自在地走到僻静无人处，虽然步伐未停，却朝身后的齐默伸出了右手。

齐默嘴角上扬，磨磨蹭蹭地走上前，又磨磨蹭蹭地握住他的右手，许是不满他的狂妄霸道，一时也没多想，低着头轻轻地咬了一口他的右手指节。

萧文缜失笑，"拖"着他的小师妹继续往前走。他这位小师妹每一次闹起情绪，貌似都有咬人的冲动。

咬吧，咬吧，晚些时候回到华清园，他必定有仇报仇。她在学校里咬他一次，他就十倍、数十倍地咬回来，绝不口下留情。

萧文缜言出必行，当天晚上齐默刚入家门就遭他步步迫近，然后……他亲自教学，给齐默上了生动的一课，比如不要轻易啃咬男人，否则后果自负。

后果是，某人舍不得下狠口，所以落在齐默的手指、颈部和唇部的每一口都温情脉脉，轻轻的，痒痒的。

齐默被某人咬得面红耳赤，后悔不已。

萧文缜在情感世界里的泾渭分明，从某种程度上来说，深深地触动了齐默的内心。她一直觉得男女双方想要经营一段长久的感情，就必须相互成就和对等付出，否则将毫无公平可言。

齐默念及"公平"二字，在深思熟虑之下，按响了6号楼11层的门铃，尝试数次，均无人回应，也无人开门。

户主不在家。

齐默后知后觉地意识到，江棋来已经很久没有上楼串过门，更不曾频繁出入华清园，整个人像是消失了一般，而她……时隔一个多月才发现异常。

她以前喜欢他的时候，恨不得密切关注他的一举一动，恨不得捕捉他的任何一个表情变化，却从未想过，若干年后的某一天，她竟然可以忽视他的存在那么久。

她心里若是有他，又怎会忽视他的存在和不存在？

江棋来是预感了什么，还是察觉了什么？聪明警惕如他，目的性极强如他，若非早已看破他和她的情感僵局，意识到他和她情感关系的穷途末路，又怎会跟她表白心声不久，就一声不吭地消失在她的视线之内？

还是说，他在赌。赌他消失后，她究竟何时才会注意到他的不存在，一天？一个星期？一个月？

整整四十五天。

齐默心情不好，萧文缜是知道的。

她在聆听文献内容时，罕见地走神了；围棋对弈，屡次出错；好几次拿起手机，却又迟疑着丢到一旁。

再比如，翌日黄昏，她先他一步回到华清园，他虽看见她，但不知为何，并未出声喊她，而是看着她走进电梯，然后电梯数字停在了"11"上。

原来，她情绪低落的主因是江棋来。

萧文缜站在电梯门前，盯着"11"这个数字看了好一会儿，方才按下上升按钮。电梯数字由"11"逐渐变为"1"，伴随着电梯门开启，萧文缜平静无波地走了进去。

几分钟后，齐默没有见到江棋来，再次失望而归，回到12层，刚一打开门，就听见厨房里传来榨汁机的运作声。她凑上前一看，好奇地询问正在厨房里悠闲地翻看手机的萧文缜："师兄，你在榨苦瓜汁吗？"

"嗯。"萧文缜抬眸看她，"突然有点儿上火，正好家里有苦瓜，索性榨杯苦瓜汁败败火气。"

齐默没往心里去，准备回主卧室换衣服做饭，问萧文缜："你晚上想吃什么菜？"

"清炒莴苣、清炒芹菜、清炒丝瓜、清炒白菜、清炒茄子、凉拌莲藕、凉拌黄瓜、凉拌萝卜丝……另外，再来一道冬瓜汤，如果觉得麻烦不想炖汤的话，就直接清炒，或是榨汁，你自己定。"

"……"

萧公子点的这些菜，都有清热去火的功能，像他这样的降火分量，可不是"有点儿"上火那么简单，齐默回头感慨："师兄，你火气很旺啊。"

"是很旺。"

萧文缜点头，似乎生来就有一副好脾气，低着头继续翻看手机网页，百度搜索栏里赫然出现的文字分明是：如何控制自己不吃醋。

齐默给江棋来打电话那天，暖阳高悬于空，大街小巷微微刮起的冷风，带着11月底特有的刺痛感，吸进肺腑之间，一股股凉意仿佛能够钻进身体的每一个细胞。

那是齐默生平第一次拨打江棋来的电话，因为是第一次，所以齐默"喂"声过后是沉默，江棋来为此也沉默了很久。

后来，齐默率先出声："大哥，如果你方便的话，我想和你见一面，我有话要对你说。"

手机那端的人沉默了很久，不知是江棋来正在忙碌工作，还是手机信号出了问题，可他终究还是说话了，声音比以往任何时候都还要低沉："晚上七点，华清园小区南门附近青禾一品，你如果早到的话，直接报我的名字，服务员会带你入座。"

"好。"

齐默挂断电话以后，静下心来聆听了两节选修课，课间偶尔想起她和江棋来的年少

211

时光，除了惊觉时间匆匆而逝，就只剩下一声叹息了。

黄昏离开学校，前往青禾一品之前，齐默给萧文缜打了一通电话。彼时萧文缜正在《追梦者》栏目组会议室里开会，听到手机响，原本打算直接挂断，却在看到来电联系人名字的时候，朝众人道了声"稍等"，示意沈燮接替他继续会议流程。

"下课了？"

短短三个字，由淡漠转为柔和，不是一般的轻声细语，导致十几双眼睛齐刷刷地射向萧文缜的背影，纷纷猜测究竟是谁打来的电话。

还用猜吗？

沈燮沉重地摇头。自从知道齐默曾经暗恋江棋来被拒，偏偏萧文缜又对齐默心存好感，并与她住在一起之后，他就一直不看好两人。对沈燮来说，萧文缜钟情齐默跟踩地雷没有什么区别，情路甚是凶险。

江夷中和乔思佳的反应差不多，彼此面无表情，仿佛与己无关。

前者低着头，拿着圆珠笔在本子上写写画画，表情看似平静，实则握笔力道极重，甚至把纸页都划破了。

后者翻看下一期节目的采访内容，神色认真专注，但因翻阅的速度过快，所以纸张的摩擦声极为尖细，十分刺耳。

至于其他工作人员，自然智商在线，不期然想起几天前演播厅里发生的聚光灯事件，几乎每个人的脑子里都闪现出同一个称谓：师妹。

萧文缜只有一个师妹，国内知名高等学府风云励志女学霸，齐默。

萧文缜离开会议室以后，径直回到办公室，将手机开了免提放到办公桌上，齐默在手机那端问他："师兄，你什么时候回来？"

"大概一个小时以后。处理完工作我就回去，正好可以陪你吃晚饭。"萧文缜整理桌上的文件，扫了眼腕表上的时间，今天的工作量不大，七点半以前应该能赶回华清园。

齐默为难地道："我晚上和人有约，晚饭可能直接在外面解决了。"

萧文缜整理文件的手一顿，过了一会儿，他把文件丢到一旁，道了声："哦。"

大街上，齐默拿着手机暂时无声，虽然看不见萧文缜的表情，但从他的语气里，隐约听出了一丝不悦。

齐默沉吟了一下，不愿对萧文缜说谎，干脆道出实情："我和江家大哥晚上要在青禾一品吃饭。"

"哦。"

他依然是淡淡的语气，听不出任何情绪。

正是因为听不出他的情绪，齐默才会站在大街上生闷气："师兄，你好好说话。"

"我怎么了？"手机里传来他的低笑声。

齐默气得直跺脚："你'哦'来'哦'去的，我听了瘆得慌。"

闻言，萧文缜又是好一阵轻笑："齐齐，你跟谁见面，是你的自由，不需要跟我报备，你师兄不是那么小气的人。"

"哦。"

萧公子心胸豁达，反倒让齐默觉得不好意思起来。她和江棋来晚上有约，本来很正常，但不知为何，她跟萧文缜说起此事的时候，分外在意他的感受，尤其他的语气，所以她才会较之往常敏感了一些。

萧文缜逗她："你'哦'得倒是挺动听，再'哦'一声我听听。"

不哦。

她一个姑娘家，没事站在大街上仰着脖子哦哦直叫，不知情的人十有八九会误以为她是神经病。

齐默顾惜名声，直接把电话给挂了。

与此同时，萧文缜坐在办公室里，看着陷入黑屏状态的手机，嘴角的笑容渐渐消失。他抽出几份与会议内容相关的文件，起身前往会议室，路上他还在提醒自己：谈恋爱必须相互信任，他百分之一百地信任齐默，况且她见江棋来，并未对他有所隐瞒，仅凭这一点，他就不能多说什么。

无妨，无妨。

她要见江棋来，那就见吧。

毕竟，他真的不是那么小气的人。

华清园南门附近的马路边停着一辆黑色座驾，距离青禾一品只有10米之遥，如果步行过去，成年男子只需十几步就能抵达。

然而，黑色座驾的车主自从18:50熄火以后，就一直将车停在路边，早就过了19:00的见面时间，车主却没有下车的打算。

他是江棋来，齐默给他打电话约他见面的时候，他正在杭州开展合作项目。看到齐默的来电讯息，有一种惊喜猝然从江棋来的灵魂深处窜逃而出，但随之而来的，是铺天盖地、足以撕裂心扉的痛和伤。

齐默喜欢江棋来的原因很纯粹，因为他足够优秀、卓越。

江棋来厌烦齐默的原因很简单，因为她足够桀骜不驯。

只可惜，无论是齐默对江棋来的喜欢，还是江棋来对齐默的厌烦，全终止在五年前，与其说是一场机缘的开始，还不如说是一场遗憾的错过。

是不是有些东西一旦错过了，就意味着永远也不会再回来？

江棋来喜欢齐默，不愿放弃齐默，甚至想要重新赢回齐默的喜欢，却抵不过齐默眼神里的陌生和言行上的疏离。

她一如既往地称呼他一声"大哥"，但也只是一声"大哥"而已。他去12层串门的那些日子里，她每次叫萧文缜"师兄"的时候，他都会心生刺痛和艳羡，怅然之后是失落。犹记得五年前，她也曾怀揣着沉甸甸的感情叫过他"大哥"，只不过她后来掏空了住在"大哥"称谓里的感情，五年后把这份感情给了另外一个人而已。

江棋来远没有表面看起来那么云淡风轻，他不甘，他悔恨，他忌妒，但他在齐默的冷漠面前又能怎么办呢？他喜欢的人是齐默，是他从小就不屑与之为伍的齐默，是他成年后日渐发现灵魂之完美的齐默，他比任何人都清楚齐默的性情，她不会原谅任何伤害过她的人。其实，五年前他就已然意识到了这一点，所以他畏惧表白，拖延之后再拖延，甚至在她逐渐亲近萧文缜的时候，他还在说服自己有些东西不是齐默想忘就能忘的，就好像她和他一起经历的岁月，早已融入骨血，哪儿能说忘就忘？

他在自欺欺人。

10月份，青锋网践行多领域跨界连接，他出了一次远差，辗转在各个省市之间，忙得分身乏术。

出差期间，由于记挂她的咳嗽，他曾抽空回过一次华清园。他到达华清园时是深夜，车子刚停在6号楼附近，隔着挡风玻璃，他就看见了萧文缜和齐默并肩走出6号楼。

那天深夜，华清园附近的某家私人诊所的大厅里，齐默咳嗽严重，输液过程中靠着萧文缜的肩膀倦怠而眠。萧文缜见状，暂停看书，转脸凑近她的面部……那样的角度，分明是亲吻。

他隔着玻璃门窗目睹此景，犹如当头一棒，神经瞬间麻痹，直接僵立在了原地。

一颗心仿佛被一股蛮力生生地撕成了两半，疼得他一度直不起腰身，却有一道声音在他的脑海中嗡嗡作响，那道声音告诉他：迟了，已经迟了。

他在齐默和萧文缜的相处氛围里，看到了她的毫无戒备和全身心信任，若非爱上萧文缜，她绝对不会允许萧文缜近她的身。

那晚过后，他生了一场重病，一场外人看不见、只有他自己才能感受的噬心之痛，然后随着时日累积，病情逐渐恶化，到最后只剩下悔不当初。

那晚过后，他有一次开车去公司，在广播里听到一句话："人与人之间的缘分，其实就是一个转身的距离，只有将过往用力地揉碎，才能整装待发，期许一个全新的未来。"那天，互联网股票集体大涨，多只股票收红，而他很应景地红了眼睛。

那晚过后，他再也没有回过华清园，满心期待她能打一通电话给他，却又害怕她打电话给他，他在这种矛盾的情感挣扎里，终于在11月底等来了她的电话，也是她和他多年来真正意义上的第一次通话。

这通电话来得极为不易，距离他退出她的生活圈，跨时整整47天。

他喜，是因为她终于主动打了一通电话给他；他痛，是因为他在这通电话里已然猜到了她的用意。

他除了同意见面，还能做什么呢？

他没有告诉她，她给他打电话的时候，他正在杭州忙工作。他乘坐最早一班飞机赶回来，如此义无反顾，不过是为了迎接一场提前谢幕的死心。

他抵达青禾一品却不下车，是存着一份私心。从此以后，她再也不会等他，所以就当是最后一次，让她再等他最后一次吧。

19:30，江棋来走出黑色座驾，嘴角已适时挂起了一抹微笑。他在笑话他自己，笑他年少时太自负，死要面子活受罪，错过齐默，只怪自己活该。他在笑话齐默，笑她做人、做事太认真，她看重感情，把爱慕、表白作为一种礼仪，所以想要在拒绝感情的时候同样保持一份礼仪，他懂，他都懂。

正是因为懂，所以他在看到齐默的那一刻是笑着的，笑得温柔平和，笑得内心泪流成河。

"路上堵车。"他淡淡解释，是叙述，也是歉意，说着抬手招呼侍者近前，交代侍者把之前预订的菜色逐一端上来，剁椒鱼头、白切鸡、葱爆海参、清炒虾仁……椒盐紫苏虾。

两个人，十道菜。

齐默说："点多了。"

"不多。"这是他和她第一次单独约出来吃饭，恐怕也是最后一次，都说桌上摆十道菜，有荤有素，寓意十全十美，他和她没办法在感情上修得圆满，在餐桌上圆满也是一样的。

青禾一品是一家高端私房菜餐厅，服务意识广受食客称赞。几位侍者鱼贯端菜上桌的时候，江棋来一直凝视着齐默，嘴角的笑容透着一丝看破局势后的平静无波。

齐默心中的想法落实，反而轻松了许多，她从未低估过他的判断力，如今亦然。他已知晓她此次约饭的目的，却还愿意当面接受一份拒绝，仅是这份气度和洒脱，已对得起自己曾经喜欢他一场。

齐默笑了。

她素净的脸庞上，眼神清澈，宛如初次结识江棋来一般，简单通透，笑容只是笑容，不是其他。

四目对视，尽是坦然。

侍者侧目，误以为江棋来和齐默是相爱多年的情侣。

齐默喜欢和聪明人打交道，因为聪明人做事目标明确，就连说话也鲜有拐弯抹角，而她行事向来雷厉风行，说起话来自然直言不讳。

侍者离开以后，齐默收回目光，拿起筷子吃菜，清炒虾仁鲜美可口，白切鸡清淡鲜香，吃到葱爆海参的时候，她终于打破沉默："大哥，我儿时生怕你们瞧出来我很笨，所以用顽劣掩饰自卑，虽然招来你的反感，但我一直很感激你。你关心我，才会出言挖苦我，刺激我上进，我知道你都是为了我好。"

"嗯。"江棋来没有动筷，静静地看着她吃菜。

齐默说："我自小生活在异样的眼光里，较之同龄女孩更理智、清醒。你说你喜欢我，我相信，但我想不明白的是，你那么喜欢我，我这些年怎么会一直感受不到呢？后来我想明白了，如果我感受不到你的喜欢，是不是代表你还不够喜欢我，或许比起喜欢我，你更看重你的自尊和骄傲？"

"嗯。"江棋来的眼睛红了。

齐默说："我是一个庸俗的人，一不小心就会被优秀、出色的男生迷住，萧文缜喜欢我，我也喜欢他。"

"嗯。"江棋来满腔思绪沉到谷底，她终究还是说了出来，萧公子才情卓绝，比他好千倍万倍不止，她选人的眼光很好，是真的很好。

齐默拿着筷子，抬眸正视江棋来，目光深幽复杂，郑重地开口："大哥，我和你回不去了。"

江棋来面带微笑，漆黑的双眸如水如星，对着齐默嗯了一声，隔了几秒钟，再次开口："嗯，我知道了。"

"对不起。"

对不起，是拒绝他人感情时最残忍的词。齐默深知"对不起"伤人，可她还是说了，因为除了"对不起"三个字，她已不知道该用何种言语快刀斩乱麻。情感一事，当断则断，自此以后不回首，不再留给对方任何期待。都说人脑记忆库有限，所以她选择清除历史记录，也希望江棋来就此翻篇，找到适合自己的那个人。

"你没什么对不起我的，反倒是我，五年前伤了你的心，该说'对不起'的人是我。"江棋来认真、严肃地说，"齐齐，对不起啊。"

齐默的眼睛里突然起了雾，她连忙低着头吃菜，她曾因为他的"瞧不起"生生怨愤了五年，如今听到他迟来的这一声"对不起"，刹那间百感交集，有委屈，有酸楚，有释怀，但无论是哪一种情绪，都挡不过它早已化为云烟的事实。

罢了，过去的事情就让它过去吧，眼睛长在前面，不就为了向前看吗？

"少时，我每次放学回家，你都会准时站在窗前叫我一声'大哥'，后来你再也没有满怀喜悦地叫过我'大哥'。"江棋来红着眼睛看着齐默，自嘲地一笑，"我很怀念当初那个满怀喜悦叫我'大哥'的齐默，我每每想起那个齐默都会觉得怅然若失，觉得我把我喜欢了十几年的女孩子遗失了。今晚赴约，来的路上我还在想，如果那个齐默能再满怀喜悦地叫我一声'大哥'就好了，哪怕只是一声也好。她以前叫我'大哥'的时候，我从未应过一声，心里实在是后悔。"

齐默的双眸雾气加重，对上江棋来红红的眼睛，嘴角缓缓绽放出一抹微笑，那抹微笑极为绚烂夺目，以至于瞬间点亮了她眸色里的水光，光彩闪耀，恍如旧时模样。

"大哥……"

她叫他，仿佛17岁那年叫他一般，江棋来应了，喉咙里似有哽咽声，道了一声嗯。

"齐齐，直到这一刻我才彻底死心，我和你是真的回不去了。"

江棋来湿着眼眶，起身离开前，低沉的声音传到齐默的耳中，成功地逼出了她的眼泪。

眼泪涌出眼眶，一滴接一滴地砸落在菜碟里，她落泪跟江棋来无关，她落泪是因为剁椒鱼头实在是太辣了……

齐默一个人坐在餐桌前吃菜，眼泪止不住地往下流，却没有任何声音。后来，有人走到她身旁，夺走她的筷子，手指贴着她的后脖颈，将她揽在了腰腹间，叹息道："他在手机里哭，你在餐厅里哭，我感觉自己像是一个罪人。"

克制多时的哭声，突然在这一刻爆发而出，齐默紧紧地抱着他精瘦的腰身，啜泣道："他给你打电话了？"

"嗯。"萧文缜轻轻拍着她的后背，看着她为另一个男人哭泣，如果说他不介意，那是假的，但再如何介意都抵不过她的眼泪。

他的情绪很不好，是心疼。

十几分钟以前，江棋来打了一通电话给他，当时他正在开车回华清园的路上。电话里，江棋来哭得嗓音沙哑，他隐隐猜到了什么，一味沉默着，并未说话。

江棋来说："我把齐齐交给你了。"

江棋来说："齐齐记仇，你千万不要学我，伤她一次，她能记恨你一辈子，你和她之间的缘分也就尽了。"

江棋来说："从此以后，我退出。"

萧文缜清楚，齐默和江棋来一起长大，感情亲厚，爱情里掺杂着亲情，早已密不可分，想要斩断过去，势必要牵动亲情脉络，抽筋剁骨，任何一段细小的过往都有可能击垮他们的坚强……

哭一段消逝的感情，并不意味着难以割舍、念念不忘，而是伤感那一份突然苏醒的物是人非。

所以，江棋来才会难过痛哭，齐默才会感伤落泪。

"师兄，你再也没有情敌了。"齐默把眼泪蹭在萧文缜的外套上。一如萧文缜尊重她那般，她也尊重萧文缜，只要萧文缜和她在一起，她就决不允许萧文缜有情敌。

"傻气。"

萧文缜的胸口泛起暖意，她太过聪明，也太过敏感，他主动和异性保持距离，并不代表她也要如此啊。

没想到，她竟然惦记在心多日。她约江棋来见面，无非是为了还他一份同等的尊重。

其实，即便有再多的情敌，他也不会放在眼里。因为他曾对她说过，萧家男人一生只有一个配偶，一旦认定谁是他的妻子，那就是一辈子。

而齐默，就是他的一辈子。

齐默的坏情绪只延续了两日，她有太多的学业急等着去完成，她有太多的不足急于弥补，以赶超出色的同龄人，所以就连萦绕在心的伤感都不被允许停留太久。

爷爷没有说错，有萧文缜这样的师兄，只会越发刺激她变得更加强大。

萧文缜，本科四年专业课绩点满分，年年稳坐第一名宝座，似乎只要他愿意，随随便便就能斩获各种奖学金。

他是天才型学霸，但也是勤奋型学霸，齐默眼中的他，冷静沉稳，理智到极点，甚至略显冷漠和不近人情，生活自律，课业严谨，学习效率极高。不管熬夜学习到几点，萧文缜每天5:30都会准时起床，阅览经济新闻和相关报纸，然后趁着早饭时间，把重点摘要逐一告诉她；在校期间，他几乎书不离身，阅读范围极广，极其善于抓重点和概括主要内容，就连随手写的课堂笔记都能做到精简通透，吸引众多同期学生争相参阅。

齐默受他影响极深，天才型学霸尚且如此努力，更何况是她？

"成功没有捷径，日常奋进固然重要，但我们更要学习如何做一个聪明的追梦者。学习一旦占据所有时间，便只会让我们陷入苦学深渊，继而削减进取锐意。我们高效率学习的同时，也要学会适时放松。"

萧文缜说这番话的时候，天气已逐渐变冷，大街小巷枯枝入目，黄叶凋零。那是12月份，暖阳成为日常外出的奢侈品，厚大衣裹身仍然会感觉到一丝丝的冷意。

彼时，国内出版界联合一百多位知名作家和行业精英，在本市举行了一次文化盛宴。市出版协会名誉主席、著名编剧赵梓凡主动打电话给萧文缜，让他带着齐默一起参加此次出版界聚会。

萧家是高级知识分子家庭，家里的每个成员在各自行业都是响当当的人物，资源和人脉可想而知。

更何况，赵梓凡和萧博彦、沈乐安夫妇私底下交情不错，所以赵梓凡与萧文缜相识并不意外，意外的是……赵梓凡怎会知道齐默？

路上，齐默难掩好奇，询问萧文缜究竟是怎么一回事。萧文缜反问她："齐老先生为你誊写过13本作文书，这事你知道吧？"

"知道。"

但是，爷爷为她誊写作文集，跟赵梓凡邀请她参加出版界聚会有什么关系？

萧文缜为她解惑："10月7日那天，我陪你回齐家老宅看望齐老先生，后来我与齐老去书房进行围棋对弈，偶然发现齐老先生为你誊写的13本作文书，我简单翻阅了几篇，因为感兴趣，就向齐老先生借了其中一本作文书，打算带回去慢慢看。"

然后呢？

齐默眼巴巴地看着萧文缜，等着他继续说。

"上个月，《追梦者》栏目有意将访谈内容整理成书，我听说赵阿姨在栏目组附近办事，特意邀请她来栏目组对书籍内容指点一二。"说到这里，萧文缜转眸看了一眼齐默，嘴角露出笑容，"你的那本作文书一直在我办公桌上放着，那天赵阿姨无意中看到以后，接连阅读了五六篇作文，对你的叙事张力和创作逻辑赞赏有加。赵阿姨向来喜欢有才华的年轻人，再加上知道你是我的师妹，所以，此次出版界聚会，邀请你参加倒也合乎情理。"

齐默觉得，萧文缜说得也合乎情理，先是在齐家借书，紧接着寻找借口邀请出版协会主席去栏目组指点一二，再然后好巧不巧地，主席就看到了她的作文书。

一个习惯把所有东西归类并摆放整齐的人，怎会允许办公桌的桌面上出现与工作无关的东西？萧公子美其名曰赵梓凡"无意中"看到她的作文书，依齐默看来，比起无意，更像蓄意。

车内静寂无声，萧文缜开口："怎么不说话？"

"我好像闻到了一股阴谋的味道，着急品味，没心情说话。"齐默实话实说。

"嗯。"萧文缜笑道，"不说就不说吧，你慢慢品。"

于是，齐默慢慢悠悠地品了一路阴谋味。

晚宴安排在商业中心半岛酒店17楼，知名作家、出版社老总、出版发行人和主编聚集一堂，纵使相互之间从未见过面，但只要道出名字，多半曾听说过彼此，或是拜读过对方的作品。

礼貌微笑，简单寒暄，同领域游走，又都是妙笔生花的人，若是有心，自然很容易开启话题，热络起来。

齐默不是圈里人，虽然并不热衷于参加此次出版界盛宴，但赵梓凡热情邀约，她作为晚辈如果直接拒绝貌似有点儿不识抬举，好在有萧文缜作陪，出来走动走动，见见世面，也没什么不好的。

17楼的宴会厅里温暖宜人，齐默脱下大衣交给萧文缜。萧文缜找侍者寄存大衣的时候，有人在大厅入口处叫住了齐默。

是炫语璨。

炫语璨是青锋网影视项目创投负责人，像今天这样的出版界盛宴，正是寻觅和洽谈价值IP的绝佳场合，齐默在这里看到她并不感到意外。

感到意外的人是炫语璨。

9月底，商界女强人炫语璨和江夷中私下交谈时毫无戒备之心，一时不察，竟在江夷中的诱导之下醋意烧心，做出失言之举。事后，萧文缜反讽她欠缺家教和修养，江夷中翻脸不认账佯装无辜，让她独自处于尴尬境地，江棋来对她亦是很失望，一夕之间她成了众矢之的。

炫语璨万万没有想到，一直以来都是她算计别人，不承想竟也有被他人算计的一天，而且算计她的人，不是别人，恰恰是她喜欢的男子的亲妹妹。

　　说不得，骂不得，甚至不能当面挑明其中隐晦破坏彼此关系，何其憋屈，何其恼怒。

　　时隔两个多月再见齐默，炫语璨想起那日的言论，难免觉得有点儿尴尬。如果不是江家兄妹，她和齐默私底下应该毫无交集。若她此番不遇见齐默倒也罢了，可如今在晚宴厅见到齐默，她若不上前打声招呼，为她那日的失言之举道声歉，不仅面子上过不去，还会损害自己的体面，越发让人瞧不起。

　　炫语璨走到齐默面前，笑容里夹杂着歉疚："没想到会在这里遇见你，最近两个月我一直想给你打电话，想要约你出来见一面，但每次不是工作忙，就是家里有事，所以一直没约成。那天下午，我说话欠缺考虑，很愧对你平时叫我一声'璨璨姐'，实在对不起啊，齐默。"

　　齐默表情漠然。她漠然，是因为炫语璨的这一声"对不起"迟了两个多月，全无诚意，所要顾全的不过是成年人的体面罢了。

　　所以，炫语璨的这声"对不起"，分量实在是太轻了。

　　如果说，齐默平时称呼她一声"璨璨姐"是交际礼貌的话，那么如今这份礼貌于齐默来说已是互不对等的过期品，大可舍弃不要。

　　齐默直视她的眼睛："炫总，我以为像你这样一位精明能干的职场女精英，如果喜欢一个人的话，势必主动出击，极力争取，而不是寄希望于背后中伤潜在情敌，以此达到舒心平衡。你觉得我偷窃江棋来初吻很卑鄙，觉得我暗恋江棋来多年却不被他待见很可笑，但你别忘了，你也是暗恋江棋来多年却一直不被他待见的一分子。我们半斤八两，你笑话我的同时，何尝不是在笑话你自己？损人又损己，何必呢？"

　　气氛急转直下。

　　炫语璨的笑容一点点消失，和她的脸色一样逐渐转为僵冷，她死盯着齐默不说话。

　　齐默任由炫语璨盯着她，不，是瞪着她，她甚至担心炫语璨瞪视她的角度不够全面，还特意凑近炫语璨，方便炫语璨瞪得更尽兴一些。

　　她终究不是一个善茬儿，伤她之人，她必反伤之，江棋来如此，炫语璨如此，截至目前唯有江夷中是例外。因为她珍惜年少陪伴之情，所以不予追究。而她不予追究，即是退让……

　　炫语璨冷冰冰地打断齐默的思绪："我听说棋来在华清园买了一套房子，你就住在他的楼上？"

　　所谓听说，不过是打探、调查罢了。

　　炫语璨既然打听出她住在江棋来的楼上，又怎会打听不出她和萧文缜住在一起？炫语璨是聪明人，打听之后选择静观其变，无非是因为看透局势走向，知道即便江棋来想要与齐默重修旧好，也会碍于萧文缜的存在，很难激起太大的水花。

知道还问，实为不忿。

齐默打开天窗说亮话："炫总，你与其关注江棋来在哪里购买房产，不如多想想，你和江棋来相识多年，为何他至今还没有喜欢上你。如果你想明白了，别说我住在他的楼上，就算我和他同屋居住，你又惧我何？"

炫语璨表情管理失控，脸色既青又白，宛如心头下了一场冰雨，被齐默的话重重地刺痛了内心。

之所以刺痛，是因为齐默挑破她多年以来极力回避的事实。是啊，如果江棋来喜欢她，早就喜欢她了，但他至今还没有喜欢她，问题究竟出在哪里？论容貌、家世和才学，她不输齐默。她是败给了江棋来和齐默的发小儿情谊？还是败给了江棋来情感世界里的那一份先入为主？难道在江棋来的心里，她还不足以和齐默媲美？她若样样出色、优秀完胜齐默，江棋来又怎会发现不了她的好？

不对。

江棋来欣赏她，却不喜欢她，齐默并非主因，真正的主因是：江棋来对她缺少了一份心动。

"齐齐——"

不远处传来一道清冽之声，炫语璨朝那人望去：英俊的容貌，修长的身材，独特的气质，搭配一身休闲穿搭，宛如杂志封面里走出来的人物。

齐默听见萧文缜喊她，连句"失陪"也没跟炫语璨说，径直走向萧文缜。

萧文缜的目光不在炫语璨那里，他在看齐默，专注、认真，视炫语璨如无物。

炫语璨自诩机警聪慧，其实上次在江家老宅的庭院里，目睹萧文缜失去往常的冷静，挥拳揍向江棋来，她就隐约窥探到了萧文缜的情感。后来江棋来入住华清园，她按捺不住心中的焦躁，请人调查华清园6号楼的住户信息，获知萧文缜和齐默住在一起，方才彻底落实心中的猜测。

萧文缜向来与年轻异性关系疏冷，就算是合作伙伴乔思佳，他也从未对她有过亲昵之举。一个对女生如此冷漠的人，倘若不是喜欢齐默，怎会与她住在一起？怎会不顾及社交礼仪，对伤害齐默之人视若无睹？

前有江棋来，后有萧文缜，随便哪一个都是同辈中的翘楚，却一个接一个地为齐默动了心。说磁场相近的人才会相互吸引，江棋来和萧文缜有多强势精明，齐默就有多世故难缠，只怕早就看穿江夷中那天下午的小手段。

炫语璨观察过江夷中，江夷中每次注视萧文缜的时候，目光总是一半灼热，一半怨愤。她太熟悉这样的目光了，只有对一个人爱恨交织，才会如此复杂矛盾，江夷中喜欢萧文缜，萧文缜喜欢齐默，所以江夷中才会借她的口挑拨齐默和萧文缜之间的关系。

有趣。

俩闺密因为萧文缜而反目成仇，戏码实在精彩。

炫语璨想起江夷中，突然意识到此次出版界盛宴，江夷中作为圈子里小有名气的美女作家，应该也接到了邀请函。

炫语璨环顾一眼宴客厅，没有看见江夷中，她也许还在路上。

宴客厅中央，赵梓凡穿着一袭素色长裙，妆容精致，正和几位中年男女聚在一起说话。

齐默受赵梓凡邀请出席宴会，基于礼貌，抵达半岛酒店宴客厅以后，总要跟赵梓凡打声招呼才合适。

萧文缜在带着齐默去见赵梓凡的路上数落齐默："你理她做什么？如果下次再遇见她，你直接转身离开，一句废话也别多说。"

她，指的自然是炫语璨。

"她向我道歉。"齐默知道萧公子护短，可还是被他寡情绝义的行事作风惊了一小下，此乃狠人啊。

"不接受。"

萧公子狠起来是真的狠，硬邦邦地甩给她三字箴言。

齐默小声嘀咕："我没接受。"

"说什么？"萧文缜没听清。

"我说，你好毒，你好毒，你好毒毒毒。"此话发自肺腑，萧公子比她毒辣多了，她自认境界不如他，还需回炉再修炼几年才敢与之相提并论。

萧文缜被齐默逗笑，若非场合不对，只怕要笑出声来。他斜睨她一眼："你刚才好像没说这么长的话。"

"我现编的。"

彼时，萧文缜已经带着齐默走近赵梓凡，萧文缜不便接话，索性放她一马，停下脚步，朝赵梓凡的背影唤了声："赵姨。"

赵梓凡中断应酬，转过身看着萧文缜，嘴角绽放出笑容，伸出手亲昵地拍了拍萧文缜的后背："什么时候来的？"

"刚到。"

萧文缜脱掉"毒辣"外衣，瞬间在长辈面前变成了谦谦君子，先前与赵梓凡说话的那几个人，见赵梓凡有新应酬，也不多话，识趣散开。

"赵姨，这是我师妹，齐默。"

萧文缜把齐默介绍给赵梓凡，赵梓凡日常琐事繁忙，一开始没反应过来，但迷惑不过两秒钟，就立马想起了齐默是谁，连忙握住齐默的手打招呼："哦，你好你好。"

赵梓凡态度热情，毫无名人架子，上下打量一眼齐默，对她露出微笑："非常高兴见到你，我听文缜说，你和他年纪一般大，如果你不介意的话，不如跟着他叫我一声'赵姨'吧。"

"赵姨。"齐默最大的优点是识时务，一声听似简单的"赵姨"，却不是人人都能轻易叫出口的。赵梓凡是沈乐安的闺中好友，更是出版界、编剧界和娱乐圈里的名人，平时不知有多少人想要跟她攀交情，却不得门路，而齐默不费吹灰之力就能轻易接触赵梓凡，不过是仰仗萧文缜罢了。

赵梓凡紧握住齐默的右手不放，很是平易随和，看一眼萧文缜，目光转向齐默："文缜平时都叫你什么？"

"齐齐。"这话不是齐默说的，是萧文缜替她回答的。

听到"齐齐"这个称呼，赵梓凡会心一笑，对齐默说："那我也跟着文缜叫你'齐齐'吧，要不然生分了。"

齐默微笑点头，总觉得赵梓凡说这句话的时候，无论是笑容，还是语气，似乎都夹杂着一丝善意的调侃。

赵梓凡松开齐默的右手，见她眉眼安顺，待人接物非但不拘谨，还很从容淡定，心里对她又多了几分喜欢："齐齐，文缜应该都跟你说了吧，我上次在文缜那里看了你写的作文。刚看到你名字的时候，我只是觉得齐默这个名字有点儿眼熟，直到在回去的路上，我才突然想起来，四年半以前你写过一篇高考满分作文《国粹之仓》，当时我和几位作协的朋友还专门讨论过你的文章，大家都很欣赏你的才华，原以为你会报读中文系，没想到你选择在经济学领域发光发热。我那几位朋友，因为你没有走上文学这条道路，还曾惋惜过好长一段时间。"

齐默汗颜："年少时文笔稚嫩，现在回看那篇作文，言辞欠妥之处还有很多，赵姨是文坛前辈，您这般夸我，我自知才学有限，实在是羞愧。"

"齐齐谦虚了。"赵梓凡说，"我看过你的另外几篇作文，几乎每一篇作文的立意都很高，尤其那篇《规诫十言》，精彩程度远远高于《国粹之仓》。你有这样的写作才华，如果再加以培养的话，日后的成就绝对要高于很多文学界同行。"

赵梓凡对齐默有如此高的评价，齐默"受宠"之余，虽说没有"若惊"，但不知该如何应对，只好求助于萧文缜："师兄，赵姨这么夸我，我都不好意思了。"

齐默暗示萧文缜帮她岔开话题，萧文缜却说："赵姨说的是事实，她既然夸你好，那你便是真的好。"

"……"齐默无语。

赵梓凡失笑，大概第一次见萧家公子这般看重同龄异性，连在她这位长辈面前稍加遮掩都不愿意，显然认定了齐默，也不知道博彦和乐安是否知道其公子已有意中人。

对于齐默，赵梓凡原本就很喜欢她的文采，如今知道文缜对她有意，亲密度一下子又拉近了许多。

赵梓凡温声说道："齐齐，阿姨真心喜欢你的文笔，如果你在经济学院课业不是很紧的话，不妨每个周二的下午和周四的下午去国大中文系听一听我的课，我在那里开设了一个创意写作班，随时欢迎你过去旁听。"

"谢谢赵姨。"齐默去不去国大中文系另说，但赵梓凡对她的欣赏和认可，令她颇为感激。

赵梓凡笑容不减，伸手轻拍齐默的肩膀，看见熟识的朋友抵达宴客厅，抽手回来，嘱咐萧文缜："文缜，我去和朋友们打声招呼，你带着齐齐吃点儿东西，半岛酒店的中式点心不错，你和齐齐别错过了。"

"好。"

赵梓凡离开以后，齐默抬手摸了摸自己发烫的脸颊，面对业界大佬如此暴风式夸奖，她毫无心理准备，不知所措的同时，还能做到谈笑自若，真是难得。

萧文缜见状，知道齐默情绪迷惘，牵着她的手向宴客厅一角走去："半岛酒店的中式点心固然不错，但最特别的应当是创意摆盘，我带你过去看看。"

所谓创意摆盘，是用各种食物装饰而成的一场视觉盛宴，精美讲究，宛如一幅幅高颜值画作，诗意满满，留给食客无限的遐想空间。

齐默一盘盘看过去，看得眼花缭乱，赞叹道："半岛酒店里的厨师应该都是画家出身吧？刀工这么好，漂亮得像是艺术品。"

尤其她面前这一盘静夜思，她姑且叫它静夜思吧，因为黑色盘子里芝士调成酱汁画出一弯明月，蔬菜作树，再有各种食材入画填补思念意境，齐默瞬间就联想到了唐代诗人李白所作的那首《静夜思》。这道菜太过亮眼好看，齐默实在不忍心破坏它的创意构图……

弯弯的月亮上方，突然出现一只叉子，轻描淡写间随意划过，瞬间弯月变成残月，齐默瞪向罪魁祸首。

罪魁祸首在她的瞪视下含笑品尝完芝士，再次使用叉子破坏那棵相思树，西蓝花蘸上芝士酱汁，无声送到她的嘴边。

齐默紧咬牙关抗议，却抵不住香味诱惑，恨恨地张嘴，就着刚入过他口的叉子，把西蓝花和芝士吃了。

浓浓的奶香味和清淡的西蓝花搭配在一起，美味鲜香，很独特。

萧文缜轻笑，端起那盘已遭他破坏的静夜思，示意正在咀嚼食物的齐默跟他一起走到落地窗前赏月去。

落地窗外，高楼大厦林立，五彩霓虹灯绚丽夺目，繁华夜景足以惊艳双眸。恰逢弯月悬于夜空，赏月之余，吃着盘中的静夜思，另有良人陪伴身侧，人生最美时刻大抵如此。

萧文缜端着盘子，把手中的叉子交给齐默，方便她填饱肚子。齐默接过叉子问他："你不吃？"怎么只有一只叉子？

"你先吃，吃不完的留给我，以免浪费食物。"言外之意，他要与她共食，同用一只叉子，继续"相濡以沫"。

齐默低笑不语。

她笑，是因为萧公子没说实话。创意菜讲究美观和意境，所用食材不多，别说是一盘静夜思了，就是连吃三盘静夜思，齐默也填不饱自己的肚子，萧公子怎会不知？所以，与她共食是假，防止浪费食物也是假，归根究底，不过是因为创意菜盘重量略沉，长久端在手里很吃力，他是担心她一个人端菜盘吃菜会累着。

萧公子有心，齐默怀揣着他的情意再吃静夜思，竟觉得美味远超她之前所吃种种。

"齐齐。"

"嗯？"齐默低头吃菜，回应略显敷衍。

萧文缜稍作沉吟，说："赵姨之前说想把你的所有作文作为丛书出版，你的作文内容涵盖小学、初中和高中各个年龄段，正好方便中小学生参阅，提高写作水平。出发点是好的，但我没表态，让她自己跟你说。"

齐默愣了一下，抬眸看着萧文缜，道出心里话："我一直觉得我文笔一般，哪儿有你赵姨说得那么好？"

萧文缜却持不同意见："我第一次听说你，是因为你写了一篇《国粹之仓》，你太过才华横溢，所以我深深地记住了你的名字。"

齐默有点儿意外。

她以为，萧文缜之所以对她印象深刻，是因为今年初春她在华大校园里跳湖救人上岸，没想到他对她的"认识"，远比今年初春还要早，竟起源于四年半以前的一篇高考作文。

萧文缜继续推她上神坛："你说你才学有限，文笔一般，但在我看来，整个大厅的作家都不及你文采斐然，触我心弦。"

此乃萧式甜言蜜语，如此嚣张狂妄，如此目中无人。齐默一半心喜，一半惊惶："师兄，你给我戴的这样一顶帽子，是不是太高了？"若不使劲按压它，只怕能在下一秒刺穿天花板。

萧文缜觉得这顶高帽子，齐默完全有资格戴得稳稳当当："10月7日那天午后，我在齐家书房里，看到齐老先生为你整理编辑的13本作文集，我当时就在想，你有这么好的写作天赋，为什么不在写作这条道路上试一试呢？"

齐默忽然意识到，萧文缜10月份从齐家借阅作文书，11月份寻找契机邀请赵梓凡"无意中"看到她的作文书，再到今日赵梓凡不吝啬夸奖，用一个业界大佬的职业水准堆砌她的自信心，一切的一切，不过是因为萧文缜要帮她开辟未来……原来，这就是他的"阴谋"，一段长达两个月、经过仔细斟酌和逐渐落实的善意阴谋。

他的用心感动了齐默，但是——

"我从未这样想过。"至少今天以前，她从未想过这样一条未来之路。

"那么从此刻开始，你可以好好想一想写作这条路是否可行。"萧文缜见她无心再吃菜，取走她手里的叉子，将一只小巧、精致的翡翠白菜包送到她的唇边。

225

齐默心不在焉地吃进嘴里，顾虑重重地说道："可我学的是经济学。"

萧文缜笑着说："并非每个经济学学生进入社会以后都会从事与经济学领域相关的工作。我知道你学经济学是因为齐老先生，你希望齐老先生能够在他驰骋的领域里以你为傲，但这与你写作并不冲突。事实上，你这些年学到的经济学知识，无非是以另外一种方式填充你的未来罢了。"

"你是说，写作题材围绕经济学？"齐默突然顿悟萧文缜的意思。

萧文缜点头，漆黑的眼睛落在齐默的脸上，温柔地说道："齐默同学，虽然自小无法阅读书写文字让你长期受挫，但你完全可以换一种方式在文字世界里自立为王。其实写作很简单，你只需要把你的所思所想说出来，誊写员或是助手就会帮你转换成文字，仅此而已。"

仅此而已？

真如萧文缜所说，写作之于她并不是难以跨越的奢念，而是说和写的简单日常吗？

齐默承认，有那么一瞬间，她被萧文缜口中的那句"你完全可以换一种方式在文字世界里自立为王"震慑住了，心中隐隐燃起了前所未有的希冀之火。

喧闹的宴客厅里，齐默推开静夜思餐盘，望着窗外万家灯火短暂沉默，对萧文缜说了这么一句话："师兄，写作看似简单，实则不易，我需要好好想想。"

此次出版界年度聚会，江夷中和她的图书策划人兼作家经纪人陈晨作为受邀嘉宾出席活动。抵达17楼宴客厅不久，江夷中就率先看到了一侧落地窗前伫立着的两道异常熟悉的身影。

年轻男子英俊帅气，眉眼之间冷漠清绝；年轻女子素颜清秀，眉眼之间寡淡聪慧。二人虽是异性，但气质很接近，站在一起，什么都不用做，就能紧紧地抓住众人的注意力。

萧文缜和齐默从未混迹出版圈，江夷中忽然看到两人，可谓始料不及。

江夷中没能控制自己的目光，再次望向落地窗前。

窗外夜景奢靡，灯光璀璨，萧文缜自己不吃菜，却自降冷漠品性，端着一只餐盘供齐默填饱肚子，其间，不时和齐默说着话。齐默手里拿着叉子，一边吃菜，一边平和应声。二人相处气氛融洽和谐，仿似情侣一般。

念及"情侣"二字，窗边一男一女的身影便不再是养眼般配，而是江夷中眼睛里的两根刺……

陈晨顺着江夷中的目光望过去，当即诧异万分："夷中，落地窗前那位大帅哥怎么那么眼熟？远远看着，像是萧文缜。"陈晨带着疑惑细细一瞧，很快否定了之前模棱两可的猜测，"不对，就是萧文缜，出版界聚会，他怎么来了？我听说，由萧博彦执导、沈乐安编剧的贺岁电影《红笔记》要在春节档大年初一上映，通常电影上映前后是他们

226

最忙的时候，所以萧文缜出现在这里，难道是代他母亲沈乐安出席宴会，走走过场？"

身侧无声。

陈晨的关注点仍然在落地窗前，见萧文缜端着盘子，供一位年轻女孩子进食，关系很不一般，陈晨忍不住多看了两眼，这一看可不得了，很眼熟啊，连忙提醒江夷中："夷中，你快看，萧文缜旁边那个女孩子是不是齐默？我曾经在《默听梦想》的宣传片里见过齐默，简直和那个女孩子一模一样。"

身侧依然无声。

接连问话都得不到回应，陈晨终于发现异常，回头看向江夷中，却发现江夷中正站在一旁喝红酒。陈晨朝她走近，不满地道："夷中，我跟你说话呢，你怎么一个人喝起来了？"说着，陈晨抬起手肘碰了碰江夷中的身体，"你跟齐默从小一起长大，快看看是不是她？"

"是。"江夷中没有看齐默。

陈晨的疑惑更深了："齐默怎么会出席出版界聚会？还有，她和萧文缜的关系很不寻常，这两人该不会是在谈恋爱吧？"

江夷中紧锁眉头，心里没来由地感到一阵厌烦："你的好奇心怎么那么重？"

陈晨不以为然："换成其他人，我才没有这么重的好奇心。齐默曾经写过一篇高考作文，文采惊艳，几乎轰动了整个文化圈，再加上她是阅读书写障碍症患者，如果她有心写作的话，仅是营销噱头就能制造好几起。"

江夷中冷笑："我们刚合作那会儿，你貌似也说，我用'白富美作家'身份作为营销噱头的话，绝对会在某一程度上吸引消费者的注意力，对于提高利润一定大有助益。"

"作家都要有各自的定位，才能找到出路嘛。"出版圈子人才济济，每个作家出书都要寻找亮点，或背景，或名气，或书籍内容，陈晨作为业内翘楚，自然深谙其中之道。

"是吗？"江夷中又是一声冷笑，"你还真是术业有专攻。"

陈晨静了好几秒钟，小心翼翼地看了江夷中一眼，赔着笑脸说："你今天说话怎么这么呛，心情不好吗？"

陈晨忍不住反思自己刚才的言行，难道是因为她说话毫无遮拦，提及齐默如果写作的话，阅读书写障碍症可以作为营销噱头，无意中惹恼了江夷中？

毕竟，江夷中和齐默是闺中密友，平时应该很反感有人拿齐默的隐疾说事吧。

江夷中也知道自己语气很冲，似乎随便一句话不合心意，就能当场引她发飙失控。追究原因，无非是她忌妒齐默的才华、忌妒齐默轻易就能获得那个人的喜欢。

"宴客厅人太多，我有点儿心烦。"江夷中寻了一个借口，仰起脖子喝尽杯中的红酒。

陈晨摸不清楚江夷中真正的心意，没太敢接话，转移话题："齐默在大厅里，你要不要过去跟她打声招呼？"

打招呼吗？

江夷中抬眸望向齐默，恰好目睹萧文缜取走齐默手中的叉子，将食物送到齐默的唇边……心脏狠狠一抽。江夷中把空酒杯搁在餐台上，寒着一张脸转身就走。

"哎，夷中……"陈晨神色诧异，"你去哪儿？等等我。"

她紧追着江夷中的背影，转瞬间双双消失于宴客厅。

当天深夜，江夷中参加聚会不过半个小时，就携带着怒气回到了江家。陈阿姨在庭院里迎上她，似是有点儿意外："你不是参加聚会去了吗，怎么这么快就回来了？"

"聚会没意思。"江夷中迈着大步走在前面。

"哦。"陈阿姨跟在江夷中身后，提醒她，"你哥也在家，他刚才回来拿东西，这会儿还没离开。"

知道江棋来在家，江夷中的脚步慢了下来。

9月底，她因为担心萧文缜和齐默长时间住在一起会日久生情，所以决定防患于未然。那天下午，她在二楼卧室窗前看到齐默和萧文缜一前一后走进江家老宅，于是利用炫语璨之口道出齐默的秘密，让萧文缜知道齐默曾经暗恋过哥哥，其目的很明确：摧毁萧文缜和齐默之间的任何可能性。

没错，齐默五年前偷亲哥哥那一幕被她目睹个正着。

那天她参加生日聚会喝了一点儿酒，怕奶奶知道以后责怪她，所以偷偷回到家里，没敢让奶奶知道。

回到房间里睡了一个多小时，后来肚子饿，她只好起床下楼找吃的，路过哥哥房间的时候，见卧室门半开，好奇之余，朝内望去，没想到竟然看到了那一幕。

在此之前，她虽然敏感地觉察出齐默喜欢哥哥，却从未想过，齐默竟有勇气偷亲哥哥。

此事过后，哥哥与齐默几乎形同陌路，而她也将这个秘密深埋于心底。如果不是齐默和萧文缜住在一起，她恐怕永远也不会向任何人道出这个秘密。

本质上，她并不愿意伤害齐默，世上男子那么多，齐默为什么偏偏和萧文缜搅和在一起？她受不了。

她一直以为哥哥不喜欢齐默，但她错了，当她在江家老宅的庭院里看到哥哥因为愤怒而强吻齐默的时候，她就知道她错了，那是占有欲和喜欢。如果不是喜欢齐默，哥哥那样冷静、理智的人，怎么会失控强吻齐默？

果然。

那天下午，齐默在盛怒之下离开江家老宅，随后不久萧文缜和沈燮相继离开。待院子里只剩下哥哥、炫语璨和她时，哥哥严词质问炫语璨，虽然没有得到炫语璨的答案，但他的理智逐渐归位。那一刻，她分明看到哥哥的眼神忽然射向她，眼神变化清晰可见，怀疑、难以置信、复杂。

她无法长时间与这样的目光对视，怕从那里面看到失望，然而哥哥除了眼神拷问，最终什么话也没有说。

他替她承担了齐默的误会。

她知道哥哥喜欢齐默，也知道哥哥为了挽回齐默入住华清园，但她了解齐默的性子。五年前，他拒绝齐默的喜欢，已经让齐默对他渐行渐远，如今齐默又误会他告诉炫语璨偷亲过往……齐默是不可能原谅哥哥的。

她无法说出真相。如果说出真相，难堪的人将不再是齐默，而是她。

因为不能，所以她对哥哥心存愧疚。

晚上九点，江夷中在客厅里撞见回家取完东西正准备离开的江棋来，心虚地不敢直视江棋来的眼睛，道了声："哥，你回来了。"

说罢，她就匆匆往楼上走。

"夷中……"

江棋来在身后喊她，她只好转身。

"我听陈阿姨说，你最近忙完学业，还要熬夜写稿子，有点儿气血不足，抽时间找中医看看，好好调养一下身体，别太累了。"江棋来的话语里装满了关心。

"嗯。"

江夷中心里又暖又涩，以为谈话结束，正要回到楼上，却被江棋来再次叫住："夷中……"

"嗯？"

江棋来沉默了一下，问她："你还记得奶奶在世的时候，是怎么评价你和齐齐的吗？"

怎么莫名说起这个？

奶奶离世已经五年，具体说过哪些话，江夷中记不清了。

江棋来帮她激活回忆："奶奶说，江家夷中和齐家小默生来就是做姐妹的。你比齐齐大六天，所以，无论什么时候，不管发生什么事，你都不要忘了，齐齐是你妹妹，是你一辈子的好姐妹。"

"……"

江棋来话里有话，江夷中刹那间读懂了他的话外音，转过身慢慢上楼，但只行出几步，就脚步发沉，甚至连低矮的台阶都无法抬脚迈上去。

齐默出席半岛酒店聚会的第二天，特意回了一趟齐家老宅，虽未提及写作一事，但齐凯瑞看穿了她的迷茫和迟疑。

尽管齐凯瑞并不知道她的这份迷茫和迟疑究竟是因何而来，但他那日跟齐默说了很多他之前从未说过的贴己话。

齐凯瑞说："齐齐，你生来就与其他孩子不一样，所要经历的磨难也多于一般人。爷爷对你严厉一些、苛刻一些，不是为了让你将来有多大的成就和名望，而是让你拥有常人都难及的意志力和自信心，哪怕以后遇到任何坎坷，都能勇往直前，绝不轻言放弃。"

齐凯瑞说："无论什么时候，你都不要小瞧你的潜力和能力，你能一步步走进华大和国大，足以说明你有多优秀。对爷爷来说，你严于律己，不荒废你的每一分、每一秒，拼尽全力为你的人生添砖加瓦，这就是优秀。"

齐凯瑞说："爷爷希望你来世一遭，努力过，争取过，证明过，到最后不枉此生。"

齐默把齐凯瑞的话放到心里，沉默了很长时间。

同样是这一天，齐默走进周安国的办公室，向周安国提出了一个问题："教授，经济学行业竞争激烈，在就业方向上综合实力要求很高，并非每个经济学学生都能跻身经济学领域混口饭吃，既然以后无法从事相关专业，那么他们学习经济学的意义又在哪里？"

周安国笑着说："当然有意义，学习经济学不是为了让你们学会如何赚钱和理财，或是求得高薪职位，它最大的优势是帮助你们建立大局观，提高你们的逻辑分析能力，让你们在遇到难题时能从宏观角度开发理性思维。只要你们善于分析、解决问题和整合数据资源，就算将来不从事经济学相关工作，其他职业也需要这样的人才，不管到哪里都有施展才华的空间，这就是经济学的意义所在。"

临了，周安国补充一句："简单点儿说，经济学的存在，就是为了完善你的思考，继而提高你的生活品质。"

无论什么时候，齐默都不可能放弃经济学。

她没忘记自己的初衷，她当初报读经济学，不是为了谋取生财之道，而是有朝一日要让爷爷在经济学相关领域里以她为傲。

萧文缜是了解她的，所以他结合她的特长，为她寻觅出一条两全其美的职业发展道路，这条路已初露雏形，具体能否成形，尚未可知，但总归是一次扫清未来迷雾的新尝试。

空有想法无济于事，必须付诸行动。

几天后的一个周四的下午，齐默瞒着萧文缜独自走进国大中文系，接连询问数人，方才找到赵梓凡的授课教室。

齐默悄悄走进阶梯教室，在后方角落找位置坐下。

赵梓凡的创意写作课已经上了一半，教室里座无虚席，赵梓凡并未发现她的存在。

赵梓凡的这一节创意写作课，全程围绕奥地利作家茨威格的经典代表作《一个陌生女人的来信》展开，详细剖析一个女人在生命的尽头，究竟是以怎样一种心境，书写出那样一封深情、凄婉的长信，以此向一位知名作家坦露她一生都不为人知的绝望和痴恋。

赵梓凡通过小说里男女主角的性格、成长背景和心理活动，逐层深挖茨威格的叙事结构，以及精妙布局，无论是个人见解，还是独立观点，都让在座学生受益匪浅。

国大中文系的创意写作课程，一向贯彻说与写的操作理念，文学鉴赏评析固然重要，课后实践练习也是课程体系里不能缺少的一部分。

授课快要结束的时候，赵梓凡为在座中文系学生布置了一项课后作业，让大家结合信封的颜色，运用色彩心理，适当加入写作创意，为现在的情侣或是未来的情侣书写一封情书，字数不限。

学生怨声载道，一个个有气无力地瘫靠在椅背上长吁短叹。赵梓凡对学生的反应视而不见，吩咐助教给每个人分发一个加厚的空白信封，信封的颜色五花八门，让大家下周二把情书装在信封里，以寄信的方式上交作业。

当一个黑色的空白信封分发到齐默手里的时候，齐默忍不住笑了，她这辈子还没给人写过情书呢。

尤其还是黑色的信封……利用黑色的信封虚拟一封情书内容，对齐默来说并不是难事。"黑色"题材面甚广，它的感情可以很庄重，可以很高雅，可以很悲伤，可以很忧愁，可以很绝望，可以很罪恶，可以很神秘；它也可以悼念一段感情的逝去，甚至可以代表一段见不得光的爱情是如何借助它的颜色表壳肆意宣泄。

短短几秒时间，齐默文思泉涌，通过脑部衍生出来的想象力之丰富，连她自己都吓了一跳。

赵梓凡留给学生二十分钟的时间进行提问和交流，原本安静的教室里忽然变得热闹起来，前排的不少学生将赵梓凡围在讲台上争相提出写作困惑。

前座，三位中文系男生凑在一起发牢骚。

男生1号叹气："唉，我们这位赵大作家真是想一出是一出，上个月才让我们写完墓志铭，这个月又让我们给未来的另一半写情书，像我这样一个老光棍，这辈子连女生的手都没摸过，让我写情书，还不如让我称一斤毛线学着织毛衣来得快一些。"

男生2号取笑："兄弟，就你这五大三粗的，织毛衣还真凸显不了你的气质。要不兄弟你两条大粗腿一并，抿着小嘴学做女红吧！到时候窗外剪影一照，彪形大汉秒变小娘子，美着呢。"

男生1号回怼："美死你娃子。"

男生3号插嘴："你俩就贫吧，不过说起墓志铭，我可真够惨的。上个月我在家里绞尽脑汁地写墓志铭的时候，我妈误以为我想不开要自杀，吓得一屁股坐在地板上鬼哭狼嚎，喊着我要是走了，她也不活了。我见我妈哭得眼泪、鼻涕横流，连忙蹲在地上告诉她，写墓志铭只是作业，结果我妈惊喜过度，一下子把我推倒在地，害得我尾巴骨挫疼了好几天，每天睡觉都要趴着睡。唉，不说了，说多了都是泪。"

男生2号吐槽："你们谁都没我惨，就上上个月，赵大作家让我们针对她的作品写一篇评论文章，是她说的评论写作优缺点要阐述清楚。好吧，哥们儿遵循内心想法，优点写得多，缺点写得也不少，谁料这篇文章交上去以后，哥们儿直接被赵大作家请到她的办公室里喝茶去了。唉，难怪张无忌他妈说，千万不要相信女人，越是漂亮的女人越会骗人。尤其赵梓凡这样的中年美女，剥了外衣，简直就是一个白骨精啊。"

…………

齐默没想到男生聚在一起吐槽某个人时，杀伤力竟然丝毫不弱于"八卦女团"，低着头微笑不语，将黑色信封装进背包，准备起身走人。

讲台上，赵梓凡尚未脱身，身边还有几位学生正在等待赵梓凡解答疑惑，齐默扫一眼那几位中文系学生，然后看到了江夷中。

江夷中正在跟赵梓凡说话，言行举止很有礼貌，看得出来她很尊敬赵梓凡。

齐默盯着江夷中看了两秒钟，心事渐沉，转身离开的时候突然意识到，她和夷中自从10月1日在华清园见过一面，至今已有两个多月没有联系过了。

她不联系夷中，是因为心里有气，而夷中不联系她，大概是因为她和萧文缜住在一起吧？

这是一个死结，是独属于夷中的死结，只要夷中一天不释怀，就会一直钻在牛角尖里，对萧文缜身边出现的任何一个女孩子都虎视眈眈……关于情感解压，夷中只能靠自己，没人帮得了她。

此番，齐默悄悄地来，原想悄悄地离开，没想到还是被眼尖的赵梓凡发现了。赵梓凡一声"齐齐"喊出口，足以碾灭阶梯教室里的喧哗，众目睽睽之下，齐默慢慢转过身，待容貌曝光于众人视线之内，"齐齐"与"齐默"对号入座，顿时喧哗声再起，惊呼不断。

"齐默，是齐默。"

"齐默怎么来我们中文系了？"

"赵老师叫她'齐齐'，她和赵老师是什么关系？"

…………

再来说说赵梓凡。赵梓凡突然看到齐默以后，出声唤停齐默脚步的同时，抬手制止江夷中的谈话。

江夷中一脸惊愕，看向赵梓凡口中的"齐齐"，没想到竟然是齐默，更加没有想到著名编剧赵梓凡竟然认识齐默，尤其是那一声"齐齐"，足以彰显两个人关系匪浅。

江夷中眉头微蹙，紧咬着下嘴唇不说话。

此时，赵梓凡已经走下讲台，迈步走向齐默，笑着说："我刚才看见你，还以为自己看错了。"说着，她环顾左右，问齐默，"文缜呢，他没跟你一起过来吗？"

"师兄忙，我一个人过来的。"齐默见在场的所有人望着她，议论纷纷，很是头痛，对赵梓凡也颇为抱歉，"赵姨，我看讲台上还有学生等着您答疑解惑，要不您先忙，我改天再来找您？"

改天，她是不会再来中文系的，她已经见识了她的影响力，如果再来旁听赵梓凡的课，岂不是给赵梓凡添麻烦吗？

"也好。"赵梓凡看一眼讲台，对齐默说，"先前我向文缜要了你的手机号码，回头我给你打电话，阿姨有事情想和你商量。"

"好。"

齐默猜测，赵梓凡可能是想跟她商量那十几本作文集出版的事。离开前，她望向夷中，夷中站在讲台上对她露出微笑，并用唇语跟她无声吐出四个字：等我一下。

距离遥远，齐默还能一眼就分辨出江夷中在说什么，这要归功于幼时的默契。

两分钟后，江夷中走出阶梯教室，看到齐默站在台阶上方等她，江夷中笑颜展露，像个小女孩一样上前挽住齐默的手臂，好奇地问道："齐齐，你今天怎么会来中文系？"

"随便过来逛逛。"齐默抬脚下台阶。

江夷中撇嘴："你说这话我可不信，赵梓凡开设创意写作课程，你过来旁听她的课，该不会是对写作感兴趣吧？"

齐默见她一副八卦相，笑着说："我现在还没写作的想法。"

她暂时只是观望。

"现在没有，保不齐以后就有了。"江夷中表情兴奋，鼓动齐默，"我一直觉得你的文笔比我好，如果你以后也写作的话，正好可以跟我做个伴，多好。"

齐默只笑不语。她生性敏感警惕，被人伤过一次，便会永远记住伤口发作时传递给她的痛觉。她摸不清楚夷中此话是真还是假，因为摸不清楚，所以不接话。

江夷中不知齐默的想法，询问齐默："你和赵梓凡是怎么认识的？"

"萧公子介绍的。"齐默和萧文缜已经在一起，她不可能每次和江夷中在一起都要回避萧文缜的名字。回避一时，难道还能回避一辈子吗？

江夷中低着头，表情不明，长长地哦了一声，随后笑着抬眸，眼睛闪闪发亮地看着齐默："萧公子对你可真好。"

齐默静了片刻，此刻江夷中的双手正亲昵地挽着她的左手臂，仿佛她们之间从未发生过任何嫌隙和不愉快。

齐默伸出右手覆盖在江夷中的手背上，皮肤相贴的那一瞬间，她明显感觉到江夷中的某一根手指在她的掌心下突然颤动了一下。

齐默想，夷中还是在乎她们之间这份姐妹情的，当即心里一片柔软，握紧她的手指："夷中，一会儿你有事吗？我们晚上一起吃顿饭吧？"

"改天吧。"江夷中的拒绝来得非常快，正是因为太快，所以她才会连忙补充，"改天我约你，我最近挺忙的，忙完学业，回去还要赶出版稿，太忙了。"

"嗯。"齐默心里的火苗忽然灭了，手指缓缓抽离她的手背，齐默轻声叮嘱她，"注意身体。"

"别光说我，你也要好好照顾身体。"江夷中迎着耀眼的夕阳，一双笑眼悄然进驻了几分暮色，嘴角的笑容如天际的晚霞一般，绚丽异常，"齐齐，你第一次来中文系，应该摸不准学院的大门在哪里，我先把你送到学院门口，再去忙自己的事。"

入夜，齐默回到华清园，厨房里菜香扑鼻，想必是萧公子提前备好了晚餐。齐默换好拖鞋，见书房里亮着灯，猜想他可能在忙课业，或是在忙工作。

果不其然。

萧公子穿着家居服，正坐在办公桌后盯着台式电脑的屏幕，手指飞跃在键盘上，快速地敲打着。

齐默走进书房，萧公子虽没抬眸看她，却像开了天眼一般，问她："今天下午去中文系旁听赵姨的课，有什么感想？"

齐默诧异："你怎么知道我今天下午去了中文系？"她瞒着他去中文系，他不可能知道。

萧文缜终于从繁忙的工作中抬起头，向齐默投来关怀的一瞥："中文系的学生把你的现场照片上传到了校网贴吧，我想不知道貌似有点儿难。"

"他们好闲啊。"齐默嘟囔。

萧文缜附和："确实有点儿闲。"

齐默从大衣口袋里取出手机，方才察觉手机没电，早已自动关机，干脆将手机放到一旁，准备一会儿充电。

紧接着，齐默拉开背包的拉链，把录音笔、读屏平板电脑、耳机、课本、黑色信封等物件一股脑儿掏出来，放到办公桌上，提前做好苦学的一切准备。

萧文缜扫一眼摆放在桌面上的物件，目光落在那个黑色的空白信封上："这是什么？"

齐默拿起黑色信封，老实回话："你赵姨给中文系学生布置的课后作业。"

"写信？"萧文缜挑眉。

齐默摇头："不，严格意义上来说，是写一封情书。你赵姨让中文系的学生根据信封的颜色，结合色彩心理，为现在的情侣或是未来的情侣认真书写一封情书，字数不限。"

敲击键盘的声音渐渐停了下来，萧文缜轻轻勾唇："嗯，虽说很多人提起黑色都会觉得不吉利，但大秦王朝就很崇尚黑色，并且以黑为贵。黑色在情感世界里厚重感很足，你酝酿酝酿，回头念给我听，我帮你一个字一个字地打出来。"

齐默低笑，萧公子心里藏着小九九，让她念情书给他听，居心不良，所以无论如何她也不能上这个当。

她不酝酿，说不酝酿就不酝酿。

齐默婉拒："我不是中文系的学生，平时不用上交作业，就不劳烦师兄费心了。"

萧文缜继续打字，一心多用之余，循循善诱："齐齐听话，回头好好酝酿酝酿，我还没收过情书呢。"

胡说。

齐默绕过办公桌的一角来到他的身旁，拉开其中一个抽屉，把黑色的信封放到抽屉里，合上抽屉的时候，嘴里嘀咕一句："男人的嘴，骗人的鬼。"

萧公子忽然笑了起来，齐默在他的笑声里惊觉腰间一紧，毫无防备之下，身体瞬间失重，一屁股就跌坐在了某人结实有力的大腿上。

姿势太过亲密，齐默要起来，却被某人紧紧抱住腰肢，动弹不得。

萧文缜深深地看着她，眉眼含笑："是真的。女生看见我就害怕，迄今为止还没有人敢递情书给我。"他随即提议，"要不，齐齐做第一人吧，我会好好用心感受的。"

齐默双手搭放在萧文缜的肩头，嘴角的笑容亦是很温情，缓缓凑近他的耳畔，用极轻极轻的声音回敬萧文缜："真巧，我长这么大也没收过情书，要不师兄也做那个第一人吧，给我写封情书，满足一下我的虚荣心，也好让我偷偷躲在被窝里乐和乐和。"

齐默还没乐和，萧文缜就先乐和了，俊雅的脸庞埋在她的颈窝里，悦耳的笑声传到齐默耳中，仿佛能够瞬间点燃齐默藏匿于心的万千柔情。

齐默也在笑，不期然想起"甜蜜"一词，不仅身心，就连灵魂似乎也沉浸在蜜罐里，幸福、舒适、愉悦……

而这一切，是眼前这个男人带给她的。

齐默有这种认知的时候，门铃声大作，萧文缜好像没听见一般，只是占有欲极强地抱着她，反倒是她催促着他快去开门。

不知是过了几秒钟还是十几秒钟，萧文缜终于从齐默的颈窝里抬起脸庞，依依不舍地放开齐默。起身离开书房前，他带着浓浓的笑意吻了吻齐默的唇："我去开门，你先去洗把手，一会儿出来吃晚饭。"

那天晚上，齐默最终没有成功地吃到晚饭，因为当天晚上按门铃的人是她的父亲齐远彬。

灯火通明的客厅里，齐远彬寒着一张脸注视着齐默，慈父形象不复存在，冷着脸说道："齐齐，收拾东西跟我回家。"

Chapter 09
我爱您

　　齐远彬虽然接受过西式教育，但骨子里是一个传统至极的男人，一生严守道德底线，婚恋观念非常保守，坚决反对未婚同居。

　　对齐远彬来说，未婚同居对于女人的潜在危害很大，尤其在两性关系的支出成本里，男性的支出成本几乎为零，女性却要面临各种各样的高风险。

　　他在急诊科工作二十余年，见证过太多女孩子未婚怀孕出事以后送医急救的悲剧，轻者流产伤身，重者切除子宫保命。若是男方敢于担当还好，就怕男方逃避责任避不见面，女孩子不仅在身体上付出了惨痛的代价，心理上也留下了一辈子都难以消除的阴影。

　　正是因为目睹过太多这样的惨剧，所以齐远彬才会对未婚同居深恶痛绝。

　　然而，令齐远彬没有想到的是，他的女儿竟然也是未婚同居大军里的一员。

　　若非夷中的高中女同学、国大医学院本科毕业生吴岩秋，目前在市医院急诊科实习；若非黄昏时分夷中和吴岩秋相约一起吃饭，夷中来市医院急诊科见吴岩秋的时候碰见他；若非他和夷中谈话时聊起齐齐，夷中误以为他知道齐齐和萧文缜同居一事，无意中说漏嘴，只怕他至今还被所有人蒙在鼓里。

　　齐远彬怒火攻心。

　　其他女孩子如何，他管不着，也不愿意管，但自己的女儿，他绝不允许她在两性关系里受到一丝一毫的伤害。

　　夷中后悔莫及，一再请求他不要将她说漏嘴这件事告诉齐齐，担心齐齐知道后埋怨她。

　　他安抚夷中的情绪，抬手拍了拍她的肩膀，温声保证："你放心，叔叔不会说的。"

　　开车前往华清园的路上，齐远彬给父亲齐凯瑞和妻子尉迟敏分别拨了一通电话，他在通话里难掩怒火，质问父亲和妻子为什么要把齐齐交给萧文缜，为什么要合伙欺骗他。

　　他所得到的答案，让他犹如万箭穿心，一度憋红了眼睛。

父亲说："远彬，你知道什么是现实吗？现实是，你女儿患上的不是一般的阅读书写障碍症，而是一辈子都不能读写的残缺，即便她以后功成名就，也永远无法像其他人一样轻松度日。我活着的时候，我可以做你女儿的眼睛和双手，但有朝一日我死了呢？我这次生病住院，蓦然惊觉我老了，我不可能一辈子充当你女儿的眼睛和双手，面对未来，我如果不提前放手，为她寻觅一个称职的陪读对象，你让我以后离开这个世界的时候怎么放心得下她？"

妻子说："爸爸术后不适合再陪齐齐读书，你的工作又那么忙，而我……我什么也做不了。我不是没有想过其他法子，为齐齐寻觅一个经济学硕士以上学历的陪读生何其容易，我们齐家又不是出不起这个钱。但爸爸这些年是怎么一步步陪读过来的，你我不是不知道，如果没有强大的信念做支撑，频繁更换陪读对象的话，对齐齐只会是一种伤害。萧家孩子敬重齐齐，每次看齐齐的时候，他的眼神都会变得很温柔。我看得出来，他是真心喜欢我们的女儿。远彬，我这一辈子最对不起的人就是齐齐，作为母亲，我难道还能害她不成？"

世间最锋利的武器从来都不是刀剑，而是言语。当言语直刺肝脾，你连呼痛的权利都没有。

刹那间，齐远彬的愤怒被彻底碾碎在痛苦之下，取而代之的是浓浓的负疚感。

他深深地意识到他的不称职。作为一个父亲，作为一个长达十几年缺席女儿的成长的父亲，他对女儿的愧疚和心疼是无法用言语来描述的。

身为父亲，他明知道她渴望父母的陪伴，却狠心离开她，把她独自丢弃在齐家老宅里承受非人一般的教育和鞭策。

身为父亲，他明知道她学习压力巨大，却从未忤逆老爷子的意思带她外出放松过一次。

身为父亲，他明知道离开老爷子的帮扶，她就像是被斩断羽翼的荆棘鸟，独自在荆棘灌木丛中绝望摸索，注定要被扎得遍体鳞伤。

身为父亲，他以忙碌为借口，说服自己她有学校和同学帮助学习，从未参与她的学习过程，甚至不敢面对盘桓在内心深处长达十几年的那一声声抱歉……

他齐远彬，不配为人父。

齐远彬将齐默强势带回自己家的当天晚上，向医院递交了长假申请，医院的领导打来电话，好话都说尽了，却依然没办法说服齐远彬，只好在电话里妥协了。

同样是这天晚上，齐家有客来访，门铃声响个不停，尉迟敏看一眼齐默，心知除了萧文缜不会是别人，准备去开门，却被齐远彬出声阻止："不许给他开门。"

尉迟敏苦劝无果，虽然之前齐远彬赶往华清园的时候，她曾试着给齐默通风报信，奈何齐默手机关机，再打萧文缜的手机，一直无人接听，徒留她一个人待在家里干着急。

一边是女儿，一边是丈夫，尉迟敏夹在中间很为难。

齐远彬正在气头上，齐默不便火上浇油，回到卧室里打电话给萧文缜："师兄，你先回华清园，等爸爸气消了，我好好劝劝他，不是什么大事。"

门外，萧文缜听着她的声音，脸色变得柔和，此时此刻她竟然还有心情宽慰他。

齐默的乐观终止在翌日早晨，得知父亲不仅托关系拿到了她的每日课程安排，还要接送她上下学，只为做好陪读工作，齐默吃惊不已。

"爸爸，急诊科每天病患不断，您陪我去学校读书的话，您的那些患者怎么办？"齐默极力劝阻父亲打消念头。

齐远彬说："我向医院请了长假。"

齐默不信："市医院急诊科365天连轴转，医院的领导怎么可能批准您休长假？"

"规矩是死的，人是活的。"齐远彬在玄关处换上外出鞋，转身看看齐默，无声催促她动作快一点儿。

齐默不是很情愿地换上鞋子，跟着齐远彬走到门口，回头看一眼尉迟敏。想必尉迟敏也没法子，冲着齐默无奈地摇头。

尉迟敏了解齐远彬，若是齐远彬固执起来，只怕十匹马也拉不回来，除非他自己想开、看透。

齐远彬打开门，赫然发现萧文缜早已守候在门外。

齐远彬拉着一张脸，一扫之前对萧文缜的欣赏和喜欢，对于萧文缜的出现视若无睹，搂着齐默就将她往电梯的方向带。

萧文缜快步跟上去："齐叔叔，可以占用您几分钟时间吗？我想和您认真谈谈。"

"谁是你齐叔叔？"齐远彬冷冷地道。

萧文缜难得也有被噎住的时候，齐默竟有一些想笑，突然觉得此时此刻的情景颇有几分"棒打鸳鸯"的无奈感。

电梯门开启，齐远彬带着齐默走进去，目睹萧文缜也要进去，一个眼神杀过去，萧文缜犹豫了一下，止步。

齐远彬警告萧文缜："你以后离我女儿远一点儿。"

萧文缜一筹莫展之余，分明从逐渐闭合的电梯里捕捉到某人正在笑。

呃。

萧文缜哭笑不得，因为她，他失眠了一整宿，而她……真是没心没肺。

齐默并非没心没肺。

她在研一必修课的课堂上悄悄告诉萧文缜："师兄，你不觉得我爸爸是在闹情绪吗？"

"嗯？"

齐默清了清嗓子，压低声音道："听说老丈人都会对未来女婿有一种莫名的敌意，我想我爸爸让你离我远一点儿，大概是气愤你在他不知情的情况下，竟然偷偷地把我从他的身边抢走了。"

萧文缜猝然笑了。

他笑，是因为齐默口中的"老丈人"和"未来女婿"，仅凭这样暖心的称呼，他就不能不笑，更何况她心思通透，故意说"老丈人"和"未来女婿"这样的话，其目的不过是安他的心，帮他清除残留在心的那一丝未知阴霾。

周围有同学无意中看见萧文缜的笑容，不由得一愣，仿佛在阴霾天邂逅天际暖阳。

萧文缜在校期间常常不苟言笑，几时有同学见他如此舒心地笑过？因为罕见，所以同学们疑窦丛生。

几位同学不解，一脸茫然地望向讲台。讲台上，教授正在剖析经济案例，内容复杂深奥，不足以引人发笑。再看一眼坐在萧文缜身侧的齐默，齐默专注于课堂内容，脸上并未有任何波动……那是因为什么？

因为齐默。

坐在萧文缜和齐默斜后方的乔思佳，美目偏移，落在萧文缜和齐默的课桌下，长长的睫毛像是被突然惊扰的蝴蝶，轻轻颤动翅膀，恓恓惶惶。

课桌底下，男女十指交扣，款款深情在指缝间无声游走，那般密不可分，仿佛谁也不能将两人轻易拆散。

齐远彬是认真的。除了每天接送齐默上下学，就连齐默的午饭，他也一手包揽。如此一来，虽然有效地减少了齐默与萧文缜的课下见面时间，却也导致赵梓凡想要约齐默见面的时候，齐默生怕父亲跟着她一起赴约，只好找借口回绝了。

见不了面，手机里讲话也是一样的。

齐默以为赵梓凡拨冗打上这样一通电话，是想跟她商谈作文集出版一事，没想到赵梓凡的真正意图是："齐齐，前不久有朋友求我帮忙，希望我能帮他写一个三十分钟的微电影的剧本，我和他平时关系不错，实在不好意思拒绝他，只好把剧本接了下来。"

齐默正疑惑此事跟她有什么关系，就听赵梓凡继续道："剧本题材涉及经济犯罪，我缺少这方面的专业知识，需要聘请一位经济顾问帮我完善剧本的内容，所以阿姨想到了你，你文笔很好，又是经济系的高才生，如果你愿意的话，阿姨真心希望能够跟你共同署名，合作完成这部微电影的剧本。"

赵梓凡是知名编剧，和她联合署名共同参与剧本创作，不知是多少业内人士的梦想，但问题的关键是，齐默只是在业界大门外徘徊，还没正式跨进业界大门呢。

齐默听到赵梓凡的想法，直接就想拒绝，然而她心里很清楚，赵梓凡作为知名大编剧，自降身价邀请她一起合作，不管是因为萧公子，还是真的很欣赏她的写作才华，都掩饰不了赵梓凡想要带她入行的诚意。

如果赵梓凡只是需要一个经济顾问，此专业的高学历人才一大堆，况且赵梓凡人脉极广，身边岂会没有几个从事经济类相关工作的朋友？赵梓凡明明可以独自署名完成微电影剧本，却偏偏向她发出合作邀请，名誉一分为二，不过是为了提携她。

齐默不能拒绝赵梓凡，否则……不知好歹。

"赵姨，能够跟您联合创作微电影剧本是我的荣幸，但我从未写过剧本，难保不会影响您的创作进度。"齐默道出心中的顾虑。

赵梓凡宽慰齐默："有阿姨在，你怕什么？只是一个微电影剧本，没有任何票房压力，你就当积累一下经验，不需要有任何心理负担。虽说万事开头难，但只要你能勇敢地跨出第一步，你就会发现这个世界上最难的从来都不是你脚下走过的路，而是阻挠你迈开双脚的无穷想象力。"

"完成电影剧本有时间限制吗？"再过半个多月就要进入国大考试周，届时忙碌程度可想而知，齐默应对期末考试之余，估计很难参与剧本创作。

"3月底，或是4月初，到时候把电影剧本交给对方就可以了。时间宽裕，不影响你备考期末，放心吧。"

赵梓凡好像知道齐默的想法一般，三言两语就用一个时间差打消了她的所有顾虑。事已至此，齐默只能硬着头皮把活儿接了下来。

"对了，"赵梓凡似是想起了什么，"齐齐，我们加个微信吧，回头我把故事大纲发给你，也方便沟通。"

"我没有微信。"手机对齐默来说形同虚设，平时除了接打电话，几乎不用。

赵梓凡静了一下。

赵梓凡知道齐默有读写障碍症，手机里没有下载任何社交软件倒也正常，但还是忍不住多问了一嘴："邮箱呢？"

"我没有邮箱。"她在华大求学期间，通常老师传递信息给她，要么直接打电话，要么当面说明，要么直接把相关内容发给爷爷，所以她不需要下载微信或是邮箱。

赵梓凡泄气："没事，我把故事大纲发给文缜，让文缜念给你听也是一样的。"

齐默渐感不妥。

像这样的工作邮件，将来会在职场中与她亲密交织，萧文缜有自己的工作要忙，她不可能事事麻烦萧文缜。

有这种想法的时候，齐默和萧文缜正结伴前往周安国的办公室，萧文缜偶尔回眸，目睹齐父远远地跟在他们身后，难免有些啼笑皆非。

"师兄，你帮我注册一个邮箱吧，我需要收发邮件。"齐默拉回萧文缜的思绪，将手机递给萧文缜，并把赵梓凡邀请她合作的事情讲给他听。

萧文缜觉得这是好事，原本想说齐默可以与他共用邮箱，但转念一想，如果她以后真的走上写作这条路，个人邮件只会越来越多，所以提前为她注册一个私人邮箱很有必要。

"谷歌电子邮箱、QQ电子邮箱、163电子邮箱、新浪电子邮箱，以及Hotmail，你喜欢哪一个？"萧文缜把选择权交给齐默。

"你定。"

萧文缜低头操作手机："那就先用QQ电子邮箱吧，我先帮你注册一个QQ号。"

路上，萧文缜下载好QQ，打开登录页面，点击新用户注册，输入手机验证码以后，需要设置QQ昵称，开口询问齐默："QQ昵称叫什么？齐齐，还是齐默？"

齐默未加多想："叫'笛子'吧。"

"笛声的笛？"

"嗯。"

"为什么叫'笛子'？"萧文缜略感好奇，他只顾着注册QQ号，一时还没醒悟齐默使用"笛子"这个昵称的用意。

齐默不自然地移开目光，厚着脸皮为萧公子解惑："你姓萧，'萧'和'笙箫'的'箫'同音。另外，箫与笛都是吹奏型管乐器，属于本家。"

原来如此。

系统随机生成QQ号，萧文缜点击登录，虽未抬头看向齐默，眉眼间的笑意却极为耀眼。

"本家"一词，他闻之心中甚喜。

没想到齐叔叔带她离开华清园以后，反而让他接连听到她的甜言蜜语，也不知道是否称得上因祸得福。

齐默大概觉得不好意思，有意避开"本家"话题，顾左右而言他："我听说贵州玉屏侗族自治县盛产竹管乐器玉屏箫笛，又称平箫玉笛，也称龙箫凤笛，音色清越优美，驰名中外……"

齐默突然不说了。

她不说，是因为她的欲盖弥彰不仅尴尬到了极点，还因为一句"龙箫凤笛"再次把自己折了进去，也难怪萧公子会笑得如沐春风，不知祸害了沿途多少女孩子的少女心。

"哎呀，你注册好了没有？"齐默面子上过不去，恼羞成怒了，殊不知更像是撒娇。

萧文缜笑意更盛，模仿她的语气："哎呀，再等等。"成功导出邮箱以后，他取出他的手机互加QQ，方才把手机还给齐默，好看的眼睛里尽是宠溺，"给你给你。"

12月的暖阳淡淡地洒落在萧文缜修长的手指上，齐默接过手机，简单查看了一眼QQ图标和QQ邮箱。萧文缜把QQ账号以及密码告诉她，其中密码是由"箫笛"的大小写字母和两人在国大第一次正式见面的日期组合而成。

"关于QQ邮箱，只需在QQ账号后加@qq.com。"萧文缜说，"现在年轻人使用微信聊天比较频繁，我原本想为你注册一个微信号，但又觉得没有必要，你几乎很少使用手机，所以手机里只下载一款交流软件就足够了。"

"嗯。"

萧文缜没有把话说全，注册QQ电子邮箱是应齐默所需，但对他来说，QQ电子邮箱只是QQ聊天工具的附属品。

齐远彬目前火气未消，短时间内势必不允许齐默回到华清园，萧文缜担心齐默课后学习遇到困难，在家里找不到人帮助她，而QQ软件的在线视频通话对于解决燃眉之急大有助益，可惜不是长久之计。

齐默的手机里传来叮的一声脆响。

有人给她发来一条QQ信息，她的QQ账号是刚注册的，除了萧文缜，至今还没有人知道她的QQ号。

所以，QQ信息的发送人是谁，不言而喻。

QQ聊天页面里，萧文缜给她发了一个表情，一男一女两个卡通人物抱在一起亲吻的表情。

当然，男生向女生索吻时格外主动。

齐默的脸突然就红了。

流氓。

齐默低着头仔细研究聊天页面，片刻后，回了一个炸弹的表情给萧文缜。

真是彪悍。

萧文缜低声笑了起来，他已经很含蓄了，若是按他以往的行事作风，若是齐叔叔没有虎视眈眈地盯着他，他只怕早已付诸行动，哪儿还用得着发个表情过过图瘾？

小不忍则乱大谋。萧文缜反复告诫自己，忍忍吧，姑且先咬着牙忍一忍，只要他诚意深，就没有跨不过去的火焰山。

想要跨过齐远彬这座火焰山，并没有萧文缜想象中那么容易，每当他靠近火焰山，正准备再向前迈开一小步的时候，总会被火焰山上灼热的气流向后逼退一大步。

于是，兜兜转转一个星期有余，愣是没有丝毫进展。

在此期间，齐凯瑞知道萧文缜在齐远彬那里碰了钉子，特意打了一通电话给萧文缜，丢了一个问题给他："你觉得齐主任对你的敌意从何而来，又是因何而起？"

萧文缜短暂沉默后，给出的答案是："齐叔叔对我没有敌意。"

"哦？"齐凯瑞很惊讶，再次把问题抛给萧文缜，"你说齐主任对你没有敌意，那他为什么拒绝和你沟通？"

"我想，齐叔叔大概是在生他自己的气吧。毕竟，我作为齐叔叔眼里的外人，学习、工作之余还能兼顾齐齐的学业，对比之下，齐叔叔的心里应该很难受，觉得愧对齐齐，想要亲力亲为辅导齐齐，也是可以理解的。"

手机那端，齐凯瑞似乎松了一口气，讽刺道："哼，我还以为你智商停工，所以才会连这点儿小事都解决不了，正犹豫着是否要帮你和齐齐跟齐主任说说情，现在看来，反而是我多虑了。"

萧文缜说："齐叔叔的心结需要他自己解，我唯一能做的就是尝试和他沟通，然后给他时间让他自己想明白。"

"其实，你齐叔叔这些年过得很煎熬，他埋怨我对齐齐太严苛，但又知道我是为了齐齐好，所以不忍埋怨；他想遵从内心想法把齐齐从我身边带走，甚至心甘情愿供养齐齐一辈子，但又怕齐齐长大以后埋怨他，更怕齐齐因为自身平庸而憎恨他。他这些年太难了，每一次回老宅看望齐齐，都不敢正视齐齐的学习过程，怕自己会心软。我听你尉迟阿姨说，当年齐齐的高考成绩出来以后，你齐叔叔把自己关在书房里哭了大半宿……"齐凯瑞沉下声音，没有继续说，过了一会儿叮嘱萧文缜，"你齐叔叔心里不好受，憋的时间久了，总要借题发挥散散心气，否则很容易憋出病来。你作为晚辈，多体谅体谅你齐叔叔，不要跟他硬碰硬。就像你刚才说的那样，给他时间，他总会想通的。"

"我明白。"萧文缜说着，话锋一转，"多谢齐老关心。"

"谁关心你了，我是关心齐齐。"齐凯瑞嘴硬不承认，许是觉得反驳力度不够，补了句，"你们下个月就要进行期末考试了，如果齐齐一直困在她爹身边的话，我担心她无法集中精力备战期末考试。"

萧文缜笑笑，顾全齐凯瑞的面子，不予拆穿。

不过话说回来，虽然萧文缜心里跟明镜似的，齐默也未必不知道齐远彬的心思，但齐远彬非经济学出身，即便诚心辅助齐默，只怕也是有心无力。

萧文缜的担心不是多余的。

齐远彬帮助齐默记录文字还好，一旦碰上较为复杂的经济数据，通常要耗费大半宿甚至一整晚的时间来完成。

可就算好不容易完成了相关数据分析，也不见得他所誊抄、整理的经济数据都是对的，齐默无法告诉他是对还是错，好几次他请经济学领域的朋友在线查验，总能挑出很多错处来。

倘若齐远彬只是出现誊抄失误倒也没什么，毕竟有萧文缜在，只要萧文缜每次赶在齐默上交作业之前审查一遍她的作业内容，通常就不会出现什么问题。问题出在齐远彬的课后辅助过于消耗时间，自己熬夜不说，齐默也要跟着他一起熬。

齐默不是没有想过通过QQ向萧文缜求助，无奈齐远彬坚决不同意。

僵持的结果显而易见。

齐默每天来学校上课的时候，身上都会带着一股浓浓的风油精的味道，纵使这般，依然抵挡不了睡意。

以前，齐默在课堂上打瞌睡是极为罕见的现象，可现在，她打瞌睡不是一次两次，而是发生过好几次，不仅周围的同学诧异，就连萧文缜也忍不住皱了眉。

萧文缜不是没有找过齐远彬，那天从教室里出来，他径直走到齐远彬的面前，一声"齐叔叔"唤出口，非常迫切地想要跟齐远彬好好谈谈。但令他感到无比泄气的是，齐远彬完全视他如无物，齐远彬合上经济类书籍，离开了路边木椅，背着手直接找齐默去了。

这种情况一直持续到12月底。

12月底的一天晚上，窗外狂风呼啸，天地间皆被寒冷侵占，大街小巷除了来来往往的车辆，几乎没有人敢在这么冷的天气里逆风出没。

当晚，齐默要完成经济学建模作业，此次作业和期末考试的成绩挂钩，明天一大早就要上交模型。齐远彬不通门道，虽然找了经济学领域的朋友在线帮忙，但该朋友和齐默的配合度几乎为零，尤其在核心论点和内外效度上屡次出现沟通困难。

齐默十分焦虑，她的焦虑来自周安国的淘汰机制，每科的成绩不能低于A，然而她的自我要求更高，她要求自己的研一成绩必须全A+。

齐远彬将齐默的焦虑尽收眼底，懊恼之余，心头难免浮起了一丝悔意，不知道该如何是好。

"爸爸，要不然我给师兄打个电话，让他上来帮帮我？"齐默坐在书桌前，扭头看着齐远彬，语出突然，目光充满希冀。

上来？

齐远彬没有忽略齐默话里的重点："你是说，萧文缜在我们家楼下？"外面天寒地冻，萧文缜没事跑到他们家楼下干什么？值夜班吗？

齐远彬不信齐默的话，走到客厅的落地窗前，朝楼下望去，倒是看见了几辆私家车停在那里，但有没萧文缜的车，齐远彬既没有千里眼，又不知道萧文缜车的车牌号，自然无法确定。

齐远彬转身回到书房，站在门口问齐默："他跟你说，他在我们家楼下？"

"他什么也没跟我说，是我自己猜的。"齐默将读屏平板电脑的声音调小，犹豫了一下，说，"这次的建模作业很难，同学们一个个焦头烂额，他知道我的建模作业没有完成，而明天就要上交了，再加上入夜之后，他并没有打电话询问我的建模作业的进度，这不太符合他的行事作风。所以，我才会想，他会不会就在我们家楼下？"

猜的？

齐远彬更不可能相信齐默的话了："你现在就给他打电话，我倒要看看我们家楼下究竟有没有他这个人。"

一分钟以后，萧文缜按响齐家的门铃，齐远彬站在玄关处看着萧文缜，除了惊讶，便是无语。

尉迟敏走过来推开齐远彬，让他不要挡在门口，非常热情地拉住萧文缜往屋里带，

244

嘴里嚷嚷着："文缜，快进来，快进来。"

经过齐远彬身旁的时候，尉迟敏还拿眼神瞟了他一眼，似笑非笑地补了他一刀："打脸了吧，知道什么叫心有灵犀一点通吗？眼下这种情况就是，好好学着吧。"

齐远彬抿着唇，他学个棒槌。

是夜，齐远彬回到书房继续盯梢，尉迟敏送来了水果和热茶，她频繁望着萧文缜，笑眯眯的，就跟看见了自己的亲儿子似的。

齐远彬翻了一个大白眼，这年头看人不能只看皮相，尤其男孩子，长得太帅不是什么好事，带着出去看似风光无限，实则招蜂引蝶，后患无穷。

不过，这小子还算规矩，知道这里是齐家，一旁还有他实时监督，所以坐在电脑前帮助齐齐处理模型数据的时候，言谈举止很是得体，让他挑不出一丝一毫的毛病。反倒是齐齐，动手动脚，极其不规矩。

萧文缜入座十分钟以后，齐齐用牙签插起一块苹果送到萧文缜的嘴边，萧文缜停顿了一下，求生欲很强，选择取走苹果自己吃。

萧文缜入座半个小时以后，齐齐把温开水送到萧文缜的嘴边，萧文缜神色自若，直接从齐齐手中接过杯子，放到了书桌上。

萧文缜入座一个小时以后，齐齐和萧文缜商谈直角坐标系，谈到忘我处，齐齐伸手挽住萧文缜的手臂，几秒钟后，被萧文缜不动声色地挣脱了。齐齐没有察觉，又过了片刻，身体无意识地靠向萧文缜，随即被萧文缜机警地避开……

嗯，还不错。

萧文缜遵德守礼，齐远彬还算满意。

不满意的人是萧文缜。凌晨开车回到华清园，萧文缜给齐默打电话报平安，质问她是不是故意的。

齐默笑着说："师兄，我如果不这样做，怎么牺牲小我，成就大我？"

小我，是指她自己。

大我，是指萧文缜。

萧文缜这辈子听过不少表白，有人简洁明了，有人委婉含蓄，有人热情四射，有人吞吞吐吐，但不管是哪一种，都不如齐默的寥寥数语来得让他心动和喜欢。

都说他口才惊艳，其实他们都错了，真正口才惊艳的人不是他，而是齐默。

能入他心扉者，唯齐默一人。

这一年的12月，天气闹起脾气来不知碾压了多少个齐远彬。

这一年的12月，天气一味沉浸在阴冷潮湿的坏情绪里蛮横无理，阴天多，晴天少，每日寒风呼啸，不知令多少出行之人怨声载道。

这一年的12月，苍茫辽阔的天幕见证了天气所有的黑脸时刻，到了最后一天的黄昏时分，终于爆发出了滔天怒气，空气里充斥着风雪欲来的压迫感，天地间一片肃杀之意。

"天气预报说了，跨年夜我市将在凌晨时分迎来新年的第一场雪。"

齐远彬跟尉迟敏道出这番话的时候，是在齐家老宅一楼的客厅里，彼时他刚带着妻女和齐家老爷子吃罢晚饭，一家人正坐在客厅里边看电视边聊天。

日前，潘阿姨回家过元旦，要两天以后才能返回齐家老宅。齐远彬不放心老爷子一个人在家，更何况跨年夜原本就应该一家人聚在一起，索性带着妻女回到老宅，计划小住两日，等潘阿姨回来，他再开车带妻女回去。

老爷子面上不说什么，心里却是高兴的。晚上入席吃饭，老爷子虽未提及齐远彬休假辅助齐默一事，却在用餐途中冷不丁地冒出一句话，表面上是问齐默话，实际上是敲打齐远彬。

老爷子说："齐齐，元旦过后就是国大期末备考周，学校留给你们复习的时间只有两个多星期，虽说时间紧迫，但你自己也要加把劲，你在华大本科四年从未有过败绩，可别到了国大研一上学期就遭遇翻车事故。我听说周安国担任导师这些年，屡次以学习成绩做基准，至今已经劝退五名高才生，你可千万不要做那个第六名，否则爷爷胸口这一刀算是白挨了。"

"爷爷，我不会成为那个第六名的。"齐默保证。

"嗯。"齐凯瑞满意地点头，给齐默夹菜，从头到尾都没有看向儿子齐远彬。

齐远彬淡定地吃菜，老爷子敲山震虎，悄咪咪地给他施加压力，不过是为了督促他尽快放齐齐回到华清园。

餐桌下，妻子抬脚轻轻踢他，他侧眸瞅她一眼，妻子用唇语暗示他：既然老爷子发了话，你就不要再较劲儿了。

齐远彬无动于衷，移开眸子继续吃菜，心里却在想：也不知道萧文缜都给家里人灌了什么迷魂药，以至于一家四口人，就有三口人被他迷得团团转，这哪儿是一般人能够办到的，分明是妖孽所为。

这晚看电视，各大卫视为了抢夺跨年收视率，不仅在节目表演上推陈出新，还争相邀请了众多大牌明星前来坐镇。

某知名卫视的跨年节目里，萧博彦和沈乐安夫妇赫然在列。

由萧博彦执导、沈乐安编剧、国内多位实力派明星主演的贺岁电影《红笔记》，将于大年初一上映。《红笔记》正式登陆全国院线之前，萧博彦免不了要带领主创成员出入各大社交平台对影片进行宣传和推广，而跨年夜接受电视台邀请，亦能为新电影提供一个宣传机会。

萧博彦成熟稳重，沈乐安知性文雅，堪称圈内最佳夫妻档。

齐默在电视上看到他们并不意外，意外的是，晚会的主持人采访萧博彦和沈乐安的时候，直播镜头好几次扫向了前排的观众席……

前排的观众席上赫然出现了萧文缜。

此次元旦，国大各学院放假三天，萧博彦夫妇思念儿子，特意叮嘱萧文缜前往外省与夫妇二人团聚。

萧文缜离开学校之前专门跟齐默报备过行踪，说他过完元旦就回来。齐默原以为元旦过后才能见到他，没想到通过电视提前看到了他的身影。

无疑，齐远彬等人也看到了萧文缜。

电视里，萧文缜穿着一套剪裁修身的黑色西装，气质清冷出众，虽然是陪父母出席跨年晚会，但低调地坐在观众席上，并没有上台为父母助阵。镜头三番五次扫到他，然后适时投在现场的大屏幕上，英俊的容貌瞬间被放大，引来现场的不少女观众疯狂地大喊他的名字。

萧文缜礼貌地微笑，现场观众的欢呼声越发雀跃。

尉迟敏看女婿一般看着萧文缜，越看越满意，对着电视连连称赞："这孩子长得实在好看，不混娱乐圈真是可惜了。"

齐凯瑞听了有意见："这小子不混娱乐圈有什么好可惜的？他文化课那么好，实习经历也很出彩，要我说，这小子不在经济学领域大展拳脚才是真的可惜。"

"爸爸说得是。"尉迟敏赔着笑脸附和，无意惹老爷子不高兴。

齐远彬面无表情，拿起遥控器直接换台，嘴里嘟囔着："为了一个外人起争执，你们真是有趣。"

外人？

齐凯瑞瞥了他一眼，没说话。倒是尉迟敏朝齐默使了一个眼色，吐槽齐远彬的脸色不是一般的臭。

齐默低着头笑笑，她对跨年节目不感兴趣，手里拿着读屏平板电脑从沙发上站起身来对齐凯瑞等人说要回卧室复习功课，就率先逃离了现场。

齐默回二楼的卧室复习功课并非借口，而是事实。其间，母亲看完电视回房休息之前，特意给她送来一杯热牛奶，提醒她趁热喝了，她虽口头应下，但转瞬即忘，等她后来再想起，牛奶已放凉多时，早已不能再入口。

桌上的电子表整点报时，1月1日凌晨两点整，新的一年在她埋首学习的过程中竟已悄悄地走过了两个小时。

齐默感慨时光匆匆，拿着牛奶杯子站起身，方才察觉窗外鹅毛大雪密集而下，被寒风一卷再卷，无助地飘落在各家屋顶和大大小小的窗台上，飞雪张狂，偏偏落雪无声。

这是入冬以来的第一场雪，也是新年的第一场初雪，齐默不期然在这样一个日子里，在这样一个万籁俱寂的凌晨，就那么满心柔软地想到了萧文缜，也不知道这个时间段他在外地睡觉了没有。

247

她把牛奶杯子重新放到书桌上，拿起手机纠结片刻，终究还是打开了QQ聊天的页面，给他发了一条语音："师兄，家里下雪了，你那里下雪没有？"

发完后，她觉得最重要的话还没跟他说，于是又发了一条语音过去："新年快乐。"

他久久没有回话，齐默以为他要么睡着了，要么参加完跨年晚会，和父母还有其他活动安排，所以才会一时间没有看到她的语音信息。

齐默并未放在心上，下楼清洗完牛奶杯，紧接着回到卧室里刷牙洗脸，等她换上睡衣躺到床上时，已经是半个小时以后的事情了。

凌晨四点多的时候，齐默睡意蒙眬间，隐约听到楼下传来一阵汽车车轮碾轧积雪的声音，似乎有车辆驶过，又似乎……手机在床头柜上忽然传来嘀的一声响。

齐默也不知道自己是怎么了，明明睡意很浓，却一下子清醒过来，伸出手臂摸索到手机，打开QQ语音。被窝里很温暖，QQ语音里那个人的声音却暖到了她的心窝里："你没有骗我，家里确实在下雪。"

齐默的心脏怦怦直跳。

怎么可能？那个人所在的异地省会距离本市三百多公里，两地之间并未在深夜和凌晨时分开通红眼航班和红眼高铁，所以他怎么可能这个时候回来？

齐默将手机搁在床头柜上，躺在被窝里重新闭上眼睛，似乎是在给激动的心情留下缓冲时间，只可惜不足两秒钟，她就按捺不住了。她掀开被子，随即打开卧室的灯，迅速地穿上拖鞋，为了印证心中所想，几个大步就来到了窗前。

她拉开窗帘，大雪漫天飞舞，齐家楼下的那辆黑色座驾和那个人置身在一片洁白的世界里，显得尤为扎眼。

是他，但那辆黑色座驾并不是他的，而是一辆外观十分霸气的黑色越野车，看标志应该是辆奔驰大G。

显然，那个人参加完跨年晚会，特意从他父亲或是母亲那里借了一辆越野车，再然后驾车行驶四个多小时赶回来，她给他发QQ语音那会儿，他应该还在高速公路上。

元旦入住齐家老宅，齐默没有事先告诉萧文缜，但她素来亲孝，萧文缜又怎会不知？他凌晨冒雪行车，赶在大雪封路之前抵达老城区，不过是因为她在这里。

齐默站在二楼的窗前俯视楼下那个人，一颗心麻麻的、甜甜的，仿佛幼时爷爷奖励给她的棉花糖，哪怕只是看着，也会觉得喜不自禁。

昏昏沉沉的路灯下，萧文缜伫立在白茫茫的雪地里，仰脸望向二楼，雪花落在他的头发上、黑色大衣上以及脸上。目睹她出现在二楼的窗户处，萧文缜嘴角的笑容温煦夺目，他挥起手臂朝她招了招手。

生平第一次，齐默被一股莫名其妙的冲动驱使着、催赶着，她是那么迫切地想要见到萧文缜，以至于连外套都没有穿，外出鞋也来不及换，就那么任性妄为地冲出了卧室。

下楼的时候，齐默担心惊动爷爷和父母，尽可能地放轻脚步，不制造出任何声响。好不容易做贼一般走完楼梯，还要小心翼翼地穿过一楼大厅，等她真正踏进前院，便再也按捺不住，她马上加快脚步，最终在寂静的凌晨四点多打开了老宅的大门。

咣当一声，大门开启，融进风雪里细不可闻，齐默穿着薄薄的睡衣和室内拖鞋走出齐家大门，狂风卷起她的长发，皑皑白雪更是将她的面容衬得明丽无瑕。

四目相对，萧文缜瞬间散尽笑容，望着齐默一身"清凉"的穿着，忍不住皱了眉，他就少叮嘱了那么一句，她竟然……

没有竟然。

1月1日凌晨，昏暗的天幕下落雪纷飞，萧文缜担心齐默着凉，迈着大步走向齐默，鞋子踩在雪地上，咯吱咯吱作响。

而齐默不畏严寒，穿着拖鞋在铺满白雪的地面上快步行走，然后一头扎进了萧文缜的怀抱，抱住了就再也不松手，力道很重，仿佛是在拥抱她的全世界。

萧文缜受宠若惊。

他用黑色大衣紧紧地包裹住齐默，试图将自己的体温传递给她，虽然很想责怪她，却又为她出门见他时的那一份迫切和冲动隐隐欣喜，终究还是不忍心出口斥责。

"你不是明天才回来吗？"齐默贴在他的怀里，仰着脸问他。

萧文缜笑了笑："原本是打算明天回来的，但参加完跨年晚会，准备给你打电话祝你新年快乐的时候，忽然觉得那一声'新年快乐'，与其隔着电话告诉你，不如当着你的面一个字一个字地讲给你听。"

萧文缜低着头，深邃的目光锁视着齐默的眼睛，声音轻如落雪："齐齐，新年快乐，愿我们年年有今日，岁岁有今朝。"

"然后呢？"齐默眸色光彩熠熠，眉眼间笑意浮动。

然后，萧文缜笑意加深，顾及身处齐家门口，不宜造次，极力压制内心的情感，只是在齐默的嘴唇上落下轻柔的一个吻，唇与唇接触两秒钟即撤离，十分克制。

齐默却不许他撤离。

昏黄的路灯下，鹅毛大雪飞扬，齐默踮起脚，第一次主动将红润的唇贴向萧文缜，惹得某人身体一僵。

齐默虽然觉得有点儿不好意思，但还是鼓起勇气模仿他之前对她的亲吻，辗转吸吮着他的唇，亲吻技巧拙笨，奈何认真专注，萧文缜好笑之余，满腔思绪早已被惊喜和柔情填满，哪里还在乎这里是不是齐家门口，追着齐默的红唇吻上去。不同于她的轻柔含蓄，他的回应宛如疾风暴雨一般激烈，短短数秒钟便已强势攻占齐默的感官神经，一下子就抽空了她的气息。

唇齿交缠，洁白的雪花似乎被萧文缜和齐默之间的炙热亲吻所感染，不甘心一直被他们隔离在外，厚着脸皮飘落在萧文缜和齐默的唇上，但是很快就被两人唇部的高温融

249

化成温温的雪水，然后迅速消失在两唇交接处。

齐默身体发烫，她在萧文缜的霸道亲吻里无法思考，却又在他温柔的舐舐里情潮起伏。她闭上眼睛感受着他的灼热气息，仿佛身心都与他亲密交融在一起，似乎异常空旷的天地间只剩下寒风和落雪，以及他和她。

冷风灌进齐默的衣领，齐默后脖颈发凉，身体抖了一下，被逐渐失控的萧文缜敏感察觉。萧文缜将她更紧密地搂在怀里，由深吻逐渐转为浅吻，虽然恋恋不舍，不愿就此作罢，但又不能不顾及她的身体，只好强迫自己离开她的唇，下巴支在她的肩膀上，试图将紊乱的气息平复下来。

周遭寂静一时。

齐默靠在他的怀里气喘吁吁，脑子晕晕乎乎的，室外的温度明明很低，然而她的身上很不合理地冒出了一层热汗。

"听话，一会儿你回屋泡泡脚，最好再冲个热水澡，别感冒了。"萧文缜帮她顺气，轻轻拍着她的后背，原本清冽的声音变得很沙哑。

"你呢？"齐默抬头仰望萧文缜。

"我开车回我爸妈家，只有二十分钟的路程，很快。"华清园距离齐家老宅有将近半个小时的路程，若遇下雪天，行车缓慢，得需要一个多小时，萧文缜为了避免齐默担心，所以才会告诉她，他有意开车回路程短一点儿的萧家。

可即便如此，齐默的担心也并未瓦解分毫："路面结冰，你这时候驾车回去很容易发生侧滑事故，我不许。"

她语气霸道，却藏匿着浓浓的关心，继而软化着萧文缜的心，他宠溺地看着齐默，只笑，不语。

齐默略作思考，提出合理的建议："你先去我的房间里待上两个小时，等天亮了，环卫工人将路面的积雪铲除干净了，我再放你走。"

萧文缜抬手探向齐默过于艳丽的唇色，指腹缓缓滑过她红肿的唇，嗓音低沉地说道："你就不怕你爷爷和你父母知道我在你的房间里，到时候联合出手打断我的腿？"

齐默的嘴唇被某人的指腹撩拨得有点儿痒，她将脸一偏，避开某人的指腹，半开玩笑半认真地说道："如果他们真的打断你的腿，那你就受着。"

萧文缜哑然。

齐默还有下一句，她郑重允诺："不过你放心，就算你将来是个瘸子，也改变不了你是我师兄的事实，我心甘情愿照顾你一辈子。"

萧文缜低笑出声，拂掉齐默头顶的雪花，叹道："你这么用心诅咒你师兄，你师兄的心里除了感激，就只剩下涕零了。"

1月1日4:46，萧文缜拦腰抱着齐默回到齐家客厅，第一次切身体验到何谓"鬼鬼祟祟"和"蹑手蹑脚"。

放轻脚步跟在齐默身后上楼的时候，他一直在笑，那种笑是发自肺腑的，是心灵的愉悦，此番体验难得，倒是很值得细细品味多时。

虽说他已出入齐家老宅很多次，但走进齐默的闺房，这是第一次。那不是一个女孩子应该有的卧室的模样，清爽干净，简陋无比，除了一张床、一组大衣柜、一张书桌和一把椅子，几乎看不到任何杂物。

刹那间，有一个词汇浮现在萧文缜的脑海中：断舍离。

置身在这样一间卧室，完全不会让人联想到舒适，然而，齐默不断给她的生活做减法的同时，从未停止给她的内涵做加法。

萧文缜心疼且自豪。

只是，现在的局面有点儿难以言喻。该怎么说呢？齐默的卧室太过简陋，萧文缜若想找个地方坐下来歇一歇，除了齐默的床，就只剩下书桌前的那把椅子了。

好在距离天亮还有两个小时左右，萧文缜催促齐默抓紧时间冲个热水澡，随后拉出齐默书桌前的那把椅子坐了下来。

岂料萧文缜一坐下，就被齐默挽住手臂强行带离："师兄，我通常都是5:30起床，等我冲完热水澡，晨起时间也该到了。我把床让给你，你一晚上没睡觉，先去床上休息一会儿。"

萧文缜被齐默安排得很清楚，他忍不住失笑：她可知一个女人主动邀请男人上她的床，是很危险的一件事？原本出入她的卧室，他还想正派一回，无奈心上人体贴入微，只好由着她了。

不过，他也确实是累了，一天一夜没有睡觉，再加上夜间开长途车回来，站在冰天雪地里还不怎么觉得困，可一旦进入暖意融融的卧室，疲惫感忽然之间席卷而来，对他来说，齐默的床铺诱惑力很大。

十几分钟以后，齐默冲完澡，重新穿好睡衣回到卧室，萧文缜已经侧躺在她的床铺左侧闭目而眠。厚厚的黑色大衣随手搭在书桌前的椅背上，齐默走过去稍加整理，方才走近床畔，帮他把被子盖好。

一个男子若是拥有高颜值，似乎不管什么时候，完美五官都能保持360度无死角。

爱美之心人皆有之，齐默为他的睡颜所惑，看得着迷，殊不知垂落的长发轻轻扫过某人的脸庞，惹得某人虽未睁开眼睛，但勾起了嘴角，出声吓唬偷窥者："你再盯着我看下去，小心我扑上去。"

齐默直起腰身，笑了笑。

萧文缜伸手掀开旁侧被角，骨节分明的手指拍了拍素色的床铺，温柔地道："距离你平时起床的时间还有半个小时，上来陪我睡一会儿，我5:30跟你一起起床。"

齐默听出他声音里的疲惫，站在床畔犹豫了一下，终究还是绕过床尾，上了床，并悄悄地拉过被子盖到了身上。

床铺之上，男女侧卧而眠，彼此背对着背，看似平静淡然，实则心潮起伏，萦绕满室的沉默便是最好的实证。

萧文缜带着笑音打破沉默，低沉的声音夹裹着男子特有的磁性，扰人心扉，他故意拿话逗弄齐默，以此缓解她的拘谨："齐齐，我之所以上你的床，是因为足够信任你，希望你对得起我的这份信任，尽力捍卫我的贞洁，切莫对我存有不良想法，更不许趁我入睡对我动手动脚。"

他是在说他自己吧？

齐默气恼地转身，伸出食指戳了戳他的后背。他不让她动手动脚，她就偏要违背他的意思，动一次手给他瞧瞧，却不知太过孩子气的小举动颇有勾引某人之嫌，也难怪某人会在下一秒忽然翻过身将她牢牢地压在身下，修长的手指更是挠向她的细腰，略施惩罚。

齐默怕痒，一时没忍住，啊的一声尖笑求饶，后又惊觉声音过大，而父母就住在隔壁，连忙后知后觉地捂住嘴，以免自己再次笑出声来，一双染满笑意的眼睛瞪向始作俑者，光华闪耀，煞是羞涩动人。

萧文缜亲吻她的眉眼，舍不得继续教训她，遂停下手头的动作。他已经很手下留情了，若非这里是齐家，他会让她明白，什么叫引火烧身，什么叫自作自受。

齐默抡起拳头，轻轻地捶了一下他的胸口，娇嗔抗议："痒死了。"

萧文缜将她搂到怀里，笑斥："活该。"

这天凌晨，齐远彬在齐默隔壁的卧室里坐卧不安，焦灼难耐之余，不知道在房间里来回走动了多少趟。

他是一个儿子，一个丈夫，一个父亲，但同时也是一个常年奔赴在急救第一线的战士。即便偶尔轮休回到家里，睡眠依旧很浅，夜间稍有风吹草动，就能马上苏醒，今日凌晨亦是如此。

凌晨四点多，有汽车停在齐家楼下，他知道；齐齐打开卧室门下楼，他也知道；冰天雪地里，齐齐不顾矜持地投进那个人的怀抱，并与对方……齐远彬站在窗前看到楼下的那一幕时，脑袋都快气炸了。

尉迟敏睡眼惺忪地从床上坐起来，见丈夫下床后一直站在窗前搓手顿足，朝着丈夫的后背打了一个哈欠，嘴里嘟囔着："你大晚上不睡觉，站在窗前做什么？"

齐远彬没理她。

尉迟敏好奇，下了床，穿上拖鞋来到丈夫身边，顺着他的目光望向齐家院门外。目睹自家女儿正在和萧家公子接吻，尉迟敏顿时老脸一红，立马背过身去，扯着丈夫的手臂就往床上带，尴尬不已："别看了，你一个做父亲的，盯着女儿和文缜……也不嫌丢人，快上床睡觉去。"

"我不睡。"齐远彬一屁股坐到床上，咬着牙道，"萧文缜那小子真是欺人太甚，晚上跑到咱家门口占齐齐的便宜，你说咋不美死他？"

尉迟敏坐回被窝里，忍不住失笑。

都说女儿是父亲的小棉袄。如今，齐远彬发现他的小棉袄被萧文缜取走，也难怪他会在醋坛里独自生闷气。

"你就放宽心吧，文缜那孩子不会对齐齐乱来的。"尉迟敏宽慰丈夫。

"都接吻了，还不算乱来？"齐远彬反驳。

尉迟敏反问他："接吻怎么了？你可别忘了，你和我都曾年轻过，想当年你追我那会儿不也抱着我狂啃吗？"

闻言，齐远彬不自然地啧了一下舌，强行狡辩："我是我，他是他，总之就是不一样。"

尉迟敏做出总结："你呀，只许州官放火，不许百姓点灯，典型的严人宽己。"

齐远彬不理妻子的吐槽，坐在床上生闷气。

原以为萧文缜那小子占完便宜就走人，谁又能想到他竟然还敢夜宿齐齐闺房？

过分，实在是太过分了。

齐远彬暴怒，几欲出门找萧文缜"理论"，都被尉迟敏手疾眼快地拉了回去。她压低声音劝说："你怎么也不想想，外面雪下得那么大，路面结冰难行，文缜这个时候回去，万一路上出点儿什么事情，齐齐心里不舒服，难道你心里就舒服吗？"

虽然是大实话，但齐远彬就是气不过。他好不容易说服自己少安毋躁，却在万籁俱寂的凌晨五点多忽然听到隔壁卧室传来"啊"的一道嬉闹声，顿时眉头紧锁，再一次处于暴走边缘。

"你听听，你竖起耳朵好好听听，你女儿和那个臭小子这会儿都在干些什么啊？这就是你保证的不乱来？"齐远彬眉头紧锁，开始迁怒于尉迟敏。

尉迟敏真是头痛极了，女儿的那声"啊"太过敏感，别说齐远彬浮想联翩，就连她也不禁胡思乱想起来。看来，截至天亮，她也好，丈夫也罢，都别指望还能睡个回笼觉了。

6:00，齐默较之平时，起床的时间极为罕见地推迟了半个小时，原因在于萧文缜搂她入眠，她担心惊醒他，所以又强迫自己多睡了一会儿。

虽然萧文缜临睡前叮嘱她，让她一定要在5:30叫醒他，但他看起来很疲惫，齐默最终屈从于内心的想法，让他多睡一会儿。她想着洗漱完怎么找父亲好好谈一谈。令她没有想到的是晨起打开卧室房门时，竟然发现父亲不知何时搬了一把椅子，坐在她的房间门口守株待兔。

显然，父亲要捉的那只兔子是萧文缜。

齐默心里一咯噔，虽说一大清早看到兴师问罪的父亲很惊讶，好在她很快就调整好了情绪，对着父亲的黑脸撒娇微笑，随即把卧室门轻轻带上，避免父亲发火的时候吵醒屋里那人。

齐远彬看到齐默的贴心小举动，脸更黑了，但并未发火，而是非常克制地吐出五个字："他在你床上？"

"嗯。"卧室里只有一张床、一套被褥，齐默瞒不了，也不愿意对父亲撒谎。

齐远彬不悦："萧文缜凌晨入宿你的卧室，还睡在你的床上，你不觉得他的举止很轻浮吗？"

"是我主动邀请师兄上床的，要轻浮也是我轻浮。"齐默小声争辩。

齐远彬气不打一处来，压着怒火质问齐默："你是怎么想的？"

齐默静立片刻，方才蹲下身体，伸手握住齐远彬的手，仰脸望着他的眼睛，轻声吐露内心情感："爸爸，除了您和爷爷，他是第三个对我'以爱之名吾冠之心'的男人，我想要和他在一起。"

"不。"齐默修正字词，认真强调，"是我要和他在一起。"

齐远彬从齐默的眼神里看到了坚定和不后悔，心里一时间五味杂陈，可谓复杂到了极点。他低着头沉默了好一会儿，后来抬起眸子要说话，但又忍住了，终究只是叹了一口气："等他醒来之后再说吧。"

萧文缜醒来时已是10:30，彼时大雪转为小雪，雪花被寒风裹挟着在半空中悠悠地直打转，不同于室外的寒流过境，室内尽是暖暖的温情。

他坐起身的时候，睡眠不足导致太阳穴隐隐作痛，他看着卧室里的家具，突然彻底清醒过来，连忙低头查看腕表上的时间，满腔思绪一下子沉到了谷底。

萧文缜没有想到，一向重视时间的他，竟然会在齐家老宅里贪睡至此，更没想到齐齐会放任他睡到这个时候。

凌晨入宿齐齐的卧室，又一觉睡到临近中午，萧文缜几乎可以预见齐远彬的怒气，仅是想想就觉得头痛。

他掀被下床，卧室卫生间的盥洗台上赫然摆放着全新的牙刷和毛巾，很明显是卧室的主人特意为他准备的。看来，在他熟睡的过程中，她已向齐远彬主动摊牌，想来也是，以她的行事风格，绝对不可能任由他和齐远彬的关系演变到一发不可收拾的局面。

萧文缜打开水龙头洗手，忍不住笑了。在这场感情保卫战里，一直以来他并非孤军作战，因为她自始至终与他同舟共济，遇事挡在他的前面，护他之心从未减少。他心里欢喜，自然要发自肺腑地微笑。

10:45，萧文缜洗漱完，拿着黑色大衣下楼，齐远彬正独自坐在一楼客厅里的沙发上看电视，至于尉迟敏和齐默，则在餐厅里包饺子，饺子已经包了大半桌，想必她们忙碌了一上午。

萧文缜走进一楼大厅的时候，尉迟敏正站着擀面皮儿，无意中抬头看到萧文缜，顿时眉开眼笑地朝他打招呼："文缜，你醒了？"

"嗯。"

萧文缜有礼貌地点头，目光移向齐默。齐默坐在椅子上扭头看他，嘴角弧度上扬。看见他就这么开心吗？萧文缜的眼睛里不期然划过一丝笑意。

"文缜，"尉迟敏关切地道，"你早上没吃饭，应该饿坏了吧，要不阿姨先给你下碗饺子垫垫肚子？"

不等萧文缜回话，齐远彬已在客厅里插了一句话进来："在别人家里起得这么晚，有午饭吃就不错了，你这个时候给他做早餐，他一会儿还吃得下午饭吗？"

齐远彬表面吐槽尉迟敏多事，其实真正吐槽的人却是萧文缜，暗讽他在别人家里竟然还好意思睡到现在。

尉迟敏赏了一个白眼给齐远彬，转向萧文缜时却格外热情："文缜，你齐叔叔就是这样一个人，有口无心惯了，你别跟他一般见识啊。"

"不会。"萧文缜笑道，"齐叔叔说得没错，还有一个多小时就是午饭时间，我如果现在吃早饭的话，确实会影响午餐时的食欲。"

"这还不好办？阿姨现在就去炒菜，争取十二点之前就让你吃上午饭。"尉迟敏把擀好的面皮儿放到齐默面前的盖帘上，转过身去了厨房。

萧文缜见客厅里没有齐凯瑞的身影，压低声音问齐默："齐老先生呢？"

齐默垂着眼眸包饺子："爷爷早晨起床，知道你在楼上睡觉，大概不想掺和进来，所以吃完早饭就出门见朋友去了。"

齐默说此话时声音说大不大，说小不小，似乎有意让齐远彬听见一般，不仅换来了齐远彬的冷冷一哼，齐默的右脸颊更是被某人轻轻地捏了一下。

他又捏她。

齐默眼神杀向萧文缜的背影，萧文缜走到客厅沙发前，对着齐远彬叫了声："齐叔叔。"

齐远彬虽没接话，但伸手随便往沙发上一指，暗示萧文缜坐下来看电视。

电视里正在播放一部喜剧电影，电影的内容很符合当下齐远彬和萧文缜的关系状态，讲述的是准岳父看不惯未来女婿，为了拆散女儿的恋情，逼迫小情侣分手，想尽办法为难未来女婿的"悲惨"故事。

齐远彬看得兴致勃勃，仿佛电影里那位遭受非人虐待的女婿是萧文缜本人似的，总之观影感受非常好。

萧文缜看得脑仁直疼，他看的哪儿是电影，分明是齐远彬为他精心准备的下马威。

中午十二点整，齐家开饭，尉迟敏很用心，完全视萧文缜为贵客，仅是家常菜就准备了九菜一汤，另外还有元旦的特色饮食水饺、糍粑、炒年糕……每一道菜都寂静地展现着尉迟敏的温暖和热情，几乎满足了萧文缜对于元旦家居团圆饭的所有想象。

用餐过程中，尉迟敏对萧文缜关爱有加，除了不断给萧文缜夹菜，还密切关注萧文缜的饮食喜好。但凡他在某道菜上动筷频繁，尉迟敏总会第一时间将那道菜挪到他的面前，然后尽可能地催促他多吃。

齐远彬看不惯妻子如此殷勤、好客，在饭桌上拐着弯儿讽刺萧文缜："萧公子，医学术语里有这样两个词，分别是前脑岛和后脑岛，两者在恋爱中都发挥着很重要的作用。如果说前脑岛是一见钟情的话，那么后脑岛就是见色起意。就拿你今天凌晨偷偷溜进齐齐房间一事来说吧，你觉得你对齐齐的感情是停留在前脑岛，还是后脑岛？"

尉迟敏咬着腮帮子微笑，暗示丈夫不要再说了，与此同时，手上的动作也没闲着，继续夹菜给萧文缜："文缜，你快尝尝阿姨做的红烧鱼，看看合不合你的口味。"

萧文缜很配合，吃了一小块红烧鱼，的确鲜香味美，道了声："好吃！"说罢，他将目光转向齐远彬，神色自若地道："齐叔叔，我听说医学术语里有一个词叫催产素，它是由下丘脑室旁核和视上核合成的一种肽类激素。据说，2012年科学家经过调查研究，发现这种肽类激素可以有效促进情侣之间的忠诚度。不管是已婚男士，还是恋爱中的男士，只要垂体后叶分泌出催产素，就会对妻子或是女朋友以外的其他女性失去兴趣。实不相瞒，我遇到齐齐以后，就再也没有想过我的妻子会是别人，所以我一直很好奇，也想借此机会问一问齐叔叔，我这么迷恋您的女儿，会不会跟大脑催产素分泌过量有关？如果有关，像我这样夜以继日地分泌催产素，假以时日，会不会对我的健康造成什么危害？"

尉迟敏没忍住，扑哧一声笑出口。这是她第一次见识萧文缜的口才，丈夫拿医学术语"后脑岛"讽刺他见色起意，他就以礼还礼，拿医学术语"催产素"反击，不仅怼得丈夫毫无还击之力，还能顾及丈夫的颜面，更能消解丈夫的内心担忧，借由"催产素"一词，委婉坦露他对齐齐的浓浓情意……语言的魅力大抵如此，虽未言爱，但字字跟情爱有关，丈夫除了被萧文缜非常含蓄地喂了一把狗粮之外，什么上风也没占到。

齐默低头闷笑，夹了一块糍粑放到嘴里，满口糯香味，甘甜爽口，仿佛甜到了心窝里。

"这么说，你和齐齐是奔着结婚谈恋爱的？"齐远彬没有忽略萧文缜形容他和齐齐的恋爱关系时，貌似使用了"妻子"这个称谓。

"我父母最近比较忙，等他们忙完手头的工作，如果齐叔叔愿意的话，我想找时间约双方家长见一面。"

此话倒是很负责任，打动尉迟敏的同时，也打动了齐远彬。但萧家毕竟不是一般家庭，萧博彦和沈乐安又都在国内外享有很高的知名度，齐远彬担心女儿以后生活在这样的家庭里会被一些无良媒体莫名攻击和伤害。

"豪门媳妇不好当。"齐远彬道出心头的顾虑。

"豪门女婿也不好当。"齐默放下筷子，站起身为自己盛了一碗鸡汤，不紧不慢地算起了家常账，"爸爸，我也出身豪门，毕竟我是齐家三代独苗，爷爷退休前除了在多所高校任职，还曾管理过多家世界五百强企业，还有金融顾问等要职在身，名下应该有不少资产。您想啊，爷爷就我这么一个孙女，这些资产迟早都会划到我的名下。另外，您在急诊科工作多年，我妈还有一家独立的陶艺工作室，想必自我出生以后，您和我妈这些年为我存了不少财富，到时候爷爷的钱是我的，您和我妈的钱也是我的……"

"你想得可真美。"齐远彬打断齐默的春秋大梦，义正词严地告诉她，"我和你妈，还有你爷爷哪怕再有钱，那也是我们辛苦赚回来的血汗钱，跟你一毛钱关系都没有，你想要钱，自己赚去。"

齐默见目的达成，忽然笑了，提醒齐远彬："爸爸，我师兄的钱也是他父母的，跟他没有半毛钱关系，所以我和他都不是豪门儿女，而是两个货真价实的穷光蛋。"

尉迟敏咧着嘴取笑齐远彬竟然被女儿坑到了陷阱里，齐远彬心里气个半死，他算是白养这个女儿了，一心帮着外人。

萧文缜强忍笑意，主动起身为齐远彬倒了一杯水，希望齐远彬能够消消气。

齐远彬犹豫片刻，问萧文缜："你怎么看待齐齐的阅读书写障碍症？"

萧文缜看了齐远彬一眼，分别往尉迟敏和齐默的杯子里续上白开水，待坐回椅子上，方才说："我不太明白齐叔叔的意思。"

齐远彬看着尉迟敏，欲言又止，似乎有什么话卡在喉咙里，却又不知道怎么说出口，怕一不小心剜开尉迟敏的旧伤口，更怕刺痛女儿的一身傲骨和软肋。

但有些问题越是逃避，就越是如鲠在喉，齐远彬不忍心说出口，尉迟敏帮他说了："文缜，你齐叔叔是想问你，你是否了解阅读书写障碍症这个病的潜在遗传性？"

闻言，齐默低着头拿着勺子反复搅拌碗里的热鸡汤，嘴角依然挂着微笑，只不过淡了好几分。

"愿闻其详。"萧文缜的语气平静温和，右手却伸到桌子底下握住齐默的左手，力道很紧，仿佛能够碾碎她的所有敏感和迟疑。

尉迟敏情绪低落，勉强笑着说："阿姨从小到大学习成绩就很差，看书的速度非常慢，跳行漏字是常有的事，常常吃力地读完一篇文章却不知道它要表达的意思是什么。我一直以为，我不喜欢读书是因为我不是学习的材料，况且我们那个年代很少听说'阅读书写障碍症'这个病，直到我生下齐齐。齐齐确诊患有阅读书写障碍症以后，我才知道她的阅读书写障碍症是从我这里遗传过去的，并且严重程度远胜于我，她甚至不能读书和写字。医生说这种病具有一定的遗传性，也就是说，齐齐将来的孩子患有阅读书写障碍症的可能性将高达40%至60%，如果你和齐齐以后真的能够走在一起，就不能回避你的孩子有可能也是一名阅读书写障碍症患者的事实。如果是这样一种情况，你有心理准备去迎接一个患有阅读书写障碍症的孩子施加给你的种种生活考验吗？而你，面临这样的考验和压力，又能坚持多久？"

齐默嘴角的笑容尽失，先前她一直对未来很迷茫，每日被学业和谋生职业困扰，根本就不曾深想过遗传这个问题。即便她和萧文缜在一起，但两人目前还在读书，结婚对她来说很遥远，生孩子更是遥不可及。如今这样的敏感话题突然被母亲搬到台面上讲，她虽然排斥至极，但又不能否认，母亲的考量和担忧都是合情合理的。

她过于骄傲，但也过于自卑，萧文缜和她在一起需要承担未来的潜在风险，的确对他不是很公平……

然而，萧文缜接下来的一番话，打消了她的犹豫和顾忌，仿佛心里被人点了一把火，烧得她血液沸腾，指尖泛暖。

当然，所谓指尖泛暖，也有可能是被萧文缜坚定的手指力道暖热的。

萧文缜说："齐叔叔，尉迟阿姨，我从来都没有把齐齐的阅读书写障碍症当成一种病症来看待，而是将它视作齐齐的闪光点。对我来说，齐齐不是菟丝花，也不是拥有悲惨命运的灰姑娘，事实上，她心性坚韧，不需要任何人拯救她，就能依靠她自己跨越磨难，实现自身价值。我欣赏她的气节和才气，这一点是我从其他女孩子身上看不到的。如果我谈恋爱，只是为了以后能够拥有一个健康的孩子，貌似很多女孩子可以办到，但是不行，因为她们都不是齐齐。我之所以选择你们的女儿，是因为她值得我选择，如果将来孩子选择齐齐，也必定是因为齐齐作为一个母亲值得孩子去选择。我完全有理由相信，齐齐既然可以成为你们上一代人的骄傲、我们这一代人中的佼佼者，就一定会成为下一代人追逐的梦想和人生楷模。"

说到这里，萧文缜的目光转向齐远彬，话锋也紧跟着一转："齐叔叔，如果您一开始就知道尉迟阿姨患有阅读书写障碍症，未来您的女儿也会有40%至60%的可能性患上阅读书写障碍症，请问您还愿意和尉迟阿姨结婚吗？"

尉迟敏心里一颤，下意识地看向齐远彬。齐远彬也在看她，脸色柔和，哪怕接受婚姻洗礼已有二十余年，他眉眼间的情意也从未消减分毫，反而与日俱增，浓郁深厚，触目所望，皆是沉甸甸的夫妻情。

"我愿意。"齐远彬回答萧文缜的问题，目光却锁定在尉迟敏的脸上。这声"我愿意"瞬间打开了尉迟敏的记忆大门，仿佛回到了多年前的那一场结婚典礼上，当时他说的也是"我愿意"，时隔多年，他和她历经时光打磨，都有了苍老的痕迹，但在爱情面前，他心中的那一声"我愿意"经年如一。

尉迟敏笑了，心口不一地数落起丈夫："你当着孩子的面瞎说什么，你不害臊，我都替你感到害臊了。"说着，她夹了一只鸡腿放到丈夫的碗里，嗔道，"吃菜。"

齐默见状，除了觉得被父母强行喂了一口柠檬之外，突然意识到每个母亲都是从豆蔻年华走过来的，她们过去经历的炙热感情，她正在经历，四季会更迭，岁月会变老，唯有感情周而复始，生生不息，一直是生命课堂里永恒不变的华丽乐章。

齐默的左手还被萧文缜握着，她试着抽回来，没成功。

萧文缜态度诚恳地说道："齐叔叔，尉迟阿姨，未来充满变数，我不能向你们保证太多东西，但有一点我可以向你们保证，现在以及未来，我的荷尔蒙、多巴胺、去甲肾上腺素，还有我的苯乙胺，永远只会向齐齐一个人开放，并且在情感世界里永不负她。"

餐厅里静寂无声，面对萧文缜的严肃和认真，面对萧文缜使用医学术语许下的情感誓言，齐远彬沉默了，尉迟敏沉默了，齐默沉默了。

沉默，是因为语塞，更是因为萧文缜的一番话彻底感动了在场的所有人。

齐远彬面色如常，看不出来任何的情绪，只是低着头吃菜，也不知道在想些什么，片刻后，方才对萧文缜说："情感不出轨是一方面，另外还有一点很重要，我不能不提醒你，以后不管你和齐齐发生什么事情，你都不许动手打她，否则我第一个不饶你。"

齐默鼻子一酸，眼睛发热。

萧文缜说："我向您保证，我绝不伤害齐齐。"

齐远彬没有接萧文缜的话，而是转眸看向尉迟敏，跟妻子在饭桌上唠起了家常话："急诊科没有我坐镇，最近应该怨声载道，都快忙疯了，等过完元旦，我也该回去上班了。"

休假结束，意味着齐远彬终究还是选择了放手。

尉迟敏知道丈夫做出这样的决定并不容易，不过丈夫能够放下心结总归是一件喜事，遂伸手握住齐远彬的手，宽慰地笑了。

萧文缜亦是松了一口气，他虽镇定自若，但只有齐默清楚，他的手心里早已出了一层热汗。原来，他再怎么冷静自持，面对她的父亲依然会觉得紧张……而紧张，恰恰是因为在乎。

齐默心思细腻，反手握住他的手，她握住的不仅是她的知己好友，还有她绚丽绽放的爱情。

这一日午后，雪花转小，落地即化，齐默陪同萧文缜走出齐家老宅。露天停放的奔驰大G上落了厚厚一层雪，清理起来颇为麻烦，后来齐远彬也加入其中，耗时将近两个小时才清除干净。

当然，这已经是后来发生的事情了。

那天午后，萧文缜启动车子，利用空调暖气，试图融化前挡风玻璃上面的积雪，继而解冻雨刮器。

关上车门，萧文缜拿着毛巾清扫外层积雪，发现后排车窗玻璃上被人用手指画了两颗重叠在一起的爱心，忍不住笑了。

几十秒钟以后，齐默拿着扫雪刷子从座驾的另一侧绕过来，赫然发现她先前画的两颗爱心上，被某人添加了一支长箭。

一箭穿两颗心，代表一男一女彼此相爱。

齐默笑了。

元旦过后，齐默搬回华清园，虽然和萧文缜朝夕相处，但很少你侬我侬地腻歪在一起。

1月，是国大最为紧张、忙碌的期末考试月，无论是本科生，还是研究生，几乎都在超负荷地苦学。

图书馆、自习室、学生餐厅，处处可见学生忘我读书的身影，名校学霸都是从炼狱里一步步走出来的，异常严苛的学分制导致所有学生必须抓紧时间挑战自身极限，齐默也不例外。

跨年之后，《追梦者》栏目组进入忙碌期，萧文缜处理完栏目组相关事宜回到家里，通常已是深夜，然而他从未疏忽过齐默的学业。深夜书房，萧文缜归纳总结知识要点，和齐默探讨考题方向，偶尔学习疲惫了，想要歇歇脑子，要么一起去厨房煮份夜宵，要么合作拼乐高，要么在凌晨时分对弈数局，经常耗到凌晨三点才睡觉。

像这样的缺觉生活，一直持续到期末考试结束。

此次国大研究生期末考试，周安国和经济学院的领导针对齐默的特殊情况，为她单独制定出一套考试方案。

齐默的考试地点设置在经济学院办公楼B105会议厅里，院领导特意安排两位老师负责给齐默监考，并帮助齐默誊写考题答案。另外，鉴于齐默的特殊情况，每科考试的时间延长三十分钟。

考试对齐默来说不是巍峨高山，也不是她畏之怯之的洪水猛兽。她用十几年的时间适应各种各样的考试，早已和它相处融洽，应付自如。她很清楚，她的努力终将通过别人手中的一支笔呈现出最完美的答卷。

相较于她的轻松应试，萧文缜似乎比她紧张多了，一连几天都是第一个交卷，然后总会在第一时间赶到经济学院办公楼附近等她出来。可真当齐默和他见了面，他却不问齐默的考试结果……

1月下旬，齐默考完最后一门科目，走出经济学院办公楼，远远地就看到萧文缜穿着双排扣黑色大衣站在路边的一棵梧桐树下等她，身姿帅气挺拔，品貌非凡。

齐默走过去，离得近了，跟他半开玩笑半认真地说道："师兄，这次期末考试，我发挥得还不错，你的年级第一名可能保不住了。"

萧文缜笑了笑，从她手中接过双肩包，回了四个字给她："求之不得。"

齐老先生把齐默交给他，归根结底不过是为了齐默的学业，如果此次期末考试，齐默的成绩没有达到齐老先生的预期，只怕齐老先生会直接带齐默离开华清园。

这也是期末考试期间，萧文缜比齐默还要紧张她的考试成绩的真正原因。

萧文缜彻底安心下来是在几天以后的周日。

当时，国大各学院早已放了寒假，江河湖泊封冻，萧文缜和齐默陪同齐凯瑞接连冰钓了好几日，直到这日上午在厚厚的冰面上遇到了周安国。

别看周安国平时在学校里威风八面的，可一旦到了齐凯瑞的面前，就跟学生见到老师一般，显得格外拘谨，不仅笑脸相迎，更是把齐默的在校表现和学习成绩提溜出来充当尬聊的谈资。

于是齐默知道了，这次的期末考试，萧文缜依然是年级第一名，而她则和乔思佳并列年级第二名。

周安国夸赞齐默："齐老，您这位孙女自我要求极高，平时在学业上锐意进取，意志力也高于一般人，前途不可限量啊。"

"齐齐能够跟上学业，离不开的引导和培养。"齐凯瑞吹捧完周安国，自然没有遗忘幕后的功臣，"当然，也离不开文缜的帮助。"

文缜？

周安国滴溜溜地转着小眼睛，没敢接话，心里却在想，去年8月齐老先生还和萧文缜水火不相容，甚至一度避见萧文缜，怎么这才过了几个月，两人的关系一下子亲近了这么多？

另外，他刚才撞见萧文缜陪同齐默和齐凯瑞一起冰钓，心里既吃惊又不安。一来，齐老先生毕竟是被萧文缜气出心脏病的，萧文缜难道不怕齐老先生为难他吗？二来，萧文缜私底下帮助齐默完成学业，两个小年轻没事约着一起钓钓鱼，培养一下师门感情或是男女感情倒也无关痛痒，但萧文缜当着齐老先生的面和齐默走得这么近，是谁给他的勇气，让他在长辈面前这么有恃无恐，胆大妄为？

冰封的湖面上，齐默之前打好的冰洞里，没有鱼游动觅食，齐默只好舍弃钓点，拿着冰镩重新凿冰开洞。

萧文缜放下冰钓竿，走过去帮忙，听从齐默的意见接连打了三个冰洞，寻找下一处开洞位置的时候，齐默脚下湿滑，险些摔在冰面上，被一旁的萧文缜及时搂到怀里……

周安国咽了咽口水，见齐凯瑞正坐在钓椅上，手持钓竿，淡淡地扫向那两个"道德沦丧"的年轻人，他连忙笑着打圆场："齐老，文缜这孩子虽然面冷话不多，但对他的小师妹是真的好。"

"嗯。"

齐凯瑞面无表情，冰洞下鲫鱼吞饵，齐凯瑞开始调漂，似乎并不在意两个晚辈的亲密之举。

周安国摸摸鼻子，再看一眼他那两个让人不省心的徒儿，分开倒是分开了，但齐默拿着冰勺清理完几个冰洞里的碎冰，手指早已冻得冰凉，随后走到正坐在钓椅上垂钓的萧文缜面前，蹲在他的身边仰着脸跟他说话，萧文缜竟然伸出双手把齐默的两只手包在手心里温暖着……

周安国的右眼皮狠狠地跳了一下，他是两个孩子的导师，有些事情不说，并不代表他不知道。好比去年国庆长假期间，他在西斋一条沟遇见两个孩子结伴垂钓，他们竟然还好意思说什么培养师门感情，简直是胡扯。

就算他当时没有觉察出来，事后也能想出个所以然来。

萧文缜的性格冷淡至极，偏偏对齐默的学业极为上心，周安国最初还以为是因为齐凯瑞的关系，但如果真的是因为愧对齐凯瑞，萧文缜只需在学业上帮助齐默就可以了，完全没必要利用假期时间陪钓，更加没必要和齐默共吃一盒午饭，甚至丝毫不介意进食齐默的剩饭和剩菜。

若非萧文缜对齐默心生好感，怎会随便施展帅哥魅力，对着一个小姑娘一撩再撩？

但再怎么撩，也该有个度啊，这小子竟然当着齐老先生的面"轻薄"人家的孙女，是不是活腻了，想要提前英勇就义啊！

齐凯瑞抖腕提竿，把钓上来的鲫鱼丢到水桶里，目光再一次扫向那两个黏在一起的年轻人，眉一皱，脸一偏，似是没眼看。

"这俩孩子关系太好了，呵呵呵。"周安国感慨导师不好当，赔着笑脸继续打圆场。

岂料，齐凯瑞瞥了他一眼，慢慢开口："这俩孩子不是同门师兄妹吗，关系好一点儿很正常。"

"啊？"周安国反应过来，连忙接话，"齐老说得对，他俩是非常纯洁的师兄妹关系，有事没事贴在一起交流交流学业，再正常不过了。"

齐老先生睁着眼睛说瞎话，周安国也只当自己瞎了。

瞅瞅，人家萧文缜和齐老先生关系处得跟一家人似的，就他一个人搞不清楚状况瞎着急，他这不是咸吃萝卜淡操心吗？

周安国压下嘴角上扬的弧度，嘴都笑僵了。

不过话说回来，周安国心里还是很佩服萧文缜的，毕竟齐老先生这么难缠的角色，萧文缜都搞得定，不是一般人啊。

此次春节，正好赶上电影《红笔记》上映，萧博彦和沈乐安一刻也不得闲。虽然忙于工作，但二人也没有忽略萧文缜的感受，国大放假以后，夫妇二人都曾给萧文缜打过电话，让他年三十那天务必飞往北京与他们团聚。

本来，齐默想留萧文缜在齐家过年，想必爷爷和父母也不会反对，但仔细想想，又觉得不太合适。毕竟春节是万家团圆日，萧博彦和沈乐安离家已有大半年，纵使偶尔与萧文缜短暂见面，也改变不了聚少离多的事实。尽管夫妇二人各地奔波是常态，然而，逢年过节放任萧文缜独自在家，心里怎么可能不牵挂他？

萧文缜是大年三十下午乘坐飞机前往北京的。

这天上午，按照中国的传统风俗，家家户户都要贴春联。齐凯瑞每年都会亲自上门为小区里的留守老人送春联，今年也不例外，一大早就在家里备好了笔墨纸砚，又准备了几张桌子，招呼齐远彬和萧文缜一起坐在客厅里写对联。而尉迟敏和齐默也没闲着，母女二人钻到厨房里忙着做午饭。

其间，沈燮给萧文缜打来一通电话，约他中午一起吃饭。得知他在齐家老宅，沈燮在电话里好一阵无语。

沈燮吐槽："兄弟，自从你认识齐默以后，不是每天赶回去陪她学习，就是三天两头往她家里跑，连自己的休闲娱乐时间都没有，再这样下去，我看你也别姓萧了，干脆入赘老齐家，直接当他们的上门女婿算了。"

萧文缜挂断通话，懒得理他，将手机丢到一旁，毛笔蘸墨，继续写字。

他的字个人风格浓郁，苍劲雅致，间架结构衔接自然，一撇一捺气韵生动，而他运笔更是宛如行云流水，书法功底十分了得。由他书写的每一副对联几乎都是上等佳作，不仅吸引了齐远彬的注意，也吸引了齐凯瑞的现场观摩。

"好字，真是好字。"齐凯瑞低头查看萧文缜的书法作品，爱不释手之余，自是赞不绝口，甚至挑了好几副说要自己留着，可见是真的喜欢。

齐远彬随口问道："文缜，你练了几年书法？"

"十几年吧，记不清了。"萧家家教严格，尤为看重传统文化传承，写得一手好字是每个萧家人的必备功课之一，除他以外，他的父母同样拥有一手好书法。

这天上午，齐默端着三杯热茶从厨房里走出来，恰巧听见爷爷正在夸赞萧文缜的毛笔字写得好。

齐默好奇，凑上前盯着那些毛笔字看了又看，只见黑色笔画在红纸上残忍分离，触目所见，字与字支离破碎。

若说齐默没有遗憾，那是假的。

她明明知道萧文缜写得一手好字，却无法观摩，无法欣赏，甚至不知道他写的是什么，心里总归有些失落。

萧文缜似是知道她的心思一般，等她分发完茶水，喊她近前："齐齐，你过来。"

齐默疑惑地上前。

萧文缜把她拉到桌案前，将手中的毛笔蘸了墨，随后交到她的手里。

齐默略显局促地道："师兄，我写不了。"

"放松，有我在。"萧文缜站在齐默身后，修长有力的右手握住齐默手执毛笔的右手，在色彩鲜艳的红纸上分别写出五个大字来。

"写的什么？"齐默靠在他的怀里问。

"我们的名字。"萧文缜轻声告诉她，"左边两个字是你的名字，齐默；右边三个字是我的名字，萧文缜。"

齐默是看不出个所以然的，但还是盯着他的名字看了好一会儿，笑着说："齐默的笔画是二十三画，萧文缜的笔画是二十八画，你的名字比我多了五画，貌似不太好写。"

萧文缜微笑附和："是不太好写，所以我长这么大，有时候还会写错自己的名字。"

骗人。

齐默知道他在哄她，心里感动之余，越发不能接受他即将前往北京，与她分开一段时间的事实。

生平第一次，齐默还未与人分离，便已学会了思念。

齐家老宅的客厅里，萧文缜英俊帅气，齐默含蓄内敛，年轻男子将他的小师妹搂在怀里，握着她的手，教她反复书写两个人的名字，耐心十足，见者莫不觉得温情脉脉。

谁为见者？

齐凯瑞和齐远彬是也。

大年三十上午，齐家父子写字途中，先后目睹这一幕，不仅上头，还很扎眼。

齐家父子很默契，将身体扭到一旁，笔墨纸砚也随之被挪到一边。

现在的年轻人，动不动就腻在一起搂搂抱抱，真是不害臊。

这天午后，萧文缜在齐家老宅吃完午饭，并未多作逗留，而是起身告辞，预备开车驶向机场，随后飞往北京。

临出门时，尉迟敏将事先准备好的压岁钱塞给萧文缜，这让萧文缜很为难，连忙拒绝尉迟敏的好意，推托着不肯收。

尉迟敏不高兴了："文缜，压岁钱是用来压祟驱邪的，我和你齐叔叔希望你在新的一年里平平安安的，长辈给你的祝福，你不能不要。"

萧文缜还想说些什么，被齐远彬走过来打断："钱没多少，但毕竟是我和你尉迟阿姨的一份心意，你就收着吧。"

齐远彬发了话，萧文缜拗不过夫妻俩的坚持，只好收下压岁钱。后来，齐默送他出门，并与他拥抱道别，他抱的时间久了一些。如果说齐默当时的心情是依依不舍的话，那么几分钟后，齐默的心情完全可以用"无奈"来形容了。

她在她的外套口袋里发现了父母先前塞给萧文缜的压岁钱。难怪他上车前抱了她好一会儿，原来是在转移红包。

齐默打电话给萧文缜："你把你的压岁钱塞给我干吗？"

萧文缜给她的回答是："我的就是你的。"

齐默语塞，萧公子赢了。

飞机延误，萧文缜抵达北京时已是黄昏。将手机开机以后，他给齐默打了一通电话报平安，走出机场，父亲的司机已等候多时。

萧家在北京有歇脚的住宅，沈乐安年轻的时候擅长投资房产，国内多座城市有萧家的房产，或在萧博彦的名下，或在她的名下，或在萧文缜的名下。位于北京繁华地段的顶级复式公寓便是她的产业之一。

电影《红笔记》将于大年初一凌晨在北京举行首映礼，萧文缜抵达公寓的时候，父母正和宣发团队的成员坐在客厅里商谈工作细节。距离上次元旦，一别已有多日，再见亦是久别重逢，彼此眉眼间尽是欢喜，萧博彦微笑，沈乐安更是迫不及待地给了萧文缜一个热情的拥抱。

萧博彦御用的宣发团队，成员大多是合作多年的老员工，有些员工见过萧文缜，当然也有初次相见的，经萧博彦简单介绍，他们纷纷起身与萧文缜握手打招呼。应酬完落座，萧文缜从他们的谈话里多少听出了一些端倪，比如《红笔记》上映期间，父母和主创团队的成员们还需飞往二十几座城市继续做宣传。

沈乐安对儿子充满歉意，朝他无奈地耸耸肩，泡了一杯咖啡端给他，凑到他的耳边小声说道："儿子，爸妈春节期间实在是太忙了，可能没多少时间陪你，你多见谅。"

萧文缜伸手搂住母亲的肩膀拍了拍，他习惯了。

萧家的年夜饭是和宣发团队的成员在酒店包间里一起吃的，众人聚集一堂，过节的气氛可想而知，喧嚣而又热闹。

用餐过半，萧文缜的QQ上收到一张齐默发来的图片：齐家的年夜饭，餐桌上有十几道菜，荤素搭配，很上镜。

萧文缜本来也想拍张年夜饭的照片给她，但刚打开相机就放弃了。他在心里笑话自己，怎么谈个恋爱，反而越来越孩子气了？

包间里太过吵闹，萧文缜推开玻璃门走到阳台上，拨了一通电话给齐默。一接通，他就听她在电话里问他："师兄，你什么时候回来？"

萧文缜失笑，他们午后才分开，而他……貌似刚到北京。

"如果你希望我早一点儿赶回去，我尽快。"分开不过几个小时而已，如果说电话那端的人想念他，他又何尝不想正在跟他通话的她？

她口是心非地说道："你想什么时候回来就什么时候回来，我可不催你。反正国大开学的时间定在2月下旬，你自己看着办。"

这个威胁毫无威胁性，听起来更像是撒娇，萧文缜笑了笑，回头他好好安排一下春节期间的行程，看看究竟该怎么办。

齐默说："北京美女如云，师兄春节期间会客，可别看花眼了。"

萧文缜说："你师兄会客的时候喜欢戴墨镜，眼睛花不了。"

齐默在电话里轻笑，又跟他聊了几句，叮嘱他照顾好身体，方才挂断电话。

"你师妹？"

他的身后突然响起沈乐安的声音，她穿着高领毛衣斜靠在玻璃门框边，气质优雅，完全看不出岁月在她的脸上施加的痕迹。

对于母亲的问话，萧文缜并未表现得很诧异，仅是点点头。母亲和赵梓凡是闺中好友，私下聊天若是提起齐默，倒也正常。

沈乐安走到萧文缜的身边，目光温柔地望着他，对他微笑："元旦那天凌晨，你向

265

你爸借车赶回去，是因为她吧？"

"嗯。"萧文缜淡淡地道，"她叫齐默，是我的同门师妹，也是我的女朋友。"

沈乐安的语气很随和："你赵阿姨跟我提过她，说她文笔很好。她的那篇高考满分作文《国粹之仓》我看过，确实有几分才气。"

萧文缜听母亲这么一说，情绪松弛下来："等您和爸爸忙完手头的工作回去，我想带她回萧家见一见您和爸爸。"

沈乐安委婉地拒绝道："你们年轻人谈恋爱就跟闹着玩似的，如果研究生毕业，你们还在一起，到时候再说吧。"

萧文缜抿了一下唇，认真强调："我既然认定她，就不会再选择别人。"

沈乐安并未因为儿子的话而心生不悦，事实上她鲜有动怒的时候，因为在她看来，越生气就越容易掉智商，所以她不允许自己生气。

况且，这种事情原本就没什么可生气的。

沉默片刻后，沈乐安双臂环胸，调整了一下站姿，放慢语速，问道："那个女孩子患有阅读书写障碍症，这个病会遗传给她的孩子，这事你知道吧？"

"您介意这个？"萧文缜皱眉。

"别把你母亲想得那么肤浅，我只是作为你的母亲，提醒你将来可能面临的风险罢了。"沈乐安的声音温和依旧，让人看不出她的真实情绪。她和媒体、记者打交道多年，掌控情绪的能力极强，说起话来更是滴水不漏，但面对儿子，她终究还是道出了心里话，"儿子，她有没有阅读书写障碍症，她未来的孩子有没有可能遗传阅读书写障碍症，对我来说一点儿也不重要，重要的是萧家无庸才。她如果想获得我和你爸爸的认同，光有努力还不够，她必须证明她存在于世的价值，否则我和你爸爸就算顾及你的心情与她见面，我们也不会接受她。"

萧文缜一时之间没能控制住嘴角的弧度，忍不住笑了。他笑，是因为母亲和齐默的价值观竟然如此一致，她们皆是内心倔强的女子，一味坚持"自我""本我""超我"的价值理念。母亲现在不认同齐默，是还没看到她活着的价值，却不知道卡在齐默胸腔里长达十几年的心结，恰恰也是她该如何实现留存于世的价值。

沈乐安一脸莫名，没好气地瞪了儿子一眼："你笑什么？"她的话就那么好笑吗？

"妈，我敢保证，如果您见到齐齐的话，您一定会非常喜欢她。"哪怕齐默还没证明她的价值，母亲也会喜欢她的，毕竟"三观"相同的人很容易相互吸引。

沈乐安坚持自己的原则，只当没有听见萧文缜的话，走到玻璃门口，回过头去，说道："对了儿子，再有几个小时，《红笔记》就要举行首映礼了，我一会儿安排人把西装送到你的房间里，现场媒体、记者多，你公开亮相为你爸的电影造造势，实在不愿接受媒体专访的话，也不必勉强自己。"

"嗯。"

萧文缜参加父亲执导的电影的首映礼，除了能够围绕萧家的亲情制造宣传热点之外，还能在某一程度上实现资源共享，对于《追梦者》栏目的曝光度和收视率有百益而无一害。

　　想到这里，他暗自叹了一口气，也不知道流淌在他血液里的那一份精明，究竟是从谁那里遗传过来的。

　　北京时间走向20:30，萧文缜站在阳台上，隔着落地玻璃窗朝下望，川流不息的车辆和来来往往的都市男女无声诉说着他所置身的地方是一座不夜城，而他在北京的夜生活才刚开始。

　　大年初一的早晨，关于春节档电影《红笔记》的宣传新闻几乎刷爆全网，导演萧博彦、编剧沈乐安携众主创明星出席凌晨的首映礼，其中最大的亮点无疑是萧文缜的公开亮相。

　　首映礼结束，萧文缜希望现场媒体能够把镜头更多地对准导演、编剧和演员，而对于电影本身，他全程未发一言，把评价权留给了观影大众。

　　齐默在电视上看到萧文缜的时候，江夷中刚给她打来电话，一声再简单不过的"新年快乐"，如今听在耳里却有着说不清道不明的失落和怅然。

　　齐默是在大年初二下午走进电影院观看《红笔记》的，剧情高能烧脑，伏笔不断，无论是戏中戏，还是计中计，都能做到环环相扣，可见编剧功力之深厚。

　　当然，《红笔记》好评如潮，除了编剧功不可没之外，导演对于剧本的解读、对各个场景和人物间的运镜，以及对演员的指导和点拨，都足以彰显著名导演统筹现场的实力。

　　《红笔记》的票房每一天都在刷新前一天的票房纪录，火得一塌糊涂，而此时，萧文缜早已飞往三亚。

　　春节期间，萧博彦和沈乐安忙于电影宣传，无暇看望双方老人，于是走亲访友的重任顺理成章地落在了萧文缜的身上。

　　几年前，萧文缜的奶奶生了一场大病，自此身体状况一落千丈，后来跟家里人商量，随萧爷爷暂居三亚养病。原本只打算居住一两年就回去，但两位老人慢慢喜欢上三亚的气候，所以一住就是好几年。

　　"隔代亲"是中国老年群体中普遍存在的一种现象，萧爷爷和萧奶奶一年难得见萧文缜一次，自然不肯轻易放他回去，挽留之后再挽留，萧文缜顾及老人的感受，只好在三亚多停留了几日。好不容易脱身离开，还要前往苏州看望外公和外婆，陪外公访友，出席外婆的古典音乐会。他作为"独外孙"，被外婆"扣押"在苏州，只要敢提"离开"两个字，外婆绝对能在下一秒钟哭出来，害得他哭笑不得，当晚就给母亲打电话："你妈不当演员真是亏大了。"

　　母亲狂笑："你还别说，我前段时间有部电视剧开拍，里面正好需要一位古典老音乐家镇镇场，我合计了一下，干脆邀请你外婆过来客串了几场戏，没想到你外婆戏份杀青以后觉得不过瘾，居然找到我要求加戏，你说这老太太逗不逗？简直是'戏精'啊。"

萧文缜被困在苏州，挫败之余，给齐默发了QQ视频请求。齐默拒接，半晌后发了一条语音消息给他，却只有短短的一个字："忙。"

萧文缜唇角上扬，他这是被嫌弃了吗？

齐默并非嫌弃萧文缜，而是真的很忙。

春节期间，齐家老宅访客众多，不是商界老总前来拜访齐凯瑞，便是齐凯瑞曾经教过的学生组团上门拜年，一待就是一整天，饮食、茶点全靠尉迟敏和齐默张罗。好不容易送走宾客，齐默还要回房间梳理微剧本大纲。在创作微剧本的过程中，必须保持人物的一致性，为了完善剧情，哪怕是围绕一个再小的细节，也要反复修改好几个小时。

萧文缜那天给她发送QQ视频请求的时候，她正在一家环境清幽的咖啡厅里和赵梓凡讨论剧本，毕竟有长辈在场，实在不方便接视频。

赵梓凡看出端倪，笑着说："我从未见文缜这么在乎一个女孩子。"

齐默一本正经地点点头："师兄在乎我，我心里也是在乎他的。"

赵梓凡愣了一下，惊诧于她的坦率和直白，低着头笑了很长时间。文缜是从哪里挖出来的宝贝疙瘩，害得她也想给自己的儿子挖一个。

对齐默来说，这个春节跟以往的春节相比好像没有什么区别，因为她的忙碌程度并不亚于往年，但又好像是有所区别的，白天还好，一旦到了夜深人静的时候，总会分外想念一个人。

2月14日是西方传统的情人节，也是付伟师兄与初恋女友结婚的大喜日子。付伟师兄早已在数日前给各位同门师兄妹派发了电子喜帖邀请函，除了齐默。

齐默的喜帖邀请函，是付伟师兄亲自登门派送的。

暖意融融的初春的午后，付伟师兄站在齐家门外，几经推辞，就是不肯进屋。齐默无奈，只好和他一起站在齐家门口。

那天午后，付伟师兄如兄长一般，将喜帖上的内容逐字逐句地念给齐默听，当他念到喜帖上爱的箴言时，齐默笑了，付伟师兄也难为情地笑了。

"十年恋爱长跑，一朝美梦成真。"

付伟师兄把喜帖递给她："小师妹，师兄结婚那日，你一定要来。"

"当然，大师兄结婚，我一定去。"齐默将喜帖收好。

当天下午，齐默给萧文缜打电话，询问他2月14日能否从苏州赶回来，他给出的回答是："不确定。"

外婆最近病恹恹的，又不肯就医，萧文缜摸不清楚外婆是否在装病，只好给父母打电话，让他们途经苏州的时候，抽空探望一下外婆。

父母来苏州之前，貌似他哪儿都不能去。

2月14日是个万里无云的晴朗日，酒店宴客厅宛如花海，触目所及皆是鲜花，付伟师兄和陆瑶师嫂站在会场外迎客，亲朋好友汇聚一堂，现场十分热闹。

此次付伟师兄结婚，邀请周安国担任证婚人，除了萧文缜没有赶回来，其他的同门师兄妹都到了。

临近中午，宾客聚齐，婚礼正式开始，陆瑶师嫂穿着一袭洁白的婚纱，挽着陆父的手臂走进婚礼现场。耀眼的灯光打在她的身上，身姿窈窕的她瞬间成为婚宴厅里最引人注目的焦点。

周舟师姐是个人来疯，啪啪鼓掌之余，站起身像个女流氓一样，吹了一声尖锐的口哨，扬声高呼："哇，新郎好福气，新娘好美啊。"

现场宾客善意跟风，一时之间，口哨声起此彼伏，竟然完全压过了《婚礼进行曲》。金戈师姐叹为观止，抬手遮住额头，觉得丢人。

齐默失笑，好端端的一场婚礼愣是被周舟师姐搞成了口哨竞技赛，也难怪付伟师兄会站在婚礼台上哭笑不得了。

付伟师兄的这场婚礼，整体上来说还是很感人的。

感人场景一，周安国作为证婚人上台致辞，对新娘说："瑶瑶，如果付伟婚后欺负你，你不方便告诉你父母、朋友的话，就直接给我打电话，我一定带着他的师弟和师妹为你讨回公道。"

新郎和新娘热泪盈眶。

感人场景二，新郎和新娘站在台上交换戒指，彼此诉说十年恋爱长跑的心路历程，虽然经历过争吵和冷战、迟疑和动摇，但当新娘对着新郎动情地宣誓"我爱你"的时候，仿佛过往的痛苦都被此刻的爱意稀释、瓦解。

新郎泪流满面，对着新娘放声大喊："我爱你。"

"我爱您。"

一道低沉而又清冽的男声，在齐默的耳畔悄然响起，异常熟悉，辨识度极高，与婚礼台上付伟师兄的那一声"我爱你"紧密重叠，初听一致，却又大不相同。

齐默呼吸一窒，心脏怦怦狂跳。

她很确定，她听到的是"我爱您"，而不是"我爱你"。她缓缓转头看向身侧：俊雅的五官，深邃的眼眸，微微上扬的唇角——萧文缜。

她刚才只顾着观摩婚礼，竟然没有留意到有人坐在她身旁的空座上，他是什么时候抵达婚宴厅的？

齐默又惊又喜，那是一种发自内心的愉悦，明亮欢欣，铺满了她的眼角、眉梢，无声打动着萧文缜，以至于他的笑容也在渐渐加深。

齐默思绪起伏,对于萧文缜的突然现身和情话表白,她明显有话要说,几欲开口,却因为羞涩终究未能成言。

您——

"你"的敬称。

亦可作为暗语:心上有你。

他对她的感情,不仅有爱,还有尊重。

他赶在2月14日这一天过来,一方面是不愿缺席付伟师兄的婚礼,另一方面,今天毕竟是情人节。

再见面无须互诉衷肠,事实上只需一个"您"字就能道尽他的情感。

齐默说不出话,只能对着他微笑,萧文缜眼睛里的温柔和笑意亦是藏不住。

"外婆的身体怎么样?"齐默问。

"外婆身体康健,主要是她戏瘾犯了。"今天中午,母亲赶回苏州,特意定制了一个山寨礼物送给外婆——一个"土豪金"奥斯卡最佳女主角奖杯,反讽意味很浓,偏偏外婆反复打量奖杯,喜不自禁……萧文缜只觉头痛。

齐默说:"我还以为你要过两日才能赶回来。"

萧文缜开她玩笑:"我回来刷刷存在感,担心你春节期间太过忙碌,再过几日把我忘了。"

齐默自知今日情绪管理失当。原来只是看着他,听他说说话,她的心里就能开出一朵朵的鲜花来。

数日前,她和赵梓凡外出合写剧本,拒接他的QQ视频以后,她曾发了一条语音信息给他,只有一个字"忙",没想到他竟然一直记挂到现在。

真是小心眼儿。

当然,齐默没敢当着他的面吐槽。

婚礼仪式上,付伟师兄和陆瑶师嫂共同拿着一瓶红酒浇灌香槟塔。周舟师姐和金戈师姐凑在一起说笑,无意中看向齐默,这才察觉萧文缜的存在,金戈师姐伸手过去:"呀,小师弟,你来了?"

周舟见状,搓了搓自己的双手,笑眯眯地也把手伸了过去。

萧文缜探着身体向前,隔着齐默,分别与金戈和周舟握手。这时,附近的几位师兄也发现了他的存在,萧文缜起身离座,走过去打招呼。

周舟师姐捧着双手,使劲嗅了嗅手心里的气味,闭着眼睛一脸花痴相,说道:"小师弟的雄性荷尔蒙味道,真是太好闻了。"

金戈嫌弃至极,转过脸看着齐默,好奇地问道:"小师妹,刚才你和小师弟在聊什么话题,怎么一个个笑得那么开心?"

齐默说:"我们在探讨,假如一个人长期处于忙碌状态,导致记忆力减退,是否会存在失忆的风险。你们小师弟觉得忙碌会导致一个人忘记对她来说最重要的人，我的看法刚好与他相反。两位师姐觉得呢？"

"……"金戈觉得，两位年轻学霸的笑点实在是太低了。

"……"周舟觉得，探讨忙碌状态与失忆症的联系竟然可以戳中美男子的笑点，找机会她也要拉着小师弟深入探讨一番。

12:00，婚宴准时开席，付伟师兄有心，将周安国和同门师兄妹安排在一桌，方便席间聊天，用餐、饮酒时也能随意许多。

入席进餐时，萧文缜直接挨着齐默坐了下来，齐默瞅他一眼，却只看到了他的帅气侧脸，他正偏着脸和陆宸师兄说话。

侍者端来第七道菜的时候，一对新人换好敬酒服前来敬酒，知道周安国和萧文缜等人是开车过来的，并未执意劝酒。

以茶代酒也是一样的。

原本付伟师兄礼节周到，还想逐位斟茶敬酒，被周安国阻止了："都是自家人，有些礼节能免则免。"

周安国率先起身，端着水杯，朝付伟和陆瑶说了几句新婚祝福语，然后抿了一口茶水，就算走了过场。

几位同门师兄妹效仿周安国，纷纷起身站立，各自说了一些祝福语，或喝酒，或喝茶，这才送走笑容满面的夫妻俩。

周舟盯着陆瑶师嫂纤细的背影感叹："陆瑶师嫂端庄得体，仪态满分，如果我是男生，我一定喜欢陆瑶师嫂这样的女孩子。"

许需知笑着说："女孩子端庄得体虽然很好，但我个人还是喜欢高冷范儿的女生，她越是对我爱搭不理，我就越是上心，非她不可。"

"受虐狂。"周舟吐槽完许需知，自动忽略欢喜冤家卫子博，将目光落在陆宸身上，"陆师弟，你呢？"

陆宸认真想了想："我呀，我喜欢颜值高、身材好的女生，最好是像奥黛丽·赫本一样，如果有幸遇到这样一个女生，我心甘情愿伺候她一辈子。"

"庸俗。"

周舟吐槽陆宸"庸俗"的同时，显然忘记了自己择偶的首要条件就是对方一定要拥有高颜值。

说起高颜值，此刻饭桌上就有一位现成的高颜值异性，周舟自然不会轻易放过萧文缜："小师弟，你喜欢什么类型的女孩子？"

周安国一听周舟的问话就乐了，化身成"吃瓜观众"，摆正坐姿和几位门徒一起将目光投向萧文缜。

萧文缜气定神闲地吃着菜，伸出左手的食指往身旁一指，淡淡地回应："齐默。"

呃。

众人集体消音。

许是答案太有冲击力，众人惊愕之余，齐刷刷地看着齐默，萧文缜当着大家的面明示他喜欢齐默这种类型的女孩子，跟当众表白有什么区别？

真够胆儿，勇气可嘉呀。

齐默埋着头吃菜，与萧公子相处，她需要随身携带降压药和速效救心丸，否则迟早会被他吓出毛病来。

许需知反应过来，消遣萧文缜："小师弟，既然你喜欢小师妹这种类型的女孩子，碰巧小师妹又没男朋友，何不趁此机会把小师妹追到手，免得将来便宜了其他小子。"

周舟等人看热闹不嫌事大，跟着许需知一起，七嘴八舌地瞎起哄："是啊，小师弟，你如果真的喜欢小师妹，就追啊，还等什么？"

"小师弟，俗话说得好，机不可失，时不再来，你可千万不要错过这次的表白机会，以免将来后悔。"

"小师弟，有师兄和师姐为你撑腰，你犹豫什么，快当众说出你的爱，我们支持你。"

…………

这群人简直坏到了姥姥家。

齐默听着他们的撺掇声，耳朵嗡嗡直响，端起水杯，仰起脖子喝了半杯水，正好听到周舟的新奇点评："快瞧，咱们小师妹春心荡漾，脸都红了。"

齐默差点儿没把嘴里的水喷出来。

萧文缜还是很淡定的，吃饱喝足以后，放下筷子，拿起一旁的餐巾纸擦了擦嘴，然后环顾左右，最后将目光锁定在齐默的脸上，说道："师妹，既然大家这么希望我们在一起，要不我们勉为其难，成全大家的美意，凑凑合合在一起算了。"

齐默在众人的注视下，非常矜持地赔着笑脸不吭声。

许需知的脾气有点儿急，他冲着齐默直嚷嚷："小师妹，成不成，你倒是说句话呀。"

"成。"齐默郑重其事地点点头，回应得很干脆。

气氛很寂静。

众人很震惊。

周安国撇撇嘴，这俩年轻人可真会玩，装，继续装。

"我的天哪，这也太速成了吧？"陆宸惊呼，开始怀疑人生，"众位兄弟姐妹，我们刚才是用自己的三寸不烂之舌，现场促成了一对情侣，没错吧？"

萧文缜用行动告诉他没错，站起身的时候，顺势取走齐默搭放在椅背上的外套，朝她伸出手："今天正好是情人节，为了庆祝我们在一起，走，我们约会去。"

众目睽睽之下，齐默起身离座，还真的握住萧文缜的手，朝众人道了声："不好意思，我和师兄先失陪了。"

两人如此干脆利落，反倒像是闹着玩一样。

众位同门呆若木鸡，傻傻地看着萧文缜和齐默潇洒离去。

除了周安国，满桌子的人觉得自己的大脑不够用，精神世界更是受到了前所未有的冲击，总之受创严重。

几秒钟后，有人效仿萧文缜，忽然打破沉默，盯着周舟，接连清了好几遍嗓子，尴尬地开口："周舟，你怎么不问我喜欢什么类型的女孩子呢？"

周舟唰的一下脸红了。

金戈心细，察觉卫子博的眼神来回闪躲，再看一眼周舟红彤彤的脸色，一时没忍住，扑哧一声笑了出来。

"卫师弟，你喜欢什么类型的女孩子？"金戈代周舟盘问卫子博，丝毫不在意周舟是如何在桌子底下狂踢她的小腿肚的。

卫子博伸出右手食指，坚定地指向周舟，道出表白语："我喜欢周舟。"

另外几人彻底蒙了。

陆宸说："今天是表白日吗，怎么一个个跟中邪了似的？"

许需知说："我只想好好吃顿喜宴而已，结果菜没吃上几口，反倒吃了好几口柠檬，你们是想酸死我吗？"

周安国没有想到，师门里竟然出现了两对情侣，不期然想起他的前妻亦是他的同门师姐，那可是一个张牙舞爪的女妖怪，可怕得很。

这些孩子找同门谈恋爱，真是吃饱了撑的。

俗话说：饱暖思淫欲。

这话用在萧文缜身上，再贴切不过了。

2月14日中午，萧文缜所谓的约会，不过是拉着齐默离开婚宴厅以后，闪身进入酒店的安全楼梯间，不等齐默站稳，就强势地将她压在墙上，追着她急促的气息吻上了她的唇。

如饥似渴，难舍难分。

齐默的嘴唇被迫开启，面对他如此狂热的缠吻，她紧张得手心直冒汗，万一有人从这里经过，她还怎么有脸见人啊？早知道，她刚才就应该赖在婚宴厅里不出来。

"师兄，三思啊。"

"不思。"

Chapter 10
萧文缜是齐默的奢侈品

  寒假结束，国大的研究生陆陆续续前往各学院报到，齐默除了每日抽空与赵梓凡完善微电影剧本，还要面临研究方向的选择。

  开学后不久，周安国谨守导师职责，根据多年科研经历，针对萧文缜和齐默向他递交的课题提纲，分别向两人提出宝贵的意见。

  萧文缜的硕士论文选题偏向于新媒体经济价值分析，而齐默的论文选题方向则偏向于虚拟经济与实体经济的相关性分析。

  论文选题确定，意味着另一场忙碌战争的开始，阅读大量文献和搜集相关材料成为日常必备功课之一。

  与此同时，许需知师兄沉迷科研项目，缺少身体保健，周五参加师门座谈会的时候，险些晕倒在地。

  周安国发了好大一通脾气，对着名下的几位在读研究生一再强调身体健康的重要性："你们想要搞好科研，就必须拥有健康的身体，否则科研还没出成果，你们就先把小命赔了进去。"

  就在他放完狠话的隔天，他特意组织了一次师门爬山活动。所爬山峰不高，海拔只有几百米，但台阶多得要命，一行人爬到山顶至少也要两个小时。

  金戈等人平时的运动量几乎为零，爬到三分之一的时候就开始气喘吁吁，一个个坐在石阶上，冲着周安国嚷嚷着快要累死了。

  周安国不为所动，走到几人跟前，分别朝几人的小腿肚子踢了踢，然后走到最前面，督促几人："快跟上。"

  齐默的身体状态还不错，她虽然很累，但还不至于像周舟师姐那样手脚并用。对此，周舟有自己的说辞："什么叫爬山？手脚并用才是真正意义上的爬山。知道动物为什么比人类擅长爬山吗？因为它们四肢着地，懂得合理分配力量，哪儿像我们人类傻不愣登的，只懂得直立行走。"

齐默觉得周舟言之有理，只是……周舟爬山的姿势实在不雅观。

周舟化身成小猴子，一连攀爬了好几层石阶，回过头怂恿齐默："小师妹，手脚并用往上爬，既轻松又省力，不信你试试。"

试试就试试。

结果，齐默刚弯下腰，双手还没碰到石阶，就被一直跟在她身后的萧文缜强行拉了起来。

萧文缜笑斥："傻不傻？"

齐默轻笑，是有点儿傻。

后半程山路迂回，台阶也越来越陡，萧文缜误以为齐默累了，索性牵着她的手将她往山上带，齐默与他错开一层台阶登山，省了不少劲。

爬山的过程虽然辛苦，但这是一个无法轻易言败的心路历程，当所有人抵达山顶，喜悦萦绕身心，似乎任何言语都是多余的。

陆宸师兄俯瞰郊外的风光，感慨道："果然，只有登上山顶，才能看到最美的风景。"

言谈间，充斥着锐意进取的拼搏之志。

然而对齐默来说，最美好的风景不在山顶，也不在半山腰，而是在山脚下。因为那里是她为之努力坚持的起源。

阳春三月，正是一个草长莺飞的温暖季节，万事万物皆在萌芽开花，山下的梨花洁白如雪，微风拂过，掀起阵阵花雨，仿佛空气里都飘浮着梨花香。

这一日上午，周安国带着门下的八位高徒伫立在山峰之巅，美景尽收眼底的同时，几乎每个人的心里都燃烧着凌云之志，绽放在嘴角的笑容足以睥睨群雄。

每个人都有自己的梦想，但周安国更希望大家在实现梦想之余，还能挖掘出自身的潜在价值，以此丰富未来的生活。

下山的途中，周安国跟萧文缜有一搭没一搭地聊着天："文缜，再有几个月，国大计划招聘本科生辅导员，我有意推荐你参加竞聘，无论你将来是否留校任教，对于你今后的工作履历都是有利无弊的。"

萧文缜没有搭腔。

研二兼职本科辅导员，对他来说固然是好事一件，但他不仅要运营《追梦者》栏目，还要担负他和齐默学业进度的重任，如果再兼任辅导员，实在是分身乏术。

"我可以拒绝吗？"萧文缜问。

周安国回头看他一眼，似是心有所触，又把目光挪向低着头走路的齐默，遂收回目光，三言两语就把萧文缜的拒绝推了回去："距离国大竞聘本科生辅导员还有两个多月的时间，你回头好好想想，不必急着给我回复。"

萧文缜还想说些什么，忽然手心一暖。齐默握住他的手，半真半假地开起玩笑来："师兄，你可以有一万种理由拒绝周教授的提议，但拒绝的理由唯独不能是因为我，否则我会觉得自己是累赘，除了麻烦你、拖累你，貌似一点儿用处也没有。"

"胡说什么？"萧文缜不高兴她这么说自己，紧了紧她的手，压着声音强调，"不许你再贬低你自己。"尤其还是当着他的面。

"那你为什么拒绝辅导员竞聘？"齐默追问。

萧文缜很有耐心地说道："我拒绝辅导员竞聘跟你没关系。"

"怎么可能没关系？"

"……"

齐默摇了摇他的手臂："师兄，你说话。"

"你想让我说什么？"萧文缜无奈。

齐默一脸严肃："你拒绝辅导员竞聘，是因为我让你负重前行，怎么可能跟我没关系？"

萧文缜被她磨得哭笑不得："真是怕了你，我收回刚才的话，再过两个月我竞聘本科生辅导员，行了吧？"

就她那点儿小心思，他还不清楚吗？拐着弯儿地自怨自艾，不过是刺激他改口罢了。他若是不搭理她，只怕她会絮絮叨叨一直说下去。

周安国走在前面，听完两个人的谈话内容，禁不住叹了一口气。

爱情的力量真是太伟大了，能够轻易让萧文缜改变主意的人，截至目前屈指可数，但齐默绝对是屈指可数里的第一名。

国大学子谈恋爱，并非有那么多空闲时间腻在一起卿卿我我，因为每个人从踏进这所学校的那一刻起，就有一股油然而生的紧迫感和危机感，仿佛置身在时钟的齿轮里，只有追着时针不断奔跑，才能摆脱被淘汰的命运。

事实上，圈子决定人生态度，越是优秀的人越努力。如果说齐默在研一上学期对于未来还很迷茫的话，那么研一下学期，她已完全战胜迷茫，并且对于人生目标有了明确的发展方向。

主目标：获取国大经济学硕士研究生荣誉毕业生称号。

子目标：在完成学业的基础上，初涉文坛，力争一席之地。

齐默想要在学霸窝里成为顶级学霸，就必须付出更多的努力和辛苦，每日完成十余项任务清单，然后奔着目标一路高歌猛进，她不重名利，但她比任何人都渴望成功。

她虽渴望成功，但又保持着一份清醒。

这份清醒，来源于她的高要求。

微电影的剧本进行到尾声的时候，赵梓凡偶然提及13本作文集作为丛书出版一事，被齐默委婉地拒绝了。

她拒绝的原因很简单，多年高校历练不仅开拓了她的眼界，也提升了她的人生格局，伴随着知识储备的增加，她觉得早期的作品有很多不成熟之处，实在是拿不出手。而她又不愿意回望旧作反复修改，毕竟八百多篇作文并非一个小工程，不知要消耗她多少时间和精力，尤其她还置身在研究生阶段，时间格外宝贵。消耗大量时间完善作文集和消耗大量时间完成研究生学业，现如今的齐默无法做到两者兼顾，所以拒绝出版是最好的选择。

顾此失彼这种事情，她做不来。

针对此事，萧文缜的评价是："爱惜羽毛没有错，但过于爱惜羽毛，反而容易折损双翼。"

萧公子说起话来颇具情商，认可齐默决定的同时，又提出个人看法，觉得齐默之所以拒绝出版，是因为太过追求完美，殊不知，她眼中不成熟的早期作品，落在他和赵梓凡的眼里，早已过了优秀作文参考线。

"如果我因为爱惜羽毛而导致折损双翼飞不起来，那我就走陆地。"齐默跟他抬杠，"成功不是一蹴而就的，谁也不能一口吃成个大胖子，需要一步一个脚印慢慢来，方能走得稳妥、长久。"

最后，齐默向正在吃饭的萧文缜郑重其事地补充了一句："至少我是这么认为的。"

萧文缜很认真地点点头，似是屈服在了齐默的严肃之下，接连夹了几道荤菜放到她的米饭碗里，带着笑音说："齐齐言之有理，我附议。"

小固执。

这才是萧文缜真正想说的心里话。

这天是周三，中午萧文缜和齐默从粤食居202号房间吃完饭返回经济学院，抄近路途经某一处小公园的时候，走在前面的萧文缜率先停下了脚步。

齐默好奇，顺着他的目光望过去，呃……小公园的草地上，一男一女沐浴在阳光下，女生躺在男生的腿上说话时，男生低着头吻住了女生的唇。

呃。

齐默不能不"呃"，草地上那对缠绵的小情侣不是别人，而是卫子博和周舟。

齐默略显惊讶地问道："卫师兄和周师姐是什么时候在一起的？"

"据说是2月14日情人节那天。"

2月14日那天午后，萧文缜和齐默率先离开婚宴厅，所以并不知道卫子博表白周舟的事，更不知道他们的玩笑之举竟然在无意中成就了卫子博和周舟的恋情。关于此事，萧文缜也是前不久从许需知那里听说的。

卫师兄和周师姐本来就是欢喜冤家，聚在一起不是拌嘴就是相互挖苦，如今在一起倒也在意料之中，只是……齐默觉得，她和萧公子没有一点儿眼力见儿地盯着两位同门，看他们接吻，貌似有点儿不妥，万一被卫师兄和周师姐看到了，岂不尴尬？

"师兄，别看了。"齐默扯了扯萧文缜的针织开衫外套，暗示他这样盯着人家不礼貌。

"嗯。"他虽然应了，但没走开。

齐默气得直跺脚，咬着牙唤他："师兄……"

萧文缜说："不急，我先观摩一下，以后我们用得上。"

齐默："……"

萧文缜："卫师兄这个亲法，脖子应该很累吧？"

齐默："……"

3月下旬，齐默终于利用闲暇时间和赵梓凡合作完成了微电影剧本初稿，然后便是通读全稿进行修改，尤其在细节性问题上，齐默把控严格，要么找萧文缜进行探讨，直至确认，要么直接向爷爷寻求帮助，务必做到精益求精。

齐默一路走来虽然历尽艰辛，但所幸一直有贵人扶持。关于子目标的实现，她有赵梓凡悉心指导；关于主目标的跃进，离不开周安国对她的费心提拔。

下学期开学以后，周安国除了增加萧文缜和齐默的阅读量，还逐步侵占起他们的双休日时间。周安国将自己需要发表的论文交给齐默进行校对核查，视她如正常人一般，完全不考虑校对专业性极强的高质量论文对她来说究竟有多吃力。

如果说齐默是宅在家里完成任务，那么萧文缜绝对是读万卷书、行万里路。周安国为了开拓萧文缜的视野，但凡外出谈项目，或是参加学术论坛和会议，只要萧文缜挪得出时间，必定会带着他一起出差。

好在每次出差往返的时间顶多两日，齐默通过读屏软件尚且可以完成一部分阅读任务，否则萧文缜断然不可能将她一个人留在华清园。

齐默认为，周安国手头项目多，名下研究生跟随他一起出差增长见闻是常态，现在是萧文缜奔波在外，指不定哪天身份互换，她也要跟着周安国全国各地来回跑，既然改变不了现状，就只能去适应。

月底，周安国带着萧文缜和陆宸师兄一起前往成都参加学术会议，预计周日黄昏回来。周六一大早，萧文缜走到玄关处换上外出鞋，一本正经地询问齐默："成都特产里，灯影牛肉干和张飞牛肉名闻天下，需不需要我给你带几盒回来？"

齐默笑着回他："你把你自己带回来就行了。"

这天上午，齐默坐在书房里核查微电影剧本，爷爷给她打来了电话。爷爷本来是询问她的论文进展，却在得知萧文缜飞往成都出差，把她一个人留在华清园后，干脆吩咐小潘出门买菜去，并在电话里叮嘱齐默："记得中午回来吃饭，我让小潘给你炖一锅营养汤，给你好好补补。"

临近中午，齐默乘坐出租车回到齐家老宅，开门下车时，恰巧看到江夷中开着她的红色跑车驶向江家老宅。

那辆红色跑车，是五年前高考成绩出来以后，夷中的父母奖励给她的价值上百万元的豪车，颜色鲜艳夺目，夷中觉得开着它上学太过扎眼，所以她一般只会在双休日或是节假日将它开出来遛一遛。

齐默没想到夷中会在这个时候回来，但既然在家门口碰到了，总要打声招呼才合适。

暖风和煦，江夷中将跑车停好，下车后，转眸望向齐家门口，笑容微露的齐默正静静地站在那里看着她。

江夷中的眸色深了几分，嘴角挂着笑容，她大步走向齐默，问道："你今天怎么回来了？"

"爷爷喊我回来吃饭。"齐默说，"你呢？"

江夷中说："最近有朋友组织爱心义捐，倡导大家捐赠旧衣物，进行再生利用转制成新面料进行销售，所得善款用来资助贫困山区的孩子。我回来整理一下过去的衣服和鞋子，看能不能捐出去。"

齐默觉得这是好事，旧衣服留在家里也没什么意义，倒不如捐给相关的爱心机构或是有需要的人。

"我可以捐吗？"齐默问。

"当然。"

"那好，等我吃完午饭，回房间看看有什么东西可以捐出去。"

"齐齐有心，我替山区的孩子谢谢你。"

江夷中语气俏皮，说完这句话，似乎再无其他话语可说，只是和齐默面对面地站着，气氛一时之间有些尴尬。

齐默神色平静，心里却很难过，她们从无话不说的好姐妹，演变到现如今无话可说，总共历时不过半年。而半年，足以改变很多事情，包括她和夷中之间早已变质的姐妹情。

阳光洒落在院墙上，淡淡的光影笼罩在江夷中的身上，她觉得冷，不愿意再站在这里，她想回江家老宅了。

江夷中看着齐默："你快进屋吧，我……"江夷中的目光越过齐默的肩头，落在刚跨出齐家大门的老爷子身上，她嘴角的笑容加深，唤了声："齐爷爷。"

"夷中，你回来了？"齐凯瑞走过来，和蔼地笑了笑，向江夷中发出邀请，"一会儿来家里吃饭吧，正好可以和齐齐好好聚一聚。"

不用了。

江夷中想拒绝，却又说不出口，迫于长辈的热情，只能道了一声："好。"

后来，齐默偶尔会想起这一年这一月的这一天，甚至给这一天设想了无数个如果，只为阻止这一天她和江夷中的决裂。

如果萧文缜不去成都出差，爷爷就不会喊她回齐家老宅吃午饭。

如果她早一点儿或是晚一点儿乘坐出租车回去，就不会在家门口遇见江夷中。

如果她和江夷中简单打声招呼就各自回屋，爷爷就不会出门寻她，然后邀请江夷中前往齐家老宅吃饭。

如果吃完午饭，她不回房间整理捐赠物品，江夷中就不会上楼帮忙。

如果赵梓凡出席活动，没有临时碰见微电影的导演和制片方；如果赵梓凡的微电影剧本没有存储在电脑上，而是存储在手机上；如果赵梓凡不给她打电话，让她发送微电影的剧本给导演；如果她回齐家老宅匆忙，存储微电影剧本的U盘没有装进背包；如果江夷中不主动帮她发送邮件，她完全可以找爷爷帮忙，即便不找爷爷帮忙，她还可以找潘阿姨帮忙……可是，江夷中主动帮她发送邮件，并对她说："齐齐，我帮你。"

午后的书房里，江夷中走到电脑前坐下，朝齐默伸出白皙的手掌心，阳光透过玻璃窗游走一室，乖顺地栖息在江夷中的掌心里，隐有微光浮动，寂静安宁。

齐默在她的微笑注视下，一步步上前，将U盘放到她的掌心里，随即U盘被她缓缓握紧，插在台式电脑主机箱的USB接口上。

齐默没有上前，她坐在书房一角的沙发上，望着窗外几棵细瘦的花树在暖风下微微拂动，目光漆黑暗沉，心境无从揣测。

江夷中移动鼠标，在键盘上操作数下，盯着电脑屏幕问齐默："导演使用什么邮箱收发邮件？"

"QQ电子邮箱。"

"需要我帮你注册一个QQ电子邮箱吗？还是你先用我的QQ电子邮箱发送邮件给导演？"江夷中知道齐默的手机除了接打电话，从不下载任何社交软件，微信没有，QQ更不可能存在。

齐默从窗外收回目光，笑道："先用你的吧。"她并未告诉江夷中，其实她早已注册过QQ电子邮箱。

江夷中把自己的邮箱账号登录上去，问齐默："导演QQ电子邮箱的账号，你知道吗？"

"知道。"齐默将手机悄悄调至静音模式，抬眸直视江夷中，"我说，你记。"

齐默生性敏感、警惕，自认内心还算温厚，与人相处也有和善之心，却并非一个纯真之人。

若是有人伤害过她，痛觉便会一直残留在她的体内，涌动在她的血液里……江夷中获知她和赵梓凡合写微电影的剧本，神色微妙之余，主动帮她发送邮件给导演，齐默口头应下，并不代表信任江夷中。

齐默欺骗了江夷中。

由她口述的QQ电子邮箱账号，并非导演的，而是她本人的。

她之所以这么做，是因为以防万一。时至今日，她已摸不清楚夷中对她微笑的时候究竟藏匿着几分真几分假，更加搞不清楚夷中说要帮她的时候，究竟是出自真心，还是出于算计。

她唯一清楚的是，她的疑心病很重。

午后，江夷中回江家老宅收拾所要捐赠的衣物，齐默将潘阿姨叫到了书房里，请潘阿姨逐字逐句地阅读邮件上的内容给她听。

潘阿姨阅读邮件的时候，齐默一直低着头坐在沙发上，整个人平静到了极点，自始至终一言不发。

事实上，那封邮件的内容，潘阿姨只念了不到一分钟，就被齐默打断了，她从沙发上站起身来，笑容浅淡，说道：“潘阿姨，麻烦您帮我简单修改一下邮件的内容，然后发送到另外一个人的邮箱里。”

所谓另外一个人，指的是微电影的导演。

15:00左右，齐默抱着一个沉甸甸的大纸箱走进江家老宅，彼时江夷中正拖着装满旧衣物的行李箱从楼梯上下来。

看到齐默，江夷中不动声色地避开眼神交流，目光落在齐默带来的那个大纸箱上面，笑道：“你都收拾好了？”

“嗯。”齐默把大纸箱放在一楼客厅的地板上，说，“不要的东西，我都集中装在这个大纸箱里，一并带了过来。”

江夷中放下行李箱，来到纸箱旁，瞬间呼吸一室，纸箱里装的不是齐默的旧衣物，而是很多童年玩具。

铁环、弹弓、玻璃弹珠、鸡毛毽子、橡皮筋、陀螺、风筝、沙包、竹蜻蜓、溜溜球、移动拼图、手绢、芭比娃娃、不倒翁……

江夷中站在原地，盯着那些童年玩具沉默了很久很久，久到双脚麻木。心跳速度趋于平缓之后，她才慢慢地抬起头对上齐默的目光。

那一眼，充斥着各种各样的矛盾和痛苦，有愤恨，有纠结，也有悲伤。

“我朋友只收旧衣物，不收旧玩具。”江夷中揣着明白装糊涂。

纸箱里的玩具，大多是江夷中送给齐默的，年代久远，几乎每一件都承载着她们满满的童年回忆。

281

可是现在，齐默把她和江夷中的回忆带到了江家老宅，带到了江夷中的面前，并且告诉江夷中："这些儿时玩具是我整理好归还给你的。"

江夷中与齐默眼神对峙，却在几秒钟后破功，大有破罐破摔的架势，抬起右脚踢了一下大纸箱，箱内物件相撞，掀起刺耳的声响。

"我不回收旧玩具。"江夷中气恼地道，"垃圾桶就在外面，箱子里的这些破玩意儿，你如果不想要，直接扔了不是更省事，何必多此一举搬到我家客厅里？"

齐默垂下眼眸，看着箱子里的"破玩意儿"，心不在焉地唤了声江夷中的名字，问她："去年9月底，你利用炫语璨讽刺、挖苦我，你开心吗？"

江夷中没忍住，呵的一声笑出口，原来齐默一直都知道江家老宅那件事情是她做的，她还以为齐默不知道呢。

几个月前的小手段突然被揭穿，江夷中没有恼羞成怒，她只想冷笑。她走到沙发前坐下，伸出十根手指，没心没肺地欣赏着今天上午才做好的美甲，冷冷地说道："开心，我开心极了。"

齐默皱眉，一双波光粼粼的眼眸，仿佛突然间被一块庞大的黑布遮挡住所有的光彩，漆黑得像是一团浓墨。

"是你告诉我爸爸，我的同居对象是萧文缜的吧？"

去年12月，父亲突然将她带离华清园，她虽然从未问过父亲究竟是谁泄露了她和萧文缜同居一事，但心里又怎会没有答案？

如今在江家老宅里，答案得到印证，江夷中坐在沙发上冷笑加深，姿容清美，齐默却觉得陌生。

"夷中，微电影的剧本是我和赵梓凡合作完成的，你擅自删除赵梓凡的编剧署名，只保留我一个人的名字，你知道你把这样一封电子邮件发送给微电影的导演和制片方，对我来说意味着什么吗？你想让我在赵梓凡的眼里，变成一个占据他人劳动成果、背信弃义的无耻小人吗？"齐默质问江夷中时，声音轻不可闻，然而毫无光彩的眼眸迸发出两道寒光，"你就那么恨我吗，恨到不惜败坏我的声誉，只为彻底毁了我？"

江夷中牵动嘴角弧度，毫无悔改之意，指甲划过沙发上的蕾丝垫，刺刺啦啦作响，不仅尖厉，还很难听，她却恍若不知。

她咬着字音说："我承认我很卑鄙，但你也高尚不到哪里去。你既然一开始就知道是我在背后怂恿炫语璨离间你和萧文缜，就应该很清楚我这么做的原因是什么。你如果顾念我和你之间的姐妹情，就应该远离萧文缜，而不是将我视作跳梁小丑，佯装不知情地躲在暗处看尽我的笑话。"

悲愤情绪蔓延全身，一旦点燃，流淌在骨血里的友情势必被这场大火燃烧殆尽，江夷中神经麻痹，只剩下自嘲："齐默，我本来还觉得挺对不起你的，因为你不知内情，一直视我如姐妹，因为我三番五次地伤害你。但是现在看来，你才是最卑鄙无耻的那个人，你每次看着我在你的面前演戏装无辜，你的心里是不是充满了不屑和讽刺，是不是觉得我可笑至极？"

江夷中觉得，她就是一个大笑话。

齐默周身血液逆流，声音里透着浓浓的失望："夷中，你当真不明白吗？揭人不揭短，我不当着你的面挑明你对我做的那些事，是因为我要给你留面子，是因为我还顾及我们之间的姐妹情……"

"别跟我谈什么姐妹情！"江夷中厉声打断齐默，语速加快，肆意宣泄心中的怒火，"我跟你之间没有姐妹情，从来都没有。你明明知道我喜欢萧文缜，却还和他走得那么近，你算哪门子的朋友？我没有你这样的好姐妹。"

齐默心里五味杂陈，她反复告诫自己，她是一个成年人，咆哮和失去理智解决不了任何问题。她尝试着调整语气和江夷中讲道理。

"夷中，我喜欢萧文缜的时候，并不知道你也喜欢他。等我知道你曾经喜欢过萧文缜的时候，萧文缜已经住在了我的心里，你觉得我应该怎么做呢？因为你曾经喜欢过他，现在还很喜欢他，所以我就要把他让给你？可是，夷中，萧文缜是个人，他不是一个可以被人推来推去的货物。还是你认为，我有那个本事强迫萧文缜远离我，转而喜欢你，然后接受你？你和萧文缜相识多年，你比我更了解他的性格，他既然可以拒绝你一次，就可以拒绝你两次。你和他之间无缘无分不是我造成的，是在我出现之前就已经定下的事实。你憎恨我接近萧文缜，憎恨萧文缜喜欢我，但你别忘了，就算没有我，萧文缜的身边迟早也会有其他女孩子出现，难道每个出现在萧文缜身边的女孩子，你都要将她们视为仇敌吗？难道就因为萧文缜选择的人不是你，所以他活该一辈子单身吗？爱情讲究两情相悦，一个人的爱情只能勉强称为单恋。你是如此优秀，因为一个拒绝过你的男生，就将自己折磨到现如今这步田地，不值。"

事实扎得江夷中椎心泣血，她面色发白，一双好看的眼睛瞪着齐默，理智全无："你现在和萧文缜在一起，自然可以大言不惭地跟我说风凉话，但你有什么资格教训我？"

话说到这里，江夷中激动地站起身来，缓缓走近齐默，发狠的目光再次与齐默交锋对峙。不过，这一次江夷中没有率先败下阵来，她像是一个占领制胜高地的王者，语气咄咄逼人："齐默，你以为你是谁？你真以为我把你当妹妹看待吗？你配吗？你知道我小时候为什么喜欢和你一起玩耍吗？因为你有多笨，就能彰显我有多聪明。你知道我为什么愿意和你做朋友吗？因为你生来残缺，没有一个人愿意和你做朋友，我觉得你活着就是一出大悲剧，我觉得你就是一条可以随时供人践踏的可怜虫，我可怜你，你懂吗？懂吗？"

齐默懂了。

她眼睛发红，似有泪光浮动，但她并未发火，她只是望着江夷中，嘴角露出微笑，声音虚软无力："夷中，不要说了。"话音刚落，她补充道，"不要说了。"

　　然而，江夷中并不打算放过齐默，看到齐默被她的言语击垮，她的倾诉欲望只会越来越激烈，说出口的话也越来越伤人。

　　江夷中说："论相貌，你不如我；论家世，你不如我；论学习天赋，你不如我。但就是这样一个你，高考成绩竟然碾压我。明明身患隐疾，却在一夜之间成为高考励志女学霸，尤其你的那一篇高考满分作文，别人看的是惊艳，我看的时候心却在滴血。我写得一手好作文，但在你的阴影笼罩下，黯淡无光。我告诉自己，这一切是你应得的，因为你比任何人都不容易，所以我提醒自己不应该忌妒你，我应该为你感到高兴。但是你为什么要和萧文缜在一起？我看到他对你好，我就会忍不住想起他对我的冷漠，反差如此之大，尤其他喜欢的女孩子还是你，我受不了。"

　　江夷中说："齐默，你生来就是克我的。我哥哥喜欢你，萧文缜喜欢你，就连赵梓凡也很喜欢你。你可知道，赵梓凡是我最喜欢、最尊敬的大编剧，我费尽心思想要获得她的认可，但你不费吹灰之力就办到了，你让我怎么能够不恨你？你凭什么？如果不是萧文缜为你牵线搭桥，你连给赵梓凡擦鞋的资格都没有。"

　　江夷中说："我心里很清楚，一旦我帮你发完那封邮件，你迟早会知道我擅自修改过你和赵梓凡的剧本署名，可我还是这么做了，你知道为什么吗？因为我早已厌倦和你做姐妹，只要一想起我曾经和你度过的每一分、每一秒，我就恶心无比。认识你，是我这辈子做过的最后悔的一件事，我为什么要认识你？"

　　这天下午，齐默眼中的泪水一滚再滚，却始终没有滑下眼眶，她竭力控制濒临崩溃的情绪，一直到离开江家，都不曾向江夷中吐露一句恶言。

　　离开江家的时候，齐默对着江夷中抱歉一笑："夷中，你和我做了这么多年好朋友，谢谢你，但委屈你了。从此以后，我还你自由。"

　　齐默的声音轻如棉絮，每个字却如有千斤重，狠狠地凌虐着江夷中的心理防线。直到齐默的脚步声渐渐消失，她再也控制不住内心的酸楚，眼睛里的泪珠宛如断了线的珠子一般，吧嗒吧嗒地往下落。

　　她明明知道齐默在乎她，明明知道齐默听不了她说狠话，可她还是没能控制住自己，最终将齐默伤得如此彻底。

　　她以为看到齐默伤心难过，她会很开心，可看到齐默强忍着眼泪，为什么她会觉得很难过呢？就好像心脏一分为二，仓皇间砸落在地，摔了个稀巴烂。

　　眼泪砸进纸箱，江夷中看着箱子里历时十几年依然保存完好的儿时玩具，刹那间，她忽然体会到了齐默的用心。江夷中手脚发麻，再也支撑不住全身的重量，一屁股跌坐在了纸箱旁。

　　纸箱里的东西，不是破玩意儿。

　　她拿起一只布料磨损的沙包，泪水汹涌而出。她哭，是因为她忽然想起早已被她遗弃在时光长河里的童年。

齐默无法辨析长短距离，手眼协调能力很差，每次陪她玩丢沙包游戏时，齐默不是被沙包砸到脸，就是被沙包砸到身体。

如果是寻常孩子，每次接沙包的时候都难逃被砸的命运，势必觉得没意思，早就不玩了，但齐默不是寻常孩子，而是一个大傻子。

齐默知道她喜欢丢沙包，就陪着她一遍接一遍地玩，就连奶奶在世的时候，也忍不住直叹齐默傻气。

齐默不是傻子。

江夷中心里很清楚，齐默宁愿被砸也不轻言放弃，不过是因为在乎她的感受。

江夷中流着眼泪放下沙包，拿起弹弓，其实小时候最调皮的那个人不是齐默，而是她。

有一年夏天，她在小区里玩弹弓，不小心打破了一户人家的玻璃，吓得她拔腿就跑，事后人家找上门来，她害怕被奶奶训斥，闷着头就是不肯承认。

是齐默帮她担的责，赔钱道歉，事后还被齐爷爷狠狠训斥了一顿。她既愧疚又自责，齐默反而安慰她："没事，咱们小区里有谁不知道我是小霸王？就算你承认是你做的，也没有人相信你，他们只会怀疑是我做的。"

多年以后，江夷中一个人坐在江家老宅里，方才明白齐默当年道出这番话的时候，内心深处必定凄苦无助，绝望到了极点。

箱子里放着一只玻璃罐，罐子里装满了用塑料管折叠的幸运星，整整200个，是她和齐默合作完成的。

200个幸运星，她和齐默各自100个，寓意她和齐默要一起活到100岁，百年姐妹，百年幸运喜乐。

如今一百年还没走到四分之一，她就恼羞成怒地斩断了她和齐默的姐妹情。

她擦干眼泪，告诉自己没什么可伤心的，但当她看到几只用泥巴胡乱捏成的泥娃娃，早已风干断裂、缺胳膊少腿地躺在箱子一角的时候，她的心里真是难受极了，终于忍不住号啕大哭起来。

只是一堆烂泥巴，早就应该丢进垃圾桶，齐默为什么还要将它们视若珍宝，保存了这么多年？

她错了，她真的错了。

她刚才对齐默说的那些话，都不是她的真心话，她被忌妒冲昏了头脑，所以才会口不择言……她想起她和齐默曾经共同度过的每一分、每一秒，她所感受到的不是恶心，而是痛楚和后悔。

她是江夷中，她的朋友数不胜数，但真正将她放在心里默默珍藏的，只有齐默一个。

285

可就在刚才，她抛弃了齐默。

这天是3月的最后一天，晚上萧文缜在成都的酒店里向齐默发送QQ视频聊天申请的时候，齐默拒绝了。

下午回到华清园，齐默大哭一场，眼睛虽未红肿，但情绪很低落，难保不会被萧文缜看出端倪。

萧文缜出差在外，齐默不想他因为她的事情而分心。

齐默不视频，也不语音，而是发了一个QQ表情给他：奋斗。

两秒钟后，萧文缜效仿齐默，接连回复她好几个QQ表情：OK、月亮、睡觉、握手。

几个QQ表情串联在一起，组合成几条潜在的语言信息。

OK：萧文缜认可齐默的忙碌状态。

月亮、睡觉：萧文缜提醒齐默，不要熬得太晚，早点儿睡觉。

握手：萧文缜希望齐默能够听话。

齐默盯着那几个QQ表情看了很久，直到手机黑屏，她才收回目光。都说红颜祸水，但祸水并非专指漂亮女人，太过出色的男人同样是祸害。

爱情与友情，本来是两个毫不相干的人生命题，但当两者缠绕交织、发生矛盾的时候，有人幸运地迎来了圆满，有人却迎来了难以兼容。

令齐默颇感遗憾的是，她在这样一场看不见任何硝烟的情感战争里，最终只能两情相较取其重。

然而，无论她在情感拔河比赛里选择哪一方，都摆脱不了同一个现实：哨声结束，没有赢家。

这天晚上，齐默熬夜至凌晨，正准备上床睡觉，手机突然响了起来，自动播报来电人姓名："夷中来电话了，夷中来电话了……"

齐默脚步一顿，扭头望向书桌。桌面上，她的手机正在嗡嗡振动，恍如一场出乎意料的幻视和幻听。

她忽然想起，今天貌似是4月1日，愚人节。

齐默人生里的黑暗时光，是从4月1日那天开始的。

那天以后，她被一种前所未有的痛苦笼罩，饱受煎熬的内心时常坠入万丈深渊。她的身体明明很痛，胸腔里的一颗心脏更痛，可她就是喊不出来，也说不出来，只能咬着牙坚忍着、强撑着。

她拼命压榨时间学习，从每天睡眠不少于五个小时，缩减成四个小时、三个小时……直至彻夜不眠。

最初那几天，她的精神一直处于亢奋状态，躺在床上根本没办法合眼。后来，萧文缜瞒着她，偷偷在她的饮品里加入安眠药，她才睡了几天安稳觉。

只有几天。

安眠药在几天后逐渐失去作用，她开始在凌晨惊醒。她蒙着被子瑟瑟发抖，她是真的冷，那种冷是从骨子里一点点渗出来，不管萧文缜给她开温度多高的空调，或是抱着她入睡，都无法使她的身体温暖分毫。

她将萧文缜的绝望和挫败看在眼里，却连安慰他的能力都没有，她的世界是黑暗的，她救不了任何人，包括她自己。

萧文缜加大了安眠药的剂量，她是知道的。

她渴望吃完药能够一觉睡到天亮，却害怕睡着以后会做梦。梦里面，总是重复上演同一个情节，接连不断地刷新着悲剧的起源。

4月1日凌晨，齐默任由手机铃声响个不停，没有接听江夷中的来电，而是关闭床头灯，闭上了眼睛。

手机铃声最终归于沉寂。

齐默强迫自己尽快入睡，心里却毛躁躁的，仿佛被猫爪挠过一样，躺在床上翻来覆去大半个小时，方才有了那么一点儿睡意。

梦境凌乱，大概受白天事件的影响，爷爷、江夷中、潘阿姨、炫语璨、江棋来、萧文缜等人在她的梦境中陆陆续续地亮相，却串连不起一个完整的故事。

凌晨三点多，齐默烦躁地起床，去厨房里倒了一杯温开水回到主卧室。如果是往日，她喝完水以后或许会回到床上睡觉，但这天凌晨她竟鬼使神差地端着水杯走到了窗前，朝楼下望了一眼。

昏黄的路灯下，一辆红色的跑车非常突兀地停在花圃旁，之所以突兀，是因为那里根本就不是停放车辆的地方。

齐默忍不住皱眉，白天她被江夷中的话语所伤，心里有气是难免的，原以为不接江夷中的电话，江夷中便不会再打来，岂料……

红色跑车周围没有人，江夷中可能在车内。

齐默折返身，将水杯放到梳妆台上，拿起手机，短暂犹豫过后，拨通了江棋来的电话。

"喂，齐齐。"江棋来过了很久才接，有点儿惊讶，似乎还有点儿不确定，迟疑地道，"怎么这个时候打电话过来？"

"抱歉，打扰了你的睡眠。"

"我在公司。"江棋来说，"最近手头有一个项目，加班熬夜是常态。"

你好好照顾身体。

话到嘴边，齐默没有说出口。她说的是："夷中在华清园六号楼的楼下不肯走，要不你过来劝劝她？"

"夷中？她现在跑到华清园六号楼做什么？"江棋来不解。

"我和夷中昨天白天起了争执，她过来找我，我没有见她。"齐默没办法隐瞒江棋来，她不愿意正面接触江夷中，只能求助江棋来带走他的妹妹。

齐默话语隐晦，虽然没有明说争执的缘由，但江棋来想必已经猜出一二，否则也不会沉默了好一会儿，方才沉着声音道："我这就过去。"

齐默松了一口气，挂断电话以后，回到床上躺下，期间反复查看手机上的时间，脑子里时不时地就会涌现出一个个问题来。

比如，江夷中有没有在车里？

比如，江夷中在车里干什么？是否睡着了？车窗是否开着？

比如，即便江夷中在车里睡着了，应该也不会有什么安全问题吧，毕竟车内有换气口。

比如，车内是否开了空调。

…………

齐默承认她很生江夷中的气，不愿见江夷中也是事实，但她与江夷中毕竟从小一起长大，二十几年的感情哪儿能说放下就放下？

那天凌晨，她设想过无数个问题，可唯独没有设想过：意外和明天究竟哪一个会来得更早？

凌晨，街道畅通无阻，江棋来开车抵达华清园的速度很快。

齐默拿着手机站在窗前，看到江棋来开门下车以后，走向江夷中的红色跑车，弯腰透过车窗打量了一眼车内的情况，也不知道看到了什么，心急如焚地来回拉动前后车门，惊觉打不开，立刻疯狂地拍打着驾驶座的车窗。

齐默目睹这一幕，心脏几欲从嗓子眼儿里跳出来，来不及多想，穿着拖鞋拔腿就往外面跑，刚跑到玄关口，脑子里突然闪过江棋来打不开车门时的焦躁模样，连忙折回储物室，手忙脚乱地翻找出工具箱，从里面取出一把鹤嘴锤就火急火燎地冲出了家门。

不会有事的，不会有事的。

电梯下降的过程中，齐默整个人处于一种麻痹状态，只能听到自己急促的心跳声和呼吸声，等她冲到红色跑车旁，透过车窗看到江夷中一动不动地趴在方向盘上时，一股热血直往头上蹿。

江棋来打不开车门，使劲拍打车窗玻璃呼唤江夷中，却始终得不到回应，返身回到自己的车里，刚找到一把汽车安全锤，就见齐默穿着灰色睡衣匆匆跑

288

来，为了避免玻璃碴误伤江夷中，齐默果断地扬起手里的鹤嘴锤，狠狠地砸向左后侧车窗玻璃的边角。

伴随着哗的一声脆响，钢化玻璃瞬间碎裂脱落，玻璃碴溅落在后车座上，齐默急忙丢掉鹤嘴锤，打开后车门弯腰探身进去，随即解锁驾驶座的车门。

与此同时，江棋来冲上前拉开驾驶座的车门，齐默退出后车座以后，快速帮他把江夷中拖抱出驾驶区域。

车内酒味扑鼻，门窗紧锁的情况下，还开着空调暖风，江夷中被抬至车外的时候，满身酒气，口唇青紫，瞳孔放大，心跳、呼吸皆无。

齐默心里顿时凉了半截。

江棋来不死心，反复探向江夷中的鼻息，惊觉江夷中早已丧失生命迹象，江棋来瘫坐在地上，缓缓对上齐默血红的眸子，虽然只有短短一眼，但江棋来从齐默的眼睛里看到了绝望。

4月1日凌晨，江棋来车速惊人，接连闯了好几个红灯，只为直奔最近的医院抢救江夷中。

放平的后车座上，江夷中毫无生气地躺在那里一动不动。

齐默在害怕，她从未这么害怕过。

齐默手脚发颤，尽管已经方寸大乱，但还是第一时间帮江夷中清理喉间的呕吐物，从江夷中的口腔里抠不出来，她就俯首用嘴吸。

没用。

齐默不放弃，清理呕吐物没用，她就一遍一遍地给江夷中进行心肺复苏，她反复告诉自己不要放弃，万一有奇迹发生呢？

空气凝固，似乎就连时间也静止了。

很长一段时间里，齐默除了能听见自己又粗又重的喘息声，只能听见急救医护人员时而清晰时而模糊的叫喊声。

没有人能救活江夷中，事实上她和江棋来送江夷中来医院之前，江夷中就已经死了。但她和江棋来不愿意就此放弃，寄希望于送医后会有奇迹发生……然而，这世上哪儿有那么多奇迹？奇迹的发生是千万分之一的概率，而江夷中置身于"千万"，却没有赶上那个"之一"。

直到医护人员正式宣告江夷中死亡，齐默才从自欺欺人的痴妄里惊骇苏醒，停止运转多时的大脑，似乎突然间砰的一声炸开了花，眼前尽是耀眼的白光，看不到生死界限，除了空白，还是空白。

齐默没有哭，但扭曲的面部早已哭态尽显。

4月1日凌晨，急诊科走廊里的哭声，几乎充斥着整个一楼大厅，江明雨和付晓茹中年丧女，趴在江夷中的尸体上哭得撕心裂肺。

付晓茹作为母亲，难以承受失去女儿的锥心之痛，抱着女儿的尸体痛哭不已，一声又一声地叫着江夷中的名字，不敢相信女儿就这么走了。

商界大佬江明雨握着女儿的手失声痛哭。3月的最后一天她还活蹦乱跳地出现在家人的面前，4月的第一天她就躺在了冰冷的急救床上再也不会睁眼、说话，江明雨想不明白，好端端的一个人怎么能说没就没了呢？

4月1日凌晨，江棋来僵立在医院的走廊里，英俊的脸上爬满了泪水。

灯光笼罩在他的身上，宛如一把扎在地板上寒光凛凛的利刃，只不过这把利刃没有任何杀伐之气，只有不见天日的悲怆和抽光喜怒哀乐的死寂。

4月1日凌晨，齐默的悲伤是极度压抑的消音模式，她赤着双脚踩在冰凉的地板上，家居拖鞋早已不知被她跑丢到了何处，空洞的眼里是一望无际的黑暗。

这里是医院，也是生与死的交界处，不管是迎新之喜，还是奔丧之痛，似乎所有的灵魂在等待着被救赎，刚去世的江夷中如此，站在走廊里没脸哭泣的她更是如此。

江夷中的猝然离世，宣告着她的精神世界在顷刻间轰然崩塌，同时也宣告着独属于她的冰川时代即将来临。

江夷中是喝醉酒以后，在车内窒息死亡的。

昨天晚上，她和朋友聚会结束，独自在酒吧喝酒至凌晨。那酒非但不能解忧，反而让她越喝越难受。

凌晨，她找代驾送她回家，却在半路哭着让代驾折返方向，她说她要去华清园。

她靠着后车座泪流满面，心里想着她不要萧文缜了，与萧文缜相比，她只想要那个背着她满大街地找诊所、陪着她一遍遍玩沙包的妹妹。

车子停在华清园六号楼的楼下，代驾收取费用以后离开，江夷中流着泪给齐默打电话，齐默没有接听。

齐默不会原谅她了。

江夷中趴在方向盘上哭得肝肠寸断……

齐默是个罪人。

290

她知道自己罪不可赦，江夷中原本可以不死的，怪只怪她性格坚硬，做事太绝，对自己狠，对伤害过她的人更狠。

江明雨的问责，终于在凌晨五点左右划破急诊科的死亡阴影，带着悲痛，嘶哑着声音质问江棋来："夷中凌晨为什么去华清园？"

面对江明雨的责问，江棋来选择了沉默。

然而，悉心养育23年的女儿就这么不明不白地走了，江明雨怎么可能善罢甘休？江明雨把希望寄托在齐默的身上："齐齐，你说。"

江明雨是带着哭腔道出这四个字的，突遭丧女变故的他，早已不复以往的威严，在无力改变的噩耗面前，唯一能够追寻的，不过是一份死亡真相罢了。

齐默张了张嘴，迎上江明雨红肿的眼睛，伴随着上下唇的缓慢开启，费了很大力气才发出声音来："夷中凌晨去华——"

真相戛然而止，是因为有人发狠地抓住她的手臂，力道之重，仿佛能够透过衣袖的布料，捏碎她的手骨。

而齐默，则在江棋来凶猛、狠戾的一抓里，深切地感受到了他的仇恨和恐惧，那是一种恨不得将她挫骨扬灰的滔天恨意。

他是如此恨她，却在她即将坦白夷中死亡真相的时候，忽然心生畏怯和恐惧，猝然终止了她的自杀式忏悔。

他的身体在发抖，手指的关节苍白得吓人，精神明明已经处于临界点，偏偏头脑格外清醒。

担心江明雨看出端倪，他缓缓松开齐默的手臂，替齐默揽下罪责："我犯的错误，我自己说。"

我犯的错误，我自己说。

他把齐默择得干干净净，一如他去年替江夷中背黑锅那般，如今他再一次挺身而出，义无反顾地挡在了齐默的面前。

不过，他这一次不是背黑锅，而是顶罪。

江棋来说："去年10月份，我在华清园六号楼置办了一套房产，夷中有我房子的钥匙，为了就近上学，夷中偶尔会去那里住上一晚。今天凌晨，我在公司里加完班，开车回华清园拿东西，看到夷中的车停在六号楼的楼下，发现夷中出事以后，由于找不到工具破拆车窗，就紧急联系了同住六号楼，与人合租的齐齐。齐齐情急之下虽然找了一把鹤嘴锤下楼，但等她砸破车窗帮我把夷中从车里救出来时，夷中已经……"

江棋来没有继续说，他反复告诫自己这是一场意外，然而矛盾的内心却在谎言之下备受煎熬，近乎粗暴地拉扯着他的神经，以至于眼眶里全是泪水。

江棋来不能不帮齐默顶罪，他之所以说谎掩盖真相，是因为他明白父母在经历丧女之痛之后，情绪难免激进、怨愤，一旦得知夷中死亡的真相与齐默有关，必定不会顾及往日的邻里亲情，即便不施加报复，也会逼得齐默声名狼藉、前路尽毁。

毕竟齐默还活着，但夷中已经死了。

齐默低着头，沉沉地闭上了眼睛。

他在这样一个场合里，道出这样一个"事实"，纵使江夷中不是因他而死，但处于崩溃边缘的江明雨和付晓茹又怎会不迁怒于他？

急诊科陷入一阵死寂。

江棋来咬着后槽牙说出的一番话，不仅彻底击垮了江明雨的坚强，也成功抽走了付晓茹的哭声。

江明雨心如刀割，望着毫无声息的女儿愣愣失神，这个中年富商终于在这一刻体会到了何谓崩溃！他竟然像个无处发泄的孩子一样，蹲在急救床边，痛哭流涕。

付晓茹也崩溃了，她的情绪俨然已经失控，宛如一头饱受创伤的母兽，亮出尖利的獠牙，只为寻找那么一个人供她发泄丧女之痛。

即便那个人是她儿子又如何？她女儿死了，她怀胎十月、悉心养育23年的女儿就这么没了，她恨，她恨所有导致她女儿死亡的人和事，包括她的儿子。

她扬手，挥落。

啪——

清脆的巴掌声带着雷霆之势，狠狠地扇在了江棋来的脸上。

付晓茹冲着江棋来厉声咆哮："你为什么要在华清园买房子？你为什么要给夷中你的房门钥匙？你为什么不早一点儿回华清园？"

付晓茹心痛得无法思考，重重地捶打江棋来："都怪你，如果不是因为你在那个鬼地方置办房产，你妹妹凌晨也不会跑到那里去；如果你妹妹直接回家，我们也不至于白发人送黑发人，你妹妹虽然不是你害死的，但她出事，你难辞其咎。"

她抓着江棋来的衣领，声嘶力竭地控诉着不公平："棋来，江棋来，你妹妹死得太窝囊了，我的女儿怎么能以这样的方式结束一生，我接受不了这样的现实，太残忍了，老天爷对她实在是太残忍了……"

那是齐默有生以来，听到过的最悲痛的哭声，开始时如泣如诉，结束时一片兵荒马乱。

付晓茹晕倒了。

医护人员将她送进隔壁的急诊室，江家父子连忙跟了上去，走廊里一下子寂静无比。

空荡荡的走廊里，齐默在原地站了一会儿，方才挪动僵硬的脚步，用尽全身力气只为靠近江夷中。

"夷中。"

江夷中的名字卡在她的喉咙里，她几度张嘴，却说不出一个字来。

今天是愚人节，直到现在她还觉得，说不定夷中是为了吓唬她，所以才躺在这里向她开一个生死玩笑。

是玩笑吧？

齐默悄悄伸出手指头，小心翼翼地碰了碰江夷中垂放在床铺上的手指尖，江夷中没有任何回应。

还装睡。

这一次，齐默直接伸出右手，握住江夷中冰凉的手指轻轻地摇了摇，江夷中没有动静；齐默的眼眶开始泛红，她不死心地继续摇，江夷中依然没有任何回应。

齐默的手指力道渐松，江夷中的手指擦过她的指尖，从她手中快速垂落，无力地耷拉在床侧。

齐默忽然痛得浑身直抽搐。

那种痛，是抽筋剥骨般的焚心之痛。

她突然不能抑制自己的眼泪，仿佛五脏六腑瞬间移了位，痛得她冷汗直流，只能扶着抢救床大口喘气。

后来，江棋来走出隔壁的急诊室，红着眼睛死死地盯着齐默，目光锐利如刀，压低声音警告她："你记住，夷中去华清园六号楼与你无关，我不希望夷中死了之后，还要成为他人眼里的情感失败者，更不希望有人对她的情感评头论足，坏她名声。

"所谓真相，你知，我知，再无第三人知，你如果不想祸及身边的人，最好从此以后封口，永远也不要让第三个人知道。

"我求你一件事情，等你参加完夷中的葬礼，请你从此以后远离夷中的坟墓，永远不要去看她，更不许你脏了她的坟。

"齐默，再也没有人挡你的路了，我代夷中祝你和萧文缜从此以后双宿双飞、百年好合。"

……

当安眠药的药效消失，齐默从江棋来的恶意诅咒中醒来，发生在两个星期前的那一场生离死别，似乎时过境迁。

似乎……

江棋来护她，但也恨她，至于他的请求和诅咒，更像是他施加给她的惩罚。从此以后，她的心里生出了一个缺口，每一秒钟都有冷风从那里呼啸而过，刮得她生疼。

她犹记得4月1日清晨，她离开医院以后，穿着睡衣，赤着双脚走在大街上，晨风吹乱她的头发，路上的行人纷纷向她投来诧异的目光，大概误以为她是个疯子吧。

齐默宁愿自己已经疯了。

齐默回到华清园六号楼，红色跑车已不见踪迹，好像凌晨时分发生的那一场生离死别只是她做的一场噩梦。

不是梦。

如果是梦，她不会在看到江夷中事故发生地的时候，胸闷气短，呼吸困难，甚至一度喘不上来气……

后来，她在医院里醒来，方才知道自己晕倒在了六号楼的楼下，小区里的热心居民将她送到了附近的医院，通过她手机里的第一顺位联系人，拨通了萧文缜的电话。

青锋集团董事长的千金猝然离世是大事，公关部门虽然编造了事发地点和真正死因，但媒体对于江夷中的离世进行了铺天盖地的追踪报道。

萧文缜在成都的酒店里，早晨起床后看到手机里的新闻报道，震惊之余，正要给齐默打电话，就接到了齐默的来电信息。

是齐默的手机号码，但拨打人不是齐默，而是华清园小区的居民。

萧文缜向周安国告假，匆忙赶往机场的路上，忧心沈燮的状况，打了一通电话给他，沈燮在电话里哭得上气不接下气，从头到尾一句话也没有说，只是哭，撕心裂肺的哭声仿佛能够穿过手机，钻到萧文缜的心里。

江夷中出事，凡是与她亲近者，没有人能在这场风暴里做到置身事外。

沈燮崩溃痛哭。

齐默伤心晕倒。

这场突如其来的风暴，彻底击垮了沈燮和齐默的心理防线。

萧文缜很焦躁，候机过程中反复查看起飞时间，恨不得直接飞到齐默身边去。他赶到医院的时候，齐默正安静地坐在病床上，看到他风尘仆仆地从成都赶回来，没有欢喜，只有淡淡的微笑。

没有温度的微笑。

她说："师兄，我没事。"

萧文缜眼眶一热，毫不顾及身边是否有医护人员，几个大步走近齐默，伸出手臂将她搂到怀里。

"我不应该去成都。"在她最需要他的时候,他远在千里之外,留她独自面对这份伤痛,他终究还是回来晚了。

齐默抬手轻拍他的后背,机械般强调:"师兄,我真的没事。"

她声音平静,目似深渊。

齐默平静得近乎可怕,江夷中下葬的前几天,她照常去上课,身边的同学熟知她和江夷中的关系,有人觉得她冷血无情,有人觉得她功利心重,好朋友死了,竟然没有对她的生活造成丝毫影响,真是薄情寡义。

江夷中下葬那天是清明节,天地间细雨霏霏,齐默穿着一袭黑衣伫立在雨幕中,没有激进的悲伤,也没有痛苦的眼泪,她只是在走近江夷中墓碑的时候,从怀里取出一枝没有沾染雨水的白菊花,轻轻地别在了墓碑的凹槽里。

细节处见真章。

齐默并非薄情寡义之人,一个薄情寡义的人,断然不会在好友去世后,将自己困守在负面泥沼里走不出来。

她是齐默,虽然一路走来历经艰辛,但一直心向朝阳积极奋进,从未见她被生活打败过,也没见她颓废过。

可是,伴随着江夷中的离世,齐默的主战场一下子从人间跌至修罗场,萧文缜这才意识到困守齐默的并不是负面泥沼,而是创伤后应激障碍。

头脑清醒,难以入睡,反复涌现同一个梦境,每次出入华清园六号楼,她总是毫无理由地心跳加速,憋得满脸通红。

并非毫无理由。

青锋集团的公关团队对外宣称,江夷中是因为急病猝死,但萧文缜有一次出入六号楼,偶然听到同楼住户和人聊天,说是4月1日天色还未大亮,他外出跑步的时候,看到一辆红色的跑车违规停在花圃旁,后车窗被人恶意砸碎,毕竟是价值上百万元的名车,车窗维修费用少说也要上万元。

江夷中也有一辆红色的跑车。

齐默的创伤反应,间接证实了萧文缜的猜测,而江夷中的汽车凌晨出现在华清园六号楼下面……

萧文缜的脑海里禁不住浮起很多不好的假设,隐约有什么想法冒出头,被他强压了下去。

他曾前往小区的保安室调取过六号楼附近的监控,却被告知数日前有人车辆被砸,车主派人查看监控的时候,由于操作失误,把4月1日的相关视频画面全删了。

操作失误?

萧文缜面色如常,呼吸却慢了下来。

他不能不担心齐默。

回到家里，他轻声细语地开导齐默："齐齐，不管你有什么心事，都可以直接告诉我，千万不要一个人闷在心里。"

她走近他，额头抵在他的胸口上，轻声说："师兄，我没有任何心事，我只是最近状态有点儿差，等我缓过劲儿，也就没事了。"

她不愿意说，他便不能追问，怕逼迫过急适得其反，更怕她情绪崩溃。

华清园六号楼已经不适合齐默居住，回避事故现场的同时，她甚至不能听人提及江夷中的名字。

萧文缜带她住了几天酒店，由于不放心她的身体状况，与她同睡一屋，方才惊觉她的失眠程度究竟有多深。

她可以连续两天两夜不睡觉，躺在床上睁着眼睛一直到天亮，即便偶尔睡着，也会很快惊醒，醒来后手脚冰凉，仿佛刚从冰窖历劫归来。他躺进她的被窝，哪怕将她整个人拥在怀里，她依然冰凉得仿佛寒意来自骨髓。

萧文缜在她的饮品里加入安眠药是下下策。

她难得地睡了几天好觉。

但住在酒店里毕竟不是长久之计，他在距离华清园很远的地方重新物色了一套房子，带着齐默搬进去的第五天，安眠药开始对齐默失效。她夜间断断续续醒来，身体损耗极大，食量却小得惊人，常常没吃几口就开始干呕。

她拒绝找心理医生疏导郁结，面对他的焦虑和不安，她镇定地道："我很正常。"

她在所有人面前表现得很正常，学校里没有人发现她的异常，就连齐凯瑞、齐远彬和尉迟敏也没发现她有什么不对劲的地方，唯有萧文缜知道她每天承受着怎样的煎熬。

严重的失眠诱发齐默患上神经性厌食症。

她睡很少的觉，吃很少的饭，除了谈论与学习有关的话题，每天几乎不怎么说话。周安国误以为齐默是和萧文缜私底下闹别扭，为此还专门找萧文缜谈过话。

齐默暴瘦，萧文缜忧心如焚，他的身体状况并未比她好到哪里去，体重每天都在往下掉，直到整个4月结束，他的面部棱角越发清晰，五官犹如刀刻一般立体分明，虽然消瘦后的他颜值直线上升，但引发了乔思佳的担忧和不满。

乔思佳担忧萧文缜，是因为这一个月以来，她将齐默和萧文缜的在校状态尽收眼底，齐默暴瘦成什么样子，她不关心，她关心的是萧文缜。如果萧文缜不调整状态，继续受齐默情绪的影响，迟早有一天会毁了他自己。

乔思佳不满萧文缜，是因为这一个月以来，萧文缜显然已经忘记他还是《追梦者》栏目组的负责人，一个星期现身两次，开完例会就离开，栏目组的工作人员有事找他，只能通过手机或是请她代为转告。

乔思佳颇有怨言，却又强忍着没有直言。

《追梦者》栏目是萧文缜、沈燮和乔思佳联合创办的，发展到今天十分不易。从4月1日开始，沈燮意志消沉，再也没去过栏目组，偏偏萧文缜又是这样一个工作状态，两位创始人完全撒手不管栏目组的死活，全靠她一个人苦苦支撑。与此同时，由于她的运筹指挥能力不及萧文缜，节目的收视率迅速下滑，从排行榜的第三名直接跌到了第七名。

乔思佳急火攻心，脾气越发暴躁。萧文缜和沈燮家底殷实，有没有《追梦者》栏目，对他们的生活不会造成任何影响。但她就不一样了，家里有一个赌鬼母亲，而她的主要经济来源与栏目组的存亡息息相关，所以她不允许任何人打破她生活里这一份来之不易的平衡。

五一劳动节放假，国大各学院调休五天，这五天恰恰是《追梦者》栏目最忙碌的时候。5月2日那天，萧文缜现身栏目组主持晨间例会，乔思佳坐在会议室一角看着他日渐消瘦的脸庞，担忧、忌妒、疼痛、不满、愤恨……刹那间，各种情绪糅合交织，憋得她难受至极。

乔思佳将全部坏情绪宣泄而出，是在例会结束以后。

她追着萧文缜的背影走进他的办公室，然后反身把门关上，面向房门深深地吸了一口气，似是在缓和情绪，两秒钟后，她背对着萧文缜陈述现状："沈燮最近一直没来栏目组上班。"语气停顿，乔思佳转过身把话说完，"夷中和我们同事一场，她突然间没了，我们都很难过。沈燮和她感情深厚，接受不了她的死亡，一时之间走不出来，我可以理解，但人死不能复生，活着的人还要坚强地活下去，要不你抽空劝劝沈燮，总不能放任他继续消沉下去吧？"

萧文缜坐在办公桌后，有意将最近一周的制作进度尽快安排好，若非栏目组积压了一堆工作需要他亲自督办，只怕他还在家陪着齐默。

对于齐默在学业上的尽心竭力，他以前有多欣赏，现在就有多忧虑。

至于沈燮，他并非没有劝过。

萧文缜冷静地分析道："沈燮之所以会痛苦，是因为他放不下他和江夷中之间的过往。时间是最好的药，除非沈燮自己想开、看淡，否则任何人的劝说都是徒劳，毕竟你不是沈燮，我也不是沈燮，我们都无法做到真正的感同身受。沈燮想要彻底走出来，就必须自我和解，逐渐消化内心的伤痛，否则谁都救不了他。"

乔思佳的眼睛里划过讥嘲，她沉默片刻，幽幽地开口："这话你也跟齐默说过吗？"

萧文缜瞥了她一眼，不接话。

他不说，乔思佳又怎会不明白？她的脸上露出一抹苦笑："你没跟她说过，因为你的理智在她的痛苦面前毫无施展空间，因为她是齐默，所以你心甘情愿地陪着她伤与痛。"声音由尖锐转为迟缓，音量也越来越小，乔思佳心灰意懒，"你的理智是有针对性的，而齐默，她从来都不是这个群体中的一员。"

萧文缜似是被乔思佳的话逗笑了，神色温柔，语气却很冷漠："思佳，你过界了。我对齐默理智也好，不理智也罢，都是我们自己的事，跟你没关系。"

乔思佳被激怒："怎么没关系？你看看你现在成什么样子了？你再看看近几期节目的收视率跌成什么样儿了？齐默是咎由自取，如果她一直困在强烈的负罪感里走不出来，难道你打算一直陪着她耗下去吗？"

静。

办公室里静得吓人。

萧文缜嘴角的笑容不变，眼睛里却是一片刀光剑影，乔思佳在他的注视下，莫名心慌起来。

"你说什么？"萧文缜轻声问她。

乔思佳抿唇不语。

"咎由自取，负罪感，谁？齐默？"

有些人说话，语气越是平静，越是让人觉得害怕，萧文缜便是如此。乔思佳在他看似温和、实则咄咄逼人的追问下，心里一发狠，索性豁出去了。

"江明雨曾经找过我。"乔思佳补充，"4月1日那天一大早，江明雨的司机按响我家的门铃，告诉我江明雨就在我家楼下，而且指名道姓要见我。"

萧文缜嗯了一声，问："他为什么要见你？"

"因为4月1日凌晨，他的女儿江夷中临死前拨打出去的最后一通电话是给我的。江明雨想知道他女儿临死前都跟我说了些什么，更想知道他女儿的死是否跟我有关系。"乔思佳冷着脸说道，"我告诉江明雨，江夷中凌晨时分确实给我打了一通电话，但她语无伦次，谈了几分钟与工作有关的事情，就把电话挂了。"

萧文缜一动不动地坐在椅子上，等着她继续说。

"我对江明雨说了谎话。因为江夷中临死前拨打出去的那一通电话，本该是拨给另外一位'Q'姓女子的，但她很可能在神志不清的状态下，点击手机电话簿最右侧大写字母查找相关联系人的时候，误拨了我的手机号码，毕竟'乔'的第一个大写字母是Q，而'齐'的第一个大写字母也是Q。"乔思佳虽然说了谎话，但她并不惧怕江明雨私底下查她。她和江夷中之间从未发生任何过节儿和利益冲突，所以不管江明雨怎么查，都查不到她的头上去。

她口中的那个"齐"，不用她道出具体姓名，萧文缜眼眸里的暗黑之色已经代她说明了一切。

他越是无动于衷，内心就越是汹涌澎湃，乔思佳的心里浮起一丝快意，她迈动脚步拉近自己和萧文缜之间的距离，隔着办公桌一个字一个字地告诉他："文缜，齐默暴瘦是有原因的。因为江夷中压根儿不是患急病猝死，而是被齐默害死的。"乔思佳身体前倾，压着声音说，"你喜欢的女孩，是个杀人犯。"

萧文缜的脸色突然变得阴森至极，他抓起搁置在办公桌面上的手机，噌噌噌地在拨号键盘上输入110，随后啪的一声按在桌面上，手指微一用力，手机直接滑向乔思佳，半部手机悬于桌面，险些砸落在地。

"拨出去。"

"……"

"你不是说齐默是杀人犯吗，快报警，愣着干什么？"

"……"

"报警！"

萧文缜一声厉喝，吓得乔思佳本能地向后退了一小步。如果说她一开始是被萧文缜的戾气吓得说不出话来，那么惊吓过后则是前所未有的恨意。

她本身性格高傲，只因爱慕萧文缜，所以在他面前处处卑微讨好，可是他呢？她的真心和爱慕，对他来说形同草芥，不，连草芥都不如。

"萧文缜，你不是人。"乔思佳泫然欲泣。

萧文缜没有针对她的评价发表任何意见，只是紧紧地盯着她："思佳，一个人若是吃错饭，顶多自己闹闹肚子，可一旦说错话，是要负法律责任的。你是聪明人，说话要三思，以免祸从口出，殃及自身。"

这话是提醒，也是警告。

乔思佳自嘲一笑，心里苦涩无比："我真后悔。"

"嗯？"

后悔爱上你。

这话，乔思佳没有说出口。对一个眼里没有她、心里没有她的人直抒心意，不过是将自己置于可笑的境地。她不是江夷中，断然不可能像江夷中那么傻，傻到为了一场不属于她的爱情丢掉性命。

乔思佳面容扭曲，冷冷地看着萧文缜："萧公子，齐默和江夷中之间的矛盾，皆因你而起。江夷中死了，你以为齐默自责痛苦之余，还能没心没肺地继续和你在一起吗？齐默之所以会暴瘦，不仅仅是因为江夷中猝死，还因为你。你对她的感情，才是压垮她精神世界的最后一根稻草。"

乔思佳说出这番话，不可谓不恶毒。

室内空气凝滞，萧文缜眼神锋芒尽显，盯着乔思佳看了几秒钟，虽然只有几秒钟，但好像盯着她看了很久，移开眸子的那一刻，乔思佳猛地松了一口气，这才意识到她刚才竟然忘了呼吸。

萧文缜垂下眸子，慢吞吞地整理起桌上的文件，脸色异常镇定，然而他的手头动作实在是太慢、太慢了，当各种坏情绪涌到极致，萧文缜面色阴沉，遽然把手中的文件甩了出去，文件蹭到悬于桌面上的手机，啪的一声砸落在地。

一页页资料四散飘落，乔思佳低着头，默默注视铺陈在她脚边的节目流程资料，几次深呼吸以后，抬脚将几张资料踩于脚下。

"江夷中临死前拨给我的那一通电话，我录了音。"

办公室里再次响起乔思佳的声音，音色依旧悦耳动听，语气却比任何时候都要冷静、果断、理智和现实。

黄昏，萧文缜回到家里，齐默正躺在卧室床上闭目小憩。他没有叫醒她，就那么站在床边失神地看着她，目光似柔似痛。

齐默并未睡得很熟，她知道萧文缜回来了，也知道他站在床边看了她很久，如果是以前，她的心里一定会溢满喜悦，但是现在……现在的她早已不知道何谓欢愉和喜悦。

萧文缜脱掉外套和鞋子，上床以后，拉开被子躺在她的身边，动作轻柔，似是担心惊醒她一般。

她的心里忽然被一片水草包裹，又暖又疼。

萧文缜在她的身边平躺了好一会儿，见她没有苏醒的迹象，方才侧过身贴向她的后背，左手臂探到她的身体底下，同时伸出右手臂，形成合拢姿势，将她牢牢地环抱在他的怀里。

手臂力道由轻到重，直至两人密不可分，一度勒疼了她的腰肢，他却丝毫没有察觉，只是下巴抵着她的发顶，一声也不吭地抱着她。

齐默察觉出不对劲儿是在几分钟以后——似有液体滑进她的头顶发丝间，随即缓缓流淌在她的头皮上。

液体滚烫，齐默意识到了什么，一颗心不由得揪成一团，然后揪紧，再揪紧。

良久，萧文缜轻声打破沉默："齐齐，我知道你没睡着，我们说说话，好不好？"

"好。"

萧文缜握住她的手，抚摸她皮包骨一样的手指，痛心地道："你最近瘦了很多，我抱着你，感觉你身上都没几两肉，你以后多吃一点儿饭，把体重升上去，好不好？"

"好。"齐默眼眶一热，愧疚感油然而生，"我们一起加餐，你最近也瘦了，都怪我，我好像一直都在给你添麻烦。"

萧文缜把被泪水沾湿的脸埋在她的脖颈后："给你添麻烦的人是我。你知道吗？我生命里最耀眼的时刻，是和你在一起之后度过的每一分、每一秒。你在万千出色男儿里选中我，我却没有照顾好你，作为你的男朋友，我很失职。"

"师兄，你已经很好了，是我还不够好。"她看着他日渐消瘦，心里真是恨极了自己，如果不是因为她，他何至于此？

萧文缜轻轻摇头，齐默没有看见。他沉默了几秒钟，方才艰涩地吐出一句话来：

"今天下午，我回了一趟华清园，把你的东西整理好，送到了你父母家。"

齐默身体一僵，等她回过神，忽然哭了。

他是不是知道了什么？

他知道了什么，对不对？

谁跟他说的？

他是怎么知道的？

萧文缜狠下心，哽咽地道："你母亲做了你的晚饭，你一会儿就坐车回去，我还有工作要忙，就不送你了。"

齐默心里一阵剧痛，心中的羞愧无处宣泄，赶在号啕大哭之前，一把抓住萧文缜的手掌，狠狠地咬了下去，血腥味扑鼻，萧文缜忍着痛没吭声，她的眼泪却越落越凶。

谁许他跟她提分手的？谁许他不要她的？谁许他……如此爱护她的？

伤心、歉疚，将她的感情绞杀得血肉模糊。当他道出她的隐晦心事，她才察觉自己究竟有多恶劣，她卑鄙地不肯先开口，是因为她心里比谁都清楚，先放手的那个人往往是最煎熬、难过的。

有些坑，他知道她不愿意往下跳，所以他帮她跳了。

有些话，他知道她说不出口，所以他帮她说了，出口一瞬间，字字扎心见血，无论是诉说者，还是闻听者，莫不悲恸欲绝。

萧文缜任由她咬着，整个4月，他一直希望她能够像现在一样尽情地发泄内心的情绪，却没想到她的情绪爆发是在他主动提出放手之后。

事实残酷，萧文缜倍感绝望。

他是萧文缜，一路走来顺风顺水，学习如此，创业如此，感情亦是如此，他本以为他可以陪伴齐默度过所有的迷茫时刻，见证她的所有成功瞬间，却不承想到头来在感情上狠狠地摔了一跤。

他在这一刻突然顿悟，齐默当初拒绝江棋来，江棋来为什么会在电话里哭得那么伤心了。原来，斩断情感，真的能够逼出一个人的眼泪。

"齐齐，我们只是暂时分开一段时间，等你疗完伤就回来，我在国大等你。"他强忍着眼泪哄她。

分开，是为了他们之间还能有以后。

不说再见，是因为一旦说出口，他怕迎来的不是再见，而是不见。

室内的光线逐渐暗淡下来，萧文缜无视齐默还咬着他的手掌不放，从她的唇齿间强硬抽出，手掌传来一阵撕裂般的疼痛感，鲜血沿着他的掌心滴落在床铺和棉被上，他却不知疼痛一般，从床上坐起身，顺手捞起他的外套，开始穿鞋。

他的后背猝然一沉。

齐默扑到他的背上，伸出手臂紧紧地抱住他。

萧文缜紧咬牙关，拒绝转身与她对视，只为回避她源源不断的泪水。

只因长这么大，他第一次体会到了何谓害怕。

他怕自己会心软改变主意，更怕继续将齐默困守在身边，齐默会彻底被心魔击垮。

然而，他更怕的是——

"你不要等我。"

黄昏时分的卧室里，齐默哽咽着说的一句话，犹如一盆冷水沿头浇下，冰寒彻骨，导致萧文缜周身血液倒流，不知所措。

不知过了多久，他红着眼睛说："我等你。"

"你不要等我。"她重申。

"我会一直等你。"他执拗地不肯松口。

"……"

"你不回华清园，我就在国大等你。"

"……"

"无论你来不来，我都会一直等你。"

"……"

"齐默，我等你。"

齐默回到父母家的当天晚上发了一场高烧。时隔一个月，爷爷和父母见到她的模样，一个个难受得背着她直流眼泪。

她并不知道萧文缜都跟他们说了些什么，只知道自打她回到家里，爷爷干脆搬过来和他们住在一起，他们甚至再也没有当着她的面提过萧文缜的名字。

两天后，她退了烧，前往国大上课。无论是必修课，还是每周五定时去周安国那里聆听训诫，她都没再见过萧文缜。

她这才意识到，他有意躲着她。

国大很大，萧文缜若是成心避而不见，她就永远也见不到他。

但他又并非对她不管不顾，她知道爷爷每天都会收到他发来的课堂归纳和重点总结，帮术后不宜劳累过度的爷爷节省了大量的备课时间。

几位同门师兄和师姐误以为她和江夷中姐妹情深，因为接受不了江夷中的突然离世，才会在短短一个月里瘦成了纸片人。因此，每个人看到她的时候，都会流露出心疼之色，似是说好了一般，每天中午轮流陪她吃饭，好菜好肉全往她的碗里夹，她多吃一口，他们便多欢喜一分。

她渐渐有了食欲。

起初，她并不明白萧文缜的那句"等你疗完伤就回来"究竟是什么意思，直到5月下旬的某一个下午，周安国把她叫到办公室里，告诉她，国大与德国那边的学校有联合项目开展，询问齐默研二时是否愿意作为交换生前往德国交换一年。

齐默很长时间不说话，后来开口问周安国："我情况特殊，独自学习有障碍，德国那边怎么说？"

"我跟德国那边联系过，交换生项目负责人被你的求学经历打动，主动提出你在那边读书期间会为你特别聘请一位专业誊写员，负责帮你完成学业和相关研究工作。"最近半个月，周安国净忙这件事了，能出结果，他比谁都高兴。

齐默张了张嘴，停顿几秒钟后，问周安国："师兄找过您？"

"他希望你能离开国内，离开熟悉的人和事，去国外待一年再回来。"

"……"

齐默不吭声，周安国也跟着短暂沉默，他目睹齐默的身体状况越来越差，而萧文缜因为对齐默忧思过重，愣是从一个意气风发的大帅哥变成了一个郁郁寡欢的痴情种。如果是其他人，他或许还有看戏的心态，可一旦这种事摊到他的两位高徒身上，他就只剩下疼惜和无奈。

犹记得5月2日上午，萧文缜给他打电话提起交换生一事，周安国并不愿意放任齐默离开，遂询问萧文缜："你舍得？"

"不舍得。但比起不舍得，我更怕她继续待在这里憋出毛病来。"萧文缜坚毅的声音里透着脆弱，周安国的不舍得在他的不舍得面前，忽然变得无足轻重起来。

周安国走到齐默面前，抬手拍了拍她的肩膀，语重心长地告诉她："他很爱你。"

"我知道。"

接下来的日子，就像是快速穿梭的时光机，办理签证，申请宿舍，打包行李……等齐默做完这一切，参加完6月下旬的研一期末考试，终于迎来了她出发前往德国的日子。

她出国的前一天，几位师兄和师姐有意喊她出来聚一聚，被她客气地拒绝了，她要把这一天留给她和她的爱情。

公交车在阳光肆虐的街头匀速行驶，她坐在靠窗的位置，望着窗外逐渐远去的街景，仿佛正在目睹一场过眼云烟。

忽然想起去年9月，她去校医院体检完，乘坐校园公交车回学校，由于站立不稳，一屁股跌坐在萧文缜的腿上。她要赖不起身，他就耐着性子陪她耗时间，现在想想，当时的他若是不喜欢她，又怎会任由她坐在他的腿上那么久，甚至把她抱坐到他的座位上。

他的一言一行，一举一动，回首望去，竟然都是隐藏极深的恋恋温情。

手机传来嘀的一声响，有人给她发来一封QQ电子邮件，知道她QQ电子邮箱账号的只有那么几个人：微电影的导演、赵梓凡、萧文缜。

她与微电影的导演就联系过那么一次，收发剧本邮件。

至于赵梓凡，赵梓凡知道她这两个多月状态不好，除了给她打过一通安慰电话，几乎跟她没有太多联系。

发来邮件的人是萧文缜。

她知道是萧文缜。

她在洒满阳光的公交车里将邮件打开，将手机递给身旁一位衣着时尚的年轻女孩子，对着女孩子微笑着说道："你好，我不识字，麻烦你帮我念一下邮件的内容，谢谢。"

女孩子的眼睛里划过一丝惊讶，大概没有想到当下竟然还有年轻人不识字，但她吃惊归吃惊，并未表现出轻蔑和不屑。

女孩子接过齐默的手机，用柔和的嗓音对着齐默轻声念道：

　　莎士比亚曾经在他的最后一部传奇戏剧《暴风雨》里写过这样一句话："凡是过去，皆为序章。"

　　谨以此话，与齐默共勉。

　　　　　　　　　　　　　　　　　　　　　　　　——萧文缜

他虽未现身，但通过一封文字版的电子邮件，将她视为可读可写的普通人，并且委婉含蓄地告诉她，不管她走到哪里，他都在她的身后，抑或是身旁。

不念过往，不畏将来。

过去，只是漫长一生的前奏。而未来，他愿与她携手度过。

他是如此固执，固执到明知她狠心与他划清界限，也不肯放弃她。

她何德何能？

上辈子，她究竟做过多少好事，这辈子才能有幸遇见一个萧文缜。

阳光落在齐默的眼睛上，不知不觉间刺痛了她的眼睛，她的眼眶微微泛红，对上女孩子关怀的目光，齐默把脸转向窗外，过了一会儿，重新看向女孩子，黑眸明亮，再次礼貌地道谢："谢谢。"

女孩子把手机还给齐默："不客气。"

齐默在华清园附近下车。

避开六号楼的出入口，她从地下车库直接乘坐电梯抵达12层。她站在门口迟疑片刻，打开门。客厅里一片冷清，萧文缜似乎已经很久没有在这里居住了。

那天，她在书房里待了两个多小时，在一张张A4纸上反复书写萧文缜的名字。

写错字，毁掉。

字体不工整，毁掉。

缺笔少画，毁掉。

事实上，她根本不清楚自己究竟有没有写对过。

只剩最后一张A4纸的时候，她伏在书桌上，认认真真、一笔一画地写下三个字：萧文缜。

偏旁部首间隔很远，不仅有大有小，关键每个字还歪歪扭扭，其中"萧"字很难辨认，"缜"字是个错别字，少了一横。

齐默拉开抽屉，取出那个搁置了大半年的黑色信封，将那张A4纸折叠整齐，放进黑色信封，随后将它放在了书桌上。

书房里，耀眼的光线笼罩之下，微尘寂静飘浮，缓缓地游走在黑色信封上方，痴缠多时，久久不散。

那是一封情书。

他曾经希望她能够酝酿一封情书，念给他听，还说大秦王朝以黑为贵，而且黑色在情感世界里厚重感很足。

她当时没答应，觉得情书是沉浸在四季三餐里的漫漫日常，她将有一辈子的时间说给他听，没想到她和他的感情竟会有走进死胡同的那一天。

那条死胡同有一个名字：齐默的心结。

她终究还是写了一封情书给他。

黑封白纸，一个名字。

厚重，悲伤，绝望，罪恶，悉数占了。黑色信封的存在从一开始就注定了他们这段感情的不吉利，这封情书与其说是表露心迹，不如说是悼念一段逝去的感情。

她说："你不要等我。"

她是认真的。

江夷中是横亘在他和她之间的残垣断壁，都说时间是最好的药，然而时间并不见得是最好的遗忘剂。

他的未来一片光明，实在不该为她所累。

至于她的未来，她还在摸索之中。

自此以后，山高水远，行万里路，读万卷书，高歌猛进，奋斗不休。

而萧文缜——

萧文缜是齐默的奢侈品。

历年小记：后来和听说

后来，齐默去德国慕尼黑交换一年，研三回国后，深居简出，偶尔在学校里远远地看到萧文缜，只是微微颔首，两人不再有任何交集。

听说，齐默前往德国慕尼黑交换的那一年，萧文缜把《追梦者》栏目的制片人一职拱手送给乔思佳，并把名下的股份悉数转给沈燮和乔思佳，"净身出户"，引来外界一阵哗然。

后来，齐默结束研三毕业论文答辩，同时获得中外双硕士学位，以及国大经济学硕士研究生荣誉毕业生称号，却缺席研究生毕业典礼。

听说，萧文缜缺席国大研究生毕业典礼，两个月后现身国大研究生开学典礼，作为在读经济学博士新生代表上台发表演讲。

后来，齐默求职屡屡受挫，不见颓废和挫败，心境反而越发开阔、明朗，自此离开经济圈，行踪成谜。

听说，萧文缜读博期间，加盟省级卫视财经频道，开创深度人物访谈节目《以文会友》，并因该节目荣获多项主持人大奖，收获粉丝无数。

又听说，萧文缜博士毕业以后，选择留校任教，不过数年时间，就因成就斐然，赫然成为国大历史上最年轻的经济学正教授。

后来的后来，不再有所谓的听说。

齐默在尘世间，萧文缜在名利场。

齐默寂寂无闻，萧文缜家喻户晓。

下册

云檀 著

默写你的名字

MOXIE
NI DE
MINGZI

青岛出版社
QINGDAO PUBLISHING HOUSE

莎士比亚曾经在他的最后一部传奇戏剧《暴风雨》里写过这样一句话：

"凡是过去，皆为序章。"

谨以此话，与齐默共勉。

—— 萧文缜

Chapter 11
齐默，我有允许你亲我吗

去年严冬，著名女作家M推出长篇现代经济犯罪小说《乱局》，书籍上市不到两个月，销量突破百万册，不仅成功签约影视剧，更是一举获得年度图书榜销售冠军。

七个月后，根据M热门小说《乱局》改编的同名电视剧官宣定档，首曝精彩片花，高质感画面以及高能反转情节广受观众好评。

与此同时，M曾经的助理——现畅销书女作家李应青，趁机在网络上惊爆M的大量隐私和感情经历，迅速引来大批读者围观，单日阅读量高达2000万，评论30多万条，在社会上引起强烈反响和广泛关注。

李应青发布的爆料文章里，一共涉及三条猛料，几乎每条猛料都足以让M负面新闻缠身。

一、著名女作家患有严重的阅读书写障碍症，出书靠代笔。

M，真名齐默，笔名取自"默"字拼音首字母，国内外高等学府双学位硕士，春日理想文化传播有限公司（简称"小春光"）旗下知名作家，已出版经济类长篇小说十六部，连续多年稳居中国作家富豪榜前三名，并数次入驻福布斯中国名人榜。

然而，就是这样一位在文学领域出类拔萃的写作天才，却从出生的那一刻起患有严重的阅读书写障碍症，不仅无法识别字词，就连书写自己的名字也是困难重重。

据李应青透露，齐默出书时，都会通过录音笔录音或是面对面交谈，请李应青转换成文字敲打在电脑上，再整段地念给她听，以便及时做出修改。

这种"说"与"写"的合作模式，很容易导致语句不连贯，或是小说内容逻辑不通。

李应青作为齐默的誊写员，等于齐默所著小说的第二作者，私底下没少帮齐默润色。

二、齐默与著名主持人惊爆大学旧情，同居一年后分手。

齐默十八岁那年参加高考，在患有严重的阅读书写障碍症的情况下，非常励志地考进了华大经济学院，本科毕业以后，进入国大经济学院攻读硕士研究生，从此投身周安国教授门下，并因此结识同门师兄萧文缜。

萧文缜，国大经济学博士，著名财经访谈节目《以文会友》的主持人，国大历史上最年轻的经济学教授。

据李应青透露，萧文缜攻读硕士研究生之前，曾在当年8月份和齐默的爷爷齐凯瑞教授因经济论点不同，对峙、较量半个多月，导致齐凯瑞教授心脏病突发并接受了心脏搭桥手术。

研一开学以后，齐默失去齐凯瑞教授的日常辅助，迟迟跟不上学业进度。为了顺利完成相关课业，以及利用萧家的资源寻求事业帮助，齐默就像伊甸园里的那条罪恶之蛇，瞄准了同门师兄萧文缜。

齐默仗着萧文缜对齐凯瑞教授心里有愧，迫使萧文缜与之同居，并辅助她完成学业。萧文缜出于愧疚和怜悯，费尽心血辅助齐默完成日常课业，齐默却恬不知耻，趁着私下辅导的便利，三番五次引诱萧文缜，柔情之下，无一不是诡计。

齐默研二时丑态暴露，抢夺萧文缜的赴德交换名额，被萧文缜识破阴险嘴脸之后，无脸面对萧文缜，自此与萧文缜再无任何交集。

三、齐默背后金主大揭秘，车内激情热吻被偷拍。

齐默硕士毕业以后，求职屡屡受挫。著名图书策划人、春日理想文化传播有限公司CEO（首席执行官）史卿慧眼挖掘齐默，不仅亲自担任齐默的经纪人，还为齐默提供了一系列全版权市场运作，助她在写作道路上迅速走红。

版权运作离不开互联网。

江棋来，国大自动控制理论及应用专业博士，青锋视频网站创始人，堪称"最具商业头脑的富二代"，社会影响力惊人。

江、齐两家是邻居，江棋来和齐默从小一起长大，感情胜似亲人。

每逢齐默新书上市，江棋来必定动用手中的一切人脉资源为齐默铺路，并为她保驾护航。

今年情人节，狗仔尾随江棋来，不仅拍到了江棋来的约会对象，还拍到了江棋来与神秘女友在车内的激吻照。

江棋来发现后，强势要求狗仔当着他的面删除相关照片。

后来，狗仔把这件事情发到国内某知名论坛上，吃瓜观众对江棋来的神秘女友做出诸多猜测，在当时还引起了一阵轰动。

直到今天，真相终于水落石出。

据李应青透露，情人节那晚，与江棋来在车内激情热吻的人正是齐默。

以上三条爆料，分别涉及畅销书女作家M、著名主持人萧文缜和青锋网CEO江棋来，所引起的化学反应宛如病毒一样，在社交网络上迅速蔓延。

众所周知，M在作家圈子里一直很神秘，极其注重个人隐私。

据说，M当年签约春日理想文化传播有限公司的时候，还和她的作家经纪人史卿签订了一份附加合约。

合约里规定，M不参与图书签售活动，不向任何机构提供私人照片，不出席任何活动，名下作品的版权运营一律交给史卿代为处理。

圈里人对M的评价一直是"只闻其名，不见其人"。

直到李应青大肆惊爆齐默的隐私，众人这才如梦初醒：原来，此人是彼人。

于是，李应青爆料不到半天，不仅齐默的求学历史被媒体扒得一干二净，就连两位绯闻男主角，以及齐默读研时的同学，也纷纷成为记者争相采访的对象。

两位男主角首当其冲。

画面一：

第三十六届亚洲经济学术研讨会在北京召开，萧文缜应邀参加，并在股民经济产权问题上发表专题学术报告，全程逻辑缜密，报告内容极具探讨价值，获得在场知名学者一致好评。

研讨会结束，萧文缜和助理刚走出会议厅，就遭数位记者围追堵截。

记者："您好，萧教授，现在网络上都在疯传您和作家齐默大学同居旧闻，请问您对这次的网络爆料有什么看法吗？"

萧文缜："你希望我有什么看法？"

记者："呃……"

萧文缜："要不，我先睁着两只眼睛看，等我什么时候看明白了再回答你？"

画面二：

7月上旬，江棋来现身广州，与几家电视厂商开展内容合作，青锋网野心勃勃，有望在盈利模式的基础上快速实现多元化扩张。

记者辗转打听到江棋来的手机号码，通过电话求证网传绯闻的真实性。

记者："江总，网上有人爆料，说您和作家齐默疑似情人节当晚在车内私会，请问爆料属实吗？"

江棋来："属不属实，你们记者说了算。"

记者："您今天联系过齐默吗？"

江棋来："无可奉告。"

画面三：

记者辗转联系到齐默曾经的研究生同学，试图通过面对面采访，挖掘出齐默的隐秘过往，或是不为人知的另一面。

记者："您好，针对李应青的相关爆料内容，目前网络上众说纷纭，请问您对置身舆论风暴中的齐默，有什么不一样的看法吗？"

研究生同学甲："齐默是著名作家M这件事，虽然让我和同学都挺震惊的，但我觉得爆料内容并不见得就是真的。齐默真的很聪明，学习能力也很强，对于专业领域的洞察力见微知著，她的浴血精神配得上她的野心和梦想。

另外，齐默这个人自视甚高，即便涉足文坛以后找人誊写，也不可能在自己的作品里隐藏第二作者身份，弄虚作假埋汰她自己。"

研究生同学乙："难以置信，我和齐默同学两年，和萧文缜同学三年，虽然平时上课时间很紧，私底下也很少交谈，但齐默一心扑在学业上，再加上萧文缜是一个大忙人，所以齐默和萧文缜读研期间谈恋爱的概率几乎为零。如果他们真的在校外同居，我们班那么多人，不可能都不知道。"

研究生同学丙："齐默进国大读研那会儿，江棋来正在国大自动控制理论及应用专业攻读博士学位。两人虽然是发小儿，但关系应该很一般，几乎没见他们在学校里碰过面，或是说过什么话。至于李应青爆料齐默情史丰富，不仅和萧文缜同居过，还和江棋来在车内激吻，这也太扯了吧？我们学校的两大帅哥怎么可能都和齐默搅合在一起？反正我不相信。"

对于齐默来说，她正面临一场前所未有的舆论危机。其中，真正让她寸步难行的，并非两段情感绯闻，而是才女变"文盲"导致的人设崩塌。春日理想文化传播有限公司如何帮助她及时止损，渡过难关，如何准确引导舆论走向，成为重中之重。

截至目前，齐默并未做出任何回应，记者多次致电齐默的作家经纪人史卿，但其手机一直处于关机状态。

南海，西沙群岛。

盛夏时节，酷暑难耐，恰恰又是正午时分，烈日高悬，宛如一只熊熊燃烧的大火球，俯瞰着下方辽阔的海域。

阳光曝晒之下，海水的颜色变幻莫测，由深蓝渐渐转为浓浓的墨色。一只小小的海燕轻盈地掠过海面，没有挥翅冲向高空，而是放缓飞行速度，落在海钓船的甲板上稍事休息。

一艘中型海钓船行驶在波光粼粼的大海上，所行之处，船体两侧掀起层层白色的浪花，在海天一色的美景里，显得尤为耀眼夺目。

露天甲板上，几位海钓俱乐部的成员围着一位拥有高超海钓技术的女钓友赞不绝口。就在刚才，这位前两日才加入海钓俱乐部的青年女钓友，也不知道施展了什么魔法，不仅钓到了飞鱼、石斑鱼和马鲛鱼，竟然还钓到了一条奇大无比的金枪鱼，惊得俱乐部的其他成员想不佩服她的钓鱼技术都很难。

这条金枪鱼重达一百五十八斤，两位成年男子用尽力气才能将它抱起来。对于海钓爱好者来说，能够钓到这样一条巨型金枪鱼，无疑是很让人亢奋的一件事。

俱乐部的其他成员与有荣焉，合力抱着金枪鱼拍照。而那位女钓友异常冷静，她离开聚在一起的人群，走到旁侧甲板上，抬手遮住额头，眯着眼睛眺望云层里的"大火球"，眼睛下意识地眯成了两道细缝。

海钓俱乐部的负责人老张笑眯眯地走过来，说道："小齐，能钓到这样一条金枪鱼可真不得了，你打算怎么处理呀？"

"这条金枪鱼虽然是我拖钓的，但如果没有张哥和俱乐部的几位前辈帮忙，我很难把这么重的金枪鱼捕捞上来，所以我想把这条金枪鱼送给咱们海钓俱乐部。毕竟，我和大家相识一场，权当我给各位前辈的见面礼，还请张哥和大伙儿不要嫌弃。"

"哎呀，我和哥儿几个怎么可能嫌弃呢？"张哥惊讶得有点儿语无伦次了，"小齐，你该不会是在开玩笑吧？你知道……你知道一条这么重的野生金枪鱼能卖多少钱吗？保守估计也能卖个十万元，你怎么……你怎么说送人就送人呀，这也太贵重了吧？"

"金枪鱼有价，但我近两日从海钓俱乐部收获的情义是无价之宝，还请张哥收下，切莫再推辞。"

原来，这世上真有人视金钱如粪土，张哥颇为感动，猛一咬牙，朝女钓友重重地点了点头："妹子真是仗义，我代哥儿几个谢谢你了。"

女钓友淡淡地笑着，低着头整理手中的海钓工具，她虽然戴着渔夫帽，但白皙的脸庞还是被烈日晒得微微泛红。

不远处，俱乐部的一位成员拍完照上传到网络，吐槽海上信号断断续续的同时，不期然刷到一则热门新闻，费了好一会儿工夫才打开网页，当即呵笑一声，盯着手机感慨道："都说名人门前是非多，这话可真是一点儿也不假。你们猜，网上哪位名人又出事了？"

"谁呀？"有钓友难掩好奇，凑上前来。

"M，你们知道吧？就是非常神秘，好几部作品改编成电视剧和电影的那个著名作家M。今天上午，她的前助理李应青在国内的网络平台上接连曝光她的三条猛料，其中还涉及她的两段情感。你们猜，她的绯闻男友都是谁？说出来吓死你们，一个是萧文缜，一个是江棋来，是不是难以置信？"

"哟——光听这三个人的名字就挺劲爆的，我看看。猛料一，M患有严重的阅读书写障碍症，所著书籍离不开助理的润色；猛料二，李应青惊爆M和萧文缜大学同居旧闻，暗讽M是'蛇蝎女'上位，后来被萧文缜识破丑恶嘴脸，颜面尽失，夹着尾巴逃往德国；猛料三，M成名之路全靠江棋来暗中运营，李应青公开爆料M和江棋来曾于今年情人节当晚在车内激情热吻……天哪，这三个大名人是怎么扯到一块儿去的？真是乱呢。"

"阅读书写障碍症是一种什么病？"

…………

青年女子秀眉微拧，整理好海钓工具，伫立在甲板之上，随手扯掉渔夫帽，满头漆黑的长发宛如黑色瀑布，散落在肩头。

海风吹乱了她的长发，她把长发捋到一边，面色清冷，英气的眉眼间迸发出一股杀伐之气。

中午回岛上吃饭，齐默从塞得满满的包里取出手机，手机里仅是未接来电就有十几个，齐默未加理会，拿着手机远离俱乐部众人，走到僻静处拨了一通电话给史卿。

电话拨过去不到两秒钟就被接通了。史卿在酷暑天气里难免有些沉不住气："你又跑到哪个深山老林里钓鱼去了？我今天上午给你打电话，一直打不通。"

齐默没接话，似是被湿热的海风封住了感官神经，又似是信号时好时坏，她在等待通话信号稳定下来再说话。

史卿强压住内心的焦灼，暗自猜测齐默应该有话要对她说。

爆料事件发生后，虽然史卿第一时间组织铁粉控评引导舆论走向，但收效甚微。李应青通过一篇真假掺半的爆料文章，为齐默制造出铺天盖地的负面评论，针对齐默患有阅读书写障碍症，不少网络看客对齐默的真实写作水平提出了质疑……

从舆论发展的结果来看，热回应可能引发次生舆论，然而，冷处理也并不见得就是最好的解决方法。

史卿焦虑，是因为她是齐默的作家经纪人，她们之间不仅有共事之情，还有朋友之谊。

史卿担心，是因为她比任何人都清楚，齐默一步步走到今天究竟有多不容易。

成名容易守名难。

齐默成名不是偶然，而是殚精竭虑支撑起来的必然。

为了这份负重前行的"必然"，史卿想帮助齐默扭转局面，除了当机立断、先发制人，别无他法。

齐默虽然不重名利，但如果知道昔日的助理污了她的名，反击力度势必碾压史卿，绝无回旋余地。

果不其然。

齐默的这一通电话可以说简明扼要，也可以说雷厉风行到了极点："两句话——一、齐默患有阅读书写障碍症是事实，因为不自轻、不自弃，所以不解释、不辩驳；二、两段情感爆料纯属造谣，涉及名誉损伤，不废话，法庭见。"

史卿烦闷尽除，控制不住嘴角上扬的弧度，直到此刻，一颗心才算彻底放下来。

她险些忘了——齐默的人生态度虽然很潇洒，但她遇事绝不委屈自己。

当天黄昏，史卿发表律师声明后不到六个小时，国内某知名娱记忽然在网络上抛出一则爆炸性新闻，并在短时间内迅速登顶热搜榜，仅是衍生话题就多达十几个。

不过这一次，舆论的焦点并非齐默，而是著名节目主持人萧文缜。

今天16:45，有媒体拍到萧文缜和乔思佳在某知名咖啡厅秘密约会，疑似多年地下恋情曝光。

萧文缜作为国内知名媒体人，粉丝活跃度极高，在咖啡厅密会乔思佳的新闻引发全民关注，相关话题阅读量高达6.8亿，其热度直接盖过了齐默事件。

而他的绯闻女友乔思佳并非素人。

乔思佳是青锋视频网金牌节目《追梦者》的制片人，也是萧文缜的本科和硕士研究生同学，和萧文缜之间有着扑朔迷离的关系。

提起两个人的关系，就必须着重说一下《追梦者》易主这件事。

多年前，正处于事业巅峰期的萧文缜，在研二下学期期中的时候，不知是出于个人发展需要，还是厌倦了《追梦者》的流程模式，毅然决定离开《追梦者》栏目，他不仅把乔思佳推到了制片人一职，更是把名下的股份一分为二，给了合伙人乔思佳和沈燮。

萧文缜和乔思佳的绯闻，是在萧文缜创办高端访谈节目《以文会友》出名以后爆出来的，尽管两人闭口不谈绯闻，但萧文缜在研二下学期把爆红节目拱手送给乔思佳和沈燮，绝非同学之情和共事之谊可以解释。

此次萧、乔恋情疑似坐实，网络上炸了窝，其中热门评论前几条的内容是——

牵着蜗牛去散步："拒绝造谣，虽然萧文缜很优秀，但我家乔女神也不差，如果恋情属实，我第一个举双手祝福。"

霸道女总裁："什么叫'疑似多年地下恋情曝光'？摆明了没影儿的事，劳烦媒体朋友证实真假后再报道，否则就是第二个李应青，造谣罪加一等。"

不解风情的小娘子："咖啡厅碰面=谈恋爱？请问这是什么逻辑？另外，

萧文缜和乔思佳的地下恋情传了好几年，但两个人私底下几乎没有任何交集，这还不足以说明一切吗？现在的媒体和网友真是闲。"

　　爱哭美少年："有没有这样一种可能性。比如，萧文缜和齐默大学同居是事实，被李应青曝光旧情以后，萧文缜为了安抚现女友乔思佳，这才被媒体钻了空子拍到地下恋情？特此声明，以上只是个人想法，'脑残粉'勿喷。"

　　一锤定乾坤："难道只有我一个人觉得，萧文缜这时候和乔思佳爆出绯闻，不过是为了分散齐默的热点，帮助齐默降低舆论影响力吗？"

　　史卿把萧、乔的绯闻讲给齐默听的时候，已是隔天傍晚。

　　彼时，齐默刚从三亚搭乘飞机回来，史卿接到她以后，生怕狗仔跟踪，还特意绕了好大一个圈子。

　　副驾驶座位上，齐默降下半块车窗玻璃吹着风，并未对萧、乔的绯闻发表任何意见。

　　晚风迎面吹来，少了几分西沙群岛的湿热，多了几分清爽宜人。这座城市生养她一场，但细细想来，她好像缺席了太多属于家乡的四季更迭。

　　她上一次回来，是今年的2月14日，刚好赶上情人节。

　　那天晚上，她有点儿不舒服，从一家24小时营业的药店买完药出来，站在路边苦等半个小时，始终没有空的出租车经过，正打算步行回去，就看到一辆黑色的汽车停在了她的面前。

　　令齐默没有想到的是，当年那个在医院里命令她远离他生活的男子，虽然断绝往来多年，但是就因为夜里开车经过此地，目睹她站在寒风里打不到车，便冷着一张脸把车开到了她的身边。

　　江棋来开车送她回家，路上一言不发，直到被狗仔跟踪、偷拍……江棋来发现狗仔以后，立马下车要求狗仔删除相关照片，可还是被气不过的狗仔捅到了某知名论坛上。

　　车内激情热吻？

　　江棋来利用手头的资源助她成名？

　　简直是一派胡言。

　　齐默有这种想法时，史卿刚把车停在红绿灯路口。

　　窗外夜景璀璨，高楼大厦鳞次栉比，巨大的LED广告显示屏安装在楼宇的外墙上，城市宣传片、国内外电影的预告片，以及大大小小的广告片，每天都会以各种形式在这里华丽亮相，以此增加受众覆盖面和宣传效果。

　　齐默看向LED广告屏，巨型屏幕上正滚动出城市会展中心宣传片：商业会展中心，青年男子身材挺拔，穿着黑色修身西装出席活动，在镁光灯的照耀下，他的容貌格外英俊，气质出众，充满魅力的眼睛淡漠而凌厉，整个人从视觉效果上来看，充斥着满满的攻击性。

这个人是萧文缜。

史卿无意中看到了宣传片的内容，扭头扫视一眼齐默，却禁不住心头一惊。

十字路口附近，霓虹彩灯闪烁，与街头的都市男女交相辉映，宛如一幅绚丽多彩的梦幻巨画。不，不仅仅是梦幻巨画，当窗外的光影追着齐默寂静游走时，仿佛深海鱼群正在借助她的身体进行大规模迁徙，斑驳陆离，煞是惊心动魄。

五彩光影投落在齐默的半边脸上，一明一暗，对比强烈。注视着LED广告屏的她，眼睛里没有任何情绪。

正前方红绿灯转换，史卿开车驶过路口，按捺不住内心的好奇，问齐默："你和萧文缜同居过，这事属实吗？"

"属实。"

齐默的语气很平静，惹来史卿的惊讶一瞥。此事涉及齐默的隐私，她只是随口一问，原以为齐默不会搭理她，没想到齐默如此诚实。

"你最好不要公开承认。"史卿专注于路况，过了一会儿，方才继续道，"萧文缜在国内的粉丝数量高达几千万，就在昨天上午，他的那群女粉丝惊闻你和她们的男神大学时同居过，由于找不到你的联系方式，竟然组团跑到我的评论区和你的读者撕架。她们言辞激烈，什么难听话都说了，只差没有问候你的十八代祖宗了，实在太疯狂了。"

齐默不作声。

"说起来，这事都怪我，如果我一开始不聘请李应青给你当助理，你也不至于被她黑得这么惨。"

齐默继续沉默。

"李应青怎么知道你曾经和萧文缜同居过？"史卿认识齐默多年，在此之前，从未听说过萧、齐二人同居一事，李应青又是怎么知道的？

齐默终于开口了："自然是听人说的。"

"谁？"

车内静了几秒钟，齐默回复史卿："我和萧文缜同居过是事实，是谁告诉李应青的并不重要。重要的是晚饭时间到了，你把车停在李应青住的小区附近，顺便把她请出家门，跟我们一起吃顿饭。"

史卿哼笑一声，说道："李应青曝你黑料，这时候躲你都来不及，怎么还敢出来见你？"

那个祸害，估计连她的电话都不敢接。

齐默说："你只需向她提及'掌中血'三个字，她会见的。"

掌中血？

史卿恍然大悟，点头："我明白你的意思了。"

她看了齐默一眼，齐默消瘦疲倦，素净的脸庞上充斥着岁月打磨出来的薄情寡义，尤其眉眼间的戾气在昏昏暗暗的光线里一览无余。

　　无疑，齐默对昔日助理的反扑来势汹汹。

　　没有人生来坚硬，包括齐默。

　　所谓的坚硬，都是被现实和命运逼出来的。

　　因为通透，所以残酷。

　　晚上，三人是在一家特色美食餐厅吃的饭，这里距离李应青居住的小区只有百米之遥。

　　餐厅的装修风格偏文艺，虽然夜间食客很多，但用餐环境还算安静。史卿并未盯着菜单太过纠结，随意地点了几道菜。大厨手艺很好，主推菜品精致美味，仅是炸春卷，史卿就叫了两份，可见有多喜欢。

　　李应青姗姗来迟。

　　菜品上桌半个小时以后，李应青婉拒侍者招待，迈着缓慢的步伐，径直走向齐默和史卿。

　　史卿率先看到李应青，将手中的平板电脑放到餐桌上，站起身，笑容满面地朝李应青打招呼："小青，饭菜都快凉了，过来坐。"

　　绵里藏针、笑里藏刀、口蜜腹剑……目睹史卿的热情，李应青控制不住自己的想法，大脑里瞬间浮现出以上几个成语。

　　她忐忑不安地走到餐桌前坐下，斜睨一眼对面：齐默较之三年前更加内敛、含蓄，尽管只是垂着眼眸专心吃菜，眉眼间的自信和坚忍却像是出鞘的利刃一般，散发着寒光。

　　齐默眼中只有晚餐，没有她，自是没有搭理她的意思。

　　史卿埋怨李应青来得晚，否则桌上的饭菜也不至于被她和齐默吃掉大半，说罢，喊服务员过来，临时加了几道招牌菜。李应青没有食欲，几次看向史卿，想要打断史卿点菜，但都强忍了下来。

　　这是一场鸿门宴。

　　李应青原以为在餐厅见面以后，就算齐默不对她兴师问罪，史卿也不会轻易放过她，却怎么也想不到，迎接她的不是刀光剑影，而是风平浪静。

　　她害怕齐默，害怕这个大她好几岁的前任女雇主。而害怕，不过是源于敬畏。

　　齐默究竟是一个什么样的人？

　　这三年时间里，李应青偶尔会在夜深人静时分析齐默的性格特点和处事作风，然后惊讶地发现：齐默看似人畜无害，实际上腹黑精明，善于迷惑他人，可以很温善，也可以很残忍。

别人是孤意在眉，深情在睫；齐默却是野心在眉，欲望在睫。齐默待人接物目的性极强，从不做无效交际，绝非善茬儿。

　　齐默有野心和欲望，偏偏又不重视名利……李应青和她共事多年，却从未真正了解她。

　　没有人了解齐默，包括史卿，也包括那些深受她人格魅力吸引，与她相处不过月余就无疾而终的"前男友"。

　　她的那些"前男友"，全是各行各业的精英，不是才子，就是富商，涉及职业广泛，有地产商、律师、投行老总、急诊科医生、"高富帅"主厨……她的几乎每一个"前男友"都是众多女孩子心目中的良配，然而，齐默对他们的感情一直都是淡淡的，甚至从不承认这些人是她的"前男友"。

　　因为每个男人最初追求她的时候，她都会直截了当地告诉对方，如果一个月内对方无法让她心动的话，那么对方就应及时止损，与其做情侣，倒不如做朋友。

　　她所认识的男人，浪漫招数层出不穷，但始终没有一个人能够打动她的心。更令人感到意外的是，这些男人虽然追求失败，但没有一个人在私底下说过齐默的坏话，甚至都和她成了好朋友，不可谓不神奇。

　　李应青承认，齐默是一个很有魅力的女子，不过，任她再如何有魅力，都抵不过她思想狭隘和自私自利。

　　三年前，李应青不甘心继续帮助齐默誊写文字，想像齐默一样走上写作的道路，所以有了写书的冲动，希望齐默能够指点一二，并利用手头的资源推她一把。

　　齐默直接拒绝了她的请求，齐默把各行各业比喻成一座座高山，站在山尖上的人固然名利双收，令同行羡之慕之，但任何一个人的成功都离不开后天的努力。

　　齐默说："你的能力目前还配不上你的野心，因为你的文化底蕴和生活阅历还没有厚重到能够让你写出一本有灵魂、有内涵的佳作的程度。"

　　虚伪。

　　李应青对齐默的恨意，就是从那个时候开始的。齐默说她还需要积累阅读量和感悟生活，可实际上……哼，实际上齐默担心"教会徒弟，饿死师傅"，为了严防她将来在文坛上与齐默平分秋色，所以才会这般挖苦、打压她，真是可恨。

　　李应青不服，但入座以后一句话也不说，以不变应万变。毕竟齐默和史卿诡计多端，赴约之前，为了防止她们偷偷录音套路她，她也做好了用手机录音的准备，谁承想，计划被一通突如其来的电话打乱了。

　　李应青任由手机铃声响个不停，没有打算接听。

　　"我和史卿没有录音。"一直视她如无物的齐默终于暂停吃菜，抬起一双眸子静静地看着她，温声催促道，"接吧，万一是重要电话呢？"

　　李应青被齐默当面戳穿心内隐忧，心中颇觉尴尬。李应青眼尖地察觉史卿不屑的表情，顿生恼意，从皮包里取出手机，看到来电信息，明显愣了一下，但很快就调整好情绪，按下了接听键。

这通电话是出版社的人打来的，李应青侧过身子，压低声音跟对方讲话，语气十分柔和，但也仅限于接通电话以后最初的那声"喂"。

来电人的气急败坏和怒气冲冲，决定了李应青神色上的转变。李应青从强装镇定到面部肌肉微微抽搐，看得出来，她不仅很震惊，还很生气。

"徐编，我回头再给您打电话。"李应青不等电话那端的人发泄完怒火，就率先把电话挂断了，怒目瞪向齐默："你究竟想干什么？"

齐默似是不明状况，端起水杯，转头看向史卿，问道："怎么回事？"

史卿先是一脸困惑，过了几秒钟，方才哦了一声，醒过神来："是这么一回事，我刚才翻看平板电脑时，好像看到好几位知名博主正在网上陆续发文爆小青的黑料，也不知道小青生气是不是因为这个。"史卿说着，双手也没闲着，手指飞快地刷着平板电脑的页面，随即神色明显一松，"找到了，我给你念念。"

齐默端着水杯慢吞吞地喝着水，没有接史卿的话，反倒是李应青咬着后槽牙，恨不得把史卿的嘴巴撕了。

史卿只当自己看不见，声情并茂地朗读着网页上的文字："喜欢爆料的李应青，实则自身黑料一大筐，本博主并非造谣，而是有图有真相。三年前，李应青因为《掌中血》声名大噪，《掌中血》加印数次仍旧脱销，当时有很多读者表示，李应青的写作风格和M的写作风格相似。李应青还因此回复过某些读者，自称担任过M的助理，难免会在写作上受到M的影响。然而，事情的真相并非如此，几位博主相继通过特殊渠道获得了M关于《掌中血》小说的全部录音文件，其中还包括M和李应青的工作谈话，直接证实李应青三年前为了给妹妹筹钱治病，公然盗窃M的完结书稿，并以M助理的名义出版该书，一跃成为畅销书黑马女作家……针对此事，已有圈内朋友私底下联系过M的经纪人史卿，经确认，以上消息均为事实。"史卿的手指继续往下划，她不漏掉任何细节，"这位网络博主还配了几张我和某位圈内朋友的微信截图。齐齐，需要我念给你听听吗？"

齐默将玻璃水杯放到餐桌上，态度很敷衍地说道："那就念念吧。"

史卿一人分饰两角，表情、语气活灵活现，惊现高超演技。

朋友："在吗？（微笑）"

史卿："有话直说。"

朋友："够爽快。是这样的，刚才我从一位朋友的朋友那里听说，李应青女士的成名作《掌中血》，其实是M的待出版完结作品，只不过被李女士占为己有了。我想问问，这件事是真是假？"

史卿："真的。"

朋友："……"

朋友："（晕）这件事也太狗血了吧？"

史卿："一点儿也不狗血。我家M，嗯，也就是李应青口中的'齐默'……我家齐默虽然没有上过班，但也知道，大多数公司每到年底就会有年终奖福利，有些老板送车，有些老板送房，还有一些老板直接送现金，齐默说她没什么本事，所以送本书给助理，只当是新的一年里给自己买个教训。"

朋友："作品拱手送人，你们齐大作家真是大度。"

史卿："你查查李女士妹妹的住院记录就知道了。当时李女士的妹妹生病住院急需用钱，有困难也不跟我们说，自己一个人强撑着。可能是走投无路了吧，所以她才会一时头脑发热，把齐默刚完成的作品更换成自己的名字，签给了其他出版社。等我和齐默发现这件事的时候……唉。"

朋友："怎么了？"

史卿："齐默原想联系律师维权，没想到李女士的妹妹去世了，齐默顾念旧情，担心步步紧逼的话，会把李女士逼到绝路上，就让我忘记这事。谁料纸包不住火，三年后还是被有心人士发现了这个秘密，并爆了出来。"

朋友："唉，齐大作家也太善良了吧，只可惜李女士实在太坏了，霸占《掌中血》成名，没有羞愧之心也就罢了，竟然还好意思诬陷齐大作家的作品离不开她的润色，真是××××。"

史卿："（流汗）请不要说脏话。"

朋友："我是想形容×××草原上，有一群×××在肆意奔腾……我可没说脏话。（偷笑）"

史卿："（强）"

史卿："你赢了。"

史卿朗读上瘾，别说李应青脸都气绿了，就连齐默也觉得辣耳朵，齐默看着史卿，冷冷地问了一句："你还要继续念吗？"

"不念了，刚好也没了。"

史卿出戏的速度很快，退出相关网页，就听齐默轻声问她："网上那几位知名博主是怎么知道这件事的？"

史卿露齿一笑："我告诉他们的。"

这次不等齐默说话，李应青就忍无可忍地瞪着齐默和史卿："你俩少一唱一和地耍我玩。齐默，你真以为我是傻子吗？如果没有你的授意，史卿会主动把我的料爆给别人吗？你善良？嗬，真是天大的笑话。"

齐默没有理会李应青，但也没有反驳她的指责，而是跟史卿淡淡地说着话："网友反响如何？"

"小青被网上那群人骂惨了。"史卿将平板电脑塞进手提包，望向李应青，痛惜地道，"你说你，惹谁不好，怎么就逮着齐齐一个人惹？像你这样颠倒黑白、造谣诬陷齐齐，一而再、再而三地挑衅她的容忍度，齐齐脾气再好也该爆发了。"

"史卿，你少说风凉话，要我说，你和齐默都不是什么好东西。"李应青的情绪俨然已失控。

史卿冷笑，三年前她就想治李应青了，如果不是齐默动了恻隐之心，哪儿还轮得到李应青如今在网络上兴风作浪？

对于齐默来说，李应青骂她不是什么好东西，并不足以牵动她的心火。事实上，这些年鲜少有什么事能够让她动怒，她只是好奇。

齐默微笑着说道："我很好奇，你对我的仇恨怎么会这么深？我不是送你一本书助你成名了吗？你不知恩图报倒也罢了，怎么反而对我越发憎恨呢？原因是什么，求解。"

"齐默，你还打算装到什么时候？"李应青恨恨地说道，"我承认，我三年前盗走了你的《掌中血》，并且因为此书赚了一点儿名气，但我后来并非没有写出好的作品，甚至相继卖出了影视版权和动漫版权，但成片都遭卫视和网络平台退片处理，至今没有一部能够播出。这分明是你和史卿在背后搞鬼，如果不是你们从中作梗，我的作品怎么可能屡次被退片？"

齐默没有在李应青不知悔改甚至理直气壮的态度上过多打转，她的关注点在李应青的后半段控诉上。她将目光投向史卿，眼神询问：李应青的控诉内容是否跟史卿有关？

史卿的瞳孔骤然一缩，她很无辜地耸耸肩，力证自己的清白："我可没那么大的本事。"

齐默捕捉到史卿的眼神变化，她相信史卿的话，却不相信史卿对此事毫不知情，最起码究竟是谁在打压李应青，史卿必定是知情的。

齐默目不转睛地盯着李应青："所以，你为了报复我，特意选在我的作品《乱局》首曝电视剧片花的时候，往我身上泼脏水？"

灯光下，齐默的眼睛里仿佛有着上万颗小星星。许是那光芒太刺眼，李应青气势锐减，却又难掩激愤："你断我前程，我不往你身上泼点儿脏水，我心难安。"

史卿再也控制不住暴脾气了，厉声指责李应青："你难安个屁，我看你分明是忌妒齐默，严重的心理不平衡，继而导致你患有迫害妄想症，想成名想疯了吧？神经病。"

李应青朝史卿怒吼："你才神经病。"

齐默被史卿和李应青的对骂言语逗笑了，赶在史卿发火撕架之前，向李应青抛出了最后一个问题："今年情人节当晚，我和江棋来在街头偶遇，乘车回去的路上被拍，你发挥想象力，大胆猜测那个女孩子是我并不奇怪。我好奇的是，你是怎么知道我和萧文缤同居过这件事的？或许，我该问你，究竟是谁告诉你这件事的？"

李应青好不容易扳回一局，得意地说道："你这么有本事，自己去查呀！"

齐默承认自己很有本事，但还不至于为了满足这么一点儿好奇心，就去追查个所以然来。知情人只有那么几个，逐一排除后，嫌疑人也就那么一两个。

而萧文缤昨天下午在咖啡厅约见乔思佳，已经间接告诉了她答案。

此时正是用餐高峰期，各桌的菜品积压在一起，侍者上菜慢了一些，待史卿单独为李应青点的招牌菜悉数上桌之后，齐默和史卿已默契地起身离座，史卿前往吧台结账，齐默慢慢走向李应青。

李应青身体一僵，面色发寒，心里突然紧张起来。

齐默抬起右手，轻轻地搭在李应青的肩头，冷静地说道："我有三句话送给你。其一，手下留情这种事，在我这里只有一，没有二。"察觉掌下的肩膀似是轻轻抖了一下，齐默微微弯腰，凑到李应青的耳畔，"其二，我已委托律师事务所启动法律追责程序，并对《掌中血》一书和你发布的造谣言论进行依法取证和备诉。"

李应青反应极大，直接身体一别，避开了齐默的手掌"重压"，却无法控制手脚的颤抖。

齐默不以为然，缓缓直起身来，清冷的眼神仿佛被风雨浸泡过，带着梅雨季节才有的湿气迎面袭来。

"其三，晚餐的账单我帮你付了，但你的人生账单需要你自己慢慢付。"

李应青浑身打战，餐桌下的十指缠拧在一起，她不仅愤恨，还很无助。

齐默不予理会。迈步走出餐厅的她，把李应青这个人，以及李应青的负面情绪全甩到了身后。

她用一道瘦弱的背影向李应青展现出最高姿态的不屑和蔑视，更在无形中透露出一个信息——

"只有弱者才会恶意中伤强者，而你忌妒我的样子，真是丑到爆。"

齐默是强者。

然而，史卿第一次见到齐默的时候，齐默的事业正处于最低谷。至少在史卿看来，当时的齐默从名校毕业，况且又是双硕士高才生，却因为不能读写，屡次求职被拒，以至于中午坐在路边的椅子上啃全麦面包，给人一种凄凉感。

史卿后来才意识到，这世间的很多词语可以强行向齐默靠拢，唯有"凄凉"一词与她八竿子打不着。

初次见面，史卿携目的而来，走到齐默身边坐下，绞尽脑汁地想着搭讪词："小妹妹，光吃面包不喝水容易噎着。要不，你跟着姐姐一起干，姐姐保证带着你吃香的、喝

321

辣的。"

齐默表情漠然,暗中猜测她的职业,嘴里吐出两个字来:"老鸨?"

"……"史卿脸上的笑容僵住了,"哈",她夸张地笑了一声,她一黄花大闺女,上哪儿当老鸨去?

齐默幽默,真是幽默呀。

齐默大概从她的那声"哈"笑里领悟到答案有误,沉吟片刻,继续猜测:"搞传销的?"

"……"

史卿出师未捷身先死,拉着一张黑脸,气得直翻白眼,若不主动介绍她是谁,只怕齐默还能把她想象成罪该万死的人贩子。

齐默猜别人的身份都猜得这么有新意,史卿不签她签谁?

史卿曾是国内的大神级图书策划编辑,自立门户成立"小春光"以后,第一个想要签下的作家就是齐默。

史卿找上齐默的时候,齐默早已在编剧圈里小有名气。这要归功于齐默读研期间与著名编剧赵梓凡合作完成的一部微电影剧本,那部微电影内容虽短,但精彩绝伦,观众评分极高,导演更是凭借该片获得了微电影大赛一等奖。就在众人都以为齐默会进军编剧界或文学界的时候,齐默却悄无声息地找起了工作。

史卿不理解齐默为什么放着大好的工作机会不要,偏要进军职场遭人白眼,真是吃饱了撑的。

但她毕竟不是齐默。

齐默硕士毕业以后,明知道求职难逃被拒的命运,却还是勇敢地踏出了求职的第一步:递交简历,或是直接预约面试。一方面,她不愿意放弃任何一次就业机会;另一方面,她想通过自己的一腔孤勇,亲手为多年的拼搏生涯画上一个圆满的句号。

只有经历过就业最低谷,齐默才能比任何时候都更正确地摆正自己的位置,重塑自我价值,坚定自己的未来走向。

如果把事业比喻成一道选择题的话,既然A选项屡屡碰壁无路可走,那么齐默就只能在B选项上一条道走到底。

这是孤注一掷,齐默为了在B选项上开花结果,每个月仅是阅读量就高达十几本书,极度自律造就了她庞大的知识储备量,更造就了她的成功。

同龄人的青春,在一张张的自拍和一次次的聚会里,在每一次的升职加薪里,在友情和爱情的盛宴里。而齐默的青春在她的书海里,在一支支删完又说、说完又删的录音笔里,她以健康为赌注来拼一个未来。虽然名利双收是事实,但呕心沥血也是事实,被李应青盗走的那部作品就整整耗时半年才完成。

齐默选择息事宁人。

史卿却忍不了这口气，她想不明白齐默怎会甘心吃哑巴亏，怎能容忍李应青夺走本该属于齐默的心血和荣誉。

但对于齐默来说，李应青和江夷中有很多相似之处……因为相似，所以容忍。如果当年她做事委婉一些，或是对夷中再宽容一些，夷中也不至于死在她面前。

史卿不知内情，憋了三年的怨气，终于在开车送齐默回去的路上得以大肆宣泄，光是骂李应青就骂了半个小时，临了还不解气，对着齐默发牢骚："说到底都怪你当初心慈手软，要不然李祸害也不会蹦跶到现在。"

齐默没理她，望着窗外，归晚苑已近在眼前。

乘机回来之前，她曾分别致电爷爷和父母，得知家里有记者暗中蹲守，索性告诉家人，等她处理完眼前的麻烦再回去。

对于此次网络纷争，爷爷和父母心态良好，他们见证过她的成长历程，所以比任何人都清楚，这点儿纷争根本不会对她造成任何影响。

爷爷说："网上曝光你的那点儿绯闻我看了，小儿科，辱智商。"

父亲说："网上的评论乌烟瘴气，你该吃吃、该喝喝，不要理会。"

母亲说："我前两天刚去归晚苑帮你打扫过卫生，你回去以后，记得打开窗户通通风。另外，冰箱里什么食材也没有，你抽空去一趟超市，不要总在外面吃饭，不卫生。"

齐默住在归晚苑小区里。

数年前，齐默梳理手头的资产，拿出总资产的百分之三十设立家族信托，又拿出百分之二十用来做慈善，其余的资产进行理财。

在理财方面，齐默极具天赋，深谙财富激增获利之道，对于保值和升值投资亦有市场前瞻性，若非她对财富没有太大的野心，想必她的资产值绝对会在数年间呈现几何级增长。

四年前，归晚苑的开发商为了规避"国家明令禁止开发独栋别墅"等相关政策，索性推出一系列性价比极高的双拼别墅以供客户选择，无论是建筑布局，还是环境设施，都深受客户青睐。

齐默选择在归晚苑置办房产，不为投资，只为居住。

双拼别墅，顾名思义是由两个单元的别墅拼联组成的单栋别墅。齐默购买的是双拼别墅之一，位居双拼别墅主体右侧，至于左侧那栋别墅的主人……齐默虽然常年游走在外，但每次回归晚苑小住，从不曾见隔壁的业主露面，或许是业主不敢认领，或许是业主移居国外无暇顾及，又或许是业主身份特殊，当初购房的时候跟物业签订过保密协议，总之归晚苑的物业人员口风很紧，拒不透露业主的私人信息。

只不过，这天晚上貌似有点儿不一样。

史卿开车驶近家门口的时候，左侧那栋别墅竟然灯火通明，齐默难得地愣了一下。

"你刚回来，一个人住在家里挺寂寞的，要不我今天晚上不走了，留在你家里陪你住一晚？"史卿把车停下来，谨守朋友关怀之责，配以言语，很是贴心。

贴心只是假象。

史卿停车以后不熄火，双手紧握方向盘，赖在驾驶座上不下来，摆明了只是说说而已。

齐默看破不说破，道了声："不用。"

说罢，齐默解开安全带，开门下车。

史卿明显松了一口气，倒也不是她口是心非，而是齐默奉行断舍离原则，家里虽大，但楼上楼下除了生活用品，几乎一无所有，舒适感为零。像这样的苦行僧生活，也就齐默受得了，换成她，她早就看破红尘，出家当尼姑去了。

"你早点儿睡，我明天过来看你。"史卿冲着齐默的背影喊完话，踩下油门。

离开前，她下意识地望了一眼左侧的别墅，似有男子站在二楼的窗前。

史卿不用看向那名男子，脑子里已自发描绘出那人的五官轮廓和气质。那是一位青年男子，性格老成稳重，一举一动散发着极致的魅力，长相英俊，眉眼冷峻，宛如寒冰。他自带疏离感，教养极好，却拒人千里。

　　齐默在德国留学交换的那一年，Jonas曾不止一次地向她表达爱慕之情。

　　Jonas是经济学在读博士，也是学校专门为她安排的誉写员。Jonas作为一个土生土长的德国小伙子，身上有着极为典型的德国男人的特征：守时、喜清静、非常注重规则和纪律、严肃勤奋、绅士而又温柔。

　　Jonas的性格和国内的某人极为相似，无论是教养和涵养，还是外冷内热的性格都如出一辙。就连齐默在研究项目上遇到棘手的问题，Jonas都能和国内的某人一样，放下手头的工作，陪着她找出解决方法。

　　两人相识之初，齐默一句德语也不会说。

　　她所参与的硕士项目虽然提供全英语授课，但日常生活里使用德语的频率很高，齐默只能现学德语，好在Jonas总是不厌其烦地为她提供免费帮助，教她学习德语字母发音，为她讲解单词含义，捧着一本本德语学习类书籍训练她的听力。

　　研二上学期，齐默和Jonas有一大半的时间是在系图书馆里度过的。由于每个书架都高至天花板，所以书架前都会放置一把梯子，方便学生取放书籍。

　　那天阳光很好，系图书馆里光线充足，空气中飘浮着一股股书香味。她听从Jonas的指挥，从高处的书架上取出一本书籍递给Jonas，因为不清楚书籍里的内容能否帮助她的研究项目，说不定一会儿还要把书籍放回原位，她干脆坐在梯子上等着Jonas给出回复。

Jonas站在梯子旁快速地翻看手中的书籍，阳光照在他漆黑的头发和长长的睫毛上，他看起来专注认真，刹那间恍若国内的某人。

齐默不知道自己盯着Jonas失神了多久，她只知道她是在Jonas含笑的轻唤声里回过神的。

"小默——"

齐默觉得尴尬，只好说："不好意思，我刚才想事情入了迷。"

Jonas朝她眨眨眼："不用找借口，我知道我很帅，所以你一时之间着了迷不丢人。"

齐默失笑。

"我刚才看了一下，这本书里的内容对你的研究项目还是很有用的。"Jonas合上书籍，暂时放到书架的空格上，然后朝齐默伸出双臂，"你先下来，我们一起仔细研究研究。"

齐默看着Jonas的双臂，再看一眼Jonas的眼睛，一时之间也没多想，倾身攀住Jonas的肩膀，几乎被他半抱了下来。

齐默双脚落地，Jonas却没马上松开她，而是低着头害羞地笑了笑。就在齐默摸不着头脑的时候，Jonas手指下滑，坚定地握住了她的手。

齐默忽然明白了Jonas的心意。

"小默，我不想欺骗我自己，我想告诉你的是，无论你喜不喜欢我，我都非常喜欢你，非常。"

那是Jonas生平第一次跟异性表白，并且还是一位异国异性，虽然他语气坚定，但眼神闪躲，始终不好意思直视齐默的眼睛。

齐默这才意识到，Jonas刚才向她伸出双臂，不知鼓起了多大的勇气。他的那一伸手，看似谈笑自若，殊不知内心忐忑不安，充满了不确定。

Jonas是紧张的，齐默察觉他的手心里都是汗，一颗心也跟着软了。

"Jonas，我当然喜欢你。"

"真的？"Jonas面色一喜。

有几个学生经过前方的过道，齐默没有细看，因为手指一紧，Jonas激动地握紧了她的手。

"小默，你真的喜欢我？"

"真的。"齐默说，"Jonas，你是我在德国最好的朋友，没有之一。"

喜欢，是因为朋友之谊，而非男女之爱。

Jonas眼睛里的光芒一点点地消失了，他逐渐松开齐默的手指，尴尬地挠挠头，虽然泄气、沮丧，但心态极好，说道："我还以为你对我有一点点男女之间的喜欢呢，真是伤心。"

齐默上前主动拥抱Jonas，宽慰他："Jonas，你很好，比我认识的很多男孩子好，只可惜我骨子里是一个很传统的人，余生不愿离家太远，所以这辈子非中国男人不嫁。错过你，是我没福气。"

　　Jonas笑了："听你这么一说，我心情好多了，真想知道以后谁能有幸成为你的丈夫。用你们中国话说，那个人一定是人中之龙。"

　　齐默没有见过人中之龙，她只见过同龄人里的佼佼者。

　　离开他以后，哪怕置身国外，她也总会时不时地从别人身上看到他的影子，在Jonas身上如此，在刚才从书架旁路过的其中一个学生身上也是如此。

　　齐默想到这里，呼吸骤然一窒。她僵立几秒钟之后，忽然松开Jonas，转身朝那几个学生离开的方向追去。

　　"小默，你去哪儿？"Jonas一头雾水，冲着她的背影喊。

　　齐默听见了，脚步却未停，似乎正在寻找某个弥足珍贵的人。

　　那天，齐默把系图书馆找了个遍，后来跑出系图书馆，一不留神，被10月底的阳光刺痛了双眼，险些落下泪来。

　　当时慕尼黑已进入深秋，到处色彩斑斓，落叶铺了一地，齐默孤身站在满地的落叶上，仿佛无意间闯进了顶级艺术家的油画作品，她是渺小的，连带她的心事也是渺小的。

　　许是她的眼睛真的出了问题。

　　就在刚才，她竟恍惚间看到了萧文缜……又是一次视觉引发的幻象。

　　这里是慕尼黑，别说萧文缜不可能出现在这里，就算他出现在了这里，她又能怎么样，又该怎么样呢？

　　她没办法彻底遗忘她和他曾经的点点滴滴，却又不敢再奢想属于她和他的未来，所以这些年她精简度日，并渐渐养成了一个习惯——凡是容易让她上瘾的东西，她绝不允许自己太沉迷。

　　所谓东西，包括人。

　　5:30，齐默准时从睡梦中苏醒，天还未亮，卧室里昏暗无比。她在床上静静地躺了片刻，纳闷儿自己怎么会做这样一个梦，梦里是多年前的慕尼黑，梦里的事久远得像是上辈子发生的事。

　　齐默打开床头灯，在床上坐了一会儿，然后起床穿衣，简单洗漱。她有晨跑的习惯，当然，刮风和雨雪天除外。

　　晨间有雾，门前的路灯略显昏暗，不知名的小虫子围着灯光飞来飞去。齐默穿着一身黑色的运动装走出家门，经过左侧别墅门口时，忍不住抬头望向二楼的主卧室。那里窗户半开，微风掀开窗帘，室内灯光耀眼。

齐默收回目光，看来她的这位邻居要么也有早起的习惯，要么昨天晚上一夜未眠，要么是开着灯睡觉的。

很莫名，齐默心里乱糟糟的。

归晚苑附近有一处大型湿地公园，齐默于此晨跑一个小时后，散步回去。天已大亮，阳光穿过绿色的叶片洒落在路面上，明晃晃的，仿佛哪个珠宝商粗心大意间撒了一地碎钻，光彩熠熠，让人不忍轻易踩踏。

路过一家食客爆满的早餐店时，齐默走进去，要了一碗小米粥和一笼灌汤包。她环顾左右，行动快于思考，脚步已朝角落处而去。

角落处还有一个空座位。旁边两个女孩在吃早餐的过程中，眼睛也没闲着，手机放在餐桌上，正在密切关注娱乐新闻。

应该是娱乐新闻吧？

齐默端着餐盘走过去，和她们拼桌，短发女孩的眼睛始终盯着手机，她知道有人过来用餐，将手机往旁边挪了挪。

"谢谢。"齐默说。

"不客气。"短发女孩没有抬头。

当今社会，大多数人是低头一族，就连齐默的经纪人史卿也不例外，若是出门忘了带手机，必定焦躁不安，手机依赖症十分严重。

早餐店里略显嘈杂，却丝毫不影响手机外放声音的清晰度。

手机里的画面不是娱乐新闻，而是某个人昨晚出席活动时接受记者采访的转播。

　　记者："萧教授，近日《乱局》首曝电视剧精彩片花，获得'原著粉'的一致好评，请问您是否看过片花内容？"

　　萧文缜："看过。"

　　记者："《乱局》故事线里涉及多处违法交易和大量经济学观点，虽然赞誉度很高，但挑毛病的人也不少，对此您有什么看法吗？"

　　萧文缜（短暂沉默）："作者的专业素养很高，但在企业兼并重组流程、国内股市内幕交易，以及董事会成员实战操作等问题上存在几处小漏洞，不过瑕不掩瑜，里面涉及不少经济学理论。另外，剧情布局巧妙，还是很值得一看的。"

　　记者："今年初春，您的父亲萧博彦导演在朋友的强烈推荐下，熬夜看完《乱局》，有意联合您的母亲沈乐安女士将书中的故事搬上大银幕，据悉已于3月初敲定《乱局》的电影版权，目前还处于打磨剧本阶段。如您刚才所言，《乱局》一书中涉及几处经济学小漏洞，请问您作为经济学专业人士，届时会不会针对以上几处经济学小漏洞，对接下来的剧本创作提供专业性指导？"

　　萧文缜："看情况。"

记者："最近，您和同门师妹齐默之间的同居绯闻在网络上传得沸沸扬扬，大家都很关注您的父母和齐默接下来的电影合作，是否会因为此事而受到影响，请问您是否会出面调节一下……"

一碗小米粥，齐默只喝了几口。

一笼灌汤包，齐默只吃了一个。

齐默起身离座的时候，椅子腿剐蹭地面，发出了一道刺耳的响声，终于引来两个女孩的侧目，虽然只是匆匆一瞥，但她们还是看到了齐默的长相。

两个女孩先是一脸疑惑，大概以为自己眼花看错了，直到看清对方的表情，这才笃定自己没有看错。

"我的天哪，M刚才和我们同桌吃饭，不会吧？"

"就是她，跟网上曝光出来的照片一模一样，你说我俩都是什么眼神啊，光顾着看手机了，早知道请她帮我签个名了，一定羡慕死我身边那群小姐妹。"

"根据网上爆料，M本人不能读写，她怎么帮你签名？"

"也对。哎呀，真是可惜死了。不行不行，我要把M没吃完的早餐拍下来发到朋友圈里，让我的那帮朋友好好看一看。"

"你的朋友谁会相信早餐是M吃剩的，我随便拍一份早餐，配上文字说是萧文缜吃剩的，有人信吗？别傻了你。"

"我不管，反正我要拍下来发朋友圈，他们爱信不信。"

史卿是被齐默的一通电话叫到归晚苑的，过去的时候，还贴心地买了两人份的早餐，只可惜齐默一点儿食欲也没有。

齐默刚洗完澡，穿着灰色的家居服走进开放式厨房，心平气和地问史卿："今年3月初，你帮我把《乱局》的电影版权卖给了萧博彦？"

"是呀。"史卿坐在厨房右侧的吧台上，一边吃油条，一边翻看手机新闻，得意地道，"萧博彦可是国内知名导演。前些时候，他看中《乱局》的故事线，想把《乱局》搬上大银幕，我立马就同意了。要知道，促成你和萧博彦的合作，你的名气将会再上一个台阶，我没理由拒绝。"

齐默拿着烧水壶去接水，史卿业务能力一流，就连资源整合能力在业内也是数一数二的，碰上这样一个神仙合伙人，齐默除了感慨自己好运，貌似稍加不满都像是挑刺儿。

"你一大早喊我过来，就因为这事？"史卿好奇地问道。

齐默接完水，把水壶放到插座底盘上，按下开关，双手撑着吧台，想了想，问道："如果我要收回《乱局》的电影版权，按照你们当初签订的合同内容，我需要支付对方多少违约金？"

"你疯了吗？"史卿皱着眉，从手机新闻上移开目光，几乎是瞪着齐默道，"好端端的，你干吗收回《乱局》的电影版权？我不同意。"

齐默追问："多少？"

"天价。"

齐默听出史卿的不满情绪，回她一句："把你卖了够不够？"

"把你卖了都不够。"史卿恨恨地咬断油条，含在口腔里用力咀嚼片刻，似是越想越觉得不对劲儿，猛地将嘴里的食物咽进肚子，疑惑道，"我真是搞不明白，以前无论我把你的作品版权卖给谁，你都是一副事不关己的态度，今天是怎么一回事？"

烧水壶内传来轻微的响声。

齐默之前确实不太理会她作品的版权去向，但萧博彦是萧文缜的父亲……算了，她只是随口问问，难道还真毁约不成？

"你是因为萧文缜对不对？"史卿见齐默没有吭声，坚信了自己的想法，顿时松了一口气，"有什么呀，就算你和他同居过，谈过恋爱怎么了？再相见亦是朋友，跟谁过不去也不能跟钱过不去，你说是不是？"

齐默不接话，翻找出清洁毛巾，蘸取少量洗涤剂清洗灶台，过了好一会儿才轻轻吐出一句话来："他昨天晚上出席活动时，批评我《乱局》一书里存在几处经济学谬误。"

他？

萧文缜？！

史卿诧异。

"你从哪儿看的新闻，我怎么没看到？"史卿低着头搜索相关新闻，虽然找到了萧文缜接受采访的视频，但史卿很怀疑自己的眼睛和耳朵是不是都出了问题——那个，萧文缜只是说《乱局》一书里存在几处小漏洞，称不上批评吧？

不过，既然齐默认定萧文缜是在批评她，史卿也就只能顺着她的意思宽慰道："批评就批评吧，一部再成功的作品，也会有人不喜欢。反正这些年你也没少被人批评，你不是从来都不在乎别人的声音的吗？无所谓啦。"

齐默停下了擦洗灶台的动作，冷冷地看了史卿一眼，史卿正在喝豆浆，接触了齐默"有所谓"的眼神后，险些把豆浆喷出来。

好吧，她说错话了，继续劝。

"你要这么想，萧文缜批评你的作品，从某种程度上来说，是在为你的作品拉人气，等于免费帮你宣传，所以也就没什么可生气的啦。"

"我没生气。"

"好，你没生气，是我口误，我道歉。"史卿想笑，却强忍了下来，就齐默现如今这副斤斤计较的模样，不是生气的话，史卿就把自己的名字倒过来写。

史卿和齐默相识多年，齐默给人的感觉一直是冷冷淡淡的，史卿从未见她如此在乎一个人的评价。

齐默这个样子，跟闹别扭有什么区别？

史卿清了清嗓子，重新喝了一口豆浆润喉，故意板着脸吐槽："其实吧，我也觉得萧文缜当着记者的面批评你的作品，这事做得很不地道。不管怎么说，你们之间的过往情分摆在那里，仅凭这一点，他就不可以批评你的作品。你说说，他怎么能这么不念旧情呢？怎么嘴巴这么毒呢？真是太渣了。"

"我有说他很渣吗？"齐默不高兴了。

"没有，是我口误，我又口误了，对不起。"史卿的笑容压都压不住，她给齐默出主意，"其实这事很好办，萧文缜不是批评你的作品吗？明天你当着他的面批评他不就完了吗？顺便还可以澄清网上的不实……"

"明天？"齐默打断史卿，心里浮起一丝不好的预感，把清洁毛巾丢到洗碗池里，转过身质问史卿，"你把话说清楚，什么明天？"

史卿的气势瞬间弱了下来，她赔着笑脸解释："这不前两日李应青在网上黑你吗？不少媒体记者和电视台向你发出采访通告，经过我的仔细筛选，最终帮你接了《以文会友》这个节目。事先声明，我帮你接萧文缜的节目，可都是为了你好。李应青诬陷萧文缜对你厌恶至极，连带萧文缜的那群女粉丝也都厌恶你，我看着就来气。另外，你和萧文缜之间的同居绯闻受全民关注，所以明天你只需要和萧文缜同台，即便什么话也不说，也能打破网上的那点儿谣言，到时候比你发任何声明都有用。"

齐默的太阳穴突突直跳，她接连深呼吸数次，方才克制住坏情绪，不怒反笑："我有一个问题，劳烦你帮我解答一下。如果我刚才不问你，你打算什么时候告诉我，我明天有一个采访通告？"

"你不问我的话，我最迟今天中午之前也会告诉你这件事情的。"

电视台那边早已安排就绪，史卿不能拖到明天才告诉齐默。

齐默头痛不已，不知是昨夜没睡好，还是被史卿先斩后奏气的，但齐默毕竟是一个管控情绪的高手，终究只是将内心的不悦发泄在警告里："史卿，我和你的经纪合约，貌似没有延续的必要了，你觉得呢？"

史卿只当没听见，齐默现在在气头上，她说多错多，不吭声就对了。

至于齐默要终止她俩的经纪合约？

开玩笑。

天下熙熙皆为利来，天下攘攘皆为利往。

齐默是她的摇钱树，她怎么可能放弃齐默这个钱罐子？更何况……就算她同意齐默跟她解除经纪合约，也要看那个人同不同意，她可做不了"小春光"的主。

夏日的午后，湛蓝的天空上飘浮着一朵朵白云，花草树木经过一上午的暴晒，早已病恹恹地收敛了锋芒，如同齐默的心境，平平淡淡，若非置身电视台的化妆间，这样的午后倒是很适合小憩。

　　女宾化妆间里，栏目组的化妆师给齐默化妆的时候，史卿也没闲着，正在跟年轻的女编导对采访流程。

　　"齐老师，您要的日常妆已经化好了，您看一下是否有不满意的地方？"化妆师按照齐默的经纪人史卿的要求，只给齐默化了最简单的日常妆，十几分钟就搞定了。

　　"挺好。"齐默心不在焉地看了一眼镜子，起身离座，"我去趟洗手间。"

　　"齐老师，出了门走廊尽头左转就是女宾洗手间。要不，我带您过去吧？"说话的人是年轻的女编导，她特别喜欢齐默的作品，刚跟齐默合完影，此刻激动的情绪尚未平息，说话间已站起来。

　　齐默婉拒女编导的好意，离开女宾化妆间以后，在洗手间里待了很久才出来。镜子里的她意兴索然，对于即将到来的故人重逢，并不像表面看起来那么风平浪静，她用数年的时间淡忘萧文缜，却终究抵不过回忆留给她的影响力。

　　齐默原路返回女宾化妆间，却在几个一模一样的化妆间门口犯了难，适才出来时她没有太留意，以至于分不清楚自己究竟是从哪个房间里出来的。

　　齐默出来时没带手机，站在其中一个门口犹豫不决，转动门把手，决定推开门碰碰运气。

　　房门开启，室内的谈话声猝然停止，接连好几双眼睛望向门口……的她。

　　齐默心弦一紧，没有想到她的运气会这么"好"。进错房间倒也没什么，偏偏她进的房间不是别人的，而是某个故人的休息间，所以一时间伫立在门口，进也不是，退也不是，真是尴尬极了。

　　包括齐默在内，室内一共有四个人，另外三个人分别是：萧文缜、萧文缜的助理徐扬、电视台的当家花旦庄裕琳。

　　齐默认识徐扬和庄裕琳并不奇怪，萧文缜是名人，徐扬作为名人的助理，出镜率较之一般人要高，这些年齐默没少在电视上看到徐扬。

　　至于庄裕琳，齐默推开门的时候，恰好目睹知性美女主持人庄裕琳正坐在沙发的扶手上，上半身微微倾向坐在沙发上翻看文件的萧文缜，长发若有似无地撩拨着他臂弯处的白衬衫的衣料，姿态亲昵，含笑的面容颇为清新脱俗。

　　庄裕琳，中国内地女主持人，本科毕业以后参加主持人大赛继而出道，因主持功底不错，再加上形象很好，成为电视台力捧的花旦。

　　两年前，庄裕琳陪同萧文缜前往苏州拜访萧文缜的外公和外婆，出行照片被媒体曝光以后，两人一度被人误以为好事将近。

这件事，有一阵子被很多人传得真假难辨，齐默想不知道庄裕琳的名字都很难。

但听说是一回事，亲眼所见却是另外一回事，庄裕琳与萧文缜之间很亲昵是事实，萧文缜没有对庄裕琳划分男女界限也是事实。

坐在沙发上的萧文缜，穿着白衬衫、黑西裤、黑色手工皮鞋，早已褪掉年轻时的意气风发，经过几年的岁月沉淀，举手投足间皆是成年男子的性感魅力，成熟而又稳重，除了面容依旧冷峻，细长的眼尾处依然是经年不变的冷漠。

就在刚才，齐默推门进来时，萧文缜曾短暂地抬头对上她的目光，虽然只有一眼，但齐默还是看清了他的眼神——没有惊讶和欢喜，反而压得人喘不过气来，平静得像是在看一个陌生人。

齐默的心绪沉了下来，她和他多年未见，可不正是形同陌路吗？难不成还指望萧文缜起身上前向她问好吗？

齐默与萧文缜对视不过两秒钟，萧文缜已收回目光，低着头继续批注手头的文件，吩咐助理："徐扬，女嘉宾找不到她的化妆间，你带她过去。"

他的语气里没有客套和寒暄。

齐默这两天在网络上风头正旺，庄裕琳通过网络看过齐默的照片，显然已经认出她，基于礼貌，朝齐默点了一下头。齐默也颔首致意，没有等徐扬走过来给她带路，直接转身离开了萧文缜的休息室。

徐扬看向萧文缜，见他专注于文件内容，只好拔腿追了出去："齐老师，您等等——"

庄裕琳重新坐到沙发的扶手上，抬起手肘碰了碰萧文缜的臂弯，接连"哎"了好几声，却始终得不到萧文缜的关注。大概习惯使然，庄裕琳也不生气，皱着眉头道："刚才站在门口的那个女人是齐默吧？就是那个网传跟你同居过的'蛇蝎女'？"

"裕琳，别忘了你的身份，你作为一名媒体工作者，就算是娱乐新闻也要讲究真实性，不能别人瞎起哄，你就人云亦云。"萧文缜面无表情地说完这句话，朝敞开着的房门口伸出手臂，"我还有事要忙，现在请你出去。"

闻言，庄裕琳翘起的嘴巴都快贴到她的鼻尖上了。

《以文会友》的采访过程远比齐默想象的吃力，这份吃力感来源于《以文会友》的主持人萧文缜。

萧文缜经验丰富，主持功力深厚，出色的专业素养和文化品位紧密相连，犀利的语言风格更是自成一派。

齐默对他的主持风格并不陌生，甚至还很熟悉，毕竟读研时期没少领教他的好口才，但今天录制节目时，萧文缜有点儿咄咄逼人了。

他把一贯用在他人身上的咄咄逼人，极为罕见地用在了齐默的身上。

此次采访，虽然是在《以文会友》的录制现场，但应史卿的要求，录制现场并未安排观众入场互动。

除了主持人萧文缜和女嘉宾齐默，就只剩下栏目组的工作人员、齐默的经纪人史卿和萧文缜的助理徐扬了，林林总总加起来少说也有十几人。

后来，史卿无比庆幸她有先见之明，若非事先拒绝观众参与录影，只怕齐默在录影过程中的高能表现，又要被现场观众捅到网上去。齐默火不火，节目收视率爆不爆暂且不说，仅是萧文缜的那帮女粉丝，一人一口唾沫都能淹死齐默。

这也不怪史卿危言耸听。事实上，当天午后录制现场的人都蒙了，气氛足足沉寂了好几分钟。

怪只怪，萧文缜不按之前拟定好的采访流程走，正式开录以后，他一句话也不说，而是定定地看着齐默，令人窒息的压迫感迎面袭来，别说当事人齐默了，就连现场的其他人都能感受到萧文缜的气场有多强大。

面对萧文缜的眼神施压，齐默却能镇定自若。

萧文缜："今年2月14日，你跟青锋网CEO在车内激情热吻是怎么一回事？"

齐默："你说我《乱局》一书里，企业兼并重组流程有谬误，谬误在哪里？"

萧文缜："狗仔拍出来的接吻照片，是拍摄角度带来的效果，还是事情的真相？"

齐默："国内股市内部交易存在司法谬误，我无论怎么写都有现实案例做依据，至于董事会成员的实战操作，具体谬误出在哪里，还请详细告知。"

萧文缜："你和他在车内贴得那么近干什么？"

齐默："……"

录制现场鸦雀无声。

所有人惊呆了。

史卿万万没想到，她昨天早晨对齐默说的玩笑话竟然会成真，当时她怎么说的来着？

"其实这事很好办，萧文缜不是批评你的作品吗？明天你当着他的面批评他不就完了吗？"

史卿肠子都快悔青了。

说者无心，听者有意。

这哪儿是什么采访，分明是争锋相对、各说各话。若论强势度谁更胜一筹，萧文缜能上天的话，齐默绝对能入地。

《以文会友》栏目组的工作人员目睹这一幕，这才开始有点儿相信萧文缜和齐默之间的同居绯闻，只不过萧文缜对齐默的态度并不像李应青所说的那般厌恶至极，最起码他们听完两个人的对话，最直观的感受就是——台上这两位大名人是在当着众人的面打情骂俏！

这还是他们严肃淡漠、冷静自持的萧教授吗？明明还是那张帅死人不偿命的高颜值面容，言行举止却像是换了一个人。

执行导演率先反应过来，举着字幕牌提醒他们亲爱的萧教授回归采访流程，奈何萧教授视若无睹，目光锁定齐默，没有温情，只有较劲。

齐默心里一时间万般滋味皆有，悄悄涌现的思绪被她隐藏在低敛的眉眼间、清浅的呼吸里，甚至是放慢的语气里："2月14日那天晚上，我身体不舒服出门买药，他正好经过，送我回家的途中，我突然开始流鼻血。"说到这里，齐默站起身来，于众目睽睽之下走到萧文缜的身旁坐下，然后侧过身体靠近萧文缜，明亮的灯光洒落在他和她的面部轮廓上，隔着一厘米的距离，齐默伸出手指轻轻抚过萧文缜高挺的鼻梁，对着他现场教学，"这个角度是擦鼻血。"

齐默现场模拟那晚车内的情景，显而易见她扮演的角色是青锋网CEO，不苟言笑的萧文缜被迫扮演的角色是情人节当晚的她。

她的这一举动吓坏了在场的所有人，史卿惊得咽口唾沫都能被呛死，接连咳嗽了好几声，想要提醒齐默适可而止，结果却败给了齐默接下来的惊人之举。

这一次，齐默吻上了萧文缜的唇，触碰不足一秒钟就火速撤离，淡淡地重申："这个角度才是接吻。"

现场的抽气声此起彼伏。

众人僵住了，显然被眼前这一幕镇住了。

萧文缜抿着唇不吭声，帅气的脸上虽未出现愠色，但目光锐利，极具杀伤力。

齐默没有回避，而是看着萧文缜的眼睛，道出他一心追问的答案："我和青锋网CEO情人节当晚互动，仅限于青锋网CEO帮我擦鼻血。"

录制现场寂静无比。

齐默当着所有人的面占完萧文缜的便宜，站起身就要回自己之前的座位，却被萧文缜唤停了脚步。

"齐默——"

萧文缜的嗓音又低又沉，飘荡在演播厅里，格外撩人。

齐默止步回头。

萧文缜坐在沙发上静静地看着她，眼睛漆黑如墨，宛如两池深不见底的潭水，看似不起波澜，细看却像漂浮着一层寒意，他微微眯眼，冷冷地质问齐默："你示范就示范，我有允许你亲我吗？"

演播厅里静得可怕。

齐默面色如常，然而体内交感神经处于亢进状态，超出人体调节体温所需量，继而引发出一系列生理反应。比如：手心出汗。

偏偏，齐默的语气是冷静的，从容的："亲都亲了，还能怎么办？要不，你亲回来？"

Chapter 12
你的心也变了吗

萧文缜没有回亲齐默。

事后，录制现场所有人的脑子里浮起这样一个念头——如果导演组不出面干涉，暂时中断节目录制，萧教授面对齐默的言语挑衅，是否会当着众人的面回亲齐默？

这是一个不解之谜。

众人唯一可以窥探到的事实，是李应青所爆黑料真假掺和，不管萧文缜和齐默是否在读研期间同居过，他们的关系都必定不只是同门师兄妹。

关于爱情，网上有一句话流传盛广："所有眉眼间的故事，不是喜欢，就是辜负。"

萧文缜和齐默之间有过去，众人不是瞎子，彼此心照不宣。

那天节目录制结束后，在场的人都在议论齐默，女性艳羡她的气场和魅力，男性敬佩她的学识和才华。

一个成年女子最高级的魅力，是刻到骨子里的坚忍和霸气，是由内而外散发出来的强大气场，是对自我价值的高度认同感。

以上种种，齐默皆占。

齐默很自信，这种自信恰恰是常年自律生活带给她的沉淀和底气，坚定奋斗目标的同时，还具备强大的自我管理能力。

试问，当一个人可以狠下心将自己放到时光齿轮里精准转动，不沉溺于安逸、不虚度光阴、不贪恋享受，严格把控自己生命中的每一分每一秒，这个人又有什么理由不自信呢？

因为自信，所以她才不惧外界目光，当众亲吻同样气场强大的萧文缜。

有人说："齐默胆大包天，做了很多一般女人不敢做的事情，佩服至极。"

也有人说："齐默强吻萧教授是一个大爆点，如果公布于众的话，绝对会制造争议，引爆网络。"

节目组的导演却不这么想。

其一：齐默的经纪人史卿和导演组打过招呼，最初录制的镜头过于敏感，希望节目组予以删除。

其二：萧文缤特意嘱咐导演组，有关齐默强吻他的画面不许剪辑在节目里，更不许曝光在网络上。

节目组没人敢挑战萧文缤的底线，最初录制的镜头悉数作废，经过重新录制，几天后播出的是另外一个版本。

《以文会友》最新一期节目播出那天，齐默和萧文缤充分发挥双名人绯闻效应，实时收视率全国第一，更是打破了开年访谈类节目创下的最高收视纪录。

神秘作家M首次公开亮相，众多书迷急于一睹自家偶像的真容，以至于弹幕霸满屏幕，几乎刷爆了齐默出现的每一帧画面。

"哇，这气质、这谈吐、这气场，真是自信到姥姥家了。"

"我家齐默文艺气息好浓哇，简直是禁欲系女神。"

"齐默的衣品好到爆，跪求弹幕里的各路大神，谁能告诉我，齐默身上这套衣服是什么牌子的？"

"小姐姐攻气十足，看得俺和几个小姐妹在宿舍里哇哇直叫，都快疯了。"

"跟大家郑重介绍一下，这是我老婆齐默，羡慕死你们一群老光棍，嘿嘿。"

"啊啊啊，这两人怎么能这么般配呀？"

"迫切想看齐默和萧男神读研时期的同居趣闻，如果齐默愿意写的话，我一定发动身边的朋友砸钱购买。"

"完了，原本还盼着萧男神有朝一日娶我呢，现在看到他的前女友这么优秀，我还是洗洗睡吧。"

"什么前女友，那是李应青在造谣，我家萧男神可从来没说过齐默是他的女朋友，更不曾说过和齐默同居过。"

"对，萧男神是我老公，你们这群不要脸的，都离我老公远一点儿，呸呸呸。"

"比我成功的人，比我还努力，我感觉自己之前都白活了，深深地鄙视我自己。"

"跟齐默一比，此刻把暑假作业丢到一旁，正在打吃鸡游戏的我真是堕落，默哀三秒钟，算了，我还是继续堕落吧。"

"萧男神和齐大作家怎么只字不提李应青曝光的那些黑料呀，真是急死我了。有谁跟我一样，想知道齐大作家和萧男神，以及江棋来之间究竟有没有男女之间的那点儿事？"

……

镜头里，齐默神色平静，穿着宽松的白衬衫和黑色长裤，冷淡风帅气迷人，面对萧文缜的独家采访，浓厚的文化底蕴决定了她谈吐不凡，与萧文缜的互动可谓神仙打架。

齐默不愿深谈网络舆论，因为她说："我回应过此事，在我经纪人发的律师声明里。"

齐默不愿深谈年少过往，因为她说："我的年少过往，在华大《默听梦想》宣传片里。"

齐默不愿深谈写作经历，因为她说："我的写作经历，在我出版上市的一部部书籍里。"

齐默做客《以文会友》，与萧文缜交谈得最多的，是她作品中涉及的经济学案例，还有对当代经济发展现状的认知和见解，思想新锐，观点极具思考价值。

节目进行到尾声的时候，屏幕上再次炸窝。

"哇，好一个国民前男友，世界欠我一个萧文缜。"

"我家萧教授男友力爆棚，在线求复合。"

"呜呜，捂着眼睛不敢看，心好痛。"

"柠檬树上柠檬果，柠檬树下你和我，酸死妹子算了。"

"萧文缜的正牌媳妇儿表示已经哭晕在厕所。"

"全国人民发来贺电，让'狗粮'来得更猛烈些吧。"

"放开萧教授，让我来。"

……

屏幕里的画面：萧文缜从沙发上站起身，迈着稳健的步伐走到齐默面前，齐默随之站起身来。

萧文缜伸出手臂将她抱到怀里，手掌贴在她的后背上，薄唇开启，落地有声："几位同门师兄、师姐知道你要上我的节目，委托我传一句话给你。"

"什么话？"

"流言蜚语面前，整个师门就是你强有力的后盾。"

"……"

"包括我。"

网上的舆论风向标变了，萧文缜仅用一个拥抱，短短三个字，就彻底粉碎了他和齐默之间的"爱恨情仇"，不仅帮助齐默瞬间摧毁"蛇蝎女"人设，还间接否定了李应青的爆料。

一夜之间，官司缠身的李应青遭遇粉丝大批量脱粉，名气、口碑一落千丈。

李应青寝食难安，接连几次拨打乔思佳的手机号码，总是拨不出去，她这才意识到乔思佳早已把她的手机号码拉进了黑名单。

午后，李应青怀揣着满腔激愤走进《追梦者》负责人的办公室，颇为愤怒地质问乔思佳为什么要骗她。

"我怎么骗你了？"乔思佳眼尾上扬，冷冷地看了李应青一眼之后就不再看她，而是低着头专心制作微景观，声音很轻，语速很慢，似是怕打乱手头的节奏，间接影响自己的制作成果，"要说骗，那也是你欺骗了我们的朋友之谊。我把你当朋友、姐妹，才会跟你私下聊天不设防，才会跟你吐露萧文缜和齐默曾经在读研期间同居过的事，可是你呢？你竟然恶意曲解我的话，造谣中伤齐默。李应青，你真是太让我失望了。"

乔思佳的表情异常平静，就好像她对李应青的失望只是随口说说而已。

李应青气急败坏，激动地道："我没有恶意曲解你的话，明明是你告诉我，萧文缜习惯跟异性保持距离，齐默却跟他走得很亲近……"

"我是说过齐默跟萧文缜走得很亲近，可我说过齐默恬不知耻地勾引萧文缜吗？"乔思佳出声打断李应青，往玻璃器皿里的营养土里种上绿色的小植物，状似无奈地叹了一口气，"你是不是理解能力有问题？他们是同门师兄妹，走得亲近不是很正常的吗？"

李应青憋红着一张脸，说道："你还告诉我，国大原本内定的是萧文缜前往德国做交换生，结果却变成了齐默。你说赴德名单下来以后，萧文缜和齐默便不再有任何交集，这些话都是你说的，你承不承认？"

乔思佳点头："嗯，我承认。但我何曾告诉你，齐默抢夺了萧文缜的赴德名额？又何曾告诉你，萧文缜和齐默之后没有任何交集，是因为萧文缜识破了齐默的阴险嘴脸？所以麻烦你告诉我，究竟是你在造谣生事，还是我在无中生有？"

李应青六神无主，声音里已带着哭腔："是你说我比齐默优秀的，你不是很同情我被齐默打压的遭遇吗？如果不是你在背后撺掇我道出真相，我也不会发文攻击齐默，弄成现在这个样子，人人找我问责，你让我怎么办？"

乔思佳的嘴角微微牵动，她不是很认同李应青的用词，说道："你使用'撺掇'这个词谴责我，我可真是担待不起。我是说过让你道出真相，可我有让你信口雌黄吗？另外，你不要偷换概念，我让你道出的真相，是齐默最近三年打压你作品的真相，可不是让你添枝加叶往齐默的身上泼脏水。"

乔思佳种植好绿色小植物后，开始有序地往玻璃器皿中铺上生机勃勃的翠绿色天然苔藓，漫不经心地谴责李应青："还有，我当初为什么说你比齐默优秀？你不要揣着明白装糊涂。因为我是《掌中血》这本书的忠实读者，这也是我当初邀请你上《追梦者》节目，继而与你成为朋友的起因，但我没想到《掌中血》这本书是齐默写的，所以'你比齐默优秀'这句话，大概是我迄今为止说过的最后悔的一句话。齐默的作品里有浓浓的烟火味，她懂得人生八苦，生、老、病、死、爱别离、怨长久、求不得、放不下，更懂得生命的残缺和活着的意义，这些都是你终其一生无法企及的。你有写作才华，却没有齐默那样出众的写作天赋，承认自己不如齐默就那么难吗？非要抹黑齐默，将自己弄得身败名裂，何必？"

李应青情绪崩溃，强忍着眼泪不肯当着乔思佳的面流下来，直到这一刻，她才认清楚一个事实，禁不住冷笑着说道："你从来都没有把我当成朋友，对不对？"

"你错了，我曾经视你为朋友，但自从你利用我们的私密话打击齐默的那一刻起，我和你便不再是朋友。"说话间，乔思佳已做好她的第N个微观苔藓盆栽，一只迷你透明玻璃瓶内，苔藓和绿植构建成十分具有生命力的绿色世界，极简，却极为养眼。

乔思佳终于抬眸看向李应青，献宝一样捧起微观苔藓寻求李应青的认同："好看吗？"

语气欢欣期待，似乎刚才的友谊翻船只是李应青的单方面假想，根本就不存在。

李应青看着乔思佳，犹如看一个陌生人，她和乔思佳相识三年，她以前一直觉得乔思佳知性、美丽，是一个女神级的成功人士，但如今再看，只觉得毛骨悚然。

乔思佳貌美如花，城府深沉。

李应青如同置身在悬崖边，不哭，反而看着乔思佳笑了起来，笑声由小至大，边笑边摇头，甚至一度笑出了眼泪。

乔思佳诧异地看着李应青，问道："你疯了吗？"

李应青没疯，但收敛笑声之后，狠狠地扬起手给了自己一巴掌，这一巴掌不仅打到了她的脸上，也打到了她的心里。

李应青说："三年时间上你一堂课，我认了，所以这一巴掌算是我给你交的学费。"

乔思佳扬唇苦笑，似乎觉得李应青真是疯了，站起身把刚做好的微观苔藓放到植物角的架子上，没有搭理李应青。

李应青盯着乔思佳的后背，突然问道："你喜欢萧文缜对不对？"

乔思佳不作声，手里拿着小喷壶，不紧不慢地往微观苔藓上喷洒水雾，身后，李应青还在说："乔思佳，你真以为我不知道吗？你跟我一样看不起齐默，却又忌妒齐默比你我混得好，所以你才会借着我打击齐默。你把我当枪使，我不怪你，因为你和我半斤八两。你说我不如齐默优秀，没错，我的确不如齐默优秀，但是你呢？你又何尝不是齐默的手下败将？"

乔思佳细心呵护架子上的一罐罐微景观，清了清嗓子，懒得接话。

"乔思佳，我真可怜你。"

李应青说完这句话，一刻也不愿意在乔思佳阴凉的办公室里多待，蓦然拉开门把手，险些和正要敲门进来的男人撞个满怀。

男人看到她后略感惊讶，直到李应青寒着一张脸离开，他才走进乔思佳的办公室。

乔思佳这几年给自己找了一个新爱好，比如说苔藓植物，为此还专门在办公室里划分了一块区域做植物角，架子上放满了各种形态的微观苔藓。

问她为什么喜欢种植苔藓，她给的答案是："因为苔藓植物多半生长在潮湿环境里，偶尔给它点儿阳光，它就能灿烂一整天。"

办公室内空调制冷温度过低，沈燮拿起遥控器将温度调到25℃，忍不住询问乔思佳："怎么回事？"

"什么怎么回事？"乔思佳打马虎眼儿。

沈燮犹豫了一下，说："三年前，李应青由于《掌中血》一书大火，后来上完咱们节目以后与你成为朋友。另外，文缜和齐默同居一事，知情人应该没有几个，所以除了你向李应青泄密，我实在想不出第二个人。"

"你怀疑是我在背后搞鬼？"乔思佳转身看他，并未生气。

沈燮双臂环胸，对上她的目光，说道："怀疑你的人不是只有我一个吧？前几日文缜约你在咖啡厅见面被偷拍，难不成是找你叙旧？"

乔思佳轻笑一声，问道："偷拍？"她把喷水壶放到架子上，朝办公桌走去，"如果萧文缜不愿意，你以为媒体能拍到他和我在咖啡厅见面的照片吗？那家媒体之所以会得到消息，是因为萧文缜让徐扬故意泄露行踪，其目的不过是帮助齐默分散热点和舆论压力罢了，而我不过是齐默的挡箭牌。"

"思佳，你对文缜的敌意太深了。"沈燮皱着眉劝道，"我知道你喜欢文缜，爱而不得难免会心生怨愤，连带着讨厌齐默，我都理解。但你想想，如果文缜不把你当好朋友，当年离开《追梦者》寻求新发展的时候，也不会执意将个人股份拆解成两份转到你我名下。仅凭这一点，你就不能对他心生恨意。"

萧文缜把她当好朋友？

乔思佳想笑，很想学李应青一样嘲讽地大笑，可她最终还是没能笑出来。她的心里藏着一个秘密，一个永远也不能说出口的秘密。

这个秘密一旦说出口，受伤害的人不仅仅是齐默，还有沈燮。

齐默怎么样，她不在乎，但她不能不在乎沈燮的感受，沈燮是她在这个世上唯一的好朋友，她不忍心伤害他。

更何况，研一下学期的那个5月，萧文缜曾经在这间办公室里警告过她："收好你的战利品，从此以后闭上你的嘴。"

她清楚萧文缜的为人，人情淡薄，能被他重视的人没有几个，如果她敢违背他的意愿吐露秘密，他的报复手段一定是极为残忍的。他能给她想要的一切，就能毁掉她目前所拥有的一切。

她不敢冒险，却不能不恨。

李应青说错了，沈燮也错了，她早已不再爱萧文缜，她只是看不惯齐默被那么多人放在心里爱护……

齐默不能读写，被隐疾拖累；她有嗜赌如命的母亲，终日被亲情压得喘不过气。她们看似境遇不同，但都是负重前行的女子，凭什么齐默活得比她好？

所以，有一点李应青没有说错，她看不起齐默，却又深深地忌妒着齐默。

想到这里，乔思佳自嘲地笑了笑，往手心里挤了几滴免洗洗手液，坐在办公桌后搓洗手指，顺着沈燮的话，心不在焉地说："这么多年过去了，他和齐默始终没有在一起，我以为他已经彻底放弃齐默了。"

沈燮感慨道："付出过真心，忘掉一个人哪儿有那么容易？"

齐默性情古怪，沈燮以前不明白，喜欢萧文缜的女生那么多，萧文缜为何独独钟情于齐默？但这世上哪儿有那么多为什么，喜欢就是喜欢，不喜欢就是不喜欢，似乎就连一段感情的无疾而终，也没有所谓的为什么。

当年，他在悲伤的情绪里沉浸得太久，以至于发现萧文缜和齐默形同陌路时，已经是研三上学期了。齐默研二期间赴德留学，他一直以为萧文缜和齐默依然保持着跨国恋爱，直到研三开学齐默回国，有一次他去经济学院找萧文缜，远远地看到齐默戴着耳机从前面的路口匆匆走过，抬手想要打招呼的时候，却被萧文缜出声制止……

"你呢？"

乔思佳出声打断沈燮的思绪，沈燮没反应过来，疑惑地道了声："我？"

办公室里适时传来一阵手机铃声，乔思佳盯着手机的来电信息迟迟不接，叹息一声，轻声询问沈燮："江夷中坟头的草地青黄交替好几载，你每个月总要去墓园里和她说说话，还是忘不了她吗？"

听到"江夷中"这个名字，沈燮的心口处传来痛感，手指微微发颤，嘴巴张了张，无声，滚动于喉间的是酸涩和难以释怀。

乔思佳本不愿当着沈燮的面提及江夷中，但她作为朋友，实在不愿沈燮一直活在过去。她知道自己很残忍，所以没有抬头看沈燮，她知道沈燮必定双眸泛潮，她不忍直视。

都说现实苦痛，只有懂得自我和解，才能感受阳光的存在。

沈燮需要自我和解，她又何尝不是如此？

"你该接电话了。"沈燮打量一眼桌上响个不停的手机，以为乔思佳是因为他在场，所以不方便接听电话，索性转身离开了乔思佳的办公室。

一阵接一阵的手机铃声，宛如一道道催命符紧密缠绕着乔思佳，她若固执地不肯接，对方势必不厌其烦地一遍遍打过来。

不，她形容错了，对方给她打电话，不是为了向她催命，十之八九是又欠下了一屁股赌债，找她要钱呢。

午后，一缕阳光偷偷溜进办公室，植物角的微观苔藓饱受阳光的洗礼，散发出蓬勃的生命力，明亮的光线晃到手机屏幕上，来电人的备注是这个世界上最温情的称谓："妈妈"。

乔思佳的额头抵在办公桌上，她低低地笑了，这就是她的命，还不如架子上的苔藓。苔藓尚有阳光可以普照，然而她的阳光又在哪里呢？

这几日阳光很好，照在地上白晃晃一大片，令人不敢长时间盯视，否则很容易刺伤眼睛。

《以文会友》最新一期节目播出之前，齐默给几位同门师兄和师姐挨个儿打了电话表达感谢，然后则是宅在家里拼了好几日乐高，偶尔想起萧文缜在录制现场对她的温情一抱，以及那声坚定有力的“包括我”，她就忍不住叹气。

节目影响力惊人，它所引起的连锁反应直接波及齐默作品的存货量。

史卿说：“《以文会友》节目播出以后，你的人气不减反增，名下作品接连卖断货。看来，李应青制造的网络舆论并未对你造成任何损失。”

“世人都有好奇心，忽然听说知名女作家居然不能读写，另外还和江棋来、萧文缜存在情感绯闻，大家出于好奇心购买我的作品很正常，所以我的作品短时间内卖断货是有一定原因的。”齐默没有史卿那么乐观，冷静地分析道，“一个作家，不能读书、写字，今后就算再出书，大众对我的信任值还剩下多少？目前，由李应青制造的舆论事件看似对我没有任何影响，但部分读者会带着质疑的心态重新审视我的作品。除非我的下一本书热度不减、好评如潮，要不然我很难再回到之前的人气巅峰。”

史卿不以为然地说道：“你说的问题，我一点儿也不担心，因为你是齐默，再写出一本佳作，对于你来说只是时间问题，我相信你。”

齐默低着头拼乐高，懒得再搭理史卿。

史卿大概觉得一个作者想要写出一本佳作，就跟割韭菜一样，一割一大把，只要想吃，菜地里随时都有现成的。

不过吐槽归吐槽，史卿心态乐观，不过是为了给她打气，给予她信心和鼓励罢了。齐默从未否认过史卿的优秀，但这种优秀并不包括史卿的擅作主张。

《以文会友》节目播出的隔天，史卿为齐默安排了一场杂志专访。

前往咖啡厅接受专访之前，齐默的目光杀向史卿，史卿看起来既为难又可怜：“我为了送你上青云，为了让你名气大增，吃奶的力气都用上了，你怎么就不懂我的良苦用心呢？”

齐默：“……”

史卿越说越起劲：“这么为你着想的经纪人，你上哪儿找去，你不领情就算了，还天天甩脸色给我看，我容易吗？”

齐默：“闭嘴。”

史卿小声嘀咕道：“我只听说过烂泥扶不上墙，认识你以后，我才算长了见识，好泥巴也可能扶不上墙。”

齐默取出手机，拇指长按HOME（主页）键，将手机送到唇边，轻声说道：“Siri，麻烦你帮我解释一下什么叫‘闭嘴’。”

Siri：“‘闭嘴’的意思是，住口。”

史卿嘴巴一噘，乖乖闭嘴。

齐默收起手机："人话你不听，偏偏要听人工智能的话，你说你欠不欠？"

史卿不服气，接连冷哼了好几声，她就没见过比齐默嘴巴更毒的人，不不不，还是有的，有那么一个人不说话则已，一旦较劲儿说话，必定能够把人噎个半死。

事实上，齐默也有把人噎个半死的本事。

咖啡厅里，轻音乐舒缓悦耳，杂志社专门派了一位资深男记者采访齐默，前期的准备工作做得很好，很容易博得采访嘉宾的好感。

齐默的态度还算不错。

记者："前几日，网络舆论对您很不利，请问对于网上的负面争议，您是怎么疏导内心情绪的？"

齐默："效仿鲁迅先生，在流言伤害中挺立不屈。"

记者："公众人物一旦沾上黑料，无论真假都会有网友信以为真，所谓牵一发而动全身，即便您是受害者，也会直接影响您作品的口碑和市场价值，您是否有过这方面的担心？"

齐默："没有。"

记者："请问这次舆论事件，会不会影响您的写作热情，继而导致您的下一部作品进入写作低谷期？"

齐默："我的人生已经没有低谷期，因为我人生道路上最低的谷，我已经爬上来了。"

记者："最低的谷？方便谈一谈最低谷背后的故事吗？"

齐默："不方便。"

记者愣了一下，大概没想到齐默会这般直言直语，虽然有一点儿尴尬，但很快就调整好了心态，转移到了其他问题上。

此次采访基本顺畅。

之所以基本顺畅，是因为采访过程中接连有顾客认出齐默。

采访进行到一半的时候，两位女书迷激动地走上前，希望齐默能够跟她们合影，齐默同意了。

拍完照，女书迷拿回手机，其中一人难掩兴奋，说道："M，我很喜欢您和萧教授。"

齐默保持微笑，尽管她不明白女书迷为什么在提及喜欢她的时候，还要带上萧文缜。

采访进行到尾声的时候，齐默在咖啡厅里遇到了她的同门师兄陆宸。

陆宸目前在一家大型公司的经济决策部门担任要职，下午约客户来咖啡厅里谈事情，偶然遇到齐默，顿时又惊又喜。

齐默这些年虽然游走在世界各地，但和几位师门成员并未彻底断掉联系，每年春节拜访周安国时，总有机会见到一两位同门师兄或师姐，只是总是凑不齐罢了。

陆宸在咖啡厅里拥抱齐默，顾及记者在场，因此谈话内容并未涉及太多，只是说："最近，几位师兄、师姐都很挂念你，等你什么时候有空了，大家约出来聚一聚。"

"好。"

"记得喊上文缜，你们一起来。"

齐默的脸上勉强挂上笑容，短短一会儿工夫，这已经是她第二次听到萧文缜的名字了。

好不容易送走陆宸师兄，齐默端起水杯刚喝了一口温开水，就被记者手机壳上拥有八块腹肌的半裸男萧文缜吓住了。

齐默狠狠地把温开水咽到了肚子里。

她没想到男记者还有这种嗜好，更没想到萧文缜脱了衣服，肌肉线条会那么完美，尤其腹肌线条若隐若现……

"我女朋友P（对照片进行处理、美化）上去的。"男记者见齐默偷偷瞄了好几眼他的手机壳背面，不好意思地解释道，"我女朋友非常喜欢萧教授，是他的忠实粉丝，专门给我定制了一个萧教授图像的手机壳，我拗不过，这个手机壳已经用了好几年了。"

齐默嘴角的笑容僵住了，男记者的心胸真宽广啊。

采访结束后，史卿开车送齐默回去的路上，齐默不经意间望向窗外，赫然看见萧文缜的照片出现在路牌广告上，当即长叹一声，怎么走到哪儿都能听到萧文缜的名字，或是看到萧文缜的照片？

齐默感慨道："就没有那么一个地方可以不看见萧大教授吗？"

"有哇。"史卿瞅一眼窗外，眉开眼笑地顺着齐默的话说道，"还真有那么一个地方可以远离萧大教授的影响力，我之前担心你不肯去，所以一直没敢跟你说。"

几分钟以后，齐默平静地下车，却重重地关上车门，吓得史卿缩在驾驶座上浑身直哆嗦。

齐默还真是暴力。

有一件事情，史卿没敢跟齐默说。

当初签订《乱局》电影版权的时候，史卿曾答应萧博彦代表方，等《乱局》电影剧本的整体框架落定后，齐默会作为编剧之一，参与后期的剧本研讨。

《乱局》的电影版权是3月初签订的，3月份尚未走到中旬，萧博彦就组建好了编剧团队，由沈乐安担任电影版《乱局》的主编剧，带领几位编剧组成员前往三亚海边别墅闭关打磨剧本，至今已有4个多月。

所谓三亚海边别墅，其实是萧家人多年前购买的度假别墅，远离城市喧嚣，地理位置较为偏僻，环境静谧恬淡，想要放空自己的时候，很适合来这里小住一段时间。

说是小住，不过以萧家人的忙碌状态来说，估计每隔2年能来这栋别墅里晃悠一圈就很不错了。

齐默前不久刚从三亚回去，没想到这么快又在史卿的自作主张里再次前往三亚，于是摆了一路脸色给史卿。史卿自知理亏，一路上都没怎么敢跟齐默说话。

二人抵达萧家海边度假别墅时，已是下午两点左右。

别墅周围种满了绿植，青翠欲滴的芭蕉叶片掩映着大门，热带雨林气息极为浓郁，史卿一边按门铃，一边打量别墅周围的设施："等我以后赚够了钱，我也要在海边买一栋这样的大房子。"

齐默将脸转到一旁，看着芭蕉叶子不出声。

对于即将到来的见面，她并不似外表看起来那么无动于衷，姑且不谈萧博彦和沈乐安在业界的名气有多大，仅是他们的另外一个身份就不能让齐默保持平常心。

他们毕竟是萧文缜的父母。

"别紧张，虽然你和萧文缜同居过，但有一句话怎么说的来着？丑媳妇儿总得见公婆。"说罢，史卿意识到自己说错了话，轻轻地扇了自己两巴掌，改口道，"请容许我补一句，是前公婆，丑媳妇儿总得见前……"

史卿"哎哟"一声，弯腰捂住发疼的小腿肚，怒气冲冲地瞪了一眼站在她身后的齐默。齐默没理她，因为大门开了，萧博彦和沈乐安近在眼前。

都说岁月是把杀猪刀，但岁月并未对萧博彦和沈乐安下狠手，萧博彦成熟稳重，阅历痕迹肆意游走在他的举手投足间，而沈乐安，看到她的人，除了会说她像是吃了防腐剂，貌似就是夸她知性大气、谈吐不凡。

萧博彦待客极有分寸感；沈乐安待客有礼周到、恰到好处。

客人是齐默和史卿。

面对两位业界大佬，史卿手足无措，齐默神色自若。

经过简单的客套、寒暄，沈乐安带着齐默和史卿大概熟悉了一下别墅的内外布局，然后把两人送到房间里，态度还算温和，说道："编剧团队的成员正在茶室里召开剧本讨论会，你们一路奔波来到此地，不妨在房间里多休息一会儿，晚些时候再过去。"

"不用休息。"齐默说，"我洗把脸就过去。"

沈乐安站在门口，忍不住多看了齐默一眼，齐默走进洗手间没瞧见。

编剧团队里一共有7位成员，除了导演萧博彦和主编剧沈乐安，还有5位资深编剧，其中2位中年编剧在圈子里很有名气，貌似是萧博彦的御用编剧，名字分别叫张磊、姚佳慧。另外3名青年编剧与齐默年龄相仿，男的叫范文韬，2位女士分别叫陈艺和刘诗琪。

几位编剧都是见惯各种大场面和知名人物的业界精英，看到齐默，虽然一个个表现得很平静，但眉眼间的探究意味颇浓。

齐默明白，他们对她好奇，绝不是因为她的那一点儿名气，而是她和萧文缜的同居绯闻。如今在这样一个环境里，尤其还是在由萧博彦和沈乐安坐镇的封闭环境里，不可谓不微妙。

齐默又想叹气了。

萧博彦介绍完彼此的身份，示意编剧团队的成员继续讨论剧本细节，以便在场所有编剧能够集百家之长给出有效意见。

沈乐安聆听剧本内容的同时，眼光偶尔瞟向齐默。茶室与休闲区相通，设计师当初特意打造了一只巨型鱼缸做隔断。编剧团队的成员参与剧本讨论的过程中，齐默很安静，一个人坐在鱼缸旁，侧着脸颊观赏鱼群嬉戏，明明不是美人，偏偏气质抓人心扉，很有存在感。

齐默终于开口说话，是在一个半小时以后。彼时，范文韬正在研读男配角的台词，齐默忽然扭头打断他："男配角这个时候对男主角说的话，应该是'情投意合'，你们怎么改成'情同手足'了？"

众人齐刷刷地看着她，陈艺笑着解释："男配角对男主角使用'情投意合'这个成语的话，观众容易误解，所以我们私底下商议了一下，觉得还是改掉比较好。"

齐默并不买账："情投意合，是形容双方思想感情融洽，心意相合。这个成语男女均可使用，从男配角嘴里道出'情投意合'，观众怎么就容易误解？"

范文韬说："大众习惯把'情投意合'这个成语用在男女相恋，或是夫妻关系上，如果男配角对男主角说出'情投意合'这样的台词，观众极有可能误以为男配角对男主角的感情是'男男'恋，并非兄弟情。"

"情投意合，最早出自《西游记》，书中记载那镇元子与行者结为兄弟，两人情投意合，决不肯放。"齐默坚持自己的想法，"这个成语最初使用，原本就是形容男人之间的兄弟情的，它不是一男一女心意融洽的专利，如果观众容易误解，作为编剧更应该普及相关知识才对，而不是回避这个成语的使用。"

茶室里静悄悄的，瞬间没有一个人说话。

沈乐安低着头笑了，此女作风强势，令人印象深刻。

萧博彦也在笑，不过却是长辈心态，觉得这个跟儿子闹同居绯闻的女孩子，固执起来还挺可爱的，貌似给现场所有人上了一堂人生大课，比如：回避问题，永远不能解决问题。

"尊重原著作者的意见，改回'情投意合'。"萧博彦冲着范文韬等人发完话，从椅子上站起身，正想让大家休息片刻，就被鱼缸后静静伫立的某人牵引出了不少情绪，惊讶、疑惑、欢喜……

"文缜，你怎么来了？"

伴随着萧博彦的笑语声，齐默的心头猛地一跳，她扭头望向休闲区。巨型鱼缸里海草造景，大群鱼类自在畅游，青年男子站在休闲区里，隔着透明的鱼缸看着她，眼角、眉梢和光同尘，仿佛散掉了所有锋芒，唯有星辰和大海。

齐默脑袋发蒙，晕晕乎乎间，好像听到萧文缜是这么说的："暑假空闲时间比较多，我来三亚看望爷爷和奶奶，顺便给大家送点儿生活物资。"

众所周知，海南省三亚市有一个赫赫有名的景点——天涯海角。

齐默没有想到，她在闹市里无法摆脱萧文缜的影响力，来到天之边缘和海之尽头以后，依然无法回避萧文缜的存在。

真是到处都有他。

缘分这种东西，真是妙不可言呢。

黄昏时分，萧博彦为了给齐默和史卿接风，特意在镇上的一家大型海鲜店预定了包间。

通话过程中，萧博彦似是想起了什么，转头问齐默："小齐，你和你的经纪人吃海鲜过敏吗？"

"不过敏。"

"有没有忌口的食物？"

"没有。"

齐默并不追求物欲生活，一日三餐无论吃什么都不打紧，另外，萧家海边别墅距离小镇貌似有点儿远，仅是开车过去就需要大半个小时，齐默原想婉拒萧博彦的好意。可是几位封闭创作多时的编剧终于有了外出机会，一个个喜色尽现。见此，齐默只能将婉拒的话咽到肚子里。上车的时候，她特意避开萧文缜的车，硬着头皮坐在了萧博彦的车里。

路上，车内的气氛并不尴尬。

萧博彦和沈乐安围绕《乱局》的原著小说，与齐默展开了热烈讨论，针对故事的核心价值，几乎探讨了一路。

众人抵达海鲜店时，齐默开门下车，正好看见萧文缜把车停好以后，陈艺和刘诗琪分别走在萧文缜的两侧，也不知道一群人在谈论什么，总之大家笑得很开心。

萧文缜的笑容一直都是温温的，他在经过齐默身边的时候，笑容消失，竟然瞅都不瞅她一下，就径直走进了海鲜店。

齐默抬起手背蹭了一下额头，手背湿湿的，真是热。

"三亚7月夜间平均气温26℃，白天温度更高，你刚来可能有点儿不适应，在这里多待几天就习惯了。"沈乐安站在齐默身后，笑着说道，"快进去吧，海鲜店里开着空调，比外面凉快多了。"

萧博彦预定的海鲜店是一家十几年的老店，店内自营各种生猛海鲜，顾客到店以后可以亲自选购海鲜交到厨房加工，由于海产品鲜活，加工味道很正宗，生意十分火爆。

萧博彦夫妇最近几个月应该没少光顾这里，与老板很熟，一群人刚抵达海鲜店，老板就热情地迎了上来，带着萧博彦父子、张磊、范文韬，以及萧家专门聘请的大厨和常年照看萧家别墅的保安一起选购生猛海鲜，甚是殷勤。

选购海鲜这种事情交由男士去做，沈乐安兴致不错，带着齐默等人在海鲜区域闲逛，偶尔回头与齐默有一搭没一搭地说着话。

沈乐安："你和文缜在国大读书那会儿，文缜是怎么称呼你的？"

齐默愣了一下，避重就轻地道："同门师兄和师姐都叫我'小师妹'。"

"我总不能也叫你'小师妹'吧？"沈乐安失笑，问齐默，"有昵称吗？"

"家里人都叫我'齐齐'。"

"那我也叫你'齐齐'吧。"沈乐安说完，补了一句，"不介意吧？"

"怎么会？"沈乐安愿意称呼她一声"齐齐"，貌似是她的荣幸。

沈乐安站在水柜旁看了一会儿帝王蟹，再次询问齐默："梓凡没少在我面前提你，你和她现在还有联系吗？"

齐默摇头："这些年，我天南地北来回跑，很少在一个地方停留太久，和很多人断了联系。"

"梓凡难得如此欣赏一个后辈，如果你有空，不妨去看看她。前不久听说你是作家M，她接连给我打了好几通电话，看得出来她是真的很喜欢你。"

"好。"

沈乐安示意齐默继续往前走："听说你钓鱼的技术很好，平时也喜欢外出钓鱼。喜欢钓鱼的女孩子多吗？"

"女孩子在钓鱼界属于稀缺物种。"

沈乐安笑了，意味深长地点评道："物以稀为贵。"

"是这么一个道理。"

齐默并未来得及感悟沈乐安的弦外之音。只因她们经过一处海鳝鱼水柜的时候，一个小男孩远离大人，调皮地拿着抄网吃力地捞起了两条海鳝鱼，正要咧嘴大笑，岂料一条海鳝鱼疯狂挣扎，逃窜出抄网网兜，直接弹到了齐默的胸前，啪的一声闷响，重重地摔落在地，兀自在地面上来回扭动着身子……

沈乐安皱眉，忍不住看向小男孩。

小男孩做错了事，连忙把手里的抄网连同海鳝鱼一起丢进水柜，朝齐默飞快地说道："对不起，我不是故意的。"

"没关系。"齐默低头查看一眼胸前衣服的布料，虽未浸透走光，但沾了海鳝鱼的很多黏液，黏糊糊的，土腥味直冲鼻腔。

沈乐安说道："海鲜店附近应该有卖衣服的店，要不，我先帮你买件衣服换上？"

"不碍事，我去洗手间清洗一下，味道应该也就散了。"齐默回头寻找史卿，见她和姚佳慧正站在一楼大厅里谈兴正浓，想必又在拓展交际圈，暗自摇摇头，索性一个人去了洗手间。

齐默穿的是一件纯白色的T恤，稍微有一点儿脏污就很明显，滑滑的海鳝鱼黏液很难清洗，齐默站在公共洗手台前，用清水反复搓洗，尽管很小心，还是弄湿了胸前的一大半衣料，以至于里面的胸衣若隐若现。

一位男顾客从洗手间里出来，站在齐默身边洗手，刚偷偷瞄了一眼她的胸口，就被一道修长的背影遮挡住了视线。那人戴着一顶黑色棒球帽，穿着白色的简约T恤，搭配一条黑色九分西装裤和一双白色休闲鞋，从镜子里看不清楚他的长相，但侧脸轮廓十分英俊，应该是很英俊吧？毕竟，鼻梁高挺，唇型完美，是一个无论身材还是外貌都很出色的青年男子。

齐默没想到萧文缜会过来，她低着头继续搓洗布料上的黏液，耳边传来他低沉的声音："你把衣服脱了，我帮你洗。"

齐默不吭声。

他刚才还对她视若无睹，就好像不认识她似的，怎么才一会儿工夫就熟悉得要帮她洗衣服了？他的态度转变得如此之快，齐默有点儿吃不消。

"不使用香皂起沫，怎么压得住土腥气？"

萧文缜让她脱衣服是有原因的，不用香皂的话，污渍不仅会在T恤布料上蔓延，还洗不干净。

"你不要管我。"

他和那两位女编剧谈起话来不是很开心吗？跑过来理她做什么？

萧文缜克制着皱眉的冲动："我不管你，任由你站在这里被一个个色狼盯着你的胸口看吗？"

"有什么好看的？"齐默面上一红，嘴硬地道，"女人有胸，男人就没有胸吗？"

"男人的胸和女人的胸能一样吗？"

说这话时，萧文缜的目光短暂地停留在齐默饱满的胸口上，齐默只觉得胸口一阵燥热，不动声色地侧过身体，耳边再次传来萧文缜的声音，声音较之刚才更为低沉，语气更加不耐烦了："是你脱，还是我帮你脱？"

"……"

齐默记得很清楚，多年前国大研一开学日，她也曾有过像今天一样的遭遇，当时为她解围的人也是萧文缜。

历史总是惊人的相似。

齐默走进女洗手间以后，脱掉身上的白T恤，站在靠墙的位置，伸长手臂将白T恤递到门口。

齐默肤色白皙如雪，手臂线条极为优美。

萧文缜喉咙一紧，抽走齐默手里的白T恤，冷冷地甩了一句话给她："去隔间里待着，我不叫你，不许出来。"

齐默听到他不快的语气，脑细胞不知道死了多少，他这是又生气了吗？她又哪里惹他不高兴了？

女卫生间不时有女顾客进进出出，齐默站在隔间里等着萧文缜传唤，偶尔聆听几句洗手间八卦，倒也不觉得无聊。

"刚才那个人是萧文缜吗？"

"好像是。"

"长得真是帅，我都不好意思盯着他的脸看。"

"哈哈，我看你脸都红了。"

"你盯着他看一会儿，你也会脸红。不行，等会儿出去，我一定要看清楚他是不是萧文缜。"

"估计不是，萧文缜那么高冷的一个人，怎么可能拿着一件湿衣服站在烘手机前烘？我觉得外面那个男人只是和萧文缜长得像而已。"

…………

齐默仔细听了听洗手间外面的动静，果然听到了烘手机运作的声音，脑子里幻想出萧文缜帮她烘衣服的画面，心里忽然百般滋味皆占。

外面隐约传来沈乐安的揶揄："儿子，我看你烘衣服的技术还挺不错的，有没有兴趣改行？比如开个洗衣连锁店，没事帮人烘烘湿衣服什么的。"

"主意不错，您投资。"

萧文缜竟然还接了他母亲的话，齐默面壁思过，试图梳理清楚她是怎么沦落到现如今这步尴尬田地的。

她想不通。

白T恤通过简单的清洗、烘干，土腥味尽除。

齐默庆幸沈乐安将白T恤送到她手里的时候没有笑话她，否则她很难有勇气走出洗手间。

海鳝鱼亲吻白T恤事件，导致齐默在洗手间里至少耽搁了半个小时，等沈乐安带着她走进二楼包间时，海鲜美食正被服务员陆陆续续地端上桌，椒盐皮皮虾、三文鱼刺身、海胆蒸蛋、石斑鱼、蒜蓉蒸鲜鲍、口味蟹、清蒸大龙虾、椰子饭……菜色种类琳琅满目，看得人眼花缭乱。

老板拿了几瓶干白葡萄酒过来，开瓶以后，除了没有为晚些时候要开车回去的几位司机倒酒，逐一走到其他人面前，分别往每个人的杯子里倒满白葡萄酒，以示欢迎。

史卿剥了一只皮皮虾放到齐默的餐盘里，凑到她耳边问："你刚才和沈大编剧跑哪儿去了？"

难得史卿还记挂着她的行踪，齐默颇为感动："我和沈大编剧跑到昆仑山瑶池找王母娘娘喝茶去了，你要去吗？下次我们一起？"

史卿被齐默语言冷暴力惯了，撇着嘴抗议，不经意间看到老板正要给齐默倒酒，连忙站起身婉拒对方的好意："不好意思，齐默不喝酒。"

并非史卿信口开河，而是齐默真的不能喝酒，甚至闻到浓浓的酒味就会憋得满脸通红，喘不上来气……邪门儿得很。

"少喝一点儿白葡萄酒没事。"老板热情不减。

"有事。"史卿态度坚决，嘴角的笑容却极富亲和力，跟老板解释道，"齐默对酒精过敏，一滴酒都不能沾。"

"原来是这样。"老板恍然大悟。

"不能喝酒，喝饮料也一样。"沈乐安端了一杯杧果汁放到齐默面前，触目就是一片橘黄色，芳香浓郁，气味十分好闻。

萧文缜转眸看一眼齐默，青年女子安静地坐在椅子上含着吸管喝杧果汁。似是察觉他在看她，她淡淡一瞥，清冷凛冽，孤傲天成。

她是齐默，更是作家M，多年阅历沉淀，早已在时光长河里蜕变成一朵令人不敢轻易逼视的珍稀名花。

她品性淡然高洁，心境难以捉摸，明明很近，却似很远。

…………

萧博彦发现齐默离席，已经是开席一个多小时以后了。

彼时，包间里酒香味扑鼻，齐默闻不了满桌酒气，率先离开了。史卿留下来善后，赔着笑脸道歉："萧导，我家齐齐生活作息一向很规律，白天奔波了一整天，到了晚上有点儿犯困，我就让她先回去了，还请您不要见怪。"

"小齐是怎么回去的？"萧博彦还没意识到另有一个人同样离席多时。

沈乐安宛如旁观者一般，为萧博彦解惑："自然有人送她回去。"

"谁？"

"你儿子。"

沈乐安有心，别人没注意到萧文缜的举动，她注意到了。

自打晚上入席吃饭，她儿子的目光就没从齐默身上离开过，好几次被她捕捉到，他竟跟没事人一样，该看继续看，完全没把她的眼神警告当一回事。

他就不知道收敛吗？

沈乐安看得很清楚，齐默刚出门，她儿子就跟了出去……如此沉不住气，哪里还有半分教授威严？

这些年来，文缜再也没有当着她的面提过齐默的名字，性子反而越来越冷，寻常人还没靠近他，就先被他周身冷漠的气场冻了个半死。学生尊敬他，上市公司老总佩服他，栏目组成员敬佩他，但都有点儿怕他。

他没有太大的欲望，也没有什么喜好，好像什么都有所谓，又好像什么都无所谓。一个人看似没有任何软肋和弱点，才最让人觉得可怕。

然而，她的儿子萧文缜是有弱点和软肋的。

沈乐安虽然不知道当年儿子为什么和齐默劳燕分飞断了联系，甚至无心探究这些年儿子的心里是否还有齐默，但她唯一可以肯定的是，齐默对于文缜绝对不是过去式。

如果是过去式，文缜怎么可能在《以文会友》节目里，当着全国观众的面拥抱齐默？

看似简单一抱，抱住的不是同门之谊，而是经年眷恋。

萧家竟出了这么一个天字号大情痴。

该欢庆，还是该叹息，沈乐安暂时还不清楚。

齐默坐在萧文缜的车里，脑子里想的是：所谓心有灵犀，大抵就是如此吧。

比如，她刚走出海鲜店还不到一分钟，萧文缜就走到海鲜店外面接了一通电话，应该是有公事要忙，需要用电脑，所以才会在解锁车辆的时候，转身回头，朝站在海鲜店外面吹风的她随口问了一句："我现在开车回去，你要不要跟我一起走？"

齐默当时确实有回去的念头，再看路灯照在萧文缜帅气的脸上，有一种说不出来的温暖，仿佛能够延伸到内心最深处，等齐默意识到自己在说些什么时，她已经应下了萧文缜的邀约。

两人一路无话。

除了汽车在道路上疾驰，萧文缜有多沉默，齐默就有多安静。

齐默如坐针毡，开始有点儿后悔了，她为什么要坐萧文缜的车？早知道……

没有早知道。

如果有早知道，萧文缜开车的时候就会靠右侧行驶，那么汽车后轮就不会发生爆胎现象，好在汽车经过几秒钟的摇摆不定，就被萧文缜这位老司机夺回了汽车控制权，安全地停在了路边。

齐默虽不至于惊惶不安，但坐在车里确实有点儿蒙。

她不能不蒙。

萧文缜靠边停车以后，竟然坐在车里一动也不动，齐默瞅了他好几眼，他干脆双臂环胸，靠着驾驶座的椅背闭目养神，完全不把爆胎事故当一回事。

齐默没忍住，提醒快要睡着的某人："爆胎了。"

"嗯。"

齐默："应该是后胎爆了。"

萧文缜："汽车爆胎在夏季属于频发事故，正常。"

齐默："不下去看看吗？"

萧文缜："不看。"

齐默："将车停在路边很危险，尤其还是大晚上。"

萧文缜："我打了应急灯。"

齐默："你没在车辆后面放置三角警示标志，后面的车辆开过来容易发生追尾事故。"

萧文缜："……"

看得出来，他不愿再理她，齐默在车里坐了一会儿，越想越觉得不安全，只好推门下车，绕到车尾打开后备厢，取出三角警示牌放置在汽车后方。她将三角警示标志放好后走回来，就着路灯的光线大概查看了一下后车胎的情况，后车胎被尖锐的物品扎破了，贴着地面的轮胎像是被压扁了一般，完全瘪掉了。

齐默走到驾驶座车门前，抬起手指敲了敲车窗玻璃，片刻后，车窗缓缓降下，齐默劝说车里的某人："我刚看到后备厢垫子下面有备用轮胎，你要不要下车把后轮胎换一下？"

萧文缜闭着眼睛没说话。

"你不愿意换轮胎也行，下车总可以吧？"齐默心力交瘁，继续劝说，"汽车出故障了，你一个人坐在车里不安全。"

萧文缜终于睁开了眼睛，偏过头，盯着齐默白皙的脸庞看了很长时间，方才不紧不慢地质问她："连个称呼都没有，你在跟谁说话？"

凉凉的微风吹乱了齐默的发丝，背光而立的她，眸色明亮，虽不语，却静水流深。

不知道过了多久，也许一分钟，也许只有十几秒钟，齐默轻轻吐出两个字："师兄。"

萧文缜听罢，又气又恼，解开安全带以后推门下车，双臂环胸站在一旁，继续冷眼旁观，反正就是不理她。

萧文缜现在就是一颗雷，稍不注意就有引爆他的可能，齐默很有眼力见儿地不去招惹他，从后备厢里吃力地抱出备用轮胎，然后拖到后车胎旁边，再取出换胎工具。她戴上手套以后，原本觉得路灯的光线不是很亮，想让萧文缜打开手机电筒帮她照一下后车胎的，然而回头看一眼他的冰山脸，立马就打消了念头，算了，还是靠自己吧。

齐默虽然没有考过驾照，但对车辆并不陌生，这些年结交了不少来自五湖四海的朋友，大半年华是在旅途中度过的，仅是爆胎事故就曾经历过数起。她是一个对各行各业都能保持高度热忱和好奇心的人，每逢司机下车更换轮胎，她都会站在一旁观摩，或是亲自上手操作，所以更换轮胎对于她来说不是难事。只是她作为女子，力气没有男人大，有点儿吃力罢了。

齐默拿着扳手对角拧螺丝，拧松之后，在确保后车胎可以均匀卸下的情况下，将千斤顶放置在车下卡槽处。由于是电动千斤顶，为齐默节省了很多力气。待千斤顶抬高车体，后轮胎脱离地面后，齐默便开始拆卸螺丝，取出已经不能再使用的后轮胎，放在汽车下面，然后吃力地将备胎对准轮胎轴，往里面使劲一推……大概觉得周围太过寂静，齐默扫视一眼萧文缜，却发现他正盯着她的右脚踝出神。

四年前，齐默曾在贵州一带发生过一次翻车事故，导致右脚踝缝了六针，虽然缝的

353

是美容针，但毕竟是一条淡淡的疤痕。

齐默拧螺丝的时候，悄悄地缩了一下右脚。

萧文缜突然打破沉默："谁教你更换轮胎的？"

"我自己学的。"

他又问："累吗？"

"不累。"齐默口是心非，她此刻满头大汗不说，还累得直喘气。

"不累你继续。"萧文缜只当自己聋了，没有听见她的喘息声，见她又把右脚往暗处缩了缩，当即皱起眉，"别藏了，我都看见了。"

再藏，就要藏到车子底下了。

齐默听他这么一说，心里顿时一阵羞恼，拿着扳手对着轮胎里面的钢圈恨恨地敲了好几下。

这些年，她在口头上何曾输过？怎么一碰到萧文缜，她就自认理亏，自矮三分，自自自自……

齐默正"自自自自"个不停，就见后方开过来两辆车，离近了一看，恰恰是萧博彦等人的车。

萧博彦等人原以为萧文缜和齐默早已回到海边别墅，没想到竟然在半路上看到了他们。于是全员下车询问状况，却在看到眼前的惊人一幕之后，纷纷移开视线，有人清了清嗓子，有人低着头闷笑，有人不悦地直叹气。

只见，齐默半跪在地上吃力地安装螺丝，脸颊上都是汗，发丝贴在脖颈上，要多狼狈就有多狼狈。反观萧文缜，双臂环胸站在一旁，犹如缺失同情心的劳力监工，完全没有给齐默搭把手的意思，活脱脱一个当代周扒皮。

史卿见此，怀疑自己眼花了，眼前正被人虐待的可怜虫，真的是虐待她成瘾的齐默吗？

沈乐安想的是，她家萧公子在情感上挖掘的新嗜好真是独特，喜欢谁就要狠狠虐待谁，就连手段也是别具一格。

"文缜，你怎么能让小齐换轮胎呢？真是不像话。"萧博彦一边教训萧文缜，一边走过去帮齐默卸下千斤顶，取出废胎以后，对着齐默抱歉地说道："小齐，文缜的做法有失修养，回头我帮你教训他。"

齐默低着头收拾换胎工具，声音轻不可闻："不要教训他。"

"什么？"萧博彦没听清，将废胎放进后备厢，扭头看向齐默。

齐默直起身，与萧博彦对视："令公子是我见过的最有修养的男子，是我逞强要一个人换轮胎，他只是尊重我的意见而已，并未做错任何事，请您不要教训他。"

周遭一片寂静。

十几双眼睛一齐望向齐默，似乎在辨别她话语的真假，昏黄的车灯照耀在齐默的脸上，她身上那清新淡雅的气质格外引人注目。

那一刻，所有人开始相信，她不让萧博彦教训萧文缜，不是故意说反话，而是真的不愿萧文缜受到任何责备。

沈乐安下意识地看向她家萧公子，萧公子眸似星光璀璨，嘴角的弧度较之心情好的时候上扬了好几度。

他明明心情不错，偏偏高冷漠然。

装。

当天夜里回到海边别墅后，萧博彦洗完澡走出浴室，望一眼正靠坐在床头看书的沈乐安，若有所思地道："安安，我总觉得文缜和小齐不是简单的同门师兄妹关系。总之，这俩孩子相处时的氛围有点儿微妙，他们该不会真的像网上说的那样，在国大读书期间同居过吧？"

沈乐安低头看书，专注在文字段落间，说起话来漫不经心："不管他们是否真的在国大读书期间同居过，对于现在的他和她来说，都是过去式。既然是过去式，就没什么好提的。"

萧博彦不认同沈乐安的话："我看可不像是过去式。好比今天晚上汽车爆胎，文缜故意折腾小齐更换轮胎，小齐不仅没有生文缜的气，还当着大家的面那么维护文缜，真是难得。"

"是很难得。"沈乐安翻过一张书页，静静地看了几行字，忽然问萧博彦，"你觉得齐默这个女孩子怎么样？"

萧博彦走到大床的一侧，掀开薄被上床，对齐默的评价张嘴即来："怎么说呢？小齐这孩子的求学经历很励志，本人也很努力、上进，最重要的是才华横溢，事业有成，待人接物从容不迫，家教、修养极好，谈吐也很有品位。"目睹妻子咧开嘴角在笑，萧博彦疑惑地挑眉，"我说的话就这么好笑吗？"

"你说的都是优点，难道齐默就没有缺点吗？"

"人怎么可能没有缺点？"

闻言，沈乐安合上书籍，白皙的手掌压在书籍的封面上，萧博彦虽然看不清楚书名，但看到了作者的名字："M"。

齐默的书。

"那你说说，齐默的缺点是什么？"沈乐安摆正坐姿，做好了倾听齐默缺点的准备。

萧博彦认真地想了想，说："这孩子性格太过冷清，心境也太过平和，不管说什么话，做什么事情，都是一副波澜不惊的状态……"

"等等——"沈乐安打断萧博彦的话，怀疑自己的认知能力出了问题，"你确定你说的是齐默的缺点吗？"

"不是缺点是什么？"

不期待未来，对生活没有激情，日子如死水一般无声流走，这怎么不是缺点？

沈乐安将书籍放到床头柜上，提出反对观点："我不觉得女孩子性格冷清一点儿有什么不好的，难道你喜欢女孩子一天到晚叽叽喳喳吗？另外，齐默心境平和怎么了？这代表齐默遇事沉得住气，生活阅历丰富，难道你喜欢女孩子不谙世事，活得像个'傻白甜'吗？还有，你说齐默的生活状态波澜不惊，我却觉得她那是随遇而安，难道……"

"闭嘴。"萧博彦觉得好笑，伸手捂住沈大编剧的嘴巴，强迫她把"难道"咽进肚子。

真是奇了怪了，催着他道出齐默缺点的人是沈大编剧，反驳他的观点，据理力争将齐默的缺点美化成优点的人也是沈大编剧，难怪有人说女人心海底针，这话可真是一点儿也不假。

沈乐安被萧大导演捂住嘴巴，含混不清地发出抗议："你捂住我的嘴巴干什么，我还没说完呢。"

"听话，闭嘴睡觉。"

萧博彦把沈乐安按到床上，深深地意识到自己犯了一个错误——刚才洗完澡出来后，他就不该说话。

早晨五点半。

萧家别墅隐蔽在热带雨林里，虫鸣鸟叫此起彼伏。齐默起床的时候，史卿还在睡，比起她的一日之计在于晨，史卿更倾向于一觉睡到自然醒。

齐默出门跑步，夏风凉爽宜人，潮湿的空气里飘浮着薄薄的白雾，沿途丛林绿植散发出淡淡的植物清香，偶尔夹杂着海风席卷而来的咸腥气，各种味道交织，吸进肺腑之间，清新温润，空气质量不是一般的好。

齐默跑完步，沿着一条曲折的小路回来，路过一棵高大的果树，只见从下到上结满了果实，果实硕大无比，香味特别浓郁。

是菠萝蜜。

每年的6月至11月是菠萝蜜的成熟期，7月下旬正是吃菠萝蜜的好时节，粗壮的果树下方结了不少菠萝蜜，齐默见附近没有人家，心想这棵菠萝蜜树可能是无主之物，于是围着粗壮的树身走了两圈。

长在低处的菠萝蜜虽然容易采摘，但齐默反复用手按压菠萝蜜的果皮，几乎每一个都坚硬无比，显然还未成熟。

齐默抬头望向树干的高处，发现有几个菠萝蜜表皮尖刺萎缩，她决定爬到树上碰碰运气。

她脱鞋，爬树。

齐默站在树杈上，选好一个大如西瓜的菠萝蜜，来回摇动枝叶将它击落。

菠萝蜜砸落在草地上。齐默没有贪多，一个菠萝蜜足够了，她小心翼翼地攀着树杈下树，却在距离地面还有一米多高的时候，不经意间看到有人走到草地上。一双男式白色运动鞋率先进入眼帘，齐默拂开树上的绿叶，刹那间眼睛如坠星海。

晨曦带来它的第一缕阳光，悄悄贯穿果树的隙缝，温柔地洒落在萧文缜好看的眉眼间，缱绻游走无声无息，美好得像是一幅刚绘制完成的旷世名画。

树上树下的两个人，四目相对。

清风拂面，此刻的阳光还不是很强烈，齐默站在树杈上俯视萧文缜，甚至还能听到风吹动叶片的声音，然后声音悉数消散，只剩下愕然和惊讶。

萧文缜不仅捡走了草地上的菠萝蜜，还把她的晨跑运动鞋拿走了。

"师兄——"齐默心里一着急，连忙抱着树身滑到草地上，一边光着脚丫子追萧文缜，一边冲着萧文缜的背影喊，"师兄，我不要菠萝蜜了，你把我的运动鞋给我。"

虽说绿草柔软，但齐默每走一步都顾虑重重，以免被草丛里的尖锐物扎到脚心，所以注定追不上走在她前面的萧文缜。

"师兄——"

萧文缜步伐未停，片刻后手指一松，一只运动鞋被他丢落在地。

齐默见状，一路小跑着上前，捡起运动鞋套在脚上，随即追着萧文缜继续喊："师兄，你把另外一只运动鞋也给我，快点儿。"

齐默越是催着萧文缜要运动鞋，萧文缜就越是不急着给她，气得齐默不时弯腰拔草，或是捡起草丛里的小树枝扔向他的后背。

无奈二人距离太远，她扔不到。

清晨七点，编剧团队里有人起床，惬意地端着一杯咖啡走到三楼的花园阳台上提神醒脑，没想到在无意中目睹到了这样一幕。

乡间小路上，沿途绿意盎然，一男一女间隔不远不近，走在前面的是近几年名气如日中天的萧家公子，远远跟在后面的是同样在业界声名鹊起的著名青年作家齐默。

这天清晨，萧公子左手提着一只女式运动鞋，右手的臂弯里抱着一个硕大的菠萝蜜，走起路来十分轻松、惬意。

而齐默，脚踩一只运动鞋，又蹦又跳地跟在萧公子的身后，一声"师兄"唤出口，说不出的羞恼和挫败。

齐默很生气，萧公子却笑得很开心。

他背对着齐默，嘴角的笑容明朗、迷人，仿佛能够迷醉沿途的花。

张磊喝了一口咖啡压惊，原来萧家公子并不是天生的冰山脸，原来再高冷、严肃的人也可以笑得这么灿烂。

齐默不想生萧文缜的气，谁让她刻意淡忘他在国大等她的诺言？谁让她执意远离他的生活圈？谁让她主动放弃他、不要他？谁让她决绝地舍弃他和她之前的一段情？

所以他生她的气，无论怎么折腾她，她都不应该动怒。

他无视她独自换轮胎，她忍了。

他拿走她的运动鞋，她也忍了。

他把她辛苦击落的菠萝蜜转送给陈艺和刘诗琪，她照样忍了。

但——

她的忍耐是有底线的。

清晨，一群人聚集在餐厅里吃早餐，萧博彦跟萧文缜提起昨晚汽车爆胎一事，叮嘱萧文缜："备胎毕竟不能当正常轮胎使用，你今天最好把车开到附近的汽车维修店，请专业的工作人员维修、检测一下。"

"嗯。"

萧博彦吃完盘中的煎蛋，问儿子："修完车，你是不是也该回三亚了？"

"嗯？"萧文缜从低头吃饭的齐默身上移开视线，没有听清楚萧博彦的话。

萧博彦看一眼儿子，又看一眼齐默，喝一口水，清了清嗓子："你来三亚，不是为了看望你爷爷奶奶吗？准备什么时候过去？"

"不急。"萧文缜说，"我准备在这里多待几天。"

此话一出，餐桌上刀叉声尽无。

萧文缜在众人的注视下，慢条斯理地给出逗留理由："《乱局》一书里涉及大量经济学知识，原著我看过，作者对于几处经济学案例描述得不是很严谨，我打算留下来帮大家把把关。"

齐默啪的一声把刀叉按在餐桌上，众人立马转移目光，朝她望去。

史卿单手扶额，紧闭双眼咬着叉子，她没忘记齐默先前有多忌讳萧文缜批评自己的专业水平，如今萧文缜还是当着齐默的面重提旧事，齐默怎么忍得了？

史卿几乎可以猜到齐默熊熊燃烧的怒气值究竟有多高，萧公子也真是的，好端端的，干吗要招惹齐默？

齐默强压怒气，抽出两张餐巾纸慢吞吞地擦拭嘴唇，对萧文缜说道："萧教授，我不认为我描述的经济学案例有不严谨的地方，毕竟没有什么东西是一成不变的，包括你所认可的经济学观点。"说着，她便将餐巾纸揉成一团，攥在手心里，起身离座，说道："各位失陪，我吃饱了，半个小时后会议室见。"

攥在手心里的餐巾纸，被她直接扔到了萧文缜的身上，纸团弹开以后，滚落在光滑的地板上，并最终静止不动。

高冷范儿女生，竟也有如此孩子气的一面。

萧博彦大开眼界，对上沈乐安的目光，从妻子的眼睛里看出了以下几个信息：

一、你还觉得齐默性格冷清吗？

358

二、你还觉得齐默心境平和吗？

三、你还觉得齐默波澜不惊吗？

史卿头疼不已，连忙手握刀叉，赔着笑脸解释："各位见笑了，我家齐齐手误，她不是有意的，见谅、见谅。"

编剧团队的成员配以微笑，没一个人开口说话，然而总有编剧暗自感慨：萧文缜和齐默是真的很不合呢。

沈乐安端着餐盘起身，拍了拍她家萧公子的肩，她很佩服萧公子的冒险精神，真的。

萧文缜被纸团袭击，非但不生气，反而弯腰捡起齐默随手乱丢的小纸团，走到垃圾桶前丢进去。

生气代表在意，这个纸团太小了，她应该揉个大纸团砸向他，否则怎么表达她的在意程度呢？

数分钟后，萧文缜亲自泡了一杯绿茶上楼，敲了敲齐默和史卿的卧室，等了片刻，没有听见屋内传来动静，索性转动门把手推门进去了。

齐默单手插在裤袋里，正斜靠在窗前把玩芭蕉叶。

萧家前后院种了很多芭蕉树，最高的那株芭蕉树高达四米，开窗以后，鲜绿色的长圆形叶片触手可及。

观其色便觉清凉。

萧文缜走上前，将水杯送到她面前："喝杯绿茶去去火。"

齐默视若无睹。

萧文缜也不勉强，她自顾自地欣赏芭蕉叶，他就盯着她看，看得她渐渐心浮气躁，渐渐生起恼意。

她又生气了？

萧文缜把水杯放到窗台上，沉默了几秒钟，薄唇开启："你刚才说错话了。"

说错话的人，是他。

齐默揪掉一小片芭蕉叶，觉得他这是恶人先告状。

萧文缜看着她的小举动，良久，轻轻叹了一口气："你说没有什么东西是一成不变的，真的没有什么东西是一成不变的吗？"

齐默呼吸一窒，扭头看向萧文缜，萧文缜食指微弯，朝她的心口处轻轻点了点，齐默的心脏忽然不受控制地怦怦乱跳起来。

"你心里真的是这么想的吗？"他的眸似烈日灼灼，偏偏声调柔软如水。

齐默紧抿上下唇，不吭声。

窗口的蝉声近在耳畔，齐默出现间歇性耳鸣，隐约听见萧文缜压着声音问她："齐齐，你的心也变了吗？"

齐默精神世界里坚不可摧的城墙，伴随着轰的一声巨响，顷刻间倒塌。

Chapter 13
我怕齐齐不要我

    齐默加入《乱局》编剧团队之前，萧博彦和沈乐安已经率领编剧团队的成员隔绝外界一切社交联系，封闭在萧家的海边别墅里，沉下心思研磨电影剧本4个多月了。

    电影剧本已到收尾阶段，编剧团队的成员每日聚在一起，多半是打磨和修改剧本，除了梳理人物关系和研读人物台词，还要再三磨合情节与情节之间的衔接性。

    编剧作为影视剧的核心，熬夜创作是常事，与此同时，还要背负健康隐患，精神压力不是一般的大。

    与他们相比，齐默明显轻松多了。

    作为《乱局》的原著作者，齐默并没有深度参与电影剧本的创作，专业的事情理应交给专业的人去办，她只需每次参与剧本讨论会的时候，反馈出自己最真实的意见就可以了。

    莎士比亚说："一千个读者，就有一千个哈姆雷特。"

    萧博彦创作电影剧本，从不依赖原著IP文字，保留故事内核的同时，习惯将故事线揉碎后重塑，并且带着自己的独到见解，对于镜头美学、情节掌控，以及人物张力都有着自己的审美风格。

    为了打造出一个好故事，编剧团队的成员每天上紧了发条，白天聚在一起召开剧本讨论会，晚上各自回屋一遍遍修改，到了第二天继续开会讨论。

    仅仅几天时间，剧本就改稿二十余次。

    彼时，"小春光"还有一堆琐事急等史卿处理，据说处境堪忧的李应青和出版《掌中血》一书的出版社也分别联系过史卿，想要约齐默私下见面和解，齐默将诸事交由史卿代办，而史卿已于两天前飞离三亚。

    "齐齐，你最近参与剧本讨论，不妨抽空想一想接下来的新作选题，如果有想写的东西，一定要及时告诉我，以便我提前处理好手头的工作后帮你誊写新作品。"史卿离开前，对齐默说了这样一句话。

自从三年前齐默被誊写员李应青摆了一道之后，史卿由于识人不明，观心自省，便决定不再为齐默聘请誊写员。所谓一朝被蛇咬，十年怕井绳，史卿凡事亲力亲为，誊写工作自然也就落在了她的身上。

三亚海边环境清幽，远离闹市喧嚣和人际往来，的确很适合齐默构思新作品，但萧大教授与她同住一个屋檐之下，她很难保持心境平和，构思新作品类同痴人说梦，史卿未免太看得起她的定力了。

萧文缜是一个什么样的人，齐默再清楚不过，尤其他的专业能力，齐默以前作为他的同门师妹尚且不如他优秀，如今他进阶成经济学教授，二人的差距可想而知。

这些年，仅在国际顶级权威期刊上，他就相继发表高质量学术论文不下三十篇，论文引用量惊人。

所以萧文缜"批评"她《乱局》一书中存在几处经济学小漏洞，齐默虽然心里排斥，但心知肚明，他并非故意发难。

当他将修正好的经济学案例交到她的手里时，不管她愿不愿意承认，都不能否认他在经济学领域的厉害之处。

齐默没有给萧文缜竖大拇指，萦绕身心的只有尴尬。

那日清晨，他在客房里问她："齐齐，你的心也变了吗？"

刹那间，滔滔心事奔走在她的血液里。

片刻后。

"师兄，你有八块腹肌吗？"她怀疑自己的脑子进水了，就算想岔开话题，也不能当着萧文缜的面道出如此不知羞的一句话。

她忘不了萧文缜当时的表情，他先是愕然地看着她，大概以为自己听错了，然后一脸困惑，猜测她问出这番话的动机，最后是沉默。

齐默当时无地自容，一边懊恼自己口不择言，一边还要镇定地抚摸窗外的芭蕉叶片。她不是抚摸，是抠，可怜大大的芭蕉叶片愣是被她抠出了若干个小洞，如果她能钻进这些小洞的话，她还是很愿意钻进去的。

漫长的沉默之后，萧文缜平静地开口了："六块。"

"什么？"齐默没控制住自己的表情，愣愣地看着萧文缜，她说话不过脑子也就算了，萧文缜竟然还接她的话。

最可怕的是，萧文缜认真地告诉她："我没有八块腹肌，只有六块。"

齐默更加尴尬了。

一连多日，齐默都没从尴尬的旋涡里走出来，每每想到她的色欲问话，就悔得肠子发青，所以在别墅里活动时总会有意无意地避开萧文缜，即便有时候避不开，也会坚决斩断与萧文缜任何深谈的可能性。

好在萧文缜并未像他说的那般空闲，每天有大量的邮件和工作需要他处理，除了吃饭时能够看到他，其他时间很难见到他的身影。

很难见到，意味着还是能够见到。

一日清晨，齐默外出跑步回来的途中，突然天降小雨，沿途草木疯长，完全找不到可以避雨的地方。

她已有冒雨回去且被雨水淋成落汤鸡的准备，岂料萧文缜撑着一把黑伞，远远地朝她走来。

走近了，他把雨伞移到她的头顶，并将带来的另一把雨伞递给她："一会儿还有一场局部暴雨，我们得快点儿回去，以免被雨水堵在半路上。"

她垂下眼眸，目睹他骨节分明的手指贴附在伞柄上，眼睛里突然有一股热气涌上来，隐藏多年的负疚感油然而生。

她没有说谢谢，想必他也不愿意听。

她将雨伞打开后撑在头顶，隔着一米的距离，他在前，她在后，尽管回去的路上谁都没有开口说话，但有那么几次，不，应该有十几次，他大概担心她会跟丢，总是撑着雨伞时不时地回头确认她是否还在后面。

有那么一刻，夏雨的声音被赋予了全新的意义，犹如沿途的花朵在雨水中悄然绽放的声音，听上去很温暖。

一日下午，她独自去海边闲逛了一圈回来，路过楼梯口的媒体室时，听到三位青年编剧正聚在一起小声八卦她和萧文缜以及江棋来之间的绯闻。

陈艺："前段时间，我和史卿私底下聊天，听她说齐默生活极简、自律，没有交际圈，平时除了钓鱼、拼乐高，几乎没有任何娱乐活动。她一年四季滴酒不沾，严格按照时间表度过每一天，每餐饮食严格控制到七分饱，每晚十点必定入睡，每月的读书量高达十几本，每年平均保持两部出书量。我听完都震惊了，想不佩服她都不行，人家能过苦行僧一样的生活，并且十几年如一日，我们很多人空有自律心却无行动力，所以齐默不成功，谁成功？"

范文韬："齐默的确了不起，但她和萧公子、江棋来又是怎么一回事？一个是同门师兄，一个是发小儿，虽然他们三个人都没有对网上的绯闻发表过任何意见，但我怎么感觉瓜很大的样子？"

刘诗琪："不是你一个人觉得瓜很大，是很多人这样觉得。萧公子和江棋来的关系的确很微妙，不管怎么说，他们也是校友，还曾作为合作伙伴一起运营过《追梦者》栏目，按理说关系不至于太差吧？但这两人好几次在国内大型场合里同台，几乎每次形同陌路，没有任何实质性交流，你们说奇怪不

362

奇怪？"

范文韬："是呀，难怪有人猜测，萧公子当初之所以离开《追梦者》，是因为与江棋来经营理念不和，双方私底下闹掰，所以才会一拍两散。"

陈艺："也有可能是因为齐默，萧公子和江棋来才会反目成仇。"

刘诗琪："还有人说，萧公子和江棋来……说他们是'兄弟情'，否则这两人怎么可能过了适婚年纪却一直没有'官宣'女朋友？"

…………

齐默转身上楼，嘴里轻轻吐出两个字："扯淡。"

她话音刚落，上方的台阶上就赫然出现了一双男式家居拖鞋，齐默稳了稳情绪，目光慢慢上移，然后落在萧文缜的俊脸上。

"他们没有扯淡。"萧文缜神色平静地说道，"网上确实有过这些猜测。"

齐默难得爆粗口，就被某人抓了个现行，良久才从喉咙里滑出一个"哦"字。好吧，那三个青年编剧没有瞎扯淡。

当天夜里，齐默受白天事件的影响，做了一个梦，梦里，一只龙虾成了精，身上套着一根绳子，拖着一只椭圆形的鸡蛋满大街乱跑。

真是瞎扯淡呀。

一日上午，萧博彦在书房内召开讨论会，电影剧本涉及一些升级版金融案例，萧文缜受邀旁听。

众人各抒己见，书房内很热闹。

其间，萧文缜端起水杯喝水，手背不小心将圆珠笔蹭到地面上，齐默与他的座椅离得很近，转眸打量他一眼，见他喉结滚动，正在喝水，齐默索性主动弯腰帮他捡拾圆珠笔。不料，齐默的手指触摸到圆珠笔，她刚要抬头坐直身体，额头上就传来了一阵温热的感觉，触觉柔软，分明是……

长桌之下，齐默惊疑地望向身边的人，萧文缜保持弯腰捡拾圆珠笔的姿势，无动于衷地从她手里抽走圆珠笔，随即坐直了身体，就好像……就好像他刚才误亲她的额头，只是她的幻觉。

是误亲吧？

当着他爸妈的面，当着所有编剧的面，尽管是误亲，尽管没有一个人发现桌子底下萧文缜的唇曾经短暂地"亲吻"过她的额头，但齐默自己心里清楚，以至于坐直身体以后，额头温度飙升，就好像自己做了什么见不得人的事情一般。

近几日，接连早午餐时间都见不到萧文缜了，齐默这才从沈乐安那里听说，萧文缜的爷爷奶奶近几日一直打电话催他前往三亚，所以他一大早就开车离开了。

齐默不吭声。

萧文缜前往三亚探望爷爷奶奶，并非十万火急的大事，即便早晨离开得匆忙，即便近几日她有意疏远他，但他们毕竟是同门师兄妹，若干年前熟识、深交一场，难道他在离开前跟她简单道声别的时间都没有吗？

齐默很难讲清楚自己心里究竟是什么滋味，觉得无所谓，又觉得有所谓，总之他一声不吭就离开，她心里很不舒服就对了。

然而，这种不舒服仅仅维持了几秒钟，就在沈乐安接下来的话语里烟消云散。

萧文缜离开得匆忙，手机被他遗忘在了卧室里，只一个上午，手机来电信息就有几十条。沈乐安知道萧文缜离开时没带手机，是因为萧文缜抵达三亚以后，借用爷爷的手机给沈乐安打了一通电话，并在电话里告诉沈乐安，爷爷奶奶不肯放他离开，夜间十有八九要留宿在三亚，但手机遗忘在海边别墅了。萧文缜担心错过重要电话，所以希望沈乐安转告齐默，让她帮忙把他的手机送到三亚。

齐默想拒绝，再三确认："沈老师，令公子指名道姓让我帮忙送手机吗？"

沈乐安坚定地点点头。

"必须是我？"

别墅里有那么多人，谁送不都一样吗？

沈乐安说："目前住在别墅里的人，除了我和萧导跟他很亲之外，就只剩下你这位师妹了，他求助于你，明摆着没有把你当外人。"

齐默没觉得萧文缜跟她有多亲，直截了当地道："既然我是令公子的师妹，令公子为什么不直接给我打电话明说，偏偏要通过您转告他的意思？"

此话听着有理有据，奈何冷淡的语气出卖了她的置气心态。

沈乐安莫名有点儿想笑："文缜抵达三亚以后，给你打了好几通电话，但你的手机可能没电了，文缜说他一直打不通。"

齐默愣了愣。

手机对于她来说形同摆设，平时除了接打电话，几乎一直闲置着，所以手机没电自动关机的可能性还是很大的。

齐默抗拒之心未变："不可以请其他人帮忙送手机吗？"

"大家都忙着修改剧本，没时间。"

言外之意，一群人里只有齐默闲着，她不去谁去？

齐默很泄气。

沈乐安宽慰她："两位老人家待人亲和，你只是过去给文缜送个手机而已，不需要有压力。"

齐默没压力，她只是不愿来回走动。

沈乐安看出齐默不是很情愿，索性把萧文缜的手机递给齐默："齐齐，麻烦你辛苦跑一趟了。"

话已至此，齐默可以无视萧文缜的意思，却不能不给沈乐安面子，双手接过萧文缜的手机，心里真是无奈极了。

"我已经帮你叫了车，司机一会儿就到。"沈乐安叮嘱齐默，"等你见到文缜，请务必让他给我打通电话报个平安。"

"好。"

沈乐安暗自松了一口气，感慨这年头为人父母真是不容易，明知儿子做事细致、认真，像出门忘带手机这种事更是从未有过。另外，儿子指名齐默亲自"护送"手机过去，其中猫儿腻分量极重。沈乐安虽然嗅到了阴谋，但背后拆台毕竟有点儿不合适，只能硬着头皮帮儿子把齐默诓骗到三亚。

她家萧公子为什么要这么做？

直到齐默上车离开，沈乐安站在门口遥望汽车消失的方向，才蓦然意识到老太太最近一年身体状况越来越差，再加上腿脚不便，足不出户已半年有余。

临近黄昏，热度消退，齐默乘坐网约车抵达目的地，还没来得及下车，就隔着后车窗看到了戴着黑色棒球帽的萧文缜迈着大步朝她走来。

车门开启，萧文缜单臂支在后车厢的车顶上，弯腰对上齐默的目光，朝她伸出手："来，下车。"

齐默坐在车里不动，取出手机放到他的手心里，没有下车的意思。

萧文缜盯着她看了一会儿，缓缓直起身，单手攥紧手机插进裤袋，任由气氛沉寂了好几秒钟，方才再次开口："爷爷奶奶知道你要来，在家里已经等了一下午，基于礼貌，你下车见见他们才合适。"

"你爷爷奶奶知道我？"齐默满脸诧异。

"当然。"萧文缜好心地为她解惑，"中午吃饭时，他们当着我的面催婚，我一时找不到合适的人选，索性把你的名字拉出来遛了一圈。"

齐默无语，她又不是小狗，遛什么遛？

"我一会儿还要回去。"齐默咬牙切齿地道。

"只是进屋坐坐，喝杯茶。"萧文缜再次弯腰朝她伸出手，轻声保证，"晚些时候我们一起回去。"

几分钟以后，齐默置身于萧家老宅的客厅，终于切身体会到了何谓插翅难飞。

沈乐安没有骗她，两位老人家的确待人亲和友善，尤其萧奶奶，尽管坐在轮椅上不便于行，也一直拉着她的手嘘寒问暖，一口一个"齐齐"，叫得她应都应不过来。

萧爷爷更是满屋子来回走动，一边吩咐保姆沏茶，一边端着各式各样的瓜果糕点送到她的面前，和蔼地道："孩子，来到爷爷奶奶家里，就跟在你自己家里一样，别客气。"

齐默微笑着点头，结果手指刚象征性地伸向果盘，萧奶奶就用牙签插了一小块苹果送到她的嘴边，齐默受宠若惊，说道："谢谢奶奶，我自己来。"

苹果入嘴，齐默在两位老人家笑意融融的注视下，差点儿没被嘴里的苹果渣呛死。

齐默深深地意识到，进了萧家二老的家门，她再想夺门而出，乘车回海边别墅简直是痴人说梦。至于萧文缜所说的"晚些时候我们一起回去"，还真的是晚些时候。晚到明天，够晚了吧？

当晚，萧家二老留宿。

好在两位老人都是高级知识分子，虽然热情过头，但并未追着齐默刨根问底，也从未提及男女婚嫁一事，从客厅挪步到餐厅里，谈得最多的反而是齐默最近风头正旺的《乱局》一书。

前些时候，萧博彦将要执导电影版《乱局》的消息传出去后，萧家二老私底下还曾翻阅过《乱局》的原著小说，讲起观后心得，金句频出，博学多才到直叫人叹服。

齐默禁不住感慨，跟萧家长辈坐在一起吃顿饭，跟参加一场读书会没有什么区别，如果肚子里没有几滴墨水，根本就不敢张嘴接两位老人家的话。

齐默不仅接了，而且一直接到晚上十一点。

萧家二老精神亢奋，大概是难得遇见一个跟得上他们知识储备的小丫头，所以相谈甚欢，竟然忘记了时间，所谈话题涉猎范围极广，讲完国家大事，讲国内外风土人情，聊完当代经济发展，紧接着追忆过往时代的艰苦……讲到最后，齐默脑袋昏昏沉沉，都快变成一团糨糊了，然后糊着糊着，就靠着沙发打起了瞌睡。她明明困得不行，什么也没听清，还要时不时地"嗯"上几声，表示她虽闭着眼睛看似睡着了，但她其实很清醒，而且她是真的很认同两位老人家的话。

萧文缜强忍笑意，走到齐默身边坐下，伸手将她的头揽到自己的肩膀上，他知道她这些年作息稳定，纵使赶稿期间，也都是在晚上十点以前就睡了。为了不扫两位老人家的聊天兴致，她能勉强支撑到现在已是难得。

"这丫头刚进门，我就想夸她来着，眉毛是眉毛，眼睛是眼睛，鼻子是鼻子，嘴巴是嘴巴，反正哪儿哪儿都好看。"萧爷爷压低声音说道。

"老萧，有你这么夸人的吗？"萧奶奶吐槽完萧爷爷，语气随之一变，"齐齐这孩子知书达礼，一出口就能听出来她的文化底蕴有多深厚，我一听她说话就喜欢。"

萧爷爷笑着说："你喜欢就好。"

"说得好像你不喜欢似的。"萧奶奶跟萧爷爷拌嘴。

萧爷爷委屈地道："我当然喜欢，不喜欢能陪这丫头说这么久的话吗？"

"文缜？"萧奶奶抬手碰了碰萧文缜的手臂。

"奶奶您说。"

"娶妻当娶齐默。"

萧文缜对着萧奶奶道了一声"好"，垂眸望向齐默，见她耳朵发红，心里顿时变得柔软，凑到她的耳边再次道了一声："好。"

正在"熟睡"的齐默，原本安静栖息的长睫宛如受了惊的蝴蝶的翅膀，闻言轻轻地颤动了一下。

…………

齐默是被萧文缜抱到客房的床上去的，萧文缜为她盖上空调被，并未马上离开，而是坐在床沿静静地看着她。

齐默心浮气躁，虽未睁眼，但开口打破了沉默："师兄。"

"嗯？"

室内灯光刺眼，齐默屈起右手臂，搁在额头上遮挡光线，无奈地道："你还要盯着我看到什么时候？"

"看到你不装睡。"萧文缜把床头灯打开，调暗光线以后，起身关闭室内的吊灯。

"我没装睡。"齐默辩解，"我是真的很困，只是没敢睡得太沉而已。"

"嗯。"

齐默沉默了几秒钟，问他："你近几年一直被家里的老人催婚吗？"

"嗯。"

这一次，齐默足足沉默了十几秒钟，平静地道："想嫁你的人很多。"

我想娶的人不是她们。

话到嘴边，萧文缜临时改口，从好看的唇齿间蹦出一句："想娶你的人也有很多吧？"

齐默睡意渐浓，本能地回话："确实很多。"

"你有想嫁的人吗？"萧文缜眯着眼看向齐默，奈何齐默以手臂遮眼，没有看见萧文缜的神色。

"我……"

齐默刚道出一个"我"字，就被萧文缜咬牙切齿地打断了："你敢说'有'，我一定掐死你。"

冰冷的语调，瞬间惊走齐默的大半睡意，她的意识半清晰半迷糊，她嘟囔道："你掐死我，下次被催婚还怎么拿我当挡箭牌？"

"你不是挡箭牌。"萧文缜恼意未散。

齐默出神片刻，内心惘然。

"为什么一定是我？"齐默叹气。

"非你不可。"

齐默被萧文缜口中的"非你不可"折腾得一宿没睡。

翌日上午，萧文缜开车带她回海边别墅，临走前萧奶奶送了一份见面礼给她，并非金银首饰，而是一幅名家卷轴画。

卷轴画价格高昂，齐默说什么也不肯收。

"孩子，只是一幅画而已。"萧爷爷劝齐默，"既然你萧奶奶给你，你就收下吧，否则你萧奶奶心里该难过了。"

萧奶奶心里难不难过齐默不知道，她只知道自己心里很难过，两位老人之所以送她这样一份贵重的见面礼，是因为他们真的将她当成了孙媳妇，但她……

回去的路上，齐默有意通过萧文缜将这幅画还给萧家二老："师兄，你爷爷奶奶送我的这幅画，我不能要。"

萧文缜一边开车，一边淡淡地问："你想让我帮你还回去？"

"嗯。"

"画是你亲手接的，你自己还，我没义务。"萧文缜袖手旁观。

"反正我不要。"

名家名画，主要是价格在那里摆着，她又不缺心眼儿，如果真的收下来，恐怕要自此失眠了。

"你为什么不要？"萧文缜斜睨她一眼，"因为礼物贵重，因为他们把你当成孙媳妇，还是因为两者兼有，导致你心理负担加重，所以不能收下这份礼物？"

萧文缜发音力道很轻，但大概跟从事的职业有关，连带日常对话也冷静、理智到了极点。

齐默忍不住皱眉："师兄，你别逼我。"

逼？

萧文缜面色发寒："我如果真的能够狠下心逼你，何至于纵容你这么多年？"

齐默一时语塞，看着窗外耀眼的阳光，内心一片茫然，为了避免两个人在车里吵起来，干脆不接话。

尴尬的气氛维持了半路，后来还是一通突如其来的电话打破了这份寂静。

沈燮来电。

萧文缜在开车，车载装置连接手机，来自沈燮的外扩音充斥整个车厢："我听徐扬说，你最近跑到三亚去了，怎么也不跟兄弟说一声？是去看爷爷奶奶，还是看望你爸妈？"

"有事？"

"我问过徐扬，他说你今天晚上将从三亚飞回来录制节目，我们正好有段日子没见

368

面了，要不，等你回来之后我们约出来见一见？"

"时间、地点，你定。"

"成。"

熟人对话简洁明了，省掉不必要的客套，直奔主题，寥寥几句互动就已透着浓浓的兄弟情。

齐默原本以为萧文缜还要在海边别墅多待几日的，没想到他今天晚上就要飞回去，早知道她上午就直接打车回来了，说什么也不能让他在两地之间如此奔波。

沈燮没有挂电话，萧文缜挑着眉问："还有事？"

"你在开车吧？窗外风声挺大的。"沈燮听力很好。

"嗯。"

沈燮随口问了一句："你一个人？"

萧文缜转眸看向齐默，凝望窗外夏日风光的她，姣好的侧颜透着疲惫，白皙、细长的脖颈和突显的锁骨在阳光下线条明显。

瘦。

每餐饮食控制七分饱，不瘦才怪。

萧文缜气恼交加，却又隐忍不发，直到沈燮久久等不到他回话，以为信号中断，唤了声"文缜"，他才嗯了一声，回复沈燮："还有我师妹。"

齐默呼吸迟缓，下意识地抠着手指头。

"你哪个师妹？"沈燮没反应过来。

"我只有一个师妹。"萧文缜回答得理所当然。

齐默内心汹涌。

"你开哪门子国际玩笑？继齐默之后，周安国这些年招的女研究生在你眼里都是空气吗？什么只有一个师妹，你眼里除了齐……"沈燮谴责到一半，语气一顿，声音上扬了好几度，"齐默在你车里？她怎么也在三亚？你们旧情复燃了？"

萧文缜是齐默这辈子见过的最理性的男子，虽然他不会轻易冲人发脾气，但并不代表他是一个脾气很好的人。

当今世上能够惹他生气的人并不多，齐默算一个。

好比上午开车回海边别墅，齐默只说错了一句话，就触碰了他的逆鳞。此人记仇，多半气恼之余，不期然想起这些年她视他如陌生人，宛如蛇蝎毒虫一般敬而远之，所以才会越想越气，否则也不会拉着一张脸理都不理她。

如果是往常，齐默十有八九不会理会此事，但这天不行，午后萧文缜还要开车回三亚，带着怒气开车上路，总归不太安全。

二人抵达海边别墅时正赶上中午吃饭时间，众人吃完饭以后，坐在客厅里闲聊片刻，便各自回屋午休或是忙工作去了。

窗外，知了趴在芭蕉叶上撕心裂肺地叫个不停，萧文缜沉下情绪，觉得上午不应该对齐默发脾气，他明知道她的纠结和煎熬是因何而来，怎么就不多体谅她一下呢？

萧文缜走到齐默卧室的门前，停下脚步，盯着门板斟酌了一下示好的言辞，正要抬手敲门，手机却突然响了起来。

看到来电信息，萧文缜难得地惊了一下。

"师兄，麻烦你出来一下，我在大门外等你。"电话那端的人是齐默。

午后，烈日炙烤着大地，萧文缜带着疑惑走到萧家大门口，险些被眼前所见"刺瞎"双眼。

热度惊人的地面上被人用白色的粉笔画满了台阶，没错，是台阶，一层接一层的台阶，从萧家大门口一直延伸到前方十几米的空地上。

萧文缜不明其意，站在门口定定地望着齐默。

酷暑燥热，白天的温度高达33℃，齐默伫立在阳光下，汗水浸湿了她的头发，沿着红彤彤的脸颊无声滑落。

她在笑，眼睛微弯，明亮动人。

"师兄，我今天上午说错话了，你大人不记小人过，消消气，我给你准备了很多层台阶，你放心下来吧，我在台阶下方接着你。"齐默诚恳地说道。

原来，她是要与他握手言和。

她顶着大太阳、冒着中暑的风险，画出这么一长排鬼画符，竟是有心示好。萧文缜的心情渐渐变好，他盯着地面上长长的台阶看了几秒钟，总算看出了一些门道。

台阶长达十几米，密密匝匝，数起来眼花缭乱。她这哪里是认错，分明是心有不甘，试图通过十几米的台阶对他极尽挖苦之能事。

他的气性有多长，她画的台阶就有多长，应景得很。

萧文缜哭笑不得，看透不说透，站在大门口良久未动，心里暗斥走台阶这种事真是小儿科，暗斥齐默真是孩子心性，暗斥……他一把年纪了竟然还要站在烈日下陪着齐默过家家？

齐默见萧文缜站着不动，知道他不屑玩这种孩童游戏，反正只是走个示好形式，她原本就没指望萧文缜……

萧文缜从阴凉的屋檐下走出来，迈着大长腿稳稳地踩在台阶上，然后是第二层台阶，第三层台阶……他修长的身影投落在明晃晃的地面上，萧公子姿态闲适，走路时专注、认真，没有一丝一毫的不耐烦。

距离齐默还有几层台阶的时候，萧文缜提醒出神的齐默："我要下台阶了，你不接住我吗？"

齐默回过神，向前伸出一只手。

他距离她还有五层台阶。

"你一只手接得住我？"萧文缜怀疑。

齐默红着脸伸出一双手，她怎么有一种自己挖坑往里跳的感觉呢？

三层台阶。

两层台阶。

一层台阶。

烈日下，萧文缜将汗流浃背的齐默紧紧地搂到怀里。地面上，一男一女两道独立的身影合二为一，密不可分。

齐默的心脏又开始不听话地乱跳了。

"师兄，我身上都是汗。"她暗示他该松手了。

"嗯，浑身直冒热气，跟练内功走火入魔没什么两样。"萧文缜凑近齐默的肩胛骨，虽然皂香味浓郁，但有一股热气从衣领间涌出来，迎面围堵他的气息，他一时间没忍住，咧着嘴笑了。

"师兄。"

"嗯？"

"天热。"齐默欲言又止。

"抱在一起就不热了。"

萧公子真是胡说八道，他这话连三岁小孩儿都不信。好在萧公子说归说，脑子还算正常，松开她的身体以后，环顾一眼齐默画的一长串鬼画符，立马头疼不已。

不知情的人，还以为他家闹鬼了。

萧文缜开口："你进屋洗把脸，我把鬼……我把你画的这些东西，嗯，东西，我把你画的这些东西擦干净就进去。"

"这么多台阶，你一个人要擦到什么时候？我陪你擦完再进去。"齐默很讲义气。

萧文缜瞥她一眼，难得她还知道她画的台阶有"这么多"。

齐默的鞋底蹭着地面上的粉笔印，接收到萧公子的谴责目光后，她低着头笑了。

午后，萧博彦跟摄制组的工作人员开完视频会议，回到二楼的书房，《乱局》的电影剧本经过无数次的讨论、修改和争执，终于正式走向收尾阶段。

落地窗外阳光刺眼，沈乐安坐在空调屋里审校剧本内容，略显浮躁、焦虑。萧博彦见状，走到窗前正要拉上内层薄纱窗帘遮挡光线，就被烈日下的两个年轻人震惊了。

萧博彦回头看向妻子，说道："乐安，你儿子中邪了，你快过来看看，他大中午不睡觉，站在太阳底下在干啥？"

沈乐安困惑地抬眸，被萧大导演的话勾起了好奇心，起身离开书桌，来到萧大导演身边，于是看见了这样的场景：天地间热气蒸腾，齐默拿着一根长长的水管把门前浇

371

湿，水流在阳光下四散飞溅，炫目多彩。

萧公子将黑色的西装长裤挽到小腿肚上，脚踩一双凉拖鞋，手里拿着拖把，正顺着齐默的浇水走向"写书法"。

他这样一副渔夫打扮，谁看谁惊。

萧博彦以为自己眼花了，连忙回到书桌前从眼镜盒里取出眼镜戴上，等他再次回到窗前，沈乐安已率先看出了端倪，镇定地给他解惑："你儿子没中邪，他在擦粉笔印。"

"我没瞎。"萧博彦当然知道萧公子在擦粉笔印，萧博彦说，"我难以理解的是，他堂堂一个大学教授，为什么要在光天化日之下做出这么幼稚的举动？"

"'幼稚'在心理学名词里，是指一个人的成熟思维早恋。"沈乐安抬手拍了拍丈夫的肩，回到书桌前坐下。

萧博彦说："文缜喜欢小齐，我看得出来，但我怎么觉得这场恋爱是咱们儿子一头热呢？"

沈乐安身体后移，靠向椅背，左右歪头舒缓肩颈酸痛，盯着电脑屏幕若有所思。

楼下，齐默关闭水龙头，目睹萧文缜单手插腰，手握拖把累得直喘气，忍不住笑了，难以想象他的那群女粉丝如果看到他这副模样，该作何感想。

台阶印记消除，萧文缜走到门口的屋檐下避暑，齐默犹豫了一下，说："师兄，你驾龄长，开车技术又很精湛，但你开车时总是单手打方向盘，这属于驾驶陋习，如果能改正过来，还是改正过来比较好。"

萧文缜唇角微勾，弯腰放下裤管，没有接齐默的话，而是说："那幅画你如果收着有压力，回头不妨交给沈编剧。我今天中午问过她，电影剧本最迟三日内就能完成，到时候她应该会返回三亚看望两位老人家，由她出面把画还回去，奶奶也不至于太伤心。"

"好。"

齐默情绪涨得满满的，她不愿收下这么贵重的礼物，他虽不高兴，但还是顺了她的意。

屋檐下冷热风交替，萧文缜靠在一侧的门框边静静地看着她，眉眼间是一如既往的冷漠，唯有注视她的时候，一双眼睛才会散发出灼人的热度。

齐默避开他的目光。

他总是这样盯着她看，不分场合，肆意妄为，害得她总想找个洞钻进去……气人得很。

但他偶尔说出口的话是暖心的。

他说："我尽量改掉你说的驾驶陋习，以后左右手都放在方向盘上。"

"嗯。"齐默还是没有看他。

萧文缜问："地上有金子吗？你给我指指具体位置，我也低下头过过眼瘾。"

齐默被他气笑了。

"指指。"

齐默瞪他："不指。"

萧文缜笑了。

屋檐下，阳光偏移，齐默向后退了一步，耳边传来萧文缜的声音："回去见。"

回去见。

短短三个字，含义很深，萧文缜不希望回去以后齐默再一次躲着他。

齐默的大脑暂时停止运转，她对上萧文缜的目光，他不催促、不施压、不紧迫，只有等待，没有止境的等待。

阳光下，万事万物尘光飘浮，恍若过往、未来无所遁形，齐默不期然想到了一句诗："世界微尘里，吾宁爱与憎。"

虽说大千世界都在微尘里，爱与憎微小得不值一提，但真正能放下爱与憎的人又有几个？

齐默远没有那么高的悟性，转过脸望向萧文缜："回去见。"

沈燮最近压力很大。

《追梦者》作为青锋视频网的王牌节目之一，近两年的收视率就跟过山车一样跌跌涨涨，近几期节目更是持续走低，生存状况堪忧。

萧文缜从三亚飞回来的隔天晚上，沈燮约萧文缜前往某知名西餐厅吃饭，谈及《追梦者》节目现在碰到的危机，萧文缜给的建议是："保留节目最初的特色，进行全新改版。"

"我和思佳前两天也谈过改版这件事。"沈燮郁闷地道，"这些年，国内同类型原创访谈节目层出不穷，《追梦者》能够熬到现在很不容易，尤其最新一期节目，收视率跌至谷底，更是坚定了我和思佳要给《追梦者》来一次大换血的决定，但改版谈何容易？既要保留特色，又要兼顾流行趋势，还要迎合当下观众的审美品味，总之一个字——难。"

萧文缜切下一块牛排送到嘴里，淡淡地回应："做人也很难，你要不要飞到天上当神仙去？"

沈燮无语。

萧公子不愧是话题终结者，随便说一句话就能噎死人。

侍者送上佐餐酒，琥珀色白兰地缓缓倒入沈燮面前的酒杯里，随后侍者移步走向萧文缜，被萧文缜出声谢绝。

"我不喝酒。"

这年头，既不抽烟又不喝酒的男人很少见，萧文缜就是其中之一。

沈燮记得，萧文缜以前虽然不喜欢饮酒，但碰上某些场合，基于社交礼仪小酌几杯也是常有的事。

在齐默与他形同陌路的这几年，他变得滴酒不沾。

萧文缜出席各大饭局，哪怕业界前辈和上市公司老总轮番上阵劝酒，都无法左右他的习惯。至于朋友私下聚会、逢年过节家人团圆，他也仅是以茶代酒，说不喝就不喝，从未因谁破过例，极其自律。

沈燮不可避免地想到了齐默，她同样自我管控严格，同样以高标准要求自己，同样私生活无趣，齐萧二人简直是绝配。

"齐默去三亚干什么？"沈燮端起酒杯，好奇地道。

"创作电影剧本。"萧文缜见沈燮半杯白兰地下肚，皱了一下眉，"你喝了酒，一会儿怎么开车回去？"

"简单。"沈燮觉得不是事，"要么找代驾，要么打车回去，等明天有时间我再过来把车开走。"

萧文缜说："你少喝点儿，吃完饭我送你回去。"

哇，好兄弟。

沈燮感动之余，又把剩下的半杯白兰地喝进肚子，无视萧文缜不悦的眼神，摆出一副吃瓜姿态："你和齐默旧情复燃了？"

"我和齐齐从未中断过彼此之间的感情，哪儿来旧情？何来复燃？"萧文缜纠正沈燮的用词。

沈燮拆台："你和她没中断过感情，那她这些年为什么与你断了联系？"

因为江夷中。

萧文缜不可能道出这个名字，尤其还是当着沈燮的面。

"我们斩断彼此之间的联系，并不意味着感情中断，而是为了给对方独立成长的空间，能够更好地集中精力发展各自的事业。"萧文缜嘴角含笑，漫不经心地说道。

沈燮自然不信，腹诽：死鸭子的嘴巴都没萧公子的嘴巴硬。

在沈燮的记忆里，总有这样的几幅画面。

画面一：

《以文会友》节目火爆全国之前，萧公子一直居住在华清园六号楼。家居的摆设从未发生过任何改变，尤其齐默曾经居住过的主卧室，纤尘不染，时常通风打扫，萧公子甚至不允许任何人进去。

就好像，齐默终有一日会回来居住一般。

画面二：

萧公子于华清园的住处的书房里常年摆放着一盘没有下完的围棋棋局，黑白棋子安静地栖息在棋盘上多年，每每落上一层浮灰，就会被主人擦拭干净。

某次，友人造访，沈燮当时也在场，友人不小心将棋盘蹭翻在地，黑白棋子混在了一起，萧公子发了好大一通脾气。

半个小时后，友人震惊，沈燮也震惊。

萧公子竟然将黑白棋子复原到棋盘上，棋盘走向错综复杂，纵使拥有强大的逻辑推理能力，也很难成功复原棋盘，然而萧公子展现出了神一般的智慧和能力，事后更是被友人传得神乎其神。

友人不知内情，沈燮知道。

当时目睹这一幕，沈燮心里很不是滋味，萧公子毕竟不是神，想要记住所有棋子的走向，绝非一朝一夕之功。

是否有无数个日日夜夜，每当萧公子睡不着的时候，他就会坐在棋盘边，盯着黑白棋子出神？

画面三：

今年2月14日，国内某知名论坛惊爆江棋来与神秘女郎在车内激情热吻，这个话题在网上闹得沸沸扬扬。

某一日私下聚会，沈燮将这件事当作八卦新闻讲给萧公子听，岂料八卦还没讲完，萧公子的脸色却越来越冷了，吓得他连忙转移话题，唯恐被寒气冻死。

几天后，国内某大型慈善晚会的直播现场，萧公子和江棋来在舞台中央狭路相逢，萧公子不仅对江棋来视若无睹，还一整晚面无表情。

事后，"萧文缜摆臭脸"这个话题还上了热搜榜。

其实，沈燮当时就已隐约猜测到，所谓江棋来车内激吻的对象，极有可能是齐默，否则萧公子不会如此生气。

吃罢晚饭，萧文缜开车把沈燮送回华清园，沈燮约他上楼喝杯咖啡再走，被他拒绝了："我回去还有工作要处理。"

萧文缜回去处理工作是真，不愿上楼看到沈燮颓废度日也是真。

江夷中是沈燮的明恋对象，也是他刻骨铭心的初恋。江夷中离世以后，沈燮对待感情一直都是一副玩世不恭的态度，他走不出自己的内心，就如同他走不出华清园。

他说："购买华清园的房子是夷中的意思，夷中喜欢这里，我没办法搬离华清园。"

他说："我曾无数次想要搬离华清园重新开始，但不行，我只要有搬离这里的冲动，我的胸口就很疼，一步也挪不了。"

他说："文缜，你说，夷中的魂魄会回来吗？"

萧文缜开车驶过六号楼的楼下，隔着挡风玻璃长久地注视江夷中当年出事的大概停车位置，如果江夷中的魂魄真的能够回来，他希望她来找他，不要找沈燮，因为沈燮要呼吸，要喘气，要好好地活下去。也不要找齐默，因为齐默耗费多年青春也没彻底走出来，至今闻酒色变，听到她的名字就眼睛发红。

逝者已矣，生者如斯。

如果江夷中的魂魄回来找他，他想告诉江夷中："不是齐默缠着我，而是我缠着她；不是她非我不可，而是我非她不可。"

如果固执不放手是一种罪，那也是他一个人的罪，与齐默无关。

《乱局》的电影剧本创作完成的那天，几位编剧聚在萧家别墅负一层的酒吧里连开数瓶香槟庆祝出关，欢喜程度可想而知。

沈乐安没有参与，她在二楼的书房里整理材料。

齐默带着一只长方形木盒子去见她，寥寥数语道明前因，然后将木盒子放到办公桌上推到她的面前。

沈乐安解开木盒的扣环，示意齐默找沙发落座，齐默婉拒："我站着就好。"

沈乐安工作繁忙，齐默有意速战速决。

木盒开启，沈乐安展开卷轴画，目睹书画作者的名字，尽管已有心理准备，可还是被老太太的大方惊了一下。

"你确定要把这幅画还给文缜的爷爷奶奶吗？"沈乐安抬头看向齐默。

"确定。"

沈乐安思索了一下，再次询问齐默："你可知道字画的作者是谁？"

"知道。"

"我看你不知道。"

沈乐安觉得，齐默如果真的知道这幅名画的价值，怎么可能说不要就不要？这样也太高尚了。

然而，齐默接下来的话却否定了她的猜测。

"萧家二老送我的这份见面礼，出自明代吴彬之笔，其作品传世者稀少，登记在册的不过十八件，其中有一幅名画因为有乾隆皇帝的亲笔题字，所以拍卖价曾经一度高达1.6912亿元人民币。而我收到的这幅古画虽然不及上亿元高价，但拿到交易市场，定价上千万元绝对不成问题。"

萧家背景显赫，财富累积了好几代，随便出手一件见面礼就价值上千万元，豪气度令人叹为观止。齐默不愿收下这幅名画，并非矫情不识抬举，而是它太过贵重，她真的不能收。

沈乐安眼神闪射。

"上千万元不是一个小数目。"沈乐安似感慨，又似提醒。

齐默直视沈乐安的眼睛，说出自己的心里话："上千万元的确不是一个小数目，但我有手有脚有脑子，完全可以自己挣。"

齐默说这些话时，眼神倔强，语气认真。

儿子心仪多年的女孩子，内敛坚忍，她不是依赖他人才能生存的温室小花，她是汪洋大海中必不可少的一滴水。

凝固时，坚硬成冰；流动时，含蓄高洁。

沈乐安笑了。

她笑，是因为忽然想起多年前的一件事。那一年他们全家在首都过年，文缜首次当着她的面提及齐默，甚至还想约时间安排齐默和他们见一面，被她直接拒绝了。当年她直截了当地告诉文缜，萧家无庸才，齐默如果想获得她和萧导的认同，就必须证明自己的存在价值，否则她和萧导根本就不可能接受齐默。

一晃多年过去了，令她没有想到的是，文缜与齐默的缘分竟像毛线团一样，越扯越长，一直延续到现在还没尘埃落定。

更让她没有想到的是，当年文缜向她保证，如果她见到齐默的话，一定会非常喜欢齐默。她当时听了很不以为然，现在想想，有时候真的不能把话说得太死，她和齐默相处的时间不长，尽管目前她还不是非常喜欢齐默，但她欣赏齐默是毋庸置疑的事实。

事实证明——

萧家无庸才，齐默很有才。

沈乐安将画作仔细卷好，漫不经心地开启话题："文缜的奶奶第一次见你，就送你这么贵重的礼物，你知道原因是什么吗？"

齐默摇头。

她摇头，并非不知，而是不知道该如何开口。毕竟，老太太认定她会成为萧家的孙媳妇，这种话她怎么好意思当着沈乐安的面讲出来？

"文缜的奶奶年纪大了，身体一日不如一日，能不能撑到明年开春都很难说。"

沈乐安突如其来的一句话，导致齐默愣了愣，情绪随之沉了下去。

老太太与她相处时精神头很好，她还以为老太太除了行动不便，身体还算健朗，却怎么也想不到老太太……是因为看到她以后心里高兴，兀自强撑吗？

沈乐安说："文缜知道老太太的心结是什么，所以才会趁着你在三亚，编了一个蹩脚的借口把你骗到老太太那里，其目的不过是宽老太太的心，让老太太没有遗憾。"

趁着她在三亚，编了一个蹩脚的借口把她骗到老太太那里？

齐默的诧异主要来自前半句，此话信息量极大，就好像她和萧文缜的过往感情，被沈乐安尽收眼底。

是赵梓凡告诉沈乐安的？还是她和萧文缜谈恋爱那会儿，萧文缜告诉沈乐安的？

沈乐安把卷轴画重新放进盒子，合上盖子，按下扣环，告诉齐默："这幅名家画作是由上一辈人传给老太太的，老太太将这幅画送给你，有两个原因。其一，老太太视你

377

为孙媳妇。其二，这幅画有多贵重，你在老太太的心里就有多贵重，甚至更贵重。"

齐默觉得自己有必要郑重解释一下她和萧文缜目前的关系："沈老师，我和令公子……"

沈乐安打断她的解释："我尊重你的意愿，这幅画我会帮你还给老太太，但如果老太太执意要把这幅画送给你，我也爱莫能助。"

齐默不死心："我和令公子……"

沈乐安再次打断她的解释："文缜性格不讨喜，日常待人接物做得也不好，既腹黑又毒舌，不说话时能够把人气个半死，偶尔说句话更能把人气得直喷血，虽说毛病一大堆，但品性还算凑合，你多担待。"

齐默认证完毕，沈乐安是萧文缜的亲妈，萧文缜是沈乐安的亲儿子。沈乐安吐槽萧文缜的话，齐默基本认同，除了话尾的那个"担待"。

"沈老师，其实我和令公子……"

"你和文缜之间的事情不用告诉我。"沈乐安说道，"我和文缜他爸在这方面看得很开，儿孙自有儿孙福，我们作为长辈不方便瞎掺和，也给不了你们什么意见。你们顺其自然，自求多福吧。"

齐默被沈大编剧的一席话惊得哑口无言。

她刚才的认证结果明显有误，她甚至严重怀疑萧文缜是被萧大导演和沈大编剧从垃圾堆里捡来的，而非亲生的。

为人父母做到这个份儿上，心可真大呀。

齐默是在《乱局》电影剧本创作完成的第二天离开三亚市的。

彼时，萧博彦夫妇挂念萧家二老的身体状况，决定在三亚市多逗留一日再回去。开车送几位编剧和齐默前往三亚凤凰国际机场的时候，萧博彦告诉齐默，摄制组成员经过前期调研，根据剧本要求选了几处适合拍摄的场景，再过几日他将携电影《乱局》的摄制组全体成员飞往取景地进行实地考察，询问齐默是否愿意一同前往。

齐默点头。

萧博彦此次执导她的原著小说，况且又亲自邀约，她参与前期取景是应该的。

"那就这么说定了，等我敲定出发时间，提前通知你。"

"好。"

此番齐默乘坐飞机回来，事先并未通知史卿接机，拖着行李箱走出机场大厅出口，正欲打车回去时，触目却是一片刺目的红，刹那间身体僵硬，恐慌不安，就连后背也开始疯狂冒冷汗。

那是一辆红色跑车。

自从江夷中在红色跑车内窒息死亡，与死亡事件相关联的日期、地点和车辆，都成了她的梦魇，她有多排斥酒桌文化，就有多厌恶红色跑车。

有人开着红色跑车前来接机，齐默控制不住自己的脚步，下意识地向后退了两步，右手臂却在毫不设防之下骤然一紧，还不等齐默看清楚来人是谁，就被来人用力地抱在了怀里。

男式白衬衫上，烟草味浓郁。

齐默屏住呼吸，触及来人的后背，竟与她一样，后背衣料隐隐泛潮。

她已知道来人是谁。

那年4月1日，她和江棋来直击江夷中的死亡现场，从此以后，梦魇经年，饱受创伤后遗症困扰的人还有江棋来。

这天中午，江棋来从外地出差回来，先齐默一步走出机场大厅，站在出口处等待司机开车过来。

然后，他看到了齐默。

再然后，他看到了那辆和夷中生前所开车辆外观十分相似的红色跑车，于是短短时间内头脑发痛，强烈的不适感蔓延全身。

多年前，他和齐默因为一次意外事故背道而驰，却又彼此命运交织，他不喝酒，不喜红色跑车，每逢4月1日就易怒狂躁，他所承受的苦与痛，恰恰是齐默需要承担的心理罪。

他恨齐默，却又心疼齐默，等他意识到他在做什么的时候，他已经拥抱住齐默，并将她的脑袋按在他的胸前，彻底阻断了她的视线。

机场出口，燥热的风迎面而来，他不言语，她亦不说话。

他在等，等车主开走红色跑车，等他和齐默内心的伤痛逐渐被时间抚平，被炽烈的阳光融化。

红色跑车驶离现场，他的司机把车开了过来，紧随其后的是一辆黑色商务车，推门下车的人是萧文缜的助理徐扬。

车窗玻璃保护膜的颜色很暗，江棋来望向商务车的后车座，注定无法看到萧文缜的面容，手臂力道渐松，在司机惊愕的目光下，大步流星地走向接机座驾，自始至终没有多看齐默一眼，也没同齐默说上一句话。

而齐默适才感受到的拥抱，貌似只是她的一场白日梦。

不是梦。

在机场邂逅江棋来不是梦，徐扬邀请她上车不是梦，她在商务车里看到萧文缜也不是梦。

她的回程机票是由沈乐安买的，萧文缜知道她的航班信息一点儿也不奇怪。他在处理工作，文件散落在身边的空座上，齐默坐在靠窗的位置，避免压到他的文件。

他没说话，前半程一直在审阅、备注手头的文件，后半程才把文件收集到一处，默默地朝她伸出手。

齐默看见他的手势，犹豫了一下，将手放在他的手心里，被他一点点收紧。

正午的阳光照射在车窗玻璃上，昏暗的光影投落在他和她交握的手指上，静谧安宁的背后是心意相通。他懂她的不言，她亦懂他的不语。

可齐默终究没有真正看懂萧文缜。

看懂萧文缜的人，是正在开车的徐扬。萧教授前半程处理手头的工作，看似平静无波，实则下颌线条向内缩紧，翻阅文件时速度过快，略显焦躁；到了后半程，萧教授正式伸手探向齐默之前，其实已经迟疑着伸了好几次手，但始终顾虑重重，或许一时情怯，或许担心被拒。直到齐默回应他的牵手邀请，他的紧绷和紧张方才烟消云散，下颌线条开始变得柔和起来，似乎还暗自松了一口气。

四年前，徐扬曾在贵州一带和齐默有过一面之缘。

那一年深秋，齐默往返于贵州一带做慈善，为那些患有阅读书写障碍症的孩子提供资金援助，在乘坐客车前往目的地的途中，司机频繁接打电话，乘客屡劝无果，导致车辆失控侧翻，坠入三百米深的山坡。

山坡下，客车车体变形，车窗玻璃全部碎裂，虽然无一人身亡，但客车上至少有十三名乘客受了不同程度的伤。

齐默被送往医院的时候，医护人员通过她的手机电话簿第一顺位联系人"师兄"，拨通了萧文缜的电话。

那一年深秋，正在国大讲课的萧文缜接到医护人员的电话时，突然面色大变，向来冷静自持的他竟当着一众学生的面拔腿冲出了教室。

徐扬不明状况，紧随而至。

开车前往机场的路上，萧文缜紧急联系"小春光"的CEO史卿，电话一被接通，他就咆哮道："你这个经纪人是怎么当的？"

声音之沉，犹如泰山压顶。

声音之厉，犹如雷霆暴怒。

那是徐扬第一次见萧文缜发那么大的火，那般心急如焚和担惊受怕，足以震得他一路上连句话都不敢说。

那一年深秋，齐默的右脚踝受伤严重，内部嵌入钢板固定，入夜苏醒后疼得脸色煞白，冷汗接连浸湿她的病号服。

史卿赶过去的时候，当场就哭了起来。

医院的走廊里都是乘客家属，萧文缜戴着棒球帽远远地站在门口，挺拔的背影裹挟着暴风雨前的平静，盯着将整张脸埋在枕头里低声呻吟的齐默看了好一会儿，也许没有一会儿，只有短短的几秒钟，却看得徐扬几欲休克。

当时，萧文缜已在奔赴贵州的途中了解了事情的经过，来到医院以后，又目睹齐默的疼痛和钢板嵌入脚踝，无疑深深地刺痛了他的眼睛和神经。

他猝然转身，找到司机的病房以后，失去理智的他，哪里还顾得上司机也是刚经历九死一生的人，此刻手臂还处于骨折状态？

他大步上前，揪住司机衣领的下一秒，快速抢起一拳狠狠地击向司机的面部，吓得医护人员和司机的家属连忙上前阻拦。

他一边暴打司机，一边怒斥："乘客劝你不要打电话，你为什么不听？你为什么不用蓝牙耳机？你为什么不用车载电话？"

他挥出去的拳头，既粗暴又利落，吓得徐扬完全丧失了反应。

他说出口的话语，语调冷飕飕的，听得徐扬浑身打起了冷战。

那一年深秋，萧文缜作为公众人物暴打客车司机，纵使司机有错在先，但如果传扬出去，势必影响恶劣。

好在没有人看到萧文缜的模样，再加上客车司机和司机家属自知理亏，误以为暴揍他的人是乘客家属，所以才没有追究此事，否则徐扬真是一个头两个大。

是夜，医护人员给齐默打了止痛针，萧文缜趁着齐默沉沉睡去，才走到床前看了她一眼，真的只看了一眼。

他避开她肿胀的脚踝，只注视她惨白的脸庞，只伸手触碰了一下她的指尖。

徐扬猜测，他是想握住齐默的手指的，但察觉齐默因为他的触碰，睡得不是很安稳，就立刻把手缩了回去，不敢再碰。

他拿起置物柜上齐默的手机，把医护人员先前给他的那通电话的记录删除了，然后把史卿的名字列为了第一顺位联系人。

寂静的楼梯间里，萧文缜对史卿说："她不愿意看到我，不要让她知道我来过。"

徐扬不知道萧文缜是以一种什么样的心情说出"她不愿意看到我"这句话的，更不知道萧文缜和齐默之间究竟有过怎样的过往，他那个时候甚至还不知道齐默就是著名作家M。他唯一可以确定的是，萧文缜说出"她不愿意看到我"这句话的时候，声音是哽咽的。

萧文缜连夜离开了贵州。

隔天，萧教授上电视，衣冠楚楚，举手投足间尽显好修养，跟前一天夜里贵州医院里的那个施暴者判若两人。

四年后，徐扬觉得他们萧教授对齐默的感情真是小心翼翼到了极点，一味隐忍、克制，百般讨好。

目睹江棋来拥抱齐默，他们萧教授竟然还坐得住，只淡淡地吩咐他下车请齐默上车。

徐扬原本以为萧教授前半程压着情绪不发，要么是忌妒、吃醋，要么是在生齐默的气，但萧教授后半程与齐默的牵手互动分明透着情怯，看得徐扬一头雾水。

后车座里，萧文缜看了看腕表上的时间，握着齐默的手说："源江路有一家川菜馆口碑很好，要不，我们中午一起过去尝尝？"

"我不太想去。"

"没胃口？"

"你知名度太高，不管走到哪里都很容易被拍，我不想跟你一起上新闻被骂。"齐默实话实说。

萧文缜提出了另一个可能性："为什么不是我被骂？"

齐默说："我的读者一般很理智，不会随便骂人。"

萧文缜想笑，忍住了。

前段时间，他和她的同居绯闻满天飞，他的某些女粉丝确实没少骂她，他不出声并非顾忌出声以后谩骂她的人更多，而是顾忌他若坦白两人的过往恋情，只会引来她的不快，逼得她越退越远。

如今她说出这样一番话，跟变相讽刺他的粉丝不理智，随便骂人有什么区别？

她受了委屈，怎么吐槽都不打紧，但此刻正值中午用餐时间，她不愿意外出吃饭，他只好寻其他办法。

"你搬去归晚苑以后，我还不曾去你家里做客。要不这样，我让人把午餐送到你家里去，顺便参观一下你的家。"

这是萧文缜第一次当着她的面提及归晚苑，齐默意味深长地看了他一眼，委婉拒绝："我家太简陋，没有任何参观价值。"

岂料，萧文缜竟围绕"简陋"一词做文章："山不在高，有仙则名。水不在深，有龙则灵。斯是陋室，惟吾德馨。"

齐默转眸看着他，萧文缜接着背诵："苔痕上阶绿，草色入帘青。谈笑有鸿儒，往来无白丁。可以调素琴，阅金经。无丝竹之乱耳，无案牍之劳形。"

齐默转过头，眼睛里隐有笑意，耳边再次传来萧文缜悦耳的声音："南阳诸葛庐，西蜀子云亭。孔子云：何陋之有？"

笑意延伸至齐默的眼角、眉梢，连带她的唇角亦是微微上扬，萧文缜含笑看着她，声音放得很轻："综上所述，你家哪里简陋？"

齐默不接话。

萧文缜拿《陋室铭》回应她的话，看似驳斥她的简陋说辞，却又暗含褒奖，赞她身居陋室，有德则馨。

国人推崇说话艺术，大抵如萧文缜这般，不动声色间就能把人吹捧到外太空去。

难为他拐着弯地夸奖她、赞美她，不过是为了逗她开心罢了。

萧公子用心良苦，她知道。

萧文缜最终没有光顾齐默的陋室。

这天中午，齐远彬难得调休，不用去医院，于是带着妻子尉迟敏回了一趟齐家老宅，齐凯瑞看到儿子和儿媳一起回来，明显比以往高兴了许多。

近几年，尉迟敏一直积极协助潘阿姨照料齐凯瑞的身体，凡事尽心尽力，外加任劳任怨，亲闺女也不过如此。

若说齐凯瑞没有丝毫触动，那是骗人的。

许是年岁渐长，齐凯瑞早已不复当年的强势，整个人温和了许多。犹记得去年春节，齐凯瑞被家庭氛围感染，一时之间触景生情，在饭桌上很认真地看着尉迟敏，说道："小敏，你是齐家的大功臣，因为你生了齐齐。"

齐凯瑞向来是刀子嘴豆腐心，那是他第一次当着尉迟敏的面委婉道出内心的感激，也是尉迟敏第一次从齐凯瑞那里得到认同，当场百感交集，泪流不止。

自此，公媳关系得到缓和，齐远彬和齐默为此高兴不已。

父女两人为齐凯瑞的释然长舒一口气的同时，也为尉迟敏感到高兴。

中午，饭菜上桌，齐凯瑞还没吃上几口菜，就跟齐远彬和尉迟敏念叨起了齐默，不知道她什么时候才能从三亚回来。

尉迟敏也挂念齐默，放下筷子以后就拨通了齐默的手机，原以为齐默还在三亚待着，没想到她已乘机抵达本市，正在回归晚苑的路上。

"大中午的，她一个人回归晚苑干什么？"齐凯瑞冲着尉迟敏说道，"你让齐齐直接来这里，让她吃完午饭再回归晚苑。"

尉迟敏将齐凯瑞的话转达给齐默。

商务车里，齐默看了一眼萧文缜，异常平静地告诉母亲："我不是一个人，师兄也在。"

手机那端的人突然静了静。

其实也没有那么静，如果仔细听的话，齐默还是能够听到一些窃窃私语声的，只是听得不是很清楚罢了。

当年，萧文缜主动放她离开，她并不知道萧文缜跟她的家人有过怎样的对话，她只知道回家以后，家里人从未问过她和萧文缜之间究竟发生了什么事情，为什么要分手。这些年，他们也从未念叨过她的终身大事。

她还知道，她和萧文缜分开的这些年，萧文缜并未跟爷爷以及父母中断联系，每年总要来探望他们一两次。尤其爷爷这边，萧文缜若有空闲，或是在专业领域遇到棘手的问题，多半会低调地出入齐家老宅，要么向爷爷寻求建议，要么陪爷爷下上半天围棋，要么寻一处僻静的场所与爷爷一起钓鱼，要么在暖春和暖冬季节里与爷爷一起坐在院子里晒晒太阳、喝喝茶。

她还知道，这些年齐家人对萧文缜的喜欢程度与日剧增，早已将他视作齐家的一分子，他在齐家的地位就算不在她之上，至少也能与她相媲美。

她还知道，这些年爷爷和父母屡次想对她提及萧文缜，但因顾及她的情绪，每每欲言又止。

她正是知道这些，所以才会直接告诉母亲，她和萧文缜在一起。

没错，现在是吃午饭的时间，她饿着，接机的萧文缜也饿着，她总不能撇下萧文缜，一个人回老宅吃饭去吧？

她很清楚，一句"师兄也在"会给家人带来多大的冲击力，可她在这样的时间段和这样的环境里，貌似只能实话实说，倘若遮遮掩掩，未免也太小家子气了。

"我们有些日子没有见到文缜了，挺想他的，你让他跟你一起过来，我和潘阿姨再去厨房里多烧几道菜……哦，对了，你爷爷和你爸爸让你们开车注意安全，晚一点儿回来没关系。"

母亲飞扬的语气里透着欢喜，齐默挂断电话，扭头看向萧文缜，把家里人的意思跟他简单复述了一遍。

"既然你邀请我，那我就不客气了。"萧文缜吩咐徐扬改变行车路线，直奔齐家老宅。

齐默纠正他："不是我邀请你，是我家里人邀请你。"

"都一样。"

"……"

中午这顿饭吃得并不顺畅，是只有齐默吃得不顺畅。

萧文缜的助理徐扬很有眼力见儿，把车开到齐家老宅门口就识趣地离开了。齐默走向齐家大门的时候，似是一种病态习惯养成，下意识地瞅向早已无人居住的江家老宅，结果目光刚落在锈迹斑斑的门锁上，就被一道俊雅的身影遮挡住了视线："认真看路，不要东张西望。"

二人进了家门，齐家人对他们的态度一目了然。

好像齐默是外人，萧文缜才是齐家人。

齐默好几个月没回来，更何况先前还饱受网络攻击，然而一进家门，别说有人围着她嘘寒问暖了，她没被盛情款待萧文缜的齐家人挤出餐厅就不错了。

众人可以浅聊、深聊的话题有很多，偏偏饭吃到一半时，爷爷突然改变话锋，当众催起婚来。

催萧文缜的婚。

齐凯瑞："文缜，你年纪不小了，如果遇到了合适的女孩子，也该结婚了。"

萧文缜："齐老，我有结婚对象，只不过结婚是两个人的事，我说了不算，需要对方配合。"

齐默尽量减少自己的存在感，低着头吃米饭，听了萧文缜的话，咽喉处传来一阵紧缩感，导致食物卡在了食管里，吞咽速度格外缓慢。

胸腔胀闷不适，齐默知道她这是噎住了，悄悄抬手捶打胸口，却在听到爷爷的回应时，差点儿背过气去。

"你怎么会遇不到合适的女孩子结婚呢？"齐凯瑞压根儿不理会萧文缜的话，自顾自地发表个人意见，"中国好女孩子那么多，不开眼的也就我家齐齐一个，你要真有心找女朋友，总能找到合适的。"

齐默憋着一口气，使劲将喉咙里的食物咽到肚子里，爷爷的听力没有毛病，理解能力也没有问题，所以只有一种可能性——爷爷是故意的。

爷爷故意指东说西，故意另有所指，故意说出这样一番话给她听……齐默继续低着头吃米饭，再一次被噎。

最可怕的是，萧文缜不仅能接住爷爷的话，更能将聊天内容无障碍地进行下去："齐老放心，我有女朋友，不管合不合适，我都做好了在她这棵树上吊死的准备。"

齐默的胸腔胀得难受，她抡起拳头使劲捶打着，憋得满脸通红，一桌子的人都跟瞎了一样，竟没有一个人问候她一声，或是帮她倒杯水过来。

齐凯瑞继续驴唇不对马嘴的谈话风格，颇为惆怅地叹了一口气："你这孩子也太犟了，你不找女朋友的话，难道打算一辈子跟自己过？"

"如果她没有意向嫁给我，那我一辈子跟自己过也不错。"萧文缜瞥一眼齐默，见她脸色涨红，泄愤一般用力捶打她的胸口，终于善心发作，将面前早已放温的白开水挪到她的面前，盯着她慢慢说道，"我仔细想了想，当个老光棍没什么不好的，大不了我以后出钱在尼姑庵对面修座庙出家当和尚去，无聊的时候还能去尼姑庵里串串门，找老尼姑聊聊天，挺好的。"

齐默喝水被呛，捂着嘴巴咳嗽个不停，一直沉默着吃饭的齐远彬这才抽了一张纸巾递给她。

齐默擦完嘴，敏感地察觉一桌子的人都在盯着她看，连忙拿起水杯继续掩饰性喝水。

渴，真是渴呢。

齐默忽然很想挑战十八点九升的桶装水，最好能盖住她整张脸，即便喝到撑死，她也甘之如饴。

偏在这时，尉迟敏幽幽地来了一句："齐齐，你什么时候决定好去尼姑庵里当尼

385

姑，记得提前跟妈说一声，妈送你过去。"

齐默再次被呛，腮帮子里的温水一下子全喷到了尉迟敏的脸上，顿时耷拉着脑袋，恨不得钻到桌子底下去。

众人顾不上谴责她，忙着抽纸巾递给尉迟敏。

齐默尴尬不已。

这顿饭真是吃得惊心动魄，回到家里惨遭围攻的她，分明是犯了众怒呀。

午后，齐默待在厨房里帮潘阿姨清洗完餐具，沥干水分以后收进橱柜，走出厨房望了一眼墙上的挂钟，时针已指向14点左右。

一楼的茶室里，隐约传来齐家人和萧文缜的谈话声，齐默避之不及，自是没有上前打招呼的意思。

齐默回到二楼的卧室，打开窗户通风，一股热风迎面袭来，吹得齐默头昏脑涨。前院里十几株凤仙花伫立在阳光下争奇斗艳，它们品种繁多，单瓣重瓣交叠绽放，红色、粉红色、白色、黄色，以及紫色等颜色绚丽夺目。

齐默站在窗前望了一会儿凤仙花，转身下了楼。

齐默顶着烈日出门采摘了十几片野麻叶，回到前院以后又采摘了一捧凤仙花，然后进屋将凤仙花瓣放进石臼，往里面加入适量白矾，一起捣碎之后，找潘阿姨要了一团棉线裁剪成若干段，随后搬着一个小马扎坐在了树荫下。

齐默午后没有睡意，待在家里没事做，总要给自己寻一些生活乐趣。

是童年乐趣。

据说奶奶生前最爱凤仙花，奶奶过世以后，齐家老宅前院里的凤仙花从未缺席过任何一次花期季节。

父亲说："凤仙花里装满了你爷爷对你奶奶的思念。"

那一年她只有6岁，她坐在前院的草地上，也是像此刻一般，将采摘到的凤仙花捣碎，然后取出适量花泥覆盖在指甲上，父亲蹲在她的面前，帮她……

眼前阴影笼罩，有人蹲在她的面前，不等她缩回脚踝，那人已用修长、好看的手指握住她的右脚脚踝，力道不重，却足以令她动弹不得。

齐默坐姿僵硬，萧文缜手心覆盖的位置，恰恰是她四年前先后动过两次手术遗留下淡淡伤疤的位置。

一次是固定钢板，一次是拆卸钢板，最终换来了一道六针印记。

齐默有意忽略萧文缜的手势，垂眸问他："我爷爷和我爸妈呢？"

"午休去了。"

齐默脚形精致、秀美，既白皙又漂亮，打破这份美观的，是缠在脚指甲上的野麻叶。

萧文缜笑了一下，问她："你要染指甲盖儿？"

"嗯。"齐默补充，"闲着没事干。"

她不愿萧文缜觉得她大中午坐在院子里染指甲盖儿太过孩子气。

萧文缜蹲在原地不动，扫视一眼石臼里被捣碎的凤仙花，兴致颇浓地道："我帮你。"

齐默受到惊吓，内心抗拒。

"凤仙花的颜色容易染到你的手上，不好洗。"

凤仙花汁染到手上，不是一次就能清洗干净的，即便用碱性肥皂勤洗手，也要好几天才能彻底洗净。

萧文缜平时要录节目，还要跟金融圈里的高管、老总打交道，齐默很难想象他这样一个不苟言笑的人，若是手指上沾染到难以清洗干净的花汁的颜色，会给别人造成多大的视觉冲击力。

这不是胡闹吗？

"染到你的手上就好洗吗？"萧文缜没有理会齐默的委婉拒绝，从石臼里取出被捣碎的凤仙花放在齐默的指甲盖儿上，慢慢铺均匀，跟齐默淡淡地说着话，"手指甲也要染吗？"

"不染。"

萧大公子蹲在地上帮她染指甲盖儿，已经够让她无地自容了，她怎么还好意思放任萧大公子继续帮她染手指甲？

她毕竟是个女孩子，让一个大男人盯着她的脚丫子和脚指甲细看，脸上早已偷偷泛红——不是热的，是羞的。

"脚踝上的伤疤是怎么一回事？"萧文缜捡起一片野麻叶包好齐默的脚趾，明知故问。

齐默微愣。

隔了几秒钟，齐默轻描淡写地道："四年前，我在贵州一带出了一次交通事故，脚踝受了一点儿小伤。"

小伤？

是谁刚动完手术的那几天，白天黑夜疼得浑身直发抖？

是谁复健走路的时候，疼得浑身直冒冷汗？

是谁几个月后拆卸钢板时，疼得紧咬着枕头不说话？

受了一点儿小伤？她说得倒是轻巧。

萧文缜拾起一截棉线缠紧齐默脚指甲上的野麻叶，漫不经心地道："出交通事故的时候，害怕吗？"

"怕。"

齐默的脚趾忽然一痛，意识到萧公子将棉线缠得太紧，齐默只好暗示他缠松一点儿，免得影响血液循环。

棉线拆除，萧文缜重新系棉线，低着头沉默。

一分钟后，他还在沉默。

一分钟可以做很多事，比如说萧文缜又帮她包好了两个脚指甲。

齐默觉得就这么沉默下去不好，于是主动提起四年前的那一次交通事故："其实我只害怕了那么一小会儿。当时车辆失控侧翻，坠入三百米深的山坡，客车变形，车窗玻璃悉数震裂，车内的乘客尖叫连连，电光石火间我的脑海里闪现出很多念头。因为知道自己会出事，所以害怕，因为不知道我会遭遇什么事情，所以害怕。好在车内的乘客无一人遭遇生命危险，已经是不幸中的万幸了。"

"嗯。"

她在面临死亡威胁的时候，知道害怕，这说明她敬畏生命，萧文缜觉得挺好的。

他没有抬头看她，低着头包紧野麻叶，过了好一会儿，才问齐默："出事那会儿，你脑海中闪现出的那些念头里有我吗？"

齐默呼吸一窒。

出事的那一瞬间，她的脑海中的确闪现出了很多念头，但出现次数最多的是与萧文缜有关的一切，比如萧文缜的名字、萧文缜的脸庞、萧文缜的身影、萧文缜的话语……

她的惊慌和害怕，就是从那一刻冒出来的。

犹记得事发当晚，史卿千里迢迢地前来贵州的医院照顾她，她方才从史卿嘴里得知，史卿私底下恶作剧，数年前已将她的电话簿第一顺位联系人换成了史卿的名字。史卿以一副玩笑的语气问她，原先的第一联系人"师兄"究竟是谁。她当时没回应史卿，心里却在想，幸好史卿将第一联系人易主，幸好第一联系人不是萧文缜，如果是萧文缜的话，他如果看到她这副模样躺在病床上，心里一定难受极了。

如今，萧文缜询问她出事那会儿，她脑海中闪现出的那些念头里是否有他。

有。

出事的那一瞬间，她想的是他。

手术期间，她想的是他。

痛而不眠时，她想的是他。

这个"有"字，她却说不出口。她唯一叫得出口的，是早已融进她的生命的，对他经年如一的称谓。

"师兄。"

"嗯？"

她回避他刚才的问题，不答反问："你说，人为什么会感到害怕？"

萧文缜将凤仙花覆盖在齐默的最后一片脚指甲上，理性地回应害怕的根源："从哲学角度分析的话，害怕是来自有知和无知的。但在我看来，害怕是因为在乎，更因为俗世间还有你眷恋的人和事。"

"你也会感到害怕吗？"

萧文缜唇角微勾："我是人，是人就会有弱点，有弱点就会有害怕的人和事。"

齐默警惕心顿起，不敢接话，也不敢再问任何问题，觉得她刚才貌似又给自己挖了一个情感大坑。

萧文缜系好棉线，至此，齐默的十个脚指甲包扎完毕，白皙的脚背和青绿色的野麻叶形成强烈的视觉反差，甚是可爱。

他蹲在地上盯着她的脚趾，露出微笑，慢慢地问道："你不好奇，我害怕什么吗？"

齐默最终还是掉到了坑里。

树荫下，萧文缜抬头对上齐默的目光，冷峻的眉眼间仿佛有太多的不确定和迷茫，缓缓地开口："我怕齐齐不要我。"

世界忽然安静了下来。

不再有夏蝉的鸣叫声，不再有风吹树叶的沙沙声，不再有前尘旧事，她的所听、所见皆是萧文缜的话语和萧文缜的眉眼。

齐默的眼睛里渐渐有了情绪。

她没说话。

她不说话，不是不想说，而是她已不会说话。

午后，尉迟敏忧心女儿的感情归宿，看似回屋午睡，实则一直躲在二楼卧室的窗前，偷偷观望前院两个孩子的互动。

萧公子放下身段，蹲在齐齐面前帮她染脚指甲，日常琐事温馨，却透露着不易。

很多年前，齐齐还是一个孩子，她的父亲也曾如萧公子这般爱护她、宠着她。

很多年后，萧公子接下齐齐父亲的职责和本能，化身成一个极富童趣的大男孩，只为陪着齐齐重拾童年欢喜。

是欢喜吧？

二楼卧室的窗前，尉迟敏拿着相机拍照，记录前院树下的温情一幕，调整焦距拉近镜头，女儿的面容清晰可见。

镜头里，齐齐眼眶泛红，低着头细细打量她被野麻叶紧密包裹着的脚指甲，再抬眸时，眼睛里星光耀眼，璀璨夺目。

现在是白天，而星光只在夜间出现。

那不是星光。

是水光。

Chapter 14
女流氓对抗男流氓，扯平了

光鲜亮丽的背后，往往隐藏着不为人知的艰辛和努力。

齐默如此，萧博彦夫妇和摄制组的工作人员更是如此。

8月，高温来袭，炎热少雨，全国多地进入避暑旺季，萧博彦夫妇和摄制组的成员义无反顾地行走在阳光下，犹如置身密不透风的蒸笼，心慌气短、汗流浃背是常有的事。

他们冒着中暑的危险于各地奔波，并不只是为了采景和看场地，还是为了同一个目标而战，拼尽努力去追逐自己的事业和梦想。

此行成员多达十几人，除了导演和编剧，还有摄影师、灯光师、录音师、美术部门的成员和制片部门的成员。众人各司其职，每天的行程安排密集，除了选景、探讨拍摄细节，就是在酒店里召开各种现场会议或是远程视频会议。

萧博彦的创作团队汇集了一众业界佼佼者，才华横溢者比比皆是，齐默置身其中，仿佛无意中闯进了一个色彩斑斓的新世界。

团队中最为忙碌的人莫过于萧博彦。

摄影师在采景过程中有任何拍摄想法，要找萧博彦；美术部门的成员安排拍摄现场，要找萧博彦，进行人工搭景也要找萧博彦；灯光师设计布光细节，要找萧博彦；录音师如何调控声音，要找萧博彦；制片部门的成员更是常常出入萧博彦的房间，制订拍摄计划。

萧博彦被称为"名导"是有原因的。

由他亲笔绘制的《乱局》电影分镜手稿，场景、人物精美绝伦，商战构图栩栩如生，将剧本文字转化成视觉画面以后，视觉效果极其震撼，无论是运镜，还是布局，足可见名导功力。

齐默在某一瞬间里，竟莫名觉得有点儿尴尬。

她尴尬，是因为忽然知道前些日子她在三亚拿着粉笔手绘台阶图，萧文缜为何会露出嫌弃的表情了。他有一位画功了得的父亲，自然看不上那些"鬼画符"。她现在想想，他当时将她亲手绘制的台阶图统称为"东西"，已是给了她极大的面子。

她有这种想法时，萧文缜的母亲沈大编剧正带着她在商场的各大品牌女装店里大扫荡。

拍摄计划已定，沈乐安不日将要返京组织主创演员围读剧本，临走前专门抽出半天时间，邀请齐默陪她去当地的商场采购一些特色礼物，以便回去送给朋友。

令齐默没有想到的是，沈大编剧到了商场以后，什么礼物也没买，反而扎在女装店里让她试起了衣服。

齐默屡次推拒无效，却又拗不过沈大编剧的热情，只好听从她的指挥，频繁出入试衣间，当起了行走的衣架子。

白色T恤搭配黑色流苏包臀裙，脚踩十厘米的高跟鞋，既靓丽又大气，齐默的好身材一览无余。

"好看。"沈乐安满意地点点头，做出一个走路的手势，示意齐默走几步看看。

齐默踩着高跟鞋走路，黑色的流苏随风飘荡，妩媚之余，气场十足。

"真是好看。"

先前沈乐安待在三亚创作电影剧本，发现齐默的衣服颜色很单一，简洁、冷淡到了极点。

即便是波澜不惊的人生，偶尔也需要一抹色彩。

事实证明，齐默气质独特，随便一套衣服穿在她的身上，都能穿出她自己的风格和味道。

"我平时很少穿裙子。"

齐默觉得太显腰身和臀线，她的穿衣风格素来以舒适为主，而流苏裙穿起来不是很方便。

"你身材比例这么好，应该趁着年轻多打扮打扮自己，哪儿能一直穿黑白灰三色的衣服？太暴殄天物了。"

齐默汗颜，她又不是女人里的尤物，哪里配得上"暴殄天物"这个词？沈大编剧未免也太夸奖她了。

"试试这件。"沈乐安从衣架上选了一条裙子递给她。

一分钟后。

齐默穿着白色碎花短裙走出试衣间，沈乐安眼前一亮，食指很随意地在空气里画了一个圈，示意齐默站在原地转一转。

齐默在原地转了一圈。

"好看。"

"会不会太短了？"齐默从没穿过这么短的裙子，有点儿，不，是很不适应。

"你明明有一双美腿，为什么要藏在裤子里面，不觉得可惜吗？听我的没错，这条裙子穿在你身上很漂亮。"

齐默无语。

三十八秒钟后。

齐默穿着一袭浅蓝色连衣裙走出试衣间，这条连衣裙是深V领口设计，勾勒出了齐默的优美身形，她看起来美艳动人。

"太好看了。"沈乐安评价。

"太性感了。"

齐默捂住过低的领口，这种衣服穿在身上根本就不敢弯腰，否则很容易走光，如果里面不穿抹胸，她连门都不敢出。

沈乐安笑道："不是太性感，是你太保守了。"

齐默瞄一眼沈乐安的穿着，白色休闲上衣搭配米色长裤……唉，究竟是谁保守啊？

五十七秒钟后。

齐默这一次穿着一袭红色蕾丝连衣裙走出试衣间，衬得她肤白光润，举手投足间风情万种。

沈乐安："好看。"

齐默："太艳。"

"一个女人的衣柜里，必须有一条红裙子，哪怕不穿，也要悬挂在那里。它的存在，是为了提醒你无论何时何地都要疼爱你自己，善待你自己，珍惜你自己。"

沈乐安说完这句话，霸气地抬手做了一个手势，示意店员把齐默试过的衣服都打包起来送到酒店。

"沈老师，我自己付。"

齐默急欲上前付账，遭沈乐安出声拦截："齐齐，我是不是你的长辈？"

齐默一愣："是。"

"我作为你的长辈，和你一起逛街买东西，给你买几件衣服也是应该的，哪儿有让你出钱的道理？"沈乐安拿萧家老太太说事，"吴彬的画你不肯收，眼下只是几件衣服而已，你总不至于也不肯收吧？"

什么？

"好吧。"齐默终于意识到，萧文缜的好口才是遗传自谁了，除了他这位神一般的母亲，还能是谁？

她们于黄昏时分坐车回酒店时，齐默接到了史卿打来的电话，所谈话题围绕李应青和《掌中血》的出版方面展开。

近段时间，李应青和《掌中血》的出版方曾多次约见史卿，想要私底下和解：一、李应青公开向齐默道歉，承认7月份与齐默有关的绯闻事件皆是她造的谣，并详细阐述《掌中血》一书的来源经过；二、《掌中血》的出版方发布公开道歉声明，下架《掌中血》一书。

史卿询问齐默有什么想法，是选择继续起诉索要道歉和赔偿，还是接受和解条件以后撤诉。

"我只要结果，不问过程。"齐默顾及沈乐安就在身旁坐着，不宜交谈过久，于是长话短说，"速战速决，按他们说的办。"

"好，我会跟进此事。"史卿没忘记自己的职责，催促齐默，"你抓紧时间写新书，尽量在年底上市。"

齐默没理她，挂断电话以后看向沈乐安，说道："不好意思沈老师，我刚才和史卿谈工作，怠慢您了。"

沈乐安笑了笑："文缜是你师兄，你总不能一直叫我'沈老师'吧？"

圈里人都称呼沈乐安"沈老师"，齐默也跟着大家这么叫，没觉得有什么不妥的地方……还是有点儿不妥吧，毕竟距离感太明显了。

"沈阿姨？"齐默尾音上扬，征询沈乐安的意见。

"为什么一定要加个'阿'字？"

"沈姨？"

沈乐安看着齐默："为什么不可以叫我一声'妈'呢？"

"什么？"

齐默吓得不轻，是她听错了，还是沈乐安说错了？

"逗你玩呢。"沈乐安盯着齐默的表情，笑得合不拢嘴，随后伸手拍了拍她的腿，"算了，你还是叫我'沈姨'吧，来日方长。"

"……"

齐默的心跳都快停了，沈大编剧倒好，竟然还有心思逗她玩？逗她玩也就算了，为什么还要说"来日方长"呢？

齐默心力交瘁，萧家人说话暗藏玄机，想要猜透他们话里的深意，还不如省下脑细胞留着猜灯谜去。

猜灯谜只烧脑子。

猜萧家人的心思，既烧脑又烧心。

8月，萧文缜的行程表几乎每天安排得很满，他起早贪黑地忙碌一整天，往往到了夜深人静才能挤出一点儿私人时间放空大脑。

月初，他参加了一个小型商业聚会，出席人数不多，只有几十人，却都是商界巨鳄和业内名人，熟识者众多，免不了要与他人握手。

他修长的手指伸出去，指腹、指缝和指尖上的红色印记尤为明显，萧文缜与M&R证券的董事长握手时，对方明显一愣，却又不好意思多问。

他淡淡地解释："日前帮家里的小妹妹用凤仙花染指甲盖儿，手指上不小心沾染了凤仙花汁，不太好洗，过几日才能彻底消除。"

"原来如此。"对方感慨道，"没想到萧教授对家族里的小孩子这么有耐心，叹服。"

汇江科技的老总朝他伸手，他伸手回握，在对方的目光注视下，他推出一样的说辞。

汇江科技的老总恍然大悟："没想到萧教授私底下这么有童趣，家里的孩子有您这样的大哥哥真是幸福。"

萧文缜在面对中益集团老板、奇遇公司老总、远丰集团执行董事等人时皆是一样的说辞。

有人说："文缜真是宠爱孩子。"

有人说："没想到萧教授还有这一面。"

有人开玩笑："幸好是给家里的小妹妹染指甲盖儿，要是连家里的小妹妹的脚指甲也一起染的话，您这么一轮握手下来，场面辣眼，不敢想呢。"

萧文缜轻轻发笑。

他总不能告诉这些商界大佬，家里小妹妹非小女孩，而是大女孩；凤仙花汁染的并不仅是指甲盖儿，还包括脚指甲吧？

不合适，不合适。

席间，他还遇到了青锋集团的董事长江明雨，近两年青锋内部高层腐败，牵一发而动全身，江明雨屡次向他伸出橄榄枝，均被他婉拒了。

他婉拒的原因有二：其一，他在国大经济学院教书，除了要带研究生、撰写专业书籍，手头还有研究项目需要跟进。另外，他还要主持《以文会友》栏目以及出席业内大大小小的活动……实在是分身乏术。其二，江夷中毕竟是江明雨的女儿。

多年前，江夷中醉酒窒息死亡，虽是意外事件，但给每个人带来了难以磨灭的伤痛，江棋来与齐齐断绝往来，齐齐与他断绝往来，他与江棋来断绝往来，并非仇深似海，而是因他们都太过通透和理智，所以恨不得、怨不得，但又深交不得。

断绝往来看似是最好的疗伤药，可若与自己断绝往来的那个人在自己的心里扎了根，忍痛拔一寸，便会疯长十余丈，自己又该如何呢？

萧文缜学会了等待，日复一日，年复一年，看不到任何希望，却又执拗地不肯放弃，如同齐默执拗地不肯放过她自己。

那天，他在齐家老宅前院里对她说，他害怕她不要他。其实他还有一句话没有问出口："齐齐，你有没有后悔爱上我？"

他问不出口，是不敢，怕看到她犹豫的表情，怕她会出现为难的神色，更怕听到她的答案。

认识她以前，他从不知道害怕为何物。

认识她以后，他率先学会的恰恰是害怕。

在国大读书期间，他顾及她的学业，只能强压感情，尽量不给她造成任何心理负担，以免影响她的学业。

如今，他很清楚他的心是滚烫的、炙热的，是熊熊燃烧的火焰。只是看着她，就必须极尽克制才能阻止自己上前抓住她、抱住她；偶尔控制不住自己的贪恋，急进一步抱紧她，又要逼迫自己心境平和地松开她。

今时今日，他的处境和那时没有什么两样，一样克制隐忍，担心步子过大、逼得太近，反而导致她越退越远。

他知道自己中了邪，因为深受她的吸引，所以完全不计较被她无视和冷落，甚至还绞尽脑汁地为她开脱。

比如：她不给他打电话，是因为她以前就不爱给他打电话。

比如：她不接他的电话，是因为她没有携带手机出门的习惯，或许手机被她遗忘在了酒店的房间里。

比如：他接连给她发了好几天QQ表情，她终于良心发现，发了一个QQ表情给他——"菜刀"。

他盯着那把沾着血的"菜刀"看了好几秒钟，然后页面显示："对方撤回了一条消息。"

她发来语音："我刚才点错了。"

"你把你的心里话发出来了。"

"没有，我真的点错了。"她的语气很懊恼。

"我的QQ页面上，'菜刀'的左侧是'炸弹'，右侧是'喷血'，上面是'闪电'，下面是'猪头'，你点的不是'菜刀'，是哪个？"

她很惊讶地说道："我的QQ表情排列顺序跟你的不一样。"

"你想拿菜刀砍我？"

"我没有。"她继续申辩。

"你本来要发的表情符是什么？"

她发了一个QQ表情："微笑"。

"你的QQ表情里，'微笑'和'菜刀'离得那么近吗？笑里藏刀？"

她力证清白，发了一张QQ表情排列顺序截图给他，还特意把"菜刀"和"微笑"的QQ表情标出来给他看，紧接着又发了一个QQ表情示弱："擦汗"。

萧文缜薄唇微勾，起身倒了一杯水，手机在办公桌上传来嘀的一声响。他慢吞吞地走过去，垂眸瞥视一眼，是一个"委屈"的QQ表情符。

他没有回复她，脸上露出了淡淡的笑容，靠着办公桌喝水，眸子却盯着QQ聊天页面。

十几秒钟后，他的手机再次传来嘀的一声响，这次她发了一个"快哭了"的表情。

他却笑了，嘴角弧度上扬，再上扬。

二十几秒钟后，一个"泪奔"的表情弹到聊天页面上，他再也忍不住地轻笑出声。

他依然没有回复她，萧文缜放下水杯，坐在办公桌后处理工作，心里想着：最迟一分钟，她必定会打电话过来。

岂料。

五分钟过去。

十分钟过去。

三十分钟过去。

…………

萧文缜沉不住气，把手头的文件甩到桌面上，主动给她打电话，手机响了很久都没人接，她再敢不接他的电话试试看，他正咬牙切齿着，手机终于被她接通。听她的声音就知道她刚睡醒，他顿时气不打一处来，她竟然睡得着？

"那把带血的菜刀，你最好给我解释清楚。"

"我解释了，你不信我，我也没办法。"她理直气壮又无可奈何地说道，"要不，你也给我发一把带血的菜刀，顺便让你解解气？"

对此，萧文缜无可奈何。

萧文缜好几天没理她。

8月即将走到一半，沈燮和乔思佳拟订好《追梦者》的改版企划案，计划国庆假期结束后，《追梦者》就以全新的形式与观众见面。

沈燮是广播电视专业的硕士，将从幕后走到台前，实现职业转型，担任《追梦者》的主持人。

盛夏的黄昏，沈燮趁着萧文缜刚忙完手头的工作，打了一通电话给他，约他一起外出打球。

羽毛球场，沈燮打球技术一般，萧文缜让了他几次，沈燮的对阵纪录是三胜三十负，萧文缜觉得和沈燮打球没劲，收起球拍不打了。

沈燮的球技惨遭鄙视，不见他羞恼，他跑到休息区捡起球袋，火速装好球拍以后，大步追上萧文缜，说道："文缜，这次《追梦者》栏目改版，为了适应新媒体环境，我和思佳决定推出职场男神和职场女神系列，届时受邀嘉宾均是各行各业的佼佼者，保持新鲜感的同时，力求内容大于形式。"

萧文缜淡淡地说道："我早已离开《追梦者》，你跟我说这些做什么？"

"节目改版以后，我最想邀请的职场男神是你。"沈燮道出此次打球的真正意图，只差没有笑眯眯地望向萧文缜了。

"不去。"萧文缜很不给面子。

沈燮不死心，煽情地劝解："你是《追梦者》的创始人之一，这次《追梦者》改版上线，我思来想去，如果你能作为首期嘉宾做客《追梦者》的话，无论是对你，还是对改版后的节目，都将意义深远。"

"不去。"他答案不变。

沈燮没有办法，只好搬出兄弟情："这是我的荧屏首秀，你作为我的好兄弟，是不是应该过来给我捧捧场？"

"不去。"

"为什么不去？"沈燮心知无法左右萧文缜的决定，表情甚是无奈。

"当年离开《追梦者》，我就没有再回去的打算。"萧文缜步伐未停，特意强调道，"包括有朝一日去《追梦者》节目做客。"

沈燮诉求被拒，心气极为不顺，直接朝萧文缜翻了一个大白眼，阴阳怪气地连哼了好几声，反击萧文缜："你不去，回头我就邀请齐默去，她现在人气正旺。昨天，电视剧版《乱局》播出以后，口碑、收视双丰收，有她做客《追梦者》节目，不愁首期节目收视率涨不上去。"

萧文缜不为所动。

齐默独立自主，是否参加《追梦者》节目，自有决断，他无权干涉，也不愿意干涉。

总之一句话：他坚决不上《追梦者》节目。

当天晚上，萧文缜参加一个商业饭局，这期间接到一条母亲发来的微信，是一张青年女子的照片。

主角是齐默。

照片里，齐默长发披肩，难得地放弃了黑白灰三色的服装，穿着一袭浅蓝色深V连衣裙，清新靓丽，既漂亮又耀眼。

萧文缜却皱着眉，连衣裙是低胸款的，别说俯身弯腰了，仅是站着就能看见她白皙的胸口。

"您带她买的衣服？"萧文缜发了一条微信文字给母亲，他了解齐默，这种性感风她根本不会考虑。

母亲回复："是的，好看吧？"

"领口太低了。"

这不是好看不好看的问题，是能不能穿出门的问题。

"这种领口还低？什么都没露好不好？女孩子穿深V连衣裙，穿的不是深V，是自信和优雅，你不懂。"

萧文缜头疼："反正她不能穿。"

太容易走光了。

"你这话跟我说没用，毕竟我回京已有好几日，至于齐默有没有穿深V连衣裙，或是超短裙、包臀裙什么的，我也不清楚。"

听说还有超短裙和包臀裙，萧文缜的眉皱得更深了，引来同桌老总的好奇："文缜，出什么事情了吗？"

"没事。"

事情大了。

他这几天虽然没有和她联系，但经常给父亲打电话询问选景进度，次数频繁，父亲直呼不适应。

算算时间，父亲一行人此刻应该已经抵达广州了吧？

广州是齐默的"福地"。

它之所以被齐默认为是自己的"福地"，是因为以下几件事情。

一、几年前，齐默来到广州寻求写作灵感，适逢金戈师姐在广州出差，夜间带她出席总公司的派对，而她在因缘际会之下结识了一位投行老总。

所谓因缘际会，不过是源于派对上的一个小插曲。

当时她与金戈师姐在派对上走散，宴客厅里酒香扑鼻，她觉得不舒服，走到入口处呼吸新鲜空气。

她那夜穿着白衣黑裤，和派对上的衣香鬓影很不搭，反倒与在场的服务生的衣着基本一致。

有人姗姗来迟，误以为她是服务生，将挂在臂弯里的大衣直接递给她，见她不接，索性塞到她的怀里。

她只好拿着他的大衣跟在他的身后，他应酬不断，其间注意到了她，回过头困惑不解地瞅向她。

"您的大衣。"她把大衣还给他，"我不是这里的服务生。"

他站在原地愣了好几秒钟，随即尴尬不已。

他就是那位投行老总许仕成，派对结束以后，为了表达歉意，邀请她外出吃饭。吃过一次饭，就会有第二次、第三次……许仕成对她颇有好感，示爱意图明显，不理会她的拒绝，追求时间长达一个月，直到看不见任何希望才作罢。自此二人作为好友相处，而她也通过许仕成了解了投行圈里的不少游戏规则。

去年年初，她经过数年走访调查，方才正式开始写作《乱局》一书，所以广州称得上《乱局》的灵感起源地。

二、齐默跟随萧博彦一行人抵达广州的当天晚上，前往酒店办理入住手续，没想到在酒店的大堂里遇到了江棋来和炫语璨。

最近一段时间，青锋视频平台与广州的几家电视厂商开展内容合作，江棋来和炫语璨出现在这里不足为奇。

江棋来的目光越过齐默，落在萧博彦的身上，江棋来随即露出微笑。

江棋来和萧博彦不熟，只在国内外的活动上见过几面，谈过几次话而已，如今于异地相逢，总要打声招呼才合适。

趁着江棋来和萧博彦等人说话的间隙，炫语璨走到齐默面前，主动朝她伸出手："齐默，好久不见。"

齐默伸手回握，确实好久没有再见。

近几年，青锋视频平台通过史卿购买齐默名下的作品共计三部，两部自制剧大火，一部自制剧水花不大，口碑中上。

炫语璨主管影视项目创投，从未想过作家M会是齐默，直到前些日子齐默的作家身份曝光，她才恍然大悟。

基于以上隐形合作关系，炫语璨和齐默虽然常年未见，但一直存在利益关系。

隔日，萧博彦带着摄制组的几位成员前往拍摄地查看道具置景进度，齐默留在酒店里构思新作品的选题。她已大半年没有录制文字，尤其遭遇李应青的接连背叛后，写作积极性大打折扣，完全提不起出书的兴趣。

李应青往她身上泼的那些脏水，最终以李应青和《掌中血》的出版方发文道歉而告终。为此，李应青招来了不少指责和骂名，未来的写作生涯几乎彻底断送了。

齐默不关心这些事情，甚至不关心新作能否一如既往地获得大众的好评，她关心的是自己如何才能写出一部好作品。

她只有先取悦自己，才有资格打动别人。

齐默困在房间里没有思路，上午出门闲逛了一圈回来，不期然在酒店大堂里遇见了刚从外面回来的炫语璨。

"一起喝杯咖啡？"炫语璨向齐默发出邀请。

齐默应了。

日间，广州全市最高温度达39.2℃，齐默上午出门不到两个小时，就快被太阳烤焦了，酒店里就有咖啡厅，很方便。

咖啡厅里凉意裹身，炫语璨在舒缓的英文歌声里点了一杯黑糖拿铁，询问齐默是否也来一杯。

"一壶玫瑰柚子茶。"

齐默午后打算休息片刻，喝咖啡的话容易精神亢奋睡不着。

炫语璨另外点了几份甜品，方才作罢。

"没想到会在广州遇见你。"炫语璨开启话题。

齐默说："虽然地球不是一个正球体，而是一个两极稍扁、赤道略鼓的不规则三轴椭球体，但如果人与人之间有缘分，总能在某一个时间段里相遇。"

炫语璨微笑着点头，隔着落地玻璃窗望向烈日下匆匆行走的过客，过了好一会儿，将目光转向齐默，表情是齐默从未见过的认真："齐默，以前的事情，我欠你一声'对不起'。"

"你向我道过歉。"

当年，赵梓凡邀请她和萧文缜出席出版界聚会，在会场遇见了炫语璨，她记得炫语璨曾经上前跟她道过歉。

"那是以前。"

"有什么区别吗？"

"以前我向你道歉时，忌妒和不屑各占一半，即便道歉，也不是发自真心的，但现在我是真心向你道歉。"

炫语璨的歉意很真诚，齐默却听出了一丝异常："真心背后，貌似有内容。"

"不愧是畅销书作家，洞察力敏锐，佩服。"炫语璨笑道，"前些日子……"

两名侍者送上饮品和点心，谈话暂时中断，直到侍者离去，炫语璨品上一口咖啡，舔舔唇上沾到的黑糖，方才接着刚才未说完的话往下说："前段时间，有一个各方面条件都很不错的男人向我求婚了。"

齐默愣了一下，没想到炫语璨会跟她说这个。

"恭喜。"齐默既客套又不失礼貌地道。

炫语璨脸上的笑容淡了几分："我还没决定是否答应对方。"

齐默不知道该说些什么，端起玻璃杯送到唇前，玫瑰柚子茶入口，酸甜掺杂，大抵像极了炫语璨的心事。

"我还放不下江棋来，一如江棋来放不下你。"炫语璨说。

齐默抬眸看她："我和大哥不可能在一起。"

"因为萧文缜？"

齐默没回话。

不仅仅因为萧文缜，还因为江夷中。

她不是一个在感情世界里左顾右盼的人，吃着碗里的看着锅里的这种事情她做不来，也不屑于做。姑且不谈她曾经当面拒绝过江棋来，即便没有拒绝这件事，仅是一个江夷中，江棋来这辈子就不可能跟她在一起。

他放不下她，更是无稽之谈。

她很清楚，江棋来也很清楚，他对她的喜欢和放不下，悉数葬送在了江夷中离世的那一日，从此以后，只有发小儿的情谊和满满的心疼。

心疼，是心口疼，他为她承受的心理罪而疼，更为江夷中的早逝而疼。

炫语璨误以为，齐默是因为萧文缜才沉默，遂有感而发："你和文缜近几年好像没有任何绯闻流出。"

萧文缜作为公众人物，出名以后经常被人追问感情动态，媒体和狗仔明里暗里没少追踪他的私生活，却从未拍到他和齐默的照片，所以炫语璨才会有此一说。

"我和他分开过一段时间。"齐默没有对炫语璨隐瞒。

"你……"炫语璨有点儿意外，没想到齐默会跟她说实话。

齐默平静地道："你向我坦白你的感情，我向你坦白我的感情，很公平。"

炫语璨笑了。

果然是齐默，她可以在穿衣风格上允许黑白灰三色，但与人相处时，向来只有两种颜色，要么黑，要么白。

人若伤她一寸，她必定还人十寸；人若敬她一尺，她必定敬人一丈。

爱憎喜好简单粗暴，这大概就是她的魅力所在。

炫语璨以前没有发现齐默的闪光点，真是被忌妒蒙了眼，而现在年纪大了，锋芒收敛了，就连爪牙也挥不动了。

快节奏工作，慢节奏享受生活，少一些戾气，心境渐渐趋于平和，与自己、与周遭所有人和解，这种感觉挺好的。

咖啡厅里环境安静，很适合窝在沙发里度过一整天，炫语璨往齐默的玻璃杯里续上玫瑰柚子茶："昨天晚上，有朋友向我推荐《乱局》这部电视剧，说剧情烧脑，虽然目前只播出了四集，但几乎每一集跌宕起伏，这部剧口碑炸裂。"

"这是编剧的功劳，跟我没关系。"齐默此话发自肺腑。

"编剧有功，也要原著小说好看才行，否则萧导也不会大手笔投资拍摄电影版《乱局》。"说到这里，炫语璨惋惜地道，"去年年底，我没有及时签下《乱局》的电视剧版权，真是可惜。"

齐默半开玩笑半认真地道："没关系，我的下一部书你可以提前跟史卿报上价位，如果合适，届时一定留给你。"

"好哇。"炫语璨笑着说道，"你的下一本书，我一定不会再错过。"

"祝你好运。"齐默端起玻璃茶杯，朝炫语璨的方向送去。

炫语璨见状，端起咖啡杯轻轻地碰了一下茶杯的杯壁，一本正经地道："借你吉言。"

临近中午，炫语璨还有饭局，和齐默并肩离开咖啡厅，前往酒店大堂的路上，炫语璨突然叫住了齐默。

"齐默？"

齐默转眸看她。

酒店大厅里富丽堂皇，炫语璨伫立在光滑的大理石地板上，衬以周围的环境，美得不可方物。

她对齐默说了很多话。

她说："齐默，你说得对。我之所以忌妒你，出言羞辱你，不过是因为没有感受到江棋来对我的爱，我心里没底气罢了。"

她说："我听了你的话，这些年也主动出击，努力争取过……时间久了，伴随着年龄越来越大，我越来越渴望家庭的温暖，趁着我还能生的时候，我想拥有一个自己的小孩，所以耗不下去了。"

她说："有时候，我宁愿跟他在一起的那个人是你。他这些年一心扑在工作上，都不懂得怎么好好照顾自己。我放心不下他，是因为我还爱他，是因为我心疼他，是因为我想好好照顾他。"

她说："很奇怪，这些话我从未跟别人说过，反而当着你的面侃侃而谈，我和你甚至都不能算朋友。大概因为你是齐默吧？！如果这世上还有谁能够读懂我的感情，那个人一定是你。"

…………

齐默语讷言拙，细细聆听炫语璨讲话的同时，心里却在想：成年人在感情世界里有一种冰冷的默契，他们渴望爱情，却又不敢轻易靠近爱情，怕受伤，更怕迎来的不是深爱，而是拒绝。

她、萧文缜、炫语璨、江棋来，皆是滚滚红尘里的一分子。

大家各有各的难言之隐。

中午，萧博彦等人从置景现场回到酒店，齐默和他们在餐厅里吃完午饭，回到各自的房间午休至下午两点半。美术部门的小刘过来敲门，说是萧导临时召集大家去他的套房里开会。

据悉，《乱局》的电影剧本进行到三分之一的时候，美术部门的成员在熟读原著小说和剧本的前提下，就开始选景和租赁场地搭建拍摄现场以及布景了。

萧博彦的套房内有一间媒体会议室，美术部门的成员用摄像机捕捉置景现场，通过软件将现场的照片制作成三百六十度全景图像，继而投放在幕布上。三维立体带来亲临现场的真实感，让人如同置身在场景之中。

此次开会，主要商讨主角人设和其生活、工作常态是否与置景现场相吻合，务必做到人物一出场，或是家居摆设一露面就能窥探出人物的生活痕迹和性格特征。

工作人员听从萧博彦的吩咐，先是拖动鼠标让众人大概看完拍摄场景，然后逐一细化到每个场景里。大到整体布局，小到一瓶水的摆放，众人各抒己见。齐默坐在萧博彦的左边，几乎不怎么说话。

后来她说话，是因为萧博彦看向她："齐齐，你是原著作者，再没有人比你更了解你书中的人物，你说。"

齐默后知后觉地意识到，不知从何时起，萧博彦改变了对她的称谓，不再是听不出亲疏远近的"小齐"，而是"齐齐"。

齐默只怔忡了几秒钟，既然萧博彦发了话，她只好当着众人的面简单地提出意见。

先是女主角——

"女主角是一位工作狂，每天工作到后半夜，时间颗粒度为半个小时，家里不宜摆放花草绿植，因为她没时间打理，花草绿植很容易枯萎、死掉。与此同时，她追求高品质生活，家中摆设宜轻奢、精简，墙上应该悬挂一幅名家画作，客厅案台上或是书房架子上应该摆放若干铜质装饰物。另外，她的卧室床头柜上应该放置一本《孙子兵法》和几份整理好的工作资料。《孙子兵法》在下，工作资料覆盖在书籍上面，暗示职场如战场，女主角虽然意志坚定不服输，但每天犹如走钢丝，随时都有出局的危险，已经严重影响了她的睡眠。床头柜上放置半杯水，抽屉里放置一瓶快要吃完的安眠药。"

众人齐刷刷地看着齐默，惊讶于她的一语中的，所提意见句句在理，指出拍摄场景漏洞的同时，直接落实到了解决点子上。

众人佩服她的专业素养。

萧博彦忍不住笑了笑，轻声问齐默："男主角呢？"

"男主角是外资投行中国总部高管，精于世故，为了现在的生活几乎付出了一切。他饮食不规律，经常熬夜，有四到六年的胃病史，一年几乎有三分之一的时间往返于国内外各大航空公司，抑或是穿梭在各个城市之间。他的行李箱外观太干净了，即便不贴满飞机托运标签，也该保留一部分托运标签在行李箱上面，否则欠缺机场常客的痕迹。家居方面，男主角工作效率极高，衣服和鞋子的颜色、款式最好单一，家里的客厅里应该摆放若干个相框。他和父亲关系不好，只有一张和母亲的合影，还有一张藏民朝圣路上磕长头旅途照、一张滑雪照和一张高空跳伞照。这些照片间接说明母亲对他意义非凡，并且在他冷漠、苛刻的外表下，不仅藏着悲天悯人的英雄情结，还有一颗厌倦目前生活状态、急于追求冒险快感的复杂的心。"

众人叹为观止，齐默不愧是《乱局》的亲妈，对自己创造出来的人物角色知根知底，熟识度远超他人，前后两番说辞令人心服口服。

有人小声感慨："小说和剧本里好像没有这些细节。"

齐默耳尖，听到了，温声说道："小说和剧本里虽然没有这些细节，但每个人物想要立住脚，就必须具备他从小到大的成长脉络。我们不仅要知道他的现在和未来，还要看到他的生活经历和交友圈，只有这样，他们的灵魂才有生命力。小说中的人物是独一无二的完整个体，是有血有肉的他和她，而不仅仅是一个名字。"

会议室里一片静默。

齐默在心里叹了一口气，她很想保持谦逊，不愿在一群行业前辈面前侃侃而谈，奈何萧博彦心情不错地道："继续。"

齐默赶鸭子上架，只好盯着现场照片继续发表看法，足足讲了一个多小时，无暇顾及众人如何看她，她只知道话说多了，喉咙犹如火烧，隐隐刺痛，累得直冒烟。

临近黄昏时，媒体会议暂时告一段落，萧博彦站起身活动了一下身体，让大家移步至酒店的餐厅吃饭去。

众人早已饥肠辘辘，闻言收拾好笔记本和电脑一哄而散。萧博彦抬手轻拍齐默的肩膀，眼神里有关怀，亦有赞赏。

"饭前不宜喝太多水，容易影响食欲。"

"嗯。"

天气炎热，齐默的食欲大打折扣，饭吃到一半，餐厅里的水晶吊灯光彩夺目，窗外已是暮色深重。

很意外，席间齐默接到了江棋来的电话，只有短短四个字："出来走走？"

"好。"

广州塔建筑总高度六百米，位于城市新中轴线上，是全世界最高的户外观景平台，亦是俯瞰广州全市夜景的最佳观景区域。

夜色降下帷幕，霓虹璀璨，一座座拔地而起的摩天大楼安静地矗立在一片五彩星河之中，繁华盛景尽收眼底。

齐默和江棋来站在观景平台上，俯瞰恢宏壮丽、斑斓流转的广州城，任由心事寂静流淌，彼此沉默良久。

很久很久之后，江棋来说话了："上个月，我一个朋友的母亲突然去世，我前去灵堂吊唁。他哭着对我说，事发当天，父母因为家庭琐事产生了矛盾，在家里吵了一架，母亲气恼之下夺门而出。他当时正在忙工作，再加上父母隔三岔五就吵架，他早已习以为常，所以没有跟上去。令他没有想到的是，他的母亲出门不到一分钟就被汽车撞了，他很痛苦，自责、悔恨之余，跪在他母亲的灵柩前狂扇自己耳光，他说他以为母亲去隔壁楼找闺密诉苦去了，等心情平复了就会回来；他说他没想到会发生这种事情；他说如果早知道他的母亲会出事，就算天塌下来，他也会紧紧地跟在他母亲身后，牵住她的手，护送她平安过马路。"

齐默抿着唇不吭声。

江棋来说："遇到意外，我们凡人除了怀揣恐惧和痛苦迎接一场兵荒马乱，毫无招架之力。"

齐默的眼睛红了。

江棋来说：“我了解你，也了解夷中。如果夷中不再次伤害你，你不会不接夷中的电话，不会不下楼见夷中。”

广州塔的观景平台上，夏风清凉，齐默眼眶一热，一行热泪随之滑出眼眶，无声无息地沾湿了她的脸颊。

江棋来说：“你不知道夷中醉酒，不知道夷中紧闭车窗开着空调，如果你知道，即便夷中再如何伤害你，你也会与她冰释前嫌，第一时间跑下楼抢救她，只为阻止意外发生。毕竟她是你最好的姐妹，你连陌生人都愿意冒着生命危险去搭救，更何况是夷中呢？”

江棋来说：“我未必有你做得好。如果我的好兄弟接二连三地伤害我，我和他决裂之后，他再来找我，我可能会跟你一样，不接他的电话、不见他的面，我可能会比你做得更绝。”

江棋来说：“我不恨你，但夷中没了，我不能不怨你。”

泪水模糊了眼睛，被凉凉的风吹到耳后，齐默抬起手臂蹭掉泪水，然而不到两秒钟，泪水再次夺眶而出，止都止不住。

江棋来终于转眸看着她，眸光幽暗，轻声叹息着道：“你准备一辈子都不跟萧文缜在一起吗？”

齐默忽然伤心无比，压抑经年的纠结和煎熬转瞬间倾巢而出。

这一刻，她如同一个揉碎了各种心事的孩子，哭得泣不成声。

江棋来的眼睛里起了雾，他说道：“齐齐，当年大哥伤心过度，口不择言，对你说了不少狠话，我不应该代替夷中讽刺你和萧文缜从此以后双宿双飞、百年好合……我知道这些年你远离萧文缜，至少有一部分是源于我的诅咒，大哥在这里向你说声对不起。”

齐默摇头，眼泪溃堤：“你没错，夷中没错，师兄也没错，错的人是我。是我伤人伤己，到头来不仅害死了夷中，也害惨了你和师兄。”

她害得江棋来一家人失去至亲，饱受痛苦。

她害得萧文缜独守国大多年，只为遵守一句诺言：齐默，我等你。

她是一个罪人。

“你确实害惨了萧文缜。”江棋来垂眸看她，眼神复杂地道，“我为了你，向父母撒了一个谎；他为了你，把《追梦者》栏目拱手送给了别人。”

齐默呼吸一窒，仰脸望向江棋来，脸庞上满是泪水，在灯光的照耀下泛着清冷的白光。

《追梦者》栏目大换血跟她有关？

怎么可能？！

江棋来压低声音说道：“夷中下葬后，我翻看过她的手机通话记录，发现4月1日凌晨一点左右，夷中的最后一通电话是打给乔思佳的，通话时长两分四十五秒。我去找过乔思佳，乔思佳告诉我，夷中去世当天，我父亲也找过她，想要知道夷中的最后一通电话内容是什么。乔思佳坚称是工作电话，我父亲不知道夷中喜欢萧文缜，不知道夷中因为萧文缜而与你日渐不和……无从查起，又不愿华清园六号楼夷中出事的视频曝光，所以就找人删了监控画面……"

过了一会儿，江棋来语气加重，说道："我不信乔思佳的话。你去德国留学那一年的下学期，萧文缜把《追梦者》的制片人一职送给了乔思佳，随后将名下的股份一分为二转给了乔思佳和沈燮，自此跟《追梦者》栏目断得干干净净。如果我没猜错的话，夷中在打给乔思佳的最后一通电话里，一定说了些什么，或许被乔思佳录了音，又或许乔思佳手里有你的什么把柄，萧文缜想要保你，就不得不做出让步。"

原来如此。

原来如此。

原来如此。

齐默的心头疯狂叫嚣着"原来如此"，她无知无觉地攥紧拳头，指甲嵌进掌心，如同尖针刺骨，痛觉钻心。

除了江夷中，乔思佳不可能有她的任何把柄。

这一刻，困扰齐默多年的疑团终于得以解开。

那一年的5月，萧文缜去《追梦者》栏目组开会，黄昏时回来，萧文缜躺在她的身后抱住她，脸上都是泪。

他主动放她离开，给她空间和自由。

她以为，他与她朝夕相处，他因为读懂了她的痛苦和自责，然后连查带猜，所以才会知道夷中的死亡内幕。即便不知全部，至少足以窥探大半真相，否则他不会将她送到德国，让她远离熟悉的人和事，让她远离他，得以平息负罪感。

她遗漏了一个乔思佳。

他把《追梦者》送给乔思佳的时候，她正在德国读书，距离她回国只有两个多月。

她以为，他在《追梦者》这个舒适窝里待久了，想要寻求事业上的新突破，所以才会礼让贤能。

却不知，他延迟一年离开《追梦者》栏目，白白为《追梦者》栏目工作一年，不过是源于担心。

他担心江夷中下葬不过百日，他就把节目交给乔思佳，会引人联想，会引起江明雨的猜疑，所以才会避开敏感时间段，于一年后将《追梦者》易主。

四年成果，一朝让人……值吗？

江棋来的目光落在齐默泛红的眼睛上，他顾及观景平台上还有其他观光客，高大的身影挡在齐默身前，降低音量说道："乔思佳得到了她想要的，自然不会乱来，更何况《追梦者》的播出平台是青锋网，有我盯着，她闹不出什么花样来。"

这话是安抚，也是宽慰。

齐默心里又暖又苦，垂下被泪水浸湿的睫毛，征求江棋来的意见："大哥，或许我可以找江伯伯……"

"没必要。"江棋来打断齐默，隔了几秒钟再出口，语气已恢复冷漠，"夷中伤害你，夷中喝醉去找你，夷中坐在车里等你，都是她自己的选择和决定，与你无关，这是她的命。"

齐默不再说话。

这几年，付晓茹应该没少苛责江棋来，夷中死在华清园六号楼楼下，付晓茹的丧女之痛无处宣泄，购买华清园六号楼房产的江棋来，便是付晓茹的迁怒对象。

齐默懂江棋来的不能言。

他是付晓茹的儿子，尚且如此，更何况是她呢？

当年她没有说，如今更加不能说，怨恨会加倍，仇怨会爆发，届时场面失控，谁都难以收拾无法预料的烂摊子。

夏风袭面，逐渐吹干齐默的泪水，齐默的耳边响起江棋来轻不可闻的声音："齐齐，万家灯火皆有悲欢离合，而我和你的苦痛，放在这座城市里，竟是如此不值一提。"

司机开车载着炫语璨等候在广州塔附近，齐默站在闹市街头，凝望江棋来踩着五光十色的霓虹星河，走向豪车。

炫语璨的后背贴着车门，她向齐默挥手道别。

夜间，他们将离开广州，前往下一个目的地——香港，江棋来是在办理完退房手续后才约齐默出来见面的。

齐默站在远处，慢慢抬手，在人潮喧闹的陌生城市里，向江棋来和炫语璨通过挥手宣告一场分道扬镳。

他们是成年人，成年人有自己的忙碌和奔波，他们壮志凌云、积极奋进，于一城偶遇，然后各奔东西。

夜色迷人眼，齐默散步回酒店，迎面走过来一对情侣，女孩子撒娇不肯走路，赖在男孩子的背上不肯下来，男孩子身体倾斜，作势要把女孩子摔下来，吓得女孩子哇哇直叫，双臂更紧密地缠绕在男孩子的脖子前。

齐默与他们擦肩而过时，女孩子的忐忑不安和男孩子的爽朗笑容对比鲜明。

齐默驻足回望两位年轻人的背影。

他们是年轻的，年轻人有年轻人的肆意张扬。

晚风骤起，吹乱了她的长发，她垂眸打量一眼，发丝缠绕、打结，犹如她解不开、抚不平的心结。

407

夜里九点半，齐默回到酒店房间，在浴室里脱掉身上所有的衣服，长久浸泡在大理石浴池里，温水的温度渗进四肢百骸，齐默几欲入睡，如果不是叮咚叮咚的门铃声突然响起，她只怕真的要在浴池里睡着了。

片刻后，她散落着一头湿发，穿着睡衣前去开门。

开门的一瞬间，齐默呆住了。

她原以为门外的人是摄制组的成员，要么喊她去萧博彦的套房内开会，要么有事情找她。齐默无论如何也想不到，萧文缜会出现在她的门外。

他穿着白衬衫、黑色九分裤、小白鞋，戴着一顶黑色的棒球帽，装扮简单，然而他身材太好，而且气质极其出众，想不吸引人注意都很难。

齐默很意外。

自从前几日她误发"菜刀"表情给他，他已有好几日没有再理她，怎么现在……

齐默发愣的工夫，萧文缜已将齐默上下打量了好几遍，他按门铃的时候，她应该正在洗澡，开门匆忙，以至于头发都没来得及擦拭，水珠沿着发尾浸没在她的黑色睡衣上。

黑色睡衣的款式很保守，挺好。

他看着她泛着淡淡红血丝的眼睛，是最近在各地奔波太累了吗？萧文缜收起心思，带着笑音问她："你打算一直让我站在门外吗？"

齐默回过神，退到一旁给他让路。

这里是酒店，走廊里若是有人经过，发现萧文缜站在她的门口，指不定又要编出什么流言蜚语。

萧文缜径直走到鞋架前，取出一双拖鞋放在她脚旁的地上："把鞋穿上。"

她赤着双脚。

脚指甲上染着红红的凤仙花汁，衬得双脚既秀气又白皙，萧文缜的眸色深了几分，他不动声色地移开眼睛。

"你怎么来了？"齐默低头穿上两只拖鞋。

萧文缜走进洗手间，从架子上抽出一条吸水毛巾："那把带血的菜刀，你还没跟我解释清楚，我来当面问问你究竟是什么意思。"

"真的是我点错了。"

齐默伸出手接毛巾，奈何萧文缜扯住毛巾的另一只角不松手，齐默只好走到洗手间门口，岂料萧文缜刚拿着毛巾包裹住她的发尾，门口就传来了一道讶异声："默默没关门。"

齐默心弦一紧，下意识地将萧文缜推到洗手间里，随即砰的一声关上洗手间的门，然后她一脸镇定地看向门口。

萧文缜盯着紧闭着的房门，本应无语，却因她的难得紧张而失笑。

萧文缜察觉毛巾还在自己手里，如果他此刻走出洗手间给她送毛巾的话，她大概真的会拿一把带血的菜刀砍他吧？

算了。

萧文缜把毛巾丢到洗手台上，珍爱生命，远离菜刀，不管了。

齐默夜间的访客多达五人，分别是美术、化妆、置景、道具和服装部门的工作人员，下午聆听完齐默的一番见解，几人一合计，反正都是夜猫子，干脆找齐默聊聊天，顺便深挖一下她创作《乱局》时的心路历程。

有客上门，齐默总不能把人赶出去吧？她只好带着几人走进与卧室相连的小客厅，想到萧公子还在洗手间里待着，齐默很是无奈。

化妆部的女性工作人员很体贴，见她湿发上水珠滴落，关切地起身，说道："默默，我帮你拿条毛巾擦擦头发吧？"

"不用。"齐默微笑着拒绝，"我听说毛巾上的纤维和细菌容易损伤发质，所以我洗完头以后不怎么使用毛巾，而是自然风干。"

"好讲究。"女孩吐吐舌头，重新坐到沙发上。

齐默不讲究不行，否则洗手间里的那位就该露馅儿了。

转眼已过去了半个多小时，齐默看似从容淡定，实则早已如坐针毡。

夜间畅谈，离不开水果、茶水和饮料，其间有人要上厕所。

"不好意思，马桶漏水，酒店的维修人员还没过来修理。"齐默提议，"要不，你回自己的房间上完厕所再过来？"

呃。

"给酒店前台的工作人员打过电话吗？需不需要我找客房部的工作人员帮你催一下？"

"我已经催过了。"齐默补了一句，"估计他们一会儿就过来。"

…………

齐默说起谎来越来越溜，彼时已是晚上十一点多，姑且不说早已过了她的入睡时间，仅是萧文缜待在洗手间里一个多小时，估计一张俊脸早已黑成了炭。

这群人没有眼力见儿，齐默只好自救。

她先是遮遮掩掩地打了一个哈欠，只可惜没有人注意到，后又不得不夸张地接连打了好几个哈欠，这才引起了他人的关注。

总算有人发话了："时间不早了，默默还要休息，我们明天有的是时间聊，都回去休息吧。"

"没关系，才十一点多，还没到凌晨呢。"

齐默刻意强调"凌晨"一词，其他几人终于意识到夜已深，纷纷起身告辞。

是夜，齐默将几人送到门口，目睹他们进入各自的房间，立马反身关门，转动洗手间的门把手，寻找起某人的身影来。

五星级酒店，内部配套设施齐全，洗手间空间宽敞，除了洗手间和浴室，还有一个晾晒间。

齐默盯着晾晒绳子上挂着的衣物，脚步停止，嗓子发干，脸上浮起丝丝红晕。

白T恤、黑色长裤、短袜子，白色……内衣和内裤。

她前不久才脱掉的衣服，她原本打算洗完澡以后手洗晾干，哪里会想到萧文缜大驾光临，哪里会想到剧组的工作人员突然造访，哪里会想到萧文缜竟然帮她把衣服洗了？

齐默瞪向浴室里的某人。

灯光耀眼，某人双臂环胸坐在大理石浴池边缘，他容貌出众，大长腿随意交叠，俊雅魅力直击人心。

齐默进来的时候，他正在欣赏广州夏夜的美景，浴池正前方就是视野开阔的落地玻璃窗，珠江美景尽在眼前。

景色很美，但男色更加迷人。

呸。

齐默此刻没心思欣赏男色，她非常难堪地质问某人："谁让你帮我洗衣服的？"

洗就洗了吧，他怎么……怎么还帮她把内衣和内裤也洗了呢？她一个大姑娘不要脸吗？

萧文缜神色平静，慢慢回应："你把我关在洗手间里，一关就是一个多小时，我总要给自己找点儿事情做呀，难不成盯着你的洗澡水修身养性吗？"

齐默更难堪了，理亏，说不出话。

萧文缜转眸看她，虽说洗手间隔音效果很好，但他帮她洗几件衣服跟做贼没两样，偷偷摸摸也就罢了，还要严格控制水流音量，他容易吗？

她不感激他就算了，竟然还怒气冲冲地谴责他，真是没良心。

"过来。"他朝她伸出手。

她磨磨蹭蹭地走过去，在距离他一臂之遥处站定，问他："你什么时候过来的？"

"下午六点半起飞，晚上九点零六分落地，打车来酒店花费了一点儿时间，混在一群人里面走进酒店大堂又花了一点儿时间，晚上十点左右按响你房间的门铃。"

"……"

她只是问他什么时候过来的而已，可没让他说得这么详细。

"过来。"他不满意她的站立位置，再次朝她伸出手。

齐默上前一步，握住他的手，他坐着没动，她只好在他的手指力道下坐在他身旁。

窗外的世界流光溢彩，萧文缜手指翻动，她已被动地与他十指交缠、交握。

齐默有点儿心不在焉，就在她刚获知当年《追梦者》易主的内幕，还没来得及消化这件事时他就来了。

如果不是江棋来告诉她，她可能一辈子都不知道此事的内情。

她了解萧文缜，这种事情他断然不会说给她听，纵使她现在开口问他，他也不见得愿意吐露实情。

"你还没吃饭吧？"齐默问。

"在飞机上随便吃了几口。"

齐默追问："几口？"

"两口。"萧文缜嘴角上扬。

"两口是个'吕'。"

萧文缜领会到齐默的冷幽默，嘴角露出笑容，玩心大起："三口。"

"三口是个'品'。"

"四口。"

"四口是个'田'。"

"五口。"

"五口……"齐默说，"五口是个'吾'。"

萧文缜被她逗笑，笑声低沉悦耳。

齐默思绪飘远，想的是：据悉，科学家发现男人低沉的笑声频率是43赫兹，也不知道萧文缜的笑声频率有没有达到这个赫兹量。

右侧肩膀一沉，齐默收回思绪，侧眸望向肩头，只见萧公子歪着头靠在她的肩膀上，嘴角的笑容还未消散。

在外人面前，他既沉稳又干练，此刻的他却像个卸下心防的大男孩。

齐默心头一软，轻声问他："饿不饿？"

"嗯？"他没听清她的话。

她半开玩笑半认真地说道："如果你饿的话，需要我帮你叫份炒田螺吗？"

他再次被她逗笑。

他太懂她的思想和语言风格了，他突然飞来广州见她，默默地帮她清洗衣服，可不就是"田螺姑娘"的化身吗？

她打算帮他叫份炒田螺，分明是在挖苦他。

他举起她的手，送到嘴边轻轻咬一口，发出警告："你不要逗我笑，我明天还要上镜，笑多了容易长皱纹。"

齐默心里痒痒的，抽了一下手，没抽走。

"咬疼了？"萧文缜用指腹反复摩挲适才他轻轻咬过的位置，温柔地问道。

齐默心里更痒了，没有错过他的话语信息："你明天要回去？"

"嗯。"他主动跟她报备行程安排，"我明天上午乘坐飞机离开广州，回去以后要录节目。"

这么匆忙？！

"那你……"那你过来干什么，广州一夜游吗？这当然不是答案，他过来无非因为她在这里，她及时改口，"你怎么知道我住几号房？"

齐默刚想到萧博彦，萧文缜就给她落下了一记实锤："来见你之前，我先去见了我父亲。"

"萧导知道你来找我？"齐默坐不住了。

萧文缜没接她的话，隔了几秒钟，头离开她的肩膀，缓缓坐直身体，沉声感慨："你以前都叫他'萧伯伯'的。"

齐默哑然。

良久，她的声音低了一些："以前是以前，现在是现在。"

"以前和现在有什么不一样吗？"

萧文缜松开她的手。

他这是恼了吗？

恼了吧？

齐默瞄他一眼，过了一会儿，又瞄他一眼，然后说话了："现在人多口杂，公开叫'萧伯伯'，有攀关系之嫌，不合适。"

萧文缜现在的脾气不比当年，他现在有点儿反复无常，说生气就生气，说不理她就不理她，跟个炮仗一样，随时点燃随时爆。她承认自己之所以说出以上这番话，是因为她有意讨好他。

齐默这么一讨好，萧文缜的脸色总算阴转多云了，他沉稳地道："你不愿在公开场合叫他'萧伯伯'也行，私底下总该称呼他一声'萧伯伯'吧？"

齐默不吭声。

"嗯？"他还在等她的回复。

齐默把脸别到一旁，重重地道了一声"嗯"。她虽然松了口，但不肯在态度上落入下风，至少也要让萧文缜明白，她刚才的那声"嗯"，是屈从内心坚持服从他的个人意愿，并非出于本意。

萧文缜并不在乎她的态度，事实上他颇感意外。

齐默性子敏感、执拗、矛盾，比她父亲齐远彬还要倔强，仅是江夷中出事以后，她不肯原谅她自己，就能看出家族遗传的端倪，都是"犟"字家族一号人物，如今齐默竟然松口，是否代表她的心结正在悄然松动？

她松口的不只是一个称谓。

萧导——拒他于千里之外，万里之遥。

萧伯伯——无形中拉近了彼此的距离。

412

他意外、紧张、惊喜，是有原因的。

齐默出声打断他的思绪："师兄，你是不是应该回你父亲那里去了？"

时候不早了，都快零点了。

他和她，孤男寡女共处一室，而且他父亲还知道他在她的房间里，即便他和她什么也没做，但他父亲不知道啊……

"你呀。"萧文缜知道她的想法，伸出食指点了一下她的额头，叹了口气，说道，"你聪明归聪明，就是凡事想得太深、太远、太透，这样不好。"

齐默抬手摸着额头，怎么不好了？难道由着他父亲误会？

她正想着什么，萧家公子就已从她身旁站起身来，简单地活动了一下身体，缓缓走到落地窗前。

他的背影修长、挺拔，他伫立在落地窗前，仿佛窗外所见皆在他的脚下。

萧公子双手背后，无声地朝她勾了勾手指。她看见了，就没法不理会，遂起身走到他身边。

"我听说沈女士给你买了几件衣服？"

"嗯。"

沈乐安给她买衣服这件事，只有她和沈乐安知道。当然，沈乐安或许会告诉萧博彦，但萧博彦琐事缠身，根本不可能跟他的儿子提起这等小事，所以十有八九萧文缜是听沈乐安本人说的。

萧文缜转身面对她，食指顺着她的脖颈和锁骨慢慢往下移，然后落在她的胸前"事业线"上，说道："深V领口低到这里，不能穿。"

他的落指位置太过暧昧，齐默脸都红了。

萧文缜手指下移，停留在齐默睡裤的某个部位的上方，食指和中指微微弯曲，然后双指合并，指背弹了弹齐默的大腿根处，说道："任何裙子和短裤短到这个程度，不能穿。"

齐默大腿根发麻，双腿虚软，脸更红了。

萧文缜朝她走近一小步，齐默受惊，连忙向后退了一大步，萧文缜眼睛里开始有了笑意，继续上前，齐默倔劲上来，不愿在气势上输给萧文缜，咬着牙没有再后退。

萧文缜几乎贴在她的身上，这次不是食指，也不是食指和中指合并，而是一只手掌直接落在她的臀部，说道："包臀裙太显这里，不能穿。"

齐默的脑子里一片空白，脸红的程度堪比熟过头的红苹果。

男子的掌心温热有力，他真会摸，吃她豆腐吃得光明正大，他这哪里是什么大学教授，分明是大流氓。

他的声音近在耳畔："沈女士审美意识不行，给你买的衣服，你一件也不要穿。"

霸道。

413

胡说八道。

他妈沈大编剧穿衣搭配很有品位，他这么污蔑他妈，他妈知道吗？

萧文缜："以后，你的衣服我包了。"

"还是算了吧。"齐默不想被萧文缜包成一只大粽子，还有……齐默口干舌燥，眼睛都快喷火了，唤某人，"师兄。"

"嗯？"

"你的手该从我那里移开了。"齐默提醒他，他该不会摸上瘾了吧？

"哪里？"他明知故问，甚至还挑衅地拍了拍她的臀。

齐默肺都快气炸了，咬着字音强调："就那里。"

"哪里？"萧文缜依然不解，笑意却很浓。

那可是他自己的手，他的手放在哪里，他会不知道？还哪里？就那里、那里！

"臀。"齐默气恼地回应，似乎豁出去一般，扬高声音接连发泄肝火，"臀、臀、臀，粗俗一点儿来说就是我的屁股。"

凌晨前的深夜总是那么黑暗，连带某人的心也是黑的，倒也不是他笑得有多过分，而是因为他接下来的一句话。

"我没强搂强抱你，你退后一步就能自行解决，不用求助于我。"

换言之，他的手掌之所以一直落在她的屁股上，是因为她享受抚摸过程心甘情愿被他摸？

狡辩。

颠倒黑白。

齐默脾气火暴，她也不自行解决了，直接以牙还牙，手掌啪的一声落在他的臀上，使劲捏了捏，皮笑肉不笑地说道："女流氓对抗男流氓，扯平了。"

零点，萧文缜回到萧博彦的套房，萧博彦还在书房里忙着拍摄事宜，听到客厅里有声音，拿着空茶杯从书房里走出来。

"怎么回来得这么早？"萧博彦看着从冰箱里取水喝的儿子，表情略显讶异，"我还以为你大老远跑过来，至少要和齐齐谈到后半夜呢。"

萧文缜嘴角上扬："我倒想谈到后半夜，只可惜被人家赶了出来。"

没错，萧文缜在笑。

事实上，从进屋到现在，萧家公子脸上的笑容就没断过，任谁都能看出来，萧公子心情很愉悦，不，是非常愉悦。

魔怔了。

萧博彦摇摇头，走到水吧前，拿起凉茶壶往杯子里续水，随口问道："齐齐为什么赶你出来？"

是闹别扭了，还是吵架了？

为什么？

萧公子撇撇嘴，原因很简单：某位女流氓袭击他的臀部之后，忽然脸红似血，既无地自容又恼羞成怒，所以又是拽、又是拖、又是推，愣是把他从洗手间里驱赶到了房门外。

她有胆量下手，没勇气面对。

胆小鬼。

"可能是害羞吧。"短暂的沉默过后，萧公子淡淡感慨，"毕竟我和她刚'臀交'完。"

"喀——"

茶水倒呛咽喉，萧博彦一口茶水喷了出来，双手撑着水吧的吧台，憋红着一张脸，低着头咳嗽个不停。

"喀喀喀——"

他家公子脸皮厚，不知羞耻。

"喀……这种事……喀喀，这种事你没必要……你没必要告诉我吧？"他作为长辈，听到孩子之间那个啥，会很尴尬的。

萧公子失笑，一边喝水，一边欣赏萧大导演的咳嗽神功，片刻后收起戏耍心态，放下喝了一半的矿泉水，走到萧大导演身旁，抬手轻拍萧大导演的后背，说道："爸，您好像误解了我的意思，我说的'臀交'，是我拍了一下齐齐这里，齐齐又拍了一下我这里而已。"

说话间，萧公子善心发作，还亲自动手演示了一遍"臀交"的经过，先是抬手拍了拍萧大导演的臀部，然后又拍了拍他自己的臀部。

萧大导演的咳嗽神功瞬间被废。

萧博彦意识到萧公子的恶作剧，再看一眼他含笑的眼眸，顿时气不打一处来。

好吧。

全世界就萧公子最纯洁，因为除他之外，其他人的思想都是邪恶的。

萧博彦心火旺盛，急需吃点儿药去去火。

同一时间，齐默无精打采地瘫倒在床上，无论睁眼还是闭眼，脑子里闪现出来的画面都是她刚才的袭臀恶行。

齐默抬手重重地打了一下袭臀之手。

后悔、懊恼、尴尬、汗颜……真是丢死人了。

袭臀之手滚烫灼人，热气贯穿全身，在身体各处疯狂流窜，烧得她燥热难眠。

齐默翻来覆去睡不着，将薄被拉到头顶，藏在被窝里抡起拳头捶打床铺发泄难堪。

愁啊。

悔啊。

气啊。

　　齐默彻夜未眠，清晨曙光乍现，齐默换上运动服前往酒店的健身房跑步，远远地就
看到了正在健身的萧文缜。

　　他在做长凳仰卧起坐，挥汗如雨。

　　他穿着一身黑色运动服，身材结实有型，穿衣只显俊逸修长，近距离观望，全身无
一丝赘肉。

　　自律之人，向来注重控制体形，对于身材管理极其苛刻。

　　齐默看到他的时候，前面正好有一位起早运动的摄制组前辈看到萧文缜，两人应该
很熟，话里话外少了客套，反而多了几分亲近。

　　摄制组前辈："什么时候来的？"

　　"昨天晚上。"

　　"来看萧导？"

　　萧文缜看了一眼埋着头走过来的齐默，模棱两可地笑了笑："出差路过广州，顺便
过来看看。"

　　"真孝顺。"摄制组前辈感慨万千，看到齐默经过，朝她打招呼："小齐，早
上好。"

　　"早上好。"

　　齐默没抬头，脚步加快，身后传来萧文缜的声音："齐齐，你没看到我吗？"

　　齐默停住脚步，扭头看他，手心发烫，脸也跟着发烫，故作诧异地道："师兄，你
来广州了？我眼神不太好，刚才没看见你，早上好。"

　　"好。"某人眉眼间的笑意更浓了。

　　齐默心里好气，可表面上还要保持微笑，对上摄制组前辈八卦的眼神，齐默再度拉
扯唇角，笑容更深了。

　　她和萧家公子在国大读书期间的同居绯闻，对于众人来说，至今还是一个谜，身边
熟识两人者尤为好奇。

　　齐默开启跑步机开始慢跑，不远处传来摄制组前辈与萧文缜关于健身运动的对
话声。

　　"你做完长凳仰卧起坐，接下来还要做什么运动项目？"

　　"仰卧卷腹。"

　　"你主要练腹肌？"

　　"嗯……目前只有六块腹肌……争取练到八块腹肌。"

齐默戴上耳机，收听早间英语新闻，调整跑步机坡度按钮，跑步速度逐渐加快。

眼前是一整面落地玻璃窗，窗外高楼林立，夏日晨光遍洒大地，广州城于昏昏欲睡中慢慢苏醒，在阳光的照耀下散发出耀眼的光芒。

齐默忍不住笑了。

清晨运动结束，齐默回房间冲了一个温水澡，随后换了一身衣服前往餐厅吃饭。

走廊镜面光可鉴人，齐默黑色微卷长发散落至肩头，上穿亚麻休闲白衬衫，长袖挽至臂弯下方，下穿黑色九分裤，脚上穿着白色的低帮帆布鞋，此乃她夏日的经典衣着穿搭。

她不美，所谓美人，当如乔思佳、炫语璨、江夷中，即便是年长她几岁的史卿，也是美人一个。

而她姿色中等，眉峰自带英气，眼神倔强理智，不笑时嘴角下垂，性子沉闷直接，不是一个很好的相处对象。

女子走路理应自然优美，然而齐默不同。

齐默走路带风，单手插在裤袋里，步伐坚定、利落，长发飘扬，独立自信、气场全开，令人移不开目光。

餐厅里的一大半食客在看她，所谓美人大概如此，美的从来都不是骨相，而是周身气韵和不媚俗的大女人仪态。

有人认出了她是作家M，有人只是单纯被她吸引，有人原本就与她相识，比如萧文缜、摄制组的几位成员，以及……许仕成。

"齐默——"

贵宾餐厅里突然响起的男声，唤停了齐默的脚步，齐默转身回头，她气质高冷，却在看到大步上前的人时笑了笑。

许仕成，数年前她的追求者之一，现在的通信录好友之一，虽然二人数年未见，但每年节日时总要通话联系一番。

齐默没想到会在这里遇见他。

许仕成是喝洋墨水长大的海归精英，做派颇为西式，于众目睽睽之下热情地拥抱齐默，眉眼间都是惊喜。

"你什么时候来广州的？"许仕成埋怨，"怎么不给我打电话？"

"抱歉，这次来广州行程密集，私人时间有限，所以至今还未跟你联系。"齐默觉得后背灼热异常，不用回头，她也知道是谁在盯着她。

适才，许仕成喊她名字的时候，她刚在贵宾餐厅的靠窗位置看到萧文缜，四目相对的一瞬间，许仕成叫停了她的脚步。

"能够在广州见到你，真是太好了。"

许仕成激动地抱住她，齐默的后背犹如火烧，又不方便推开许仕成，心不在焉地开启话题："你一大早来酒店餐厅做什么？"

"见客户。"许仕成经齐默这么一提醒，终于松开齐默，拉着她走向隔壁餐桌，把她介绍给两位外国客户，许仕成的英文介绍语是："Adrian、Charles，这位女士是我此生最倾慕的女性朋友，齐默。"

Adrian来自英国，Charles来自德国，热情程度不输许仕成，听了许仕成的话，纷纷起身与齐默握手、拥抱。

齐默礼貌问好，寒暄在所难免，刚跟两位中文奇差的外国友人英语、德语掺杂着对话了没一会儿，可能一分钟都不到，身旁就有一个人经过，甚至故意蹭了一下她的肩膀。

似是泄愤。

许仕成连忙搂住齐默的肩头稳住她的身体，紧皱眉头，望向那人的背影。

那是一个仅看背影就能知道他身材很完美的青年男子，他的手里拿着一份英文版的《华尔街日报》，单手插在裤袋里，迈着大长腿走路的同时，手中的报纸有一下没一下地拍打着大腿，举动明明痞子气十足，偏偏带着一股子贵气。

这种感觉……很熟悉。

许仕成收回目光，上下打量齐默的穿着打扮，同样是白衬衫，同样是黑色西装九分裤，同样是走路时单手插在裤袋里，同样的冷冽气质。

原来，所谓的熟悉感源于齐默。

许仕成暗笑自己，竟然在一个陌生男人身上看到了齐默的影子，并且在齐默的身上看到了那个陌生男人的影子，真是醉了。

许仕成摇摇头，关切地询问齐默："没事吧？"

"没事。"

可能是没睡好，齐默开始感到头疼了，别人或许没有看到萧文缜的神色，但她被撞的一瞬间匆匆一瞥，分明看到了萧文缜冷若冰霜的脸。

唉，她这是招谁惹谁了？

许仕成留她同桌用餐，被她拒绝了，彼此留下再联系的场面话，她就匆匆离开了。

齐默离开餐厅前，知道萧文缜没吃几口早餐，想到萧博彦也许还没吃早餐，于是专门带了三人份的早餐去见他。

齐默按响萧博彦套房的门铃，正暗自思忖，一会儿见到萧文缜的黑脸该怎么开启话题的时候，房门咔嚓一声开了。

萧文缜面无表情地看着她，抿着唇不作声。

"那个……"齐默清了清嗓子，扬起手中的几袋早餐，"我看你没怎么吃饭，给你和萧……萧伯伯送点儿早餐过来。"

不知道是不是"萧伯伯"这个称谓起了作用，萧文缜虽然依旧寒着一张脸，但没把齐默拒之门外，而是开着门朝屋内走去。

齐默连忙进屋关门，把几袋早餐放到客厅的茶几上，环顾左右，没有看到萧博彦的身影，他是在卧室睡觉，还是出门了？

齐默从袋子里取出早餐，心里真是纠结极了，不知道该怎么喊萧公子过来吃饭。

"那天下午，《以文会友》的录制现场，你没有经过我的同意就强吻我，这事你还记得吧？"萧文缜冷冷地问道。

齐默直起身，下意识地看向萧文缜，既尴尬又不解，好端端的他提这件事情干吗？

"亲都亲了，还能怎么办？要不，你亲回来？"萧文缜双手插在裤袋里，模仿她的语气复述完她当时说的话，从容地问道，"这话是你说的，对吧？"

齐默的危机意识猝然觉醒，她直觉再待下去要出事，哪儿还顾得上早餐，转身就往门口逃去，快步经过萧文缜身边的时候，萧文缜站姿未变，慢条斯理地继续说道："我现在亲回来，不过分吧？"

秋后算账吗？

齐默步伐加快，玄关近在眼前，门把手近在眼前，然而她的手指刚触摸到门把手，腰间忽然一紧，紧接着心脏猛地一跳，她已经被萧文缜按在了门后的墙壁上。

齐默紧张得直咽口水。

她与萧文缜的身体亲密相贴，惊人的热度从他的身上一点点地传递到她的身体的各个部位，她呼吸急促、心脏狂跳，不过是源于他眼睛里熊熊燃烧的征服欲。

"齐齐，你是不是觉得我不会忌妒、吃醋？"

萧文缜英俊的脸庞凑近她，薄唇慢慢轻触她的唇，再度开口说话时，上下唇开启，有一下没一下地撩拨着她的唇，气息灼灼，犹如夏日的烈阳，疯狂地炙烤着她的唇，烘烤着她的心。

"你是不是觉得我现在不沾荤腥，只吃素？"

齐默被他咬着字音的逼问刺激得心弦震颤，更被他说完这句话后吞食般的激吻攥住了所有意识。

热气直飙至齐默的脑门儿。

她不张嘴，他就舔咬她的唇，还不张嘴，他就像吃食物一样啃遍她的唇，齐默又紧张又害怕，他早已不是她记忆里的那个萧文缜。她记忆里的萧文缜哪怕抱着她缠吻也会克制他自己不要太过失控，反而处处隐忍、压抑，不像现在。现在的他大有气吞山河之势，疯狂、激烈、炙热……

齐默的唇瓣又痛又麻，稍一松懈，他已长驱直入，温软的舌缠绕着她的舌不放，一遍遍吮吸着，回旋律动，酥麻钻心。

齐默被前所未有的热度包裹着，身体上的热汗渗出皮肤，一点点被衣服的布料吸干，她在他时而快时而慢的舔吻里头昏脑涨，觉得自己快要在他的进攻下化成一摊水了。水是柔软的，她的身体也是柔软的，双脚更是软得站立不住，只能伸出手臂紧紧地攀住他的身体，环抱住他结实有力的腰。

她的举动无疑鼓舞了他的士气，一记占有欲极强的深吻袭来，齐默全身发烫，隐隐颤抖，她甚至觉得她会被他吸走所有精气，甚至觉得她会死在他的吻里。

她无力再抗拒，她所感受到的是他压抑多年的深情和一朝放纵，她推不开他，也不愿意推开他，眼眶莫名泛酸——为他多年痴心等候，为他多年理解包容，为他多年孤寂坚忍……她对不起他。

五分钟。

十分钟。

十五分钟。

…………

那天早晨，粗重的喘息和唇舌交缠是他们的共有记忆，深吻、浅吻反复交替，有霸道的、温柔的、急促的、舒缓的。她和他忘记了空间，忘记了时间，他主动，她被动；他主动，她回应。

那天早晨，萧博彦走出书房，前往客厅喝水，忽然目睹玄关处萧公子用力将齐默揉进怀里，紧紧贴着齐默的身体索吻。主要是太过意外，没有一点儿心理准备，萧博彦很不合时宜地啊了一声。

意外、受惊、尴尬。

齐默也受了惊，万万没想到会被萧博彦撞个正着，血液在身体里乱窜，又急又羞，连推了萧文缜好几下，才从痴缠的唇舌里成功推开萧文缜，并在下一秒夺门而逃。

那天早晨，萧文缜单手撑着墙壁微微喘息，平复好呼吸，随即出门找齐默，从头到尾没看不断咳嗽的萧大导演一眼。

不孝子。

萧大导演回到卧室里，就着一杯温水，又吃了几片牛黄清心丸。

家有一子不知羞。

那天早晨，萧文缜按响齐默房间的门铃，静待良久，等不到回应，只好打了一通电话给她。

"齐齐，开门。"

齐默拒不开门，还把电话挂了。

Chapter 15
你好与不好，都是我的齐齐

齐默从半个月前就已经不再接萧文缜的电话了。

8月下旬，《乱局》电影剧组的演员全部到位，萧博彦率领众主创人员举行开机发布会，而齐默早于数日前便已离开剧组，孤身游历广东省，足迹遍布珠海东澳岛、清远森波拉度假森林、韶关南岭红沙漠、乳源必背瑶寨……

9月初，齐默在梅州大埔茶阳古镇接到了史卿的电话。

史卿在电话里主要提及三件事：一、日前国大经济学院向齐默发出邀请函，希望齐默能以国大学姐的身份向一众学弟和学妹讲授开学第一课；二、《追梦者》栏目改版在即，沈燮联系不上齐默，三番五次致电史卿，诚心邀请齐默做客《追梦者》首期节目录制；三、史卿继续催稿，询问齐默新书的素材是否有眉目。

第一件事：母校邀约，齐默并未多加考虑，交代史卿应下此事。

第二件事：齐默主动致电沈燮，她与沈燮多年后电话联系也算是旧识新交了，客套问好，不热烈亦不冷淡。齐默直言自己不愿再上节目，拒绝了沈燮的邀请。沈燮犹不死心，大有三顾茅庐之势，询问齐默何时回去，如果方便的话，希望彼此能够见面详谈。

第三件事：齐默没有搭理史卿。

回程途中，齐默惊觉时间游走得极快，那天刚好是国大的秋季开学报到日，大巴车在通往机场的高速公路上，齐默遥望窗外的风景，眉眼倦怠却又掺杂着世俗清醒。

她忽然想起宋代文学家苏轼的一首经典词作《西江月　世事一场大梦》，上片前两句是："世事一场大梦，人生几度秋凉？"

那一年的9月，她走进国大校园办理入学手续，继而与萧文缜相识、相爱，依稀还是昨日。

9月6日，齐默返回家里的当天下午，陪同齐凯瑞前往西斋一条沟垂钓。老爷子没涂防晒霜就出来了，齐默安置好钓椅和鱼竿，从背包里取出一瓶防晒喷雾，走到老爷子身边蹲下，先朝自己的手心喷了两下，然后涂抹到老爷子的脸上。

老爷子不好意思，闭着眼睛呵斥齐默停手："不抹……我都一把年纪了，抹什么防晒喷雾……我都说不抹了，你怎么还往我脸上瞎捯饬……唉、唉……好了好了，我自己抹，我自己抹还不行吗？"

齐默觉得，爷爷正因为年纪越来越大，所以更应该避免阳光暴晒，只有做好防晒工作，才能抑制老年斑的生长。

她可以容忍爷爷对她严厉、苛责，却无法容忍记忆里的那个霸道虎爷日渐苍老。

她还要陪眼前这位性格古怪的老爷子钓很久很久的鱼呢。

下午山间天气炎热，蝉声嘹鸣，影响鱼儿进食，爷孙俩收获不大，仅有十几条小鱼上钩，好在钓的是乐趣，而非成果。

伴着9月的微风，不远处偶尔传来钓友的说笑声，老爷子坐在钓椅上昏昏欲睡，齐默和他有一句没一句地说着话。

"爷爷，我想问您一件事。"

老爷子耷拉着脑袋，瞥了她一眼，重新闭上眼睛，问："什么事？"

几秒……十几秒……

老爷子始终没听见齐默说话，睡意消除了一大半，再次睁开眼睛看向齐默，却见齐默盯着哗哗流淌的河水，仿佛陷入了回忆，早已忘记她先前说过什么。

"什么事？"老爷子放轻声音追问，直觉有什么事情困扰着齐默，否则她不会如此欲言又止。

齐默回过神，从河面上移开目光，看向老爷子："那年5月，师兄打包好我的行李……他除了把我的行李亲自送到我爸妈那里，他还跟您和我爸妈说了些什么？"

萧文缜究竟对爷爷和爸妈说了什么，他们才会放任她和萧文缜分开这么多年，不仅只字不提江夷中，甚至和萧文缜建立起亲人一般的感情？

老爷子愣了愣。

鱼漂没入水中，显示有鱼咬钩。老爷子收回心思，起竿，却发现鱼钩上空空如也，鱼跑了。

"怎么突然问起这个？"老爷子眸色半敛，将饵料挂到鱼钩上。

齐默："突然想起，随口问问。"

这次轮到老爷子沉默了，抛完竿以后，过了好一会儿方才娓娓道来："那一年5月，文缜向我和你爸妈讲了一个故事，故事里一共有三位主角，有你、有夷中，还有他。夷中大一上学期结识他以后表白被拒，他于大四上学期目睹你跳湖救人，从此以后对你一往情深。而夷中情未断、意难平，出于嫉恨心理三番五次伤害你，你一再容忍，并最终与夷中决裂。岂料隔天夷中因病猝死，你自责、悔恨不已，始终走不出你在夷中死的前一天与夷中决裂的心结怪圈，所以你惩罚你自己，和文缜在一起，越发加重了你的负罪感……"

不是这样的。

萧文缜最终还是没有道出夷中死亡的真相，是不愿齐家人活在她的负疚感的阴影里，跟着她一起痛、一起伤。

他说的不对。

他怎么会觉得她和他在一起负罪感深重呢？她只恨她自己行事狠绝，她只是无法原谅她自己而已，他怎么……齐默难受无比，几乎可以想象他讲出这番话的时候，内心必定苦涩无助，痛苦到了极点。

老爷子的心情同样很复杂，他还记得夷中出事的前一天中午，还来家里和他们一起吃了顿午饭，当时齐齐和夷中还没有决裂……唉。

"师兄还说了什么？"齐默的声音轻不可闻。

"他说得不多，反而长时间沉默，我印象最深的两句话是，他请求我们不要在你面前提起他，请求我们把你养得胖一点儿。"

齐默的眼睛湿润了，她单手撑着脸颊，将脸偏向一旁。

"其实，他比你好不到哪里去，你妈看到他瘦成那个样子，埋着头，红着眼睛，坐在客厅里，你妈当时就哭了。"老爷子沉沉地发出一声叹息，"我们能感觉到他是真的走到山穷水尽了，他是怕你出事，否则也不会来找我们。"

一滴眼泪顺着齐默的眼角缓缓滑落，她抬起另外一只手擦掉，继续偏着脸不说话。

老爷子："这些年，有那么几次你给我打电话，文缜就在一旁坐着。他看似无动于衷，却会在不经意间盯着某一处愣愣出神很久。"

"爷爷，您不要说了。"齐默的心脏抽着疼，她哽咽着哀求道。

老爷子："他想跟你说话，却又不敢跟你说话。有你在的地方，他必不出现，他躲你到如此田地，你说他图什么，又是为了什么？"

泪水滑过齐默的鼻梁，没在她托着颊的掌心里，湿润黏腻，继而贴附在她的脸颊上，她把脸又往一旁偏了偏。

"你总不能让他等你一辈子吧？你说，谁家父母看到孩子这样不心疼呢？我和你爸妈虽然很喜欢他，但实在不忍心眼睁睁地看着他因为你而耽误一辈子。"老爷子看不到齐默的表情，但又何尝不知道她心里难受？可有些话既然说了出来，就要硬下心肠说完，"齐齐，谁都不希望夷中出事，况且夷中是突患急病去世的，与你无关，都这么多年了，你也该放下了。"

齐默有口难言，流着泪不接话。

她这一生，除了幼时恼恨自己愚笨哭过几次，从此求学路上哪怕过得再艰辛、痛苦，都不曾为自己流过一滴泪。

她这一生，截至目前，只为三个人哭过：江夷中、江棋来和萧文缜。他们是她的软

423

肋，亦是她的心头伤。

她这一生，苦多于喜，努力多于享受，自责多于心安。

她这一生，又何尝没有委屈呢？

齐默的委屈延伸至深夜。

晚上十一点多，左侧那栋别墅灯火通明，响亮的音乐声透过敞开的窗户足以震聋齐默的耳膜。她是在睡梦中被音乐声惊醒的，被惊醒后，拥着薄被坐在床上，反复揉捏隐隐作痛的太阳穴，怀疑隔壁那位"神秘"邻居抽风了。

齐默睡不着，打开卧室的灯，光脚套上家居拖鞋，坐在床边醒了醒神，方才下楼走进开放式厨房倒了一杯温水。

伴着震耳欲聋的音乐声，齐默仰起脖子一口气喝完了杯中的水，觉得不解渴，往杯子里续满水，送到嘴边刚喝了一口，隔壁忽然切换歌曲，换了一首咚咚咚的蹦迪音乐，齐默的心脏都快跳出嗓子眼儿了。

隔壁那人怎么会听这种音乐？

齐默觉得奇怪，把杯子放到吧台上，走出家门。

夜色下，路灯散发出朦胧的光晕。

左侧别墅二楼的某间窗户敞开着，露出一位年轻女子姣好的背影。齐默猝然止步，站在原地微微眯眼长久仰望，直到音乐声停止，直到女子露出正脸，随后消失在房间里，她才无意识地抽动了一下眼角，转身回到屋里。

是夜，齐默关闭了家中所有的门窗，尽管音乐声停了，她还是躺在床上失眠至天色微亮。

清晨，庄裕琳从隔壁别墅里走出来，黑色长发披肩，穿着小碎花连衣短裙，露出一双修长、笔直的腿，脚踩一双细跟高跟凉鞋，既清新又时尚。

"哥，你家音响是怎么一回事？"庄裕琳打电话吐槽，"昨天深夜我打开你家音响听歌，结果声音太大，我手忙脚乱地摸索了好一会儿才关上。我都快吓死了，生怕你家邻居跑过来敲门。"

"她不会。"

"什么？"庄裕琳刚才在电话里提到邻居，禁不住望向右侧的别墅，却在看到二楼飘窗上的某个女子时吓了一跳。

"她知道我住在隔壁，不会轻易过来敲门。"

"哦。"庄裕琳心不在焉地点点头。

想想也是，她哥见谁都是一副不苟言笑的表情，虽然是公众人物，但归晚苑的住户大多是有身份的人，极为注重隐私，所以一般情况下是不会轻易上门打扰别人的生活的。

只是……

庄裕琳的目光锁定在隔壁别墅二楼的飘窗上：落地玻璃窗后的飘窗上，随意地放着几个靠枕，一张低矮的茶桌，茶桌上放着茶壶和杯子，一位青年女子靠坐在飘窗上盯着平板电脑，耳朵里塞着入耳式耳机，安静恬淡，抓人眼球。

像这样一张理性、冷静的面容，庄裕琳曾在生活里与她有过一面之缘，况且最近电视剧版《乱局》正在热播，庄裕琳也在追剧，所以虽然间隔很远，但她还是一眼就认出了青年女子。

她没看错吧？

"哥，你家邻居是齐默吗？"庄裕琳好奇之余，为了验证自己没有看花眼，朝手机那头道了声，"等等，我拍张照片确认一下。"

庄裕琳食指滑动手机页面，找到相机图标，点开照相功能对准隔壁别墅二楼的飘窗，然后拉近焦距。岂料，她刚照到青年女子的侧颜，青年女子就像有第三只眼睛一样，机警地转脸望向庄裕琳，眸色很深，当即惊得庄裕琳的心头猛地一颤。

这边，庄裕琳刚放下手机，二楼落地窗后，青年女子已随手一扯，窗帘闭合了一大半，彻底阻断了庄裕琳的"偷窥"和"偷拍"。

庄裕琳吐吐舌头，将手机再次贴向耳边："哥，你家女邻居脾气好大呀，发现我在拍照，直接把窗帘拉上了。"

手机那端传来男子的笑声，庄裕琳再一次感到新奇无比，正是因为她家老哥不常笑，所以每一次笑都会显得格外珍贵，比《西游记》里师徒四人历经九九八十一难求取到的真经还要珍贵。

"谁让你惹她？"

只此一句，袒护、纵容女邻居之心一听便知。来自女人的第六感告诉庄裕琳，她家老哥和齐默关系匪浅，看来老哥和齐默的那些情感绯闻并非全是假的，至少有一部分还是值得推敲的。

齐默受邀参加国大经济学院开学第一课演讲的事情，萧文缜是知道的。

他出差在外，赶在国大开学第一课那天上午回到国大，马上就要开讲了，于是选了一条捷径直通目的地。

落霞湖位于经济学院内部，是一处风景秀丽的人工湖，湖面上水光潋滟，岸边绿树环绕，灌木丛温柔滋长，景色美不胜收。如遇晴朗天气，晚霞铺满湖面，水鸟掠湖嬉戏，别有一番诗情画意。

开讲在即，落霞湖附近极少有学生走动，所以湖畔一角聚集着的几个嬉笑打闹的年轻女孩子，显得尤为显眼。

几个女孩子拿着手机，正在轮流拍摄一本书的内页。

女生甲："你们认真观察一下她写的字，缺笔少画，竟然连自己的名字都写错，我也是醉了。"

女生乙："我早注意到了，名字写得东倒西歪，中间还隔着那么宽的距离，难看死了。"

女生丙："我再多拍几张照片，等会儿发到网上去，也好让大家见识见识大名鼎鼎的畅销书女作家，她的写字水平究竟有多烂。"

女生丁："畅销书女作家？我呸，赶明儿我也写小说去，如果像她这样的阿猫阿狗都能当作家，我也能当。"

畅销书女作家？缺笔少画，字迹丑陋？

冷嘲热讽……讽刺挖苦……

听到几个女孩子的对话内容，萧文缜眸色变暗，隐约猜到了是怎么一回事，这几个女孩子不像本校学生，更像是黑粉。

此次国大特邀齐默前来经济学院主讲开学第一课，主讲信息早于数日前公示在了国大的贴吧里，对于国大学子和校外关注齐默动态的学生和粉丝来说并非秘密。

阿猫阿狗？

萧文缜下颌线条绷紧，一股怒气忽然涌上心头，止步望向几人，正好目睹一个年轻女孩子高高地扬起书籍，咚的一声响，使劲将书籍抛进湖水。

随行女孩子发出惊呼声："哎哟，你想吓死我呀？"

那扔书的女孩子恼怒地道："我们四个人找她签名，她只签了一本，明摆着瞧不起人，就她这破字，她还以为有多值钱呢？还有她这破书，写的都是什么垃圾玩意儿，真不知道她是怎么火起来的。"

另外一个女孩子效仿扔书女孩子的举动，也把手中的书籍扔了，冷笑着道："要扔一起扔，反正从今以后我再也不看她的书了。"

几个女孩子义愤填膺地发泄着怨气，略显迟钝地意识到一阵沉稳有力的脚步声越来越近，一个个疑惑地转身，无论如何也想不到，竟然会在落霞湖畔见到萧文缜。

"萧……萧教授？！"

国内知名主持人那么多，而萧文缜之所以能够拥有众多的粉丝和极高的知名度，是因为他的高学历和高颜值。

何谓神颜？

萧文缜便是神颜的代表之一，他有着让人过目不忘的帅气容颜，脸部轮廓有棱有角，眼神冷漠而又坚忍。

落霞湖畔，萧文缜迈步走来，刺目的阳光落在他帅气逼人的脸上，距离感越发遥不可及了。

几个女孩子怔怔地望着萧文缜，紧张之余，更觉尴尬，仿佛做坏事被抓到一般，一个个脸颊发红，难堪得舌头直打结。毕竟，齐默是萧文缜的师妹，而齐默的书……

其中两个女孩子悄悄地凑到一起，试图遮挡湖水中寂静漂浮的书籍，暗中祈祷萧文缜看不见，或是压根儿就没看见她们先前的扔书举动。

只可惜，萧文缜不仅看见了，还看得很清楚。

萧文缜伫立在湖岸边，左手插在裤袋里，右手摆弄着手机，静静地看着齐默的几本小说在湖面上起起伏伏，冷冷地说道："不好意思，我可能要说句煞风景的话，劳烦几位下湖把书捞上来。"

下湖？

几个女孩子紧锁眉头，站在湖岸边不动，是沉默，也是抵抗。

"不愿意？"萧文缜凝视着她们。

由于他名气太大，长相又太过于帅气，几个女孩子原本就不敢与他对视，再加上此刻萧文缜的目光仿佛结了冰，有女孩子受不了这样的"死亡凝视"，只觉得心慌意乱，后悔得很。

萧文缜："不愿意就算了。落霞湖是国大的风景湖，湖中鱼类数量庞大，入夏以后，湖水气温攀升，含氧量下降，稍不注意就会导致鱼群大面积死亡。国大的校宣部为了杜绝这种现象，在校规校训里明文禁止在校学生往落霞湖里乱丢杂物，以免杂物氧化后剥夺鱼群的生存空间，一旦发现违规者，校宣部必严肃处理。我看你们几个不像是国大的在校学生，国大的校规校训对你们也没有什么用，不过不要紧，保安室可以暂时记下你们的学籍号，稍后移交给你们的校导处也是一样的。"

几个女孩子这才慌乱起来，一张张年轻的脸庞上满是不安的神色。

"这样吧，我打电话给保安室，让他们派人过来一趟。"

萧文缜解锁手机，作势要打电话，却被一个胆子大的女孩子惊惶地制止："别打——"许是察觉声音太大，女孩子急得直搓手，低声请求道，"萧教授，您别打，我们这就想办法把书捞上来。"

即使知道萧文缜是在借题发挥，大有为了师妹齐默针对她们之嫌，几个女孩子也不敢多说话，怪只怪她们不该在落霞湖要威风，还被萧文缜抓了个现形。

简直倒霉到了家。

还有更倒霉的。

萧文缜虽然不再打电话，但打开了手机的摄像功能，在几个女孩子诧异的目光中，给她们拍摄了一段短视频，并淡淡地发出警告："如果我看到你们在网络上黑齐默，或是齐默的签名出现在网络上，你们也做好一夜变'网红'的心理准备吧。"

几个女孩子诚惶诚恐，有人红了眼睛，有人羞愧得无地自容。

"还愣着干什么？"萧文缜逆光而立，用淡漠的眼神审视一眼几个女孩子，"别告诉我，你们没一个人会游泳，这年头就算是阿猫阿狗也能在水里扑腾两下，更何况你们是人，总不至于连阿猫阿狗都不如吧？"

被一位男神偶像拐着弯损辱，是一种什么感受？

有女孩子低着头哭了。

这天上午，国大经济学院礼堂内学生爆满，院系多名教授聚在此处，齐默应邀前往经济学院参与开学第一课。

谈到经济学——

齐默认为，高校学子团队协作往往能够激发彼此的灵感，她还指出："经济学专业性很强，最重要的是涵盖面极广，不仅涉及全球热点和多领域文化，还要具备一定的社会责任感和大局意识。你们之中的大部分人如我这般，也许努力一生都不能成为经济学大师，但我也好，你们也罢，在离开国大的时候，都应该将家国情怀刻到我们的骨子里，进而铭记一生。"

谈到经济类小说——

齐默说："汲取文学养分离不开探索精神，不管是盲目跟风，还是墨守成规，迟早有一天会被行业淘汰。如果在座者以后有谁打算走上写作这条路，那么在创新理念上，不妨突破各种禁忌，或是传统套路，即便是摸索出一些匪夷所思的作品也不打紧，我和你们还很年轻，允许犯错再修正。创新理念可以死在草稿上，绝对不能扼杀在摇篮里。"

谈到过往学习经历——

齐默所谈不多，没有煽情的言论，没有高谈阔论，她云淡风轻地告诉在座者："电影《肖申克的救赎》里关于生命，有这样一句经典名言——'生命可以归结为一种简单的选择，要么忙于生存，要么赶着去死。'"

齐默说："比起毫无价值地死去，我选择了前者，为此殚精竭虑，在所不惜。"

谈到宝贵意见——

齐默说："我无法给你们任何有效意见，人生只有一次，是荒废还是拼搏，由你们自己决定。但我想说的是，如果连我都能活出自己的价值，你们又有什么理由不活出自己的价值呢？"

礼堂内鸦雀无声，在场师生集体望向齐默，所谓骨相美人大抵如此，言行可窥涵养，谈吐便是内涵。

她是齐默，立领亚麻白衬衫搭配黑色西装九分裤，英姿令一众女生心生羡慕，偶尔将长卷发撩拨到一旁，漫不经心间女子风情流露，那一刻男女通杀。

演讲一共进行了一个半小时，随后进入问答环节，在座学生热情高涨，争相举手发问，可见齐默人气之高。

男生甲："学姐，请问您当初是怎么走上写作这条路的？"

齐默有所感触，环顾礼堂四周，最后将目光落定在礼堂后门口。

礼堂内学生太多，过道两侧和后排更是人满为患，齐默不知道萧文缜是什么时候来

428

的，她只知道她看到萧文缜的时候，萧文缜正目光灼灼地看着她。

两人相距太远，四目在半空中对接，齐默想到那天早晨的酒店热吻，顿时感到燥热，收回目光，但没过两秒钟，再次望向萧文缜，很隐秘，不动声色，可还是被萧文缜逮了个正着。萧文缜嘴角上扬，似是笑了。

齐默觉得自己又丢人了。

在座学生出现小规模骚动，源于齐默没有理会男生甲的问话，男生甲以为齐默没有听清，重复先前的问题："学姐，请问您当初是怎么走上写作这条路的？"

是呀，她是怎么走上写作这条路的？

齐默双臂环胸，低着头在演讲台上慢慢地踱起步来，步履缓慢，仿佛每一步都藏着诸多心事，又或许她只是在做某个决定。

萧文缜后知后觉地意识到了什么，心跳速度突然加快，提着一口气，既期待又紧张，此刻她的犹豫、纠结与他心中所想一致吗？

是一致的吧？

终于，她的脚步停了，漆黑的眼睛落在萧文缜的身上："我之所以走上写作这条路，是因为在我迷茫的时候，有人告诉我，虽然自小无法阅读、写文字让我长期受挫，但我完全可以换一种方式在文字世界里自立为王。他说写作很简单，我只需要把我的所思所想说出来，誊写员或是助手再帮我把语言转换成文字就行了。他还告诉我，并非每个学经济学的学生进入社会以后，都会从事与经济学领域相关的工作，而我在校期间掌握的经济学知识，无非是以另外一种方式填充我的未来罢了。"

女生甲："学姐，您说的这个人是您的爷爷齐凯瑞教授吗？"

"是我师兄。"齐默暗暗呼出一口气，目光自下而上，坚定无比地望向后门口，伸出右手指向某人，道出那人的名字，"萧文缜。"

众人齐刷刷地望向礼堂后门口，突然看到偶像，现场的新生甚是激动。

"哇，萧教授。"

"哪儿，萧教授在哪儿？"

"真的是萧文缜。"

…………

萧文缜站在礼堂后门口，身形俊逸挺拔，背后有光。他穿着式样简单的白衬衫、黑色西装长裤、黑色皮鞋，双手插在裤袋里，正在礼貌地微笑，殊不知他藏在裤袋里的手心早已冒出了一层虚汗。

一致。

竟然真的一致。

期待成真，惊喜裹心。

待身体放松，萧文缜方才惊觉自己居然紧张到忘了呼吸。他突然笑了，笑齐默操控彼此的关系游刃有余,笑齐默把他吃得死死的,笑齐默不费吹灰之力就能震撼他的内心。

他笑,皆因心情愉悦,哪儿有那么多为什么?

齐默还在说:"我人生里至今一共有两位贵人,一位是我的爷爷齐凯瑞教授,一位是我的师兄萧文缜教授。前者化身虎爷带我登上高校殿堂,让我和所有学生一样,享有受教育的权利和升学的权利;后者亦师亦友,带我走出迷茫,帮我确定未来的职业方向,并让我坚信,我所迈出的每一步都有其存在的价值,而我所付出的辛苦和努力,终将以另一种方式与未来亲密交织。"

原来,他对她说过的话,纵使历经多年,她也记得。

萧文缜嘴角的弧度完全打开,他笑得极富感染力,深情又不会太过引人注意,分寸拿捏得很精准。在场的女生不经意间朝他偷瞄一眼,无不沦陷在他的笑容里。

众人既惊艳又惊讶。

他们难以想象,电视上那位冷峻、犀利的学者,那位拥有深邃思想的主持人,那位鲜少微笑的萧大教授,竟和眼前这位笑容如此温柔的萧大教授是同一个人。

现场一片喧哗,口哨声不断,有人恍然大悟地露出暧昧的表情,有人像是发现了特大新闻一般哇哇怪叫,问答环节瞬间变了味。

女生乙:"学姐,拜托您跟我们大家说句实话吧,您和萧教授究竟是什么关系?"

齐默:"他是我师兄。"

女生丙:"萧教授是您师兄,这我们都知道。我们好奇的是,您和萧教授还有没有其他关系。"

齐默:"有啊。"

男生乙:"什么关系?"

齐默:"我是他师妹。"

好奇者八卦问询失败,接连受挫、叹气。

齐默却笑了。

她笑,是不愿再回避内心,8月下旬游走广东省,她想了很多很多……回来后与爷爷在西斋一条沟的一番谈话,更加让她明白,她的伤痛从来都不是她一个人的伤痛,而是她和萧文缜的共同伤痛。

那年5月,他对她说:"我等你……我会一直等你……你不回华清园,我就在国大等你……你来与不来,我都会一直等你……齐默,我等你。"

这些年,他留在国大教书,固执地等着她再一次走进国大校园,回到他的身边。她知道他的心意,一直都是知道的。

9月初,她在梅州大埔茶阳古镇应下国大经济学院的邀约,决定走进国大,便是心结松动的标志。

她望向礼堂后门口，目光对上笑意浓浓的萧文缜，婉转心事流淌，别人不懂没关系，她和他懂就行了。

其实，她已经回答过众人她和萧文缜是什么关系了。

她和萧文缜是最奇怪的情侣，决定在一起的时候从未说过开始，决定分开的时候也从未说过分手。

古人说："天南地北双飞客，老翅几回寒暑。"

而她和萧文缜，天南地北，劳燕分飞多年，盘桓在她和他之间的从来都不是生死离别，从头到尾都只是一个转身的距离。

世间爱情千万种，为什么她和萧文缜的爱情不可以是——

他是她师兄，她是他师妹呢？

上午十一点左右，齐默走出经济学院大礼堂，就在一条曲折的狭长走廊里看到了萧文缜。

齐默停下脚步。

萧文缜单手插在裤袋里，站在前方不远处，光彩熠熠的黑眸凝视着她，嘴角的笑意耀眼无比。

齐默忍不住笑了。

他这是笑了多久，该不会是从礼堂一直笑到现在吧？他就……那么高兴吗？

9月，气温依然很高，狭长的走廊被两旁的树木掩盖其中，微风拂过，地面上光影跳跃，环境十分宁静。

走廊阴凉，齐默脸上的燥热得以缓解，见萧文缜朝她伸出手，作势要牵她。她慢慢走上前，抬起手不轻不重地拍打了一下他的手心，拒绝意图明显，却从骨子里散发出一股妩媚之态。

萧文缜心旌荡漾，垂下眼眸笑容加深，与她一起踩着光影缓缓而行。

过了一会儿，齐默想起一件事，问道："你中午有饭局吗？"

"没有。"

他本来是有的，不过不要紧，今天任何事情都可以无条件为她避让。

"今天上午我遇到了周教授，他约我中午一起吃饭，你去吗？"齐默很委婉地向他发出邀请。

萧文缜一本正经地道："他没约我，我以什么名义去蹭饭？"

齐默瞪他一眼："你是他的学生。"

萧文缜思索两秒钟，很有原则地说出了自己的想法："如果是以学生的名义去蹭饭，我就不去了，但如果是以你男朋友的名义去蹭饭，我倒是可以考虑一下。"

齐默不理他。

431

齐默的左手小拇指突然被他的小拇指勾住，他温柔地晃了一下，齐默的眼神也跟着柔了柔。

"齐齐。"

"嗯？"

"像是一场梦。"他轻声感慨，至今还觉得不真实，犹豫片刻，薄唇开启，"你告诉我，是我想多了吗？"

他自认为了解齐默至深，有些话她不说，他懂；她说得委婉、含蓄，他也懂。但如今，他开始质疑自己的判断力，会不会是他太渴望她接纳他，所以才会自作多情以至于曲解了她的意思？

齐默心头一紧，停下脚步，认真地看着萧文缜的眼睛，坚定地告诉他："师兄，你本来就是我男朋友呀。"

短短一句话，犹如决堤的江水冲击着他的身心。

短短一句话，犹如一针强心剂注入他的体内。

短短一句话，足以让萧文缜情潮翻涌。

隐秘的走廊里，萧文缜难以抑制内心的情感，将齐默拉到怀里，修长的手指轻抚她的脸颊，俯首吻了一下她的唇。

退离时，他再度凑近吻上去，即便如此，也已是克制到了极点。这里是国大经济学院，随时都会有学生过来，他没忘记。

齐默重新觉得燥热，他怎么说亲就亲？也不怕有人看见！

萧文缜恋恋不舍地松开她，伸出食指点点她的脑袋，略显疑惑地问："告诉我，你这颗榆木脑袋是怎么开窍的？"

齐默："……"

齐默以笔名M走上写作道路一事，从未向周安国和几位师兄、师姐隐瞒。她与他们虽然各自奔波、忙碌，每年见面的次数屈指可数，甚至一年也见不到一面，但彼此从未断过联系。

当年的几位师门研究生，她唯一断绝联系的人就是萧文缜。

有这种想法时，齐默歉疚感弥漫，萧文缜盛了一碗莲子汤放到她面前，见周安国似笑非笑地斜睨他一眼，萧文缜露出微笑，另外盛了一碗莲子汤递给周安国。

周安国撇撇嘴不领情。

他知道齐默和萧文缜断绝往来多年，也曾分别找他俩谈过话。只可惜这两人一个比一个嘴硬，虽然不愿吐露分手的缘由，但这两人单身至今，每次听到几位同门谈及对方，神色间温情流露，分明对彼此有情。

家家有本难念的经，这话放在情侣身上同样适用。

所谓分手内幕毕竟涉及隐私，两位晚辈不愿意说，周安国也不便多问。倒是他们那几个师兄和师姐闲着没事，私底下没少打赌，赌他们的萧师弟和齐师妹迟早有一天会复合。

如今，他俩这是复合了？

他知道这两孩子躲避对方多年，所以他只约了齐默吃午饭，但刚才看到齐默和萧文缜一起出现，周安国所受的惊吓不小。

萧文缜来了，可见是齐默主动邀请他来的，可见……萧文缜的眼睛都快长到齐默身上去了，也不知道在周安国这位长辈面前收敛一点儿。

周安国是聪明人，没有当面询问他们是什么情况，这话太煞风景，他不说。况且，就算他问了，也不见得能撬开这俩河蚌精的嘴巴。

他像个特大号的电灯泡。

萧文缜问齐默："今天上午，有几个女孩子拿着你的书，自称是你的书迷，特意来经济学院找你签名？"

"嗯。"齐默好奇萧文缜怎么会知道，"你见过她们？"

"她们不是你的书迷。"萧文缜并未谈及太多，怕齐默知道那几个女孩子的扔书之举会伤心。

"我知道。"齐默隐约猜到了什么，淡淡地说道，"我患有阅读书写障碍症是大家都知道的事实，真正喜欢我的书迷，绝不可能当着我的面索要签名。"

"既然知道，为什么还要签名？"萧文缜不解。

齐默神色平静地道："伸手不打笑脸人，她们没有当着我的面释放恶意，我只能佯装不知，予以配合，所以四个人四本书，我只签了一本。"

至于她们私底下如何对待她的书，或是嘲笑她写的字太丑，那是她们自己素质低下，与她无关。

萧文缜握住她的手，说道："以后遇到这种人，直接开骂，她们既然不尊重你，你又何必尊重她们？"

齐默笑而不语，她确实没必要尊重那些不尊重她之人。

"喀喀。"周安国咳嗽了两声，不悦地插话，"你们可不可以尊重一下我？"

他还坐在他们对面呢，他俩就旁若无人地你一言我一语，究竟有没有顾虑过他的感受？

齐默的人道主义关怀姗姗来迟："教授，师母最近还好吗？"

"挺好的。"周安国的情绪缓和了许多，他张了张嘴，似是想开口说些什么，却又觉得难为情，沉默良久，方才清了清嗓子，"那个，我和你们师母已经复婚了，打算再办一次婚礼，婚礼的日期定在10月6日。"

"真的？"齐默又惊又喜。

周安国有过一段失败的婚姻。

　　他和前妻之间的关系，颇像当年的萧文缜和齐默、卫子博和周舟。总而言之，他和前妻师出同门，唯一在身份上有所不同的是，前妻比他大一岁，是他的师姐。

　　周安国和前妻硕士研究生毕业以后，就走进了婚姻的殿堂，过了两年恩爱夫妻的生活以后，前妻决定出国深造。

　　出国就出国吧，他作为大老爷们儿，总不能阻碍妻子展翅高飞吧？

　　于是，前妻出国深造四年，他就等了她四年。然而，四年以后，前妻不愿放弃国外投行的高职高薪，竟然不跟他商量一声，就改变了回国的计划，甚至想说服他在国外定居，谋求事业新发展。

　　他哪里肯依？怒提离婚吓唬前妻，谁料前妻怒急攻心，竟然在越洋电话里同意了他的离婚诉求，而他一时拉不下颜面求和，所以离婚迫在眉睫。

　　周安国曾不止一次跟齐默等人描述，他跟前妻办理离婚手续那天的情形。

　　据说，周安国跟前妻办理离婚手续那天阴风阵阵，他跟前妻吃完散伙饭，前妻连账也不付就头也不回地走掉了。周安国追出去，扒着门框大声喊前妻结账，可前妻就跟没听见一样，害得周安国的脸都被前妻丢尽了。

　　据说，周安国没钱结账是有原因的。当时，前妻趁周安国吃饭不注意，竟然把他钱包里的钱都拿走了，还把他手机里的联系人删得干干净净。那个年代不像现在还有微信和支付宝，周安国连银行卡都没带出门，可怜他没法儿付饭钱，差点儿没被老板送进局子喝茶去。

　　自此，周安国和前妻，一个在国内教书育人，一个在国外投行混得风生水起。二人汲汲营营大半生，经历过一次失败的婚姻以后，谁都没有勇气再进入婚姻的殿堂。

　　两年前，前妻确诊桥本甲状腺炎，好在病理化验是良性肿瘤，回国动手术期间，周安国一直陪伴身侧。前妻百感交集，病中尤显脆弱，当着齐默和周舟、金戈两位师姐的面，抱着周安国哭得肝肠寸断。

　　师母在外是雷厉风行的女强人，可在周安国面前，出走半生，归来依然是他的师姐、妻子、大女孩。

　　病愈后，总公司催促师母回去，殊不知师母已有离退之心。她盼着周安国能说些什么，哪怕只是一句"可以不走吗"。

　　如果他说了，她想，她会留下的，她一定会留下的，至死守在他的身边，再也不追逐光怪陆离的名利场，哪儿都不去了。

但周安国什么都没有说，师母看上去很失望。

师母离开的那天，齐默和周舟挪出时间前往机场送行，师母拿着机票频频望向机场入口，齐默和周舟默契对视，她们知道师母在等周安国。

周安国终究还是来了，他赶在师母登机的前一刻抵达机场。他知道师母爱美，不喜脖颈处的手术伤疤示人，所以来机场送行之前，他接连跑了好几个商场，把他觉得好看的丝巾都买了下来，装在一个大大的行李箱里送到了师母的面前。

那天在机场大厅里，师母打开行李箱，看着满满一箱子五颜六色的丝巾，蹲在地上泪流不止，哭得很伤心。

她说："好丑。"

一个月后，师母在国外办理完离职手续，变卖完国外的房产，紧接着打包好所有行李，回到了国内，回到了周安国的身边。

齐默年前拜访周安国时，师母正拉着他一起在洒满阳光的露台上做瑜伽，周安国手脚僵硬，疼得龇牙咧嘴，师母却趴在他的背上乐得哈哈大笑。

齐默为周安国感到高兴。

师母回来以后，她的老师很幸福。

如今，齐默听说周安国和师母已经复婚，并且婚礼日期定在下个月，惊喜之余，追问周安国："师兄们和师姐们知道这件事情吗？"

"突然决定，还没来得及告诉他们。"周安国难掩笑意，说道，"回头我和你们师母敲定婚礼细节后，再通知你们。"

"好。"

齐默心里高兴，拿着勺子正要喝放置已久的莲子汤，莲子汤便被萧文缜连碗端走了，萧文缜说："凉了。"

恰在这时，他的手机突然在桌子上振动起来。他看了看来电号码，一边接通电话，一边将自己刚盛好的莲子汤移到她面前，起身讲电话时，还顺势揉了揉她的头。

"喂，裕琳。"

齐默听到他是这么说的。

周安国也听到了，扫视一眼萧文缜离开的背影，问齐默："你和文缜老大不小了，准备什么时候结婚？"

齐默失笑："还早着呢。"

"不早了。"周安国吐槽，"你们卫师兄和周师姐只比你们两个大两岁，但他们的孩子都会打酱油了。"

齐默低着头喝汤不接话，没法接呀这话。

435

"文缜很喜欢你，虽然你们分开了好几年，但我从未质疑过他对你的感情。可一个人独自生活久了，难免会被周围的莺莺燕燕吸引，你就不怕再拖下去，文缜会被其他女孩子抢走吗？"周安国意有所指。

齐默帮周安国挑明话间深意："您是说庄裕琳？"

周安国挖苦齐默："你还知道庄裕琳呢？真是不简单。"

齐默笑道："两年前，庄裕琳和师兄一起前往苏州拜访师兄的长辈，传言已经到了谈婚论嫁的地步，我听说过此事。"

"你不担心文缜被人半路劫走？"

周安国了解文缜，文缜若对那个女孩子没有好感，又怎会带她前往苏州拜访他的外公和外婆？他们的关系不一般呢。

担心吗？

既然周安国问了，齐默就干脆歪着头认真想了想，然后得出一个结论。

"不担心。"齐默冷静地分析道，"师兄三观很正，对待感情很专一。他如果真的对庄裕琳有好感，就一定会跟我断得干干净净，绝对不会三心二意，脚踩两只船。"

她承认，师兄和庄裕琳确实走得比较近，虽然她有一点儿介意，但她深知师兄的为人，对师兄还是信任的。

更何况，她了解他至深，不可能质疑他对她的感情。

"你的自信和乐观让为师无话可说。"

周安国当然知道萧文缜对齐默的感情有多深，但凡事总要留个心眼儿，毕竟文缜置身名利场，再加上长得帅、家世好、资产雄厚……来自周边的诱惑实在太多了，防不胜防。

周安国闲话日常："如果文缜有一天爱上了其他女孩子，你怎么办？"

"不可能。"

"我是说'如果'。"

"还有比我更好的女孩子吗？"

"……"周安国无语，朝齐默竖起大拇指，"牛，你真牛。"

萧文缜接完电话走过来，正好听到"牛，你真牛"几个字……他刚才貌似错过了不少精彩对话。

午后阳光强烈，逼得人睁不开眼睛，热浪疯狂地侵蚀着大街小巷，地表温度高得异常。

饭后，周安国有事回学校，在餐厅里与齐默和萧文缜分道扬镳。

"我送你回去。"萧文缜通过手机远程开启汽车空调的制冷功能，随后拿起车钥匙。

齐默站起身，说道："我可以自己打车回去。"

她知道萧文缜的行程安排得很满，不愿意耽误他的工作。

"我下午没事。"

声称下午没事的萧文缜，就在刚才给徐扬发了几条微信，让对方把下午的工作安排一律往后推。

见齐默要随他一起出门取车，萧文缜制止："餐厅里凉快，你一个人再坐一会儿，等我把车开到门口，给你打电话你再出来。"

齐默看着他的背影，心里暖暖的。

餐厅里清凉爽心。

餐厅外热浪滚滚。

烈日下，行人匆匆而行，要么手举遮阳伞躲避阳光，要么专挑阴影处奔赴目的地，闷热程度可想而知。

餐厅的地理位置很好，中午停车位有限，萧文缜的车所停位置比较远，而外面堪比露天蒸笼，所以他不让她随行取车是有原因的。

齐默离开餐厅坐上车是在六分钟以后。

彼时，车内制冷空调运作，温度适宜，萧文缜应该使用了降温剂，车座和靠背毫无烫人感，凉凉的。

齐默系好安全带，见他额头上有热汗渗出，一时也没多想，转过身从扶手箱上面的纸巾盒里抽出一张纸巾擦向他的额头。

萧文缜正准备挂挡起步，手指突然颤动了一下，但很快就笑了，干脆侧身面对齐默，方便她擦拭更大的面积。

"早知道有这么好的待遇，我刚才取车的时候真应该在太阳底下多站一会儿。"

"多站一会儿会中暑。"

萧文缜失笑，他说在太阳底下多站一会儿，主要是感叹可以享受好待遇，她关注的焦点却是中暑问题。

她还真是不解风情，不是榆木脑袋是什么？

路上，他习惯性地单手打方向盘转弯，随后单手握着方向盘开车，明显察觉她反复瞄向他开车时的手势。

怎么，又要说他单手打方向盘属于驾驶陋习？

笑意爬到眼角、眉梢，他若无其事地抬起另一只手握住方向盘，虽说习惯成自然，但他愿意随时觉察、随时修正。

十几分钟后，齐默发现某人的双手始终握在方向盘上，望着窗外刺目的阳光，嘴角的弧度一点点上扬。

这般顾及她的想法，难为他了。

午后，座驾驶进归晚苑，萧文缜把车停在齐默家门口，见齐默正要解安全带下车，他按住她的手，说道："都送到家门口了，不请我进去坐坐？"

齐默偏过头看他。

前些时候，她从三亚乘机回来，徐扬开车载着他前去机场接机，他曾在车里提出过类似的要求，她以"陋室"回绝，却被他用"有德则馨"巧妙驳回。当时若不是母亲打电话让她和他一起回齐家老宅吃饭，只怕他早已登门了。

齐默可以拒绝第一次，却无意拒绝第二次。

只是——

"是的，都到家门口了。"齐默顺着萧文缜的话锋点点头，反过来提问，"做邻居这么久，师兄不请我进屋坐坐吗？"

萧文缜毫不意外，甚至低声笑了起来，解开安全带以后推开车门，丢下两个字给齐默："跟上。"

齐默的邻居是萧文缜。

她或许一开始不知道，也从未见邻居露过面，但日久天长，怎会不生疑？又怎会联想不到邻居是谁？

她的想法真正落定，是在7月份网络舆论爆发的隔天深夜。

那天晚上，史卿开车送她回归晚苑，隔壁灯火通明，似是指引她回家，又似乎在无形中给她透露出一个信息：他在这里。

他在她的身边。

这天午后，齐默跟在萧文缜的身后，随他一起走进家门，当别墅内景曝光于眼前，齐默的眼睛里突然刮进一场沙尘暴。冲击力震撼人心，惊得她眼瞳紧缩，磨得她眼睛发红，刺得她的眼眶雾气缭绕，犹如化不开的暮霭云烟。

一模一样。

齐默万万没想到，他的装修风格和家居摆设竟然跟她的房子内部装潢一模一样。初进他家，仿佛回到她自己家里一般，新鲜感为零，满满的熟悉感冲刷着她的身心。

同样的精简格局，同样的沙发、茶几，同样的窗帘款式，同样的吊灯，同样的……她站在客厅里没有上楼，无须再看，他的卧室和书房必定跟她的相差无几，因为她与他分开的这些年，他找到了独属于他的思念方式：复制她的生活，然后进入她的生活，体验着她的一日家居日常，感受着她的感受。

她都把他逼成什么样了？

齐默含着眼泪低语："你家和我家一模一样，你还去我家参观什么？"

"不一样。"他温柔地看着她。

哪里不一样？有什么不一样？分明一模一样。

"那是你家啊。"

他轻轻吐出这样五个字，恋恋情深化为一股暖流瞬间涌至齐默的心间。她偏过头不看他，怕他看到她湿润的眼眶，更怕他看穿她自责的内心。

她的目光落在茶几上，英文字母宛如调皮的精灵肆意扭曲着身体，变化成各种形态悬浮在一本书籍的页面上，她走过去坐在沙发上，拿起那本书转移话题："什么书？"

萧文缜走到她面前站定，答道："《罗密欧与朱丽叶》。"

她……回避他的目光，是要哭了吗？

她低着头，盯着书籍的封面，说道："莎翁创造过不少经典著作，你为什么独独在家里放了一本《罗密欧与朱丽叶》，你不像是会看这种爱情故事的人。"

萧文缜确定她是要哭了，半蹲在她的面前，伸出双手握住她的手，柔声说道："我的确不是一个喜欢看这种爱情故事的人，但这部作品里有两句话我很喜欢。"

"什么话？"她终于抬起雾蒙蒙的眼睛看向他。

他的声音更柔了："第一句——'被困在童话之外的我和你，要往哪里去？'"

齐默的眼睛花了。

他接着说："第二句——'在命运之书里，我们同在一行字之间。'"

齐默泫然欲泣。

"第一句话，我早就已经有了答案，我要往你的心里去。"萧文缜动情地道，"第二句话，是这些年我最想说给你听的一句话，过去、现在、未来，我都与你命运交织，悲喜与共。"

齐默鼻子一酸，几欲落下眼泪，抽出双手捧着他的脸，温热的额头与他的额头相贴，声音微弱、喑哑地道："对不起，我让你等了这么久。"

他软言软语地道："没关系，只要你肯回来，我愿意一直等。"

他伸手紧握一下她的手，随即站起身来，把她搂在怀里，抬手轻轻拍她的后背，安抚她的情绪。

齐默坐在沙发上，将脸庞埋在他的腰腹间，伸出手臂用力地抱住他，闷声问道："你早就猜到，我知道你住在我隔壁？"

他沉默了好一会儿，不答反问："你早就猜到，我是'小春光'的幕后出资人？"

刹那间，客厅里静寂无声。

泪水浸湿了萧文缜的白衬衫，他身体僵硬，心绪却越发柔软起来，她不想他看见她的眼泪，所以他就站着回避不看，也不问。

他说："齐齐，如果这世上有谁和我心有灵犀一点通的话，那么这个人一定是你，也必须是你。"

他懂她，亦如她懂他。

从很久很久以前，齐默就知道"小春光"的幕后出资人是萧文缜。

那年，硕士研究生毕业，她到处面试被拒，恰在那时遇到了史卿，而史卿有目的地接触她，她又怎会不知？

初见，史卿就表示要带着她吃香的、喝辣的。

作为一家拓展影视版权交易的专业出版公司的CEO，史卿为了成功签下她，追逐、劝导长达半年。

为什么？

她再如何有写作才华，史卿都不需要在她身上花费大量的时间和精力，甚至亲自上阵担任她的专属经纪人，并且为她提供一系列全版权市场运作，只为助她在写作道路上畅通无阻。

她知道，她找工作处处碰壁的时候，萧文缜不仅高薪聘请国内大神级图书策划编辑史卿离职自立门户，还帮助史卿投资创办春日理想文化传播有限公司。他所做的一切，不过是预先为她搭建好事业平台。

她知道，这些年史卿和她一起外出吃饭，从不当着她的面点酒、喝酒，是萧文缜私底下交代史卿的。

她知道，史卿虽然听从萧文缜的吩咐力捧她在事业上扶摇直上，也明白萧文缜与她之间的关系非比寻常，但一直无法窥探她和萧文缜究竟是什么关系，所以她才会在李应青往她身上泼脏水的隔天晚上，在史卿前往机场接她回来的途中，诚实地回应史卿，她和萧文缜曾经同居是事实。

她知道，李应青的作品之所以屡次被卫视和网络平台退片，是因为李应青曾盗走她的《掌中血》一书，是因为萧文缜暗中利用手头的人脉和资源打压。

她知道，这些年她的身边潜伏着他的眼线，那些人知道她的一举一动、她的所有行踪，她知道却无视，只因那些人是为他服务的。

她知道……

她此刻才知道，史卿帮她装修房子的同时，还有另外一拨同公司装修工人在隔壁复制了她的家居装修。

"我不是一个好恋人。"她满怀歉疚地道。

他却说："你好与不好，都是我的齐齐。"

如何成为一个好恋人，参考标准有很多，其中最为重要的一条便是陪伴，然而萧文缜最为欠缺的就是陪伴。

所以，相较于齐默，他更称不上一个好恋人。

9月，国大开学，他的生活再度回归忙碌状态，以前兼顾多项工作，把自己的一日时间填得满满的，无暇再去思念齐默，他觉得挺好的。

可是现在呢？

齐默回到他的怀抱，压抑经年的思念宛如山洪暴发，激流汹涌澎湃，几欲摧毁他的理性和冷静。

工作怎会如此之多?

回复不完的邮件、定时定点去教学、做PPT(演示文稿)、整理中英文项目文件、搭建模型、栏目组开会、节目录制、考察调研、密切跟进IPO(首次公开募股)募资规模、参与项目研讨会、进行各种经济案例分析、不定时召开或参加电话会议……

萧文缜很难在白天与齐默碰上一面,只能等到夜幕垂落,推掉所有饭局,才能赶在晚饭时间段敲响齐默的家门,并与她见上一面。

对于齐默来说,萧文缜风尘仆仆地赶回来见她一面可谓目标明确,一连几晚碰面基本上只动嘴不出声,动作迅猛、快捷。总体来说,可以拆分成两个步骤:一、将她禁锢在怀里;二、浅吻、深吻齐上阵,不吻得她气喘吁吁、唇舌发麻不罢休。

纵使中途有人给他打电话,手机在他的裤袋里或是厨房的吧台上振动个不停,他也置若罔闻,甚至沙哑着声音让她专心一点儿。

于是,齐默放任他予求予取,毫无招架之力,回应他的热吻时,也曾试着不理会周遭的一切,专心一点儿。

比如,专心计算他每次亲吻她的时间究竟有多长。

大大前天是三分钟多一点儿。

大前天是刚好五分钟。

前天是八分三十二秒。

昨天直接超出了十分钟。

今天,他断断续续地又亲又咬了长达十五分钟,发泄完唇舌色欲,并未马上放开她,而是温柔地把她圈在怀抱里,滚烫的呼吸吹拂在她同样热度惊人的肩颈间,是在平复气息,更是依依不舍。

齐默靠在他的怀里脸颊发烫,大概是被他吻糊涂了,否则也不会直接说出心里话:"你这几日越来越贪得无厌了。"

"嗯?"他一时没反应过来,待理智归位,有条不紊地帮她开启记忆,"需要我再提醒你一次吗?7月份,在《以文会友》的录制现场,你亲我是事实吧?你当着十几个人的面让我亲回来也是事实吧?我应你所需,有哪里做得不对吗?"

什么叫应她所需?

这几天分明是她应他所需。

"你上次在广州那边的酒店里不是亲回来了吗?"她问。

"你不是说我贪得无厌吗?"萧文缜拿她刚才说过的话回应她,薄唇贴近她的耳边喁喁私语,"只亲回来一次怎么可能满足我对你的欲望?"

齐默听得面红耳赤。

"那天在《以文会友》的录制现场,我只亲了你那么一下,撑死只有一秒钟。"

一秒钟啊，她亲他按秒计算，他亲回来却要按分钟计算，是不是太过于精打细算了？

"你去银行贷款，除了要归还本金，是不是还要归还利息呢？"他终于放开了她，转身走进开放式厨房倒水，强调个人立场，"你师兄我锱铢必较，你若亲我一秒，我必回敬你一千亿秒。"

一千亿秒？

齐默被这样一个庞大的数字惊住了，郑重地告诉萧文缜："我们不可能度过一千亿秒。"

"嗯？"萧文缜倒了一杯水递给齐默。

齐默将水杯接在手里，抿了一小口水润喉，结果没忍住，抬起头反驳他刚才的话："师兄，一个人从出生到老死，就算能活一百年，那也没有一千亿秒，甚至想要度过一百亿秒都是天方夜谭。"

"嗯。"萧文缜低着头倒水，莫名有点儿想笑，她这是"钢铁直女"上线，又开始较真了吗？

果然。

她神色严肃地道："一百年约等于三万六千五百天，三万六千五百天约等于八十七万六千小时，八十七万六千小时约等于五千二百五十六万分钟，五千二百五十六万分钟约等于三十一亿五千三百六十万秒。所以，你说的一千亿秒不对。"

"嗯。"他已经开始笑了，为了不挫伤她的严肃，甚至体贴地背对着她一边喝水，一边笑。

齐默冷静地剖析道："另外，假如我们都可以活到一百岁的话，那么我们的人生时间即将走过三分之一，三十一亿五千三百六十万秒除以三等于十亿五千一百二十万秒，况且我们还要在十亿五千一百二十万秒的时间里吃饭、睡觉、会友、工作、外出……"

"齐齐。"萧文缜强忍笑意打断她的理性长谈，转身对上她的眼睛，温声说道，"我只是打个比方。"

"可你打的比方严重脱离现实，我觉得很不合理。"

更何况人活一世，哪儿能把时间都花费在亲吻上？否则男女双方极有可能在亲吻的过程中饿死。

不吃饭、不喝水、不工作、不睡觉吗？

"我也觉得很不合理。"萧文缜忍俊不禁，朝她勾勾手指，然后在她放松戒备靠近他的时候，隔着厨房的吧台吻上了她的唇。

又来？！

她睁大眼睛瞪他。

他将嘴角的笑容过渡到她柔软的玫瑰色唇瓣上，亲吻她一千亿秒的确不合理，但她的话提醒了他，在有限的生命里能亲则亲，尽最大努力延长亲吻时长，这才是最明智的决定。

还有，她的大眼睛瞪得挺圆。

9月中旬，天气一连阴了好几天，史卿抱着一只大西瓜来归晚苑看望齐默，下午坐在台阶上一起吃西瓜，史卿习惯性催稿，再次追问齐默新书的素材定了没。

没定。

但齐默为了让耳朵清静几天，随口敷衍道："定了。"

"真的？"史卿瞬间情绪高涨，呸的一声，把嘴里的西瓜子射到正前方的草地上。

齐默想起《神雕侠侣》里的裘千尺口吐枣核钉，威力强劲，堪比子弹出膛，亦是这般射程惊人。

"你准备写什么，快跟我说说。"史卿迫不及待地追问齐默。

齐默继续敷衍："写言情。"

"好啊好啊。"史卿激动地再啃一口西瓜，写言情啊，写……史卿露出一副好奇的表情，"不对呀，你从未写过言情小说，怎么会突然对言情小说感兴趣？"

"想写就写了，哪儿有那么多为什么？"齐默举起西瓜皮，瞄准台阶下方的垃圾桶，朝垃圾桶口扔去。

砰——齐默辨析距离有误，西瓜皮砸在桶壁上，掉落在地。

齐默从台阶上站起身，弯腰捡起西瓜皮投进垃圾桶，转过身回屋洗手。

"齐齐，你春心荡漾了？"史卿丢完西瓜皮跟着她进屋。

"漾了。"齐默钻到洗手间里，慢吞吞地清洗手指。

"你和萧大教授……"史卿凑到洗手间门口，伸出沾满西瓜汁液的左右食指暧昧地碰了碰，嘻嘻笑道，"是不是'欵欵'了？"

"嗯，'欵欵'了。"尽管齐默压根儿不清楚史卿口中的"欵欵"是什么意思。

许是齐默回应得太随便，史卿终于意识到齐默在故意耍她玩，咬着牙翻了一个大白眼，不料被齐默抓了个现形。史卿的脑子转得很快，她立马眉开眼笑地切入正题："既然你决定写言情小说，那就抓紧时间动笔吧，回头你把书名和简介给我，我还要进行选题报批和申请书号，争取过完年新书上市。"

"嗯。"齐默抽出一条干毛巾擦手，拧开润手霜的盖子，往掌心里挤出一点儿润手霜。

淡淡的玫瑰香气飘进史卿的鼻腔，她突然想起一事来："对了，乔思佳是你硕士研究生时的同学吧？她私底下联系过我，说明天中午想请你吃顿饭，希望你能够赏光出席。"

齐默手势微僵，但很快就恢复如常，不紧不慢地擦着手。

史卿说："乔思佳约你吃饭，十有八九还是《追梦者》改版邀请你当首期嘉宾一事，月初你不是跟沈燮通过电话吗？我估计沈燮出师不利，所以这一次乔思佳干脆亲自上阵说服你。"

"你帮我应下来，就说我明天会准时赴约。"齐默抬手将一缕秀发捋到耳后，朝史卿微微侧头，示意史卿让道。

史卿懒得让道，朝洗手间的房门靠近几分，齐默跟她擦肩而过时，瞥视一眼她的脏手："你没洗手，不要乱摸洗手间的房门。"

史卿偏摸，伸出一双爪子反复挠洗手间的房门，似是不泄愤，侧转身对上齐默的背影，做出撕挠齐默的架势，从嗓子里爆发出嗷呜一声凶叫。

哼。

老虎不发威，还真当她是病猫啊。

齐默时间观念很强，和人相约见面一向很准时，这天中午却迟到了，一再拖延见面时间，乔思佳愣是从中午等到了下午四点半。

齐默是故意的。

起初，乔思佳在西餐厅里久久等不到齐默现身，也曾给史卿打过几通电话，史卿一头雾水地拨电话给齐默，疑惑地道："不对呀，你平时时间观念很强，今天和乔思佳约会怎么可能迟到呢？你到哪儿了？"

"你转告她，我有事情耽搁了，一会儿就到。"

所谓"一会儿"，可以是几分钟，可以是一个小时，也可以是四个半小时。

如此千篇一律的回复，史卿不傻，觉得齐默应该是和乔思佳有仇，要不然怎会如此戏耍乔思佳？

乔思佳自然也不傻，看透了齐默的意图，反而不再打电话给史卿。她于午后叫了一人份午餐，优雅地吃完，再叫了一份下午茶点，窝在沙发里一边翻阅杂志，一边耐心地等待齐默。

此番邀请齐默上节目，乔思佳总是要拿出一点儿诚意的，所以齐默是否故意捉弄她，她并不在乎，她在乎的是怎么说服齐默。

乔思佳不知……

她不知道西餐厅斜对面有一家茶餐厅，齐默在那里用罢午饭，移步至隔壁的咖啡厅里点了一壶红茶，随后戴着耳机听了几节经济学课程。赶在服务员拿着热水壶为她加水时，收拾好平板电脑，起身结账走人。

下午四点半，9月的阳光热度锐减，明晃晃的光线穿透落地玻璃洒落在光滑的地面上，西餐厅门口的迎宾铃突然响起："欢迎光临。"

有客人推门而入。

乔思佳从杂志上抬起眸子，直直地望向门口，睫毛极其轻微地颤动了一下，来人是齐默。

毕业多年后再见，亦是久别重逢。

西餐厅里，齐默踩着阳光大步而行，整个人散发着耀眼的光芒，一如旧识模样，虽负重度日，但比大部分人活得肆意、洒脱。

而乔思佳恰恰是"大部分人"里的一员。

她把内心的不平转为笑意，起身打招呼："来了？"

"久等了。"齐默走到乔思佳对面坐下，没有任何歉意。

"四个半小时而已，称不上'久等'。"乔思佳合上手中的杂志，随手丢到餐桌里侧，先前的茶点早已放凉，她把侍者叫过来，征询齐默的意思，"喝茶，还是喝咖啡？"

"茶。"

"什么茶？"

"菊花茶。"

疏肝理气、清热去火，现下点上一壶很合适。

侍者离去，餐桌无声。

齐默和乔思佳老同学久别再见，二人虽面色和善，但彼此对视时锋芒毕露，就连前来上茶的侍者都察觉了浓浓的火药味。

菊花茶上桌，玻璃壶内一朵朵胎菊自然舒展，绽放姿态喜人，侍者分别为齐默和乔思佳倒上一杯，尚未啜饮，花蜜的清香已沁入心脾。

乔思佳将沏满茶水的杯子往自己面前移了移。

乔思佳白皙的指尖触及玻璃茶杯，杯壁灼烫，指尖处传来针刺一般的疼痛感，她猝然缩回手去，直接道出此行的目的："我的来意想必你已经从史卿那里听说了，你我老同学一场，我也没必要藏着掖着，最近几年访谈节目遍地开花，《追梦者》可谓夹缝求生，先后经历三次改版上线，能够走到今天并不容易。"说到这里，乔思佳抬眸看了一眼齐默，见齐默的后背贴着沙发靠背，齐默静静地听着她说话，遂定了定心神，继续道，"《追梦者》栏目连续多月收视低迷，改版上线刻不容缓。关于首期嘉宾，我和沈燮商量多次，一致觉得你是最佳人选，所以我和沈燮都抱着最大的诚意想要说服你上《追梦者》，你的任何要求，我们都会尽力满足。"

齐默挑眉："任何要求？"

乔思佳愣了一下。

"任何要求。"乔思佳大概也觉得"任何要求"这个承诺范围太过夸张，反而透露着虚假，遂话锋一转，打起了怀旧牌，"说起来，你与《追梦者》是真的很有缘分。犹记得大四那年初春，《追梦者》栏目第一次改版上线，当时我们就有意邀请你作为首期嘉宾参加节目录制，后来虽然未能如愿，但多年以后没想到一切又回归原点。"

原点？

这世上根本就不存在什么原点，就算有原点，那也是沧海桑田。

齐默突然问道："你们为什么找我上节目？"

"你这话可把我问住了，我想想啊。"乔思佳歪着头做思考状，笑容随和，说道，"其一，你是知名作家；其二，由你名下IP小说改编的热播电视剧目前口碑很好；其三，你自带话题和热点……"

齐默打断她的话："我的话题和热点不是你藏在李应青的背后推波助澜的吗？"

"什么？"此话太过直白，惊得乔思佳嘴角的笑容微僵，迎上齐默的目光，乔思佳不自觉地抿了抿唇。

齐默是怎么知道的？

李应青说的？不可能。

"你怎么会这么想呢？李应青充其量只是上过我们的节目，下节目以后我和她再无任何交集，你说我藏在李应青的背后……"乔思佳摇着头笑了笑，"你呀，你让我说你什么才好呢，不愧是写小说的，就连臆想能力都高于普通人。我和李应青八竿子打不着，我怎么推波助澜去？你说这话不觉得很可笑吗？"

可笑吗？

齐默不觉得。

乔思佳作为节目制作人，有胆量害人却没胆量承认，就乔思佳这样还想说服她上节目？

"你好像一直很瞧不起我。"齐默看着乔思佳，非常平静地道出隐晦的事实。

乔思佳的笑容消失了："不好意思，我不太明白你是什么意思。"

"如果你瞧得起我，怎么会如此藐视我的智商呢？"齐默一脸漠然地道，"你说你抱着最大的诚意邀请我上节目，那就请你拿出你的诚意，遮遮掩掩是小人行径，你就算瞧不起我的脑子，也烦请你重视一下'国大无蠢货'这句话。当然，如果你连国大都瞧不上的话，就当我什么也没说，就此散场离开，以免影响彼此的情绪，还耽误彼此的时间。"

乔思佳气急攻心。

她本就有事求助于齐默，并非没有受点儿委屈的心理准备。谁承想，齐默这般咄咄逼人，三言两语就将她置于尴尬境地？

偏偏，她不能对着齐默发火，她没忘记自己此行的目的是什么。

齐默问乔思佳："你对我的恨意，是因为我从周安国教授那里抢了你的保研名额，还是因为萧文缤？"

这不是一场其乐融融的老同学聚会，也不是一场有商有量的邀约洽谈会，而是一场脱掉身上重重伪装回归真实的博弈战。

开战的人是齐默，她以最快的速度占领高地，如果乔思佳不加入战局的话，就只能在齐默的攻击下处于挨打状态。

乔思佳看清现实，随即心一横，回复齐默："都有，但不全是。"

气氛安静。

齐默端起茶杯，送到嘴边的时候，瞥视乔思佳一眼，语气平静地道："你下次再害我，还请手段高明一些，否则于你来说智商告急，于我来说更是一种折辱。换位思考一下，如果你的对手手段很低级，你还愿意陪着你的对手好好玩要吗？"

乔思佳豁出去了，皮笑肉不笑地点点头："好，我采纳你的意见，再害你时手段会再高明一些。"

有些话说到明面上挺好的。

最起码在这一刻，乔思佳做回了真小人，而不是一个伪君子，她不喜欢齐默，没必要再藏着掖着，摘掉面具以后，似乎就连身心都舒爽无比。

而齐默，齐默宁愿跟真小人针锋相对，也不愿意和伪君子假意客套地聊天，前者光明磊落，后者防不胜防。

"你想利用我的名气挽救《追梦者》的收视率，其实大可不必。"齐默放下空茶杯，拿起茶壶往杯子里续上茶水，"众所周知，《追梦者》的播出平台是青锋视频，纵使《追梦者》再如何不赚钱，青锋视频的创始人江棋来也不会放弃《追梦者》栏目，毕竟他妹妹生前在那里工作过，江棋来总不至于坐视不理。"

他妹妹？

乔思佳只觉好笑，从容不迫地讽刺道："亲人离世的伤痛总会慢慢淡化的，你不就是一个例子吗？我听你现在提起夷中，毫无伤痛的表情，可见一起长大、亲如姐妹也不过如此。"

"你似乎对我能这么快就从夷中离世的阴影里走出来很不忿？"

"我和夷中只是同事和普通朋友，我有什么资格不忿？我只是有感而发，你的好姐妹死了，你的复原能力竟然如此迅速罢了。"

"要不然呢？"齐默的语气突然和善下来，"夷中没了，难道你觉得我一生都应该活在负疚情绪里面吗？"

乔思佳被齐默温柔道出的"负疚"两个字镇住了，眼瞳收缩，眯着眼打量她，她……究竟想干吗？

"你看起来有点儿惊讶，真正应该感到惊讶的人不应该是我吗？"齐默的后背离开沙发靠背，她双手撑着桌面，缓缓逼近乔思佳，手臂形成一个庞大的包围圈，将乔思佳禁锢在其中，提醒乔思佳，"你手里不是攥着我的把柄吗？嗯，姑且形容它是把柄吧。夷中生前拨出去的最后一通电话不是打给你的吗？通话时长两分四十五秒，你录了音不是吗？"

乔思佳在齐默锐利的目光注视下，攻击力大幅度下降，屏住呼吸不吭声。

齐默再度慢慢开口："我猜猜，那天凌晨夷中本来是去找我的，她在醉酒的状态下为什么要拨打电话给你？难道是因为她喝醉了酒神志不清，原本要打电话给我，却无意中错拨了你的手机号码，而夷中把你误认成我，对着你说了很多心里话？"

乔思佳心弦颤动，呼吸严重受阻，憋得胸腔难受，于是红唇微启，开始小口小口地吞吐着呼吸。

"看你的表情，我好像猜对了，那我接着猜。"齐默不紧不慢地道，"那通录音电话，你既然可以利用它威胁萧文缜把《追梦者》节目让给你，可见夷中说的话对我极为不利，她都跟你说了什么？提了萧文缜？提了我和她决裂？提了她在华清园六号楼的楼下等着我？还是说，她等不到我绝不离开？"

说这话时，齐默与乔思佳面对面，距离不足一个拳头，齐默的眼里凶光外露，足以击垮乔思佳的心理防线。

"萧文缜告诉你的？"如果不是萧文缜告诉齐默的，齐默怎么可能知道录音的内容？

齐默嘴角上扬，似笑非笑地道："你又开始藐视我的智商了。"

笑里藏刀，大抵如齐默这般。

乔思佳下意识地贴向沙发靠背，拉开与齐默之间的距离，仿佛只有这样才能摆脱齐默施加的压抑气场。

"你猜得八九不离十，江夷中确实在电话里说过这样的话。"

而她，也是在那个时候才知道齐默和萧文缜同居的事实。

齐默坐直身体，原来……真是如此。

乔思佳摆出一副看戏的姿态："齐默，你我心知肚明，江夷中虽然不是你害死的，但你负有不可推卸的责任。如果江夷中不去找你，她就不会出事，你不杀伯仁，伯仁却因你而死，你跟过失杀人有什么区别？"

当年，华清园小区各栋楼下都安装着监控，如果那天凌晨齐默曾下楼见过江夷中，或是江夷中曾和齐默发生过正面冲突，从而导致江夷中出事，江明雨绝不可能放任齐默逍遥这么多年，所以唯一的可能是：4月1日凌晨，江夷中去华清园六号楼见齐默，但齐默在江夷中出事以前，根本就不曾下楼见江夷中。

然而不见，齐默就无罪吗？

若是无罪，齐默怎么可能放逐自我，并与萧文缜断绝往来这么多年？

玻璃壶内，胎菊绽放花苞，寂静地漂浮在茶水上层。齐默看起来平静到了极点，盯着玻璃壶看了好一会儿，眼神漠然，宛如好友闲话家常一般，询问乔思佳："你知道夷中是怎么死的吗？"

"讣告上说江夷中是因病猝死，但那天清晨，江明雨前来找我问话，我能从江明雨的话语里隐约猜测到，江夷中会出事，跟她喝醉酒密切相关。"

"夷中是喝醉酒以后窒息死亡的。"

"那也是你害死的。"

齐默眸色变深："你知道夷中是什么时候停止呼吸的吗？"

乔思佳皱眉，她怎么知道？

"4月1日凌晨四点左右，根据医学检测，夷中的死亡时间至少在两个小时以上。"齐默又问，"你知道夷中的死亡时间在两个小时以上意味着什么吗？"

乔思佳的眉皱得更深了，齐默究竟想说什么？

"你不知道没关系，我可以帮你慢慢梳理一下事发经过。"齐默一口饮尽杯中茶，"4月1日零点三十九分，夷中拨打电话给我，我因为白天和她闹得很不愉快，所以并没有接听她的电话。当时的我自然不可能知道夷中喝得酩酊大醉，更不可能知道夷中正在来华清园的路上。将近凌晨一点的时候，夷中的车子停在华清园六号楼的楼下，此时她再度拨打电话给我，却因意识不清而误拨给了你，通话时长两分四十五秒。夷中以为我知道她在楼下等我，于是在醉酒状态之下在车内等我下楼。凌晨三点十七分的时候，我起床喝水，惊觉夷中的车竟然停在六号楼的楼下，意识到夷中是过来找我的，但源于我不想见夷中，所以第一时间拨打江棋来的电话，请他开车回华清园劝解夷中离开。凌晨车少，江棋来开车从公司抵达华清园，总历时二十分钟左右，发现夷中在车内窒息死亡，我和他协作砸碎车窗玻璃，将夷中拖出车外进行初步急救，总历时八分钟。江棋来开车快速送夷中前往附近医院急救，总历时不超过十分钟。"

齐默语速时快时慢，连带乔思佳的一颗心也随着她的话语七上八下，迟钝运转的大脑生起一丝不好的预感，她很难保持最初的镇定，表情越发难看起来。

偏在这时，齐默说："夷中的准确死亡时间是凌晨一点多。也就是你接到夷中最后一通电话的几十分钟之内，也可能是几分钟之内，早于我发现夷中的车停在华清园六号楼的楼下一个多小时。"

什么？

乔思佳饱受惊吓，脑子里一片空白。

怎么，怎么可能？

"还是听不懂吗？那我再说得通俗一点儿好了。"齐默唇齿开启，缓缓吐出一句足以令乔思佳心生畏惧的话来，"知道吗？夷中给你打完最后一通电话没多久，呕吐物堵塞气管，于短时间内窒息死亡。"

乔思佳周身血液倒流，手脚冰凉，张着嘴想要反驳，嗓子里却像是堵了一团厚厚的棉花，说不出一句话来。

"你说我过失杀人，你知道什么叫过失杀人吗？"齐默的怒气直到此刻才彰显而出，目光凶狠，面部肌肤隐隐颤动，"过失杀人罪，又称过失致人死亡罪。根据《中华人民共和国刑法》第二百三十三条规定，过失致人死亡罪，是指行为人因疏忽大意没有预见到或者已经预见到而轻信能够避免造成的他人死亡，剥夺他人生命权的行为。说到这里，我不得不再跟你普及一下因疏忽大意造成的过失杀人和意外事件的区别。它们最大的区别在于行为人在当时的情况下是否存在预见性。百度百科上讲得很清楚，行为人应当预见，但因为疏忽大意而没有预见，以致发生死亡结果，属于过失杀人；如果是不能预见而引起死亡结果，则属于意外事件，行为人对此不负刑事责任。"

"狡辩。"乔思佳声音颤抖。

"你慌了。"齐默抽出一张纸巾探向乔思佳的额头，甚是关切地道，"你看，你的额头上都开始出汗了。"

乔思佳抬起手臂挡开齐默手上的动作，倔强地瞪着她，牙齿却因内心惊惧而不受控制地直打战。

齐默不以为然，将纸巾平放在桌面上，然后一点点地推到乔思佳面前，举动温和，可是压低声音说话时，一字一句诛心见血："夷中凌晨来华清园找我，但我没接她的电话，不知道她喝了酒，更加不知道她在醉酒状况之下坐在车里等我，对于她的死亡结果我没任何预见性，但你就不同了。夷中给你打电话，你不是接了吗？你知道她喝得酩酊大醉，知道她醉酒意识不清还在车里等我，你本该预见夷中会出事，却因为疏忽大意而没有预见，选择置之不理，从而导致夷中气管堵塞窒息而亡。基于以上阐述，你——一个过失致人死亡的责任人，有什么底气质询我过失杀人？而你，又哪儿来的底气觉得我一辈子都应该活在地狱里？"

乔思佳蒙了。

她是真的蒙了，她被齐默这样一番厉声厉色震蒙了，行为责任人骤然发生巨变，由她蔑视、谴责的齐默瞬间转化成她自己，怎么会这样？

"不，不是这样的。"乔思佳克制内心慌乱，但急于解释的表情出卖了她心中的波涛起伏，"真的不是这样的，我知道江夷中喝了很多酒，但并非每一个喝醉酒的人都会窒息死亡，我怎么可能对江夷中的死亡结果有预见性？这是一场意外，我根本就没想到江夷中会出事，如果我知道她会出事，我一定会想方设法联系你，或是联系她的家人。我虽然是一个利己主义者，但我心肠再如何恶毒，也不至于对身边熟识的朋友见死不救。"

乔思佳情绪起伏巨大，眼巴巴地望着齐默。事关人命不是闹着玩的，而过失致人死亡这顶高帽子，她戴不动。

"是的，这是一场意外，你无法预见夷中会出事。"齐默神色平静，咬着字音质问乔思佳，"那么我呢？我就能预见夷中会出事吗？我是尽知未来世事的先知吗？如果不是，你凭什么说我过失杀人？凭什么指责我是一个杀人犯？"

砰——齐默狠狠一掌砸向桌面，骤然欺身逼近脸色煞白的乔思佳，隔着桌面紧紧地捧住她的脸，犹如索命阎罗："在这世上，只有五个人可以谴责我有罪，要么我自己、要么夷中、要么夷中的父亲、要么夷中的母亲、要么夷中的哥哥，除此之外的任何人，都不能往我身上泼脏水，谩骂我一声'杀人犯'。过失杀人？去你的过失杀人！"

她，齐默，无罪。

如果一定要说她有罪的话，那也是她的心理罪，容不得旁人说三道四，肆意抹黑。

乔思佳又气又惧，愤怒地瞪着齐默，内心慌乱不已，早已无力再战。

她败了。

她败得彻彻底底，败得惊慌失措，败得颜面尽失。

齐默用力推开乔思佳的脸庞，无视周围顾客好奇的目光，拿起茶壶为自己倒上最后一杯菊花茶，一朵色泽金黄的胎菊顺着茶水从壶口跌入杯子里，摇曳在茶水上层，温顺漂浮。

齐默一口气喝完菊花茶，将胎菊咀嚼在唇齿间，味苦、含香。

"你们的节目，我上了。"齐默将胎菊的花瓣嚼碎吞咽入腹，对上乔思佳由于受尽羞辱而微微泛红的眼睛，"但我有一个要求，劳烦你把夷中本该拨打给我的那一通两分四十五秒的电话录音还给我。"

乔思佳当年利用那份电话录音威胁萧文缜，齐默不信乔思佳没有备份，萧文缜想必也是知道的。

他知道却无视，无非笃定乔思佳绝对不会拿职业生涯挑战他的容忍度。

下午五点三十七分，玻璃壶内的菊花茶水热度渐温，有人给齐默打来电话，手机在她的裤袋里悄悄振动。

两秒钟后。

女播报员操着一口标准的普通话，隔着裤袋自动播报来电信息："师兄来电话了、师兄来电话了……"

正对面，乔思佳面如死灰。

乔思佳平时不追剧，纵使偶尔窝在家里陪母亲看上一两集影视剧，也不愿意降低自己的看剧标准：叙事技巧一般的，不看；情节老套、狗血的，不看；节奏进度缓慢的，不看。

她偏爱剧情跌宕起伏，主角与敌对方在人性较量中反转之后再反转的影视剧，然而当她于某日下午历经一场猝不及防的人设翻车事故，感官神经受到前所未有的冲击力后，方才惊觉何谓全面崩盘。

从西餐厅开车回去的路上，她终于和影视剧里面不断遭遇反转的主角有了共情感受。

她和那些主角一样，自以为成竹在胸，却不知站在道德制高点俯瞰别人的那一刻，反转危机正在悄然逼近。

齐默是聪明的。

她虽嫉恨齐默，不忿齐默如此潇洒度日，但也承认齐默是聪明的。

古诗云："春江水暖鸭先知。"

齐默自幼接受逻辑推理能力的训练，分析问题时极为理性，自然看得比谁都要深远、通透，纵然不知全貌，也能猜个八九不离十。

没错，那年5月，乔思佳虽当着萧文缜的面删除了录音内容，但早已复制了一份录音文件在电脑里，萧文缜并非不知，否则也不会警告她："有些人喜欢玩火，却没能力灭火，你知道他们的结局是什么吗？引火烧身，危及自身。"

她备份录音文件，并非想要有朝一日故技重演，威胁萧文缜或是齐默，仅仅因为那是唯一可以欣赏齐默狼狈和痛苦的实证。

那个时候的她，又怎会想到：得意过头，是很容易摔跟头的。

这天下午，她对齐默的讽刺心态，陡然之间发生转变，连带那份私藏在电脑里的录音文件也成了烫手山芋。

齐默的厉声厉色，让她从一个冷眼旁观的局外人瞬间变成了江夷中死亡事故里的参与者。如果江家人知道此事，就算她再三澄清自己没想到江夷中会出事，江家人又岂会谅解她？

不，那份通话录音绝不能留。

乔思佳匆匆忙忙地赶到办公室时，正值日落时分，天际霞光万丈，绯红光线游走在微观苔藓植物架上。由她创造的一个个迷你世界，拼命汲取着来自外界的光和热，安逸纯净，仿佛能够让人忘掉所有的烦忧。

乔思佳心烦意乱。

心烦，是因为她久久寻找不到电脑里的录音文件。

意乱，是因为中午赴约前，她还在电脑里看到了那份录音文件，怎么会找不到呢？就好像……就好像凭空消失了一样。

难道是电脑系统出问题了？

不可能，乔思佳反复查看，确定其他文件都还在，除了那份录音文件。

难道有人碰过她的电脑？

有这种想法时，乔思佳按下内线电话，把助理叫到办公室里："今天中午或是今天下午，有谁进过我的办公室吗？"

"没有啊。"助理下意识地回复乔思佳，大概自己也不是很确定，站在原地认真想了想，竟然还真的有人进出过乔思佳的办公室。助理说，"我想起来了，今天下午栏目组的会议结束后，沈导曾进过您的办公室。"

"什么时候的事？"乔思佳大惊，蹭一下从办公椅上站了起来。

助理吓了一跳，疑惑之余，道出实情："大概半个小时以前吧。哦，您回来之前，沈导刚从您的办公室里离开。"

乔思佳的心脏怦怦狂跳，沈燮来过她的办公室，难道是他……不会的。

行动快于思考，等乔思佳意识到她在做什么的时候，她已经敲响并一把推开了沈燮办公室的门。

办公室里没人。

乔思佳的心悬在半空，她强迫自己恢复冷静，关上办公室的门，岂料刚转过身，就惊得心口一颤。

"你——"乔思佳抚着胸口，目光紧紧地盯着沈燮的表情，嘴角勉强挂上一抹浅笑，"你站在我身后，怎么也不知会我一声？差点儿吓死我。"

沈燮刚从洗手间出来，见乔思佳好像真的被他吓住了，很无辜地耸耸肩："我刚看到你，哪儿有时间跟你打招呼？怨我？"

"不怨、不怨。怪我太胆小了。"乔思佳从沈燮的脸上看不出端倪来，赔着笑脸打马虎眼儿。

"你和齐默谈得怎么样？她愿意上我们的节目吗？"乔思佳去见齐默，沈燮是知道的。

"嗯。"乔思佳心不在焉地点点头，隔了几秒钟，似乎忘了自己说过什么，再次告诉沈燮，"齐默同意上我们的节目。"

沈燮笑容加深："还是你的本事大，竟然能够让齐默改变主意。"

这话如果放在以前，乔思佳绝对会认定沈燮是在夸奖她，可是现在她深受那份凭空消失的录音文件的影响，变得格外敏感，竟觉得沈燮是在讽刺她。

乔思佳压下心事，不动声色地看着沈燮："我听助理说，今天下午栏目组的会议结束后，你进过我的办公室，是要找什么东西吗？"

"嗯，下午我和制作单位开完会，需要查看制作进度表。"沈燮话语停顿，朝乔思佳挑了挑眉，说道，"制作进度表一直以来不都是你在安排吗？你又在外面和齐默商谈正事，我不方便给你打电话，只能进你的办公室自己找进度表。"

"制作进度表在我的电脑里，你动过我的电脑？"乔思佳的心沉了沉。

"动过。"沈燮见乔思佳眉头微皱，不解地问道，"怎么了？"

"没事。"

事情大了。

她电脑里的所有文件一律加密，寻常人根本打不开文件夹，但沈燮是电脑高手，除了密码解锁，想要破解加密文件易如反掌。

察觉沈燮在看她，乔思佳强颜欢笑地道："我只是在想，我的电脑里文件又多又杂，你可能找不到制作进度表。"

"虽然不太好找，但我终究还是找到了。"

宛如重石砸落深湖，站在岸边的人除了听到扑通一声巨响，就只剩下隐隐作痛的脑袋和耳膜。

乔思佳的想法落实。

她想围绕自己的这种想法说些什么，可是话到嘴边又咽了回去，片刻后，脸色难看地道："找到了就好。"

下午五点三十七分，萧文缜在国大经济学院里给学生上完当天的课程，边给齐默打电话边往外走。

齐默过了很久才接电话，说她在某某西餐厅里和人有约。

萧文缜并未多问，齐默不是任何人的附属品，她有自己的私人空间和交友圈，出去见谁是她的自由。他信任她并且尊重她，自然不会干涉太多。

"距离约会结束，大概还有多久？"

"已经结束了。"

"我去接你。"萧文缜查看一眼腕表上的时间，说道，"顺便一起吃饭。"

"好。"

黄昏的霞光五彩斑斓，萧文缜知道齐默不爱吃西餐，征询过她的意见，带她去了源江路上某一家名气很大的川菜馆里吃饭。

齐默记得，他上次去机场接她，貌似就曾推荐过这家店。

萧公子常年饭局不断，他觉得好吃的菜必定差不到哪里去。

等菜上了桌，齐默动筷浅尝菜色，厨师的厨艺确实相当不错，无论是家常菜，还是高端菜，都完美地贯彻了川菜的精髓：百菜百味。

窗外暮色落下帷幕，齐默胃口不错，吃了不少菜、一小碗米饭、两碗香菇鸡汤，晚餐严重超标。

萧文缜心情不错："喜欢的话，下次我们再来。"

他去结账，她远远地跟在他的身后，有些话他不说，但她都知道，他恐惧于她曾经的暴瘦状态，所以才会迫切地想要让她吃多、吃胖。

有几位食客认出了萧文缜，激动地上前索要签名，萧文缜回头寻找她的身影，她笑着避开了，率先走出川菜馆。温风拂面，万家灯火点亮了整座城。

9月下旬，入了夜偶尔还会有燥热感，萧文缜走出川菜馆，就见齐默站在法国梧桐树下，翠绿色的枝叶下，她身着白衣、黑裤，很是醒目。

他走过去，伸出手搂一下她的肩膀，撒手回来准备开车时，手指抚过她的后脖颈处，发现出了很多汗。

他搂着她径直走向座驾，示意她坐在副驾驶座位上，随后探身从纸巾盒里抽出几张纸巾，撩开她漆黑、浓密的长发，帮她把后脖颈处的热汗擦干净，至于后背……

萧文缜眸色渐沉，将被齐默的热汗浸湿的纸巾丢到路旁的垃圾桶里，正要绕过车头开门上车，齐默唤停了他的脚步。

"师兄。"齐默坐在车里喊他，"附近有一家冷饮店，你给我买一支冰激凌吧。"

"伤胃。"

"我只吃一口。"

萧文缜低头看她，眉眼间浮起笑意，她只吃一口？他是有多天真才会相信她的话？

"师兄。"见他不为所动，齐默干脆使起激将法，"你该不会连一支冰激凌都舍不得给我买吧？"

萧文缜第一次被人当面暗示吝啬、抠门儿，当即哭笑不得，无奈转身直奔冷饮店。罢了，一支冰激凌而已，她既然想吃，买给她便是。

香草味冰激凌，齐默吃了一口，冰冰凉凉的，口感绵软、嫩滑，入口即化。

她要吃第二口的时候，萧文缜系上安全带后瞥了她一眼，问她："不是只吃一口吗？怎么还吃上第二口了？"

齐默笑笑，有意拉他下水，把香草味冰激凌送到他的嘴边："师兄，你吃一口。"

"不吃。"

"就吃一口。"她继续怂恿。

萧文缜觉得既然人家盛意邀请他吃一口，他若执意拒绝，貌似有点儿说不过去，索性偏过头快速地亲了一下她的唇。

她倒抽一口凉气，咬着唇瞪他。

"我吃了。"他发动引擎，开车上路，抿着唇品了品唇上沾染的味道，微笑着强调，"很香。"

窗外霓虹闪烁，却不及齐默眼里的光芒。

她深受萧文缜话语的影响，以至于回归晚苑的路上，香草味冰激凌带来的芳香之气，几乎纠缠了她一路。

确实……很香。

这晚回到归晚苑，齐默在门口下车，站在一旁等萧文缜把车停进车库，不远处有一辆汽车闪着刺目的灯光，突然失去控制般冲着齐默疾速驶来。

"齐齐——"

彼时，萧文缜刚从车库出来，看到眼前这一幕时肝胆俱裂。他一个箭步冲上前，刚把愣愣出神的齐默拖拽到怀里，耳边就传来了一道尖锐的刹车声，车头距离他的后背只有一臂之遥。

萧文缜又急又怒，正要训斥齐默遇到危险不避开，一个人站在那里发什么愣，却目睹齐默眼神沉静地看向他的后背。萧文缜警觉地转身，顺着她的视线望过去。

黑色座驾内，肇事者双手紧握方向盘，上半身趴在方向盘上，似乎刚才那一幕将他也吓得不轻，过了好一会儿他才缓缓地抬起头来。

刹那间，萧文缜脸色剧变。

沈燮？！

Chapter 16
你配我刚刚好

　　沈燮说，他是来找萧文缜的，快到萧文缜家门口时手机铃声大作，他分神翻找手机的时候，不小心轰了一脚油门，这才导致车辆失控直冲齐默而去。好在及时刹车才没酿成大祸，否则他万死难辞其咎。

　　沈燮说这话时还在后怕，怀揣着满心内疚，对着齐默一连道了好几声"对不起"，急于获取齐默的原谅。

　　齐默死死地盯着沈燮的眼睛，隔了片刻，呼吸恢复正常节奏，她掀开发麻的唇角，声音又轻又淡，说道："没关系。"

　　萧文缜脸部线条严肃，垂眸看向齐默，发现她的表情明显缓和了许多，温柔地问她："还好吗？"

　　齐默点头。

　　萧文缜搂着她的肩膀不松手，她能察觉他的僵硬，伸出手臂搂了一下他的后腰，似是无声抚慰。

　　"你和沈燮聊吧，我先回去了。"

　　萧文缜听她语气如常，没有受惊的迹象，这才放她离开。

　　是夜，沈燮见齐默走进隔壁的别墅，露出一副恍然大悟的表情，跟在萧文缜的身后走向别墅的大门，惊奇地道："齐默竟然是你的邻居？"

　　"嗯。"

　　数年前，名下已有多处房产的萧文缜在归晚苑另置房产，沈燮是知道的。归晚苑小区的绿化率在百分之七十五以上，非常适合居住，沈燮一直以为萧文缜在归晚苑买房的很大一部分原因是投资房市坐拥升值，而非在此长期居住，没想到……齐默住在这里。

　　沈燮往来归晚苑的次数屈指可数，隔壁时常大门紧闭，看得出邻居不常在家居住。买房子的人是萧文缜，他来找的人也是萧文缜，自然不关心萧文缜的邻居是谁，毕竟跟他没有任何关系。

直到今夜，他来归晚苑找萧文缜，然后看到齐默，方才彻底明白萧文缜在此买房的真正意图。

"所以，你把房子买在归晚苑是因为齐默？"沈燮又问。

萧文缜用指纹解开别墅大门的密码锁，回头看一眼沈燮，眸色很深，沈燮被他看得发怵，苦着脸说："你就别再责怪我了，刚才差点儿撞到你和齐默，我都快吓死了。大不了我一会儿再跟齐默道歉，诚心诚意地多说几遍'对不起'，这总行了吧？"

萧文缜没接他的话，收回目光，推开门走进去，问沈燮："你怎么知道我在归晚苑？"

"我晚上出去应酬时遇到徐扬，听他说的。"沈燮跟他一起进屋。

"你身边缺助理吗？"萧文缜从冰箱里取出两瓶水，将其中的一瓶抛给沈燮，"回头我打发徐扬给你当助理怎么样？"

沈燮拧开矿泉水的瓶盖，眼眸上抬偷瞄萧文缜，猜测萧文缜的话外深意，他这是不高兴徐扬泄露他的行踪吧？

"嘿，瞧你这话说的。"沈燮走到沙发前坐下，朝正仰起脖子喝水的萧文缜呵呵笑着和稀泥，"你说徐扬为什么把你的行踪透露给我，还不是因为咱俩是哥们儿？换成别人，徐扬嘴巴硬着呢，你看他说不说。"

这边，萧文缜一口气喝了半瓶矿泉水，随后将瓶子放在吧台上，双手撑着吧台问沈燮："你来找我有事？"

沈燮看上去很不满意。

"我来找你就一定要有事？没事就不能来看看你？我们哥儿俩将近一个月没有见面了，这不趁着今天晚上不是很忙，所以我特意开车来你这里串串门吗？哪儿知道你和齐默在一起。"说到这里，沈燮意味深长地朝萧文缜眨眨眼，"我好像来得不是时候。"

"你的确来得不是时候，再过七分钟，我有一个视频会议要开，大概要开一个半小时，你……"萧文缜看向沈燮，眼神询问沈燮接下来预备如何。是独自待在他家里等他开会结束，还是现在离开？

沈燮拿起桌上的遥控器，冲着萧文缜无所谓地摆摆手，说道："你去忙你的，不用管我，我坐在客厅里看会儿电视。"

电视开启，沈燮坐在沙发上盯着电视屏幕，按着遥控器慢慢寻找自己感兴趣的电视频道。萧文缜离开客厅走到楼梯口，转身回头再看一眼沈燮，眼里不再有耀眼的星光，反而是一望无际的暗黑与深沉，即便偶尔有光芒闪过，也是寒光。

二楼洗手间，萧文缜关上门，给徐扬打电话："你和沈燮晚上碰过面？"

"碰过。"徐扬说，"今天晚上，我在淮明路遇见沈导。沈导问您晚上有活动或是应酬没有，我说没有，然后沈导问您晚上住在哪里，我猜他找您可能有事，所以就告诉沈导，您极有可能夜宿归晚苑。"

萧文缜不再多言，挂断电话以后，将手机搁到洗手台上，打开水龙头洗了把脸，随后拿着手机走进书房打开电脑，距离视频会议开始还不到一分钟了。

晚上九点多，萧文缜结束视频会议下楼，客厅里漆黑无比，只有液晶电视闪烁着光亮，刚想询问沈燮为什么不开灯，就听见沈燮盯着电视轻笑出声。萧文缜扫视一眼电视屏幕，屏幕上正在播放国内某个品牌的化妆品的广告。

沈燮警觉地扭头，看到楼梯口伫立着一抹黑影，抬手朝萧文缜打招呼："忙完了？"

"你刚才笑什么？"

"哈哈哈哈……"萧文缜不问还好，他这么一问，沈燮立马笑得一发不可收拾了，"我刚才看了一档电视调解节目，一个小伙子对一个女孩子一见钟情，苦苦追求女孩子多年却始终没有打动女孩子，他一直以为默默陪在女孩子身边，女孩子迟早有一天会感受到他的真心。他却不知道女孩子之所以不接受他，是因为女孩子真正喜欢的人是他的好朋友，而他不过是个备胎罢了。"

沈燮笑得上气不接下气，笑得肚子疼，笑得眼眶湿润。

而萧文缜，脸部肌肉陡然收紧，额头上青筋暴起，戾气蔓延至全身。

沈燮慢慢转身背对着萧文缜，说道："当然，这还不是最可笑的，你知道最可笑的是什么吗？他喜欢的女孩子那么对待他，他竟然连恨她一下都会觉得难过，他恨不起来，也舍不得恨她。你说，他怎么就那么贱呢？"沈燮笑得太猛，导致咳嗽不止，甚至一度笑出了眼泪，抬手擦掉，"哎呀，见过蠢萌的傻大个儿，就是没见过死猪一样蠢萌的傻大个儿，都快笑死我了。"

液晶电视的亮度随着播出的画面忽明忽暗，很难照亮周遭的一切，却照亮了沈燮的一双泪目，以及沈燮身后的一张阴沉的脸。

那是萧文缜的脸，光线照在他的眼睛上，竟压得人喘不过气来。

"好笑吗？"萧文缜语气平缓，然而，薄如利刃的唇线泄露了他的凝重思绪，他在沈燮再度扭头看向他的时候，沉声强调，"我不觉得有多好笑。"

沈燮脸上的笑容宛如退潮的海水，一点点消失，露出一张历经大喜大悲侵蚀过后的麻木脸庞，迎上萧文缜的目光，二人于黑暗中四目对视，暗潮汹涌。

昏暗的客厅里，沈燮重新露出微笑，出声打破沉寂："是吗，可能是我的笑点太低了。"

萧文缜不作声，良久，开口问："你想和我谈谈吗？"

"不想。"

沈燮暂时不想。

齐默当初在归晚苑购置房产，有很大一部分原因是归晚苑附近有一处大型湿地公园。

对于一个有晨跑习惯的人来说，天色蒙蒙亮或是晨曦乍现的清晨，很适合走进湿地公园贴近大自然。说不定远离城市喧嚣的同时，还能找到生活的真正意义，并且给自己的忙碌人生留下一个清晨的喘息时间，那么这样的晨跑运动无疑很有价值。

早晨五点四十五分，齐默习惯性地穿着一身黑色运动装走出家门，萧文缜已在门外等候多时，他同样穿着一身黑色运动服。

"你要陪我跑步？"齐默这么问是有原因的，萧文缜虽有运动的习惯，但比起室外锻炼，他更热衷于室内运动。

萧文缜点点头，与齐默并肩而行："近期我没有出差计划，清早起床也不需要处理什么工作，所以早晨陪你跑个步的时间还是有的。"

言外之意，近期她外出晨跑，他都会陪伴在侧。

"师兄有心，小妹受宠若惊。"齐默难得地开起玩笑来。

萧文缜轻笑："受宠可以，若惊就不必了。"

清晨有风，拂面而过，微凉。

树上有鸟，浅声吟唱。

路上有人，皆是晨起运动者。

像这样的清晨，齐默和萧文缜在湿地公园里并肩跑步，有一搭没一搭地说着话，吐纳呼吸间尽是花草的香气，似乎就连运动过后的轻喘声都能使人产生一种安宁感。

湿地公园里，齐默双手撑着膝盖弯腰喘息，萧文缜走到她身旁，抬手拍了拍她的后背，说道："不要弯腰，站直慢走更容易平复呼吸。"

"你听谁说的？"齐默弯着腰，抬头看他。

见她似有较真的苗头，萧文缜唇角牵动，俯首对上她的眼睛："我初高中时的体育老师都是这么告诉我的。"

齐默委婉地反驳道："曾有运动医学专家做过实验，研究结果证实，剧烈运动过后，弯腰放松呼吸的效果要好于站直慢走。"

萧文缜压下笑意。

"听你这么一说，可能我初高中时接触的体育老师都是不专业的。"他一本正经地道，"回头我找他们去。"

齐默不解："你找他们做什么？"

"他们害我在我女朋友面前丢脸，我总要找他们理论出个对与错才行。"萧文缜的表情很认真，不像是在开玩笑。

萧文缜是否想笑，齐默不知道，反正齐默是想笑了。她直起身和他一起散步回去，怎么平复呼吸最有效，其实一点儿也不重要，重要的是人生百态，每个人有每个人的处

459

理方式，一切以自身舒适为主，何必拘泥于哪个较之哪个更胜一筹呢？

是她太较真了。

公园里处处可见正在晨练的市民，接连多位市民从旁边走过，纷纷朝齐默和萧文缜看上一眼，探究意味颇浓。

只能说萧文缜身形、气质实在太好了，虽然戴着黑色的棒球帽低调出行，但还是很容易招来沿途市民侧目。

当然，齐默以素颜示人，有人认出她在所难免。

"师兄，"齐默提议，"我们还是分开一段距离回去比较好。"

"嗯？"萧文缜明知故问。

"怪只怪你名气太大，至今还有好事者在深挖你我的关系，就是为了印证你我是否真的在国大读书期间同居过。如果被人看到你我在一起晨跑，指不定又要编出什么乱七八糟的新闻来。"齐默不上网、不看报纸，自然不在乎任何新闻，她在乎的是那些新闻是否会影响她的正常生活。

"嗯。"萧文缜顺着齐默的话说，"我很认同你的担心，就拿我最近出席活动来说吧，确实有不少记者屡次当着我的面问起你我在国大读书期间同居一事，但这个事情还真是不好说。"

不好说？

齐默警惕地看向萧文缜，萧大公子妙语连珠，能把极昼说成极夜，竟然还有他认为不好说的时候？齐默总觉得萧大公子口中的"不好说"是个坑。

"问你一个问题。"萧大公子话锋一转，"提及男女同居，你觉得外人的第一反应是什么？"

齐默拒答，只因她已经看到了坑口的形状，熊熊大火在坑底疯狂燃烧，萧大公子挖的是一个火坑！

见齐默不上套，萧文缜干脆自问自答，从他那好看的薄唇里，缓缓吐出一个字："性。"

"……"

许是她太过沉默，他开始叫她，话音里隐有笑意："齐齐？"

"嗯。"她听着呢。

"我挺难的。"

齐默再次沉默，她觉得自己一大清早倾听萧大公子畅谈性这个深度话题，她也挺难的。

萧文缜苦恼地道："难就难在，我向大家承认你我同居过吧，我单方面觉得我自己挺屈的。毕竟我连碰都没碰你一下，别人却想到了性，你说我委不委屈？"

"你怎么没碰过我？两物相触即为'碰'，你我读书期间亲过也抱过，难道不算碰

460

吗？"齐默脸都绿了，怀疑萧文缜对"碰"这个词有什么误解。

萧文缜轻描淡写地说："关于'碰'的字词释义，你只说对了一半，正确的说法应该是两物相触或相撞即为'碰'，可你说的那叫'碰'吗？亲吻和拥抱甚至都不能被称为'相触'，充其量只是释放一下我想亲近你的信号而已。"

"……"齐默绿脸转红脸，怀疑萧文缜光天化日之下公然"开车"，只可惜没有证据。

萧文缜露出一副天真的表情，问她："怎么不说话？"

"你说这样的话，我没脸接。"

他倒是有脸说，堂堂大学教授怎会如此道貌岸然？他在外人面前和在她的面前简直是两副面孔。

她这般窘迫，他却笑了，笑声低沉愉悦，反倒让她窘意尽除，心头感觉莫名……轻柔和缓，就好像情绪被他拿捏在手，由不得她做出其他反应。

萧文缜并未跟她拉开距离回归晚苑，走出湿地公园，路上行人渐少，他伸出手牵住她的手。

"昨天晚上吓到你了吗？"他突然问。

齐默知道他还惦记着昨天晚上沈燮汽车失控一事，遂阿谀奉承地道："有你在我身边，我很难被吓到。"

萧文缜轻轻地笑了一下，只不过笑容很浅，不易察觉罢了。

"我日常工作忙碌，而你又有自己的事情要去做，我们不可能时时刻刻在一起，所以……"萧文缜停下脚步，转身面对齐默，神色既认真又严肃，沉着声音叮嘱齐默，"近期你一定要小心沈燮。"

"嗯。"齐默表情如常，平和温顺，很听话。

萧文缜哭笑不得地道："你不问我原因就'嗯'？"

齐默想了想，说："你既然让我小心沈燮，就一定有你的理由，归根结底不过是为了我好，我又何必多问？"

更何况，就算她问原因，以萧文缜的性格，他绝对不会拿那些乌烟瘴气的事烦她的心，既然如此，还不如不问。

另外，她又怎会不知萧文缜让她小心沈燮的原因是什么？

昨天晚上，黑色座驾疾速冲向她的时候，萧文缜没有看见沈燮的表情，她却看得清清楚楚。

车内，沈燮双手紧握方向盘，目光死死地盯着她，平静而又狠绝。

汽车没有失控，只因一切就在沈燮的控制之中。

而她并非反应迟钝，遇到危险不知道避开，只是在目睹一场迫在眉睫的蓄意伤害时，身体反应已帮她做出了最佳选择。

她在赌，赌沈燮是否会在最后一刻收手，赌沈燮是否真的会开车撞上她。

如果萧文缜没有及时阻止这一切的话，沈燮会如何抉择呢？

齐默认为，沈燮有伤她之意，却无撞她之胆。

如此过了几日，沈燮没有来找事，齐默反而接到了周安国的电话，周安国请吃饭，特意在饭店包间里组织了一次师门小聚会。

之所以是师门小聚会，是因为周安国邀请的学生并不多。

周安国执教多年，专注于科研工作，所带硕博研究生数量有限，加起来不过二十几人，但如果会集在一处，至少也要宴开三大桌才合适。

周安国觉得一桌足矣。

此番，他带着目的而来。婚礼即将举行，婚礼流程已安排妥当，目前就差伴郎团成员和伴娘团成员还没着落了，周安国不期然地想到了他的其中几位研究生。

对于周安国来说，这些年他所带的硕博研究生，私底下师门关系相处得最好的，还要数多年前的那一届研究生。

付伟、金戈、卫子博、周舟、许需知、陆宸、萧文缜、齐默。

三女五男，阴衰阳盛。

没关系，周安国又叫了两位今年刚参加工作的同门小师妹过来凑人数。

周安国的这帮学生都是人精，看到眼前这阵势，瞬间就明白了周安国的意图，许需知猛拍巴掌，说道："得，我算是看清楚咱们教授是什么心思了，他老人家哪儿是要请咱们吃饭呀，分明是借此机会敲定伴郎团成员和伴娘团成员！不信大家伙儿睁大眼睛看看，五男五女，人数上刚好配对，这还不足以说明一切吗？"

陆宸慨叹："五男五女分开来看是单数，组合在一起正是十全十美，看得出来，咱们教授很重视这次婚礼，对咱们师母真是有心呢。"

付伟问出心头顾虑："已婚的人当伴郎合适吗？师母会不会有意见？"

卫子博举手："我也已婚。"

周舟举手："我也已婚。"

一位陈姓同门小师妹小心翼翼地举起手，说道："我也已婚。"

大龄黄金剩女金戈略显吃惊，看一眼怯生生的陈姓小师妹，难以置信地道："你硕士研究生刚毕业就结婚了？"

陈姓小师妹不好意思地摇摇头："金师姐，我本科还没读完就结婚了。"

金戈饱受打击，悄悄朝陈姓小师妹竖起大拇指，道出两个字来："厉害。"

齐默将两人的对话尽收耳中，心里还是有所触动的。金戈师姐端庄优雅，是经济学博士，担任上市公司CFO（首席财务官），经济实力强大，择偶标准难免高了一些，以至于直到现在还单着。

尽管这几年私下相处时，金戈师姐一直说"单身挺好的""单身万岁"之类的话，但偶尔对于卫子博和周舟的幸福婚姻，还是会心生落寞。

一个人的失落感，很大一部分原因来源于同性对比。

一直没有参与谈话的周安国跟服务员核对完菜单，走过来加入谈话阵营："是谁规定结婚只能找未婚男女担任伴郎和伴娘的？我和你们师母不是头婚，是复婚，怎么可能计较那么多？"周安国喝了口白开水，继续道，"未婚伴郎和未婚伴娘代表的是对婚姻生活的期许；已婚伴郎和已婚伴娘代表的是对婚姻生活的祝福。我和你们师母都不在意这些玩意儿，你们哪儿来的那么多废话？"

"那是那是，我们的思想觉悟还是不如您老人家高。"许需知立马拿起水壶往周安国的杯子里加满水，不愧是市场营销总监，看风使舵的本事令在座所有人望尘莫及。

"教授您结婚是大事，这次您找我们担任伴郎和伴娘，我们绝无二话，一定配合您把婚礼办得漂漂亮亮的，只是……"陆宸看了一眼沉默的齐默，复又望向周安国，嘿嘿笑道，"小徒不得不提醒您一句，由您选定的伴郎团和伴娘团成员里，可是有两位响当当的公众人物的，会不会太喧宾夺主了？您老人家就不怕届时那两人掩盖了您和师母的耀眼光芒吗？"

齐默觉得陆宸师兄的皮又开始痒了，他欠挠。

周安国挠功乍现："我是你们的教授，被你们这群学生掩盖光芒，我有什么好怕的？所谓青出于蓝，我荣幸、我高兴、我巴不得你们一个个踩着我的肩膀直接把我拍趴在沙滩上。唉，有两句古诗说得好，'春蚕到死丝方尽，蜡炬成灰泪始干'。说的就是像我这样拥有无私奉献精神的老师，宁愿燃烧自己也要照亮你们，真是伟大。"

原来，伟大是要靠本人说出来的。

齐默等人集体消音，要么喝茶，要么摆弄手机，要么低头抠手指，要么东张西望……老头子不要脸起来，跟萧文缜还是很相像的。

今天，萧文缜行程紧密，声称晚些时候才能过来，所以当下处于缺席状态。

饭店包间里，付伟带着几位师弟跟周安国商谈起婚礼流程，金戈也没闲着，正在给两位刚参加工作的同门小师妹指点工作上的迷津。

与此同时，齐默刚想到不要脸的某人，坐在她身旁的周舟师姐就跟她悄悄谈论起了某人，邪乎得很。

周舟问道："你和萧师弟究竟是怎么一回事？"

"此话怎讲？"

"装，继续装。"

齐默并非装傻充愣，周舟忽然问起她和萧文缜是怎么一回事，问话没有前因略显突兀，她是真的不知道周舟何出此言。

周舟道出前因："前不久你不是受邀参加咱们经济学院的开学第一课了吗，听说演讲结束以后你曾公开感谢萧师弟，众目睽睽之下你们两个人眉目传情，笑得六亲不认……"

齐默失笑，及时斩断周舟的成语梗："周师姐，'六亲不认'这个成语用在这里不合适。"

周舟哼笑一声："我管它合适不合适？你快跟我说说，你跟萧师弟是不是复合了？"

"你是从哪儿听说的？"齐默试着转移话题。

"国大贴吧里有不少你和萧师弟的现场图片，所以你最好不要跟我装糊涂，快给我速速招来。"

周舟目标坚定，齐默转移失败。

"招什么？"金戈师姐听力不错，暂时终止和两位小师妹的谈话，把脸扭过来隔着齐默望向周舟。

周舟提醒金戈："就国大贴吧那件事。"

"哦。"金戈恍然大悟，目光落在齐默的脸上，加入垂询阵营，"小师妹，你和萧师弟什么情况？"

小师妹？！

适才跟金戈聊天的两位同门小师妹，都以为金戈是在叫她们，纷纷看向金戈。而金戈等人早已习惯称呼齐默为"小师妹"，倒也不是改不过来，只不过在师妹会聚的场合里，若是一下子改成"齐师妹"，难免会很别扭。不，是非常别扭。

那两位同门小师妹意识到金戈是在跟齐默说话，转而望向齐默，陈姓小师妹腼腆，杨姓小师妹略显拘谨。

这两位小师妹来得很早，齐默初进包间的时候，周安国介绍她们跟她认识，两位小师妹看上去很紧张，除了各自叫她一声"师姐"，都不太敢跟她说话。

其一，齐默与知名作家M实为一人，之前都是在电视上和网络上看到齐默的新闻，如今见到真人，两位小师妹紧张得不敢说话。

其二，齐默气质高冷，很容易给人一种生人勿近的距离感。

齐默朝两位小师妹友好地笑了笑，心里却在想，周舟只是简单提了一句国大贴吧，金戈就瞬间明白周舟在说什么了，可见她们私底下没少聊她的情感脉络。

对于两位师姐的逼问，齐默正觉得难以招架，突然响起的手机铃声刚好给了她一个出逃的理由："我先出去接个电话。"

是乔思佳打来的电话。

那天她和乔思佳约在西餐厅里见面，离开的时候，为了以后录完《追梦者》节目方便拿到录音文件，她把手机号码给了乔思佳。

饭店的走廊里，齐默接通乔思佳的电话，听到的第一句话便是："通话录音消失了。"

"什么意思？"齐默没反应过来。

乔思佳长话短说："那份两分四十五秒的通话录音文件，一直被我保存在公司的电脑里。可是那天我和你见完面回去，忽然发现那份录音文件不见了，查找电脑的垃圾箱也不见它的踪迹，可见有人动过我的电脑，录音文件不是被人转走了，就是被人彻底删除了。"

齐默的脑子里瞬间跳出一个人的名字："你是说沈燮？"

"你怎么知道？"乔思佳明显一愣，停顿片刻，暗自猜测，"萧文缜告诉你的？"

齐默听出她话里的深意："我师兄找过你？"

又是短暂的沉默，乔思佳据实回应："他没找过我，但上周五深夜他给我打过电话，他在电话里质问我有没有在沈燮面前乱说话。"

"我猜，你当时一口咬定你什么也没有说吧。"上周五晚上，不就是沈燮开车撞向她的那一晚吗？

"果然还是你最懂我。"乔思佳讽刺之余，难掩慨叹之意，"没错，我是这么告诉萧文缜的，况且事实就如此，我什么也没说，是沈燮自己知道的。"

强词夺理。

齐默拆穿她的心事："你在害怕，你害怕我师兄找你问责，所以才会钻我师兄问话的漏洞，只回答他提问的，却只字不提录音文件莫名消失这件事。"

乔思佳被齐默直击内心的畏怯，再开口时语气里夹杂着几分羞恼："我跟你说这些，不是为了让你指责我，而是想要警告你，沈燮对江夷中用情至深，直到现在还忘不了她，现在他或许已经通过录音文件猜到了江夷中的死因，你我都是他的肉中刺，说不定萧文缜也在他的憎恨者名单里。沈燮会做出什么事情来，谁都不知道，你最好心里有数，早做提防。"

乔思佳不知道吗？沈燮已经摆出了他的态度。

"上周五晚上，沈燮开车想要撞死我。"

此话被齐默说出口时，她的语气平静到了极点，乔思佳却在电话里倒抽了一口凉气，呼吸的节奏越来越快，就算没有受到惊吓，也是大感意外。

乔思佳忽然明白，上周五的晚上萧文缜为什么会给她打那通质问电话了。

良久，乔思佳难得地严肃起来："你不要再参加《追梦者》节目了，今天上午栏目组开例会，我谎称你临时有事退出了录制，沈燮并未多说什么，总之你尽量不要跟沈燮碰面就是了。"

自从录音文件莫名消失，乔思佳近几天上班时一直提心吊胆，担心齐默参加节目录制的话，沈燮会闹出什么乱子来，所以才会擅自撤下齐默的首期嘉宾邀约，现在想来，她的这个决定无疑是正确的。

"你……"

"我有电话进来，你稍等一下。"

在齐默和乔思佳的通话过程中，史卿打来电话。史卿在电话里告诉齐默，沈燮刚才给她打电话，说是已经定下《追梦者》的录制时间，就在明天上午，叮嘱齐默准时抵达录制现场。

齐默挂断史卿的电话以后，很久没有再说话，手机那端的乔思佳似是觉察了异常，率先打破沉默："怎么了？"

"沈燮刚才给史卿打电话，让我明天上午参加《追梦者》的录制。"

"不可能。"乔思佳情绪激动，连带思绪也混乱起来，试图恢复冷静，理出个所以然来，"首先，我今天上午在例会上告诉所有工作人员，你不会再来参加《追梦者》节目的录制；其次，今天例会快要结束的时候，沈燮向我提议栏目组的成员辛苦加班一个多月，明天应该集体放假一天……"

乔思佳的思路突然变得清晰无比，确切地说，是从来没有这么清晰过。明天全员放假是沈燮投掷的烟幕弹，他不惜"驱离"整个摄制团队，甚至瞒着她，单独邀请齐默参加节目录制，究竟想要做什么？

强烈的不安感蔓延全身，乔思佳着急地道："我一会儿就去找沈燮，你明天上午千万不要来栏目组。"

"你去找沈燮，然后呢？你预备怎么劝他？"与乔思佳的急躁不同的是，齐默表现得十分漠然，"曾经，你是沈燮最亲密的战友和事业搭档，但是那份录音文件背叛了你们的友情，你觉得沈燮现在还愿意听你讲话吗？更何况，你能阻止他一时，难道还能阻止他一辈子吗？"

在乔思佳看来，齐默面对这件事情时未免也太心平气和了，就像是一个丧失任何恐惧情感的旁观者，心理素质强大，冷静得令人感到害怕。

"齐默，我虽然不知道沈燮究竟想干吗，但他明天上午绝对憋了一个大招要对付你。如果我是你的话，就一定不会傻傻地往陷阱里面跳，一定不会。"

这一刻，乔思佳也不知道自己是怎么一回事，竟然迫切地想要说服齐默打消赴约的念头，她以前不是一直想要看齐默闹笑话，或是当众狠狠摔一跤吗？怎么现在……现在，她和齐默是拴在一条绳子上的蚂蚱，齐默毁，她亦毁。

"可惜你不是我。"齐默站在走廊的窗前，俯瞰楼下的马路，那里车流如织，无声地上演着现代金融大城的快节奏步伐，恍惚追忆消失在她生命里的那个人，那个人似乎已经离开她很久很久了，"我曾经和我师兄分开过。"

齐默突然对着乔思佳剖析起自己的感情走向，乔思佳一开始没有弄明白齐默是什么意思，只听，不接话。

齐默说："现在，我决定和我师兄重新在一起。"隔了一会儿，齐默接着说，"我不是一个在感情世界里患得患失的人，分开的时候绝不拖泥带水，可一旦决定在一起，就不会再回避任何过往。"

乔思佳忽然明白了齐默想要表达的意思，她……怎会如此孤勇？难道她真的不在乎她极有可能面临的后果吗？

齐默不在乎，因为她在电话里告诉乔思佳："兜兜转转这么多年，我累了。"

乔思佳想说些什么，但喉间一窒，张了张嘴，终究什么也没说出口。

齐默的语气淡定沉静，那是一种历经千帆，看尽世态百味的豁达和释然，她在漫长的自我救赎中已经彻底和自己的过去和解。

乔思佳的心里涩涩的。

齐默最终驱散了徘徊在回忆里经年不散的过往云烟，那么她呢？她什么时候才能跟她的心理罪和解？

齐默继续说道："你就当作你什么也不知道吧，烦请不要告诉我师兄我上《追梦者》节目这件事，我有承担一切后果的自知。与其猜忌沈燮钻牛角尖到何种程度，不如直击矛盾的根源，一次解决所有问题。"

身后有脚步声越来越近，齐默抬眸看向窗户玻璃，光滑的镜面上隐隐约约映照着走廊的布景，还有一道再熟悉不过的身影。

"我还有事，挂了。"

齐默果断地结束通话，刚从走廊的窗户前转过身，萧文缜已距离她只有一臂之遥。

萧文缜来到她面前，问她："怎么一个人站在走廊里？"

"包间里太热闹，我在里面讲工作方面的电话不是很方便。"齐默没有在这个话题上过多打转，问他，"路上堵车吗？"

"还好。"走廊无人，他又朝她走近几分，似是习惯于和她私下相处时有一些亲密举动，牵住她的手指。她心思柔软，任由他握着。

"教授安排这次聚会，目的是什么？"萧文缜随口问道。

"单纯聚聚。"

萧文缜薄唇微勾："单纯聚聚有必要一下子召集十位学生吗？五女五男，是生怕别人不知道他的意图吗？"

齐默轻笑，果然她的这帮师兄师姐一个个都是人中精怪，无论是智商，还是推理能力，都高于一般人。

走廊里，陆续出现了好几位服务员，他们端着一盘盘菜肴出入包间，齐默背转身面对走廊的窗户，柔声告诉他："教授想趁这次聚会敲定伴郎团成员和伴娘团成员。"

"我不是很热衷于当伴郎。"

"嗯。"

齐默也不是很喜欢当伴娘，可是周教授开了口，她只能硬着头皮往前冲。

本以为她与萧公子想法一致，殊不知萧公子的真正想法是："当新郎我倒是挺感兴趣的。"

原来……某人别有用心。

齐默一脸严肃地道："恐怕不行。"

"为什么不行？"

齐默故意曲解他的意思："你想娶师母成就一出母子恋美谈，也要看咱们周教授答不答应，他老人家不掐死你才怪。"

萧文缜轻笑出声，她的装傻功夫真是越发厉害了，脑袋瓜子太聪明，撩她很难，套住她更难。

"我对母子恋不感兴趣。"他松开她的手，改用双臂环住她的细腰，缓缓凑近她的脸庞，高挺的鼻梁温情脉脉地蹭了蹭她的鼻尖，灼热的呼吸与她的呼吸融为一体，"我只对齐萧恋感兴趣。"

齐默笑了。

那种愉悦是从灵魂世界里迸发而出的感动，他说"齐萧恋"，他把"齐"姓放在"萧"姓之前，仅从说话细节里就能感受他对她的重视和尊重。

如果国大将来增设两性相处学科的话，萧文缜很适合出任该学科的负责人，绝对会让学生收获满满。

师门聚会所在包间的房门开启，杨姓小师妹来走廊寻找齐默，然后……就看到了那样一幕。

走廊窗前，萧师兄将齐师姐搂在怀里，萧师兄好看的鼻梁轻轻蹭着齐师姐的鼻子，二人的亲密程度显而易见。两人一扫平日的高冷范儿，看向彼此时眉间尽是笑意。

杨姓小师妹脸红似血，觉得自己这么盯着看萧师兄和齐师姐挺尴尬的，连忙转身要回包间，却又突然想起自己走出包间的主因，只能转身回来，一步步，真的是一步步挪到萧师兄和齐师姐的身后不远处。

"萧教授、齐师姐，饭菜全部上桌了，周教授让我出来喊你们进去吃饭。"

其实是喊齐默进去吃饭，毕竟屋里那群人尚且不知道萧文缜已经来了。

杨姓小师妹低着头说完这句话，转身就往包间方向疾走，似是急于摆脱高温电灯泡身份一般。

齐默和萧文缜的亲密之举被同门小师妹逮个正着，许是上一次在广州某酒店里经历过萧博彦的"逮个正着"，齐默脸皮磨厚了，所以这一次除了略显不自在之外，还好。

萧文缜就更不用说了，他向来不在乎这些，牵住她的手离开走廊的窗口，齐默沉浸在自己的思绪里："杨师妹为什么叫你'萧教授'，而不是'萧师兄'？"

"她在国大读书的时候，我教过她。"

原来如此。

这么说来，萧文缜不仅是屋内两位小师妹的老师，还是她们的同门师兄。

齐默一旦想事情入了神，就很容易忽略周遭的一切，萧文缜牵住她的手打开包间的门，她知道；包间里热闹的谈话声刹那间归于沉寂，她也知道……

齐默后知后觉地抬起头望向众人，众人的视线纷纷凝聚在她的手上……她的手还被萧文缜握着。

齐默下意识地抽手，只可惜被萧文缜握得紧紧的："还是握着吧，他们都看到了。"

"……"

他原本可以不让大家看到的，她就晃了一下神而已，结果就没一点儿声响地掉进了他挖的坑，真是大意。

倒也不是她遮遮掩掩，而是这群人的嘴巴堪比机关枪，专注于同一个目标突突突只管发射，别说她受不了这样的集体扫射，估计就连射击专用环靶也受不了他们的万弹齐发。

这不，她想什么来什么。

许需知："嘿，我说你们两个重新纠缠在一起，怎么也不跟我们知会一声呢？真是太不够意思了。"

周舟："我就说吧，他俩私底下绝对在一起，快叫我'半仙儿'。"

陆宸："你俩早该复合了，一个毒舌男，一个话题终结女，天作之合，绝配。"

付伟："在一起就好，我们几个为了你俩的事，不知道愁白了多少根头发。"

金戈："要我说，你俩干脆喜上加喜吧，趁着国庆期间咱们周教授大婚，你俩也在那一天把婚事办了吧。"

卫子博："这主意好，你俩可以认真考虑考虑，场面多喜庆啊。"

陈姓小师妹和杨姓小师妹不了解内情，闷着头吃菜，不敢揶揄她们的萧教授兼萧师兄。

周安国用双手捂住耳朵，非常痛苦地紧闭双眼。林子里六只鸟齐鸣，叽叽喳喳的，吵得他脑仁疼。

萧文缜和齐默还是很淡定的，一边吃菜，一边小声闲谈。

"蹭婚礼这件事你怎么看？"

"我只听说过蹭吃蹭喝，可没听说过蹭婚礼的。"

"怎样才能把你娶进萧家门？"

"你只需给我备齐四样东西——和璧隋珠、吉光片羽、翠羽明珠、凤毛麟角。"

"你要的这四样东西，我做个梦就能帮你办到，换个有挑战性的。"

"好吧，我降低一下要求，如果6月份天降奇观满天飞雪，而非人工降雪，我就嫁。"

"你《窦娥冤》看多了吧，还是说嫁给我让你觉得很冤屈？"

"六月飞雪的典故，最早不是出自《窦娥冤》，而是出自战国邹衍《后汉书 刘瑜传》引《淮南子》里记载：'邹衍事燕惠王，尽忠。左右谮之，王系之狱，（衍）仰天哭，夏五月为之下霜。'后来元代戏曲家关汉卿在此基础上稍加整改月份，创作杂剧《窦娥冤》，这才让'六月飞雪'的典故广为流传。"

"……"

"师兄，你只吃菜不说话，该不会是死心了吧？"

"死不了心，主要是心累。"

翌日清晨，萧文缜陪齐默外出晨跑后回到归晚苑，洗完澡换好衣服，还没来得及吃早餐，就被接连几通工作电话叫走了。

临别前，他照常叮嘱齐默尽量不要外出，如果一定要外出的话，最好给史卿打电话，让她陪伴在侧。

齐默应了。

近几日，萧文缜不是没有找沈燮沟通过，只可惜沈燮不肯接听他的电话，并且有意躲避他。僵局未解，他担心沈燮一时冲动做出傻事，更加忧心齐默的安全。

另外，他近期的行程是之前就安排好的，各行各业最重信誉，他可以将工作推后一两日，却不能持续放鸽子失信于团队、失信于个人。

好在齐默并非寻常女子，她灵敏聪明，有避开危险的机警能力，一般人很难伤到她，否则萧文缜很难安心离开归晚苑处理工作。

然而，萧文缜又怎知齐默的孤勇之胆和心境如水？

这天清晨，齐默独自在餐厅里吃完早餐，有条不紊地刷完餐具，沥干后摆放到橱柜里，随后回到二楼的卧室换上一条黑色连衣裙，再坐在梳妆台前对着镜子涂上粉底、定妆、上眼妆、画眼线、刷睫毛膏、画眉、打腮红、往嘴唇上涂抹红色的口红。

妆容精致，头发漆黑、浓密，口红的颜色太过艳丽，她抽出一张纸巾反复擦拭嘴唇，盯着镜子里的自己看了好一会儿，大概觉得嘴唇的颜色太淡，于是重新拿起口红涂到最初的艳丽度。

她的手机在响，史卿来电。

她没有接听，拿起手机走到一楼的玄关处，慢条斯理地换上黑色高跟鞋，方才走出家门。

史卿的车早已停在家门口，看到齐默迎风走来，大红唇霸气凛然，甚是美艳动人，史卿一度以为自己眼花看错了。直到齐默打开车门坐在副驾驶座位上，史卿才回过神，冲着齐默由衷称赞道："你鲜少涂抹这么艳丽的口红，但我不得不说这个颜色真的很适合你，简直美呆了。"

齐默系上安全带，表情一如往常，说道："走吧，别迟到了。"

路上，史卿不断抱怨，吐槽《追梦者》栏目至今没有告诉她采访过程中有可能涉及哪些问题。作为一档知名的访谈节目，乔思佳也好，沈燮也罢，他们难道不知道节目录制之前，要把采访提纲发给她过一遍吗？业务能力如此之差，难怪《追梦者》栏目会沦落到改版的田地。

"如果不是你执意要参加这档节目，就凭他们这么不靠谱的办事能力，我早就帮你推了这档节目。"史卿激愤难平，亮出经纪人的态度，"一会儿你参与节目录制，如果主持人问的问题太刁钻或是话题太敏感，你不想回答，只需给我一个眼色，我就会直接要求中断节目录制，非得好好跟他们争论个是非对错来。"

齐默没有说话。

车窗半开着，九月的微风吹乱了她的秀发，她放任不管，任由眼睛在呼呼作响的风里微微眯起。

史卿开车抵达《追梦者》录制场地外，还没下车，就看到了伫立在门口不远处，似是等人的乔思佳。

乔思佳衣着优雅大方，好身材格外出挑，容貌自是不用多说，只消迎风而立就能让人移不开目光。

这种能吸引众人视线的魅力齐默也有，只不过乔思佳靠的是高颜值，而齐默靠的是气场罢了。

齐默开门下车，踩着高跟鞋朝门口走去，经过乔思佳身旁的时候，乔思佳身姿未动，却伸出手擒住了齐默的手腕，力道很大。

"不要进去。"乔思佳压抑着语调，一双美丽的眼睛里爬满了红血丝，暗示着她昨夜深受失眠的困扰，漂亮的脸庞上尽是疲倦的神态。

齐默目视前方，没有看乔思佳："我既然来了，就没有再回去的道理。"

"我刚才去过录制现场，那里没有工作人员、没有观众，除了沈燮，你猜我还看到了谁？"乔思佳的呼吸随之一紧，她扭头望着齐默，脸上适时浮现出一丝恐惧，用极轻极轻的声音告诉齐默，"沈燮把江夷中的父母请来了，就坐在首排观众席上。"

齐默的脑子里瞬间一片空白。

这种大脑空白持续的时间很短暂，可能一秒钟，也可能两秒钟，就好像大脑突然间供血不足，所以才会导致神经麻痹，丧失了思考能力。

犹如巨石砸落齐默平静的心湖，回音震慑人心，足以在心湖内外激起无数浪花。

她站立在原地，一动也不动，任由一时惊颤趋于松弛和坦然，如果那一年江棋来没有出面替她担责，如果那一年她当着江夷中父母的面直击自己的心理罪，或许这些年江棋来在江家会幸福许多，而她也会释然许多。

可是没有如果。

兜兜转转一大圈，最终还是回到了原点。她说过她有承担一切后果的自知，如此……也好。

乔思佳手指力道加重，警告齐默："一旦江明雨和付晓茹知道江夷中的死因，他们是不会放过你的。"

他们也不会放过她。

"你知道我这些年是怎么一日日、一夜夜熬过来的吗？我不敢安逸度日，怕夷中会觉得我没心没肺；我不敢开怀大笑，怕夷中看到了会心寒；我不敢靠近萧文缜，怕夷中的灵魂会哭泣；我之前那么怕她，可是我现在不怕了。因为比起已亡人的痛苦，我更怕依然活着的人余生活在痛苦的深渊里走不出来。"齐默说，"现在，夷中的亲人在里面等着向我讨要一个说法，我不能回避，也不想回避。如果这是我必须经历的劫，我认。"

乔思佳指尖发抖，像是被人抽走了所有力气一般，骤然松开了齐默的手腕。

耳边有风声，乔思佳慢慢转身望向齐默毅然决绝的背影，仿佛此刻才真正看懂齐默的所有。这个青年女子积极奋斗半生，只为掌控自己的命运，她不认命，所以她一直宛如苦行僧般度日为自己拼搏一切。如今，齐默名利双收，看起来风光无限，殊不知，她的内心饱受煎熬，她才是活得最挣扎的那一个人，可是里面的人却要追着她索要一个说法。

乔思佳冲着齐默的背影大喊："你不委屈吗？"

齐默脚步一顿，止步后没有回头。

"你明明什么也没做。"乔思佳喉间哽咽，不知是感慨自己与齐默同病相怜，还是单纯为齐默叫屈。

齐默终于回头望向乔思佳，冷淡的声音被风吹散，几不可闻："活着的人有什么脸面哭诉自己的委屈呢？"

乔思佳的眼睛花了。

她在两团浓浓的雾气里，眼睁睁地看着齐默走进录制大厅的入口，犹如飞蛾扑火一般，毫无恐惧，只有坚毅和果断。

史卿站在一旁，将齐乔二人的互动尽收眼底，虽然听出了一丝端倪，但因接受信息太过突然，所以一时间很难梳理清楚前因后果。

数年前，青锋集团董事长的千金因病猝死，闹得满城风雨，新闻接连报道了好一阵，史卿不可能不知道。

可是，齐默和乔思佳之间的谈话，却在无形中向她传递出另外一个事实：江夷中的去世跟齐默有关系！

史卿思绪混乱，可还是敏感地捕捉到了一丝不祥的预兆，尽管不知道沈燮在搞什么鬼，但就这样放任齐默一个人进去……坏了。

史卿快步朝录制大厅的入口走去，推开玻璃大门之前，下意识地回头望了一眼乔思佳：不远处，乔思佳拿出手机，也不知道将电话拨给了谁。

史卿收回视线时，目光扫过天际的烈日，数只飞鸟翱翔在碧蓝色的天空下，寂静安然，那是生命的力量。

这一刻，终于成功地驱散了酷暑季节遗留下来的燥热，无风，空气温温淡淡的，似乎被一只无形的玻璃罩禁锢其中，继而凝固了。

时间是不会凝固的，凝固只针对死亡，从不针对具有能量代谢功能的生命体。

对齐默来说，时间不需要凝固，它只需要倒回。

假如时间可以倒回到那一日的凌晨，她一定会接夷中的电话，然后在电话里告诉夷中："你不要来华清园找我，你待在原地不要乱跑，我现在过去找你。"

可是，时间在流走。

一晃多年过去，距离她上一次来《追梦者》的演播厅已经很久很久了。那天，工作人员奔走忙碌，井然有序地各司其职，一派繁忙之象，不像今日这般空荡荡的。正如乔思佳所说，录制现场没有工作人员，没有观众，没有客座嘉宾，只有沈燮、江明雨和付晓茹，以及灯光刺目的演播厅。

这是一个局，一个由沈燮精心安排，只为请她入瓮的局。

她的手机早已被她调成振动模式，此刻正嗡嗡作响，她站在录制现场的一角，没有接听的打算，凝眸观望演播厅里安然就座的沈燮。

那里是采访专区，西装革履的沈燮坐在主持人的沙发上等候她多时。

四目相对，沈燮眸色很深。

对沈燮来说，他的心里有一道疤。

那道疤的原形是心头风声呼啸的黑洞，黑洞形成的原因很残酷，源于他痴恋多年的女子一夜之间在他的生命里消失了。

所有人劝他放下，毕竟江夷中没了，可他还活着。是的，因为他还活着，所以他在几年时间里手持针线，强忍着疼痛，愣是一针又一针地把心头的黑洞缝补成一道连他自己都不敢轻易触摸的伤疤。

可是，这道伤疤在上周五突然之间裂开了。

裂开的那一秒，他疼得胸腔抽搐、震颤，埋藏在黑洞里不见天日的悲与痛几欲窜逃而出，却被洞口处的熊熊烈火焚烧成了一把灰。那些蒙了尘的悲与痛，新增的惊与怒、伤与恨，连哀号、喊疼的时间都没有，就在一片火光中猝然跌进了深不见底的暗黑世界。

他憋得满眼通红，只因满腔悲愤无处宣泄。

473

他有多痛恨真相，就有多痛恨他自己。

他不该走进乔思佳的办公室寻找制作进度表；不该觉得他们是合伙人兼好友，便认定彼此之间没有任何秘密，从而擅动她的电脑解密所有文件；不该在查找制作进度表的过程中，无意间看到一个录音文件夹的备注年月日时心生好奇——那是夷中离开人世的年月日。

他本来没打算看的，找到制作进度表以后，本想关闭电脑的，却因好奇心牵引，终究还是忍不住打开了那份录音文件。

晴天霹雳。

儿时，他最怕天气晴好的日子里电闪雷鸣，大自然咆哮起来是极为可怕的，接连几道炸雷声起，他的心脏总会随之瑟瑟发抖。

可当他有一天在情感世界里体验到另外一种晴天霹雳时，方才发现他错怪了大自然很多年，比起人性，大自然施加给他的惊吓又算得了什么呢？

他笑自己蠢。

他笑自己一直以来都被他人玩弄在股掌之间，他最好的两个朋友竟然把他当傻子一样耍了这么久。

他笑自己生活在一个谎言圈子里却兀自演绎着深情之人，殊不知，这样的自己颇像一个跳梁小丑，既可悲又可怜。

他嘲笑完自己，凶猛的恨意席卷而来。

他恨自己的迟钝和后知后觉。

他恨萧文缜明知道江夷中的心意，却从未当着他的面提醒一二，而是选择了隐瞒、欺骗。

他恨乔思佳。

那通电话录音文件，显然是江夷中出事前拨打给齐默的，齐默为什么要录音，为什么录完音的通话文件会在乔思佳的手里？

齐默没有理由录音，他完全找不到齐默录下这样一段通话的动机。

他虽与齐默没有深交过，但大四那年《追梦者》栏目进行第一次改版，齐默当时也曾作为首发嘉宾被他们调查过。正式向她发出邀请之前，策划团队围绕齐默做过大量的前期信息收集，其中不仅包括她的成长经历、学习经历和在校人际关系，还包括她的性格分析。

齐默是一个骨子里都能透露出傲气的女人，棱角分明，说话、做事雷厉风行，直奔主题、快刀斩乱麻是她的惯常行事风格，当年她在国大研究生新生开学典礼上的一番全英文演讲，便是最好的佐证。

这样一个人是不可能录下通话内容的，也不屑于录音，那么乔思佳呢？

沈燮和乔思佳相识、相交多年，对她的性子所知甚深，她有城府、有心机、有野心。另外，那份录音文件里，江夷中讲话的声音里带着浓浓的醉意，不排除误拨给乔思佳的可能。

如果是后者，那么一切就通了。

江夷中在录音文件里一再强调她会在华清园六号楼的楼下等着齐默下楼见她……江夷中出事以后，乔思佳若是觊觎《追梦者》制片人一职，完全有理由拿着录音文件要挟萧文缜退出《追梦者》。

事关齐默，萧文缜不可能不做出让步。

呵。

这世上究竟还有什么东西是真的？

他以为乔思佳是他最好的异性朋友和事业伙伴，结果却发现……呵呵，真是乔思佳。

他以为萧文缜是他最好的兄弟，萧文缜当年离开《追梦者》，真的是为了寻求事业新发展，他甚至因为萧文缜出让股权而难过了很长一段时间，到头来却发现仗义的背后不过是别有用心。

他一直不明白萧文缜和齐默为什么劳燕分飞那么多年，现在他知道了。江夷中和齐默因为萧文缜而反目成仇，而江夷中又是来找齐默时出事的，齐默的心里必定装满了负罪感，所以齐默才会一刀斩断她和萧文缜的感情。

沈燮几乎可以笃定江夷中绝非因病猝死，而是跟她喝醉酒有关。

犹记得那年愚人节的清晨，他在睡梦中被一通电话惊醒，熟识的朋友给他打来电话，说是夷中死了。

他只当朋友玩笑开过头，直接在电话里逮着对方破口大骂，岂料朋友十分严肃地告诉他："不是玩笑，是真的。我有朋友在青锋的公关部上班，那里一大早乱成了一锅粥，据说正在起草江夷中的讣告……"

那天，朋友在电话里具体说了哪些话，他基本上已经忘了，他只知道他的脑袋嗡嗡作响，刹那间天旋地转，胃酸分泌过量奔往喉间涌，他跑到洗手间里干呕不止。

他不信夷中没了，胆战心惊地拨打电话给夷中，却在听到江明雨的声音时，才从喉咙深处挤压出一丝微弱到极点的哽咽。没了，直到那一秒他才彻底相信夷中没了。

那天清晨，殡仪馆外记者云集，青锋集团的官方发言人牵制住记者的视线，都以为夷中的遗体会在半个小时后抵达殡仪馆正门口，却不知夷中的遗体早已提前半个小时抵达殡仪馆的特殊通道。担架床上，夷中安静地躺在那里，一动也不动，身上蒙着白布。他见不了这样的场景，当场泪如雨下。

那天清晨，他刚扑到担架床前面，就被安保人员死死抱住，他哭着哀求江棋来掀开盖布，让他看一眼夷中，只看一眼就行。然而记者闻讯赶来，江棋来和安保人员护着担架床快速消失在了特殊通道里。

那天清晨，他接到萧文缜打来的电话，手持手机蹲在地上，泣不成声。萧文缜压抑着声音说他在成都，现在就回去。

那天清晨，他曾和夷中的遗体近在咫尺，一股难以形容的酒精味迎面扑来，他一直以为是医用酒精的味道，直到上周五才突然醒悟过来，那不是医用酒精的味道，分明是夷中醉酒所致。

夷中是怎么死的？

如果不是醉驾出事故，就一定是喝醉酒引发的意外死亡，并且是她一个人出事情的，否则江明雨和付晓茹岂会不向夷中身边的人追责？

换言之，如果江明雨和付晓茹知道江夷中是因为齐默而出事的，又怎会不怨、不恨、不迁怒于齐默？

所以，真相只有一个——江明雨和付晓茹并不知道夷中是因谁而死。

那么江棋来呢？他也不知道吗？

沈燮不期然想起这些年江棋来和萧文缜的种种敌对态度，突然一下子什么都明白了。齐默之所以能够瞒天过海，与江明雨和付晓茹平安无事这么多年，是因为同样在华清园六号楼居住的江棋来就是帮凶。

为什么？

沈燮想不明白江棋来为什么要这么做。被齐默害死的那个人可是他的亲妹妹呀，难道在江棋来的心里，他妹妹的命还没有齐默重要吗？

沈燮怨恨夷中，却又为夷中不甘，所有人在帮罪魁祸首齐默隐瞒真相，可曾有人真正在乎过夷中？

他对齐默的恨意，就是从心疼夷中的下一秒开始的。

所以，他把齐默请到《追梦者》的录制现场当面对质，这里不需要观众和工作人员，这场甚至都不能被称为访谈的私人采访也绝无播出、曝光的可能，更加不会损害夷中的声誉，其目的不过是还原一个久远的真相罢了。

成年人做错了事，是要付出代价的。

对于江明雨和付晓茹来说，中年丧女犹如抽筋剥骨，纵然他们财富加身、业界影响力惊人，又有什么用呢？

江夷中离开人世的下半年，江明雨夫妇不愿江夷中来人世走一遭，却最终什么都没有留下，于是联合创办"夷中慈善基金会"，专为贫困家庭的患病孩子提供资金帮助。

几年下来，各行各业但凡有头有脸的人物大多向"夷中慈善基金会"捐过善款，其中每年捐款金额排列在前几名的，通常是以下几人：江明雨夫妇、江棋来、萧文缜、沈燮……爱心人士。

没错，是爱心人士。

据"夷中慈善基金会"的工作人员统计，这位爱心人士几年下来累计捐款金额高达上千万元，由于汇款来源隐秘，江明雨夫妇又极为尊重这位爱心人士的匿名需求，所以从未追查过这位爱心人士姓甚名谁。

"夷中慈善基金会"不仅承载着江夷中的生命厚度，还寄托着江明雨夫妇的丧女之痛，他们花了好几年的时间才逐渐走出丧女之痛，却在今日一大早接到沈燮的电话，直言事关江夷中之死，希望他们能够拨冗来一趟《追梦者》的录制现场。

江夷中是他们的心头伤，同样也是他们的软肋，他们不能不来。

来之前，江明雨夫妇一头雾水。

沈燮深爱自家女儿，江明雨和付晓茹是知道的，正是因为知道，所以这些年他们才会视沈燮如半子。

这样一个男孩子，绝不可能损害江夷中的名誉，更不可能在《追梦者》节目里利用江夷中获取收视率和关注度。

那么沈燮邀请他们参加《追梦者》的录制，并且声称事关江夷中之死，究竟是什么意思呢？或许，江明雨夫妇最想知道的是，沈燮究竟在搞什么鬼。

齐默走进录制现场的时候，江明雨和付晓茹正坐在首排观众席上，静观其变，直到听见一阵脚步声方才扭头望去。

来人竟是齐默。

录制棚里，齐默的步伐不疾不徐，却透着果敢和决绝，她那无波的眼神历经人世无常，亦如百味尝尽，深远、冷静到了极致。

"齐齐？"江明雨站起身来，惊讶地道，"你怎么会来这里？"

是沈燮邀请她来的吧？

齐默没有接话，看着江明雨和付晓茹，分别唤了声"江伯伯"和"付阿姨"，急促的脚步声紧随而至，她没有回头。

付晓茹扫视一眼齐默及其身后的人，起身质问台上的主持人："沈燮，你今天把我们大家请到这里，究竟想要干什么？"

江明雨夫妇已经有好几年没有见过齐默了，这些年齐默就像销声匿迹了一般，甚少出现在熟识之人的圈子里，若非她的昔日助理将她的作家身份曝光，江明雨夫妇只怕到现在还不知道她的职业。

此外，江明雨夫妇并不愿意见到齐默。

夷中和齐默从小一起长大，夷中没了以后，他们看到齐默，难免会想到夷中。包括江家老宅，这些年他们再也没有回去过，怕的是触景生情，更怕好不容易逐渐愈合的伤口再度被丧女阴影撕裂。

如今在录制棚里见到齐默，江明雨也好，付晓茹也罢，既意外，又吃惊，不明白沈燮意欲何为。

沈燮说："付阿姨，您和江叔叔难道不想知道夷中是怎么出事的吗？我思来想去，齐默是最清楚真相的人，所以才会把她请来《追梦者》现场，也好让她当着您和江叔叔的面，还夷中一个明白。"

闻言，江明雨夫妇的脸色均是一变。

"夷中不是醉酒——"付晓茹差点儿说出夷中的死因，反应过来后立即住嘴，却挡不住心头的惊诧，"什么叫'还夷中一个明白'？"目光落在齐默脸上，付晓茹焦躁地道："齐齐，你是不是知道些什么，难道我们夷中当年出事另有隐情？"

"齐齐，究竟是怎么一回事？"江明雨紧皱眉头。

齐默的手臂随之一紧，身后侧响起史卿的低语声："萧教授刚才给你打电话，你没接，他把电话打到我这里来了。"

齐默不吭声，是乔思佳告诉他的吧，说她在《追梦者》的录制现场？所以他打电话过来是为了阻止她的跳崖式坦白吗？

"萧教授让我代他转达一句话给你。"史卿模仿萧文缜的语气，说道，"我曾经跟你说过，在命运之书里，我们同在一行字之间。说你想说的，做你想做的，你只需知道你不是一个人，无论何时何地，我都与你风雨同舟。"

齐默笑了。

知她者，莫过于萧文缜。

知道她答应了录制《追梦者》，他一共打了两通电话给她。

他打第一通电话给她时，必定焦急万分，只为劝阻她离开录制现场。

他将第二通电话打给史卿，他的情绪显然冷静了下来，许是他终于窥探出她这颗榆木脑袋开窍的整个过程，又或许感受到了她直面过去的决心，所以才会让史卿转告这样一番话给她。

已经足够了。

因为就像他说的，不管是过去、现在，还是未来，她从来都不是在孤军作战，只因他始终与她同在。

齐默的心从未像此刻这么安定过，她迈开脚步前往演播厅，史卿紧抓她的手腕不放，她终于回头看向史卿。

"我是你的经纪人。"

"我知道。"

"我说过，无论是什么样的采访，只要你不愿意回答主持人的问题，你只需给我一个眼神，我会随时出面要求中断节目录制。这话不管放在什么时候都适用，包括现在。"

"我知道。"齐默伸手覆盖住史卿的手背，轻轻抬手指拍了拍。

她知道史卿在担心她，尽管史卿不明前因后果，可还是义无反顾地选择守护她，只是经纪人吗？不，史卿是江夷中以外，陪伴她时间最长的好朋友。

"史卿，你总说我是一个有心事的人，然而我们相交多年，有关于我的心事你还没有听说过呢，趁此机会，我讲给你听。"

齐默登上演播厅之前，说了这么一句话给史卿，消瘦的背影里尽是坚忍和刚强，史卿被她迸发而出的力量震撼，就那么僵立在原地，眼睁睁地看着她走进演播厅耀眼的灯光之下。

乔思佳拿着手机冲进来，目睹齐默坐在沈燮对面的沙发上，眼泪忽然奔涌而出。

她错了，她早该把录音文件删掉。

不。

她根本就不该录下江夷中的话。

沈燮欲伤人，先诛心。

当录制棚和演播厅内的灯光悉数关闭，当沈燮置身在伸手不见五指的黑暗里开启3D全息投影，当江夷中"死而复生"产生立体幻像出现在演播厅里，当江夷中生前的日常视频再一次出现在眼前，江明雨夫妇当场泪如雨下。

齐默坐在沙发上，仰脸看着江夷中，表情镇定、安然，却瞬间红了眼睛。

沈燮也在看江夷中，眼神复杂难辨，似柔似痛似恨。

"她叫江夷中，是与你一起长大的好姐妹，也是我放在心里喜欢了很多年的女孩子。她过世以后，我一直想像现在一样再见她一面，拉着她说很多很多的心里话。你呢？你想念夷中吗？你是否也像我一样，每当午夜梦回，每当辗转难眠，每当私下无人时，总会有很多话想要说给夷中听？"

"嘘。"齐默竖起食指贴近红唇，十分认真地看着江夷中，眸色里装点着沉甸甸的情意，她将声音压得很低、很低，"你小声一点儿，别吓着夷中。"

沈燮抿着唇，果然没有再说话，但他始终凝视着齐默，仿佛只是为了就近观察齐默的情绪变化。

疼痛、伤感、缅怀、温柔、追忆、自责、愧疚……齐默情绪纷杂，很难用言语诉诸清楚。

演播厅里，江夷中的幻像站立在沙发旁，笑容明媚，眼神温柔地望着齐默，并朝她缓缓地伸出手。

齐默受她指引，起身离座，抬起手指迎向她的指尖。

然而，齐默的指尖刚触及江夷中的指尖，沈燮的眼角就狠狠一抽，紧接着，他的报复心骤起，手指用力按下遥控器。

因为江夷中的幻像猝然消失，演播厅里再次陷入一片黑暗。

沈燮没有立刻开灯，他在等齐默情绪崩溃，如果齐默心里还有那么一点儿良知的话，如果她还在乎夷中，她怎么可能不崩溃呢？

纵使她在外人面前是一个情绪掌控高手，但她毕竟只是一个人，是人就会有撑不住的时候，不是吗？

时间在无边无际的黑暗里流逝，没有人说话，包括江明雨和付晓茹。

一分钟。

五分钟。

十分钟。

…………

齐默终于开口了，她的声音异常平静，宛如死水一般，不起任何波澜。

她说："沈燮，你不是一个道德审判者，即便你是，你以为夷中没了，就你痛苦吗？夷中的父母、夷中的哥哥，包括我，一个被你不齿的我，一个从婴儿时期就与夷中结下姐妹情缘的我，一个和夷中共同成长23年的我，难道我所提的这几个人都不比你痛苦吗？难道你的爱情是情，是痛苦，其他的感情就不是情，不是痛苦吗？"

犹如一盆冰水迎头浇下，沈燮手脚发凉，手指颤抖着紧握成拳，忘记灯光遥控器还被他攥在手心里，不小心之下触及开关键，演播厅和录制现场灯光乍亮。黑发黑裙的齐默眼神冰冷地看着沈燮，她不是在灯光亮起的那一刻才看向沈燮，而是在灯光全灭的十分钟时间里，一直就那么眼神如刀地刺向沈燮。

沈燮被这样的眼神惊到了，脚下意识地向后挪了一步，也许只有半步，可是在场的几人又有谁会在意这个呢？

刺目的灯光照耀下，齐默朝台下的首排观众席望去，眉目间有着孤注一掷的柔韧和坚毅："江伯伯、付阿姨，我有一个故事要讲给你们听，这个故事见证着我和夷中从亲密无间一步步走向阴阳相隔的全过程，涉及的人物有我、夷中、大哥江棋来、我师兄萧文缜。"

江明雨和付晓茹屏住呼吸，盯着齐默。

这夫妇二人都是在商界游走多年的厉害人物，平时观人精准，别人无须说话都能猜出一二来，更何况沈燮和齐默已把话讲到这个份儿上？

他们在忍，亦是在等。

忍一个前因后果。

等一个真相大白。

这天上午，史卿应该是唯一的旁观者，但她在这样一个上午里，不仅窥探到了江夷中的死亡真相，更是几年下来第一次走进齐默的内心世界，于是她懂了。

她开始懂得齐默的苦行僧生涯；开始懂得齐默每年为什么要匿名向"夷中慈善基金会"捐助百万元善款；开始懂得齐默和萧文缜为什么彼此有情却要不相往来这么多年；开始懂得齐默为什么不能见红色跑车；开始懂得齐默为什么会对酒精过敏；开始懂得齐

默为什么会苦多于喜……

齐默何错之有？

史卿想不通齐默到底哪里做错了，她只是倒了八辈子血霉，所以才会前一秒姐妹翻脸，后一秒江夷中出事。

江夷中是被自己的执念害死的，不能因为江夷中意外死亡，就把江夷中生前犯下的过错悉数抹平，甚至将齐默从受害者强行变为加害者，这对齐默不公平。

史卿是这么想的，也是这么说的，然而付晓茹根本听不进任何声音，她已完全丧失思考能力，偏执地认定是齐默害死了她的女儿。这个出席各大重要场合时都优雅端庄的江太太疯了一般冲上台，只为找齐默索命。

"齐默，我们夷中被你害死了，你竟然还造谣诬陷夷中，你不得好死。"

这一刻，齐默不再是付晓茹从小看着长大的孩子，而是一个仇人，一个害死她女儿的凶手。女儿死了，齐默还好好地活着，付晓茹恨意焚心，恨不得当场杀了齐默。

齐默站在原地不动。

史卿护着齐默，被付晓茹抓掉头发、抓伤脸颊，她都没哭，却在看到她怀里的齐默笑中含泪地看着她时，忽然间泪如泉涌。

她心疼齐默，一如齐默此刻心疼她一般。

齐默面冷心善，但她是真的好，比史卿认识的很多女孩子要好。付晓茹不该骂她狼心狗肺、不该骂她是畜生，付晓茹说出这样的话，齐默的心不疼，史卿的心都疼了。

这是一场女人之间的战争。

台上，付晓茹撕打着齐默和史卿，沈燮被齐默的整个故事击垮，痛苦地坐在沙发上无声落泪。

台下，江明雨跌坐在首排观众席位上，神色哀伤地望着台上的那一幕，短短一瞬间整个人仿佛老了好几岁。

乔思佳拿着手机疯狂地打电话，心急如焚地反复跑出录制现场，似是在等什么人过来。

是的，她在等人。

她在等萧文缜和江棋来。

这天上午，乔思佳劝阻齐默离开失败，眼看齐默走进《追梦者》的录制现场，乔思佳曾分别致电萧文缜和江棋来。

她之所以致电萧文缜，是因为齐默在这里，她怕出事。

她之所以致电江棋来，是因为江明雨和付晓茹是江棋来的父母，如果江棋来赶往现场，说不定还能阻止他的父母做出伤人之举。

倒也不是乔思佳病急乱投医，她只是忽然想起上周五她和齐默在西餐厅里见面，齐默曾跟她提及江夷中出事的时候，江棋来从公司赶回华清园六号楼，所以江夷中死亡的原因能够瞒住江明雨夫妇这么多年，江棋来当时必定和齐默站在同一战线说了谎话。

乔思佳拨打江棋来的手机，接电话的人却是炫语璨。

江棋来身体不舒服在输液，炫语璨见乔思佳似有急事找江棋来，就走到床畔叫醒江棋来，把手机递给他。

乔思佳在电话里告诉江棋来，齐默和他的父母都在《追梦者》的录制棚里，请他务必抓紧时间赶过来。

直觉告诉江棋来，必定跟夷中有关。

江棋来拔掉输液针，顾不上按压扎针部位止血，就着急忙慌地下了床。

"你去哪儿？我送你。"

此次炫语璨陪同江棋来前往医院看病，出门时没带司机，炫语璨担心他一个人开车过去容易出事，所以执拗地开车把他送到了《追梦者》的录制厅入口处。

彼时，萧文缜刚从一个项目会议上中途离场，一路开快车抵达《追梦者》的录制厅入口，和江棋来碰了个面对面。

四目相对，二人心事躁动，俱是脸色阴沉。

这天上午，演播厅里闹翻了天，史卿和齐默的脸上均是抓痕，付晓茹的嘶吼声凄厉到了极点。

萧文缜护住齐默和史卿，江棋来上前拉架，付晓茹见状，顿时怒火暴涨，抬手就是一巴掌狠狠抽向江棋来。

啪。

付晓茹呆了。

江棋来也呆了。

紧随而至的炫语璨替他挡下了这一巴掌，白皙的脸颊上红红的手印尤为明显，她却顾不上疼，挡在江棋来的前面，柔声劝解付晓茹："付阿姨，棋来还生着病，您要是心里有气，就打我好了，别打他。"

江棋来的眼睛里都是红血丝。

付晓茹的眼睛里都是泪水。

"江棋来，你联合齐默欺骗我和你爸爸，你的良心哪儿去了？你还有心吗？"付晓茹哇的一声哭了起来，朝江棋来嘶吼道，"夷中可是你的亲妹妹呀，你亲妹妹被齐默害死了，你还护着齐默？夷中没有你这样的哥哥，我也没有你这样的儿子！"

炫语璨既惊讶又意外，搞不清楚状况，愣愣地望着付晓茹，兀自失神。

江棋来也在看付晓茹，眸色很深，声音沙哑地道："妈，齐齐和夷中从小一起长大，夷中走了，齐齐心里的痛苦不亚于我们任何一个人，她也没想到会发生这种事，没人希望发生这种事，这是一场意外——"

"你给我闭嘴。"付晓茹厉声打断江棋来的话，她恨齐默，但她更恨她的儿子江棋来。

这都是齐默造成的，可是萧家那位公子把齐默挡了个严严实实，一脸平静地告诉她："付总，您恨错人了，夷中和齐齐本无仇，她们之所以会闹僵，不过是因为我，所以您要恨也该恨我才对，跟齐齐无关。"

"你也好，齐默也罢，你们两个都是害死夷中的罪魁祸首。"付晓茹恨意滔天，朝萧文缜和齐默放出狠话，"你们两个给我记好了，从此以后，我绝对不会让你们有机会舒心度日，夷中临死前遭受过的罪，我必定会让你们十倍、百倍地给夷中还回来。"

萧文缜看着付晓茹，没有说话。

他不说话，不是理屈词穷，也不是无言以对，而是目睹付晓茹深陷在丧女打击里痛不欲生，此时此刻任何言语都是苍白的。

他挡在齐默身前姿势未变，却伸出手悄悄握住齐默的手，然后一点点握紧，深邃的目光落在同样伤心欲绝的沈燮身上。

沈燮似有所触，坐在沙发上抬起头来，对上萧文缜的目光，痛楚席卷身心。

萧文缜的眼睛里只有失望。

这天上午，江家人好不容易结痂的伤疤被撕裂，江明雨、付晓茹和江棋来皆是伤痕累累。

萧文缜为了避免事态继续恶化，与江棋来交换了一下眼神，随后将齐默和史卿率先带离录制现场。

《追梦者》演播厅后台，乔思佳快步追上沈燮，伸手抓住他的手臂，急切地道："沈燮，我们谈谈。"

"谈什么？"沈燮反应极大，用力甩开乔思佳以后，蓦然转身，欺身逼近乔思佳，脸上露出似嘲似恨的笑意，"谈你明明知道江夷中的死因却不告诉我？谈你明明可以阻止江夷中死亡却只想着录音存证获取利益？谈你利用江夷中的通话录音威胁萧文缜退出《追梦者》？还是谈你这些年像看笑话一样看着我对江夷中念念不忘？"

乔思佳避无可避，后背贴着墙壁，在沈燮的声声逼问里悔意加倍，恨不得扬起手狠狠地打自己几巴掌。

"对不起。"乔思佳真心道歉，"沈燮，我承认我自私自利，功利心极重，但你相信我，你是我这么多年以来唯一的好朋友，我从未想过要伤害你。"

"好朋友？我不配做你的好朋友。"沈燮冷笑道，"最近几天我一直在想，我沈燮在你们眼里究竟算个什么东西呢？萧文缜不告诉我江夷中对他的感情，我可以理解成他是怕我难堪、伤心，不告诉我江夷中的死因，是为了保护齐默不被江家人刁难，可是你呢？你若真心当我是朋友，又明知道我喜欢江夷中，你怎么忍心利用江夷中实现你的利益最大化，死人你都不放过，你真是让我觉得毛骨悚然，这样一个你实在是太可怕了。"

乔思佳身体发凉，她……毛骨悚然？可怕？

她并非天生贪财。

如果可以选择出身的话，她也想视金钱如粪土，凡事多为别人着想，少为个人利益谋划……可是不行，母亲嗜赌如命，这是一个无底洞，她不贪财，难道任由母亲被人打死吗？

压迫感消失。

沈燮一步步后退，在距离乔思佳足够远的位置站定，低下头，声音压得极低极低："乔思佳，你段位太高，我级别不够，未来的游戏我就不陪你玩了。"

空气突然安静下来。

乔思佳预感到了什么，悬吊起来的一颗心犹如从高空坠落，猝然间摔得四分五裂，剧痛感蔓延至周身。

演播厅后台，沈燮出声打破沉默，没有激昂地愤恨，也没有低哑地哀泣，只有平静地诉说："《追梦者》留给你，我退出。"

这天上午，齐默和史卿的脸上均有不同程度的抓痕，齐默伤痕较少，除了左脸颊被抓伤，再无其他。

史卿竭力维护齐默，被抓伤的地方自然要多于齐默，额头、两侧脸颊和手背林林总总加起来少说也有七道。

付晓茹是长辈，长辈发泄心火，齐默哪儿有还手的道理？史卿与齐默身处同一战壕，只能放弃反抗，默默承受。

走出《追梦者》的录制大厅，史卿方才有心思查看一眼齐默的伤势，观察重点主要在齐默的脸上——齐默的脸上有一道不长不短的血印，好在伤口不是很深，再加上伤痕的位置偏向脸侧，放下长发就能遮掩住。

史卿长舒一口气："还好，不影响你抛头露面继续赚钱。"

齐默是公众人物，纵使不接受媒体采访，也不出席活动，但平时外出办事若是被人拍到脸上有伤，难保不会被人议论。

无论何时何地都要维护齐默，是史卿的工作，也是她的本能。她可以全身上下都是伤，但齐默不行。

齐默心里明白，史卿不是一个钻到钱眼儿里面的人，她之所以说出这样一番话，是因为她想驱散演播厅里的压抑氛围，宽慰齐默罢了。

齐默正是因为知道，所以才会不接话，只是朝史卿笑了笑。

她在这个时候还能给人一抹微笑真是太重要了，不仅令史卿安下心来，也让萧文缜冷峻的神色缓和了许多。

　　史卿细心、周到，担心萧文缜和齐默出入医院容易被人认出来，独自驾车前往医院，临别前告诉萧文缜："萧教授，您先陪齐齐回归晚苑，等我从医院里开完药就去归晚苑找您和齐齐。"

　　"有劳了。"

　　这是萧文缜现身以后，说的第二句话。第一句话是对付晓茹说的，第二句话是对史卿说的。启动车辆回归晚苑的途中，他再也没有说过一句话。

　　齐默知道，他不说话并不意味着他在生她的气，毕竟他支持她坦然面对心结，他只是……心疼吗？

　　直到快要抵达归晚苑的时候，途经一处红绿灯路口，他停下车等待绿灯通行，转头看着她，抬起手指帮她把长发撩到左耳后，将那道红色血印曝光在他的视线之中。

　　"不要在我面前掩藏任何伤口。"

　　心头的伤口如此，脚踝处的伤口如此，脸上的伤口亦是如此。

　　她不想他担心，所以在他面前一直都有隐藏伤口的习惯，是太过敏感，也是太过于在乎他的感受。

　　这个习惯不好，她要改。

　　一趟《追梦者》之行导致齐默身心俱疲，回到家里甩掉高跟鞋就朝沙发上躺去。

　　萧文缜紧随其后进屋，捡起地上东倒西歪的高跟鞋放进鞋柜，走到她面前："先去洗手间洗把脸，否则脸上的伤口容易感染。"

　　"我有点儿困。"齐默闭着眼睛侧躺在沙发上，"休息几分钟我再去洗脸。"

　　片刻后，萧文缜拿着一条温毛巾回到客厅里，在沙发前蹲下身体，拿起毛巾刚触摸到齐默的脸颊，就被她微笑着制止了："我化了妆，要用卸妆液才能洗干净。"她睁开眼睛，脸色温柔如水，声音也像荡在水波里，既轻又暖，"师兄，你陪我说说话。"

　　萧文缜把毛巾放在茶几上，齐默微微抬起上半身，待萧文缜坐在沙发上，她才枕着他的大腿重新躺下来。

　　"师兄。"

　　"嗯？"

　　"这些年，我去过很多城市，见过很多人，优秀的男子比比皆是，但他们都不是你。你在我心里一直都是不可替代的，你也一直都在我的心里。"

　　"嗯。"他俯首看她，嘴角露出微笑。

　　"我知道我性格倔强、执拗，一旦认定什么便再无回旋的余地。我离开你，是因为我心结难除；我决定回到你身边，是因为我有心跟过去做个了断。所以今天上午能够有机会向江伯伯和付阿姨讲清楚前因后果，粉碎自己的心结，我觉得挺好的。"

485

"嗯。"

齐默看着他的眼睛，轻声说："我知道夷中出事前曾经误拨电话给乔思佳，后来乔思佳利用夷中的通话内容威胁你退出《追梦者》，但你向来不受人威胁，就算是为了保护我，你也有的是法子摆平这件事，为什么要乖乖就范呢？"

萧文缜没有追问齐默是如何得知他退出《追梦者》的内幕的，其实又何必追问？

沈燮得知江夷中的死因必定是通过乔思佳，乔思佳一再强调不是她说的，那就一定是乔思佳惹火烧身，没有看管好备份录音文件。而齐默明知沈燮动机不纯，甚至不顾乔思佳的阻止也要赴约，可见她早已洞察一切。

她是他的同门师妹，他从未小瞧过她的逻辑分析能力。

"乔思佳确实威胁我退出《追梦者》，但离开《追梦者》是我单方面做出的决定，与乔思佳无关。"萧文缜仍是一贯云淡风轻的语气，沉吟几秒，方才继续道，"怎么说呢？沈燮就像我的亲兄弟一样。我保护你的同时，何尝不是在保护沈燮？你和他在那段时间里状态极其糟糕，我担心沈燮如果知道江夷中的心思，难免会走进死胡同出不来，更何况……"萧文缜顿了顿，眼底透露出一抹温柔，"更何况，你当时身体状况非常差。我每天提心吊胆，无计可施，哪儿还有心思管《追梦者》？乔思佳独自支撑节目，难免会对我有意见，野心初露是必然，我也确实有心无力，早已没有当初运营节目的热情，既然乔思佳想要《追梦者》，给她便是。只不过当时江夷中离开人世不过月余，沈燮还没从伤痛里走出来，《追梦者》的工作交接和资源转换又都需要时间，所以为了避免江明雨夫妇猜疑，为了帮助沈燮重新振作起来，找回工作热情，我在《追梦者》栏目组又多待了一年。"

齐默没有说话，心里却生起异样的感觉。他和她同岁，只比她大两个月而已，却像一位看尽浮华世事的长者和智者，不仅帮助她和沈燮走出黑暗的泥沼，还要为她和沈燮的事业保驾护航……他想的、念的不是她，就是沈燮，可曾想过他自己？

齐默突然明白了。

他离开《追梦者》，一方面是因为他对《追梦者》感情深厚，另一方面是因为一旦他变现《追梦者》股权，难保不会对《追梦者》造成重创，所以哪怕他离开，也要留下一个完整的《追梦者》给沈燮。

萧文缜见齐默不吭声，担心她胡思乱想，于是补充道："齐齐，我同意退出《追梦者》，不仅仅是因为你，还因为沈燮和江棋来。我和江棋来毕竟是合伙人，他妹妹出事的根源在我，倘若我继续留在青锋视频平台与他合作，双方都会觉得不舒服。我在这种情况下离开《追梦者》，不是形势所迫，而是必须离开。"

"嗯。"

他照顾着每个人的心思和情绪，可是他的伤痛又有谁顾及过呢？她本应陪在他的身边，但她那个时候只想一个人躲在角落里疗伤，所以一再地无视他、远离他，让他站在原地等了她这么多年。

　　齐默觉得自己坏透了，自责的情绪蔓延，侧躺在他的大腿上，背对着他闭上眼睛，耳边传来他的问话声："困了？"

　　"嗯。"

　　萧文缜搂着她，放轻声音说道："那你先休息一会儿，等史卿买完药回来，我再叫醒你。"

　　结果，史卿买完药抵达归晚苑，输入大门密码走进客厅时，就见齐默躺在萧文缜的腿上似是睡着了。萧文缜正低着头查看齐默脸上抓痕的深浅度，抬眸看到史卿，朝她做出一个嘘声的手势，暗示她不要吵醒齐默。

　　史卿被现场这一幕强行灌了一大缸柠檬水，酸溜溜地点点头，把一个药袋子轻轻地放在茶几上，然后又轻轻地远离那两棵柠檬树。

　　叮。

　　史卿刚走出客厅，手机就传来一道微信提示音，她掏出手机打开微信，看见了萧文缜发来的两个字："谢谢。"

　　史卿笑了。

　　她突然想起那一年初夏，萧家公子大手笔帮她成立"小春光"，提出的第一个要求是："签下齐默，成为她的经纪人。"

　　萧家公子向她提出的第二个要求是："做齐默的朋友。"

　　若干年以后，萧家公子向她说"谢谢"，谢谢她竭尽全力保护齐默，谢谢她爱护齐默胜于爱护她自己。

　　客厅里，萧文缜收到史卿回复过来的微信："老板，不谢。齐齐是我的好朋友，我护她是出于本能。"

　　或许是微信消息的振动声惊醒了齐默，又或许是她压根儿就没有睡着，维持睡姿不动，略带歉意地打破沉默："师兄，我和你断绝往来多年，你会不会觉得我很任性？"

　　"还好。"

　　"'还好'是多好？"

　　萧文缜把手机丢到沙发上，俯首吻向她的额头："配我刚刚好。"

Chapter 17
在我心里你最好

萧文缜去江家拜访过江明雨和付晓茹。

江明雨作为青锋集团的创始人，驰骋商界大半生，创业过程中经历过无数挫折和失败。金融危机来袭时面临破产困境，青锋上市以后更是历经大风大浪，而青锋这个商业帝国硬是在他的领导之下拔地而起且受人仰视。

江明雨有着成功资本家的气度和胸襟，也有着看透世事和人性的寡情，对于突发事件的处理能力自然要强于他的妻子付晓茹。

江明雨饱受丧女之痛，获知真相以后迁怒于齐默和萧文缜，是他身为人父的本能心理反应，可他终究还是在怨愤面前保持了最基本的理智。

夷中做错了事是事实，齐默和夷中决裂是事实，夷中喝醉了酒去找齐默是事实，齐默不知道夷中喝醉了酒不接夷中的电话是事实，夷中在车内窒息意外死亡是事实。

所谓前因后果，所谓真相大白，不过是一面是非镜罢了。

他的女儿江夷中执着于一段不属于她的感情，以至于姐妹反目，等到她想要回头的时候已经晚了，上天没有给她留下任何改错的机会。

夷中已经去世了。

夷中生前诸事犹如昨日云烟，多年以后一群成年人说是一场意外，非要拼杀个你死我活，又有什么意义呢？

江明雨身心俱疲。

相较于江明雨的理性，付晓茹无疑是感性的。

感性，意味着恨意昭彰。

萧文缜是来解决问题的，然而付晓茹根本就没让萧文缜踏进江家的大门，直接一盆冷水泼到他的身上，紧接着砰的一声用力关闭大门，足见其愤怒值有多高。

身后有车驶近。

萧文缜转身望去，是江棋来的车。

江棋来开车抵达家门口，适才母亲朝萧文缜泼水被他目睹个正着。如今，他透过车窗见萧文缜衣服湿透，模样略显狼狈，干脆按下车窗，从车里取出一条干毛巾递给萧文缜："我妈向你泼水，你完全可以避开，为什么不避？"

萧文缜上前接过毛巾，后背靠着车身，擦拭一把脸上的水珠，声音闷在毛巾里："付总正在气头上，借此机会让她出出气也好。"

"你不该过来。"江棋来推门下车。

夷中去世以后，母亲的性情越发敏感、偏执，即便是他，也在迁怒名单之内，更何况萧文缜？

"事情已出，逃避不是办法，总要出面试着和解。"

若是任由事态继续恶化，只会导致双方伤上加伤。

江棋来单手插在裤袋里，同萧文缜一样靠在车身上，静默片刻，淡淡地问道："齐齐还好吗？"

萧文缜点点头，将湿漉漉的黑发擦拭至半干，他此次拜访江明雨和付晓茹，齐默并不知情。

国庆长假在即，距离周安国的婚期只剩下一周了。今天上午，师母和伴娘团的成员前往婚纱店试穿婚纱和伴娘服，想必齐默此刻还在婚纱店里。

两分钟后，萧文缜把毛巾还给江棋来，江棋来指了指自己的脖子，暗示萧文缜脖子上还有水珠。

萧文缜擦拭干净脖子上面的水珠，将毛巾再次还给江棋来："谢了。"说罢，他便转身朝停放在一旁的座驾走去。

"文缜。"

江棋来突然出声叫停萧文缜的脚步，萧文缜转过身看着他。

江棋来的后背离开车身，手里攥着湿毛巾缓缓站直身体，漆黑的眼睛里散发出平和的微光："我与你形同陌路多年，并非出于恨意。"

"我懂。"萧文缜露出微笑，一如往昔的声音里似有细小的波澜溢出，"你和我，还有齐齐，这些年我们都在用冷漠保护彼此之间的脆弱和痛苦，断绝往来不是缘分已尽，而是善意成全。"

保护彼此，成全彼此。

齐默等人陪同师母在婚纱店里试穿婚纱和伴娘服，任由工作人员捯饬了整整一个上午，临近中午方才结束。

从婚纱店里出来，师母请吃饭，是在一家高级法餐厅用的午餐，鹅肝、松露、蜗牛、鱼子酱、牛排、三文鱼……每人五道菜，从前菜到甜品，摆盘精美讲究。周舟一边大快朵颐，一边直呼师母大手笔。

味道确实不错，齐默不期然想到了萧文缜，也不知道他有没有来过这里，如果没有的话，改天……

手机在餐桌上振动，齐默侧过身体接通电话，手机里传来萧文缜的声音。真是想什么来什么，上一秒她才想到他，下一秒他就打来了电话。

萧文缜："吃饭没有？"

"正在吃。"齐默压低声音，扫视一眼师母等人，见她们用餐过程中谈兴正浓，似是没有人注意到她正在接听电话，索性告诉某人，"今天中午师母请吃饭，宜江路有一家法餐厅，味道很正宗，改天我们一起过来。"

"香榭丽舍法餐厅？"

你怎么知道？

话到嘴边，齐默改口："你来过？"

"师母刚回国那会儿，我曾邀请她和周教授一起去香榭丽舍法餐厅吃过饭。"

"……"

齐默听明白了，师母之所以知道这家法餐厅口味正宗，是因为萧文缜多年前的推荐。

她刚才就不应该献宝，原以为他没来香榭丽舍法餐厅吃过饭，结果被告知人家不仅来过，还是常客。

齐默小声嘟囔道："该不会全市大大小小的知名餐厅你都去过吧？"

"差不多。"萧文缜的声音里隐有笑意。

"吃货。"

齐默的吐槽换来萧文缜好一阵子低笑，齐默被他这么一笑，耳根子发烫，竟也忍不住笑了："不跟你说了，我挂了。"

挂断电话，齐默重新拿起刀叉，意识到周遭无声，抬起头来，这才发现师母等人不知何时已停止进餐和说话，正齐刷刷地看着她。她们的表情出奇一致，均是打趣意味颇浓。

齐默很镇定地笑了笑，将发丝捋到耳后，低着头继续用餐。

"小师妹，"周舟眼尖，发现齐默的脸上有一道结了痂的伤痕，好奇地道，"你的脸怎么了？"

齐默愣了一下，很快反应过来，再遮掩不过是多此一举，于是开玩笑地对周舟说道："前两天我和师兄打架，他动手抓的。"

她说出这样的话，周舟直接一个大白眼翻过去，呵呵冷笑两声："骗小孩儿呢？"

齐默的确是在骗小孩儿。

除了周舟默认自己是小孩儿之外，师母等人明显淡定多了。适逢陈姓小师妹的两岁女儿发来微信视频请求，师母和杨姓小师妹凑到镜头前打招呼，齐默看见了师母眼里极为快速地闪过的一丝失落。

"要我说，我亲爱的萧师弟绝对舍不得伤你一下。"周舟出声唤回齐默的心思，"想当年，你暴瘦得不成人样，萧师弟恳请我们几位师兄和师姐轮流着每天中午陪你吃饭……"

金戈对周舟使眼色："你跟小师妹说这个干吗？都是陈芝麻烂谷子的事儿了，不要再说了。"

周舟放轻音量，没让对面专注于和孩子视频聊天的师母等人听见，和金戈说着悄悄话："我这不是好奇吗？话说咱们萧师弟深情一片，小师妹也不是无情之人，你说这两人怎么会说分手就分手呢？"

"你真是哪壶不开提哪壶，情侣之间吵个架分个手不是很正常吗？好在萧师弟和小师妹现在和好如初，你就住嘴吧。"金戈教训完周舟，冲着齐默红唇张合，无声吐露唇语："你周师姐脑子又抽了。"

周舟不是脑子抽了，她是心疼她的萧师弟和小师妹。

齐默心知肚明。

当年，萧文缜选择主动放手，在学校里避免和她相见，几位师兄和师姐却极为默契地轮流陪着她吃饭……她怎会不知与他有关？他担心她中午在校吃饭敷衍了事，更加害怕她继续瘦下去。

他总是这般细心、周到。

好比吃罢午餐，师母唤来侍者结账，却被侍者告知萧教授已经把单签了。

是萧教授，不是周教授。

萧文缜？！

香榭丽舍法餐厅是一家顶级西餐厅，一般人很难有签单特权，也难怪周舟感慨："我师弟真是个牛气冲天的人物啊。"

齐默觉得周舟这个"成语"用得不好，遂认真纠正："周师姐，'牛气冲天'在某种意义上是一个贬义词，有暗指某人气焰嚣张之意。所以，你用'牛气冲天'形容你此刻的内心感受不是很恰当。"

集体消音。

然后集体爆笑。

周舟扭头斜视一眼齐默，自是哭笑不得。

她的这个小师妹简直就是一个"直女癌"晚期患者，在国大读书那会儿就格外较真，毕业多年以后依然如此，这辈子怕是改不了了。

她突然很佩服她至亲至爱的萧师弟，若是没有钢铁一般的内心，怎么敢跟这样一位骨灰级"直女"处对象？

491

总之，她萧师弟果真不是一般人。

齐默起身离座，和师母并肩而行，远远地跟在几人身后。

"让文缜破费了。"被萧公子签了单，师母心里过意不去，"齐齐，回头你代我向文缜道声谢。"

"我不会代您向师兄道谢的。"

"什么？"师母有点儿意外，"为什么？"

"因为您是我们的师母。"齐默微笑着解释，"我们待教授和师母如父如母如至亲，儿女帮父母结账，不是为了抢风头，而是孝心使然。师兄敬您如母，如果您执意道谢的话，见外不说，还会伤师兄的心，所以我不能代您向师兄道谢。"

师母笑得合不拢嘴，齐默是她见过的情商最高的女子。

犹如阳光触碰到心中的柔软地带，身心愉悦倒也罢了，关键她从齐默的话语里深受感动。

她这辈子最遗憾的事情，就是在职场厮杀大半生，以至于错过了生育年龄，没能为周安国生下一个孩子。

可就在刚才，齐默似是知道她的心结一般，温情脉脉地告诉她，师门众人皆是她的儿女。这大概是她听过的最能打动人心的话语，贴心度远胜于这世间的任何甜言蜜语，甚至看到正前方有孕妇走来时，她还朝对方善意地笑了笑。

齐默也看到了那名孕妇，年纪与齐默相仿，挺着大肚子，看样子应该到了孕晚期，走路十分不便。经过齐默身边的时候，齐默为了避免蹭到她，还特意贴向师母身侧，与孕妇拉开一小段距离。谁承想，孕妇的左脚突然一滑，啊的一声尖叫，眼看就要摔倒在地。师母惊得愣在了原地，好在齐默抢先一步托抱住了孕妇的上半身，方才止住孕妇的下跌趋势。

前方的周舟等人听到孕妇的尖叫声，纷纷掉头望去，见齐默半跪在地上吃力地抱着孕妇，和师母正协力帮助孕妇起身，连忙赶到两人身边。

孕妇身体笨重，起身时颇为艰难，神色痛苦地扯着齐默的衣领往下坠。

周舟和金戈立刻托着孕妇的后背和后腰，杨师妹和陈师妹也没闲着，拉着孕妇慢慢地站起身来。

孕妇缓过神来，对着齐默等人接连道谢。

师母不放心孕妇挺着大肚子就这么一个人回去，关切地询问孕妇："需要给你的家人打通电话让他们过来接你吗？"

"我老公出差不在家。"

孕妇谢绝了师母的好意，说她家就在附近，不会出什么问题。最后，孕妇对着齐默又道了好几声谢，方才用双手托着腰慢慢离去。

"刚才真是吓死我了。"师母觉得后怕，拉着齐默的手说，"幸亏你眼明手快，及时抱住了刚才那个孕妇，否则她和她肚子里的孩子只怕要遭罪了。"

齐默反手握住师母的手，轻声安抚道："没事就好。"

"师母说得对。"周舟搂着齐默的肩膀，发表个人观点，"这个孕妇摔倒的时候能够遇到你，真是走运。"

然而，孕妇走运，齐默背运。

当天晚上，齐默惨遭无良媒体陷害，网上突然爆出一系列齐默推倒孕妇的现场照片，瞬间在网络上引起轩然大波。

那些照片的拍摄角度异常刁钻，再加上孕妇的表情十分痛苦，足以混淆视听。

多家媒体仿佛事先商量好一般，通稿齐发，谴责的主题基本一致，默契地附带齐默和师母等人说说笑笑的照片，集体炮轰齐默推倒孕妇以后竟然还笑得出来，可谓厚颜无耻到了极点，犹如社会毒瘤。

齐默形象受损严重，大量"黑子"和水军狂涌而至，不仅集体抗议电视剧版《乱局》的播出，更是联名抵制电影版《乱局》上映。

事发后，尽管史卿迅速发布声明，逐一点名几家相关媒体煽风点火、歪曲事实，要求相关媒体立刻撤下不实报道、停止造谣诽谤，否则"小春光"将拿起法律武器坚决捍卫齐默的声誉，但网络上早已泥沙俱下。

误信齐默推倒孕妇的书粉对齐默很失望。

坚信齐默没有推倒孕妇的书粉抱团力挺齐默。

理智的网友选择静观其变，在搞清楚事情的真相之前，不发表任何观点；冲动的网友先骂为敬，一个个站在道德制高点，提前给齐默定了罪名。

史卿（齐默的经纪人）、萧文缜（齐默1号绯闻男友）、江棋来（齐默2号绯闻男友）、萧博彦（电影版《乱局》的导演）、沈乐安（电影版《乱局》的总编剧）等业内知名人士的微博评论区全部被攻陷，话题度持续暴涨。

当然，也有网友提出质疑："这是全网黑啊，齐默该不会得罪了什么人吧？"

与此同时，师母、金戈、周舟、杨师妹和陈师妹作为见证者，纷纷出面帮助齐默澄清事情的真相，却遭偏激网友"人肉"谩骂，气得师母等人亲自下场讲道理。周舟和金戈结伴来归晚苑看望齐默的时候，更是直呼肺都快气炸了，反过来安慰齐默："一群网络喷子，不值得你生气。"

齐默没有生气，这是一起恶意传播事件。新闻通稿出来的第一时间，萧文缜就安排徐扬调取事发地的天网监控，却被告知午后天网道路监控曾在短时间内出现系统故障，根本查找不到事发时的监控画面。

太巧了。

史卿说："这件事情之所以发酵得这么快，是因为网上几乎都是你的负面评论，可

493

见有一双幕后黑手在操纵舆论，其目的不过是搞臭你的名声，继而毁掉你的前途。"

史卿说："防人之心不可无，我现在严重怀疑那名孕妇是被人买通了，所以才会联合有心人陷害你。"

史卿说："现在唯一能够证明你清白的人，就是那名孕妇，可如果她藏起来的话，即便萧教授发动手头的资源，也不见得能够找到她，真是愁人。"

所谓幕后黑手和有心人，就是前两天才在《追梦者》演播厅里明确表态不会轻易放过齐默的付晓茹。

齐默何尝不知？

她正是因为知道真相，才身心疲惫到了极点，但也仅限于疲惫。

这个国庆节很热闹，那名孕妇就像是人间蒸发了一样，萧文缜推掉手头的所有工作，发动身边的一切力量，却始终找不到那名孕妇的踪迹。

齐默不愿萧文缜来回奔波，告诉他："师兄，我不在乎别人怎么说我。"

"我在乎。"萧文缜拿着车钥匙出门，走到门口时回头看一眼齐默，重申，"很在乎。"

他知道她因为幕后推手是付晓茹，所以无心对抗、辩驳，可他怎能容忍她被网络水军肆意抹黑、谩骂？

9月30日，萧文缜公开声援齐默，全网热度空前，半个小时后江棋来加入声援之列，将该事件彻底推至白热化。当天下午，萧博彦在剧组接受媒体专访，声称他所认识的齐默和媒体捏造出来的齐默是两个人，暗讽媒体"造星"能力胜他数倍。

10月1日，齐凯瑞和齐远彬夫妇不放心齐默，前往归晚苑陪伴齐默数日；几位师兄和师姐通过各种途径对齐默予以鼓励；沈乐安致电齐默，温柔安慰："远离网络，珍爱自己。"

10月2日，乔思佳约齐默外出见面，再次邀请齐默录制《追梦者》，短短几日不见，乔思佳憔悴了许多。

沈燮离开《追梦者》，乔思佳犹不死心地执意等待沈燮重返《追梦者》，已于日前宣布《追梦者》改版上线延后。

此番，乔思佳邀请齐默录制节目，齐默的身份不再是《追梦者》改版上线后的首期嘉宾，而是《追梦者》改版上线前的最后一期嘉宾。前者意味着全新的开始，后者是为过去画上一个句号。

无论是开始，还是结束，都很重要。

齐默："你现在邀请我上你们的节目，难道不怕我对《追梦者》造成负面影响吗？"

乔思佳："我邀请你上《追梦者》，不为收视率，也不为热点、噱头，只为还你恩情。在你最难的时候拉你一起，告诉那群抵制你之人，媒体并未抛弃你。"

齐默："我对你无恩。"

乔思佳："你向江明雨和付晓茹讲的那个故事里没有我，这便是恩。"

齐默："……"

乔思佳："如果你那天将真相和盘托出的话，只怕付晓茹现在报复的对象除了你之外，还有我。齐默，我没有你勇敢，因为我一直都是孤军作战，能够抓在手里的东西寥寥无几，所以我绝对不能失去我现在拥有的一切。"

齐默："你信我没有推倒孕妇？"

乔思佳："在我回答你这个问题之前，你可以先回答我一个问题吗？"

齐默："请问。"

乔思佳："那天上午，你为什么只字不提我知道江夷中喝醉酒以后在华清园六号楼等你这件事？"

齐默："你不是说你没想到夷中会出事吗？"

乔思佳："你信我？"

齐默："你没有那么蠢，如果你知道夷中是在喝醉酒等我下楼的过程中窒息出事的，那么那份录音文件对于你来说就是烫手山芋，你绝对不可能保存至今。"

乔思佳："为什么不拉我下水？"

齐默："我下的不是水，而是沼泽地。我没道理拉着一个我不喜欢的人，一起陷在沼泽地里给自己添堵。"

乔思佳的眼睛红了。过了好一会儿，乔思佳满眼水光地看向齐默："我信你，是因为我认识的齐默，绝对不可能推倒孕妇。"

10月3日，史卿发布律师声明，已对相关造谣媒体依法追责。周安国有意延期举行婚礼，直言齐默现在正处在风口浪尖上，他与妻子无心举办婚礼，经齐默反复劝说，方才收回延期的决定。

10月4日，齐默应邀录制《追梦者》，并非特殊时期急于力证自身，而是她与《追梦者》有嘉宾合约，既然乔思佳没有调换嘉宾的意思，那就再走一遭吧。

录制进行到一半，化妆师走进演播厅给齐默补妆，有人给齐默打来电话，史卿把手机递给齐默。

电话那端的人竟是萧奶奶。

那天，萧奶奶说话时不停喘气，据说刚被萧爷爷搀扶着走了一会儿路，故而累得气喘吁吁。萧奶奶知道齐默在忙，所说话语不多，甚至没有提及齐默推倒孕妇的事。这通电话中，齐默印象最深的只有一句暖到心窝里的话。

萧奶奶："孩子，你还好吗？"

简简单单的六个字，充满了萧奶奶对她的所有关心、爱护和担忧，齐默心中残存的疲惫感刹那间烟消云散。

"奶奶，我很好。"齐默听见自己是这么告诉萧奶奶的。

10月5日，萧文缜在郊区的某公寓房内终于找到了孕妇，她怀胎八月是假，被人收买伪装成孕妇陷害齐默是真。

假孕妇开门看到萧文缜时，都吓蒙了。

萧文缜进屋以后，一句废话没有，直接吩咐徐扬录像，督促假孕妇说出事情的真相。

录像进行到一半，同样遍寻假孕妇多日的江棋来匆匆赶来。萧文缜双臂环胸，站在客厅里，转眸斜睨江棋来一眼，又将目光移到假孕妇身上。

此事涉及付晓茹，一旦假孕妇道出幕后实情，网友讨伐的对象就将由齐默转为付晓茹，难保不会祸及江明雨和青锋集团，这不是齐默想要的结果，也并非萧文缜的本意。

萧文缜顾全江家的声誉和齐默的心思，没有让假孕妇道出幕后推手付晓茹，甚至没有迫使假孕妇承认自己并未怀孕，只是让她继续她的服化道表演，对着镜头详细阐述事发经过，"主动"现身还齐默一个清白。

江棋来明白萧文缜的用心，虽没说什么，但心里颇为感激。

齐默是在商场采购生活用品的时候，看到孕妇的澄清视频的。

电视屏幕上，孕妇声称她最近出了一趟远门，目前看到她和齐默一起上了新闻，对于齐默无端遭人谩骂深表抱歉，所以决定站出来还齐默一个清白。孕妇再三强调，她是自己走路险些摔倒的，与齐默无关，所以齐默不是伤人者，而是施救者。并且她明确表示网络媒体颠倒黑白，纯属污蔑，如果齐默起诉相关媒体的话，她愿意出面做证。

尉迟敏推着购物车站在齐默身边，冷着一张脸看完孕妇的澄清视频，说道："你因为她而被骂了好几天，她倒好，现在才出面还你清白，早干吗去了？"

齐默笑了一下，没有说话。不是孕妇不愿出面，而是幕后策划人不让孕妇出面，孕妇拿人钱财，怎么可能违背金主的意思？

师兄终究还是找到了那名孕妇，没有逼着孕妇说出付晓茹的名字，齐默暗自松了一口气。

史卿给她打来电话，说是大量网友开始掉转矛头攻击那几家无良媒体造谣生事，已经有媒体禁不住网友的炮轰，把先前的报道删了。估计不出半日，相关不实报道便会被悉数撤下。

彼时，尉迟敏提着大包小包正站在路边打车。商场距离归晚苑不是很远，只有两条街的距离，尉迟敏原本是想带着齐默出门散散心的，所以出门时没有开车，逛商场是临时决定的，日用品和瓜果蔬菜买得有点儿多。

一辆白色汽车停在齐默面前，车窗缓缓降下，露出炫语璨的笑脸："好巧。"

是很巧。

炫语璨是来商场附近的写字楼与合作方洽谈工作细节的，出来以后看到齐默和尉迟敏正站在路边打车，主动提出开车送她们回归晚苑。

尉迟敏架不住炫语璨的热情，朝她道完谢，和齐默一起把购物袋放进后备厢。

炫语璨的后备厢里放了不少东西，背包、睡袋、岩石锤、岩石钉、绳套等物件，齐默收回目光，关上了后车盖。

开车时长不足五分钟，炫语璨和齐默一路无话，反倒和尉迟敏聊得很融洽，礼数周全，也很尊重长辈。

回到归晚苑，尉迟敏心里过意不去，邀请炫语璨进屋坐一坐，被炫语璨推托有事拒绝了。

"齐齐，我先把东西提到家里去，你陪语璨再说会儿话。"尉迟敏提着两大袋东西率先进了屋。

问题的关键是，齐默和炫语璨貌似没有什么话可以说吧？

两个人站在车身旁，彼此对视片刻，然后又彼此无语片刻。齐默张了张嘴，没话说，闭上了嘴巴。炫语璨张了张嘴，大概也觉得没话说，良久，憋出一句："最近几天网络上沸沸扬扬，你的情绪怎么样，有没有受影响？"

"还好。"

炫语璨忍不住笑了，换来齐默的淡淡一瞥。炫语璨清了清嗓子，说道："我家里有一只纯白色的波斯猫，慵懒随性，十分聪明，从不在乎别人是否喜欢它。它有自己的尊严和骄傲，哪怕独处一隅也能自得其乐，倒是和你极为相似。"

"我姑且认定你是在夸奖我吧。"齐默勾勾唇，算是笑了，目光不经意间落在左前方的车库上，车库的门没有完全闭合，露出一辆黑色汽车的部分车身。

炫语璨顺着她的目光望过去，好奇地道："怎么了？"

"我师兄回来了。"

萧文缜为寻找假孕妇的踪影，每天早出晚归，齐默接连两天没有看到他的身影，如今事情解决，可见他已经回家了。

"文缜住在你家隔壁？"炫语璨很意外。

"嗯。"

炫语璨望向左侧的别墅，脑子里浮现出那个冷峻、漠然的男子的模样，心里禁不住感慨道：萧公子可真是爱惨了齐默。

齐默突然问她："我刚才见你汽车的后备厢里放了不少登山用具，你平时喜欢登山？"

"算是吧。"

"算是？"

炫语璨的回答介于喜欢和不喜欢之间，漂亮的眼睛看向齐默，轻声解答齐默的疑惑："棋来平时除了工作，唯一的兴趣爱好就是登山，我只是盲目跟风罢了。"

齐默听明白了，炫语璨这是爱屋及乌呢。

说来倒也汗颜，她和江棋来一起长大，对他却了解甚少，除了知道他上学的时候喜欢读书，创业的时候喜欢工作，他的兴趣爱好她基本上一无所知。

她一直以为他没什么兴趣爱好……

某人的家门开启，相继走出两道修长的身影，齐默愣了一下，炫语璨正在打量归晚苑小区的风景，没有察觉齐默的异常。

齐默垂下眼帘，朝炫语璨打开话匣子："8月份你我在广州碰面，你曾告诉我，有一个各方面条件都很不错的男人向你求婚，你说你还没有决定是否答应对方，那么现在呢？现在你和对方进展如何？"

炫语璨的思绪被拉回，她如实告诉齐默："我正式拒绝了对方。"顿了顿，炫语璨补了句，"就在你和棋来的父母摊牌的那天下午。"

齐默没有接话，似是在等炫语璨继续吐露心声。

炫语璨说："棋来这些年活得就像是一根紧绷的弦，工作忙碌，鲜少有开怀大笑的时候。我知道他不快乐，却不知道他为什么不快乐，直到那天上午我跟着他走进《追梦者》的演播厅，我才知道他不快乐的原因是什么。你和他的心里都很苦，但你比他幸运，因为你的身边有文缜，凡事有商有量，不似棋来至今还孤身一人。总之，我决定留在棋来的身边，能陪他一日是一日，倘若有一天他遇到喜欢的女孩子，我哪怕抽身离开，想必也会微笑着祝他幸福。"

炫语璨这几年变化很大。

以前的她被感情束缚心胸，身上有着天之骄女的傲慢，不像现在历经尘世洗礼，爱意升华，连带着性格也变得温善了许多。

有些人会随着年岁的增长而越来越坏，但也有那么一些人，会在时间的磨砺下变得越来越好。

炫语璨是后者。

齐默抬眸望向正前方，那里伫立着两个英俊、出色的男子，夕阳斜照在他们的身上，柔和静谧，将他们的身影拉得很长、很长。

萧文缜单手插在裤袋里，灰色开襟羊毛衫搭配黑色长裤，姿态俊美，脸色略显疲惫，可见这几日并未好好休息过。

受齐默视线的牵引，炫语璨后知后觉地回过头去，毫不设防之下，竟一眼看见了江棋来，而江棋来也正在看她，当即心口一颤，呼吸骤然间慢了下来。

他怎么会在这里？

那她、那她刚才说的一番话，岂不是全被江棋来听到了？

"齐齐，"江棋来从炫语璨的身上移开目光，看向齐默，"这次我母亲利用假孕妇向你发难，我代我母亲向你道声歉。"

无须道歉。

齐默理解付晓茹的愤怒，询问江棋来："付阿姨有没有迁怒于你？"

他为了维护她，不惜隐瞒夷中死亡的真相多年，付晓茹心里怎会没有怨念？

"我毕竟是她的儿子，她再怎么迁怒于我，我的境遇也要比你好很多。"江棋来提醒齐默，"反倒是你，最近出门做事谨慎为妙。回头我再劝劝我母亲，逝者已矣，生者如斯，事情总会过去的。"

"嗯。"齐默平静地应声，心里却是一片惘然，想让付阿姨彻底释怀，哪儿有那么容易？

齐默手指一紧。

齐默眼帘低垂，萧文缜握住了她的手，好像每一次只要她的情绪稍加低落，他总能第一时间敏感察觉。

半个小时以前，江棋来交代司机开车外出办事，如今没有代驾工具，转而看向炫语璨："我要回公司，你捎我一程。"

炫语璨沉默地点头，看上去很不自然。

江、炫二人朝萧文缜和齐默告别，齐默目送他们开车离去，疑惑地道："大哥怎么在归晚苑？"

萧文缜牵着她的手，将她往门口的方向带："你大哥下午不是很忙，干脆来归晚苑看看你，见你没在家，就在我这里坐了一会儿。"

你大哥？

齐默思忖：这个称呼怎么听起来泛着酸意呢？

前院的树荫下，放置着圆桌和两把椅子，圆桌上摆着一只茶壶和两只茶杯，杯子里的茶水均未喝完。

看来，萧文缜就是在这里以茶款待江棋来的。

萧文缜松开齐默的手，坐在其中一把椅子上，指着另外一把椅子示意齐默入座，想必忽然有了和她闲谈一番的雅兴。

"如果没有我，你会和你大哥在一起吗？"萧文缜双手搭在扶手上，仿佛只是随口问问。

"没有如果。"齐默露出微笑，他一贯自信、冷静，何曾这般患得患失？倒是极为新鲜。

"如果。"他坚持索要答案。

齐默想了想，不答反问："如果没有我，你会和其他女孩子在一起吗？"

萧文缜侧过脸静静地看着她，说道："你说的'如果'不成立，我不能没有你。"

他声音悦耳，字字落入齐默的心间。

说这话的人眼神滚烫，齐默脸颊发烧，转移话题："师兄，你怎么会突然问我这种问题？"

"因为你大哥对你太好了。"

为了还她一个清白，江棋来和他一样，始终没有放弃寻找假孕妇，对她的爱护和关切之心，丝毫不少于他这个男朋友。

齐默说："大哥确实很好。"

"嗯。"

某人神色如常，却闭上了眼睛，似是懒得再看她。

齐默笑容加深，起身离开椅子，走到他面前站定，弯着腰打量起他的"睡颜"。他像是知道她在看他一般，冷哼一声，"睡颜"紧跟着往一侧偏了偏。

萧文缜双腿变沉。

萧文缜睁开眼睛，瞥视一眼正坐在他腿上微微含笑的齐默，啧啧，这么主动，真是难得。

"师兄，你相信吗？人世间种种都逃不开命中注定。错过是命中注定，我和你在一起也是命中注定。"齐默的双臂环着萧文缜的肩膀，额头贴着他的脖子，察觉腰间的手臂收紧，她放柔了声音，说道，"大哥虽好，但在我心里你最好。"

这话萧文缜很爱听。

萧文缜把脸埋在齐默的胸前，完美地遮住了上扬的唇角，他承认他爱极了她的甜言蜜语，貌似情话由她亲口道出，总能迫使他像个情窦初开的毛头小子一样欢喜、愉悦。

"齐齐，你在——"

尉迟敏的声音从门口传进前院，她忽然看到椅子上两个年轻人姿态亲密地拥抱在一起，没有心理准备，啊一下低呼出声。她没好意思细看那两个年轻人究竟在干吗，总之脸庞发烫，说道："你在文缜这里啊，好啊、好啊，你们继续、继续，我做好晚饭再过来叫你们。"

尉迟敏说着，抓紧时间逃离尴尬之地，走到门口的时候，还不忘贴心地把大门关上，暗自腹诽：这俩孩子也真是的，门都不关就在院子里……真是、真是没法说。

院子里，齐默轻笑出声。

"笑什么？"某人亦是笑意很浓。

"没什么，就是觉得很好笑。"

爱情这种东西，有人欢喜，有人伤感。

这天黄昏，江棋来开着炫语璨的汽车驶往公司，彼此沉默半路。炫语璨觉得气氛不太对，打开音乐，节奏欢快的轻音乐流淌在车内还不到十几秒钟，就被江棋来关了。

江棋来终于开口了："有人向你求婚？"

炫语璨不吭声。

江棋来又问："你拒绝了？"

炫语璨依旧不吭声。

江棋来以为炫语璨不想谈此事，便没有再问，如此过了两分钟，总觉得哪里不对劲，行车过程中扭头看她一眼，竟发现她正别着脸擦眼泪。

"我只是随口问问，你哭什么呢？"

她哭得那么伤心，江棋来却莫名有了几分笑意，他又没说她什么，问问也不行吗？见她越哭越委屈，来回抽着纸巾擦着鼻涕、眼泪，江棋来忽然觉得自己真是罪大恶极，选了一处停车路段，把车停在了路边。

"不哭了。"江棋来主动抽出几张纸巾递给她，叹声道，"如果我刚才的问话伤到了你，我向你道歉。"

"你……你问话……你问话没毛病。"炫语璨泣不成声，接过江棋来递给她的纸巾，使劲擤了一把鼻涕，带着哭腔说，"我是觉得自己太丢人了，我口口声声说喜欢你，却一度动过跟其他男人组建家庭的念头，我意志不坚定，真是太打脸了。"

这还是炫语璨吗？

此刻的她不再是精明能干的女强人，他的黄金搭档，反倒像是一个做了错事的孩子。

江棋来是很想笑的，但笑意尚未涌上心头，就被一股苦涩强行压了下去，江棋来凝视炫语璨哭红的眼睛，抬手拍了拍她的肩，温声道歉："有人向你求婚，我竟然不知道，可见我平时对你不够关心。"

炫语璨承受不起江棋来的道歉，哽咽着忏悔："我跟那人一共也才见了三次面，吃过两次饭而已，况且我见他的时候都背着你，你不知道很正常。"

这老底揭得……江棋来都不知道该说些什么了，只得抬手再度拍了拍炫语璨的肩，她真是太实诚了。

10月5日，暮色初落，周安国先后给萧文缜和齐默打来电话，让他们夜间务必抵达东郊嘉瑞度假酒店。

明日便是周安国的婚礼，婚礼场地布置以及婚宴大小事宜虽已安排就绪，但婚礼流程和伴郎、伴娘的职责划分还需最后商榷。师门成员下午就已抵达嘉瑞酒店，目前就萧文缜和齐默还没过去了。

萧文缜和齐默是在归晚苑里吃罢晚饭方才前往东郊的。

尉迟敏知道齐默明天有事要忙，再加上涉事孕妇澄清真相已帮齐默解除了形象危机，尉迟敏自是没有继续留在归晚苑的打算，所以想开车回家，过几日再来看望齐默，索性和两位晚辈一起离开了归晚苑。

周安国把婚礼场地选在东郊的嘉瑞度假酒店是有原因的。嘉瑞度假酒店位于大型绿色生态公园之内，除了设有高星级酒店和高档会所，还配备全套文娱项目，日间在外面举行草坪式婚礼仪式，夜间在宴客厅举行婚礼晚宴再合适不过了。

是夜，嘉瑞酒店车辆云集，周安国夫妇的亲朋好友陆陆续续抵达，婚礼尚未开始，就已有了婚礼的氛围。

此次婚礼，周安国的用心程度一看便知。

抵达嘉瑞酒店后，萧文缜先把齐默送到伴娘团那边会合，然后才去周安国和伴郎团那边商定明天的迎亲流程。

大婚前一晚，热闹而又忙碌。

师母也在东郊，晚上住在雅美酒店，距离嘉瑞酒店有十几分钟路程。按照传统规矩，明天周安国会把师母从雅美酒店接到嘉瑞酒店举行婚礼，所以齐默等人在嘉瑞酒店里熟悉完婚礼流程，稍晚些还将乘车入住雅美酒店，等待周安国明日带着伴郎团前往雅美酒店迎亲。

室内，周舟谈起明天迎亲的细节，提议伴娘团的成员借此机会一定要适当地为难一下周安国，以报当年的"严师之仇"。

该想法颇合金戈师姐、杨师妹和陈师妹之意，三人干脆围着周舟绞尽脑汁地畅想着如何为难周安国，一个个想法坏得冒烟。

齐默站在阳台上不参与，含笑听着室内几人争相道出的歪点子，俯视嘉瑞酒店前方的喷泉广场，萧文缜和陆宸等师兄正站在那里接待从全国各地赶来的早期同门师兄和师姐。

路灯下，萧文缜从头到脚仿佛镀了一层浅黄色的光晕，柔和的光线勾勒出他挺拔、修长的完美身形，即便置身暗夜，也是人群中的焦点。

有车驶来，两位同门师兄推门下车。萧文缜与人客套交谈数句，似是心有所触，突然回头望向齐默所站的阳台。灯光照在他不苟言笑的脸上，脸部线条随之软化，平直内收的嘴角弧度慢慢上扬。

古有杨玉环回眸一笑百媚生，如今萧文缜回眸一笑，虽无女子万千风情流露，但足以迷醉女子万千恋慕心事。

齐默笑了，手肘支在阳台上，微微歪头，右手掌心托着脸颊，静静地注视着萧文缜，似乎在欣赏珍贵物件，很专注，也很认真。

一位同门师兄在跟萧文缜讲话，萧文缜分神回应对方几句，再次朝阳台的方向望去，这一次他的笑意更浓了。

陆宸等人不明状况，有幸目睹萧文缜笑得如此惊艳，纷纷顺着他的目光望过去，呃……集体静音。

二楼阳台上，他们的"禁欲系"小师妹，一改往日的高冷模样，双手竟然朝他们摆出爱心的形状，不对，是朝萧文缜摆出爱心的形状，那样一个角度貌似刚好可以把站在低处的萧文缜整个人圈到她摆出的爱心里。

苍天啊，大地啊，这分明是爱心表白嘛。

她想表达什么？

是想表达她把萧文缜装进她的心里，还是想表达她要把萧文缜禁锢在她的心里？

齐默的目光焦点主要在萧文缜一个人身上，等她察觉好几位同门师兄瞪着眼睛打量她的爱心手势时，当即吞咽了一下口水，非常淡定地分开爱心手势，然后非常自然地伸展了一下手臂，再慢慢地转过身，像没事人一样进屋去了。

喷泉附近无其他人出声。

出声的人是萧文缜，他好看的眉眼间尽是笑意，稳稳地道出六个字来："让各位见笑了。"

室内，齐默有气无力地瘫坐在沙发上，手机里传来一道QQ消息提示音，不用看也知道是谁发过来的。

她的QQ号是萧文缜帮她注册的，自始至终，她的QQ好友只有他。

她打开聊天页面，萧文缜发给她的QQ表情很有"爱"，只差没有当面取笑她了："笑哭"。

齐默盯着"笑哭"的表情看了好几秒钟，抓起抱枕送到嘴边，朝着抱枕的边角狠狠地咬了一口。

陈师妹看到了，当即关切地询问："齐师姐，你饿了？"

齐默不是饿了，她是想咬人，咬那个极有可能此刻还站在楼下取笑她的萧文缜。

10月6日，周安国夫妇大婚。按照婚礼流程，两人在嘉瑞度假酒店举行完草坪婚礼仪式，紧接着便是餐前酒会和自主会客时间，到了夜间才是婚宴的重头戏。

周安国对妻子的感情如何，从一场婚礼的细节就能看出来。人到中年，尚未迟暮，却早已不再年轻。周安国耗费心思策划这样一场复婚典礼，不过是为了给他的师姐，亦是他的妻子一个余生难忘的美好回忆罢了。

然而，陆宸师兄在9月份师门聚餐时说过的戏言，终究还是应验了。

婚礼上，由周安国门下研究生组成的学霸型伴郎团和学霸型伴娘团，一经亮相，顿时吸引了所有人的目光。

尤其齐默，齐默此番作为伴娘团的一员出现在婚礼上，不仅让观礼嘉宾觉得意外，更是让原本只想单纯追着萧文缜的行程拍摄生图照的多家媒体欣喜若狂。

自从7月份李应青爆料萧文缜和齐默在国大读书期间同居过，网络上就一直流传着萧文缜和齐默的昔日绯闻。如今媒体看到萧文缜和齐默合体出现在恩师的结婚典礼上，再加上齐默昨日刚平息一场舆论危机，很多媒体正暗自发愁没有机会拍到齐默，没想到出席婚礼的几家媒体撞了个正着，真是走运得很。

此次婚礼的焦点虽然是周安国夫妇，但萧文缜和齐默由于自身的名气，以及两个人暧昧不清的关系，所以哪怕他们什么也不说、什么也不做，就那么各自置身在伴郎团队和伴娘团队之中，依然抢走了周安国夫妇的风头。

如果说，身穿黑色修身西装的萧文缜是男神伴郎的话，那么齐默绝对是高冷范儿的气质女神。

齐默等人的伴娘服是由师母亲自挑选、定制的，除了草坪婚礼一套，晚宴上还有一套，可见师母丝毫不介意被几位晚辈抢走风头。

后来，史卿把媒体那天拍摄到的生图照拿给齐默看，齐默只想说媒体不愧是媒体，随随便便几张现场图都能拍出时尚大片的感觉来，真是厉害。

草坪婚礼上，齐默和另外四名伴娘配合师母的白色婚纱，穿着统一的水蓝色长裙出场，手里分别拿着一束从师母手捧花中提取的不同寓意的半球形花束。媒体将镜头定在齐默的身上，齐默的气质、身材无可挑剔，特别抢眼。

齐默看到这样的几张照片，想的是那日婚礼现场周安国夫妇交换完结婚戒指，杨师妹和陈师妹站在一旁哭得一塌糊涂；金戈师姐接到师母的手捧花后笑得泪花翻涌；周舟师姐深受感动，逞强着不愿当众落泪，冲着安静不语的她小声嘀咕了一句："想不到老头子竟然是个痴情种。"

除了草坪婚礼上齐默的生图照，还有她在晚宴上搭配师母红色晚礼服所穿的香槟色修身连衣短裙，身材曲线婀娜，举手投足间，自有一股漫不经心的美丽。

齐默看着晚宴生图，想的却是那天晚上萧文缜看到她穿着这样一件尽展好身材的伴娘服，眼睛里似有不悦，要么暗地里没有任何实质意义地把她的连衣短裙往下拉了好几次，要么总会有意无意地遮挡住她的身体。如果不是场合不对，只怕早就让她把身上的伴娘服换了。

当然，这都是后来发生的事情了。

10月6日晚上，周安国夫妇在嘉瑞度假酒店宴客厅举行婚宴，现场宾客云集，二十余位师门研究生难得地会聚一堂，纷纷出面热情地招待宾客。

周安国在业界颇有名望，在经济学领域游走多年，平日里结交的人数不胜数，当天晚上来了很多学术界的重量级人物和财商界的知名人士。

前者如经济学泰斗齐凯瑞教授，后者如青锋集团董事长江明雨。

齐凯瑞年纪大了，近几年极少出现在公众视野之中，参加圈内活动的次数更是屈指可数。此次若非周安国大婚，想必很难邀请到他。

老爷子身边聚集了不少业内人士，齐默除了最初见到老爷子的时候同他打过一声招呼，便不再有机会和他说话。

爷爷是周安国请来参加婚宴的贵客，专车接送，周安国自会照顾周到，齐默没有什么不放心的，倒是江明雨……

时隔多日再见江明雨，江明雨长袖善舞、稳如泰山，恭贺完周安国新婚大喜，就因行程忙碌而在随行秘书的陪同下从后门低调地离开了。

彼时，婚宴厅觥筹交错，齐默正站在与婚宴厅后门连接的小花园里透气。十月丹桂飘香，橘红色的花瓣绽放于枝头，齐默凑到低垂着的枝叶前闻了闻，香味格外浓郁。

身后有脚步声传来，急促有力，然后戛然而止。齐默转头望去，一颗心向下沉了沉。

来人是江明雨。

花园里的灯光照在江明雨的脸上，他喜怒不形于色，他大概也没想到会在这里碰到齐默，所以停下急赶行程的步伐，就那么站在后院的一角，隔着不远不近的距离望着齐默。

"江伯伯。"齐默率先开了口。

江明雨点点头，算是应了声，扭头打发秘书离开："你先去找老许发动车辆，我随后就到。"

秘书听从江明雨的吩咐，很快便消失在了夜色中。齐默和江明雨相对无言好几秒钟后，最终还是江明雨打破了沉默。

他问齐默："吃饭没有？"

他说这话时，依然是齐默记忆里亲切、和蔼的江伯伯，齐默的心头突然涌起一阵酸涩："江伯伯，对不起。"

除了道一声"对不起"，她已不知道该怎么表达自己对江家人的负疚心态。

江明雨却说："该说'对不起'的人是我，你付阿姨找假孕妇污蔑、抹黑你，我代她向你道声歉。"

齐默心中的酸楚暴涨，她暗自摇摇头。

付阿姨怨她、恼她，是为人母的本能情感反应，比起付阿姨的丧女之痛，她所承受的小小报复又算得了什么呢？

夜风里，江明雨朝齐默走近几步，压低了声音，无奈又感伤地道："这些年，你付阿姨一直对夷中的死耿耿于怀，她十分后悔自己没有在夷中生前好好照顾夷中，所以才会迁怒于与夷中出事有关的一切人和事。你付阿姨埋怨你，何尝不是在埋怨她自己？"

江明雨说：“棋来找我谈过，夷中生前伤害你是事实，你心里失望不接她的电话，不知她醉酒等在你家楼下，一切只能说是阴错阳差。你本是受害者，不能因为夷中出了事，我就因为心中的怨愤把你强行歪曲成加害者，这对你不公平。”

江明雨说：“你的品性我很清楚。我和你付阿姨虽然生养夷中一场，但在夷中的成长过程中一直忙于工作，我们与夷中相处的时间甚至不及你和夷中相处时间的一半。我知道，夷中出了事情，你心里的痛与苦绝不少于我和你付阿姨。”

江明雨说：“我抽时间和你付阿姨好好谈一谈，她会想明白的。”

齐默被一股前所未有的感动紧密包裹着，站在丹桂树下长久伫立，耳畔反复回响着江明雨的话，眼中水光浮动，万万没有想到事情会演变至此，江明雨还能对她说出这样一番掏心窝的劝慰之语。

江明雨还有工作要忙，离开前，伸出手悬在齐默的头顶上方大概迟疑了一两秒钟，齐默不自觉地屏住呼吸等待着，等待着……直到江明雨的手掌坚定地落在她的头顶上，他全然释怀地揉了揉她的头，她才如释重负地从胸腔里吐出一口气。

萧文缜出来寻找齐默，正好看到江明雨转身离开。他原本还在担心江明雨是否为难过齐默，走近齐默，朝她投来关怀的一瞥，分明看到齐默的状态是放松的，可见是他想多了。

西装外套落在齐默的肩上，挡走夜风吹拂，刹那间温暖袭身，齐默知道是萧文缜来了。

“我想回去。”

“要回去吗？”

丹桂树下，齐默和萧文缜同一时间出声，话语落地，二人均是一愣，随即相视一笑。

齐默说她想回去，是因为萧文缜本来就为了她的事多日奔波格外疲惫，况且又赶上周安国结婚，昨夜只怕都没有好好休息过，所以齐默才会想要早点儿回去。

萧文缜询问齐默是否要回归晚苑，是因为婚礼晚宴无酒不成席，再加上齐默在宴席上几乎没怎么吃东西，所以萧文缜才会浮起回去的念头。

“我们回去。”萧文缜伸手包裹住齐默的手指。

齐默被他牵着走：“我们不进去跟教授和师母说一声吗？”

“里面宾客太多，更何况还有二十几位同门聚在宴客厅，他们哪儿有时间注意我们是否还在？所以，说不说无所谓。”

萧文缜言之有理，齐默不再多话。

二人回到归晚苑时已是深夜。

萧文缜说得对，周安国纵使发现他和齐默消失了，也无暇追问他们在哪里。只不过他们躲得了周安国，一路上却没能躲过几位师兄和师姐催命式的电话炮轰。

陆宸等人精力旺盛，昨天晚上就计划好了，今天晚上婚宴结束后，一群人包个KTV继续狂欢去。结果婚宴进行了不到一半，陆宸等人就找不到萧文缜和齐默的踪影了，怎么不抓狂？于是，几位同门似是说好了一般，轮流拨打萧文缜和齐默的电话。不接是吧，没关系，继续打，打到他们接为止。

面对一通接一通的电话骚扰，萧文缜和齐默果断关机，耳朵这才得以清静下来。

二人是在萧公子家吃的晚餐，由他亲自下厨做的两碗家常面，他吃得不多，貌似面前摆着一碗家常面，只是为了鼓励她多吃做做样子而已。

齐默食欲不太好，吃下半碗面已是极限，起身收拾碗筷被他出手拦住，齐默只好坐在客厅的沙发上看电视。

萧文缜需要休息，齐默无意在他家里多做逗留，心里盘算着一会儿他从厨房出来，她跟他打声招呼就告辞。

结果，萧文缜从厨房里出来，端着一盘水果放在她的面前，这让本欲起身离开的她坐了回去。

也罢，吃完水果再离开吧。

电视里，由她原著小说改编的同名电视剧《乱局》，还有两周便会迎来大结局，目前正在持续热播。

书中涉及经济学的案例颇多，编剧比较忠于原著，改编幅度不是很大。好在对待专业格外严谨的萧教授并未眯着眼挑刺儿，倒是针对剧中的风险投资和她分析、讨论了好几分钟，本来他们还可以继续讨论，谁承想……电视剧里的男女主角随着剧情的递进，感情快速升温，当着他们的面突然就那么吻上了。

他们的讨论猝然终止。

终止人是齐默，齐默突然说不出话来，垂下眸子心不在焉地吃了一小块苹果，偷偷瞄一眼正前方。电视上，男女主角从门口一路激吻到床上……啧，男女主角激情四射啊，齐默再瞄一眼坐在沙发上认真观看激吻戏的萧文缜，齐默顿时尴尬无比。

此时只看电视不说话，是真的很尴尬，齐默如坐针毡，要不说点儿什么吧？随便扯些话题把某人的注意力转移走，这才是当务之急。

"那个，《乱局》的剧本写得不错，编剧叫什么名字来着？很有才华。"齐默扯出这么一句话。

"你身为原著作者，才华不逊于编剧。"

齐默语塞，萧公子话里有话，分明是在取笑她吧？他就是在取笑她。

果然。

萧文缜继续和她探讨剧情，不过这一次却更换了讨论角度，他说："男女主角的床戏写得不错，你的灵感是怎么来的？"

齐默噘着嘴，没吃过猪肉总见过猪跑吧？

这话她可不敢说，一旦说出口，他一定会追着问，她是从哪里看的猪跑，又是怎么臆想出来的？

"那个，不是我写的，是编剧写的。"齐默往编剧身上甩锅。

萧文缜不接受她的甩锅论："原著小说我拜读过，你写的床戏片段跟现在电视剧里演的并无二致，比如你书中说男女主角上床一定要十指交缠，电视剧里也是这么演的。"

"咯——"齐默红着脸，不满某人看书如此仔细，眼神躲闪，就是不看电视画面，虚弱无力地哀求道，"师兄，换个台吧。"

"床戏还没观摩完，换什么台？"萧文缜驳回她的诉求也就罢了，竟然还拿起遥控器加大了电视的音量，"就这么播着吧，听听声音也是好的。"

声音，声音就不形容了吧？

齐默沉不住气，猛地站起身来，闷着头就往玄关的方向逃："那你慢慢看、慢慢听，我先回去了。"

"嗯？"某人似乎被电视里的画面牵引住了所有心神，反应略有延迟，等他意识到她在说些什么的时候，语气平稳地道，"嗯，回去吧。"

他没有起身送她离开的意思，坐在沙发上不动，拿起一颗葡萄放到嘴里，慢条斯理地咀嚼着、品尝着、吞咽着。

玄关口的鞋柜前，齐默坐在换鞋凳上，一边换穿高跟鞋，一边忍不住吐槽某人的脸皮怎会如此之厚。

想她一个姑娘家，哪里禁得住他这般当面调侃？也不想想她会不会因此而不好意思，会不会因此而无地自容？

齐默换好鞋，抬起手，如释重负地握住门把手，正要推门走向前院，突然想起她的手机还在茶几上放着，手指撤离门把手，快速转身朝客厅走去。

电视上，男女主角的激情戏暂时告一段落，不适画面消失，让折返回来的齐默暗自松了一口气。

"那个，我的手机忘拿了。"

齐默向坐在沙发上的某人主动说明返回原因，目光游走在宽大的茶几上。她的手机搁置在茶几上，至于摆放位置嘛，恰巧在萧文缜的眼皮子底下。

齐默上前，岂料指尖刚触摸到手机外壳，臂弯处就随之一紧，齐默来不及惊呼就被一股快而猛的力道拽拉到了萧文缜的怀里，不，是跌坐在萧文缜的腿上。他结实有力的左手臂禁锢住她的腰身，迫使她动弹不得。

"我给过你机会让你离开，既然你执意回来，今天晚上就别指望再出去。"他贴着她的耳畔低语，滚烫的气息搅得她心慌意乱。

"我有没有跟你说过，不许你穿深V连衣裙？"他修长的手指摸到她颈项后的拉链，她惊慌地扭头阻止，却不及他动作麻利、干脆，紧绷在她身上的连衣裙骤然一松，露出一大片雪白的美背。

眼看一侧肩带下滑，即将露出大半酥胸，齐默顾不上遮掩后背，连忙伸手挡在胸前，严防春光外泄。

"伴娘服款式统一，穿不穿深V连衣裙，由不得我做主。"齐默真是委屈极了，垂下眼眸替自己辩解。

辩解无效。

萧文缜压根儿就没听她的话，她黑发白颈，香艳迷人，突然，一股燥热碾压他的理智，他再也控制不住内心的渴望，薄唇直接咬住她的颈侧肌肤，狠狠吮吸着。

齐默疼得眼泪都快出来了，抬起手嗔怪地拍打一下他的后背，他这才松了口，温柔地舔舐着、亲吻着。

手指带着惊人的热度，抚摸着她的大腿，一寸寸向上，埋首在她脖颈间，轻声呢喃："我有没有跟你说过，短到这个部位的连衣裙不能穿？"

是、是、是，他说过。

齐默如坠火海，等她意识到他在做什么时，脸轰一下就红了。她被钻到连衣裙里面的手指撩得情潮涌动，敏感地察觉烫人的指尖反复游走在她的大腿根处，齐默又羞又恼，红着眼睛再次轻拍他的后背。

他的手指终于上移，薄唇含住她的耳垂，五指掐陷在她臀部的肉里，齐默既紧张又无助，心脏怦怦直跳。

"我有没有跟你说过，不许你穿包臀裙？"他的声音低哑、急促，连带着喷洒在齐默耳后的气息也散发着高温热量。

那样的热量，似乎可以融化世间的一切。齐默衣衫不整地被他抱坐在怀里，体温急剧上升，身上很快就出了一层热汗。

齐默自知难以逃脱他的魔掌，放弃负隅顽抗，面红耳赤地小声哀求他："不要在这里，去楼上。"

"来不及了。"话音还未落地，他已封住她的唇。

被他拦腰抱起的瞬间，齐默只觉得一阵天旋地转，身体更是被他扭转过来，按趴在了沙发上。

咚咚两声，高跟鞋掉落在地。

齐默的心脏几欲从胸腔里跳脱出来，她刚喘上几口气，半挂在身上的连衣裙就被他火速剥落，曲线婀娜的莹白身躯顿时暴露在水晶灯之下。齐默羞得浑身直发抖，将脸庞埋在沙发里，说什么也不肯看他一眼。

她知道他在脱他身上的白衬衫和黑色西装长裤，知道他在脱衣服的过程中，灼热的目光不知将她的背后春光打量了多少遍。

"齐齐,你看看我。"他诱惑她。

她不看。

直到强壮、匀称的挺拔身躯覆盖而上,肌肤相贴,她竟没骨气地僵硬着身体,甚至因为害羞、紧张而一度忘记了该如何呼吸。

他伸手将她的脸从沙发上掰转过来,唇舌再度与她亲密交缠,仿佛不把她的气息全部吸到体内誓不罢休。她在这样一个令人窒息的姿势里、在他脉脉含情的眼神里,忽然无比畏惧起他的狂野和失控。

他似是感觉到了她的害怕,放慢进攻节奏,恋恋不舍地离开她的唇,呼吸急促地调整姿势,一使力便把她从身下转移到了他的身上。

他这么一调换,齐默再也无法回避他的眼神,他的眼里早已褪掉冷漠,变得深情缱绻、情欲深浓。

黑色的长发散落在他的胸前,他看着她泛着水光的迷蒙美眸,隐忍着、克制着,抬手抚摸着她红红的脸颊,用极低、极轻的声音道出爱的宣言:"齐齐,我原本想把我们的第一次留到新婚之夜,不过我们既然认定彼此是各自情感世界里的唯一,又何必拘泥于时间和仪式感?我虽然无法给你置办和璧隋珠、吉光片羽、翠羽明珠、凤毛麟角,也无法帮你实现六月飞雪的心愿,但我可以把我整个人交给你。我在这里,你要吗?"

齐默被他温柔的爱意打动,僵硬的身体逐渐放松、放软,没有接他的话,主动落在他唇上的热吻却表明了她最真实的情感。

她要。

…………

三次。

第一次是在客厅里,水晶灯耀眼通明,电视机里传出的节目声、沙发上交缠在一起的喘息声,以一种令人口干舌燥的融合姿态萦绕满室。

第二次是在二楼的浴室里,他把她抱到浴缸里冲洗体液,她赤身趴在浴缸壁上昏昏欲睡,漆黑的长发犹如水藻,湿漉漉地贴附在她白皙的后背上,纤细的腰肢在温水里若隐若现……他在难以抑制的本能欲望的冲击下,再次将她揽到怀里……

第三次是在二楼的主卧室里,她在凌晨五点半准时苏醒,浑身上下跟散了架一般,偏偏身体内传来羞于启齿的兴奋感。

齐默的手指揪紧床单。

他……真是乐于此道,精力旺盛啊。

主卧室窗帘闭合,室内光线昏暗,除了他和她此起彼伏的喘息声,再无其他声音。

萧文缜伏在她的身上,一寸寸地爱抚、亲吻她的身体,从上到下不肯漏掉任何细微之处。她无力抵抗,甚至连害羞的情绪都消失殆尽,强烈的疲惫感终究难逃他的撩拨和诱惑，当他再一次进入她的体内时，她真的是恼极、怨极地爆发出内心的委屈："还让不让人活了？"

快感蔓延至周身之前，她分明感受到了他胸腔处传来的震荡。

他在笑。

后来，她和他双双抵达高潮，意识昏沉的她依稀听见他贴着她的耳朵柔声低语："你知道我忍了多少年吗？"

其实，她知道。

正是因为知道，所以她才放任并且放纵。

据说，贪吃过度，是因饥饿太久。

齐默再次醒来时，已是烈阳高悬于空之时，她看着熟悉至极的主卧室，一时之间竟然分不清自己究竟置身何处。

她是在自己家里，还是在萧文缜的家里？

被子下未着寸缕，又酸又痛的身体告诉她，这里是萧文缜的主卧室，转眸望一眼身畔，没有人。

齐默掀开被子，瞳孔狠狠一缩，白皙的身体上青紫痕迹遍布，全是萧文缜的杰作，温柔又激烈、克制又急促，连咬带啃……齐默想起昨天深夜和凌晨发生的一幕幕，脸红到了脖子根。幸亏他不在这里，否则她真想在原地刨个坑跳下去。

齐默拥着被子坐起身，打量一眼四周，没有找到一件她的衣服，这才想起她的连衣裙和内衣被萧文缜剥落在客厅里……不能想了，齐默强迫自己不要再想了。

她总不能一直困在床上不动吧？

还好卧室里只有齐默一人，她掀开被子下床，光着脚踩在地面上，刚要站起身来，岂料双腿一阵虚软，险些跌坐在地上。

齐默坐在床沿休息片刻，方才起身走进更衣室。

更衣室里，萧文缜的四季衣服井然有序地悬挂在三面衣柜里。齐默随便找了一件黑色睡袍穿在身上，系上腰带以后，一边整理头发，一边出门寻找萧文缜。

寻找萧文缜，并非她走出卧室的主因，她的目的是到一楼的客厅里找到她的衣服，或是回到自己的家里换一身干净衣服。

彼时临近中午，齐默赤着双脚走到一楼拐角处，听见客厅里传来手机短信的声音，脸上不期然浮起一丝红晕。

她有点儿羞赧，也有一点儿不自在。

然而，不由自主地加快的步伐无疑泄露了齐默的娇羞心事，她却在看见客厅里的男子的面容时，错愕之下突然止步。

没想到，齐默万万想不到会在这样一种情况下撞见萧博彦……还有刚从楼下的洗手间里走出来的沈乐安。

他们不是在剧组拍戏吗？怎么会在这里？

气氛瞬间凝固。

萧博彦和沈乐安也没想到会在儿子家里看到齐默，而且齐默还是这样一身打扮：身上穿着一袭男式黑色睡袍，睡袍虽然松垮垮地穿在身上，系紧的腰带却完美地勾勒出了她纤细的腰身，另外，满头黑发随意地散落在胸前两侧，素颜神色慵懒疲惫……分明刚起床。

至于齐默为何一觉睡到现在？为何穿着儿子的睡袍从楼上下来？萧博彦和沈乐安心知肚明。正是因为心知肚明，所以沈乐安才会眼含笑意，萧博彦才会极富修养地从齐默的身上移开目光，坐到了沙发上。

齐默很尴尬。

她站在客厅里进退两难，偷偷瞄了一眼沙发和茶几，虽然没有看到她的衣服，这让她松了一口气，但萧博彦怎么能……怎么能坐在沙发上呢？

那是一组充满质感的黑色真皮沙发，简约低调，可昨天晚上她和萧文缜在上面……

齐默心律失常，强烈的尴尬感催使她清了清嗓子，率先打破沉默："萧……"一声"萧导"已经到了嘴边，却因想起某人不喜，又咽了回去，"萧伯伯、沈姨，你们什么时候来的？"

"刚到。"

回话的人是萧博彦，他和妻子确实进门不到一分钟，妻子着急去洗手间，而他拿着手机忙着处理剧组的拍摄事宜，还不曾有机会上楼。

幸亏他们没有上楼。

不仅萧博彦误以为萧文缜在楼上，就连沈乐安也误以为萧文缜在二楼的主卧室里。

沈乐安知道萧公子近期一直住在归晚苑，原因不外乎齐默也住在这里。今天上午剧组拍摄转景本市，她与丈夫难得挪出半日空闲，所以就想约萧公子聚一聚。

来归晚苑之前，沈乐安为了避免打扰萧公子工作，特意致电徐扬询问萧公子的行程安排。据徐扬透露：昨天周安国教授大婚，萧教授在婚礼现场忙碌了一整天，应该很累，所以今天一大早把所有的行程安排取消了。

很累？

沈乐安也觉得儿子挺累的，斜睨齐默的脖颈间一眼，白皙的颈侧上红色的吻痕分外显眼，沈乐安看着都觉得疼，儿子下口真是没分寸。

客厅里，沈乐安温和地打量齐默，嘴角的笑容意味深长。齐默站立难安，被沈大编剧看得脸颊都快烧起来了。

地板上的凉意渗进脚心，齐默朝一旁移动半寸，10月的阳光游走入室，静静地洒落在她的脚背上，使她的脚背看着更加白嫩、精致。

沈乐安发现齐默没有穿鞋，从鞋柜里取出一双家居拖鞋放到齐默脚旁。

齐默红着脸道谢。

"文缜还没起床吗？"沈乐安问道。

"起床了，只是不知道人在哪里。"

齐默低着头穿鞋，话音刚一落地，就听玄关口传来咔嚓一道开门声，齐默抬眸望去，恰恰是不见踪影的某人。

萧文缜回到家里看到父母均在，脸上毫无意外之色，毕竟父亲的车就在门口停着，只是……他的目光落在齐默身上，齐默眼神闪躲，总之避开他的视线就对了。

萧文缜朝萧博彦和沈乐安分别唤了一声"爸""妈"，并问他们怎么来了。

"过来看看你和齐齐。"沈乐安情商一流，这时候捎带上齐默，分明是把齐默和萧文缜放在同等位置对待，话锋一转，问萧文缜，"你去哪儿了？"

"去齐齐家里帮她拿几件衣服过来。"萧文缜提着一个纸袋子，径直走向齐默。

此话一出，萧博彦夫妇相视一眼，那一眼甚是耐人寻味。可见两个年轻人战况激烈呢，否则人家齐默怎么会一觉醒来，连件换穿的衣服都没有？

萧博彦夫妇难得地老脸一红，各自清了清嗓子，又各自把脸转到一旁默契地静音。

齐默的脸更红了，她却不知萧文缜的心肝脾肺肾都在喷火。

要知道他在出门前，专门把齐默的伴娘服和内衣内裤清洗干净，悬挂在了晾衣间里，这才十几分钟，内衣内裤又没放在烘干机里，怎么可能干得那么快？

所以……萧文缜不用想也知道，此刻齐默身上的这件黑色睡袍里面，十有八九什么也没有穿。

没有内衣内裤，她怎么穿？

另外，同时置身客厅里的萧博彦，虽然是他的父亲，但更是一个男人。

萧文缜强忍着皱眉的冲动，牵着齐默的手朝楼上大步走去，头也不回地叮嘱父母："爸、妈，你们稍等片刻，我和齐齐一会儿就下来。"

楼下，沈乐安眼见两位年轻人消失在楼梯口，迈步走到客厅沙发前，萧博彦正坐在沙发上回复手机短信。

沈乐安站在萧博彦身后，隔着沙发靠背，两只手搭放在萧博彦的双肩上，轻声感慨道："老萧，咱俩今天貌似不该来归晚苑。"

"有点儿尴尬。"

"可不是嘛，咱俩尴尬也就罢了，关键咱俩的突然出现弄得齐齐也很尴尬，唉……"

"唉。"

唉。

二楼主卧室，齐默看着萧公子从她家里带过来的衣物，长吁短叹之余，眼神东瞟瞟西看看，就是不往床上看。

白色衬衫、黑色长裤、黑色内衣、卫生护垫……没错，卫生护垫。

萧文缜带卫生护垫过来是有原因的。

他父母登门造访之前，楼下客厅的沙发上残留了不少他和她昨夜欢爱过的痕迹，他在清理的过程中，将她的见红血迹一点点擦拭干净，连带着满腔心绪也随之一软再软。

有些东西一旦碰过，就会上瘾。

当压抑经年的欲望刹那间倾巢而出，似乎可以吞噬他所有的理智，导致他在两性关系里越发贪得无厌。

从昨天深夜到今天凌晨，所谓的精神交流彻底败给了一发不可收拾的身体交流。

她僵立在床边不知所措，清澈、灵动的眸子说什么也不肯看向主卧室的大床，还有另外一层原因。

前不久掀被下床，她未曾留意床铺风光，如今再看……床单皱巴巴的，有他的……还有她的少量血迹。

她终于知道他为什么要带卫生护垫过来了。

他把她的衣服放到床上以后，就那么灼热、炙热、火热地看着她。她尽可能保持镇定，轻轻地挪动了一下脚步，随即伸出手臂佯装去拿床上的衣物，却顺带捞起被角火速盖住大半张床铺，虽是欲盖弥彰，但或多或少缓解了她的窘态。

殊不知，此举被萧文缜尽收眼底，他眉眼间流露出浓浓的笑意。

主卧室太不安全了。

齐默弯腰去捡床上的衣物，刚直起身，背后的温度陡然升高。萧文缜伸出双臂搂着她的腰，将她紧紧地抱在怀里。

"怎么不多睡一会儿？"

低哑的声音流连在齐默的脖颈间，齐默觉得痒，又不敢乱动，讷讷地说道："我从未像今天这样贪睡过。再贪睡下去，天就该黑了。"

"怪我，把你折腾累了。"

你不累？

齐默没敢反问出口，怕惹祸上身："我昨天穿的衣服哪儿去了？"

"洗了。"萧文缜回应得有些心不在焉，伸手摸向她的小腹，"疼不疼？"

她顾不上脸红，怕他乱来，连忙点头，点完头，又觉得力度不足以表达疼痛度，索性又重重地点了一下头，答曰："疼。"

都快疼死她了。

他笑，笑得欢喜愉悦，笑得齐默羞窘感再次上来。

"怕什么？"萧文缜贴着齐默的耳朵低语，"未来两至三天我都不会再碰你，等你

514

休息好了，我继续帮你开辟床戏情节。"

齐默双腿发软，老实说，她现在听到"继续"一词就害怕，不仅一股热气直冲脑门儿，两分钟以后，更是一股血气游走至周身，恼得她狠狠地跺着脚狂吼某人："师兄、师兄呀。"

彼时，她正站在更衣室的镜子前，盯着自己脖子上显眼到外太空的红色吻痕，忽然迟钝地反应过来，沈乐安为什么会在客厅里那么意味深长地看着她微笑了。

如果她是萧文缜他妈，她也笑。

因为尴尬，所以礼貌地微笑。

不微笑，难不成还对着她颈部的吻痕哇哇大哭吗？

镜子里，齐默的脸还在；镜子外，齐默觉得，她的脸早已在客厅里丢尽了。

中午是在一家高档餐饮会所里吃的饭，萧文缜携齐默出席家人聚餐，而齐默在用餐的过程中，与萧博彦和沈乐安相处融洽，吸引了许多人的注意。

会所里正在用餐的顾客，甚至穿梭在会所里的侍者都在看齐默，齐默是知道的，但也仅限于知道。

萧博彦夫妇带着她公开露面，丝毫不介意此次同行用餐是否会被有心人士透露给媒体，她若瞻前顾后，未免也太小家子气了？

萧文缜电话不断，比他的父亲萧博彦还要忙碌，菜上桌半个小时后，他坐下来用餐的时间还不足五分钟。

"真够忙的。"这话出自沈乐安之口。

她前一秒吐槽完儿子，后一秒还不忘揶揄齐默："要我说，你和文缜干脆把归晚苑的两处房子打通，开个小门好了，省得你和文缜想要见个面，互个动什么的，还要来回跑，挺麻烦的。"

齐默微笑着吃菜，这话没法接啊。

恰在此时，萧博彦也开启了话锋："齐齐，我和你沈姨最近一直在剧组里，实在是抽不出时间。这样吧，等电影杀青以后，我和你沈姨选个日子，然后把你爷爷和父母约出来，双方家长好好坐下来吃顿饭，你看成吗？"

"成。"

齐默除了应下此事，还能说什么呢？既然双方家长迟早要见面，那就听从萧博彦的意思，到时候由他全权安排吧。

饭吃到一半，齐默惦记萧文缜还没吃上几口饭菜，扭头环顾左右。萧文缜作为一名高颜值公众人物，貌似不管置身在任何地方都能成为焦点，齐默跟着女性同胞的目光望过去，就能发现他的身影。

会所僻静的一角，刚结束通话的萧文缜被两位羞答答的女顾客挡住去路，应该是他的女粉丝，因为齐默看到两位女顾客均是一脸激动和兴奋，正分别与他合影留念。

沈乐安也看到了那一幕，抬起手肘，蹭了蹭萧博彦的手臂："哎，老萧，你有没有觉得跟文缜站在一起拍照的那个女孩子，很像老王家的闺女？"

"哪个老王？"萧博彦一头雾水。

沈乐安啧了一声，提醒萧博彦："就咱们以前住在龙堡湾时，就那个、就那个隔壁老王，开了一家律师事务所的那个。"

"哪个？"

他们的确在龙堡湾有房产，但很少居住在那里，所以……隔壁老王究竟是谁？

"他老婆是著名钢琴家那谁谁谁，我们还去听过她的钢琴演奏会，你忘了？"沈乐安说着，暗地里朝萧博彦使了一个眼色，又看向正低头喝汤的齐默。

萧博彦这才反应过来妻子的恶趣味……不对，是恶作剧。

萧博彦不愿配合，好端端的折腾孩子干吗，奈何妻子在桌子底下踢了踢他的腿，他只好赶鸭子上架，哦一声，恍然大悟般道："我想起来了，经你这么一提醒，我觉得这个女孩子长得确实很像老王家的闺女，但老王家的闺女现在好像是一位小提琴演奏家吧？常年奔波在国内外演出，怎么可能这个时候出现在国内？由此可见，两个孩子只是长得像而已，根本不是一个人。"

萧博彦的一番胡说八道，甚合沈乐安的心意，沈乐安当即附和道："可不是嘛，如果那个女孩子真是老王家的闺女，就凭她和文缜亲密无间的关系，还用得着跟文缜合影留念？我记得文缜上高中那会儿，很疼爱她，每天早晨上学都会准时守在老王家门口，就是为了和她一起去学校。好像有一次她练习小提琴被老王训斥，小姑娘一气之下离家出走，文缜心急如焚之下，在外找了大半日，最后找到了她，并把她背了回来。她和咱们文缜真是亲呢，到家了还死死地赖在文缜的背上不肯下来，若非文缜连哄带骗，对着她说了很多甜言蜜语，估计她……"话说到这里，沈乐安突然瞧见齐默微微蹙眉，呀一声及时住嘴，似是惊觉自己说了不该说的话，镇定地圆场："齐齐，都是一些陈芝麻烂谷子的事，阿姨只是忽然想起，随口说说，你可别往心里去啊。"

"怎么会？"

适逢萧文缜与女粉丝合完影，走到齐默身边坐下，见齐默面无表情地别过脸喝水，虽有疑惑，但没多想。

他真正开始多想，源于以下互动。

互动一：萧文缜夹菜给齐默，齐默放下水杯，拿起自己的筷子把萧文缜前一秒才夹给她的菜还了回去。

萧文缜看着她不作声。

"我吃饱了。"齐默冷冰冰地说道。

互动二：搞不清楚状况的萧文缜，进餐途中反复查看齐默的脸色，其间更是伸出手握住她的手指，却被她直接抽走，她摆明了不想搭理他，也不想和他有任何接触。

萧文缜抿着唇看向父母，探究、质询的意味颇浓。

他离席接电话的时候，她还好好的，怎么才十几分钟而已，她就这般抗拒他……是父母说了什么话，惹她不高兴了，还是……

正前方，父母均是一脸疑惑，他拿眼神询问父母究竟是怎么一回事。父母可倒好，竟然反过来使用唇语询问他和齐齐怎么了！

怎么了？

他要是知道怎么了，还用得着询问他们？

萧文缜的心思都在齐默的情绪因何转变上，他又哪里注意得到母亲恶作剧得逞后暗自偷笑的表情？当然，他更不曾目睹父亲警告母亲时的眼神究竟有多无奈。

沈乐安没办法不偷笑。

对面——齐默脸上流露出微笑，奈何眉眼间的神态冰寒三尺，萧公子察言观色的模样真是可爱极了。

有好戏看了。

Chapter 18
对不起，我来晚了

国庆长假的最后一天，如果说沈乐安所谓的看好戏是小情侣之间闹别扭，那么互联网上关于齐默的又一记猛料，绝对是一出刚拉开序幕的年度情感大戏。

10月6日深夜，萧文缜和齐默一起离开东郊嘉瑞度假酒店，其间为了甩开媒体跟踪，不知绕了多少弯路，可最终还是被早已蹲守在归晚苑的某家媒体拍到了他和齐默的深夜返家照。

照片里：萧文缜于深夜时分亲自开车带着齐默返回归晚苑，萧、齐二人下车以后，萧文缜很自然地牵住齐默的手，共同走进男方家中。

据媒体报道：萧、齐二人进屋以后，彻夜未出，跟拍记者蹲守至翌日上午，也不见两人出门，萧、齐二人疑似恋情曝光。

不是疑似，是坐实。

自从7月份，李应青曝光萧、齐二人同居绯闻起，网络上就一直流传着多个版本——

其一，《以文会友》节目上，萧文缜公开声援齐默并主动拥抱齐默，引起广泛热议。要知道，萧文缜成名以后，不管是公开场合，还是私下聚会，一直以来都会跟身边的女性保持一定的距离，就连绯闻女友乔思佳和庄裕琳也不例外，唯独对齐默撤下男女之防。看似只是一个简简单单的拥抱，却足以让媒体圈和粉丝圈震上好一阵子。

其二，据华清园的保安和住户透露，萧文缜居住在华清园期间，确实和一个年轻女孩子同进同出，举止格外亲密，好像是他的同居女友，至于是不是齐默……几位爆料人声称，当年萧文缜和那个女孩子每天早出晚归，即便在路上遇到，也只是匆匆一瞥，根本就不曾拍下照片存证。再加上几年过去，几位爆料人早已记不清楚女孩子的模样，所以很难给出实质性的证据。不过仔细想想，那个女孩子好像就是齐默。

其三，7月份曾有三亚市民上传过这样一张照片：三亚某小镇一家海鲜店生猛海鲜选购大厅里，萧文缜的眼神穿过大厅的来往顾客，投落在斜前方正观察水产品的齐默身上，眉眼之间分明透着柔情。齐默的书粉争相猜测萧、齐二人昔日恋情的真实性；萧文缜的粉丝一口咬定照片的拍摄角度有问题，萧文缜看的根本不是齐默，而是其母沈乐安。

其四，有网友曾于月前写过一篇火爆全网的分析帖子，从各个角度探讨萧文缜近期的工作状态和情感变化，并最终得出一个结论：萧文缜近期的主持风格不似往日那般犀利、尖锐，反而透着淡淡的温和，很有可能他正在谈恋爱。

问题是——

纵使萧、齐二人最近几个月绯闻满天飞，然而一直没有证据落实二人的绯闻，若不是10月7日午后有媒体为萧、齐二人的绯闻落下实锤，只怕绯闻依然是绯闻，再怎么演变也不可能证据确凿。

与此同时，路人粉再添实锤：就在今天中午，该顾客在某餐饮会所吃饭时，偶遇萧文缜带着齐默和萧博彦夫妇一起吃饭，席间萧文缜和齐默互动亲密、自然，萧博彦和沈乐安对此习以为常，并未流露出惊讶之态。可见萧、齐二人在一起已经有一段时间了，并且双方的恋情早已得到萧博彦夫妇的认可。

萧文缜和齐默的恋情曝光以后，迅速刷爆各大社交平台和娱乐版的头条，萧文缜的某些女粉丝由于接受不了他和齐默谈恋爱，更是在网络上掀起了一阵反对的浪潮。

归晚苑住宅曝光，大批记者追踪而至，将萧、齐二人的家门口围堵得水泄不通，这便是齐默不愿意公开和萧文缜出双入对的原因。有家回不得，自此出行不便，大概如午后这般，萧文缜把车驶进归晚苑，远远地看见记者成群，为了避免引发混乱，当即掉转车头，驶离归晚苑，开车直奔西郊秘境。

西郊秘境又名西郊半山别墅，该别墅群隶属于本市最贵的楼盘之一，由国内著名建筑设计师设计而成，因为地理位置和周围环境绝佳，所以整个别墅群只有六十六套住宅。若是没有内部资源，即便是声名赫赫的成功人士也不见得能入住其中。

齐默知道萧文缜名下的房产有好几处，却从未关注过他的房产分布状况，好比这处位于西郊半山之上的住宅，山野自然与现代化设计风格完美结合，空气里常年飘浮着花草的清香，几乎可以俯瞰全市的风貌。毗邻西斋一条沟，距离市中心只有半个小时的车程。另外，住宅内外树木葱郁，鸟语花香，很适合避世而居。

"这里是你我的婚房。"萧文缜是这么跟齐默介绍这套住宅的。

不选闹市，是因为齐默性子冷淡，喜清静，不喜热闹。

把婚房定在西郊秘境，是因为此地山林葱郁，很适合齐默晨跑健身；是因为白天、夜晚环境幽静，很适合齐默静心写作；是因为西斋一条沟距此不远，很适合齐默闲暇时垂钓。

如果齐默没有记错的话，西郊秘境好像是三年前建造的顶级别墅群，而萧文缜三年前便购买此处作为婚后居住的场所，他就那么笃定她会嫁给他吗？

这话，齐默没问。

事实上，她对萧文缜和老王家的闺女的亲密过往耿耿于怀，这种耿耿于怀和怒气冲冲完全盖过了他和她恋情曝光以后引发的一系列连锁反应。

她的情绪陡然转变，是因为客厅里那套巨大的黑色真皮沙发，比归晚苑里面的黑色真皮沙发还要大、还要宽……齐默顿时羞臊无比。

由此可见，黑色真皮沙发才是萧公子的最爱，简直是家居标配。

"怎么了？"萧文缜见齐默站在客厅里不动，顺着她的目光望向尴尬的根源，薄唇随即上扬，淡淡发声，"你皮肤白，家里配上一套黑色真皮沙发最衬你的肤色。"

齐默脸色潮红，嗓子几欲喷火，避开萧公子别有深意的话语，走进厨房烧水去了。

厨房占地面积很大，各种生活用具一应俱全，既宽敞又明亮，与室外的大花园相连，推开厨房的侧门便是绿树花草，很有生活氛围。

显然，这间厨房是萧文缜专门为她打造的，想她空有一身好厨艺，若是没有施展的空间，岂不可惜？

"我来。"萧文缜跟随齐默走进厨房，伸手去拿烧水壶，却被齐默抢先拿走，只好讪讪地收回手，望着她接水的背影哭笑不得。

今天中午这顿饭，真是吃错了。

结合齐默的反应，萧文缜几乎可以笃定父母当着齐默的面说了一些不该说的话，而且必定与他有关，总之绝对不是什么好听话就对了，否则齐默也不至于跟他闹一路的别扭。她不仅视他如无物，就连发现恋情曝光成为媒体的追踪对象，态度上也全无缓和迹象。

萧文缜的手机响个不停，未接电话多达几十通，仅是几位同门师兄和师姐就疲劳轰炸了好一阵子，后来他们干脆发过来一条条微信——

付伟："恭喜，恭喜。"

陆宸："难怪你和小师妹那么着急回去，原来是急着回去过二人世界啊。"

周舟："羞死人家啦。"

许需知："厉害了，我的弟与我的妹。"

金戈："手动撒花庆祝。"

卫子博："祝百年好合，早生贵子。"

…………

相较于付伟等人的善意调侃和真诚祝福，萧文缜和齐默对于此次恋情曝光并未表现出任何讶异和意外。

曝光就曝光吧，若非齐默担心日常生活受到影响，萧文缜早就站出来公开两人的关系了，何至于等到现在？

谁承想，随着各大媒体的跟进，萧文缜和齐默的恋情俨然变了味道。

下午三点左右，网络上突然出现多篇通稿，文章中细数齐默丰富的恋爱史，私生活之混乱令人大开眼界。据说她和某地产商、某投行老总、某知名行政律师等业界精英都曾谈过恋爱，正牌男友一年一换，与其说齐默魅力惊人，倒不如说齐默私生活不检点，处处留情，一刻也离不开男人。

字里行间隐喻险恶。

如果说数日前的假孕妇事件是一场全网舆论战的话，那么今日细数齐默过往情史便是一场彻彻底底的名誉战。

齐默瞬间成了一群无脑跟风者的笑料、谈资。

某网友素质低下，公然说起了黄段子："真是看不出来，齐默那么高冷的一个人，床上功夫竟然如此了得，小爷真想体验一把……"

啪。

萧文缜将手机重重地反扣到书桌上，声音太大，惊得前来送茶的齐默僵立在书房门口，不知该进还是该退。

萧公子心情不好，齐默并非不知缘由。适才她在厨房里烧水，父母和史卿先后给她打来电话，她自然知道她又被人架上了油锅。

只是，齐默不动怒，并不代表萧公子不动怒。

"站在门口做什么？"萧文缜怒气未消，意识到语气过于生硬，很快就放柔了语气，"齐齐，你过来。"

齐默走进书房，将茶杯放到桌面上，站在书桌一侧不动。

他静静地看着她，隔了几秒钟，再次开口："到我身边来。"

齐默听话地走近。

萧文缜箍住她的腰，像抱孩子一样把她抱坐在腿上，温声问道："吓着你了？"

"没有。"

她了解他，也了解此类新闻所产生的不良风气，若非媒体或是网友出言不逊，他也不至于发火动怒。

"又是你付阿姨搭的戏台子？！"

"嗯。"

"我理解她的怨愤和恼怒，但她一而再、再而三地伤害你，我们除了被动解决，就只剩下被动接受，真是……太窝火了。"

短短几日，仅是发生在齐默身上的恶意传播事件就有两起。付晓茹作为幕后策划

521

人，类似低劣手段反复上演，只因她深谙名人禁不起丑闻缠身，即便丑闻事件最终得以澄清，也会有那么一群人信以为真。

"她是夷中的母亲。"静默片刻，齐默压着声音说，"她可以伤害我，我却不能反过来伤害她。"

萧文缜默不作声。

面对付晓茹，齐默出于个人情感畏手畏脚，有着太多的不能为，正是因为他懂，所以他才会不语。

然而事情已出，总要想办法解决才行。

萧文缜重新拿起手机，拨了一通电话给他的私人律师："今天下午有几家八卦类自媒体为了蹭热点无底线吸睛，擅自发布失实言论，导致虚假报道广泛传播，给我和齐默造成了很大困扰，请你务必落实以下几点——"隔着电话，萧文缜有条不紊地下达着指示，"一、齐默是我的初恋女友，此生我唯一的女朋友是她，她唯一的男朋友是我。二、齐默私生活不检点纯属造谣抹黑，立刻向网络平台服务商发出侵权通知，督促对方半个小时之内必须删除所有失实内容并向齐默公开道歉。三、明确相关自媒体用户，即刻起禁止他们发布鼓动性言论侵犯我和齐默的名誉权，一旦发现侵权者，我和齐默必将第一时间进行诉讼维权。"

"好的，萧教授，我会尽快处理此事。"

萧文缜微微抿唇，隐藏坏情绪，慢吞吞地纠正："不是尽快，是现在。"

"好。"律师机警，立马改口，"我现在就去办。"

齐默很不合时宜地笑了笑。

她笑，是因为她和萧文缜的处事方法颇为相似，比如条理明确、逻辑性很强，比如习惯拆分成一二三四来说事，比如此刻这般。

理性稳重、犀利直白。

这个下午注定很热闹，萧文缜尚未结束通话，齐默的手机就响了起来，语音播报来电人："许仕成来电话了、许仕成来电话了……"

当时齐默正坐在萧文缜的腿上，明显感觉他的周身透着寒气，以防祸及自身，齐默连忙站起身来："师兄，我出去接个电话。"

"呵。"

某人发出一声冷笑，没有搭理她。

网友说："萧教授不愧是萧教授，做事雷厉风行，真是男友力爆棚。"

若是没有萧文缜在私底下干预，关于齐默私生活不检点的新闻，不可能上线才半个小时就悉数消失，热搜上榜没一会儿就相继被撤下。

至于网上那些针对齐默的污秽、下流言论，萧文缜不仅没删，还逐一@给了他的律师常远，让对方跟进追责，一个都不放过。

萧文缜手段利落无情，吓得那些素质低下者纷纷删除冒犯言论，唯恐一个躲闪不及就会被萧文缜的律师追责。

网友说："齐默的情商也忒高了吧？"

齐默私生活不检点等新闻爆出来不久，她的那群"前男友"，以许仕成为首，争相出面帮助齐默澄清真相，除了再三强调他们与齐默只是好友关系之外，更是斥责有关媒体造谣，无稽之谈离谱至极。

这些业界精英，都曾在追求齐默无果后无奈地放弃，如今却无一人说她的坏话，反而出面维护她并对她欣赏有加，岂不让一众网友蒙之、羡之？

若非齐默双商爆表，用自身的人格魅力征服异性，她的这群追求者又怎会出面声援她？

网友说："齐默三天两头被黑，瞎子都能看出来，她一定是得罪了某位圈内大人物。"

"圈内大人物"是谁？

众说纷纭。

以上言语都出自史卿之口。彼时，阳光斜照在山林间，柏油路上光影斑驳，史卿和徐扬前后脚抵达西郊秘境，各自开门下车以后，经过一秒钟的面面相觑，方才各自打开后备厢，提出几袋子食材和生活用品。

二人动作同步，表情亦是精彩绝伦。

东西买重了。

徐扬受命于萧文缜，史卿听从于齐默，而齐默给史卿打电话让她购买袋中物品的时候，并未与萧文缜商量过，所以才会出现食材堆满冰箱这一幕。

史卿揶揄齐默："你和萧教授可真是默契十足。"

齐默拿着盒装肉，看着塞得满满的冰箱，很是头疼。

怎么说呢，两个人在一起的时间久了，有些生活习惯和思维模式的确会趋于一致。

徐扬前去书房找萧文缜报备行程工作，史卿也没闲着，让齐默带着她好好逛一逛这处半山腰私人豪宅。

史卿推开厨房的侧门走进大花园，上下唇吧嗒吧嗒就没闲过："西郊秘境就算是成功人士也很难购买到手，你说，萧教授究竟是用了什么损招才拿下这里的？"

"你问他。"

史卿微笑着摇头，求生欲满满，她可不敢问。她背着双手颇像下基层视察的大老板，慢慢逛完大花园，进入住宅前院，望着绿意盎然的硕大植被，提出忧心一问："这么大一处房子，尤其前后院和花园里种了那么多花花草草，好看是好看，但萧教授有没有请保姆过来帮你的忙？"

"请了吧。"

齐默不是很确定，因为萧文缜待在书房里帮她处理网上那点儿糟心事的时候，她曾有意打扫屋内卫生，却发现窗明几净，完全不需她打扫，所以平时应该有人帮他看管这里吧。

史卿放下心来："那就好，如果萧教授没有请人帮你打扫卫生的话，院里院外全靠你一个人忙活，你哪儿还有时间静下心来写作，为'小春光'创下收益？"

"……"

史卿上楼以后直奔主卧室，看见双人床就犯病，肩头耸动嘿嘿嘿地奸笑了好一阵，好不容易离开主卧室走进更衣室，又是啊啊啊地尖叫了好几声："萧教授这是把服装店给你搬来了吗？天哪，内衣和袜子都为你准备齐全了，真是贴心。"

他确实贴心。

齐默下午观摩更衣室，看到几组衣柜里挂满了女装，而且全是她平时爱穿的款式和颜色，忽然想起8月份在广州时他曾告诉她："以后，你的衣服我包了。"

她一直以为他只是说说而已，没想到竟是真的。

"这个柜子里挂的是什么衣服？"史卿正欲伸手打开某个柜子，不料被齐默及时拦截。

齐默随便找了个借口中断了史卿的更衣室旅程，这才躲过尴尬场面。

齐默先前打开过这个衣柜，是红着脸关上柜门的。

各种丝绸睡裙和蕾丝睡裙，手感顺滑，深V低胸、镂空美背、短至大腿……总之，萧文缜就是一个斯文败类。

这日，史卿离开西郊秘境之前，曾向齐默道出心头的猜疑："付晓茹知道你和许仕成等人那么多事，该不会是李应青又跑出来作妖了吧？"

齐默不语。

李应青销声匿迹有一段时间了，或许付晓茹找过李应青挖掘她的过往，又或许付晓茹请人调查过……好在闹剧落幕，齐默只愿就此作罢，并无深究的打算。

"付晓茹这一招真是狠。一箭双雕都不过如此，因为她很清楚萧文缜在乎你，伤害你就是在伤害萧文缜，所以只要你痛苦，便是给萧文缜施以惩罚。"史卿无奈地长叹一声，"唉，我算是看明白了，付晓茹不毁掉你的名声，不严惩萧文缜，誓不罢休啊。"

"我很庆幸。"

"庆幸？"史卿以为自己听错了。

"嗯，庆幸。"齐默单手插在裤袋里，清冷的目光眺望着城市的日间风貌，淡淡地说道，"我很庆幸夷中的母亲发难的人是我，不是师兄，也不是大哥。"

西郊秘境的花园里有一小片凤仙花专用地，10月依然是花开的季节，花姿优美，颜色、品种多样，观赏价值极高。

某人有心。

齐默在观花的过程中，心头浮起异样的感觉，弯腰摘下几片花瓣放在掌心里，寂静安然，恰如此刻她的柔软心事。

身后传来某人沉稳有力的脚步声，齐默维持着看花的姿势没有回头，漫不经心地问："徐扬走了？"

"嗯。"萧文缜走近凤仙花圃，斜睨一眼齐默。

青年女子将掌中的花瓣抛进凤仙花圃，目光清亮，脸上隐隐含笑……她是在微笑吧？

"想用凤仙花染指甲盖儿吗？"

7月，在齐家老宅，他曾帮她染过指甲盖儿和脚指甲。

齐默摇头，满园花色绚丽多彩，看看也是好的。她双手插在裤袋里，垂眸看了好一会儿凤仙花，突然说道："今天中午吃饭时，我在脑海中起草了一篇文章，我给这篇文章起了一个名字——《风流男人最可恨》。"

"诚惶诚恐。"萧文缜眉峰微挑，风流男人最可恨？这个讨伐罪名不轻呢，父母究竟在她面前说了什么？

"可就在今天下午，我推翻之前那篇《风流男人最可恨》的文章，重新在脑海中构思了一篇文章，这篇文章的名字叫《萧家公子最可爱》。"

可爱？

"受宠若惊。"萧文缜嘴角的弧度上扬，从最可恨到最可爱，跨度感人呢。

阳光犹如白银遍洒庭院，散发出柔和的光晕，笼罩在齐默的身上，光泽耀眼夺目，她终于看向萧文缜："沈大编剧告诉我，你们以前居住在龙堡湾的时候，你和隔壁老王家的闺女亲密无间，你很喜欢对方，读高中时几乎每天早晨都会守在老王家门口，陪着那个女孩子去学校。"

"龙堡湾？"

萧家确实在龙堡湾购置过房产，但他从未在那里住过，哪儿认识什么"隔壁老王家的闺女"？

"对，隔壁老王家的闺女主修小提琴，有一次她遭家长训斥离家出走，你心急如焚地找了大半日才找到她，并且把她背了回来。"齐默刻意咬重字音，"背、背、背"，敏感字词放在心里嚼了三遍。

萧文缜终于知道父母在搞什么鬼了，接收到齐默非常不悦的眼神，忍着笑意问："沈大编剧还跟你说了什么？"

"她说老王家的闺女到家以后，赖在你背上不肯下来，你连哄带骗地说了很多甜言蜜语，对方才从你的背上滑溜下来。"

525

滑溜？

萧文缜没有忽略她的情绪用词，嘴角的弧度再度上扬了几分："所以你跟我闹别扭，是因为你在吃老王家的闺女的醋？"

呃。

齐默被萧文缜说中心事，羞恼地道："这不是重点。"

"这是重点。"

再也没有比这更重要的发现了。

齐默羞恼加倍，当面质问萧文缜："老王家的闺女那么招你稀罕，你怎么不和人家在一起呢？"

萧文缜轻笑出声，平静地叙述道："我没在龙堡湾住过。"

"怎么可能没住过？"齐默不信他的话，"沈大编剧说隔壁老王是开律师事务所的，萧大导演说隔壁老王的媳妇儿是著名钢琴家，还说那位与你亲密无间的老王家的闺女现在是一位小提琴演奏家，常年奔波在国内外演出。"

萧文缜啧了一声，父母一本正经地胡说八道，还真别说，隔壁老王家人设编得挺全。他温声告诉齐默："没有隔壁老王和隔壁老王的媳妇儿，更不存在什么老王家的闺女。这么说吧，自我有记忆以来，除了你，我从未跟任何一个女孩子亲密无间过。"

齐默愣了一下，很快便意识到她被萧公子的爸妈联合起来放进醋坛泡了一下午，真是……心好累。

萧文缜将齐默的挫败感尽收眼底，没好气地道："我爸和我妈说的话，你也信？"

"他们是你爸妈。"

齐默哪里想得到，萧家人喜欢相爱相杀？两位长辈闲着没事就朝自家儿子下黑手。

萧文缜提醒齐默："他们是我爸妈，但你别忘了我爸是导戏的，我妈是编故事的，想象力一个比一个丰富，比如隔壁老王家的闺女。"

闹心呀。

齐默没想到自己竟然也有被人戏耍的时候，低着头生闷气。

萧文缜走到她面前，伸出食指点了点她的脑袋，轻声慨叹："如此聪明的脑袋瓜，竟然也有犯糊涂的时候。"

"……"

其实萧文缜何尝不知齐默因何犯糊涂，若非过于在乎他的过往，失了往常的冷静，她也不至于被他的父母蒙蔽。

他想到这里，柔情游走至周身，背对着她蹲下身体，温存诱哄："上来。"

齐默的脸颊布满红晕，她站着不动。

"还不赶紧上来？"萧文缜扭头看着她，半开玩笑地催促道，"风流男人邀请你爬上他的后背，过期不候。"

齐默受他的话语影响，抿嘴露出微笑，乖乖爬上他的后背。

萧文缜背着她站起身来，在院子里不疾不徐地散着步，认真地告诉他的小师妹："截至目前，我只背过你一个人。"

齐默搂住他的脖子，本该心花怒放，却又警觉萧公子的言语另有深意，很是不满地道："为什么是'截至目前'，以后呢？难道你以后还打算背别人？"

萧文缜失笑。

她还真是一个醋坛子。

"嗯，将来背别人的可能性还是很大的。"他的话音还未落地，颈侧就被"醋坛子"紧咬不放，萧文缜慢条斯理地说，"将来我们的孩子们出生了，如果孩子们要求我背他们，我总不能告诉他们，你们的母亲会吃醋，老父不敢背吧？"

这话还是很管用的，"醋坛子"不仅松了口，还把温热的脸庞埋在他的脖颈间，海藻般的黑色长发犹如黑色瀑布倾斜而下，散发着淡淡的植物清香。

萧文缜情潮涌动，眸色渐深渐沉，呢喃自语："我还以为……"

齐默听见了，闷声问："以为什么？"

萧文缜清了清嗓子，说道："我还以为你对昨天晚上和今天凌晨我们的床戏实践不满意，怪我没和你十指交缠，生气了呢。"

齐默又羞又臊，立刻伸手捂住他的嘴，手掌之下，某人带着笑音含混不清地道："捂早了，为兄还有一句话没说呢。"

齐默短暂犹豫，不甚情愿地从他唇上挪开手指，这人应该不会再乱说话了吧？

岂料——

"知道吗？闹别扭要分时间段，千万不要上完床以后跟我置气，碰上这种情况，我难免会胡思乱想，检讨自己是否在床上表现不佳的同时，连带着自信心也会饱受打击……"

齐默面红耳赤地再次捂住他的唇，只不过这一次很坚定，绝不让他再多说一句话。不，是绝不让他再多说一个字。

绝不。

国庆长假结束以后，很多人开始进入工作状态。萧文缜一连几日早出晚归，每日行程爆满，全天工作强度渗透私下日常，几乎侵占在生活的每一处。

通常，他早晨刚起床，就有电话打过来找他；晚上他刚回到西郊秘境，就电话不断。召开视频会议、跟进项目流程、回复电子邮件……他总要忙碌到零点。

齐默说他是工作狂。

就连萧文缜自己也承认，他的玩命式工作状态不可取，但工作都是以前敲定的，做事总要有始有终。不过他已有决定，等忙完手头的工作，减轻工作量是必然的，空出时间多陪陪齐默和家人才是最重要的。

齐默理解他，毕竟每一个人的成功都离不开"努力"二字。

　　只不过，萧文缜的努力不仅表现在工作上，还密切落实在床事上。自打那夜开荤，他确实兑现承诺，两至三天没有再碰过齐默，即便两人同睡一床，也仅限于拥抱和亲吻，但三天……严格意义上来讲，齐默只度过了两天半的清闲时光，接下来的日子里可谓夜夜笙歌，总是要被萧公子压榨之后再压榨。他在床事上展现出了前所未有的热情，探索欲望格外强烈，常常折腾得齐默手脚发软，直呼吃不消。

　　他们在一起从未采取过任何避孕措施，对此两人观点一致——生育讲究顺其自然，急不得，强求不得，有则生，没有也不急，他和她再过几年二人世界挺好的。

　　那晚欢爱结束，她侧躺在床上调床头灯光，收手回来时，不小心将他搁在床头柜上的数据资料蹭翻在地。

　　"不用管。"他抱着她平复呼吸，不让她乱动。

　　"你明天还要用。"

　　她趴在床边将数据资料收拾整齐放进抽屉，却无意中发现了一个反扣在抽屉里的相框，出于好奇拿出来，木制相框里镶嵌着一张A4纸，纸页上写着几个字。

　　至于写的什么字，齐默不知。

　　A4纸上面的笔画在相框里宛如天际云卷云舒，变幻莫测，横、竖、点、提、撇、捺、横折、撇折……笔画飘浮游走，动来动去，齐默抓住有效信息，试着组合成相应的文字，终究抵不过萧文缜的淡淡一瞥。

　　"萧文缜。"他说。

　　"什么？"齐默没有反应过来，转眸对上他滚烫的目光，问道，"你的名字？"

　　"还有你的名字。"身后，萧文缜将她搂在怀里，手指落在相框右侧的名字上，耐心解说，"萧文缜，我的名字，你写的。"随后，他的手指落在相框左侧的名字上，说道，"齐默，你的名字，我后来加上去的。"

　　萧文缜的名字是她写的？

　　齐默愣住了，深思数秒钟方才突然想起她确实写过萧文缜的名字。那年她赴德学习在即，出国之前曾独自回过华清园，那天她反复书写萧文缜的名字，犹记得毁了很多张A4纸，只剩最后一张A4纸的时候，她凭感觉写下了"萧文缜"三个字。

　　那是齐默生平写下的第一封情书，也是唯一的情书，曾经寂寂无声地躺在黑色信封里一个暑假之久，直到暑假结束研二开学，萧文缜鼓足勇气回到没有齐默的华清园，在那张落上一层浮灰的书桌上打开黑色信封里的情书……齐默永远也不可能知道，当萧文缜在那张A4纸上看到他的名字，当萧文缜的指腹从那三个歪歪扭扭又缺笔少画的名字上一点点抚过时，他不仅读懂了她的决绝，也湿了眼眶。

　　那是9月的某一个晚上，萧文缜蹲在书桌后，从垃圾桶里拿出那些A4纸，并将它们一一打开、展平，当各种奇形怪状的名字暴露在他的视线里，足以在刹那间逼出他的男儿泪。

还好……

还好多年以后，她放下心结回到他的身边，她是真真实实的齐默，不再是铭刻在他情感世界里的那一份心如刀割。他能随时随地拥抱她入怀，能够在每一个午夜时分与她分享彼此的体温，已是他此生最大的幸福。

齐默早已释怀，当年的痛苦不愿尝试第二遍，遂转移焦点："这是我给你写的情书，你把我的名字写上去干吗？"

"自从我收到这封情书，就再也没有走过桃花运。算命先生说情书里只有男方一个人的名字很不吉利，为了避免我以后孤独终老，让我务必添加上女方的名字，凑成一对，方能成就一段好姻缘。"

"一派胡言。"

萧文缜笑而不语。"萧文缜"的名字单独出现在A4纸上，宣示着一段感情的结束，他不甘心，又不肯放手，所以才会添加上"齐默"的名字。他是想告诉自己，也告诉她，纵使他和她的未来被放置于白茫茫的迷雾里，看不清楚前路，但只要他和她心有彼此，终究会在时光长河里再续前缘。

其实他的心意，齐默何尝不知？

齐默打开相框背后的支架，将它放置在床头柜上，细细打量片刻，轻声问他："你的名字，我是不是写得很丑？"

她的名字也好，他的名字也罢，这些年不管她私下练习书写多少遍，依然会缺笔少画，摸不清楚汉字的结构规律。

应该很丑吧？

她知道很丑。

"不丑。"他贴着她的耳朵说，"我这辈子见过的最好看的汉字，就是你写的。"

齐默明知道他在骗她、哄她，可还是被他的甜言蜜语迷得晕乎乎的，嘴角不期然浮起一丝微笑，暗自欢喜。

令齐默暗自欢喜的，不只有镶嵌两人名字的相框，还有陈放在某人更衣室里的两件白衬衫。

那是他和她在国大读研究生期间，国大研究生院统一发的衬衫校服。

她记得，那年9月，国大研究生院举行开学典礼，她在学校小公园里帮助一只难产的大黑猫接生，身上的白衬衫因此沾染上了血污，后来还是他脱下自己的白衬衫让她换上的。

后来，她把他的白衬衫洗干净归还给他。

后来，她去萧家请他誊写阅读笔记，顺便想要拿走她的白衬衫，不料手心被蜜蜂蜇伤，白衬衫自是没有取走。

后来，她与他分开，错过研二、研三的开学典礼，并且缺席硕士研究生的毕业典礼，也就忘了这件校服。

如今，她在西郊秘境看到两件男女式样的白衬衫并排悬挂着，心中暖流涌动，忽然意识到她和他分立于感情天平的两端，他对她的用心程度远远重于她对他的付出。

西郊半山别墅群和山下的繁华闹市有着两种截然不同的生活状态，前者时光游走得很慢，后者生活节奏很快。

齐默入住西郊秘境以后，没有让萧文缜再请家政人员过来打扫卫生，一来是因为她独立生活惯了，很多事情与其交给别人，倒不如自己动手解决；二来是因为她习惯于清静度日，不太喜欢家里有陌生人来回走动；三来是因为她不擅长与陌生人建立友好关系。基于以上原因，她觉得还是不请家政人员比较好。

对此，萧文缜并未多说什么，他尊重齐默的想法和决定，转念一想家宅卫生由他和齐默合力完成倒也挺好的。

萧文缜忙碌地工作时，齐默正逐渐进入工作状态。

双休日休息时，她或钓鱼，或宅在家里。周一至周五，她每天早上五点半准时起床；五点四十五至六点四十五与萧文缜晨跑或散步；七点至七点半边做早餐边收听国内外新闻；七点半至八点与萧文缜边吃早餐边收听全英文经济频道；八点半至十二点半录制新作品音频；十二点半至下午两点吃午餐；下午两点半至下午六点录制新作品音频，或通知史卿将音频内容转换成文字并做出相应修改；下午六点半至下午七点半独自吃晚餐或是等萧文缜回来一起吃晚餐；晚上八点至晚上九点半与萧文缜外出散步或是坐在地板上合拼乐高；晚上十点准时睡觉……当然，如果萧文缜允许她睡觉的话。

对于齐默来说，如何让一众读者走进作品并与书中的人物产生交流，这才是她录制新书的重中之重。

一日上午，母亲来西郊秘境看望她，午后用餐结束，她去厨房里切了一盘水果端到客厅里，发现母亲正在观看网络电视。

母亲看的是青锋网的金牌节目《追梦者》。

《追梦者》的改版上线延期至11月，此次上线播出最后一期节目之后，《追梦者》将会停播两周，于11月份再次全新上线。

母亲这天午后收看《追梦者》是有原因的，因为《追梦者》改版上线前的最后一期节目的嘉宾是齐默。

电视上，主持人问话幽默风趣，齐默回答相关提问时用词精准，话里话外滴水不漏，总体来说访谈氛围还是很融洽的。

齐默把水果拼盘放到茶几上，抽出几张纸巾擦手。

母亲拿着牙签扎了一块苹果递给齐默，摇头感叹："唉，自从文缜离开《追梦者》

以后，《追梦者》的内容质量是越来越差了。"

"乔思佳和沈燮的实力还是有目共睹的，这几年他们严格把控节目质量，积极参与公益互动，获得了很多'80后'和'90后'的追捧和喜欢。只是最近一年节目不好做，再加上观众审美疲惫，《追梦者》急需改版罢了。"

齐默的评价很中肯，内心却在想，近几日她与萧文缜的恋情正是热点新闻，乔思佳选择在这个时候推出《追梦者》，可谓赚足了收视率和关注度。

此为一。

所谓二，在《追梦者》最后一期节目的结尾部分。

此时，有关于齐默的访谈内容已经播放完毕，《追梦者》栏目专门剪辑了一段八分钟的成长花絮追忆往昔。

那是一帧帧《追梦者》栏目组幕后工作人员的花絮视频，有早些年担任制作人的萧文缜，有为《追梦者》奉献出青春的沈燮，还有最后独自出镜的乔思佳。

幕后花絮即将结束的时候，乔思佳面带微笑，饱含热泪地看着镜头，说道："最后，我想借此机会向我最好的朋友沈燮道一声'谢谢'和'对不起'。谢谢你这些年来陪伴在我的身边与我并肩作战，与此同时，我还要向你说声对不起。作为朋友，我伤了你的心，我知道你很难原谅我，但你愿不愿意再给我一次机会？这一次我一定会用心学习如何做一个好朋友。沈燮，谢谢；沈燮，对不起；沈燮，我等你回来。"

乔思佳言词恳切，绝对没有炒作之嫌，或是恶意获取收视率的意思，只为求取沈燮的原谅。

电视里的乔思佳，不像是齐默认识的乔思佳。

乔思佳最重颜面和声誉，如今竟然为了沈燮主动站在镜头前公开道歉，可见沈燮在她心中的地位极其重要，若非在乎她与沈燮的友情，她何须做到如此？

母亲好奇："沈燮跟乔思佳怎么了？"

"不知道。"

想必观看完《追梦者》节目的观众都跟母亲有着同样的疑问，但疑问终究只是疑问，疑问背后的真相太过残忍，相信没有任何一个知情人有勇气吐露第二遍。

乔思佳能否和沈燮和好如初，齐默不知道，她只知道乔思佳的道歉小视频，沈燮一定能看到。

晚上，萧文缜开车回来吃饭，齐默跟他提起这件事。他兴趣不大，只是接连夹菜给她，提醒她别光顾着说话，不吃饭。

齐默问他："你最近有没有跟沈燮联系过？"

"没有。"

"你不担心他吗？"

531

萧文缜继续夹菜给她，答非所问："人类的心脏体积有限，重约二百五十克，只有拳头般大小。相较于担心别人，我更担心我外出工作期间，你一个人在家会不会无聊，有没有好好吃午饭。另外，"萧文缜话语停顿，深深地看着齐默，眸中温情似隐似露，"另外，女性的心脏通常比男性的心脏的体积还要小。所以我是这么想的，你与其关心别人，不如把我放在你的心里多想想、多念念，嗯？"

尾音上扬，他分明是在征询齐默的意见。

"嗯。"齐默垂眸微笑，埋着头悄悄地抓住他的手指，然后放到自己的心脏处，声音轻柔地道，"你一直在这里。"

某人受她言行蛊惑，脸上露出笑容："很荣幸。"他放下筷子，伸出另外一只手握住她的手指，效仿她的动作放到自己的心脏上，紧接着半开玩笑地道，"巧合的是，你也一直在我这里。"

夜间，餐厅里耀眼的灯光洒落在他和她笑意浓浓的眉眼间，恍若一下子就活成了梦想中的模样：岁月静好，生生欢颜。

齐默心里明白，萧公子之所以回避沈燮不谈，不过是因为沈燮一而再、再而三地伤害她，继而误解他的良苦用心。

只是——

萧公子对沈燮失望，何尝不是源于太过在乎他与沈燮之间的兄弟情？

岁月静好，生生欢颜。

以上八个字只存在于西郊秘境，不存在于付晓茹和齐默的恩怨纷争上。

10月下旬，电影版《乱局》在拍摄的过程中被投资方临时撤资，对此投资方给出的说法是公司内部正面临融资乏力危机，撤资是无奈之举。

投资方做出这样的决定，无疑将萧博彦团队置于两难境地，所谓开弓没有回头箭，为了不影响《乱局》的拍摄进度，萧博彦夫妇率先拿出四千万元应急拍摄，但后续的开销仍是一个大窟窿。

齐默得知此事时比较晚，萧文缜不告诉她，史卿不告诉她，若非周舟给她打电话无意中说到此事，只怕10月份从指缝间走完，她还不知道剧组出了这种事。

齐默前往"小春光"找史卿的时候，公司内一片兵荒马乱，策划编辑部门员工、法务专员、编辑部几位主任、版权采购部门员工纷纷向齐默行注目礼，毕竟这是齐默第一次造访"小春光"，众人吃惊、意外很正常。

众目睽睽之下，齐默推开"小春光"CEO办公室的玻璃门，正坐在办公桌后处理公事的史卿望向来人，表情完全可以用"惊愕"来形容："你、你怎么会来这里？"

当天天气很差，狂风席卷大街小巷，齐默走进"小春光"之前，满头黑发被狂风吹乱，她未曾以手指梳理，就那么随意地散落在肩头，看起来分外狂野、不羁。

更为不羁的是，齐默从风衣口袋里取出一个黑色钱包，打开以后直接抽出几张银行卡放到桌面上："你把这几张卡里面的钱集中汇总，全部转给萧导，就说《乱局》的投资算我一份。"

史卿站起身来："没必要吧？"

"如果后期还需用钱，我再另行清算个人资产。总之，不能因为我而影响拍摄。"

这部电影从筹备到拍摄耗费了很多人的心血，付晓茹怎么打压她都可以，但像如今这般祸及整个剧组，她心里如何不难受？

史卿理解齐默的心情，否则也不会听从萧文缜的意思隐瞒齐默这么久："你要投资《乱局》这件事，跟萧教授私底下商量过吗？"

"我们财务独立，不需要跟他商量。"齐默把几张银行卡推向史卿，"你跟剧组那边交涉一下，把钱转过去。"

至此，她心意落定。

有一句话卡在史卿嘴边没有说出口，直觉告诉她：齐默出的这笔钱，萧博彦夫妇十有八九会拒收。

果不其然。

黄昏时分，齐默接到沈乐安从拍摄现场打来的电话，电话一接通，沈乐安就开门见山地告诉齐默："齐齐，你的心意我和你萧伯伯领了，但你出的钱，我和你萧伯伯不能收。"

沈乐安接着说："其实投资方撤资的第一时间，文缜就转了一笔钱给他父亲，当时也被他父亲退了回去。"

沈乐安紧接着又说："齐齐，投资方撤资这种事，我和你萧伯伯司空见惯，不是什么大事。我们剧本好、剧组好、导演好，这几日接连有投资方主动找上门求合作，但都被你萧伯伯拒绝了。我和你萧伯伯很看好这部电影，已经商定由我们自己出资投拍这部电影。如此一来，不仅避免了投资方干涉电影剧情和走向，还省掉了很多不必要的应酬和麻烦。目前剧组拍摄进度如常，你和文缜就不必担心了。"

是夜，萧文缜不知是从他父母那里，还是从史卿那里得知了这件事，把齐默搂到怀里宽慰道："不要再想这件事情了，你公公和婆婆投资拍摄几部电影的钱还是有的。"

齐默伸出手臂抱着他，将脸埋在他的怀里，闷闷地说："我还没嫁给你呢，哪儿来的公公和婆婆？"

"你是在变着法地催我向你求婚吗？"

他的声音很轻很轻，似是怕惊醒她的坏情绪一般，但她知道他说这话的时候一定在微笑，一定。

"我什么也没说。"

只因意识到他在微笑，齐默竟不自觉地向他的情绪靠拢，真是一个了不起的发现。

能笑总归是一件好事，这说明事情还不算太糟糕。

齐默的结论下得太早了，事情远比她想象中的糟糕。

10月份整整一个月，付晓茹心头怨愤难消，听不进江明雨父子的劝阻，屡次耍手段报复齐默，导致江家一直笼罩在愁云惨雾之中。

10月下旬，付晓茹插手《乱局》电影剧组投资事宜，怂恿投资方撤资，将钱转入其他项目。江棋来知道此事以后，曾尝试着说服付晓茹收手："妈，您要我跟您说多少遍您才会明白，夷中醉酒找齐默，是夷中单方面做出的决定，齐默没有接听夷中的电话，对此并不知情。夷中出事之前，齐默甚至不知道夷中在楼下等她，夷中是死于意外，意外您懂吗？"

付晓茹怒不可遏，觉得她的丈夫和儿子全中了齐默的邪，要不然怎会都帮齐默说话？

他们越是如此，她的心里就越是怒火燃烧。尤其她的儿子江棋来，为了维护齐默，甚至帮其隐瞒夷中的死亡真相，事到如今，竟然还再三为齐默说话，她怎么会有这样一个儿子？

某个秋意袭人的夜里，付晓茹难以忍受江棋来的吃里爬外，顺手拿起茶几上的遥控器狠狠地砸向江棋来，嘶哑着声音朝他怒吼道："死的怎么不是你？你给我滚！"

江棋来不避不躲，遥控器先是重重地砸在他的脸上，紧接着反弹出去，再是啪的一声掉落在地面上。

光滑的地板上，遥控器瞬间解体：集成电路、绿色电阻、深蓝色电容、红外发光二极管……

那一夜，江家客厅宛如乌云压顶，付晓茹也好，江棋来也罢，都在拼命抑制自己的坏情绪。只不过付晓茹爆发出了她的坏情绪，而江棋来被付晓茹的话语所伤，破碎的心灵与地板上支离破碎的电视遥控器并无二致。

此事过后，付晓茹与江棋来断绝联系长达一个星期。若非青锋网召开领导层例会，炫语璨迟迟不见江棋来出席，多番致电江棋来却发现其手机一直处于关机状态，无奈之下拨打电话给付晓茹询问江棋来的行踪，只怕付晓茹还不知道江棋已失联一日。

没有人知道江棋来去了哪里，付晓茹几乎问遍了江棋来的朋友，该打的电话、能打的电话，她一通都没落下……当付晓茹像是抓住了救命稻草，将电话打给齐默的时候，是带着哭腔询问齐默的："棋来有没有跟你联系过？"

"没有。"齐默有点儿蒙，"大哥怎么了？"

付晓茹没有回答齐默，她的担忧、焦躁、恐惧和不安，悉数转换成眼泪，一滴接着一滴地往下砸。

隔着电话，齐默听着付晓茹的哭声，莫名生起一丝不祥的预感，心跳的速度快得惊人。

这天是10月29日，再有两天便会迎来11月，齐默叫了一辆出租车前来西郊秘境接她下山。

出租车抵达西郊秘境的时候，正好赶上萧文缜开车回来，见齐默着急出门，萧文缜很是惊讶："齐齐，你去哪儿？"

齐默看到萧文缜开车回来也很惊讶，此时距离他清晨出门工作不过一个半小时，他怎么会在这个时候回来？

齐默无暇多想，匆匆解释道："大哥不见了，所有人联系不上他，江伯伯和付阿姨都快急疯了，我下山看看情况。"

"不见了？"萧文缜紧皱眉头，他并不知道此事，他回来是因为……他张了张嘴，可最终什么也没说。

不，他还是说了。

他上前打开出租车的后车门，一边示意齐默上车，一边对她说："路上注意安全，我还有一点儿私事要处理，晚些时候给你打电话。"

"嗯。"

萧文缜伫立在原地，亲眼看着出租车消失在山路上，手机在裤袋里嗡嗡作响。他抿了一下唇，取出手机接通来电。

是爷爷打来的电话："文缜，接到齐齐以后你们快点儿来三亚，你奶奶快不行了……"

萧文缜沉沉地闭上眼睛，片刻后睁开，连家门都没进，再次上车发动引擎直奔机场。

江棋来是在登山途中失联的。

昨天清晨，江棋来和两位驴友来到市郊的攀登胜地雁亭山，上午八点左右开始进行登山活动。临近中午因登山路线不同，江棋来与两位同行驴友在涝山岭一带分道扬镳，并在下午四点二十三分给付晓茹打过一通电话，被付晓茹拒接以后，江棋来手机关机，自此彻底失联。

翌日上午，也就是炫语璨惊觉江棋来缺席公司高层例会的那天上午，江明雨久寻江棋来无果，当机立断报警求助。警方、消防部门、多支户外专业救援队，出动上百人，众人制订好救援路线，于上午十点零七分正式上山搜救。

炫语璨曾经陪同江棋来往返雁亭山二十余次，江棋来失联之后，她保持着罕见的冷静和坚强，遇事不慌不忙。她根据以往她和江棋来的登山路线，推算江棋来很可能离开涝山岭一带之后，沿霜莴山、茗灵洞、乌鞘岭等方向行进。

救援工作十分困难，仅是登山至涝山岭就花费了五个小时，随后救援队根据炫语璨推测的行踪路线判定出江棋来的大致方位，并进行全力搜救。一直到天色大暗，山林中

535

起了薄薄的雾气，还是没有找到江棋来的踪影。

置身于雁亭山里面，手机几乎没有任何信号，偶尔接收到一格信号，也是微弱无比、稍纵即逝。救援队的成员摸不清楚江棋来的具体位置，搜救过程中走了不少冤枉路，也浪费了不少时间。

炫语璨是顶着压力向搜救人员指引江棋来可能走的登山路线的，当黑暗来临，搜救进度遭遇暗夜考验，能见度越来越低，炫语璨的冷静和坚强方才出现裂缝。她开始焦躁地啃咬起指甲盖儿，她在害怕，害怕她推测有误，继而延误救援江棋来的时间。

不止炫语璨一个人害怕，江明雨夫妇也很害怕。

江棋来选的是一日登山路线，山里夜间气温骤降，他除了穿着一套冲锋衣，没有任何取暖衣物和露营装备，如何抵御夜间的风寒？况且，他还没有食物。

付晓茹冻得浑身发抖，江明雨把外套给她披上，又被她取了下来，她哽咽着说道："棋来还在挨冻呢，这么冷的天，他昨天晚上究竟是怎么挺过来的？"

江明雨死死地抿着唇没有说话。

今天黄昏时分，救援队的领头人曾站在霜苘山的悬崖上提出过这样一种可能性："令公子不排除失足坠崖的可能性。"

江明雨听不得这种话，他作为父亲，听到这样一句话，当场就红了眼睛。可他不能哭，棋来还没有被找到，如果连他都绝望地倒下，棋来该怎么办？如果棋来还活着……他的儿子一定要好好地活着。

连夜搜救视野有限，江棋来能够挺过昨夜，并不见得能够挺过今夜。付晓茹头发乱了，衣服和手臂被沿途的树枝划破、划伤，然而身上的疼痛远不及心灵深处翻涌而出的恐慌和惧怕。

进山搜救，她执意跟随，从上午到晚上，她的眼泪就没断过。她真后悔，她不该诅咒儿子"死的怎么不是你"；她不该在昨天下午因怒气未消而拒接儿子的电话。

她怎么能够不接棋来打过来的电话呢？

那可能是他登山遇险以后，好不容易才搜寻到的一格求救信号，他把电话打给她，可是她在做什么呢？她拒接、拒接……

漆黑无比的夜里，寒风乍起，山林里到处响彻着呼喊"江棋来"的声音。付晓茹跟在救援队伍后面，抬起手狠狠地抽了自己一巴掌，泪水浸湿手心，她再也忍受不了心中的自责与煎熬，咬着手指痛哭起来。

此次深入雁亭山腹地搜救，齐默随行在列。出发前，为了应对找到江棋来以后，他所面临的各种突发状况或是意外状况，齐默紧急叫上了父亲一起进山，以备不测。

找不到江棋来。

入夜以后，视野不过数米，再加上路途中树木掩映，导致搜救工作越发难以进行。

每十人一组进行分散搜救，齐默等人走进乌鞘岭一带，小山峰高低起伏共计三处，齐默等人按照炫语璨推测的登山路线一处处找过去。

山间的树枝划伤了齐默的手背皮肤，渗出丝丝鲜血，隐隐作痛的从来都不是她的身外伤，而是心里的那一份不确定。

不能崩溃，她告诉自己绝对不能崩溃。可当她在一处十几米高的山坡上捡到一支登山棍的时候，她几乎是抓着沿途的树枝稳定身子，跌跌撞撞地跑到了山坡下。

"齐齐——"

父亲不明状况，误以为她一时失足，急忙伸手去抓她，却只能眼睁睁地看着她疯了一般滑下山坡，最终隐没在了黑暗里。

手电筒快速扫过周遭，齐默的心中充满了紧张和不安，她想大声呼喊江棋来的名字，张了张嘴，却发不出声音。她已没有思考能力，脑子里、心里、灵魂里只剩下一个念头——他还活着吗？

二十一点三十五分，当齐默将手电筒的亮光落定在江棋来苍白的脸庞上时，方才察觉就在刚才那短短一分钟的时间里，冷汗早已浸湿她的后背衣料。

夜风吹散她的长发，隐忍已久的泪水忽然夺眶而出，她对上江棋来虚弱的脸庞，无意识地掀了掀上下唇："大哥，你还活着？"

是夜，江棋来膝盖受伤严重，无法正常走路，唯一的通信设备——手机，已于昨天下午四点二十四分没电关机。他在孤立无援之下挨过了最难熬的夜，四顿没有进食，忍着膝盖处的伤痛，终究还是在奄奄一息之际等来了齐默的一束光。

江明雨夫妇和炫语璨等人赶到的时候，看到的是这样一幕：齐远彬帮江棋来处理膝盖上的伤口，齐默隔着厚厚的冬衣用力地抱住江棋来，失声痛哭，江棋来既无奈又好笑，竟然还能打趣齐默："齐齐，你把冬衣都哭湿了。"

江明雨哭了。

付晓茹哭了。

炫语璨哭了。

救援队的上百位成员笑了。

是夜，救援队的成员护送江棋来下山，付晓茹和江明雨分别站在担架两侧握住江棋来的手，付晓茹哭着说："妈妈错了，妈妈不该不接你的电话。"

江棋来动了动唇，付晓茹朝他凑近几分，江棋来说："不怪您，毕竟您不知道我当时登山遇险。"江棋来又说，"妈，您此刻的自责与内疚，与齐齐当年错过夷中打来的电话，目睹夷中抢救无效的心情一模一样。她与您唯一的不同是，她的愧疚感和煎熬感比您深、比您重，因为我还活着，夷中却没了。"

537

付晓茹呼吸骤停，如遭雷击。

清晨，市医院。齐远彬为江棋来动完膝盖手术，江棋来被医护人员推出来的时候，炫语璨几个大步走上前紧紧握住他的手，眼睛红红的，眼里满是水光。

"齐齐是按照你提供的登山路线找到我的，我欠你一条命。"

雁亭山地域辽阔，大大小小的山峰十余处，如果不是她顶着压力制订救援路线的话，只怕救援队的人此刻还在山里转悠。而他可以撑过一晚，绝对撑不过第二晚。

炫语璨后怕不已："我只希望你好好的，下次如果再登山，请你一定要叫上我，我陪你进山。"

江棋来勾起唇角笑了笑："你不是不喜欢登山吗？"

炫语璨尴尬极了。

被他看出来了吗？所以他这几次登山才没叫她？可是……比起不喜欢登山，她更怕失去他。

"我喜欢登山。"炫语璨听见她是这么回应江棋来的。

她喜欢登山，只因他是登山爱好者。

清晨，江棋来在病房里沉沉睡去，齐默坐在走廊的椅子上，这才有时间掏出手机查看来电信息——没有人给她打电话。

齐默觉得奇怪，她一夜未归，而且师兄和大哥再怎么说曾经也是好朋友，他怎会一通电话也没有打过来？

他说他有私事要处理，是私事还没有处理完吗？

通常这个时间段，他早已出门上班去了，齐默打了一通电话给他——关机。

他平时工作电话不断，随时随地都有人找他，手机一天二十四小时都处于开机状态，这种情况并不寻常。

齐默难得地皱了眉。

有人在她身边坐下，齐默转过脸看向来人，竟是付晓茹。

付晓茹手里拿着一只一次性水杯，垂下眼眸，缓缓吹着杯口的热气。齐默不知道她想干什么，从她脸上移开视线，没有吭声。

很久很久之后，久到付晓茹喝完了半杯水，付晓茹才终于开口打破沉默："你和夷中都深爱着萧文缜，萧文缜究竟是一个什么样的人？"

齐默没想到付晓茹会这么问，沉默片刻，回应道："他和夷中是同一个世界的人。"

"你跟他不是一个世界的人？"付晓茹转眸看着她，问道。

"我和他是两个世界的人。"齐默对上付晓茹爬满红血丝的眼睛，"他和夷中从出生起就赢在了起跑线上，而我和他们恰恰相反，我从出生的那一刻起，就注定要输在人

538

生的起跑线上。天生型学霸和后天努力型学霸，怎么可能是同一个世界的人？"

"可是他选择了与他不同世界的你。"

"对，因为他选择了我，所以我要对得起他的选择，追着他的光芒大步行走，努力和他变成同一个世界的人。"

付晓茹沉默下来，似是被齐默的话语触动，隔了好一会儿才再度开口："夷中对于你来说，意味着什么？"

"姐姐。"

即便江夷中早已消失在人世间，但只要她意识不灭，江夷中便是她的姐姐。

付晓茹的后背靠着座椅，神色疲惫，连带语气也是软化棱角的无力，她低声说道："那天凌晨，夷中开车去华清园找你，我猜她是为了和你冰释前嫌，怀揣着和好如初的心态去见你的。"

走廊里静了几秒钟。

"我后来知道了。"齐默说。

付晓茹红着眼睛问道："你后悔不接她的电话吗？"

走廊里再度静了好几秒钟。

"如果我单方面后悔，可以弥补一切憾事发生，我后悔。"齐默的语气很平和，仿佛多年来的痛苦都沉潜在了这句厚重无比的话语里。

付晓茹的嘴唇颤了颤，她将剩下的半杯水送到嘴边一口气喝完，然后将纸杯一点点地揉捏在手心里，没有丝毫情绪起伏地叙述道："我以前很喜欢你。"

"我知道。"

"我和你以后还是少来往吧。"

看到齐默，付晓茹总会忍不住想起夷中，她不愿自己再困守在负面情绪里走不出来。

这次棋来出事，给了她致命一击。她不接棋来的电话，导致棋来命悬一线，险些出事，她在无穷无尽的自责煎熬之下，方才彻底感受到齐默当年的心潮涌动。

那是一场意外。

她开始说服自己：夷中出事是一场意外。

自此以后，她与齐默不来往、少来往，于她、于齐默都好。

齐默将付晓茹的挣扎和逐渐释怀看在眼里、听进心里，压下眼眶的湿意，没有接话，她已不知道该说些什么。

付晓茹站起身来，朝走廊的垃圾桶走去，走出几步，似是想起了什么事情，慢慢回头望向齐默，问道："'夷中慈善基金会'每年都会收到一位爱心人士的匿名捐款，迄今为止，捐款金额高达上千万元，匿名捐款人是你吧？"

直觉告诉付晓茹，匿名捐款人一定是齐默。

事实证明，她的猜测是正确的。

齐默用沉默给出了回答。

走廊里寂静无声，静到齐默甚至能够听到付晓茹的呼吸声，付晓茹在10月30日这天清晨告诉齐默："麻烦你转告那位爱心人士，以后她再向'夷中慈善基金会'捐赠善款时，还请使用真名，夷中看到她的名字大概会很欢喜。"

齐默坐在椅子上笑了，眼眶中却有液体滑出，她用手擦去泪水流淌的痕迹，不远处的垃圾桶传来极其轻微的翻盖声。

那只被付晓茹揉成一团的纸杯被丢进垃圾桶，宣告着一段段舆论战和口水战的报复终于宣告瓦解。

放下，即是开始。

令齐默没有想到的是，她与付晓茹之间的芥蒂倾轧，开始于江夷中的意外去世，结束于江棋来的登山遇险。

到最后，为这段恩怨画上休战符的人会是江棋来。

齐默第一次前往市医院食堂，是齐远彬带着她一起过去的。父女两人均是一夜未眠，她还好，因为她可以随时回去补眠，然而齐远彬还有白班要上，二十四小时无休无眠是常态。

齐默俨然成了医护人员的焦点，排队打菜的过程中，不少人像是看见了自家女儿、妹妹、亲人一般，朝齐默挥手打招呼："闺女，陪你爸爸来吃饭呀？"

"姐姐，我很喜欢你的书，加油。"

"齐默，常来啊。"

…………

齐默失笑，这里是医院，纵使父亲在这里上班，她常来貌似也不太好吧？

食堂的厨师阿姨很热情，给齐默打菜的份量多了一些，甚至多拿了两个包子给她："多吃一点儿，你本人比电视上瘦多了。"

齐远彬带着齐默找位置吃饭，瞥一眼齐默餐盘里足以让两个成年人吃饱的早餐，适时打趣一句："你爸我在这家医院里待了这么多年，还不如你的面子大，如果不是你，我今天早上可享受不了这么好的饮食待遇。"

"那也是您生养得好。"

像这样一番对话，若非父女私下笑谈，倒是很像商业互捧。齐远彬找到一处位置，示意齐默坐下。齐默在吃饭的间隙偶尔看向父亲，时光催人老，父亲的头上已白发丛生，在清晨的阳光下闪烁着丝丝银光。

截至目前，夷中出事的真相对爷爷和父母来说仍是一个秘密。齐默也曾纠结是否告知家人，可告诉了家人又能如何？不过使他们徒增烦恼罢了。

况且她是成年人，自己的事情自己承担，没必要累及家人。

这是以前，现在……现在过往之事尘埃落定，她就更加没有必要说了。人活一世，若是看得太透彻，活得太清醒，凡事都要弄个明明白白，反而会失去做人的乐趣。

"食堂的小笼包不错，你尝尝。"

齐远彬出声拉回齐默的思绪，齐默点头应了，却没有动筷子，而是从风衣的口袋里取出一瓶风油精放到齐远彬的粥碗旁。

"这是？"齐远彬不解。

"您一会儿还要上班，这是给您提神用的。"

"拿走，我不用这个。"齐远彬咧嘴一笑，很不领情地将风油精推给齐默，"味道太重，容易熏到病人。"

齐默含笑收回风油精，却在想，风油精的味道确实刺鼻了一些，很容易熏到身边的人。她以前涂抹风油精，熏的是爷爷，后来……熏的是师兄。

想到师兄，齐默心里软了几分。吃完饭与父亲在食堂门口分开，齐默取出手机再次拨打萧文缜的手机号码，依然是关机状态。

齐默乘车回西郊秘境，短暂犹豫过后，拨打电话给史卿，让史卿致电徐扬，询问一下萧文缜的行程安排。

史卿刚起床，正在洗手间里刷牙，嘴里都是牙膏沫子，含混不清地道："何必问徐扬，你想知道萧教授的行程安排，直接问他本人不是更快？"

"他手机关机，我联系不上他。"

"这样啊。"史卿跟齐默装起傻来，"你找我，我也没有办法，毕竟我没有徐扬的联系方式。"

齐默按下后座车窗，晨风迎面袭来，导致她眼眸半眯："我师兄是你的老板，你平时向他报备我的生活状况，若是碰巧他工作繁忙，不方便接听电话，难道你从未通过徐扬联系过他吗？"

"你，"史卿饱受惊吓，呸了一声，把嘴里的牙膏泡沫吐到洗手池里，追问齐默，"你是什么时候知道萧教授是我的老板的？"

"很早以前就知道了。"

"有多早？"

"咱俩第一次见面，你拉我入伙'小春光'，直截了当地告诉我，要带着我一起吃香的、喝辣的，我就知道了。"

"这么早？！"史卿饱受打击，她还以为齐默不知道呢，原来……只是她自己以为齐默不知道而已。

齐默说："你忽悠我的方式，让我当时浮现出一个想法——你和我师兄极有可能来自同一家传销公司。"

史卿佯装听不懂齐默的讽刺，噘着嘴打开手龙头冲走洗手池里的牙膏泡沫，不高兴地道："你知道我和萧教授的关系，这些年来为什么装糊涂不跟我明说？"

害得她向那人报告齐默的事情时，都要背着齐默，敢情她是戏台上的小丑，齐默是观众啊。

对此，齐默的说法是："我师兄出资为你搭建'小春光'，你利用业内资源助我成功，但我所具备的硬核实力才是我能走到今天的关键。我们一起构建的三角合作关系，它所带来的局面不是单赢和双赢，而是三方盈利。所谓看破不说破，各取所需，每个人都能得到自己最想得到的，这样的结果远比逞一时口舌之快要来得更有意义。"

史卿的双商惨遭齐默"粗暴"碾压，她对着镜子露出生无可恋的表情："请你老实告诉我，你的智商到底有多高？"

"比你高。"齐默没心情跟她插科打诨，"你现在就打电话给徐扬，我等你电话。"

史卿的办事效率很高，几分钟后，她打电话过来，一扫之前的懒散语气。齐默刚接通电话，就迎来了她的惊奇质问："萧教授的奶奶去世了，你不知道？"

齐默的心脏猛地一沉。

萧奶奶……去世了？

史卿："我刚才问过徐扬，萧奶奶是昨天黄昏去世的。目前萧家人正将萧奶奶的遗体从三亚空运回来，萧教授还在飞机上，所以你才会打不通他的手机。"

齐默的脑子里一片空白，她除了反复回响萧奶奶死亡的噩耗，史卿后来又对她说的话，她一句也没有听进去。

沈乐安曾经说过，萧奶奶的身体状况极差，不一定能够撑到明年开春，没想到竟然一语成谶。

可是，萧奶奶怎么能说没就没了呢？

月初的时候，她还曾接到萧奶奶的电话，当时萧奶奶语气虚弱，还对她谎称是走路累的。

是谎称吧？

萧奶奶身体已经那么差了，还记挂着她，担心她因为"推倒孕妇"事件饱受心理压力。

"孩子，你还好吗？"

齐默如今再想起这六个字，只有数不尽的苦涩和难过。

出租车在清晨的闹市中疾驰。

"师傅，麻烦您掉转车头，去归晚苑。"齐默说。

昨天上午……齐默突然想起，昨天上午，萧文缜莫名开车回西郊秘境，她明明感觉很意外，却因心里都是失联的江棋来，所以直接选择了忽视。

他选择那个时候回西郊秘境，原本是要带她去三亚吧？可她都在干些什么？她着急要走，而他什么也没说，只是上前帮她打开了出租车的后车门。

他说他有私事要处理，原来他口中的"私事"是去见萧奶奶最后一面……

他怎么能那么体谅她？

她宁可他自私一点儿，也不要他事事为她着想。

作为女朋友，齐默自认为失败至极。

其实，萧奶奶的身体状况从8月下旬就开始变得不佳，10月初病重住院，其间病情反反复复，一直到10月29日上午病危，萧爷爷这才分别致电萧博彦夫妇和萧文缜，让他们立即赶往三亚。

隐瞒病情是萧奶奶的意思。

老人家对生死之事看得格外通透、豁达，不愿意萧博彦夫妇和萧文缜频繁往来于三亚，所以才会让萧爷爷帮她隐瞒真实病情。

萧奶奶在病危之际，拉着萧爷爷的手说："我此生无憾，如果临死前能够再见齐齐一面就好了。"

萧文缜是独自抵达三亚的。

"齐齐怎么没有跟你一起过来？"

彼时，萧博彦夫妇已从剧组乘机抵达三亚的医院，萧奶奶正处于昏迷状态，萧爷爷没有见到齐默，脸上满是失望。

人与人相处，有很多嫌隙是从误会开始的。

萧文缜不愿家人对齐默有所误解，于是在10月29日的下午对萧爷爷和萧博彦夫妇讲了他和齐默以及江家兄妹的故事。

故事讲完，三位萧家长辈均心疼齐默，很久很久都没有再说话。

尤其沈乐安。

她终于明白，儿子当年明明那么喜欢齐默，为什么还要和齐默形同陌路那么多年。

她也终于明白，齐默最近屡次被人曝光不实黑料，包括投资方撤资《乱局》，一切的一切，竟然另有隐情。

沈乐安忽然无比心疼那个敏感又倔强的女孩子，这世上没有真正意义上的感同身受，只有理解和懂得。

沈乐安对萧文缜说："齐齐从出生起就一直负重而行，吃了很多苦，也受了很多罪，你以后要好好待她。"

萧博彦对萧文缜说："齐齐与江家公子是发小儿，更是亲人。江家公子失联，齐齐心里定然焦虑、不安到了极点，她好不容易才从江夷中的死亡阴影里走出来，如果江家公子再出事……唉，她心里比谁都不好受。回头你多关心关心她，不管有什么事情，你与她一起担。"

萧爷爷对萧文缜说："一边是江家公子失联，一边是你奶奶病危，你不告诉齐齐你奶奶病危是对的，咱们不能在这个时候让齐齐陷入两难境地，逼着她二选一。这样做对齐齐太残忍，也太不厚道了。"

　　此时的齐默正追随上百位救援队成员徒步攀登雁亭山涝山岭一带，她自然不可能知道，弥留之际的萧奶奶，一心盼着能够在临死前再见她一面的萧奶奶，上午说完那句话不久就开始昏迷，并再也没有醒过来。萧奶奶甚至没再睁开眼睛，看一眼自己最亲、最爱的家人，就在昏迷中永远地停止了心跳。

　　萧文缜给齐默打过电话。

　　事实上，他昨天下午乘机抵达三亚以后，就曾断断续续地给齐默打过好几通电话，但手机语音提示一直是，他所拨打的电话不在服务区。

　　萧文缜私底下联了有关部门的朋友，方才获知江棋来攀登雁亭山遇险失联，江明雨夫妇对媒体封锁消息，已于上午时分组织救援队进山搜救，至今仍未找到江棋来。

　　齐默置身雁亭山，手机没有信号，萧文缜不再给她打电话，至于江棋来……萧文缜心有余而力不足，实在是分身乏术。

　　江棋来会没事的，他必须没事。

　　10月29日，江家公子登山遇险失联，萧家老太太于三亚病危，均对媒体严密封锁相关消息。

　　10月30日，江家公子在雁亭山脱险获救，萧家老太太的遗体从三亚空运回本市安葬。

　　上午八点半左右，消息不胫而走，媒体群起而动，分别赶往市医院和市殡仪馆架起了长枪短炮。

　　那个时候，齐默早已就近回到归晚苑，从衣柜里取出黑衣穿上，并给萧博彦打了一通电话。

　　电话接通后，她直奔主题："萧伯伯，我有一件事情想征求您和沈姨的同意。"

　　上午八点五十二分，市殡仪馆门口两旁摆满了花牌和花圈，其中有一个花圈特别显眼，上面写着："花开花落，花香永存——孙媳齐默敬上。"

　　上午九点十三分，萧家的亲朋好友和众多教育界名士纷纷奔赴灵堂吊唁，齐默身着一身黑衣现身殡仪馆。

　　这是萧文缜公开他和齐默的恋情以后，萧、齐二人首次公开合体。

　　众目睽睽之下，齐默以一种近乎直白、粗暴的方式，向媒体宣示着她与萧家公子的恋人关系，并以萧家孙媳的身份为萧家老太太守灵。

　　面对媒体的镜头，齐默走进灵堂，对着萧家老太太磕了好几个响头，随即义无反顾地握住了萧文缜的手。

　　"对不起，我来晚了。"

　　"不晚。"

　　只要她来，便没有来晚一说。

Chapter 19
萧教授，原来您惧内啊

　　齐默以萧家孙媳的身份祭拜萧家老太太之前，曾分别致电萧博彦和沈乐安，她在电话里道明致祭心意，尾音附上四个字："我可以吗？"

　　"可以。"

　　"可以。"

　　两道举重若轻的"可以"，往小的方面来说，是萧博彦夫妇同意了齐默的做法，往大的延伸意义上来讲，代表着萧博彦夫妇默认了齐默在萧家的身份。

　　10月30日上午，齐默在殡仪馆和光堂拜祭完萧奶奶的遗体，曾在萧文缜的陪同下前往隔壁的休息室看望萧爷爷。彼时，萧文缜早已听说江棋来获救，关心地问："学长的身体状况怎么样？"

　　"除了膝盖受伤严重和身体比较虚弱之外，并无其他外伤和内伤。"

　　"万幸。"

　　萧文缜心中的巨石落地，指腹抚过齐默的手背，触感粗糙，他当即举起她的手指垂眸望去——好几道狭长的血痕。萧文缜眉头微皱，抓起她的另外一条手臂看了看，手背上同样有两道血痕，有长有短，是被雁亭山一带的树枝划伤的吗？

　　"怎么不处理一下再过来？"

　　"只是几处小伤口，爸爸说没必要处理。"

　　休息室近在眼前，萧文缜放下齐默的手臂便不再多言，伸手推开房门，带着齐默走了进去。

　　齐默是从萧爷爷口中得知萧奶奶的临终心愿的，听完以后，禁不住鼻腔一酸。

　　"爷爷，我对不起奶奶。"

　　事到如今，齐默除了说一声"对不起"，已然不知道还能说些什么来弥补自己的愧疚和自责。

"傻孩子，奶奶那么喜欢你，她怎么可能会怪你呢？"萧爷爷化悲痛为和蔼，抬手轻轻拍齐默的肩头，是安慰，也是谅解。

萧家老太太是善终，从事教育行业一辈子，当过老师、校长，常年受邀在国内外巡回讲学，编著专业教学丛书共计二十三本，音像讲座数不胜数，其他教学工作者以她的教学理念为蓝本编著作品共计十七本。回顾萧家老太太的生前过往，沿途所望皆是书香永驻，她曾以梦为马，也曾不负韶华，去世后众多从事教育行业的学生纷纷前来吊唁、祭拜，悲伤痛哭者比比皆是，笑中含泪者亦是众多，可见萧家老太太的生前威望和辉煌。

她曾炽热地燃烧过，发光发热过，所以才会在熄灭光亮和散尽余热之前无愧此生。

这天下午发生了一个小插曲。

萧家老太太去世的消息被媒体曝光以后，齐凯瑞和齐远彬夫妇曾于当天下午两点驱车抵达市殡仪馆和光堂吊唁萧家老太太，齐默对此并不知情，看到家人现身拜祭，内心瞬间如被水草缠绕，软软的，湿漉漉的。

萧家人颇为感动，两家人浅聊数句，并未说太多话，只是彼此握着手愿其节哀。

在此之前，有谁能够想到，双方家长的第一次见面是在殡仪馆里？对此，萧家人很是抱歉。毕竟时机不对、场合不对，原本应该萧家人先去拜访齐家人才合礼数，谁承想事赶事，拖拖拉拉就到了现在。

萧博彦送齐凯瑞等人离开时，很是抱歉，对着齐默的家人道："最近剧组工作太忙，我很难抽出时间来，等忙完手头的工作，我和乐安一定登门拜访。"

"不急。"齐凯瑞表示理解，萧博彦作为导演，是整个剧组的主心骨，一旦因为私事离开剧组，势必导致整个剧组停工，所以齐凯瑞才会补充一句，"齐家的大门永远为你和乐安敞开，你们随时过去，我们随时欢迎。

齐远彬和尉迟敏上车前，更是温声叮嘱齐默："你好好照顾文缜，多陪陪他，有什么事记得给我们打电话。"

"嗯。"

其实，她和萧文缜相识至今，不管发生任何事情，多半是萧文缜在照顾她，如今也是一样。萧奶奶走了，而他又素来亲孝，纵使从未在人前流过一滴泪，但眼睛里的红血丝已经出卖了他的丧亲煎熬和难过。

同样是这天下午，好几辆车依次抵达市殡仪馆，周安国携师母和几位同门师兄、师姐前来拜祭萧奶奶。他们事后留在和光堂帮忙接待吊唁宾客，或端茶倒水，或安排晚餐时的席位，或接送宾客往返于酒店和灵堂两地。

"多谢。"晚上吃饭时，萧文缜款待付伟等人，以茶代酒表示感谢。

"谢什么？"付伟作为众人的大师兄，端起一杯饮料站起身来，代表在座的几位师弟和师妹道出心声，"你是我们大家的小师弟，也是我们的亲人，所以萧奶奶不仅是你的亲奶奶，也是我们大家的亲奶奶。"

说罢，在座所有人齐刷刷地举起手中的水杯或饮料杯，朝萧文缜异口同声地说了声："师弟，不谢。"

师门之情大抵如此，无事时彼此鲜少有联系，可一旦某人有事，即便再忙大家也会奔赴一地只为帮其分忧解难——不是亲人，却胜似亲人。

吃罢晚饭，付伟等人在餐厅门口与萧文缜和齐默挥手道别。是夜，付伟等人将各自回家休息，翌日再轮流赶往殡仪馆帮忙。而萧文缜和齐默之前便跟萧博彦和沈乐安说好了，由萧博彦夫妇为萧奶奶守前半夜，后半夜则由萧文缜和齐默一起守。

夜间休息时间有限，萧文缜没有回西郊秘境，而是就近回到了归晚苑。

齐默前一天晚上一夜未眠，回去的路上便再也抵挡不了汹涌而来的困意，靠着椅背睡着了，以至于连萧文缜何时下车买药的都不知道。

醒来，是因为手背的伤口处传来的一阵阵刺痛，她还没睁开眼睛就下意识地要抽手回去，却被萧文缜紧握不放："一会儿就好，再忍忍。"

二人还在车内，不过汽车已抵达归晚苑车库。

车内，灯光耀眼刺目，萧文缜垂下眼眸，手里拿着棉签蘸取生理盐水将齐默手背上的伤口清洗干净，为了避免伤口感染，又分别在伤口上涂抹碘伏消毒，随后撕开创可贴一张张地贴在齐默手背的伤口上。

齐默看着他低垂的眉眼，心里暖暖的。

"好了。"他说。

还没好。

齐默打开扶手箱，她上次在里面见过一支圆珠笔，如今圆珠笔还在。齐默取出圆珠笔，先是手握成拳，紧接着在创可贴上面画了一个大圆圈，并往圆圈里面添上两个实心圆眼睛和一个弧度上扬的大嘴巴。

是一个笑脸。

"光头？"萧文缜留意到齐默画的笑脸没有头发。

"不是光头。"齐默继续作画，拿着圆珠笔认真地在大圆圈顶部写上数字"1""1""1"……纠正一下，齐默写的不是数字"1"，她是在画画，而且画的是头发，几根头发。

一根、两根、三根、四根、五根、六根。

没了。

只有六根，六六大顺，寓意挺好。

"我？"

那六根倒刺一样扎在大脑袋瓜上面的短头发，明眼人一看分明是个男孩子，画功如此惊人，萧文缜再怎么说也见识过齐默的台阶画，所以如今这个……还好。

"嗯。"齐默把圆珠笔重新放进扶手箱。

她知道自己没有什么绘画天赋，不过，齐默把画好的笑脸送到萧文缜的眼前，想让他离近看得更清楚一些，更想让他明白她在创可贴上画男孩笑脸的真正心思是什么。

萧文缜怎会不明白？

伤口之上是创可贴，创可贴之上是男孩的笑脸，她是想告诉他：亲人去世固然令人很沮丧、难过，但活着的人更应该包扎好伤口坚强乐观地活下去。

节哀的话，她说不出口；安慰的话，她不知从何说起，只好通过一个男孩的笑脸向他道尽千言万语。萧文缜正是因为明白她的心思，所以才会被一个连幼儿园小孩子都嫌弃的简笔画触动内心，于深夜归晚苑车库的汽车内，伸出手臂将她揽进怀里，轻轻道出他的心声："小男孩的笑脸，我记住了。"

沈燮是10月31日奔赴和光堂拜祭萧奶奶的，最近他一直在国外旅行散心，却因时差错过了萧奶奶去世的消息，等他看到相关新闻报道匆匆乘机回国赶到殡仪馆时，正是中午吃饭时间。

彼时，萧文缜和萧博彦正外出组织宾客用餐，与匆匆赶来的沈燮刚好错过。

那天上午，沈燮跪在萧家老太太的灵柩前泣不成声，若非沈乐安上前搀扶他起身，他只怕还要跪在那里哭上很久很久。

沈燮与萧文缜相识岁月久远，萧爷爷和萧奶奶没有迁居三亚时，他没少去萧家二老那里蹭饭吃，如今萧奶奶没了，他自是伤心又难过。

中午十二点，宾客都赶往餐厅吃饭去了，只有齐默和沈乐安留守在灵堂里。其间沈燮抵达和光堂致祭，沈乐安将他扶起身以后，温柔地劝说了几句，就被后天负责葬礼流程的人叫走了，说是有一些葬礼事宜需要再商议。

和光堂内寂静无声。

9月底，齐默和沈燮曾在《追梦者》录制现场不欢而散，至今已有月余没有再见。沈燮明显消瘦了很多，像是变了一个人似的，身上早已不见愤恨和尖锐，只有平和。

那股平和之气，只有经过高温煅烧方能磨掉昔日棱角，他依然是沈燮，却也是成长蜕变后拥有全新思想的沈燮。

灵堂一侧，沈燮走到齐默身旁席地而坐，红着眼睛望着萧奶奶的灵柩，看了好一会儿。他不说话，齐默亦然。齐默靠着墙壁闭目小憩，丝毫没有同他说话的意思。

"最近我总是反反复复地想起你当初对我说的那番话。"沈燮哑着声音说，"你说得对，我不是一个道德审判者。纵使我是，然而夷中没了，她的父母、她的哥哥，还有你，从婴儿时期就与夷中结下姐妹情缘的你，和夷中共同成长二十三年的你，你们任何一个人的痛苦都不少于我。"

"……"

沈燮说："知道真相的那天晚上，我一度想要开车撞死你，对不起。"

"……"

沈燮说："我当着夷中父母的面逼着你再一次撕开伤口，让夷中的父母记恨、报复你，导致你多次深陷舆论旋涡，对不起。"

"……"

沈燮说："得知真相以后，我曾经无比仇恨你们每一个知情人，你、文缜、思佳……还有夷中。其实，我最恨的不是你们，而是我自己。我可怜我自己，却又无比憎恨我自己，这样一个不知内情的我，这样一个活在象牙塔里的我，真是太可怜、太憋屈、太窝囊了。"

齐默依然没有说话，甚至依然闭着眼睛没有看向沈燮，却在沈燮的哽咽声中动了动手指，片刻后抬起手指轻拍沈燮的肩头。

她的力道真是太轻太轻了，宛如棉絮飘落至沈燮的肩头，却在刹那间逼出了沈燮的眼泪。他别过脸，无声地流着泪，后悔、自责、难堪、感谢。

齐默不完美，可她的豁达心胸和人生态度，时常会让很多自诩完美的人自惭形秽。

良久，沈燮将满是眼泪的脸往衣袖上蹭了蹭，从风衣口袋里掏出一个东西递给齐默，见她太过困乏而闭目休息没有看见，于是抬起手背碰了碰她的手臂。

齐默睁开眼睛，手心里被沈燮塞进一物，垂眸打量一眼，是一支便携式录音笔。

她隐隐猜到了什么，抿着唇不吭声。

沈燮说："这是夷中生前留给你的最后一通电话的录音，里面的话都是夷中说给你一个人听的。它本来就属于你，我把它还给你，想必夷中在九泉之下也会得以宽慰。"

齐默将录音笔紧紧地攥在手心里，她握住的不仅是一支录音笔，而且是几经岁月，辗转于数位亲历录音故事的人的执念。

沈燮起身要走，齐默终于仰脸望着他的背影，说道："师兄一会儿就回来，你不见见他吗？"

"文缜……应该对我很失望吧？"

"你是他的兄弟，他对亲者一向宽厚。"

"对，我是他的兄弟，我却伤了你，也伤了他的一片苦心。"沈燮没脸见萧文缜，至少现在没有脸见萧文缜。离开前，他告诉齐默，"抽时间，你回华清园六号楼的房子里看看吧，密码还跟以前一模一样，文缜为了等你回来，一直没换密码。"

11月2日，萧奶奶下葬，葬礼结束以后，每个人都被前所未有的疲惫和无力包裹着。当天晚上回萧家吃饭，萧博彦夫妇和萧文缜一起说服萧爷爷回来定居。

萧爷爷当初是为萧奶奶的身体着想，才迁往三亚居住的，如今萧奶奶不在了，空留他一个人在三亚触景生情，委实太过于残忍。

"纵使你们不说，我也会回来居住的。"萧爷爷说，"我老婆在哪里，我就在哪里，我们是夫妻，无论生与死，都要在一起的。"

再普通不过的一句话，却让饭桌边的众人湿了眼睛。

回来定居之前，萧爷爷还需回一趟三亚，那边还有一些事情需要他过去处理。离开前，萧爷爷将齐默曾经退还给萧奶奶的吴彬画作重新交给齐默："你萧奶奶病重住院期间，再三叮嘱我，一定要把这幅画交到你的手里。齐齐，你收下吧，也算是圆了你萧奶奶的遗愿。"

"奶奶为什么执着于送我这幅画？"齐默后知后觉地意识到，这幅画的背后或许有什么故事是她不知道的。

还真让齐默猜对了。

萧爷爷说："你萧奶奶的母亲年轻时偏爱书画作品，画得一手好画，你萧奶奶的父亲便投其所好，送给你萧奶奶母亲的彩礼便是这幅画。后来你萧奶奶的母亲在你萧奶奶跟我结婚的时候，又将这幅画转赠给你萧奶奶。你萧奶奶执意将这幅画作送给你，大概是想把老一辈的感情传承给你和文缜，希望你和文缜能够白头到老吧。"

齐默忽然明白了，收好吴彬画作，不期然想起沈乐安之前对她说的话："这幅名家画作是由上一辈人传给老太太的，老太太将这幅画送给你，有两个原因——其一，老太太视你为孙媳妇；其二，这幅画有多贵重，你在老太太的心里就有多贵重，甚至更贵重。"

她很不幸，因为自出生起便没有奶奶疼爱她；她很幸运，因为她在岁月长河里先后遇见了江奶奶和萧奶奶，虽不是亲生，却待她如亲生。

萧爷爷启程回三亚那天，是萧博彦夫妇送的机，夫妇二人一送萧爷爷上飞机，就紧跟着飞回剧组赶进度。与此同时，萧文缜也没闲着，特意推开工作，带着齐默前往市医院看望江棋来。

医院走廊里，一位年轻女家属提着保温杯走路匆忙，跟某位病患家属撞在一起，保温杯失手打翻在地，汤水四溅。齐默避闪不及，被汤汁浸湿了整只鞋面。

"对不起，真是对不起。"

女家属下意识地道歉，顾不上多看齐默一眼，连忙从口袋里取出几张纸巾就要蹲下身体帮齐默擦鞋面，却被一只修长好看的手指半路拦截："我来。"

男子声音悦耳，辨识度极高，又很熟悉。

女家属低头看向已经蹲下身体的青年男子，神色当即一惊，竟然是萧文缜，再抬眸看一眼被汤汁浸湿鞋面的青年女子……女家属惊上加惊，竟是齐默。

也对，能让萧教授在公众场合体贴的女子，目前除了齐默，貌似再无他人。

而萧文缜赶在齐默出声阻止女家属的举动之前，主动蹲下身体挽救了女家属的尊严，齐默明显松了一口气。

"有没有烫伤脚？"萧文缜一边拿着纸巾帮齐默吸干鞋面上的汤汁，一边出声询问齐默。

女家属站在一旁很是紧张。

"没有。"齐默朝女家属笑了笑，温柔地道："排骨汤吗？味道不错。不过下次炖排骨汤的时候，一定不要放花椒，否则很容易夺走鲜汤的味道。"

"好，我下次一定不放花椒。"女家属没想到看起来高冷，很有距离感的齐默竟然如此好说话，对她又是如此亲切，心里感激得很。

萧文缜将齐默的鞋面擦拭干净，随即站起身来，将湿纸团丢进垃圾桶，又弯腰帮女家属捡起保温杯。女家属哭的心都有了，接过保温杯之后又是连番感谢。

"走吧。"

萧文缜牵住齐默的手走远了，女家属却一步三回头，呜呜呜，今天真是遇到好人了，不对，是遇到好心的名人了，说出去恐怕都没有人会相信。

女家属伸出手掐了掐自己的脸，顿时疼得龇牙咧嘴，嘻嘻嘻，脸好疼，不是梦。

市医院单人病房里，萧文缜伸出手指戳了戳江棋来的膝盖，江棋来靠坐在床上，似是感知不到疼痛一般，淡定得很。

萧文缜嘴角上扬，无视齐默对着他使眼色，直接伸手覆盖住江棋来的膝盖，然后在江棋来渐感不妙的眼神警告下，手指高高扬起，最终在江棋来紧皱眉头的一瞬间，极轻极轻地落在了他的膝盖上。

齐默站在一旁吓得浑身直出汗，好在萧公子还有一点儿良知，没有真的下黑手，要不然大哥只怕要惨白着一张脸，疼得嗷嗷直叫了。

当然，嗷嗷惨叫来自齐默单方面的臆想，毕竟江家公子如今就算再怎么狼狈，也是一位要脸的人物，就算膝盖再疼，也绝不可能当着她和萧家公子的面露出一丁点儿惨相来。

如果说，萧文缜之前将手掌覆盖在江棋来的膝盖上，是为了故意戏弄江棋来的话，那么此刻他将整只手掌就那么轻轻地虚放在江棋来的膝盖上，俨然又是另外一番心路历程了。

两人四目相对，不再有过往的火药味，反而如同流水一般，就连齐默这个旁观者看了都觉得这两人的眼神很有戏，貌似病房内根本就没有她的立足之地。

萧文缜问江棋来："还能走吗？"

"当然。"

"还能陪我打羽毛球吗？"

"当然。"

"一连好几年，我在羽毛球场再也没有酣畅淋漓地打过一场舒心球了。"

"同心境。"江棋来有样学样，"一连好几年，我在羽毛球场再也没有遇见过像你一样的称心对手。"

萧文缜笑道："真惨。"

江棋来也跟着笑："是啊，都惨到医院了。"

病房内，齐默眼睁睁地看着萧家公子和江家公子谈笑风生，自己却完全插不上嘴，犹豫着是否应该出去避一避。

江棋来的膝盖受伤的程度十分严重。登山途中发生意外以后，伴随着手机关机，他并未待在受伤地坐以待毙，而是试图走出雁亭山，直到伤势越发严重，导致寸步难行，这才沿途丢弃随身携带的物品发出求救信号。

那支被齐默捡到的登山棍，便是江棋来发出的求救信号之一。当时他已精疲力竭，知道山坡下有一处挡风石群或许可以阻挡漫漫寒夜……十几米高的山坡也不知道他是怎么一步步挪到那里的。还好就像他说的那般，膝盖处的伤势虽然严重，但只要积极配合复健，以后奔跑、弹跳、打球都不是问题。

萧文缜垂眸盯着江棋来受伤的膝盖看了几秒钟，也不知道在想些什么。江棋来见状，眼眸里闪过一抹星光，主动询问萧文缜："你有话要问我？"

"嗯。"萧文缜略作沉吟，也不藏着掖着，直接说出了心中的猜疑，"你在雁亭山登山遇险，手机即将关机之际，好不容易搜寻到求救信号，如此生死攸关的时刻，你只有一线求救生机，为什么不直接拨打救援电话，而是打给了你的母亲？"

闻言，齐默朝江棋来瞥视一眼，没有错过江棋来极其微妙的神色变化，她知道他一定会反驳萧文缜的说辞。

果不其然。

江棋来面色不变地道："人在极度恐惧和遇到危险的时候，第一反应通常会直接叫'妈妈'，我也不例外。当时那种情况，我纯粹是出于本能打给我的母亲，我们为人子女的，遇事找妈妈不是很正常的吗？"

萧文缜用言语告诉江棋来此举不正常："学长，你向你母亲拨打那通电话，不是出于本能，而是深思熟虑之后的决定。因为你要拿自己的生命进行一场豪赌，如果你赌赢了，你母亲才能真正体会到什么叫错过，才能真正体会到齐齐的痛苦。你要以痛攻痛，因为你很清楚，想要真正化解你母亲和齐齐、你母亲和我、你母亲和你之间的仇怨，唯有你亲自出手才能让她疼、让她痛，继而让她大彻大悟。你拿自己的生命来进行这样一场生死未卜的赌博，值得吗？"

萧文缜极为不赞成江棋来的冒险操作，没事已是万幸，可若是江棋来因此而出事了呢？他可知此举会间接毁掉多少人的余生岁月？

江棋来被萧文缜戳穿心思，很是无奈地叹了一口气，拿齐默转移话题："齐齐还在这里，你说这个合适吗？"

"我曾跟你说过，不要小瞧齐齐的智商和推理能力，她不说，并不代表她不知道。"萧文缜没跟齐默谈过这些，但以他对齐默的了解，齐默事后怎会不起疑心？

江棋来明显一愣，看向齐默："你知道？"

齐默点头："我想，付姨也是知道的。"

江棋来这次愣的时间比较长，过了好一会儿，重重地叹了一口气，终于松口道："我登山遇险之后，将求救电话打给我的母亲，确实有过以痛攻痛的想法，但是绝望地等待救援的期间，我曾无数次后悔没有将那通求救电话拨打给救援队……文缜，你问我值得吗，怎么说呢，因为我还活着，所以我觉得很值。可若我因此而丧命，我会觉得很不值。因为我还无比贪恋这个世界，我还没有为我的父母养老送终，我还有很多的事业理想没有实现，我还没有看着你和齐齐结婚，我还没有和你酣畅淋漓地再打一次羽毛球，我还亏欠语璨十数年的青春没有来得及弥补。还好，我活着，我所在乎的人并未因为我而伤心痛苦地过完余生。"

萧文缜正色道："学长，我欠你一个天大的人情。"

江棋来顺着萧文缜的话锋说道："青锋集团近两年内部高层问题不断，要不你过去帮帮我爸爸，只当是还我人情了。"

"我手头工作多，实在抽不出时间。"萧文缜当面推拒，可不想卷到青锋内部高层的是非窝里出不来。

江棋来见招拆招："时间是腾出来的，不是抽出来的，是时候拿出你的诚意了。"

萧文缜起身离座，径直走向正坐在一旁的沙发上看好戏的齐默，对她说道："齐齐，你大哥还需要休息，我们回去吧。"

齐默戏还没看够呢，就被萧文缜拉着起身，病床上传来江棋来不悦的声音："萧公子，敢情你说欠我一个天大的人情，只是说说而已？"

萧公子拉着齐默直奔病房门口的步伐明显加快了许多，很有危机意识。

"文缜，你帮还是不帮，麻烦给我一句准话。"江棋来冲着萧文缜的背影下最后通牒。

"不帮。"萧文缜很不给面子。

江家公子一听，来了气："那你下次别来看我了，我和我这间病房都不欢迎你。"

"不来就不来，谁稀罕？"萧公子走出病房，冷冷地说出这么一句话。

齐默快要被这两个大男孩逗得笑疯了，在走廊里追问萧公子："你为什么那么排斥去青锋集团帮江伯伯？"

萧文缜没吭声。

"不方便回答？"

"不是，我在想该怎么向你形容才贴切。"萧文缜想了想，说道，"这么说吧，青锋集团内部现在就像是一个马蜂窝，谁第一个捅谁遭殃，很难全身而退。"

"有这么夸张吗？"齐默承认自己近几年很少关注青锋集团的发展状况，虽然明知大公司内部总会存在一些问题，但没想到会如此严重。

"相信我，青锋集团内部的腐败远比我描述的复杂，否则你江伯伯和你大哥也不至于请我担任青锋集团的治理顾问。"萧文缜说到这个话题，语气沉重了一些。

"那你会帮江伯伯吗？"

"你希望我帮吗？"他把问题抛给她。

齐默说："你帮或不帮，想必都是你慎重考虑后做的决定，我只会支持你。"

萧文缜温柔地握住齐默的手说："我再想想，纵使……纵使去青锋集团捅马蜂窝，最快也要等年后了，年前不行，年前我太忙了。"

齐默笑了。

这就是她的师兄，外冷内热，虽然嘴硬，但有恩必报，终究没能摆脱大哥施加的恩情诱饵——不是被逼就范，而是心甘情愿。

11月初，齐默离开西郊秘境，在山下的花店里挑选了三束百合花。女店主一边麻利地包扎花束，一边好奇地询问齐默怎么会一连购买三束百合花。

"我爷爷、我奶奶，还有我姐姐葬在同一处墓园，只买一束，我怕另外两个人会生气。"

齐默说得平静，女店主却及时住了嘴，觉得自己适才不该多嘴，唯恐无意中伤了女顾客的心。

江夷中是和江爷爷、江奶奶葬在同一个墓园的，虽然分处位置不同，好在每一处墓穴隔得都不算太远。齐默先去祭拜的是江爷爷和江奶奶，将百合花分别放在两人的墓碑前，最后才抱着一束百合花去看望江夷中。

江夷中下葬以后，她还不曾来墓园看过江夷中。可无数次午夜梦回，她总会神游江夷中安魂处辗转徘徊，同江夷中说很多很多的话，但如今来到江夷中的墓碑前，放下手中的百合花，她反倒不知道该说些什么了。

这日天气晴好，墓园无风，齐默站在江夷中的墓碑前，凝望着江夷中永远定格在二十三岁的笑脸照片上，终于打开了那通延迟许久的误拨录音。

江夷中的声音仿佛阔别一个世纪，多年以后再一次通过一支小小的录音笔缓缓流淌而出：

"齐齐……你终于肯接我的电话了……我在华清园六号楼楼下等你，你出来见见我好不好……我错了……对不起，我后悔了，我真的很后悔……你原谅我好不好，我脑子进水了……我大错特错，你是我妹妹，我是你姐姐，我就算再怎么喜欢萧文缜，我也不能因妒生恨，一而再、再而三地伤害我的妹妹……你原谅我好不好？齐齐，你原谅我……我今天下午对你说的那些话都是气话，没有一句话发自我的真心，我是太羡慕你、太嫉恨你了，所以才会口不择言……我只想伤害你，明明受伤的人是你，可我为什么会那么难过呢……你一个人下来好不好？萧文缜和你住在一起，我不敢上楼找你。我太丢人了，被他拒绝已经让我很难堪了，如果再让他看到我这个样子，我连最后一丝尊严都没了……齐齐，我答应你，我会试着放下对萧文缜的感情，不对，我向你保证，我不会再喜欢萧文缜，你相信我……我不要萧文缜了，可我不能不要我的妹妹，我还想和我妹妹玩沙包，我还想……我还想……我再也遇不到这么好的妹妹了。我把我妹妹弄丢了，我后悔了，我怎么能忌妒、伤害我的妹妹呢……我是个坏人……齐齐，你下来打我一巴掌，要不你揍我一顿，然后我们把过去的事都忘掉，忘掉好不好……我等你……齐齐，姐姐等你……等你……"

录音通话长达两分四十五秒，整个通话过程充斥着哭泣声、哽咽声、擤鼻涕声，过程断断续续、字词含混不清、同一句话反反复复地说、言语极其紊乱……齐默看着江夷中的照片，对着她的笑脸拉扯出一抹微笑，眼眶里却蓄满了泪水，弯腰拍了拍墓碑的顶部，凑近江夷中墓碑上的照片温柔低语："你的话我听到了，我原谅你了，你也原谅我好不好？"

江夷中同样温柔地"看着"齐默，笑脸依旧。

只此一句。

这日，齐默站在江夷中的墓碑前，只说了这么一句话，便再也没有任何言语。

齐默将录音笔中的内容尽数删除，然后转身离开。

有些话她不说，但她相信夷中都能听见。

知道吗？现在的你比我还要年轻，你不再是我的姐姐，更像我的妹妹。

你走之后，从此再无青梅。

夷中，我很想念你。

当天上午，齐默久违地回了一趟华清园，从六号楼的正门进入，并未强迫自己一定要正视当年江夷中停车的位置。她虽已放下过往之事，但有些记忆深刻入骨，淡化痛苦尚且需要时间。

此屋久无人住，而萧文缜貌似已有很长一段时间没有再过来，屋内的家具上落了一层浅浅的灰，齐默顺手一擦，指腹上沾满了灰尘。

数日前，沈燮让她抽空回来一趟是有原因的。

适才齐默刚一进屋，铺天盖地的熟悉感犹如决堤的洪水一般席卷而来，室内的家居摆设还是齐默记忆中的模样，她走到主卧室门口，心跳的速度越发迟缓了，过了好一会儿才打开主卧室的房门走进去。

她在这间住了半年之久的主卧室里，看到了与她记忆重叠的梳妆台、数支录制作业的录音笔，就连床上用品四件套也维持着她离开时的铺陈状态，就好像……就好像她从未离开过这里。

齐默笑了。

她拿起放在床头柜上的防狼喷雾剂。几年过去，这支由她母亲买给她的防狼喷雾剂早已过期，没想到他还替她保留着。

床头柜上，过期的风油精还剩下三分之一的用量，仍然寂静无声地摆放在那里。齐默将它紧紧地攥在手心里，玻璃瓶身是冰凉的，她的心里却似被火炉烘烤，暖暖的。

主卧室如此，书房更是如此。

当齐默在书房里看到那盘围棋残局，就那么数年如一日地完好地摆放在那里时，她发了好长时间的呆。

孤枕难眠夜最是难熬，萧文缜后来独自住在这里，忙完课业和工作，就是这么对着棋盘呆坐大半夜的吗？齐默知道自己狠心绝情，又是那般任性妄为，但直到此刻方才意识到她当初远离他、放弃他，对于他来说究竟有多残忍。

齐默很清楚，萧文缜固执地保留着棋盘残局无非是为了等她回来，如今心愿达成，这盘残局已无继续行棋的意义。萧文缜多年来弃权不下，如今她亦然，所谓两弃终局，自动进入胜负流程。齐默没有清算双方行棋数目判定胜负输赢，而是把整盘局毁了。

她将黑白棋子分别放进相应的棋盒，然后一人分饰两角，手执白子和黑子轮流走棋，最终在棋盘上出现三劫循环，棋局自此进入死循环，没有谁胜谁负，黑白棋子陷进和棋僵局。

不是僵局。

至少对于齐默来说，现如今的黑白棋子走向才是她真正想要的对弈结果。年轻时行棋太过争强好胜，终局对弈务必拼杀个你死我活，然而年岁渐长，方才深深地感受到行棋对弈重要的不是输赢，而是棋逢敌手、势均力敌。

所以，齐默下的这一盘围棋，不仅是和棋，更代表着现在的她与过往一切在人生棋盘中最终达成的和解姿态：现在和过去从此泾渭分明，各自安好。

华清园距离国大不远，齐默中午是在粤食居吃的饭，本想追忆往昔前往202号包间用餐的，结果被服务员告知那里已有顾客在吃饭，只好作罢，若是下次得空和萧公子一起过来用餐也是极好的。

萧公子很忙。

他和国大的几位经济学教授忙得没时间吃饭，中午聚在办公室里吃的是工作餐，一边吃饭，一边谈工作。差不多半个小时以前，萧文缜惯常在午饭时间给齐默打来电话，询问她中午的用餐情况，齐默并未提及她回过华清园，而现下正在粤食居吃饭。

萧文缜下午有课。

齐默吃完午饭去国大经济学院找他，是一时心血来潮。

　　当时已是午后，距离萧文缜下午上课还有一小段时间，经济学院里来往学生不是很多。有学生读书太累，将书本盖在脸庞上遮挡耀眼的光线，随意地侧躺在路旁的木椅上休息，盖在身上抵御风寒的薄外套不知何时早已滑落在地。

　　齐默经过，没有叫醒该男生，而是弯腰捡起男生的外套，轻轻地盖在男生的身上。

　　国大的考核机制十分严苛，在校学生压力巨大，刻苦程度绝非一般人可以想象，疲惫到一定程度，貌似在学校里随便挑一处地方都能睡上一大觉。

　　齐默是过来人，现如今回望她的校园生涯，她很感谢曾经那个投入全部精力用来学习和奋斗的齐默。

　　青春只有一次，幸运的是齐默的青春是用来燃烧的，她既没有辜负时光，也没有辜负她自己。

　　齐默听萧文缜说过，他的办公室在国大经济研究中心三楼，他具体在哪个房间里办公，齐默没有细问过。

　　想要找到萧文缜的办公室很容易。

　　齐默进入三楼的走廊，离得很远就能听见从某一间办公室里传出的讨论声，参与人数少说也有好几人，齐默站在原地犹豫片刻，终究还是迈步走了过去。

　　她以为……工作餐已经结束了，没想到还在继续，若是近门不入，未免也太小家子气了。

　　房门敞开，办公桌和茶几上放着中午吃完尚未来得及收拾的残羹剩菜，还有一些摆放凌乱的笔记本电脑和文件资料。齐默走到门口的时候，周安国和好几位教授正或坐或站地一致看向办公室里的大黑板。

　　那是一面大型玻璃黑板，萧文缜背对着众人，手里拿着一只油性记号笔正认真、专注地在黑板上做推理，文字、数字掺杂，密密麻麻地几乎写了一黑板。

　　最先看到齐默的人不是萧文缜，而是教过齐默的李教授。李教授起身离座，走到办公桌前翻找出纸、笔，以记录萧文缜的推理过程，无意间瞥向门口，很明显愣了愣。

　　"齐默？"

　　李教授突如其来的惊讶声，不仅成功地吸引了众人的注意力，也成功地让正在板书的某人望向门口。他深幽的眼眸里同样闪过一丝讶异和意外，但是很快嘴角线条软化，隐有笑意流露。

　　周安国："你怎么来了？"

　　葛教授："来找文缜的吧？怎么站在门口，快进来。"

　　彭主任："吃饭没有？"

　　…………

　　除萧文缜之外，齐聚在这间办公室里面的几位经济学教授都教过齐默，一个个亲切热情，让齐默无力招架，含着微笑依次向众人打招呼，还没缓上一口气，就遭彭主任打趣起她和萧文缜："文缜，你和你师妹好事近了吧？"

"家有新丧，近期不宜筹办婚事，最快也要等年后了。"萧文缜合上油性记号笔的笔帽，走上前替齐默解围，对着彭主任等人说道，"等定好结婚日子后，我和齐齐一定率先告诉各位教授。"

彭主任："好、好。"

李教授："那就这么说定了，我可等你通知啊。"

金教授："我戒酒很多年，但你和齐默的这杯喜酒我喝定了。"

葛教授："好事不怕晚，我们大伙儿等着。"

…………

齐默笑得很美，她觉得萧公子想得也很美，她好像还没正式答应要嫁给他吧，他都已经想到年后吉日了，真是好会想啊。

几位教授也很会想。

葛教授："我们还是先回去吧，齐默过来找文缜应该有事，我们就不要留在这里打扰小两口说话了。"

金教授："也是，我们大家都有一点儿眼力见儿，各自散了吧。"

李教授："回见。"

彭主任："对了文缜，黑板上的推理过程先不要动，我回头再过来研究一下。"

周安国随着几人走到门口，回头看一眼两位爱徒，发现萧文缜还不等众人完全离开，便已伸手握住齐默的手。周安国老脸一黑，朝两位爱徒用尽力气咳了咳，提醒他们收敛一点儿，这里可是学校，尤其萧某某为人师表更要做好表率。

齐默抽手回来，萧文缜紧握不放。

周安国直接送给萧某某一个大白眼，紧接着送给齐默一句话："文缜一会儿还有课，你要是闲着没事的话，不妨来我的办公室坐一坐。"

"好。"

齐默应了，至于去不去，就是另外一回事了。

事实证明，周安国才是想法最多的那个人，背着手走到门口，竟然很体贴地把办公室的房门关上了。

齐默无力吐槽。

周安国不关门还好，他这么一关门，齐默竟莫名觉得怪怪的。她转眸对上某人的目光，热度太过惊人。齐默清了清嗓子，环顾一眼凌乱的办公桌和茶几，再一次抽出手道："我先帮你把餐盒收了。"

"不急。"

齐默手臂一紧，被某人扯到怀里，无意识地抬头看向某人，下一秒，温热的气息拂

558

面，某人已低头吻住了她的唇。

呃。

怎么说呢？

齐默忽然觉得，周安国刚才关门的做法真是明智极了。

办公室里有一个洗手间。镜子里，齐默整理好妆发，抬手摸摸发烫的脸颊，温度颇高，要想彻底降下去，还需要好几分钟。

"吃了一嘴口红。"萧文缜走过来漱口。

齐默瞅一眼镜子里唇色偏红的某人，忍不住笑了，谁让他乱亲她的？她抽出几张纸巾想帮他把口红印擦了，最后泄气了，说道："你还是洗把脸吧，擦不干净。"

齐默走进办公室，弯腰收拾茶几，洗手间里传来萧文缜的漱洗声："齐齐，回头你问问'小度'，接吻时女方没有擦掉口红，被男方吃了个精光，次数多了，男方会不会慢性中毒？"

齐默抿着嘴微笑。

这人。

他不喜欢她涂抹口红直说便是，又何必话里有话不惜搬出慢性中毒吓唬她？

等萧文缜从洗手间里出来时，齐默已将办公桌和茶几整理干净，萧文缜马上就要上课了，走到办公桌前抽出教案，向齐默发出邀请："你下午没事的话，要不要陪我去上课？"

齐默回到洗手间，往手心里挤了一点儿洗手液，一边搓洗手指，一边问萧文缜："你下午有几节课？"

"两节，上完课我们一起回家。"

齐默想了想，她好像还没听萧文缜给学生上过课，还是想去的，只是……齐默从洗手间里探出头："我如果陪你去上课的话，会不会打扰学生认真听课？"

萧文缜说："如果学生不认真听课，那只能说明我的教学形式和教学内容出了问题，不足以吸引学生集中注意力。假设真的碰上这种情况，该反省的人是我，与你没有任何关系。"

萧文缜自揽责任，齐默彻底放下心来："我去。"

齐默是在萧文缜开课以后，偷偷溜进阶梯教室的，坐在最后一排的某位学生身边，还没来得及看清学生的性别，就被讲台上"不经意"投射过来的凉凉目光惊了一下。她这才发现身边的学生是个男生，此刻正满脸震惊地看着她。

萧文缜的课人满为患，齐默能在最后一排寻到一处空座已是不易，就算某人占有欲极强，不喜欢她和异性坐在一起，她也没法子，总不能跑到某人身边坐在讲台旁吧？

齐默朝男生点头，算是出于礼节打了声招呼。

男生还没从震惊中回过神，压低声音，朝齐默结结巴巴地道了声："学……"

齐默猜他想要唤她一声"学姐"。

岂料"学姐"这个称呼卡在了男生的嗓子眼儿里，男生临时改口："师母。"

"啊？"

齐默突然从"学姐"变成"师母"，心中可谓百味丛生，等她察觉自己适才音量过大，引来后面几排的学生纷纷看向她的时候，再后悔已经迟了。

起初只是后面几排的学生发现了齐默，又惊又喜之下骚动异常，继而带动中后排、中排和前排学生全部频频望向最后一排。于是，整个阶梯教室里的学生都知道齐默来了，萧文缜的课也暂时停下了。

萧文缜双手撑着讲台，目光直视齐默，虽表情淡漠，但出口的称呼很温柔："齐齐。"

当着他一众学生的面，他叫的是"齐齐"，而非"齐默"，当即惹来不少学生的起哄声、怪叫声。

齐默突然被萧教授点名，貌似继续坐着不合适，只好站起身来。

"我在上课，你坐在后排听话一点儿。"

言外之意，让她不要再发出类似于"啊"的怪叫声。

齐默哭笑不得，红着脸坐下。她也不想"啊啊啊"地怪叫，谁让他的学生叫她"师母"呢，她才比这群孩子大几岁而已，转眼间都已经成母成娘了，心脏怎么可能受得了？

"萧教授，您在搞差别对待，不公平。"有学生看热闹不嫌事大，说笑般提出抗议。

"哦？"萧文缜看向那名学生，"哪里不公平？"

"平时我们有谁扰乱课堂秩序，您比谁都严厉，可您今天对齐学姐也太温柔了吧？"

萧文缜淡淡地回应："你口中的'齐学姐'是我的女朋友，你们是我的学生，我不搞差别对待，难道等着回家跪搓衣板吗？"

此话一出，阶梯教室里又响起一阵喧哗声，善意的笑声不绝于耳，有学生扯着嗓子喊："萧教授，原来您惧内啊。"

齐默语塞，原以为萧文缜不会搭腔，没想到他不仅回了，还说得没羞没臊："嗯，又惧又爱。"

齐默尴尬极了。

阶梯教室里全然乱了套，喧哗声越来越大，萧文缜只轻轻地道了声："上课。"

原本还闹哄哄的阶梯教室刹那间陷入静音模式，齐默惊叹不已，若非他平时严肃惯了，学生也不至于这么听他的话。

没有学生不认真听课，至少在齐默看来，萧文缜的课是一堂精品课。

他以金融严监管为背景，详细讲述十大金融乱象，并逐一举例说明，其间掺杂个人观点，精辟而又睿智，举手投足间皆是成年男子的沉稳魅力，一堂课讲下来竟然一句废话也没有，可见专业把控度极高。

即便抛开专业不谈，仅是萧家公子才貌双绝，站在讲台上就是一道养眼的风景线，男女学生皆爱上他的课是有原因的。

然而对于萧文缜来说，他还是低估了齐默对他的影响力。

只见她坐在阶梯教室的最后一排，靠着椅背双臂环胸，专注地望着他上课，整堂课下来，她的视线始终没从他的身上移开过，虽无火辣滚烫之意，但搅得他数次话语停顿，又三番五次地背过身收敛笑意。

她的听课姿势颇像一个求知若渴的乖宝宝，睁着一双大眼甚是可爱，若非萧文缜自控能力不错，只怕早就笑出声了。

重回课堂的她，依稀回到了旧时的模样，不管出现在哪位教授的课堂上，她都非常听话。

课堂教学进入提问环节，学生参与性很高，相继请教完萧文缜，自然不肯轻易放过难得出现在课堂上的齐默。

某男生："学姐，听说您当年在华大读本科，后来在国大读硕士，功课几乎都是A+毕业，请问您是怎么做到的？"

齐默："一、保持健身习惯，无论什么时候都不要忘记，拥有一个健康的身体才是你高效学习的最大资本。二、为自己制订短期目标和长期目标，明确自己的未来就业方向，严格遵守梦想规则，并享受学习乐趣。三、对自己狠一点儿，全A+不是梦。四、高效管理时间，高压学习之余，务必为自己寻觅一两个兴趣爱好放松身心。五、结交出色之人，会让你变得更加出色。"

某女生："学姐，您当年结交过的出色之人，其中一定有我们萧教授吧？"

齐默："当然，追着太阳奔跑，才能拥有光和热。"

讲台上，萧文缜单手插在裤袋里，唇角上扬，她这是……委婉示爱吗？

某女生："学姐学姐，我们萧教授在您心里究竟是一个什么样的人？"

齐默："出色之人。"

教室里嘘声一片，就跟齐默说了一句废话一般，在场者谁不知道他们萧教授很出色啊，他们想听的不是这个。

齐默望向讲台上看热闹的萧文缜，无奈地笑了笑，环顾一眼众人殷切的目光，为了成功脱身，索性豁出老脸了，缓缓启唇："你们萧教授在我心里是一个不可替代的人。"

不可替代?

在座学生激动不已,这句情话毫无毛病,满分,绝对打满分。

有学生注意到,向来不苟言笑的萧教授听了齐学姐的话,笑容悄然流露。

原来,他们萧教授也可以如此温情脉脉。

萧文缜还有一节课要上,齐默主动找了一个借口开溜了:"我去经济学院四处转转,等你上完课以后给我打电话。"

齐默刚从课堂上历险归来,说什么也不愿意陪萧文缜体验第二拨学生的热情。

萧文缜并未戳穿她的小心思,把办公室的钥匙交给她,叮嘱道:"不要乱跑,如果在经济学院里转累了,就去我的办公室里休息一会儿。"

"好。"

下午阳光偏移,空气里有风,好在阳光很温暖,齐默踩着光影只在经济学院里转悠了一小会儿,就寻了一处小公园坐了下来。

她逗留在此的原因很简单。其一,她在国大读书期间,曾在这里为一只难产的大黑猫接生;其二,适才她路过这里,见到一只大黑猫和几只小猫崽正躺在草地上嬉戏玩耍,一时间触景生情,脚步自然而然也就停了下来。

齐默分不清楚,她所看到的大黑猫究竟是当年难产的大母猫,还是当年那只已经健康长大的小猫崽,又或许眼前这只大黑猫跟她记忆里的那两只大小黑猫没有一丁点儿关系,只是颜色和品种一模一样罢了。

不过。

还有两种可能:眼前这只大黑猫或许是当年那只难产的大黑猫,抑或是健康长大的小猫崽的后代。

齐默坐在一旁的草地上认真研究片刻,忍不住笑话起自己,好端端的怎么又开始较真了。片刻后,她从草地上起身,拍拍身上的草屑,前往经济学院小超市的熟食区买了一块无盐鸡胸肉,又买了一瓶牛奶,再次回到小公园,万幸它们还在。

齐默在小公园里待了一个多小时,喂完大黑猫和几只小猫崽,刚好接到萧文缜的电话。他已上完最后一节课,听说她在小公园里,让她待在原地不要动,他过来找她。

那她就等吧。

许是蹲在地上喂食太久,齐默站起身的时候只觉得鼻腔发热,这种感觉实在太熟悉了,齐默脑子里刚蹦出"鼻血"一词,就有液体从鼻腔里流了出来。她连忙伸手捏住,打算去公共厕所那里清洗一番,结果还没走出草地,萧文缜就出现了。

"怎么又流鼻血了?"说话间,萧文缜已从外套口袋里取出一小包纸巾,快速抽出两张接替她的手头动作,帮她止血擦拭。

齐默瓮声瓮气地说:"大概是因为最近几日天气比较干燥。"

引发鼻出血的原因有很多，而齐默经常性流鼻血与身体状况无关，她曾去医院检查过，她的身体很健康，只不过……睡眠不好、疲劳过度、压力大、天气干燥都会导致她流鼻血。

萧文缜正是因为知道这一点，所以才会随身携带纸巾和湿纸巾吗？

齐默察觉这处生活细节的时候，忽然觉得自己真是迟钝极了。犹记得当年她与萧文缜初次见面那天，她当着他的面狂流鼻血，他当时还没有随身携带纸巾的习惯，但两天后她在国大岭南校区大礼堂参加研究生入学教育讲座时，为了强打精神听课涂抹风油精过量，又被邻座女生不小心碰到手臂，导致沾染风油精的指腹从右眼皮上重重擦过……齐默记得很清楚，当时的她落泪汹涌，萧文缜见状，递给她的是一张湿纸巾。

她竟没发现，他对她的体贴早已在时光长河里演变成了一种习惯，无论她在不在他的身边，他都不忘随身携带纸巾或是湿纸巾，并且不为她知晓。

"回去以后多喝水，最近几天晚上睡觉时尽量多开一会儿加湿器，如果还流鼻血，我们就去医院。"萧文缜一手捏住她的两侧鼻翼根部，一手压住她的后颈迫使她微微前倾，柔声提醒道，"张口呼吸。"

齐默半靠在萧文缜的怀里，正张口呼吸着，适逢几位女学生从小公园里穿行而过，见她和萧教授光天化日之下姿态暧昧地搂抱在一起，当即羞红着一张脸，连跟萧教授打声招呼的勇气都没有，就争相踩着小碎步逃走了。

齐默哑然失笑。

他们萧教授在帮她止鼻血，她们大白天看不见吗？一个个的小脑袋瓜究竟是怎么想的？

"不许笑，小心鼻血喷出来。"萧文缜吓唬她。

齐默这次是真的呆住了。

鼻血喷出来？

这么毒的话他都说得出来，齐默为了宣泄内心的不忿，将手上沾到的一点点鼻血悄悄伸向他的外套，头顶上方突然响起那人的声音："你敢蹭到我的外套上，今天晚上回去就别指望睡觉。"

齐默吓得手一缩，萧公子真乃狠人一个，招惹不起啊。

沈燮前往《追梦者》栏目组那天，员工一个个站起身来，又惊又喜，众人虽然不知道两位创始人因何决裂，但《追梦者》停播至今，乔思佳迟迟不跟进《追梦者》改版上线事宜，分明是在等沈燮回来。

乔思佳如此精明的一个人，没想到为了一份友情，竟然可以做到此等程度。

好在沈燮终究还是回来了。

那天下午，沈燮走进乔思佳的办公室，并在她的办公室里逗留了两个多小时。沈燮和乔思佳故友深交十余年，但像这样的开诚布公、直抒心事，还是第一次。

办公室里，沈燮隔着一张办公桌与乔思佳相对而坐，沉默了很久很久，方才平静地道："你在《追梦者》改版前最后一期节目里公开向我道歉，是为了制造噱头，还是发自真心？"

"发自真心。"乔思佳表情镇定，心里却格外紧张，双手藏在桌下无意识地抠着手指关节，留下了一个又一个无比清晰的月牙印。

沈燮追问："不是做戏？"

乔思佳连忙摇头否认："不是。"

"如果我执意不回来，你真打算无限期停播《追梦者》？"

"无你不追梦。"

沈燮不知是被乔思佳的话触动了，还是在想心事，坐在椅子上又是长久地沉默，过了好一会儿，再度打破沉默，这次问的却是："《追梦者》改版上线的首期嘉宾，你可曾联系到合适的人选？"

惊喜席卷心头，乔思佳猛地抬头看向沈燮，红着眼睛回应道："萧文缜。"

沈燮眉头紧皱。

怎么会是……文缜？

《追梦者》刚有改版计划那会儿，他曾费尽口舌力邀萧文缜参加《追梦者》节目录制，却被他坚定回绝，如今怎会……

"萧家老太太办完葬礼以后，萧文缜曾让他的助理徐扬联系过我，委婉提及《追梦者》改版上线后，他愿意参与首期节目录制，并且通告费全免。"说到这里，乔思佳看着沈燮，欲言又止，"萧文缜视你如兄弟，若非看在你的面子上，他绝对不会再上《追梦者》。"

沈燮心中各种情绪交织在一起，心境十分复杂，沉着声音叹息道："文缜有意帮《追梦者》解除困境，我承认有一部分是因为我，但他又何尝不是为你着想？"

"萧文缜为我着想？"乔思佳一度以为自己的耳朵出了问题，当场反驳起沈燮的说辞，"不可能，一直以来萧文缜都很讨厌我，他怎么可能会为我着想呢？"

沈燮定定地看着乔思佳，决定打开天窗说亮话："文缜从未讨厌过你，他只是看不惯你一味愚孝，长期纵容你母亲的赌博欲望而已。"

闻言，乔思佳大惊失色："你说、你说什么？"

沈燮抿了一下唇，静默片刻，缓缓说道："你母亲嗜赌如命，经常瞒着你借高利贷，几乎每隔一段时间就会哀求你帮其偿还赌债，这事我和文缜很早以前就知道了。"

很早……

"有多早？"乔思佳面如死灰。

沈燮如实告知："大二下学期刚开学不久，有一次我在大街上看到你进入一家麻将馆，从里面强行拉出你母亲。你和你母亲当时吵架的声音很大，又被麻将馆的几个男人追着要债，整个过程被我亲眼看见。我知道你急需用钱，也知道你心高气傲，重视颜面，绝不可能接受他人的帮助，所以我和文缜试水《追梦者》节目的时候，我才会征得文缜的同意拉你入伙。我和文缜当时想得很简单，即便访谈视频失败了，最起码也能名正言顺地给你一笔钱帮你挺过眼前的难关，只是没想到我们的节目竟然会做越火……难道你没发现吗？文缜离开《追梦者》栏目之前，我们三人分成一致，碰上节假日，他总是变着法地付给你额外的奖金，就是为了保护你的自尊，不让你因为手头缺钱就觉得低人一等。"

乔思佳竟不知道这些。

直到此刻，她才获知在国大读书期间萧文缜因何对她疏离，她曾以为他之所以与她保持距离，是因为他不喜欢她，却不知真相竟是如此残忍。

她极力掩饰的狼狈和不堪，萧文缜全知道，不仅知道，还不动声色地一次次另寻名目把钱送进她的口袋，她还以为那是自己的劳动所得……如今被沈燮这么一提醒，方才惊觉她当年的分成奖金实在是高得离谱。

而萧文缜对她的冷淡态度，不过是源于她在母亲赌博事件上优柔寡断，她自以为一次次竭尽全力帮母亲偿还赌债便是孝顺，殊不知愚孝害人害己，只会越发助长母亲的赌博之心罢了。

乔思佳憋红着一双眼眸，赶在眼泪夺眶而出之前，仓皇抬手覆面，湿湿的眼泪下一秒便浸湿了十根手指，肩膀微微耸动，因为羞愧，所以无地自容。

沈燮回避她的眼泪，偏头望向植物区架子上放置的一瓶瓶微观苔藓，目光扫视一圈，然后放轻声音，说道："思佳，我这次回来，是因为我在国外旅行期间，无意中发现了一本介绍苔藓植物的书籍，书上说苔藓植物是最低等的高等植物。我看到这句话的时候，心里真是难受极了，我终于明白你这些年偏爱种植苔藓的原因。你是否觉得你和苔藓很相似？我一直责怪你没有把我当朋友，但我又何尝当你是我的朋友呢？我的朋友身陷沼泽多年，而我又在做些什么呢？我看着你挣扎、绝望，却从未尝试着安慰你一句、搀扶你一把，所以你的利己主义不是你单方面造成的，是环境逼迫的。作为你的朋友，我难辞其咎。"

似是被沈燮的话刺痛，乔思佳哭出声音来，声音细弱、疲惫，伪装多年的坚强终于在这一刻轰然倒塌。

沈燮从微观苔藓架子上收回目光，坐在椅子上静静地看着乔思佳，隔了几秒钟后站起身来，绕过办公桌，站定在乔思佳身边。

"思佳，带着你母亲去戒赌中心吧。"沈燮眉目低敛，手掌落在乔思佳的肩膀上，温声劝说道，"这一次，你不再是单枪匹马，我会陪着你帮你母亲把赌瘾戒掉。"

乔思佳的肩头耸动得越发厉害了，她慢慢地垂下头。

为什么？

她以为她已习惯孤军作战，可当沈燮向她伸出救援之手的瞬间，她才蓦然察觉她有多渴望这样一双手的出现。

"你为什么要对我这么好？"

"你不是说我是你唯一的好朋友吗？作为你的好朋友，为你两肋插刀，在所不辞。"

深秋初冬，沈燮的声音夹裹着温暖和宁静，于下午时分在乔思佳的办公室里徘徊良久，继而入驻乔思佳的心间，足以被她放到生命里珍藏一辈子。

11月9日，《追梦者》栏目敲定改版后的首期录制时间，沈燮没有通过徐扬敲定萧文缜的行程安排，而是主动去了西郊秘境。

当天黄昏，萧文缜开车回来，离得很远就看见了沈燮站在前院里等他。月余未见，沈燮消瘦了不少，却比以往任何时候都要精神饱满……他想通了？

下车关门，萧文缜对他视而不见，面无表情地从他身旁经过。

沈燮心中无措，追着萧文缜走了几步，抬手揉了揉鼻子，尴尬地唤了声："文缜。"

萧文缜脚步未停。

沈燮朝萧文缜的背影喊道："我戒酒了。"

萧文缜的脚步慢了下来，他又行两步，停下脚步转身看向沈燮。

沈燮慢慢走近萧文缜，重申道："文缜，我把酒戒了。"停顿片刻，他一脸认真地看着萧文缜，说道，"前段时间我做事鲁莽、冲动，有意无意地伤害了很多人，其中也包括你，我向你道歉。"

"你应该向齐齐道歉才对。"

沈燮与他相识年份久远，无论沈燮做错什么，他都可以试着原谅，唯独接连伤害齐默不能容忍，这也是他对沈燮动气的主因。

"我向齐默道过歉。"沈燮的语气里尽是羞愧，他狼狈地向萧文缜解释道，"10月31日中午，你和萧伯伯外出款待宾客，我从国外赶回来祭拜完萧奶奶，曾向齐默道过歉。"

萧文缜不作声。

沈燮曾去灵堂祭拜过奶奶，事后还是母亲对他说的，至于沈燮向齐齐道过歉，他是直到现在才知道的。也对，齐齐向来爱憎分明，若是不原谅沈燮，又怎会放沈燮进门？

她本是最不该原谅沈燮的那个人，若按她以往的性子，伤她之人她必伤之，可她现在不仅没有伤害沈燮，而且选择了原谅沈燮……萧文缜心里明白，她之所以愿意和沈燮和平共处，不过是因为顾虑他的感受罢了。

她不愿意他重走她的遗憾之路，面对爱情和友情只能二选一，所以甘愿为他放弃性格里的棱角。这便是她，表达爱向来都是润物细无声。

"你的脸怎么了？"萧文缜适才心火未消，几乎没拿正眼瞧沈燮，如今离近细看，只见沈燮的脸上沾了不少泥灰，外套上也残留着未曾拍打干净的草屑，看来之前刚劳作过。

"我的脸怎么了？"沈燮有点儿蒙，掏出手机对着自拍镜头照了照，恍然大悟地道，"哦，可能是我刚才养护前后院的植被，或是清理草坪的时候，不小心把泥灰蹭到脸上去了。"

萧文缜挑眉："齐齐让你做的？"

沈燮没那么勤快。

"那个，我毕竟对不起齐默，"沈燮难为情地擦了擦脸上的泥灰，"齐默见我闲着，使唤我帮她干点儿活儿也是应该的。"

萧文缜极其轻微地扯动了一下唇角的弧度，齐齐虽然看在他的面子上原谅了沈燮，但逮着机会狠狠折腾沈燮一番出出气，倒也符合她的脾气秉性。

"齐齐在厨房里？"萧文缜朝小花园走去。

"嗯。"沈燮望着萧文缜的背影，摸不清楚萧文缜是否已经消气，不动声色地试探道，"文缜，齐默邀请我今天晚上在你们家吃饭，我可以留下来蹭顿晚饭再回去吗？"

"我不当家。"

言外之意，齐默说什么便是什么，无须问他的意思。

沈燮听出萧文缜态度上的松动，站在前院的草地上舒出一口长气，禁不住笑了。

萧文缜走进厨房，案台上早已备了好几道家常菜，齐默正站在案板前切菜，萧文缜洗干净手走过去帮忙："我来吧。"

"我要做姜丝鱼，生姜需要切得细一点儿。"齐默把菜刀递给他，转身去准备其他食材。

齐默剥好几瓣蒜头，一边清洗，一边跟萧文缜唠起家常："今天下午，我从电视上看到赵梓凡阿姨创作的新剧开播在即。说起来，我能走上写作这条路，赵阿姨绝对称得上我的半个引路人，细算下来，我已经好几年没有见过她了。"

另外，7月份她在三亚，沈乐安曾叮嘱过她，说是赵梓凡难得如此喜欢她，让她得空一定要去看看赵梓凡。奈何从三亚回来之后，她一直抽不出时间来，要么奔波在外，要么琐事缠身，要么……忘了。

"这个周末如果有时间的话，我想拜访一下赵阿姨。"齐默关闭水龙头，拿着几瓣蒜头走过来。

"应该的。"

齐默把蒜头放在案板上，仰着脸看他："师兄，你陪我去？"

她说这话时，撒娇意味颇浓。

萧文缜暂停切菜，俯首吻了一下她的唇："好。"

有关于沈燮，齐默闭口不谈，是因为她觉得没有什么可谈的。而萧文缜没有当着齐默的面探讨她对沈燮的原谅态度，更没有当着齐默的面感谢她对他的体贴，是因为有些话不用说出口，他和她便已心领神会。

更何况，过往之事本就没有什么可说的。

11月上旬，萧文缜参与《追梦者》改版后的首期节目录制，沈燮担任节目主持人。据说主持风格颇为幽默风趣，整个采访过程收放自如，不似荧屏首秀，更像是蛰伏多年的高人。

"沈燮转至幕前是对的，属于他的高光时代即将来临。"

这句话是萧文缜对着齐默说的，就在他说完这句话的第二天，他兑现承诺陪齐默拜访赵梓凡。赵梓凡甚是欢喜，拉着齐默嘘寒问暖，中午热情挽留萧文缜和齐默在家里吃饭，萧、齐二人不便推辞，只好留了下来。

赵梓凡亲自下厨，齐默待在厨房里帮她打下手，其间赵梓凡询问齐默近期可有新作。

"有，"齐默说，"目前正在赶稿。"

"书名叫什么？"

齐默说："书名暂时还没定下来。"

新作的书名至今还未敲定，齐默并不着急，名字总会有的，何必急于一时？但史卿明显比她还要着急，11月中旬接连给她打来好几通电话，通话结束时都会附带一句："新书的名字还没定吗？"

有一次，齐默正躺在卧室里午睡，再一次被史卿打电话追问，头昏脑涨之余，目光对上床头柜的一角，那里摆放着一只相框，相框里装着她和萧公子的名字。

她的名字是萧文缜写的。

萧文缜的名字是她写的。

"默写他的名字。"齐默脱口而出，目前她写的新书是以她为原型改编创作的故事题材，齐默忽然觉得起这个名字倒也合适，不过还需改动一下，用"他"形容男主，毕竟不如"你"来得亲切。齐默遂从床上坐起身，对着电话那端的史卿说，"新书的名字是《默写你的名字》。"

史卿："这书名好。我刚才突然有个想法，萧教授写得一手好字，他的字体还曾被字体库收录过，设计书籍封面时，如果萧教授能够提笔手写书名的话，想想就很激动。"

"你慢慢激动，我先睡一会儿。"

齐默最近有点儿嗜睡，几乎每天中午都要小睡片刻，否则很难打起精神完成下午的工作安排，或是前去医院看望江棋来。

自从江棋来住院以后，齐默每隔两日便会去一趟市医院，在病房里遇见江明雨的次数比较少，遇见付晓茹或是炫语璨的概率很高很高。

起初，付晓茹看见齐默仅限于点头打招呼，但在医院里碰见齐默的次数多了之后，偶尔还会问上一句："吃饭没有？"

如此已是很好了。

至于炫语璨……炫语璨照顾江棋来细心周到，扶着他练习走路，时常累得满头大汗，却从无怨言。

炫语璨告诉齐默，她以前之所以会痛苦，是因为她对江棋来起了太多贪念，一直在感情世界里做加法和乘法。面对这样一个她，不仅她自己觉得累，就连江棋来也会觉得喘不过气来。可是现在不一样了，现在的她在感情世界里只做减法，反而轻松、快乐了许多。虽然她明白这个道理的时候已经很晚了，但好在还不算太迟。

齐默问她："你喜欢现在的自己吗？"

"非常喜欢。"

炫语璨用了"非常"，可见她终于活成了更好的自己。

另外，江棋来和萧文缜似乎杠上了，这两人天生不对盘，偏又彼此欣赏，所以私下相处总会让齐默觉得很拧巴，主要是替他们两个人觉得拧巴。

有几次临近黄昏，萧文缜给齐默打电话，偏巧她就在病房里待着。江棋来索性使坏让齐默留下来陪他吃晚饭，说话的声音还特别大，好像生怕萧文缜听不见似的。

萧文缜在电话里倒也没说什么，江棋来却把他的行事风格摸得透透的，对齐默说："等着吧，他一会儿准来。"

她在这里，萧文缜总要过来接她一起回家的。

世人都怕寂寞，江棋来也不例外。

数年前，齐默饱受脚踝重创，远在异地的医院经历过两次手术，经历过漫长的治疗和复健过程，所以她比任何人都要理解江棋来住院期间的心路历程。他挑衅萧文缜，不过是变相地让萧文缜来医院陪他说说话罢了。

尽管他与萧文缜说起话来时常火药味弥漫一室，但谈起金融投资行情时总能热议许久。江、萧二人天资高于寻常人，不沉迷于享乐，而是拼命活出自己的价值，两人"三观"高度吻合，他们不是天生不对盘，相反，他们天生就该是好朋友。

江棋来出院那天，碰巧萧爷爷从三亚回来。那天萧文缜有一个学术会议要开，萧博彦和沈乐安又在剧组里脱不开身，还是齐默叫上齐凯瑞一起去机场接的机。

齐默极力邀请齐凯瑞前往机场接萧爷爷是有原因的。

萧奶奶刚过世，齐默担心萧爷爷在三亚住惯了，忽然回到本市难免会有诸多不习惯之处，便想拉近爷爷和萧爷爷之间的关系。毕竟两位老人有很多话题可以聊，平时约在一起下下围棋、钓钓鱼，或是聚在一起健健身、吃吃饭，挺好的。

令齐默没有想到的是，萧爷爷也是一位钓鱼发烧友，回到本市以后更是被爷爷带到各大钓鱼场所垂钓。齐默曾陪二人钓过一次鱼，全程哭笑不得，再往后说什么也不陪二人去野外垂钓了。

究其原因，主要是萧爷爷昧着良心不停地贬低萧家公子，只为烘托齐家小女有多好；与此同时，齐凯瑞见萧爷爷如此实诚，自然也要谦虚一把，猛夸萧家公子出类拔萃之余，只差没有把齐家小女踩进泥潭了。

两位老人踩起自家孙子孙女，一个比一个辣手无情，别说齐默受不了这阵势，就连湖面下的鱼都不知道被吓跑了多少条。

11月下旬，天暖有风，齐凯瑞和萧爷爷结伴前往西斋一条沟垂钓，上午收获颇丰，仅是鲫鱼就钓了好几条。他们临近中午给齐默打电话，说要来西郊秘境吃饭，让齐默提前备好几道小菜，他们一会儿就过来。

怎么说呢？

那天的事情，齐默有点儿不想说。

吃饭时的氛围起初还是挺好的，萧爷爷惊叹于齐默竟然拥有一手好厨艺，几乎每吃上一道菜都要逮着齐默夸上好半天。齐默干脆留萧爷爷和齐凯瑞在西郊住上一段时间，如此一来，也方便她天天给他们做好吃的。

美食诱惑当前，可还是被齐凯瑞和萧爷爷拒绝了。两位老人的说法基本一致，无非是老年人和年轻人生活习惯不同，住不到一起去。

饭桌上相谈甚欢，任谁都没想到，包括齐默本人也没想到，她会在用餐的过程中数次反胃，甚至一度跑到洗手间里恶心得直泛酸水。

如此异常，很难不引起齐凯瑞和萧爷爷的注意，两位老人面面相觑，二人还未交流，就瞬间领会了彼此的心思，眉眼间均是惊喜之色。

"齐齐，你该不会怀孕了吧？"

这话是齐凯瑞问的，齐默见两位老人紧张、期待地看着她，脑子先是一蒙，然后想到近期有点儿食欲不振、嗜睡……还有，最重要的一点，她竟然没有注意到她已有一个多月没有来月事了。

难道……

许是萧爷爷从她的脸上觉察出了不确定，急于弄清楚重孙愿望是否成真，饭也不吃了，立马站起身来："老齐，我们带孩子去医院检查一下，否则心里真是不踏实。"

于是，谁也无心再吃饭，齐默在两位老人的"押送"下坐上车前往山下的医院，其间萧爷爷更是急不可耐地打了一通电话给萧文缜："赶紧放下手头的工作过来，齐齐有可能怀孕了。"

事实证明，萧爷爷的说法没有任何毛病，齐默只是有可能怀孕而已。

这是一起乌龙事件。

当齐默既紧张又期待地抵达医院，当两位老人满腔激动地做好了迎新的准备，当萧文缜火急火燎地与齐默等人会合时，等到的答案却是齐默没有怀孕，只是出现了假孕症状。

假孕，顾名思义就是女性没有怀孕，却出现了怀孕的相关症状。

萧爷爷听了医生的话，希望落空，下意识地追问一句："真的没有怀孕吗？会不会是你们没有检查清楚？"

医生说："老先生，您要相信我们的专业。"

齐默觉得脸都丢尽了，将头埋在萧文缜的怀里，感觉自己这辈子从未这么丢人过。

萧文缜在笑，但又没好意思笑出声音来，反倒是萧爷爷干笑两声打圆场："没事没事，虚惊一场。"

唉，虚喜一场。

齐凯瑞就没那么客气了，背着手走路，直接送给齐默四个字："丢死人了。"

齐默见两位老人如此失望，心里颇为惭愧，赖在萧文缜的怀里小声嘟囔道："我怎么感觉我是个罪人呢？"

"不怪你。"萧文缜抱着她安慰，"是我还不够努力。"

殊不知，齐默一听这话就害怕，要知道萧家公子正是如狼似虎的年纪，像她这样的小身板实在是承受不起啊。

"师兄，你已经很努力了，"齐默战战兢兢地出声，想要彻底打消萧公子的努力念头，非常委婉地规劝萧公子，"你工作那么忙，平时更应该劳逸结合，隔三岔五歇一歇，别累着了。"

此话一出，某人很不给面子地低笑出声。

唉。

齐默沉沉地叹了一口气，笑吧笑吧，在这件事情上她认怂。

那天午后回家，齐默问萧公子："师兄，我没有怀孕，你会不会很失望？"

萧公子开车前往西郊秘境，听了齐默的话，只轻描淡写地回了一句话给她："你在我心目中的地位，要远远高于你能否为我生一个孩子。"

Chapter 20
师兄，你愿不愿意娶我

　　齐默假孕事件，无疑给萧文缜敲响了一记警钟。

　　若是有朝一日他宣布他和齐默的结婚喜讯，必定是因为他此生认定的妻子只有齐默一人，而非让人误以为他之所以会和齐默结婚，是因为齐默怀孕了，他在逼不得已之下才会和齐默奉子成婚。

　　12月，萧文缜受邀参加中国经济研讨会，学术界、经济界和商界杰出人士共计六百余人会聚一堂，聚焦经济热点发展现状，针对当前现代化经济体系进行深度剖析和精准解读，并对当下实践展开深入探讨。

　　他此番前往苏州出差，齐默随行。

　　自从萧文缜公开他和齐默的恋情，外公和外婆不知道在电话里反复念叨过多少次，极力劝说他抽出几天时间带齐默回一趟苏州，也好让他们好好地看一看未来的外孙媳妇。所以，这次碰巧来苏州出差，萧文缜索性带着齐默一同前往。

　　二人正式拜访外公和外婆，是在经济研讨会结束以后。

　　彼时，萧文缜和齐默来到苏州已有两日，住在当地的酒店里，若是萧文缜出门参加研讨会，齐默多半也会出门闲逛半日再回来，或是等萧文缜开完会乘车与她会合，观摩当地出名的景点、体验当地的风土人情、品尝当地的特色美食，再并肩散步回去。邂逅一座美丽的城市，独自乐不如双人乐，身边分享之人是谁很重要。

　　二人抵达苏州的第二日，发生了一个小插曲。

　　那天中午，齐默报了一家餐厅的地址给萧文缜，餐厅位于闹市小巷，有着大大的落地玻璃窗，内部设计装潢很有特色，颇有几分遁世高人的清雅之风。

　　齐默来这家餐厅是有原因的。

　　这家餐厅的老板与齐默是旧识，萧文缜开完会过来，恰好目睹餐厅老板正坐在齐默对面，并与她相谈甚欢。

萧文缤迈步走近,顺便打量了一眼餐厅的老板:三十岁出头,留着清爽的短发,容貌偏英俊,身材挺好,一看就有健身的习惯,微笑的时候会让人觉得很阳光。一个三十多岁的青年男人久经生活磨砺,竟然还能笑得如此阳光,要么很享受当下的生活,要么很享受与齐默的相处氛围。

餐厅老板看到萧文缤,立刻从座位上站起身来,热情迎客:"萧教授,欢迎欢迎。"

说着,他便朝萧文缤伸出手来。

萧文缤礼貌回握:"叨扰了。"

叨扰了。

短短三个字信息量极大,齐默看一眼淡漠如常的萧公子,站起身,刚想介绍餐厅的老板给他认识,就听萧公子说道:"不用介绍,我认识你朋友,是叫唐逸对吧?"

什么?

唐逸甚是意外:"您认识我?"

"认识。"萧文缤不紧不慢地说道,"你是齐齐的第四号追求者,苏州当地名厨,若干年前为了向齐齐示爱,还曾在甜品中藏过一枚戒指,表白的方式非常浪漫。"

齐默嗓子发痒,差点儿没被口水呛死。

唐逸闻言,更是干笑数声,敢情萧大教授作为齐默的正牌男友,是来找他算旧账的……唐逸悄悄朝齐默使了一个眼色,"埋怨"她不该告诉萧大教授此事,这不是把他往火坑里面推吗?

齐默摇摇头,暗示不是她说的,也不知道唐逸是不是信了她的话,总之此地不宜久留。唐逸邀请萧大教授入座以后,又为他倒上一杯茶水,就以做菜为借口逃到后厨去了。

反观萧大教授,就跟没事人一样,平心静气地喝了几口茶,甚至还有闲情逸致观摩餐厅的设计。

齐默坐在萧大教授对面,犹豫之后再犹豫,终于按捺不住地追问道:"你是怎么知道唐逸的?"

史卿连唐逸是谁都不知道,所以绝不可能是史卿告诉萧文缤的。

对此,萧文缤给了齐默一个模棱两可的答案:"齐齐,我对你的事情一向上心。"说罢,他又补充了一句,"用心程度超出你的想象。"

他若想知道她的一切,又何须史卿告知?毕竟她独行时间多,史卿伴随她的时间少,有关于她的出行安全和人际关系网,他总要知道得越详细越好。放任她远离他多年没问题,但远离他的前提,是他和她之间的感情必须没有第三者钻空子。

所以许仕成也好,唐逸也罢,均是他忌讳的人,不说并不代表他不在乎,并不意味着他不会吃醋和忌妒。

对于齐默来说，萧文缜知道唐逸等人的存在倒也没什么，毕竟前段时间她的这些"前男友"还曾集体曝光过，萧文缜天天与媒体打交道，又怎会不清楚这些？然而问题的关键是，萧文缜连细节都知道，甚至给她的追求者挂上了号码牌，分明是心里有意见，有意见却不说出来，齐默心里怕怕的。

齐默小声问道："你还知道些什么？"

"我想想。"萧文缜放下茶杯，貌似还真的认真思索了片刻，然后非常心平气和地帮助齐默追忆"前男友"的示爱历程——

"你的第一号追求者叫林景淮，杭州地产商，你与他相识于海钓俱乐部。你们认识不到一周，他就把你邀请到海洋馆，随后他潜水到玻璃缸水底，单独为你展示了一场高难度的爱心表白。

"你的第二号追求者叫许琮，马来西亚华裔，作曲家，你与他相识于甘肃敦煌。他为了向你表白，还曾专门为你创作过一首情歌，名字叫《默默》，雨中弹唱，颇有意境，据说当时还吸引了不少路人围观。

"你的第三号追求者叫许仕成，广州人，知名投行老总，你与他相识于总公司派对。许仕成私底下是一位漫画爱好者，据说向你做过的最浪漫的表白，是把你和他相识以来的点点滴滴绘制成了厚厚一本漫画集送给你示爱。

"你的第四号追求者叫唐逸，苏州人，曾经担任米其林餐厅主厨，后离职创立'唐氏私房菜'，你与他结识于云南青年旅社的公共厨房，因为欣赏彼此的厨艺继而成为朋友。我刚才已经说过，唐逸向你示爱的方式是在甜品中藏了一枚戒指。

"你的第五号追求者叫叶嘉合，贵州人，急诊科医生，你与他相识于一次山路车祸事故。当时你的脚踝受伤严重，为你应急处理伤口的医生就是叶嘉合。叶嘉合的示爱方式很含蓄——跟进你的手术情况、关注你的复健进度。据说，你出院那天，他还追着出租车跑了大半条街，真是痴情。

"你的第六号追求者叫全云枫，香港人，离婚律师，你与他结识于某一次朋友聚会。他对你一见钟情，隔日便手持九百九十九朵玫瑰花向你表白。"

"师兄——"齐默担心再不出声打断萧文缜的话，他会紧接着说出第七号追求者。她望着萧文缜，心虚地道，"你怎么知道得这么多呀？"

"我哪儿敢知道得太多呀？"萧文缜恶劣本性上身，故意模仿齐默的语气，唉声叹气地感慨道，"毕竟你的追求者那么多，每个人示爱的花招不断，为保险起见，我只敢知道一点点发生在你身上的浪漫奇闻，否则，知道得越多，越是容易心梗发作。心梗发作你知道吧，轻症者胸痛异常，重症者心力衰竭而亡，稍不注意就会危及生命。总而言之，听多了你和你那群追求者的事情，是会出事的呀。"

一点点？

齐默觉得萧公子真是谦虚极了，她的那些桃花运，他哪里只知道一点点，分明大事小事了然于胸，胸腔里一下子装了那么多的事，他不胸痛异常才怪。

这话，齐默没敢说。

齐默说的是："你以前从来都不会在乎这些事情。"

萧文缜笑笑，没有立刻接话。

他这辈子怎么可能没有在乎的人和事？对于他来说，齐默是他在乎的人，齐默的事情自然也在他的在乎范畴之内。

萧文缜喝口茶润喉，淡淡地说："我以前不畏惧情敌，是因为我通晓你的心意，笃定我可以陪伴你走完余生岁月。但我后来之所以畏惧情敌，恰恰是因为我摸不准你的心意，无法确定我是否还有幸陪伴你走完余生岁月。"

齐默理屈词穷，暗自后悔自己刚才就不该多嘴一问，埋着头做出忏悔状。好在店内的服务员端着两盘热菜走出后厨，齐默本以为服务员出现得很及时，不管怎么说总算为她解了围，岂料服务员端菜上桌以后，竟特为齐默端来了一杯红糖姜奶茶："齐小姐，这是我们老板特意为您制作的红糖姜奶茶，后厨还有满满一大壶，等您喝完，我再帮您续杯。"

对面的人目光灼灼，齐默的后悔指数升级，来唐逸这里吃饭，真是一个错误。

萧文缜语气泛凉："他知道你偶尔会贫血？"

"他"，自然是指唐逸。

齐默实言相告："他见我流过鼻血。"

"以后不许你再当着别人的面流鼻血。"萧公子终究还是恼了，冷冷地道。

"……"

齐默觉得自己还是不吭声比较好，尽管她很想反驳一下萧公子，比如：她也不想当着别人的面流鼻血，但若鼻血突然来袭，难道还能将它逼回去不成？

对面那人脸都黑了。

算了，还是不说了。

那是齐默12月份吃过的最煎熬的一顿午饭，吃罢午饭被萧公子送回酒店的房间里，愣是被他压在床上折腾了一个多小时，方才有机会喘上一口气。

午后，萧文缜发泄完醋意，穿好衣服，又是一副谦谦君子的模样，坐在床畔取出腕表戴上，回头瞥视一眼趴在床上瞪着他不说话的齐默，嘴角勾出一抹笑意："乖乖待在酒店里不要乱跑，下午研讨会结束后，我回来接你，到时候我们一起去见外公和外婆。"

"两位老人有什么喜好没有？这是我第一次登门拜访两位长辈，总不能空着手过去吧？"齐默要见的人再怎么说也是萧文缜的外公和外婆，如果说她没有一丝一毫的紧张，绝对是骗人的。

"他们什么都不缺。"萧文缜转过身安抚齐默的情绪，将齐默连人带被地抱到怀里，轻声告诉她，"对于外公和外婆来说，你便是最好的见面礼物。"

那天下午，齐默并未待在酒店里等着萧文缜回来，而是在商场逛了一下午。尽管两位老人什么东西都不缺，但齐默是否有心选购礼物，就是另外一回事了。

一整套上等的茶具和茶叶、一整套有利于老人睡眠的床上用品，便是齐默闲逛好几个小时的战利品。

事实证明，萧文缜的外公和外婆真如萧文缜所说那般，见齐默带着礼物过来，出口的第一句话就是："你这孩子，家里什么东西都不缺，你能过来看望外公和外婆，我们就很开心了，实在没有必要特意选购礼物送给我们。"

齐默这才知道，萧文缜不让她带礼物登门拜访两位老人并非随口说说，而是真的不需要带任何礼物过来，因为齐默走进两位老人的家里之后，方才惊觉两位老人简直比她和萧文缜还会生活。

仅是满园芳菲花枝绕墙，便可看出诗意和灵气。

齐默不期然想起萧家花园，与此处大有异曲同工之妙，萧家花园的设计者是沈乐安，而沈乐安极富生活乐趣的小巧思分明来源于她的父母。

彼时已是黄昏，两位老人对待齐默的热情程度，堪比萧爷爷和已经去世的萧奶奶。从细节处，便可窥探出两位老人的高素质和高涵养。他们纵使初次见到齐默，有着诸多好奇，却能得体地掌控眼神和话题，绝不让齐默出现一丁点儿的不舒服，或是出现如坐针毡的局促感。

看得出来，他们是真的很喜欢齐默。

为什么？

说句不要脸的话，因为她足够优秀？还是说，因为她是萧文缜唯一公开承认的女朋友，所以两位老人家爱屋及乌？

趁着两位老人去厨房里查看晚餐进度的间隙，齐默向萧文缜道出心中的疑惑，萧文缜漫不经心地说："因为你本来就很好。"

"……"

他说这话，她没法接啊。

"最重要的是，沈大编剧很喜欢你。"

"沈大编剧喜欢我，跟你外公和外婆是否喜欢我有什么关系吗？"

"沈大编剧眼高于顶，迄今为止只有寥寥几个人能够得到她的认可和喜欢，你是其中之一。你想啊，连沈大编剧那么挑剔的人都能对你如此满意，外公和外婆又有什么不满意的呢？"

"……"

齐默再次无言以对，突然很想冒昧地问一句：沈大编剧不是萧公子的亲妈吧？

要么换个问法，比如：萧公子不是沈大编剧的亲生儿子吧？

但无论哪一个问法，齐默都没有问出口。她在参观沈家客厅的时候，被装饰柜里的几组家庭合影吸引住了，只因那几张合影照片里都有庄裕琳。

外婆和庄裕琳、沈乐安和庄裕琳、萧文缜和庄裕琳……参与人数最多的一张合影照片里，涉及的人物有外公、外婆、萧博彦、沈乐安、萧文缜、庄裕琳和一对陌生面容的中年夫妻。齐默不认识那两个人，自然叫不出他们的名字，不过从面部轮廓看，应该是庄裕琳的父母。

齐默隐隐猜到了什么，忍不住盯着沈乐安和庄裕琳多看了两眼。

"家里人都说，裕琳的眉眼、神韵颇像沈大编剧，大概是我眼拙，竟没看出一丁点儿的相似之处。"萧文缜为齐默端来一杯温开水，站在齐默身边，同她一起看向沈乐安和庄裕琳的合影照，将问题丢给齐默，"你觉得她们像吗？"

"不像。"

"还好咱俩都眼拙，今后谁也不好意思嫌弃谁。"

"……"

萧文缜告诉齐默，外婆嫁给外公之前，有过一段婚姻，并与前夫育有一子，后与前夫离婚，儿子跟随前夫定居在国外。

外婆与前夫生的儿子，便是沈乐安同母异父的哥哥，更是庄裕琳的亲生父亲，所以萧文缜的外婆是庄裕琳的奶奶，沈乐安是庄裕琳的姑姑，而萧文缜是庄裕琳的表哥。

庄裕琳成年以后回国发展，由于综合实力较之同龄竞争者突出，继而进军主持行业，之所以没有公开她与萧博彦、沈乐安和萧文缜的关系，一来是因为不愿借助萧家人的名气和人脉发展个人事业；二来是因为不愿媒体将几位老人的感情过往传播得尽人皆知。

于是，齐默明白了几件事：

一、一向跟异性保持距离的萧文缜，为何会对庄裕琳撤下男女之防？

二、两年前，萧文缜为何与庄裕琳一起前往苏州探望萧文缜的外公和外婆？

三、9月的那个深夜，庄裕琳究竟是以何种身份出现在萧文缜位于归晚苑的房子里，并且直至清晨方才离去？

萧文缜向齐默说清楚庄裕琳与外婆的关系后，双臂环胸，沉吟片刻，忽然问齐默："两年前，我和裕琳一起前往苏州探望外公和外婆，媒体造谣我和裕琳恋情曝光，疑似婚事将近，这事你听说过吧？"

齐默的求生欲非常强，她立刻摇头予以否认："我从不关注八卦新闻。"

甚至为了增加可信度，她还露出一副"怎么会有这种无稽之谈"的惊讶表情。

萧文缜见她如此警觉，索性再挖一坑："9月6日深夜，裕琳赶完通告，忘带家门钥匙，当晚住在归晚苑。隔天清晨裕琳给我打电话，说她看见你坐在自家二楼的飘窗上处理工作，你当时应该也看见裕琳了吧？"

　　齐默想说自己没看见。

　　萧文缜落下一记实锤："裕琳说，你发现她拿着手机偷拍你，直接把二楼的窗帘拉上了，你当真没有看见裕琳？"

　　"原来那天早上拿着手机偷拍我的人是裕琳啊？"齐默就是不肯承认，小声嘀咕一句，"我还以为是哪个女狗仔在偷拍我呢。"

　　萧文缜顺着齐默的蹩脚借口问道："你看见女狗仔大清早从我家里走出来，就一点儿也不好奇？"

　　"好奇。"

　　"既然好奇，为什么从来都没有问过我？"

　　"我信你。"

　　不知道这个答案萧公子是否满意。

　　萧文缜轻描淡写地说："你是信我，还是不在乎我？"

　　齐默一听这话就知道坏了，萧公子不仅爱吃醋，心眼儿还很小，他一旦较起真来，简直难缠极了。

　　萧文缜："你从未在我面前提过裕琳。"

　　齐默："……"

　　萧文缜："我很不开心。"

　　齐默："……"

　　萧文缜："如果裕琳不是我的表妹，跟我没有任何血缘关系，你发现我和裕琳走得比较亲近，难道一点儿也不担心我会移情别恋吗？"

　　齐默把水杯放到一旁的桌案上，故意板着一张脸答非所问："你如果真的移情别恋，我就出家当尼姑去，闲暇时制作一个小人偶，然后在人偶的背上写上你的名字。余生，我的主要任务就是每天往你的身上扎各种小针诅咒你。"

　　萧文缜似是被她的坏心眼儿冲散了坏情绪，斜睨她一眼，说道："都当尼姑了，戾气还这么重？"

　　"我不管。"齐默看了一眼无人的客厅，伸出手臂抱住萧文缜，赖在他的怀里撒娇，"谁让我在乎我师兄呢。"

　　萧文缜笑了，明知她说出这样一番话是为了哄他开心，可还是忍不住……心情很好。

　　有些话，说了总比不说好。

　　他很吃齐默这一套，至少爱极了她的甜言蜜语。

　　当晚吃饭时氛围很融洽，两位老人极力挽留齐默和萧文缜住一夜再回去，无奈萧文缜明日还有工作要忙，今天晚上必须乘坐高铁回去。好在两地相距不远，萧文缜抽时间再带齐默过来也是一样的。

临别时，两位老人还给齐默塞了一个大红包作为见面礼，齐默多番推辞，不肯收下。最后还是萧文缜从两位老人的手中接过红包，装进齐默的大衣口袋，这才作罢。他说："老人家的一片心意，收下吧。"

是夜，齐默和萧文缜乘坐高铁离开苏州，无意中看到有乘客正在翻看一本杂志，而杂志的封面人物就是庄裕琳，齐默询问萧文缜："裕琳最近在做什么？"

"她最近新接了一个电台节目，比较忙。"

齐默不知道的是，庄裕琳忙碌归忙碌，却对萧文缜的恋爱状况从未断过窥探之心。尤其萧文缜公开恋情以后，她更是三天两头地缠着萧文缜要去看一看未来嫂子，但每次的探访诉求不是被萧文缜直接无视，就是被萧文缜拒绝了。

对此，萧文缜的说法是："你嫂子清静惯了，不许你叽叽喳喳地去烦她。"

庄裕琳嘴都气歪了。

叽叽喳喳？

她又不是黄鹂鸟，还叽叽喳喳，他怎么不说她啾啾啾呢？

从苏州回来以后，萧文缜和齐默各自忙碌于工作，时间流逝得很快，转眼便是2019年至2020年的跨年夜了。

2019年12月31日，萧博彦执导的电影版《乱局》杀青在即，正是最忙碌的时候。由于跨年夜无法从剧组赶回来，所以特意给萧文缜打电话，叮嘱他回萧家陪着萧爷爷过完元旦再回西郊秘境。

谁料，萧爷爷早就和齐家老爷子说好了，跨年夜要去齐家老宅和齐家老爷子、齐远彬、尉迟敏一起过。

萧文缜觉得这样也好，省得他和齐默还要两家来回跑，两家的长辈聚在一起跨年过元旦，倒也热闹。

跨年夜，众人吃完饭坐在沙发上，一边闲聊，一边看电视。后来齐凯瑞和萧爷爷去书房下围棋，尉迟敏喊齐默去客房打下手，帮她把萧爷爷的床铺收拾出来，而萧文缜有话要跟齐远彬说，干脆找了个借口，把齐远彬从客厅里叫出来散步去了。

深夜的街头，万家灯火耀眼夺目，萧文缜和齐远彬没有走远，坐在一家二十四小时营业的超市门外。露天桌椅，两杯热咖啡，即便寒夜有风，也让人觉得很温暖。

也许，让齐远彬觉得温暖的，并非入口的热咖啡，而是萧文缜的话："齐叔，距离春节还有二十几天，我想赶在春节前和齐齐先把结婚证领了，等过完年再挑个好日子把婚礼办了，您看可以吗？"

齐远彬点头，距离萧家老太太去世已有两个月，虽然近期不太适合办喜事，但俩孩子先领证后结婚，也是一样的。

"你父母知道你的想法吗？"

结婚是大事，总要跟双方家长都报备一声才合适。

"知道。"萧文缜说，"我之前跟父母通过电话，《乱局》不日便会杀青，父母一直觉得很失礼，想在我和齐齐领结婚证之前，将您和齐爷爷还有敏姨一起约出来吃顿饭。"

"自家人不必客气。"

齐远彬表现得很平静，坐在椅子上喝了半杯咖啡，不知是被热气熏花了眼睛，还是即将嫁女心中不舍，虽然口头同意萧文缜和齐默领取结婚证，但不多时眼睛里就起了一层薄雾。

"文缜，齐齐性子倔强，婚后你多包容。"只是再简单不过的一句话而已，齐远彬在出口的一瞬间却憋红了一双眼睛。

"齐叔，我爱上的恰恰是齐齐的倔强。"

还有比这样一句话更能抚慰齐远彬的不舍吗？没有了，只此一句便已足够，齐远彬的不舍没了，只有安心和感激。

2019年的最后一天，萧文缜在寒风里向齐远彬郑重承诺："齐叔，您放心，我会像您一样珍惜齐齐、爱护齐齐、包容齐齐，婚后绝对不会让齐齐受到半分委屈。"

同样是这天晚上，2020年进入跨年倒计时，当万年历自动转换到2020年1月1日，当时间归零，一切重新开始，当萧文缜和齐默对着彼此说完"新年快乐"，萧文缜握住齐默的手说了这样一句话："跨年夜有你相伴，为此我已奢盼多年，万幸今日终能如愿。"

2020年1月7日黄昏，电影版《乱局》正式杀青，当天晚上萧博彦特意包下酒店，宴请剧组的工作人员举行杀青庆功宴，并于翌日一大早携妻子沈乐安乘机离开剧组。

夫妇二人回到家里稍作休整，便在儿子的安排下，与齐默一家人在饭店包间里有了一次真正意义上的双方家长会面。

那天中午，两家人寒暄完落座席间，相处氛围十分融洽。几位长辈历经岁月洗礼，都曾在人情世故里游走大半生，如何交流才得体、如何应酬才合宜，彼此心中有数，自然不会让现场气氛陷进尴尬局面。

严防尴尬，可终究还是出现了尴尬。

饭店是萧文缜精心挑选的，菜单也是萧文缜亲自制订跟进的，可当双方家长落座以后，饭店经理急急忙忙地跑过来道歉，说适才带路的侍者是新来的，业务能力不是很强，所以才会一时紧张，将众人带错了用餐包间。

带错就带错吧，好在饭菜还没上桌，换回之前预订的包间不过是分分钟的事。

岂料——齐凯瑞和萧爷爷起身离座了，萧博彦和沈乐安起身离座了，齐远彬和尉迟敏起身离座了，就连萧文缜也起身离座了，唯独齐默还坐在椅子上不动。

"齐齐。"

萧文缜拉她起身，奈何齐默一动也不动地坐在椅子上，她说："我觉得这个包间挺好的，不想换。"

闻言，几位长辈颇感意外。

要知道，齐默面冷心热，生活里苛责、为难他人的事更是鲜少发生，如今怎会……这么不通情理？

萧文缜还算冷静，半蹲在她的面前，握住她的手轻声劝说："这个包间是别人之前就订好的，我们待在这里不合适。"

"不合适？"齐默扭头望向门口。

"齐小姐，预订荟萃厅的客人再有十分钟就要来这里用餐了。"饭店经理委婉地告知齐默继续待在这里真的很不合适，赔着笑脸道，"今天中午，我们饭店的工作人员由于工作失误犯下如此低级的错误，请允许我代表我们饭店再次向您以及您的家人表示由衷的歉意。"

"齐小姐，千错万错都是我的错，对不起。"服务员对着齐默接连鞠躬道歉，年轻的脸庞上尽是自责之意，看起来快要哭了。

齐默却笑了。

她这一笑，却将在场的几位长辈笑蒙了。

萧文缜离她最近，短短一刹那，分明从她的笑容中觉察出了什么，强忍叹气的冲动，慢慢起身坐回椅子上。笑吧笑吧，使劲笑，然而，他心里却在想：一切的一切，究竟是从哪里开始露馅儿的？

"给我五分钟。"齐默这话是对饭店经理说的。

饭店经理偷偷瞄一眼萧文缜，见萧文缜坐在椅子上镇定地喝茶不说话，只好继续赔着笑脸，朝齐默点点头。

齐家老爷子忍不住皱起眉，一方面惊诧于齐默今日怎会这般胡搅蛮缠，一方面又觉得老脸无光，齐默当着萧家长辈的面为难饭店的工作人员，此举很是不妥，极为不妥。

"齐齐，你……"

给我起来。

"师兄，我有几句话想要对你说。"

齐凯瑞斥责的话尚未说完，就被齐默平平淡淡的一句话硬生生地打断了。

一直没说话的萧爷爷，此时也觉察出了不对劲，抬起手拍了拍齐凯瑞的肩膀，示意他少安毋躁。

"你说。"萧文缜放下茶杯，心头莫名一紧。

齐默看了一眼两家的长辈，礼貌地邀请大家重新落座，可真当众人坐回原位，集体等待她开口说话时，她却沉默了。迎上萧文缜过分深幽的目光，她甚至略显局促地笑了笑，长睫低垂，似是在斟酌如何开口才合适。

隔了几秒钟，也可能是十几秒钟，她再次抬起眼眸，迎上萧文缜的目光，仿佛放下矜持的同时，鼓起了极大的勇气，缓缓道出惊人之语："师兄，你愿不愿意娶我？"

此话一出，包间里突然静寂无声。

两家的长辈惊得面面相觑，什么情况，齐家小女这是在主动向萧家公子求婚吗？

沈乐安大概觉得气氛太沉闷了，手握成拳抵在唇边，很小声地清了清嗓子，她的这位准儿媳果然不是一般人，行事作风很强悍啊。

两家的长辈齐刷刷地看着萧文缜，不仅齐默在等他的回答，就连他们也在等待他的答复。

他是被"吓"傻了吗？

只见萧文缜无动于衷地坐在椅子上，就那么深深地看着齐默，没有惊和喜，唯独绷紧的下颌线条泄露了他的紧张。

滔滔心事奔涌流窜，偏偏他面上不露半分声色。

萧文缜如此沉默，齐默难得地紧张了起来，再开口，声音轻了一些，语速也慢了一些，重复先前的话："师兄，你愿不愿意娶我？"

一秒。

两秒。

三秒。

萧文缜握住齐默的手，终于沉声回复齐默："愿意。"

短短两个字道出口，两家的长辈方才不约而同地松了一口气。刚才众人为了等待一个答复，竟然集体憋着一口气，明明不是当事人，却比当事人还要焦灼和期待。

齐默温声道："我缺点一大堆，可能做不了一个好妻子。"

"婚后你不用做我的妻子，你只需要做你自己。"

"我们的孩子以后很有可能遗传我的阅读书写障碍症。"

"我会告诉孩子——无论何时何地，努力奋进、不放弃自己的人生，远比自怨自艾有价值。"

"今天是2020年1月8日，出门前我查过皇历，说今天宜嫁娶，所以师兄，"齐默从大衣口袋里取出自己的户口本和身份证放到桌子上，"择日不如撞日，今天下午民政局上班，我们把结婚证去领了吧。"

包间里鸦雀无声。

萧文缜的身体里、血液里、灵魂里，被一种叫作柔情的情绪涨得满满的，他说"好"，他说："我的身份证在车里放着，但户口本还在西郊秘境，等中午吃完饭，我先回去……"

话语猝然中断，只因齐默从大衣的另外一边口袋里掏出他的户口本，放到她的户口本和身份证之上，说道："我帮你拿过来了。"

萧文缜愣了一下，如果他此时笑出来，会不会太煞风景？

不知情的人看到这一幕，多半会以为她是在逼婚吧？

萧文缜眉眼含笑，说道："我没能帮你实现六月飞雪的心愿。"

齐默说："别人想娶我，即便六月飞雪我也不嫁，可若师兄娶我，即便没有六月飞雪我也嫁。"

萧文缜眉眼间的笑意更浓了："我没能帮你备齐和璧隋珠、吉光片羽、翠羽明珠、凤毛麟角当嫁妆。"

"以上四样东西，我不稀罕。"齐默正色道，"因为你把你自己送给了我，对于我来说，你才是无价之宝。"

这大概是萧文缜听过的最动听的情话了，它所带来的威力极为巨大，足以让双方家长面色羞窘，除了替她觉得不好意思，更被她的言行举止感动。而萧文缜更是抑制不住内心情潮翻滚，将她紧紧地搂到怀里。

从她求婚伊始，所有的喜悦和激动，终于在这一刻找到了宣泄的出口，她说他是她的无价之宝，可她之于他，又何尝不是如此？

两位老爷子传统、含蓄惯了，见不得晚辈卿卿我我、搂搂抱抱，索性侧过身体移开了目光。

齐家老爷子小声感慨道："老萧，齐齐这孩子恨嫁啊。"

萧家老爷子紧跟着感慨道："老齐，文缜这小子不如齐齐有胆气啊。"

被自家爷爷吐槽不如齐默有胆气的萧文缜，对着齐默颇为遗憾地叹了一口气："本该是我向你求婚的。"

齐默很清楚他的遗憾来源，离开他的怀抱："比起精心准备声势浩大的求婚，我更喜欢现在你我这样，在几位长辈的见证下敲定结婚流程。在我心里，与你结婚不是大事，而是一件再寻常不过的家居小事。"

萧文缜的笑容就没散过，他一直以为他的"钢铁直女"不擅长说甜言蜜语，然而事实并非如此，她若想说，必定随便一出口就是蜜罐子。

"你是怎么知道我今天要向你求婚的？"

萧文缜问出这样一句话，两家的长辈均是一头雾水……不管是齐默突然向萧文缜求婚，还是萧文缜今天有意向齐默求婚，双方家长均不知情。

齐默说："你做事向来不会出什么岔子，更何况今天你安排双方家长见面，这么重要的日子，怎么会碰巧赶上服务员将我们带到别人的包间里面呢？另外，从我们走进这间包间以后，你接收、回复过几条微信，并且出过一次包间……如果我猜得没错的话，你接收、回复微信是为了跟进求婚现场的安排事宜，你出包间门是为了进一步落实求婚的细节。由此不难推测，你之前预订的包间必定是求婚现场。饭店经理和服务员为了配合你制造求婚惊喜，他们越是表现得自然，道歉的姿态就越是不自然，所以我很难不觉察出端倪来。"

还有最重要的一点：在某种特定的环境下，女人的直觉和第六感总是特别精准，说句不害臊的话，萧文缜也该向她求婚了。

萧文缜失笑。

有关两性情事，齐默若是榆木脑袋不开窍，他会很发愁，可若齐默的脑袋瓜子太聪明，老实说他也挺发愁的。

原本是他要给齐默制造求婚惊喜，岂料求婚惊喜反转起来，不是一般的措手不及，到头来竟被齐默截和，让他由求婚人一下子变成了被求婚人。这样的身份变化有点儿大，虽说受宠若惊，但毕竟还是惊着了。

他的原计划是，今天中午求婚结束，然后给齐默几天领证缓冲期，等到1月13日那天再和齐默一起去民政局把结婚证领了。

2020年1月，只有三个日子占尽"宜彩礼、宜订婚、宜嫁娶"，这三个日子分别是：1月3日、1月8日、1月13日。

其中，1月3日父母还在剧组里拍摄电影，双方家长还不曾正式见面，再加上日期已过，不提也罢。

1月8日，两家长辈在饭店相聚，下午不确定什么时候才会散场。时间紧迫不说，关键还不给齐默消化的时间，就这么领取结婚证的话，太过匆忙，所以萧文缜才会把领取结婚证的日期敲定在1月13日。

那时候的他，包括走进这家饭店初步实施求婚计划的他，又哪里会想到齐默将一切尽收眼底，不仅不配合他的求婚计划，还反其道而行之，直接在荟萃厅里上演了这样一出求婚大戏。

就在他精心计划向她求婚的时候，她与他心有灵犀一点通，早已提前备好他和她的户口本，并且做好了今日下午与他领取结婚证的准备。

齐家小女聪慧、洒脱、帅气，他喜欢上她，爱上她，铁了心要娶她是有原因的。

而齐默的一番解说，更是让两家的长辈茅塞顿开，他们终于明白齐默适才为何会一反常态地为难饭店的工作人员了。最为汗颜的人怕是萧博彦了，他导了半辈子戏，竟然没有看出饭店经理和服务员在演戏……也难怪其妻沈乐安会偷偷取笑他了。

再来说说尉迟敏。

尉迟敏亲眼见证女儿和未来女婿花开并蒂，本来还是挺感动的，但知道女儿"破坏"未来女婿的求婚安排以后，哪里还有什么感动，只有满心的无奈。

"你呀。"尉迟敏教训齐默，"看破不说破，文缜精心筹备的求婚仪式就这么被你毁了，你就算觉察出了什么，也应该装作不知情，真真枉费了文缜的一番美意，情商真是太低了。"

沈乐安为齐默说话："齐齐和文缜感情甚笃，谁向谁求婚都是一样的。"

确实如此。

齐默觉得，沈大编剧还是很懂她的。

"实施求婚计划的人都有谁？"齐默问萧文缜。

"不多，几位同门师兄和师姐，还有史卿。"

齐默唇角上扬，端起茶杯送到嘴边："让他们在里面多待一会儿吧，我们晚些时候再过去。"

萧文缜附议："我也是这么想的。"

众人哑然。

沈乐安想的是：这俩年轻人真是般配极了。

齐远彬哈哈干笑两声，对着萧博彦打圆场："小女顽劣，亲家见笑了。"

萧博彦也很应景地呵呵尬笑两声，对着齐远彬发出灵魂一叹："犬子蔫坏，亲家多担待。"

见笑了、见笑了。

多担待、多担待。

哈哈。

呵呵。

与此同时，宛如花海的韶华厅内聚集着一帮人，为了即将到来的惊喜，付伟等人连灯都不敢开，一个个既紧张又期待地隐匿在房间各处，隐隐欢喜着、躁动着。

一分钟过去了。

五分钟过去了。

十分钟过去了。

…………

周舟蹲得双腿发麻，禁不住打破沉默，小声嘀咕一句："怎么还不过来？"

其夫卫子博："估计快了，我们再等等。"

于是，一帮人等待着，永久地等待着……

2020年1月8日下午五点二十分，萧文缜公开他和齐默的结婚证，正式官宣结婚消息，配图文案十分简洁，没有只言片语，只有一张图片。

一箭穿两心。

一箭：丘比特的爱神之箭。

两心：萧文缜之心和齐默之心。

一箭穿两心：心心相连，余生不弃。

有人说，萧文缜选择在下午五点二十分官宣结婚，分明是在变相表白齐默。五点二十分，五二〇，我爱你。

有人说，萧文缜和齐默在人前露面时均是清冷之人，但在萧文缜公布的结婚证件照片里，夫妻二人唇角上扬，甜蜜程度仿佛能够感染每一位吃瓜看客。

有人说，萧文缜官宣结婚，没有只言片语，只有一个一箭穿两心的图片，宠妻心态暴露无遗。须知齐默不识文字，唯有图片通俗易懂，所以萧文缜才会使用图片替代文字。

以上说法只说对了一半。

犹记得研一那年元旦，天降飞雪，他于凌晨时分独自开着长途车从异地赶回来陪她过节。

那天午后，落雪转小，厚厚的积雪覆盖住他的座驾车身，他和她一前一后走出齐家老宅，一起清理车身上的积雪。

其间，她一时兴起，伸出食指，在汽车后排的车窗玻璃上画了两颗重叠在一起的爱心，被他发现以后，他悄无声息地在两颗爱心上添加了一支丘比特长箭。

所以，一箭穿两心有着属于他和她的珍贵回忆，无论过去，还是现在，他对她的心意始终没有变过。

当天黄昏，结婚消息一经公布，萧文缜和齐默的手机铃声就没断过，亲朋好友、熟识之人、工作伙伴……纷纷打来电话或是发送聊天信息，送出祝福。

江棋来给萧文缜和齐默打来电话的时候，已是晚上十点以后了，彼时齐默还没入睡，萧文缜打开免提，方便齐默听江棋来的来电内容。

江棋来："恭喜。"

萧文缜："同喜。"

江棋来："此话怎讲？"

萧文缜："你是齐齐的大哥，我和齐齐如今登记结婚，我自然也要称呼你一声'大哥'。你突然多出一个弟弟，可喜可贺，难道不应该向你道一声'同喜'吗？"

隔着电话，江棋来的笑声流淌一室。

萧文缜瞥视一眼电子表上的时间，心有所触，问江棋来："你是二十二点二十二分二十二秒打来电话的？"

"当然。"江棋来轻描淡写地说，"'二'与'爱'同音，你和齐齐因爱成婚，我是专门卡着时间向你和齐齐道喜的。"

"有心。"

江棋来发出警告："你和齐齐有幸遇到彼此，既是知己，又是夫妻，今后一定要珍惜彼此之间的缘分。倘若你有朝一日辜负齐齐，我作为齐齐的大哥，必定第一个不依。"

主卧室里，双人棉被下，一具温暖的身体贴近萧文缜，漆黑浓密的黑色长发铺陈在他的胸口处，与他身上穿着的黑色睡衣融为一体。

他伸出手臂搂住齐默的肩头。

"一世只为一尘缘，一生只为一个人。"萧文缜是在回复江棋来，亦是向齐默吐露心声，虽然仍是淡漠的语调，但夹杂着丝丝缕缕的情意。

此生，定然不负此情。

齐默初为人妻，有很多东西需要学习，貌似有很多习惯也要顺应时宜做出改变。

改变起因，源于某一次她和周舟正在通电话，碰巧萧文缜结束工作回家，她很自然地向周舟说了声："师兄回来了，我一会儿再跟你聊。"

"你现在还叫他'师兄'？"周舟颇感意外。

齐默被周舟的意外传染得也很意外："我不叫他'师兄'，叫什么？"

"老公、夫君、达令、相公、官人、亲爱的。"

齐默无语两秒，问周舟："你平时都是这么叫卫师兄的？"

"嗯。"周舟很是得意，"你卫师兄可喜欢我这么叫他了，小样儿美滋滋的，看着可喜人了。"

"……"

周舟："小师妹？"

"……"

周舟："小师妹，你还在不在？"

"……"

齐默在，不说话不是不愿搭理周舟，而是她在集中注意力幻想卫师兄的美滋滋小样儿。只是一个称呼而已，一出口真的能让一个男人那么开心吗？

齐默是个行动派，为了验证心中的疑惑，和周舟结束通话以后，她还特意下楼寻觅某人，打算亲自实践一番。

萧文缜刚到家，还没来得及上楼看齐默，正靠在厨房里，一边喝水，一边回复工作短信。他见齐默走进厨房，以为她是要倒水喝，下意识地把手中刚喝了几口的水递给齐默。

齐默没有接："我不渴。"

"稿子写得怎么样？"

"还好。"

史卿每日工作繁忙，即便如此，还要挪出时间帮她誊写文字，时间长了，总归不是办法。

齐默最近一直都在忙着录新作，萧文缜之前问过她，书名是叫《默写你的名字》，对吗？"默"是她，那么"你的名字"显然是他的名字。

书名的寓意挺好的，至少听得萧文缜热血躁动。

他只是突然想起那一年，他开玩笑地向她索要一封情书，没想到多年以后，她竟真的写下了一本有关于她和他的情书——是一本，不是一封，一本真正意义上的情书。

"文缜，你晚上想吃什么？"齐默出声打断萧文缜的思绪。

"你做什么，我吃什么……"萧文缜越说越觉得不对劲，从手机上移开目光，"你刚才叫我什么？"

齐默淡然回话："文缜。"

呃。

嗯。

啊。

某人无言以对，喉结滚动数下，消化信息时格外艰难，差点儿没被"文缜"这个称呼呛得岔气。他与她相识、相爱多年，这还是她第一次当着他的面亲昵地叫他"文缜"吧？如果他说没有惊喜，只有惊吓，她会不会生气？

她不舒服？

有这种想法时，萧文缜行动快于思考，伸手探向齐默的额头，却被她伸手挡开了。她似是有一点儿羞，还有一点儿恼，大有破罐破摔的架势，紧紧地盯着萧文缜，谁料红唇一开启，道了声："老……"

她就吞吞吐吐地再也说不下去了。

萧文缜何许人也？齐默话及此，他又怎会猜测不到齐默真正想要说什么？见她难为情地瞪着他生闷气，故意曲解她的意思："老什么？老铁？"

扑哧。

齐默笑了："称呼你一声'老铁'，倒也挺合适。"

老铁，她与他之间的关系可不正像铁一样牢靠吗？

"你原本想叫我什么？"萧文缜明知故问。

"老公。"

"嗯。"

齐默道出这个称呼的背后主因："周舟师姐觉得，我若婚后一直叫你'师兄'，不利于传达我对你的心意。"

"你对我是什么心意？"萧文缜又在明知故问了。

"你对我是什么心意，我对你就是什么心意。"

萧文缜见齐默不上当，面带微笑，朝齐默伸出手，等她默契十足地走上前握住他的手，他方才开口："不必听周舟的话，每对夫妻的相处模式都是不一样的，你我怎么称呼彼此，是我们夫妻自己的事，与他人无关。"

齐默通过亲身实践，无疑很认同萧文缜的话。老实说，她刚才叫萧公子"文缜"和"老公"的时候，浑身直起鸡皮疙瘩，反正自己觉得挺肉麻的。

比起"文缜"和"老公"，她更偏爱叫他"师兄"。

还好，萧公子也是这么想的。

萧公子说："我们领取结婚证那天，我曾对你说过，婚后我不需要你做我的妻子，你只需要做你自己。这句话你要时刻谨记，即便偶尔我忘了，你也不能忘。"

萧公子说："我爱上的齐默，有着独属于她自己的坚忍气节，不是任何一个人的附属品，她只是她自己。"

萧公子说："世上的爱情千万种，既然有一种爱情叫老公和老婆，为什么就不能有一种爱情叫师兄和齐齐呢？"

齐默很听萧公子的话。

自此以后，齐默理所当然地不再改变自己的习惯，谁让她的老铁师兄不让她改呢，她只需恣意发掘自己的喜乐，活出自己理想中的生活状态就行了。

她与萧公子对弈，赢棋时开心，输棋时黑脸。

她与萧公子一起拼乐高，藏起若干小零件斗智斗勇。

她与萧公子探讨当下的经济形势，偶尔观点薄弱落败，偏偏又气不过，干脆扑在他的身上啃咬泄愤。

某天下午，一场暴风雨即将席卷满城，史卿带着工作前来西郊找齐默，一度以为自己的眼睛出了问题。

史卿看到堂堂的萧大教授竟然像个幼稚孩童一般，陪着同样幼稚的齐默，正在院子里进行撞拐子比赛。

撞拐子，别名"斗鸡"，可作为两人以上游戏在冬季进行互动取暖，参赛者所做姿势犹如金鸡独立，然后屈起另一条腿，膝盖朝外攻击对方，比赛过程中无法保持单脚站立者落败。

史卿来到前院的时候，齐默因为男女身高悬殊和体能有别，已单脚围着萧文缜蹦了好几圈。男强女弱，无论怎么伺机而动，齐默都是弱势方。就萧文缜的模特身高，仅是一招泰山压顶，将他整条腿的重量压在齐默的腿上，齐默便再无一丝取胜可能。

然而，萧大教授怎么可能一秒碾压齐默，如此一来，岂不失了夫妻玩耍的乐趣？甚至在齐默单脚蹦到他的面前，选择以膝碰膝的时候，他还接连退了好几步，不攻击，只防守。

"你攻啊。"齐默催促他快点儿行动。

"容易伤到你的膝盖。"

"没事,你只管攻。"

于是,萧文缜真的攻了,稍抬膝盖就把齐默挑了起来,然后在她站立不稳险些跌倒在地的时刻,及时伸手拉她一把。

"不堪一击,不玩了。"

获胜方取笑完落败者,朝史卿点点头,背着手进屋去了,徒留齐默站在原地和史卿大眼瞪小眼。

齐默瞪史卿是有原因的,谁让史卿一脸奸笑地凑到她跟前开荤段子呢:"小心回到床上,萧教授攻得你跪地求饶。"

"……"

初相识,齐默便猜测史卿是做老鸨的,如今一看,果真没有说错,史卿还是很有老鸨潜质的。

这天黄昏,雨势转小,史卿冒雨离开之前,曾告诉齐默,她于数日前听同行说起李应青,李应青走出事业低谷期以后,悄无声息地换了一个笔名写剧本去了。

针对李应青的现状,齐默并未发表任何意见。

人活一世,会遇到很多人。世界很大,圈子很小,有些人一转身就是一辈子,也许背道而驰以后,终其一生都不会再相见。她与李应青已无任何瓜葛,不提此人也罢。

出了门,寒风呼啸,空气里都是雨水的味道,下一场暴风雨即将到来。

史卿扭头看一眼前来送她出门的齐默:"马上就要过春节了,你和萧大教授刚结婚,有什么出行计划吗?"

"我和师兄还没商量过。"

但除夕夜陪伴家人吃顿团圆饭是必需的。

2020年的春节过得并不寻常,疫情爆发,武汉封城,国内越来越多的城市开始有序部署疫情防控工作。

1月24日除夕夜,齐萧两家首次聚集在一起的团圆饭桌上,并未出现齐远彬的身影,他在医院里很忙,非常忙。

此次疫情爆发正值春节,流动人口处于高峰期,继而导致疫情蔓延全国,一时之间国人积极响应国家号召,取消所有聚会安排和非必要的外出活动,避居在家里停工、停业、停产、停课。全民防疫共克时艰,城市与城市之间突然有了某一种异常紧密的牵连关系,彼此之间无师自通,都学会了安静和沉默。

市医院作为定点救治医院,齐远彬春节期间没有回过一次家,吃住都在医院里,每天奔赴在抗疫第一线,承受着巨大的心理压力,辛苦程度可想而知。

焦虑、缺觉、身心俱疲，他的亚健康状态时常让家人担忧不已，但即便如此，齐远彬始终没有从抗疫第一线下来过，他说："我是医生，这辈子见过的病毒还少吗？我相信国家，也相信武汉，只要大家齐心协力劲往一处使，就一定能够战胜疫情。"

齐默给齐远彬打电话，叮嘱他好好照顾身体，救治病人期间务必保护好他自己。通话快要结束的时候，齐默突然对齐远彬说起她十岁时的一件事，她说："爸爸，我十岁那一年录制过一篇作文，作文的名字叫《我的父亲》——我的父亲是一名急诊科医生，救死扶伤是他的天职，守护病人的时间多，陪伴我的时间少，但他一直都是我心目中的盖世英雄，我为拥有这样一位医生父亲而感到骄傲。"

电话那端，齐远彬蹲在无人的楼梯间，摘掉护目镜，抬起手背蹭了蹭夺眶而出的泪水。

他只允许自己为女儿的话流泪一分钟，一分钟以后，他将再次穿上防护服，戴上护目镜、口罩、面罩和头套，继续抗疫。医院需要他，病人需要他，而他的女儿还在默默地注视着他，并且以他为傲。

全民疫情并未随着春节的结束而结束，萧文缜和齐默虽然待在西郊没出门，但通过各种渠道捐款捐物，想尽办法购买、收集急需的医疗物资用来支持抗疫。

这是一个快节奏的时代，无事时各扫门前雪，可疫情当前，所有人自发拧成了一股坚不可摧的强大力量，并肩站在一起的勇者，不再是个体的你、我、他或她，而是我们。

木心先生创作过一首诗歌《从前慢》，收录在《云雀叫了一整天》里面，诗歌原文里有这样几句话——

从前的日色变得慢
车，马，邮件都慢
一生只够爱一个人

全民疫情来袭，很多人的生活节奏突然之间慢了下来。虽然大街小巷一夕之间被按下了暂停键，宅居在家里的人们却有了更多的时间与自己对话，与家人有了长时间的陪伴和相处，然后蓦然惊觉，钟表里的时针、分针和秒针，从未减缓过移动的速度。人们开始放慢生活节奏，不再以忙碌为借口，关爱自身健康的同时，也学会了关爱身边人的喜怒哀乐。

在这种情况之下，萧文缜开始有了大把的时间陪伴齐默，除了偶尔下山购买生活用品，为萧家和齐家派送生活物资，他几乎没有离开过西郊秘境。

他与齐默向来不缺少共同话题和共同爱好，齐默录制文字期间，萧文缜逐渐取代史卿的工作,每天空出时间帮助齐默誊写文字,至于宅家娱乐活动,更是一项也没落下。

2月份,他与齐默合作拼完若干乐高摆放在家里的各处。若干乐高包括星球大战系列、泰姬陵、过山车。

3月份,天气转暖,到了播种的季节,他和齐默种下凤仙花。没过几天,两人发现蚂蚁出来觅食,他竟效仿她的孩子心性,从她手里取走一小块面包丢在地上,观察一群蚂蚁是如何进行团体作战合力将面包块运送回巢的。

4月份,疫情得到有效控制,全国各地相继解封。彼时已春暖花开,江棋来的腿伤早已恢复,无论跑步还是打球,都不是问题。乔母在乔思佳和沈燮的监管之下,赌瘾减少不少。沈燮告诉乔思佳,帮其母戒除赌瘾是一个极其漫长的过程,不能求急,要慢慢来。电影版《乱局》已完成后期制作,至于何时公映上线,萧博彦响应相关部门政策,等待院线重新开放的那一天。

整个4月结束的时候,齐默新作的书稿即将完成,而萧文缜也在职业规划上做出了一个重大决定——《以文会友》将于10月国庆黄金周停播,届时主持人兼制片人萧文缜将正式告别他的电视荧屏生涯。

在此之前,《以文会友》作为一个高端访谈电视节目,萧文缜采访过的全球精英人士截至目前共计两百余人,业内口碑极好,停播消息一经公布,便引来外界一片哗然。

尽管萧文缜坦言,他之所以会对《以文会友》做出停播决定,是因为想要远离镁光灯,抽出更多的时间回归课堂和家庭。江棋来却不完全相信他的话,日前江棋来分明在青锋集团战略投资部负责人的名单里看到了萧文缜的名字,与此同时,萧文缜还低调挂名青锋集团CFO。

"你没必要停播《以文会友》节目。"江棋来给萧文缜打电话,尽管他和父亲江明雨极力邀请萧文缜加入青锋集团的管理团队,可若萧文缜因此而停播《以文会友》,代价就太大了。

江棋来心里很是愧疚。

萧文缜知道江棋来的心思,向他淡淡地解释道:"我和制作团队决定停播《以文会友》,纯粹是个人原因,跟青锋集团没有任何关系。"

是真的没有关系。

他说过他要做齐默的双手和眼睛,不是情动时刻随便说说,而是他早已许下的承诺。

萧文缜决定停播《以文会友》,事先并未跟齐默商量,他是先斩后奏。齐默还是从电视上看到的,隐隐觉得跟自己有关。

前段时间,史卿每天忙碌于工作,还要抽出时间帮她誊写文字,她与史卿分隔两处,无法及时沟通和做出修改,为此每天都要耗到很晚才能睡觉。如此反复几次,她偶尔流露的无奈,被他尽收眼底。

齐默没有因为此事而追问萧文缜，其实又何须追问？

他当年说过的话语，言犹在耳，齐默终其一生都不会忘记。

"因为你是齐默，所以齐默的成功可以凌驾在萧文缜的成功之上。"

几天后，萧文缜见齐默坐在书房里观看医疗视频，视频里，医生正在讲解跌打损伤用什么药效果最好，萧文缜好奇地道："看这个做什么？"

"师兄一腔孤勇前往青锋集团捅马蜂窝，此番路途凶险，任重而道远，我作为家属很有必要做好善后工作。"

"为什么在你脑补出来的画面里，受伤的那个人一定是我，就不能是别人吗？"

齐默用怀疑的眼神瞅了一眼萧文缜，问道："你会打架吗？"

萧文缜家教、涵养极好，怎么可能打架？倘若在职场上得罪他人，私底下遭人报复殴打，他又怎么打得赢对方？

倒也不是齐默想象力丰富，主要是萧文缜对待工作异常严苛，再加上做事狠绝、不留情面，所以难保不会被人记恨在心，难保不会被人堵在巷子里群殴，难保不会被人揪着头发痛扁。

欸？

奇怪了，萧公子被揍的场面，她怎么还越想越兴奋了？

萧公子站在她的身旁略一思考，答曰："我没和别人打过架。"

"我就知道。"齐默一声长叹，愁容满面地道，"你以后会经常被别人打的。"

萧文缜嘴角的弧度上扬半分，过了几秒钟，再度上扬半分，随后他手指触屏，关闭医疗视频的画面，紧接着从好看的薄唇里蹦出一句话："走吧，一起回床上去。"

"刚下午三点，这时候回床上……回床上做什么？"齐默说话突然结巴起来。

"你不是说我以后会经常被别人殴打吗？所以为保险起见，我觉得我在被别人殴打之前，很有必要先找你试试我的战斗力和持久力。弱则强之，强则再强之，提前加强体能修炼。"萧文缜见齐默说错话以后一脸后悔的模样，甚至伸出手体贴地拍了拍她的后背，惊得她浑身一僵。

她耳边适时传来他的柔声细语。

"你要是不想回床上，我们在这里也不是不可以。"

齐默欲哭无泪，坐在椅子上负隅顽抗："不用试，你的战斗力和持久力绝对很强。"

"真的很强吗？"萧文缜挑着眉，表情略显惆怅地提出自我质疑，"我没自信。要不这样吧，我先找你试一试，看看效果再说。"

他没自信？

齐默才是最没自信的那个人好吧，萧大公子恶毒起来，连自家媳妇儿都不放过，齐默真是……见萧公子开始动手解皮带，齐默条件反射之下，立刻从椅子上站起身，快步朝主卧室的方向走去，嘴里又羞又急地念叨着："回床上，我很乐意回床上。"

于是，齐默乖乖地躺在床上，犹如一只即将被饿狼大快朵颐的羔羊，无助而又羞愤地等着那人细细品尝，品尝之后再品尝。

混乱的喘息声里，从他额头上滚落的热汗砸落在她的睫毛上，被他伸手擦掉："我的作战能力如何？"

"强。"

"有多强？"

"推土机都没有你强。"

2020年的5月格外炎热，5月尚未在年历表上站稳脚跟，一赴任就朝多所城市投进了好几枚高温炸弹。烈日肆意炙烤着大地，不是三伏，却胜似三伏。

国大的各学院还没正式返校复课，萧文缜除了准时准点地给学生上网课，隔三岔五去青锋集团待上数小时，或是开车去电视台录制节目、看望一下两家的长辈，一天里的大部分时间几乎是和齐默一起度过的。

赋闲在家，萧文缜反倒和齐默有了很多时间去研究皇历，毕竟他们结婚证已领，目前就差办婚礼了。

仅是婚期，萧文缜就选了八个。

5月21日、6月30日、8月8日、8月25日、10月1日、10月10日、11月11日、12月12日。

以上八个结婚日期都宜嫁娶，萧公子一口气选择这么多日子，用他的话来说，有备无患，以防万一。

现下，国内的疫情虽有好转，然而并不意味着疫情已经结束，还不是放松警惕的时候。另外，想要举行一场婚礼，纵使放弃大操大办，力求简约低调，亲朋好友少说也有几十人，一旦人群聚集发生病毒传播，后果不堪设想。

萧文缜是公众人物，更要做好表率。为了宾客的安全，观察疫情形势，若是上半年不适合办婚礼，那就推迟婚期下半年举行。尽量每个月份都选一个婚期时间，或是多选两个备案，如此一来，就算到时被迫取消，至少还有备选婚期可供参考。

若是今年都不太适合大办婚礼……那就明年，好在萧文缜和齐默已经把结婚证领了，何时举行婚礼都是一样的。

但就像萧文缜所说的那般，趁着近期在家时间多，他的工作还没彻底忙碌起来，提前进入婚礼筹备期，是为了正式确定婚期那天不至于太仓促，为一生只有一次的婚礼留下太多遗憾。

"为什么一生只有一次婚礼？"齐默装糊涂。

萧文缜斜睨她一眼："因为我还活着。"

齐默："如果你抢先一步离我而去呢？"

萧文缜薄唇微勾，她这是变相"诅咒"他早逝吗？他清了清嗓子，说道："我尽量保养好自己的身体，绝不抢先一步离你而去。"

齐默不满意萧文缜的答案，追问："如果你抢先一步离我而去呢？"

一定要回答吗？

萧文缜稍加思索，脱口而出："那我一定会死不瞑目。"

齐默做出总结发言："因为我很有可能带着你的财产嫁给别的男人？"

"傻大妞。"萧文缜笑了，走到她的身边，伸出手捏了捏她的脸，"我若死不瞑目，必定是因为我舍不得你。"

齐默脸颊发烫。

绝非萧文缜轻轻一捏导致的，而是身体里暖流翻滚，热度持续飙升所致。

若干年前，他曾对她说："萧家男人一生只有一个配偶，一旦认定谁是他的妻子，那就是一辈子。"

其实，她又何尝不是如此？

齐家小女一生只有一个配偶，一旦认定谁是她的丈夫，那就是一辈子。

1+1=1，并非不能成立。

萧文缜的一辈子和齐默的一辈子加起来，可不正是他和她共同拥有的一辈子吗？

两个人的一辈子给了齐默不少灵感，所以5月快要走完的时候，萧文缜和齐默的婚期虽然还未敲定，但伴手礼基本上已经准备就绪。

他们的伴手礼有点儿特别，也很有意义，因为是双方父母特意准备的小礼物。

齐远彬是一位急诊科医生，平时为病人开处方药离不开圆珠笔或钢笔，所以往伴手礼礼盒内贡献了钢笔和墨水套装，寓意参加婚宴的宾客都能在自己的专业领域里有所成就。

尉迟敏是一位陶艺工作者，亲自设计并手工制作了两只陶艺水杯，一只男士水杯、一只女士水杯，寓意婚宴来宾幸福一辈子。

萧博彦绘画水平很高，将齐默和萧文缜的生活细节，亲手绘制成一系列的图片，分别装进伴手礼礼盒，向婚宴宾客分享晚辈幸福的同时，用心程度可见一斑。

沈乐安除了大手笔定制大牌情侣香水，还表示婚期敲定以后，她会另外烘焙曲奇饼干作为婚宴的回礼。

所以，伴手礼一共有六款：钢笔、情侣杯子、手绘图片、大牌情侣香水、曲奇饼干，以及萧文缜和齐默准备的喜糖。

5月底，阳光明媚刺眼，齐默新作书稿完成，萧文缜帮她把新作书稿发送给史卿，随后将书桌的桌面清理干净，和齐默坐在光线充足的书房里写了一下午结婚请帖。

上百封结婚请帖，是萧文缜和齐默一起完成的。

齐默说："结婚请帖上写错名字，对于受邀宾客来说很不礼貌，我还是不要写了吧。"

萧文缜却说："重在参与。"

于是，为了一个"重在参与"，齐默听从萧文缜的意思，暂时留白婚礼的举行时间和地址，受邀宾客的名字留给萧文缜去写，而齐默只需在新郎那一栏里认真写下萧文缜的名字，至于新娘的名字"齐默"则交由萧文缜来写。

齐默写的"萧文缜"缺笔少画，字迹极其丑陋。

萧文缜写的"齐默"行云流水，字迹极其美观。

反差巨大，对比鲜明，可是又有什么关系呢？夫妻二人如何将心意传达给宾客才是最重要的。

萧公子有心，临近黄昏时，特意留下十几封空白请帖，把齐默拉坐在他的腿上，然后伸出手臂握住她的右手，在那十几封空白请帖上分别写上江棋来的名字、史卿的名字、周安国夫妇的名字、付伟夫妇的名字、卫子博和周舟的名字、金戈的名字……

以上受邀宾客，全是二人熟识的长者和好友，由二人共同书写请帖也是应该的，只是——

二人共同写完赵梓凡的名字以后，萧文缜突然问齐默："是否需要给你的德国追求者Jonas派发一封请帖？"

Jonas？

齐默在德国做交换生期间，慕尼黑那边的学校专门为她安排的誊写员……齐默承认自己受到了一丁点儿惊吓，心里波动异常，萧文缜怎么会知道Jonas？

"国外的疫情非常严峻，还是算了。"齐默生怕"醋坛子"找她麻烦，所以避重就轻，机警地避开Jonas的名字。

"电子喜帖也行，等我们婚礼的日期确定了，我会时刻谨记着，给他邮寄一份伴手礼，聊表你我夫妻的心意。"

萧文缜说话时，薄唇贴着齐默的耳畔，声音淡漠如常，不起丝毫波澜，似乎只是随口说说而已，反而是齐默……齐默坐在萧文缜的腿上，如坐针毡。

"还有谁的名字没写？"齐默想要起身了。

"陆师兄、许师兄、沈燮……"萧文缜握着她的手写字，察觉她要从他的腿上滑下去，微一使力，把她重新抱坐在腿上，"坐好，不要蹭来蹭去。"

齐默为了脱身，开始找借口："有点儿热。"

"书房里开着空调，怎么可能会热？"

齐默不接受反驳，固执地道："反正我就是很热。"

"快写完了，再忍忍。"

于是，齐默乖乖地坐在萧文缜的腿上，任由他握着她的手，在一封封请帖上依次写下几位亲朋好友的名字。何谓坐立难安？齐默觉得自己诠释得很完美。

　　细细的笔尖在大红请帖上缓缓移动、游走，齐默按捺不住内心的好奇，尽管知道提及Jonas的名字会在下一秒惹祸上身，可还是打破了书房里的沉默。

　　"师兄。"

　　"嗯？"

　　"你是怎么知道Jonas的？"

　　萧文缜没有马上回答她的话，写完手中的请帖以后，重新拿过一封空白请帖，告知齐默这次要写的名字是沈燮，随后握住她的手动笔书写，轻描淡写地说："你前往德国的那一年，我曾去慕尼黑看过你。"

　　"什么时候？"齐默这次是真的惊住了，扭着头看向萧文缜。

　　"10月。"

　　似是早已被齐默遗弃在回忆里的久远画面，猝然在脑海中觉醒，她几乎是下意识地精准报出日期和地点："10月底，系图书馆？"

　　萧文缜有点儿意外："你看到我了？"

　　齐默想法落定。

　　原来不是错觉。

　　原来，那一年的10月底，他真的去了慕尼黑。

　　"我以为我看错了。"齐默怆然的情绪只维持了一瞬间，她很快就醒过神来，"你既然来看我，为什么一声招呼也不打，就那么……就那么直接走了呢？"

　　闻言，萧文缜面无表情地握着她的手写字，慢吞吞地跟她算起陈年旧账："我去系图书馆找你的时候，你正坐在梯子上盯着Jonas失神，大概觉得Jonas长得很帅气吧，所以才会迷了心智，维持花痴目光少说也有二十几秒钟。我若贸然上去打招呼，万一惊扰了你对Jonas的痴迷目光，不太合适吧？"

　　某人在醋海里翻滚，齐默假装听不懂某人的讽刺，避开他的目光，视线回到大红请帖上，说道："Jonas无论是外冷内热的性格，还是对待专业严肃认真的态度，都跟你极为相似。我之所以盯着他发呆，多半是因为他在某一个瞬间很像你。"

　　齐默说出这样一番话，虽是实话实说，但不排除刻意讨好某人之嫌。

　　讨好的方向基本正确，萧文缜算账归算账，最起码还是挺满意她的"事后说辞"的，握住她的手指的力道紧了紧，并不打算轻易放过她："你在他面前笑得很开心嘛。"

　　"微笑是最好的社交礼仪。"

　　"我看到Jonas把你从梯子上抱了下来。"

　　齐默心惊胆战地回："梯子太高，Jonas也是一片好意。"

"呵，好意。"萧文缜将手指的力道再度收紧几分，呛声道，"你是没长腿，还是没长脚，不能自己从梯子上下来吗？"

齐默："……"

萧文缜批评得很对，齐默无力反驳，弱弱地问道："你还看到了什么？"

"我看到Jonas向你表白，也有幸听到了你的回复——Jonas，我当然喜欢你。"

最后一句话是萧文缜模仿齐默的语气说的，滚烫的气流喷入齐默的耳蜗，齐默身体僵硬，用小得不能再小的声音问萧文缜："然后呢？"

"肺都气炸了，还然后？"

萧文缜握住她的手写完最后一个字，把结婚请帖丢到一旁，后背随之靠向座椅，伸出手拍了拍齐默的腰身，示意她起身，齐默却赖在他的腿上不肯起来："师兄，你只听了前半句，其实我当时还对Jonas说了后半句。"

"嗯哼。"萧文缜非常傲娇地发出一个语气词。

齐默搂着他的脖子，脑袋硬往他的肩上蹭，将她当年说过的话一次性诉说完整："Jonas，我当然喜欢你。Jonas，你是我在德国最好的朋友，没有之一。"

"哼。"语气词减半，他的不满并未减少分毫。

齐默厚着脸皮，将脸埋在他的脖颈间，险些撞上他的喉结，惹得她暗笑不已，嘀咕道："当年你在慕尼黑就那么走了，难道你一点儿也不担心我极有可能接受Jonas的感情吗？"

"你想得美。"

他在慕尼黑多待了几天，没有弄清楚Jonas的为人，没有查清楚齐默和Jonas的关系，他怎么可能放心离开？

萧文缜不是不会吃醋，他只是擅长隐忍、克制，喜欢事后算账罢了，抱着赖在她腿上不肯下来的齐默站起身来。齐默是被萧文缜提溜起来的，无奈之下与心眼儿忒小的萧文缜被迫分开。这人的气性怎么这么大呀？

而且还是一些旧账，旧得她都翻不动的那种。

齐默跟着萧文缜离开书房，穿过一楼客厅来到前院，彼时太阳即将落山，天空西部犹如火山爆发，红彤彤的云霞似是被烈火焚烧、烘烤过，萧文缜置身在色彩艳丽的天幕下，仿佛被金、红、橙三色镀了满身霞光。

前院的草地上，青年男子容貌俊雅清绝，脱掉室内拖鞋以后，穿着白衬衫和黑色长裤，光着双脚走在草地上，即便只是家居日常，举手投足间也散发着让人难以抵挡的个人魅力。

日间温度太高，萧文缜弯着腰打开浇花的水泵，自动喷灌草坪，以便增加空气湿度，齐默站在他身后不远处，继续先前的话题，讨好意味十分明显地道："师兄，离开你以后，我时常会在别人的身上看到你的身影，与其说你对我影响深刻，不如说我对你思念成灾。那天我在慕尼黑系图书馆恍惚间看到你的身影，几乎把系图书馆找了个遍，想要看到你，却又害怕看到你。"

萧文缜背对着齐默，认真注视着喷灌水流薄雾一般消失在草坪上，似是没有听见齐默说话一般，不回应、不接话。

齐默再接再厉："Jonas也好，许仕成等人也罢，他们再如何优秀、出色，可对于我来说，他们都不是你。"

此话无疑很中听。

萧文缜终于转过身看向齐默，嘴角的弧度微微上扬："多夸两句。"

齐默勾勾唇角："我好像从来都没有对你说过'我爱你'。"

"你爱不爱我，我心里清楚。"

"你心里清楚，跟我亲口说出来，总归是不一样的。"

"你说。"他已做好洗耳恭听的准备。

齐默无须绞尽脑汁地组织言语，事实上，有些话萦绕在心里很多年，除了他，这辈子她再也没有想过说给第二个人听，虽未直接言爱，但一字一句皆是爱的箴言。

"我在遇见你以前，苦涩多于喜悦，勤奋多于享受，艰辛多于安逸，迷茫多于憧憬，像很多生来就遭受不公平待遇的同类人一样，要么赶紧去死，要么忙于生存。但我要比很多同类人幸运，因为我在迷雾、沼泽、深渊里摸滚打爬时，有幸遇见了你，你的出现不仅带走了我所有的遗憾和怅然，还默默地照亮了我的全世界。因为有了你的出现，所以我才能学会如何与你相爱；因为有了你的存在，所以我才能和你一样光芒万丈。"

此时黄昏日落。

此时青青绿草。

他和她是同门师兄妹，是知己好友，是多年的情侣、恋人，更是刚开启新婚生活的夫妻。

天际的火烧云艳丽似火，萧文缜和齐默伫立在天地间，大自然仿佛为他们各自量身打造出了一身火红的喜服。

齐默说罢，一道耀眼的云霞裹挟着万丈光芒穿过萧文缜的身体，径直扎入齐默体内，冥冥中像极了丘比特之箭。

四目相对。

萧文缜笑了。

齐默也笑了。

据说此箭无形，只有相爱的两个人才能看见。

番外篇

（一）萧公子很记仇

那天上午，萧文缜和齐默各自外出办事，萧文缜前去青锋集团制订公司资金运营计划，齐默则去"小春光"处理书稿相关事宜。

临近中午，萧文缜推了青锋内部高层饭局应酬，开车前往"小春光"接了齐默，于中午十二点整一起现身当地某知名餐厅。

萧文缜带着齐默走到预定餐桌前坐下，刚倒了一杯白开水给齐默，就有三位商务装打扮的中年男子过来打招呼。

在餐厅吃饭偶遇熟人原本很正常，所谓伸手不打笑脸人，无论交情好坏，既然遇到了，总要起身打声招呼，或是寒暄一番，如此才不会失了礼数。

在此之前，齐默一直觉得萧公子家教、涵养极好，可是面对那三位主动上前打招呼的中年男子，萧公子坐在椅子上淡漠地喝水，貌似也太冷淡了吧？

齐默觉得不妥。

餐桌底下，齐默抬脚踢了踢萧公子，萧公子把大长腿往里收了收。齐默见那三位中年男人已有尴尬之相，把腿伸长一些，再度抬脚踢向萧公子，他这才有了反应——很无意，真的是很无意地瞥了一眼身侧，随即露出惊讶的表情，似是此时才发现三人。

"张总、刘总、王总？"萧文缜慢吞吞地站起身，"几位是什么时候过来的，怎么也不提醒我一声？"

齐默无语片刻。

那三位中年男人刚才打招呼的声音那么大，还是接连三道问候声，萧公子耳朵又不聋，怎么可能听不见？他是故意的。

好在萧公子"发现"那三人以后，礼貌、寒暄挑不出丝毫毛病，也算是弥补了他之前的失礼之举。

那三人走远后，齐默问萧公子："刚才那三个人得罪过你？"

萧文缜看她一眼，回："算是吧。"

什么叫"算是吧"？

"因为什么事情？"

这年头，能够得罪萧公子的人和事不多了。

萧文缜又看她一眼，回："没有任何事情，纯粹个人不喜。"

齐默觉得萧公子没有说实话，误以为萧公子不愿深谈，也就没有多问。

后来，齐默无意中知道三位中年男人的身份，双威科技张总、东航股份刘总、弘业投资王总，这三家公司并非业内佼佼者，只属于中上游公司，齐默虽然不认识这三人，但这三家公司……齐默隐隐记得当年硕士研究生毕业以后，她屡次求职被拒的公司里，貌似就有这么三家公司。

所以，萧公子之所以对那三位老总态度冷漠，是因为三位老总的公司都曾拒绝过她的求职诉求？

事实证明，齐默的猜测是对的。

很长一段时间以后，齐默从徐扬那里听说过一个"据说"。

据说，当年但凡拒绝过她求职诉求的公司，这些年来不管这些公司的老总如何重金礼聘萧文缜，萧文缜都不为所动，甚至都不曾考虑过与之合作，就直接在电话里，或是邮件里拒绝了对方。

齐默知道萧公子很记仇，却不知道他竟如此记仇。

（二）看你今后还长不长记性

6月，温度持续飙升，平均每隔几天就会下上一场阵雨，短则几分钟，长则半个小时才会收敛雨势，堪比孩童的情绪，说来就来、说散就散。

那天下午，陆宸和许需知回国大探望大学教授，适逢萧文缜回学校处理工作，几位师兄弟在学校遇见，欢喜程度可想而知。

许需知打开话匣子："萧师弟，说起来你和小师妹搬到西郊秘境以后，我还不曾参观过你和小师妹的婚房呢。"

陆宸附和："我也没参观过。"

于是，许需知和陆宸顺理成章地提出观房意向，又说几位同门因为疫情，已经很久没有见过面，要不约着一起去西郊观观房、聚聚会，顺便恭贺一下萧文缜和齐默的乔迁之喜。

萧文缜和齐默搬进西郊居住有大半年，几位同门这时才去恭贺乔迁之喜……萧文缜不发表意见，只当是积口德了。

那天下午，陆宸等人购买好烧烤食材，依次开车前往西郊秘境，结果一行人快要抵达目的地的时候，晴空万里的天幕突然下起了小雨。

萧、齐之家二楼的露天阳台上，晾晒着很多秋冬衣物，正在卧室里换衣服的齐默，赤着双脚急匆匆地跑到阳台上收衣服。当时的她穿着黑色蕾丝内衣和低腰黑色牛仔裤，白皙的皮肤、高挑的身材、纤细的腰肢，一举一动格外惹人注目。

几位师兄有人脸皮薄，瞬间红了脸。

齐默也并非那般后知后觉，收了几件衣服后瞥到家门口有客来访，还是几位同门师兄和师姐，也不见羞涩，随手从晾衣绳上扯下一件长袖白T恤套在身上，然后向几位同门挥了挥手，算是打过招呼了。

大门口，众人偷偷瞄一眼面无表情的萧文缜，争相清起嗓子来，嗯嗯声此起彼伏，不知情的人大概还以为在场男士的嗓子全感染了炎症。

付伟求生欲很强："唉，年纪大了，老眼昏花，越来越看不清楚周围的东西了。"

许需知紧跟着自救："我最近眼疾犯了，只能看清楚一米以内的东西，看远处的东西就会视力模糊，眼胀眼酸，疼得要命。"

"我今天出门忘戴近视眼镜了，我刚才隐隐约约好像看到二楼有人，是小师妹吗？小师妹在哪里，我怎么完全看不见她？"陆宸说着，还夸张地配以惊恐的表情，伸出手臂在空气里胡乱摸索着。

卫子博更是语出惊人："我视网膜脱落。"

众人哑然，集体默哀。

周舟朝丈夫竖起大拇指："你真是我的偶像。"

金戈也朝卫子博竖起大拇指："你最厉害。"

殊不知，萧文缜才是最厉害之人。

是夜，烧烤聚会结束后，众人纷纷开车回家，只剩下萧、齐二人在家时，萧文缜化身恶狼，是恶狼，不是饿狼，在齐默的上半身制造出一个个青紫色的吻痕，并放言曰："看你今后还长不长记性！"

看你还怎么好意思不穿戴整齐就往阳台上面跑。

（三）萧公子的结婚礼物

萧文缜的表妹庄裕琳是突然成为西郊秘境的常客的，吃货女孩一个，自从吃过齐默烹饪的饭菜，就三天两头往西郊秘境跑，说起话来嘴巴很甜，追着齐默"嫂子"长"嫂子"短，漂亮归漂亮，就是话太多了。

庄裕琳："嫂子，我哥天天一副冰山脸，你和他生活在一起，会不会觉得痛不欲生？"

齐默："不会。"

庄裕琳："嫂子，我又不是外人，你就不要当着我的面死要面子活受罪了，我心疼。"

齐默："我没觉得你哥冰山脸，因为他在我面前每天都笑得很开心。"

庄裕琳："……"

庄裕琳吃了一嘴柠檬，酸得说不出话来。

隔了两日，庄裕琳自备食材，提着鸡鸭鱼肉，再次登门混吃混喝。庄裕琳吃饱喝足以后，瘫倒在沙发上休息，双手拍着鼓鼓的肚皮，口无遮拦地问齐默："嫂子，你和我哥结婚以后，他可曾送过你什么结婚礼物？"

齐默："送过。"

庄裕琳："金银首饰？房子？现金大红包？"

齐默："他把他自己送给了我。"

庄裕琳："我说的是礼物。"

嫂子也太好骗了吧，男人的甜言蜜语嫂子都相信，真是外表高冷，内心单纯啊。

齐默："你哥自己就是礼物。"

庄裕琳："除了我哥自己，我哥就没有送给你其他的结婚礼物吗？"

她哥真是抠门儿啊。

齐默："送了。"

庄裕琳："送的什么？"

齐默："我和你哥办理结婚证的当天下午，他把名下的财产都划到了我的名下。"

啊。

啊啊。

啊啊啊。

庄裕琳饱受打击，酸得肠子都悔青了，她真不该多嘴一问，抬手轻扇自己的脸庞，嘴里念叨着："嘴贱，真是嘴贱，让你嘴贱。"

羡慕忌妒恨啊。

她也想找她表哥这么大方的男人，怎么办？庄裕琳感觉自己这辈子很有可能嫁不出去了，踮起脚，迈着小碎步，忧心忡忡地遁了。

（四）请您给我孩子的父亲留条活路

齐默最近较之以往清瘦了不少，每顿饭吃得很少，几乎没有什么食欲。

沈乐安说天气炎热，没有食欲很正常，不妨跟着她学习跆拳道，毕竟跆拳道是一种全身型运动，容易促进消化。届时食欲增加，即便再怎么没有胃口，也会勉强吃上几口。

齐默和萧文缜正好有事情要告诉沈乐安，夫妻二人一合计，索性和沈乐安把见面的地点约在跆拳道馆里。

当年齐默还在国大读研的时候，曾听沈燮说过，沈乐安是跆拳道黑带六段高手，专业技术熟练，所以当她换好跆拳道服，催促齐默快去换穿白色道服时，齐默很有先见之明地躲在了萧文缜的身后。

"我先陪沈大编剧对打演练两局，你坐在一旁歇着。"萧文缜换穿好白色道服，把齐默拉到安全地带坐好。

齐默取笑萧公子："周围还有人看着，你千万不要被沈大编剧秒杀了。"

"放心，我尽量多坚持几秒钟，绝不让你在人前丢面子。"萧文缜摸了摸她的脸。

她最近吃什么都没有胃口，带她出来散散心，无非是希望她的食欲能够有所增进，哪怕只是增进一点点也是好的。

母子对打，萧文缜竟然坚持了好几分钟。

这是齐默第一次观看萧文缜打跆拳道，他的跆拳道水平超出了齐默的想象。后来齐默才知道，萧文缜从小到大跟随其母沈乐安出入跆拳道馆不下上百次，还有沈燮，他们两个几乎是被沈乐安摔打长大的，所以攻防能力极其敏锐，常常能够化险为夷。

如果说沈乐安是技术型的话，那么萧文缜一定是力量型。前者技术成熟、经验丰富；后者爆发力强、进攻凌厉。只可惜姜还是老的辣，沈乐安找出萧文缜的进攻弱点之后，直接将他击打在地。

所以眼前的状况是，萧文缜被沈乐安按压在地动弹不得，齐默还凑上前对上他的目光很坏心眼儿地笑了笑。

不怪齐默。

齐默何时见过萧文缜被人打翻在地？真是新鲜极了。不过见他累得满头大汗，幸灾乐祸的心态刹那间被心疼取代，尤其沈乐安全身三分之二的重量还压在萧文缜的身上……

齐默看着沈乐安，开口求情："妈，还请您给我孩子的父亲留条活路。"

此话一出，原本还气喘吁吁的沈乐安，一度以为自己的耳朵出了问题，等她先后接收到儿媳无声点头致意、儿子含笑的眼睛时，这才彻底消化儿媳传递给她的怀孕信息。

难怪儿媳最近没有食欲，原来是怀孕了。

难怪她刚才催促儿媳换上跆拳道服学习跆拳道，被儿子临时顶替了，原来是怀孕了。

难怪她觉得儿子跟她对打跆拳道，进攻力道不似以前那么狠了，原来是因为家有喜事，连带性子也温和了许多。

那天上午，沈乐安高兴坏了，换好衣服以后，一边打电话挨个儿通知家里人儿媳怀孕了，一边联系专业的朋友询问缓解孕吐的方法。

当天晚上，萧家和齐家的长辈聚集在一处，纷纷打量起齐默平坦如初的肚子。齐默窘得很，悄悄拉着萧文缜的手盖在她的肚子上，萧公子很体贴，将她圈抱在怀里，伸出另外一只手也盖在她的肚子上。

齐默靠在他的怀里，虽然看不见他的表情，但她知道他很有可能正在取笑她。

笑吧笑吧。

齐默刚怀孕，可几位长辈异常滚烫的目光让齐默产生了一种错觉，就好像……就好像她已怀胎十月，孩子随时都可能从她的肚子里蹦出来一样。不让萧公子帮忙遮着一点儿，她感觉自己就没脸坐在这里了。

几分钟以后，齐默开始明白，就算几位长辈不盯着她的肚子看，她也没脸继续坐在这里了。

“齐齐具体是什么时候怀孕的？”

沈乐安问的是具体哪一天，萧文缜回的却是：“大概是5月31日的黄昏吧，那时我浇灌完草坪，回到屋里以后和齐齐……”

萧文缜没有继续说，因为齐默掐了掐他的手臂，再加上两家的长辈脸红似血、咳嗽声不断……谢天谢地，萧公子终于住了口，然而齐默的脸是真的丢尽了。

他怎么什么都说啊？

若论厚脸皮程度，萧公子称第二，就没人敢称第一。

（五）宝宝起名儿杂谈

《默写你的名字》出版上市那天，萧文缜和齐默以夫妻之名联合创办“阅读书写障碍症慈善基金会”，计划作为彼此的事业之一，并为此推广、付出一生。

夫妻二人成立“阅读书写障碍症慈善基金会”的初衷很简单，除了希望有效地帮助阅读书写障碍人士，夫妻二人还希望阅读书写障碍症能够获得更多的社会关注。

慈善基金会成立的第二日，江棋来致电齐默，话语简短，只有寥寥四个字：“算我一份。”

结束通话前，江棋来询问齐默：“婚礼的事情怎么说？”

彼时，齐默早已过了孕吐期，并且和两家的长辈商议过后决定，婚礼的事情不急，等疫情彻底结束，或是等孩子出生以后再补办婚礼。

午后天气燥热，蝉声聒噪，萧文缜顶着烈日在华清园附近办完事，顺便回了一趟华清园。

发现围棋棋局走势大变，萧文缜站在原地愣了好几秒钟。

棋盘上，黑白棋子形成三劫循环，自此陷入和棋僵局，没有谁胜谁负，只有不分伯仲、相互依存。

下午回到西郊秘境，萧文缜把这件事情说给齐默听，若有所思地看着她：“你回过华清园。”

不是疑问，而是陈述。

齐默假装不知情，半开玩笑半认真地道："你确定除了我以外，没有其他女孩子知道房门的密码吗？"

萧文缜不接她的话："你是什么时候回华清园的？"

齐默也不接他的话："会不会是田螺姑娘更改的和棋？"

萧文缜嘴角上扬："田螺姑娘会下围棋吗？"

"那可说不准。"齐默答曰，"毕竟田螺先生还曾帮我洗过衣服呢。"

萧文缜笑容加深。

去年，他曾前往广州的酒店看望她，当晚被她关在洗手间里，无聊之下，不仅帮她把衣服洗完了，还被她戏称为田螺姑娘的化身，如今她又在取笑他了。

很好。

萧文缜："田螺先生会洗衣服，田螺姑娘会下围棋，你我天生一对，上千年才能修来这么一段田螺缘分，真是可喜可贺。"

齐默："……"

按照萧文缜的说法，她和萧文缜都是田螺精，那么将来从她肚子里出来的……会是一只小田螺？

岂料，萧文缜的想法和她的想法不谋而合，他修长的手指覆盖在她的肚皮上，进行总结性发言："以后，我们生出一只小田螺，碰巧'萧'与'小'同音，孩子干脆就叫'萧田螺'吧。"

齐默："……"

小田螺。

萧田螺。

萧教授真是太有学问了。

【本书完】